셜록 홈즈
장편 베스트 걸작선

셜록 홈즈
장편 베스트 걸작선

아서 코난 도일 지음 ◉ 박현석 옮김

동해출판

■ 머리말

● 셜록 홈즈를 읽는 재미

추리 소설을 읽을 때와 일반 소설을 읽을 때, 나도 모르게 마음가짐부터가 달라진다. 일반 소설은 설사 그 내용을 어느 정도 알고 있고 제목이 불러일으키는 전체적인 이미지가 있다 하더라도, 그 내용 속에 직접 뛰어들려는 마음을 갖지는 않는다. 그저 책을 읽어 가면서 내용을 수동적으로 받아들이게 된다. 가끔 내용 속으로 뛰어드는경우가 있다면, 그건 등장인물이나 어떤 사건, 장면에 동질감을 느낄 때일것이다. 하지만 그것도 매우 소극적인 것이어서, 독자 입장에서 등장인물이나 사건, 장면을 완전하게 수용하고 그 속에 나를 대입시킨다. 그러니까 일반 소설을 읽으며 동질감을 느끼는 동안 현실 속의 나는 없다. 나는 현실 속의 내가 아니라 소설 속의 내가 되는 것이다. 소설이 제아무리 현실을 바탕으로 한 현실적인 내용이라 할지라도, 내가 있는 곳은 허구 속의 세상이다. 나는 그(등장인물)가 되는 것이다. 때로는 내가 그였다면 이렇게 했을 거라고 생각하기도 하지만, 이 역시도 허구 속 세상에서의 일. 자신의 삶을 놓고 '아, 그때 이랬다면' 이라고 생각지 않는 사람이 세상에 어디 있겠는가?

하지만 추리 소설을 손에 잡으면 나도 모르게, 이제부터 논리적인 사고를 해야겠다며 머리가 미리 준비를 한다. 그렇다. 마음으로 읽는 것이 일반 소설이라고 한다면, 머리로 읽는 것이 추리소설이라고 할 수 있을 것이다. 추리 소설을 읽는 동안 머리는 끊임없이 회전을 하며 긴장감을 늦추지 않는다. 사건을 풀어 보기 위해서 한 글자 한 글자, 한 장면 한 장면 놓치지 않고 모든 것을 사건과 연관 지어 생각하려 한다. 다시 앞 장을 뒤적이며 내용을 확인하기도 하고, 읽어 나가면서 끊임없이 생각을 바꾸기도 한다. 소설 속 탐정과 함께, 혹은 그보다 앞서 문제를 풀어 보려고 노력한다. 물론 이도 허구 속 내용으로 뛰어든다는 점에서는 일반 소설과 다를 바가 없지만, 그것을 받아들이는 주체인 '나'의 마음가짐은 사뭇 다르다. 추리 소설을 읽을 때는 모든 내용을 그대로 수용하지 않는다. 때로는 등장인물의 대사나 행동을 의심하기도 하고 분석하기도 한다. 소설에서 묘사된 배경을 차가운 시선으로 바라보며 어떤 실마리를 찾으려 한다. 즉 소설을 읽는 나는 지금 내가 있는 자리에서 소설을 객관적으로 바라본다. 소설 속 이야기와는 한 걸음 떨어진 곳에서 그것들을 조망하고 종합한다. 바로 이것이 추리 소설이 주는 재미다. 나도 탐정이 되기는 하지만, 소설 속 탐정과 나를 동일시하지는 않는다. 나는 사건을 푸는 또 다른 탐정인 것이다.

하지만 독자 탐정은 소설 속 탐정을 절대로 이길 수없다. 문제를 해결하는 것은 언제나 소설 속 탐정이다. 그렇기 때문에 책을 다 읽고 나서 자신의 생각이 작품의 결론과 어느 정도 일치하면 커다란 기쁨을 느낀다. 자신이 생각했던 것과는 전혀 다른 결론이 내려지면, 책장을 다시 뒤적이기도 하고 때로는 화를 내기도 한다.

셜록 홈즈는 사건을 접하는 순간 대부분의 문제를 풀어 버린다. 독자로서는 도저히 따라잡을 수 없는 전지전능함을 지녔다. 독자 탐정이 사건을 파악하기도 전부터 홈즈는 어떤 결론을 내린다. 하지만 그것으로 끝이 아니다. 홈즈는 자신의 결론을 사실에 의거해 증명한다.

바로 여기에 홈즈를 읽는 재미가 있는 것이다. 그는 결코 '느낌'으로 움직이지 않는다. 독자는 홈즈가 자신의 결론을 증명해 가는 과정을 따라가며 그의 추리를 추리할 수밖에 없다. 그리고 고개를 끄덕인다. 그 과정은 대부분 홈즈의 동료인 왓슨 박사에게 설명하는 식으로 이루어진다.

홈즈는 아주 사소한 것들을 통해서 사건을 풀어 간다. 발자국, 담뱃재, 필적 등 사건 현장에 널려 있는 모든 것이 그에게는 단서가 된다. 사전 지식이 전혀 없는 우리는 홈즈처럼 사건을 풀어내지 못한다. 하지만 후에 그가 들려주는 말을 들으면 나도 할 수 있을 것 같다는 막연한 생각을 갖게 된다. 그리고 사물을 보는 눈이 달라진다. 논리적으로 생각하려 하고, 관찰적인 시선으로 사물을 바라보려 한다. 늘 수동적으로만 사물을 받아들이던 우리가 능동적으로 사물을 바라보고 생각하게 되는 것이다.

재미라는 부분 외에 홈즈 시리즈가 독자에게 주는 가장 커다란 선물은, 바로 이 논리적 사고와 관찰적 시선일 것이다. 그리고 홈즈가 출간되었을 당시 선풍적인 인기를 얻었던 것도 바로 그런 이유에서였을 것이다. 다른 소설과는 달리 홈즈 시리즈에 통쾌함이라는 면은 부족하다. 그럼에도 그렇게 선풍적인 인기를 누릴 수 있었던 것은, 역시 누구나 고개를 끄덕이게 하는 논리적인 부분과 나도 할 수 있을 것 같다며 사물을 유심히 관찰하게 만드는 힘 때문이 아닐까 생각한다.

홈즈 자신도 그런 논리적인 사고와 관찰적인 시선을 일상생활에 도입하면 도움이 될 것이라고 말한다.

관찰력이 뛰어난 사람은 어떤 분야에서나 정확하고 체계적으로 연구를 할 수 있기 때문에 훌륭한 업적을 올릴 수 있다는 내용이었다.(『진홍빛에 관한 연구』 중에서)

홈즈를 읽으며 얻은 논리적인 사고가 얼마나 우리의 실생활에 도움을 줄 수 있을지는 몰라도, 우리에게 머리를 쓰게 하고 논리적으로 생각하게 만드는 것만은 사실이다. 그리고 관심의 폭을 넓혀 준다. 아무렇지도 않게 지나쳐오던 발자국도 유심히 관찰하게 되고, 자신도 모르게 과학적인 사고를 하게 되며, 지하철에 앉아서 앞에 앉은 사람을 유심하게 관찰하고 그의 직업을 맞혀보려 노력하게 되는 것이다.

바로 이 점이 홈즈를 읽는, 혹은 읽은 또 다른 재미이자 홈즈가 우리에게 주는 선물이다.

  홈즈 시리즈 중 장편만을 한 곳에 모았다. 많은 양이지만, 지루하지 않게 읽을 수 있으리라 생각된다. 홈즈는 세계 최고의 탐정이다. 그에게 도전하는 것은 무모한 짓이다. 홈즈는 그 날카로운 시선으로 그런 우리의 모습을 바라보며 차가운 웃음을 지을 것이다. 그보다 앞서 사건을 풀겠다는 생각은 애초부터 버리고 그에게 한 수 배운다는 생각으로 홈즈를 만난다면, 그는 따뜻하게 우리를 맞아 많은 것들을 가르쳐 줄 것이다.

- 박현석

차례

제1장 진홍빛에 관한 연구

제1부 전 육군 군의관 존 H. 왓슨 박사의 회상록

셜록 홈즈 씨 · 15

추리학 · 28

로리스턴 가든에서의 괴사건 · 43

존 랜스의 증언 · 61

광고를 보고 온 손님 · 73

토비어스 그렉슨의 수사 · 84

어둠 속의 빛 · 99

제2부 성자의 나라

알칼리 대평원 · 114

유타의 꽃 · 130

존 페리어, 예언자와 이야기하다 · 141

목숨을 건 탈출 · 149

복수의 천사 · 164

존 왓슨 박사의 이어지는 회상록 · 177

결말 · 195

제2장 네 개의 서명

추리학 · 207
사건에 대한 진술 · 221
해결의 실마리를 찾아서 · 230
대머리 사내의 이야기 · 239
폰디체리 저택의 참극 · 257
셜록 홈즈의 논증 · 270
통에 관한 일화 · 295
베이커 가 특별 수사대 · 304
끊어진 사슬 · 320
섬사람의 최후 · 338
아그라의 멋진 보물 · 353
조너선 스몰의 신비한 이야기 · 363

제3장 배스커빌 가의 개(The Hound of the Baskervilles)

셜록 홈즈 · 411

배스커빌 가의 저주 · 421

수수께끼 · 437

헨리 배스커빌 경 · 451

끊어진 세 가닥 실 · 469

배스커빌 저택 · 485

메리핏 저택의 스태플턴 남매 · 500

왓슨 박사의 첫 번째 보고서 · 521

왓슨 박사의 두 번째 보고서 - 황야의 빛 · 533

왓슨 박사의 일기 - 발췌 · 559

바위산 위의 사내 · 575

황야에서의 죽음 · 595

그물을 치다 · 617

배스커빌 가의 개 · 633

사건에 대한 회상 · 650

코난 도일 연보 · 666

셜록 홈즈 작품 연표 · 668

제1장
진홍빛에 관한 연구

제1부
전 육군 군의관 존 H. 왓슨 박사의 회상록

셜록 홈즈 씨

1878년, 나는 런던 대학에서 의학 박사 학위를 받자마자 바로 군의관 자격을 따기 위해 네틀리 육군 병원에서 일하기로 했다. 병원에서의 연수를 마치고, 나는 곧 군의보로 노섬버랜드 퓨질리어 제5 연대에 배속되었다. 그 무렵 연대는 인도에 주둔하고 있었는데, 내가 부임하기도 전에 제2차 아프가니스탄 전쟁이 일어났다. 봄베이에 상륙했을때, 나는 연대가 국경을 돌파하여 적지 깊숙이 진군했다는 사실을 알게 되었다. 나는 같은 입장에 있는 여러 사관들과 함께 출발하여 칸다하르에서 부대에 합류, 바로 새로운 임무를 수행하게 되었다.

그 전쟁으로 수많은 장병들이 승진하기도 하고, 훈장을 받기도 했다. 하지만 내게 찾아온 것은 불운과 재난뿐이었다. 버크서 연대로 전속된 뒤, 막대한 피해를 입었던 마이완드 전투에 참전했다. 그 전투에서 지자일 탄환에 맞아 어깨뼈가 부서지고 쇄골 밑 동맥에 손상을 입었다. 만약 부하인 의무병 머레이가 결사의 각오로 구해 주지 않았다면, 나는 틀림없이 잔인한 회교도 병사에게 붙들려 갔을 것이다. 머레이는 나를 짐 나르는 말에 태워 무사히 우리 편 전선까지 데리고 돌아와 주었다.

부상과 오랫동안의 고생 때문에 내 몸은 완전히 쇠약해져 있었다. 나는 수많은 부상병들과 함께 페샤와르에 있는 기지 병원으로 후송되었다. 병원에서 체력을 회복하여 병원 안을 돌아다니고 베란다에 나가 가볍게 일광욕을 할 수 있게 된 것까지는 좋았다. 그런데 불행하게도 인도인들의 병인 그 혐오스러운 장티푸스에 걸려 버리고 말았다. 몇 개월간 나는 사경을 헤맸다. 간신히 의식을 회복하고 병세도 회복되기 시작했지만, 몸은 완전히 쇠약해졌다.

그 때문에 하루라도 빨리 본국으로 돌려보내는 편이 나을 것이라고 병원은 판단했다. 그래서 나는 곧 수송선 오론테스호에 오르게 되었다. 한 달 후 포츠머스 항구의 선착장에 상륙했을 때, 나는 영국 정부로부터 아홉 달간의 요양 휴가를 받기는 했지만 매우 좋지 않은 상태였기 때문에 도저히 전과 같은 건강을 되찾을 수 있을 것 같지 않았다. 영국에는 친구도 친척도 없었다. 나는 바람처럼 자유로웠다. 즉 하루 지급액인 11실링 6펜스로 생활하는 한 자유의 몸이었다. 그런 상태에 있던 나는 비틀비틀 런던으로 이끌려 갔다. 영국 제국의 모든 한량들이 하루하루 살아가고 있는 그 거대한 분뇨더미 속으로 이끌려 갔던 것이다.

런던에 도착한 나는 우선 스트랜드 가에 있는 호텔에서 묵었다. 지독한 외로움 속에서 생활 하면서 앞날에 대해서는 조금도 생각하지 않고 돈을 마음껏 써 댔다. 문득 정신을 차리고 보니 돈도 이제 얼마 남지 않았다. 런던을 떠나 시골에서 생활하거나 생활 태도를 완전히 바꿀 수밖에 없다는 사실을 깨달았다. 나는 생활을 바꾸는 방법을 선택했다. 바로 호텔에서의 생활을 그만두고 좀 더 검소한 생활을 할 수 있는 값싼 집을 찾아야겠다고 결심했다.

그렇게 결심한 날의 일이었다. 크리테리언 술집에 있는데, 누군가가 내 어깨를 두드렸다. 뒤돌아보니 스탬포드가 서 있었다. 세인트 바솔로뮤 병원 재직 시, 외과 수술을 할 때 내 조수로 일했던 청년이었다. 외롭고 드넓기만 한 런던에서 아는 사람을 만난 것이다. 외톨박이였던 나는 매우 기뻤다. 스탬포드와 특별히 친하게 지냈던 것은 아니었지만, 그 당시에는 그를 만났다는 사실이 그저 기쁘기만 했다. 그도 나를 만나서 기쁜 듯했다. 너무 기쁜 나머지 나는 홀본 식당에서 점심을 먹자며 권했고, 우리는 이륜마차를 타고 식당으로 향했다.

"왓슨 씨, 무슨 일 있었습니까? 왜 이렇게 말랐죠? 게다가 얼굴은 새까맣게 탔고."

런던의 인파 속을 달리는 마차에 흔들리며 스탬포드가 놀랐다는 듯이 물었다. 나는 간단하게 아프가니스탄 전쟁에서 겪었던 일을 이야기했는데, 그래도 식당에 도착할 때까지 이야기를 다 마치지 못할 정도였다.

"큰일을 겪으셨군요! 그럼 지금은 무슨 일을 하고 계십니까?"

불행했던 나의 이야기를 듣고 그는 진심으로 가엾다는 듯이 물었다.

"하숙을 찾고 있다네. 적당한 가격에 괜찮은 방을 찾으려고 돌아다니고 있지."

"네? 오늘은 같은 말을 두 번이나 듣네요."

"그래? 나 말고 또 있단 말인가?"

"병원 화학 실험실에 있는 사람이에요. 좋은 방을 찾기는 했는데 방세가 너무 비싸대요. 오늘 아침에, 방세를 반씩 내고 같이 살 사람이 없다며 안타까워하더라고요."

"거 잘 됐군! 그 사람이 정말 방세를 반씩 내고 같이 살 사람을 구한다면, 바로 내가 적임자 아니겠나? 나도 혼자 살기보다는 함께 살 사람이 있는 게 좋으니 말일세."

나도 모르게 큰 소리로 말했다.

스탬포드는 와인 잔 너머로 나를 묘한 눈빛으로 바라보며 말했다.

"왓슨 씨가 아직 셜록 홈즈라는 사람을 몰라서 그러십니다. 함께 생활을 하게 되면 곤란을 겪게 될지도 몰라요."

"그럼 무슨 문제라도 있는 사람이란 말인가?"

"아니, 그런 뜻으로 한 말은 아니고요. 무슨 과학인가 하는 걸 열심히 연구하고 있는데, 단지 생각하는 게 어딘가 좀 이상해요. 하지만 꽤 괜찮은 사람이에요."

"의학생인가?"

"아니요. ……무슨 연구를 하는지는 저도 잘 모르겠어요. 해부학에 대해 자세히 알고 있고, 화학자로서도 일류급일 겁니다. 하지만 의학을 체계적으로 공부한 것 같지는 않았어요. 연구하는 것도 일정하지가 않고, 좀 이상한 것들뿐이에요. 그런데 교수들도 놀랄 정도로 신기한 지식들을 수도 없이 많이 알고 있어요."

"무엇에 대해 연구하는지 물어본 적이 있나?"

"아니요. 물어봐도 쉽게 대답해 줄 만한 사람이 아니에요. 하지만 기분이 좋아지면 얘기를 잘 하고는 하죠."

"만나 보고 싶은걸. 이왕 누구와 같이 살 거라면, 학구적이고 조용한 사람이면 좋겠는데. 몸이 아직 소음이나 자극에 견딜 수 있을 만큼 회복되지 않았거든. 소음이나 자극이라면 아프가니스탄에서 신물이 날 정도로 맛봤으니까. 그럼 언제 자네 친구와 만날 수 있겠나?"

"지금은 실험실에 있을 겁니다. 몇 주일이고 얼굴이 보이지 않는다 싶으면 아침부터 밤까지 실험실에 틀어박혀 있는, 그런 사람입니다. 괜찮으시다면, 식사 후에 가 보시겠습니까?"

"나야 좋지."

이후부터는 다른 문제에 관해서 이야기를 나눴다. 홀본 식당에서 나와 우리는 마차를 타고 병원으로 향했다. 스탬포드는 내가 함께 살기로 결정한 사람에 대해서 더욱 자세한 이야기를 들려주었다.

"그와 사이가 틀어졌다고 해서 저를 원망하지는 마세요. 실험실에서 종종 얼굴을 마주칠 뿐, 그에 대해 저도 잘 모르니까요. 왓슨 씨가 먼저 말을 꺼내셨으니, 나중에 잔소리를 해도 소용없어요."

나는 스탬포드를 가만히 바라보며 말했다.

"사이가 틀어졌을 땐 따로 살면 그만 아닌가? 이봐, 자네는 이번 일에서 손을 떼고 싶어 하는 것 같은데, 그 사람 혹시 성격이 이상한 거 아닌가? 확실하게 말해 주게나."

스탬포드가 웃으며 말했다.

"어떻게 말해야 좋을지 모르겠는데 말을 해 보라고 하시니, 참. 제가 보기에 홈즈라는 사람은 너무 과학적인 면이 있어서요. ……냉혈한이라고 말하고 싶을 정도지요. 새로 개발한 식물성 알칼로이드를 친구에게 살짝 먹여 볼지도 모를 그런 사람입니다. 아니, 악의가 있어서 그러는 건 아니고, 확실한 효과를 확인하고 싶다는 연구심 때문에요. 이렇게 말하는 게 더 정확하려나? ……그럴 때는 자신이 먼저 먹어 볼 거라고. 빈틈없고 정확한 지식을 위해서라면, 무슨 일이든 할 사람이에요."

"그야 바람직한 일 아닌가?"

"그래도 너무 지나친 면이 있어요. 해부실에 있는 시체를 막대기로 두드리며 돌아다니다니, 왠지 오싹한 생각이 들어요."

"시체를 두드린다고?"

"그렇다니까요. 시체를 두드리면 어느 정도 상처가 생기는지 확인을 하기 위해서였대요. 제 눈으로 직접 봤다니까요."

"그런데 의학생은 아니란 말이지?"

"네. 뭘 연구하고 있는 건지는 아무도 몰라요. 아, 다 왔네요. 어떤 인물인지 직접 확인해 보세요."

우리는 이야기를 나누며 좁은 길에서 빠져나와 커다란 병원의 병동으로 통하는 조그만 뒷문으로 들어섰다. 병원에 대해서 잘 알고 있었기 때문에 나는 앞장서서 싸늘한 돌계단을 올라 하얀 회를 바른 벽과 흑갈색문이 늘어서 있는 긴 복도를 걸어갔다. 복도 끝 바로 앞에 낮은 아치형 천장으로 된 통로가 나타났다. 그 앞에 화학 실험실이 있었다. 실험실 천장은 높았다. 헤아릴 수도 없이 많은 병들이 나란히 늘어서 있기도 하고, 여기저기 흩어져 있기도 했다. 낮고 넓은 실험대가 여기저기 있었으며, 증류기와 시험관, 파란 불꽃을 피워 올리고 있는 분젠 램프 등이 그 위에 놓여 있었다.

실험실에는 한 사람밖에 없었는데, 그는 안쪽 실험대에 엎드려 실험에 열중하고 있었다.

그는 우리의 발소리를 듣고는 이쪽을 바라보더니, 자리에서 벌떡 일어나 기쁘다는 듯이 외쳤다.

"발견했어! 드디어 해냈다고!"

이렇게 외치더니 스탬포드 쪽으로 달려왔다. 손에는 시험관을 쥐고 있었다.

"시약을 만들었다네. 헤모글로빈에만 반응하는 시약일세."

그가 만약 금광을 발견했다 하더라도 그처럼 기뻐하는 표정을 지을 수는 없었을 것이다.

"이분은 왓슨 박사이십니다. 이분은 셜록 홈즈 씨입니다."

스탬포드가 우리를 소개했다.

"안녕하십니까? 왓슨 씨."

홈즈는 악수를 했다. 형식적이 아니라 진심이 담긴 힘찬 악수였다.

"아프가니스탄에서 돌아오셨죠?"

"그걸 어떻게 아셨죠?"

나는 깜짝 놀라지 않을 수 없었다.

홈즈가 껄껄 웃으며 말했다.

"아, 별것 아닙니다. 그보다 헤모글로빈이 문제입니다. 이 발견이 얼마나 중요한지는 알고 계시겠죠?"

"화학적으로는 틀림없이 흥미로운 발견이겠죠. 하지만 그게 무슨 일에 도움이 된다는 건지……."

"아닙니다. 법의학계에서 오랫동안 이처럼 실용적인 발견은 없었습니다. 이것으로 확실한 혈흔 테스트를 할 수 있게 될 겁니다. 자, 이리 와 보세요."

홈즈는 성급히 내 프록코트 소매를 잡더니, 조금 전의 그 실험대로 끌고 갔다.

"신선한 피가 좀 필요한데."

홈즈는 기다란 바늘로 자신의 손가락을 찌르더니, 배어 나온 피 한 방울을 피펫으로 빨아들였다.

"잘 보세요. 이 미량의 피를 물 일 리터와 섞겠습니다. 어떻습니까? 그냥 보통 물로밖에 보이지 않죠? 혼합 비율이 백만 분의 일 보다 낮을 것입니다. 그래도 확실한 반응이 나타날 거예요."

이렇게 말하며 홈즈는 용기 속의 물에 하얀 결정체를 두어 개 넣었다. 그런 다음 투명한 액체를 몇 방울 떨어트렸다. 물은 곧 거무스름한 적갈색으로 변하더니, 유리병 바닥에 갈색 침전물이 떨어지기 시작했다.

"야, 됐다, 됐어!"

홈즈는 손뼉을 치며 외쳤다. 새 장난감을 받은 소년처럼 기뻐하는 얼굴이었다.

"어떻습니까?"

"아주 민감하게 반응하는군요."

"굉장해! 대단한 일이야! 지금까지 써 온 과이액 수지를 이용하는 방법은 복잡하고 정확하지 못했어요. 현미경으로 혈구를 검사하는 것도 마찬가지였고요. 혈액이 묻은 지 두어 시간만 지나도 벌써 쓸모없어지니까. 하지만 이 방법을 쓰면 혈액이 신선한 것이든 오래된 것이든 같은 반응을 보여요. 이 검출법을 진작 발견했다면, 활개를 치며 돌아다니는 몇 백 명의 사내들이 유죄 판결을 받았을 거예요."

"그랬겠지요!"

나는 작은 소리로 말했다.

"범죄 사건의 경우 문제는 늘 거기에 있었어요. 사건 발생

후 한 달이 지나서 용의자가 떠올랐다고 합시다. 속옷이나 옷을 조사해 봤더니 갈색 흔적이 발견됐습니다. 혈흔일까, 진흙일까, 녹일까, 과즙일까, 아니면 또 다른 무엇일까? 그것을 밝히기 위해서 수많은 전문가들이 골머리를 썩여 왔습니다. 어째서일까요? 결국 믿을 만한 검출법이 없었기 때문이지요. 하지만 이제부터는 셜록 홈즈 검출법을 쓰면 돼요. 간단하게 혈액을 검출할 수 있게 된 겁니다."

이야기를 하고 있는 홈즈의 눈은 반짝반짝 빛나고 있었다. 그는 마치 많은 사람들의 박수에 답하듯 가슴에 손을 얹더니 인사를 해 보였다.

"축하드립니다."

나는 홈즈가 그토록 기뻐하는 모습에 놀라며 축하의 말을 건넸다.

"작년에 프랑크푸르트에서 폰 비숍 사건이 있었죠. 그때 이 혈액 검출법을 알고만 있었다면 그 사람은 틀림없이 교수형에 처해졌을 겁니다. 그리고 브래드퍼드의 메이슨이나 악명 높은 멀러, 몽펠리에의 르 페브르, 뉴올리언스의 샘슨 등도 유죄 판결을 받았을 겁니다. 내 검출법이 결정적인 단서가 될 수 있었을 사건을 얼마든지 들 수 있습니다."

스탬포드가 웃으며 말했다.

"마치 걸어다니는 범죄 사전 같군요. 범죄 전문 신문이라도 발행해 보지 그러세요? '과거의 범죄 사건'이라는 이름을 붙여서요."

"거, 상당히 재미있는 신문이 될지도 모르겠는데."

손가락의 상처에 조그만 반창고를 붙이며 홈즈가 말했다. 그리고 나를 보고 웃음 짓더니, 손가락을 내밀어 보이며 말했다.

"언제나 독극물을 만지기 때문에 조심해야 해요."

그의 손에는 그런 반창고가 몇 개나 붙어 있었고, 강한 산 때문에 피부가 변색되어 있었다.

"실은 드릴 말씀이 있어서 찾아왔습니다."

스탬포드는 다리가 세 개인 높은 의자에 앉았다. 그러고는 발로 같은 의자를 내 쪽으로 밀면서 말했다.

"여기 계신 왓슨 씨가 하숙집을 구하고 있거든요. 홈즈 씨도 함께 방을 빌릴 만한 사람이 없다고 불평을 하셨잖아요. 그래서 두 분을 소개시켜 드리면 어떨까 싶어서요."

셜록 홈즈는 나와 함께 방을 빌리는 것이 마음에 든 모양이었다.

"사실 베이커 가에 우리에게 딱 맞는 방이 있거든요. 선생님은 짙은 담배 연기 같은 것엔 별로 신경 쓰지 않으시지요?"

"나도 십스를 피우는 걸요."

"그거 잘됐군요. 나는 화학 약품을 가지고 있어요. 때때로 실험을 하기도 하죠. 방해가 될까요?"

"상관없습니다."

"그리고…… 내게 무슨 결점이 있었더라? 그래, 때때로 우울해져서 며칠이고 아무런 말도 하지 않을 때가 있어요. 그럴 때 내가 화가 나서 그러는 거라고 생각하지는 마세요. 그냥 내버려 두시면 돼요. 금방 원래대로 되돌아오니까요. 그런데 선생님은 어떠세요? 뭔가 해 두실 말씀은 없으신가요? 함께 생활하기에 앞서 서로의 결점을 알아 두는 편이 나을 테니까요."

이 반대 심문을 받고 나는 웃음을 터트렸다.

"나는 새끼 불독을 키우고 있습니다. 신경이 날카로워져서 시끄러운 건 질색입니다. 아침에 일어나는 시간도 불규칙하고요. 그리고 굉장한 게으름뱅이죠. 몸이 건강할 때라면 여러 가지 나쁜 버릇이 더 있겠지만, 지금은 그 정도입니다."

"시끄러운 게 질색이라니, 그럼 바이올린을 켜는 것도 시끄러운 소리에 들어갑니까?"

홈즈가 걱정스럽다는 듯이 물었다.

"연주하는 사람에 따라 다르겠지요. 멋진 연주라면 훌륭하다고 느끼겠지만, 서툰 연주라면······."

홈즈는 잘됐다는 듯이 웃었다.

"아, 그럼 됐어요. 이걸로 얘기는 끝난 거죠? ······방이 마음에 드시는가 하는 그 문제만 남았군요."

"언제 방을 보러 갈까요?"

"내일 12시에 여기로 와 주세요. 둘이 가서 보고 결정하도록 하지요."

"알겠습니다. 그럼 내일 정오에 뵙지요."

나는 홈즈와 악수를 했다.

약품에 둘러싸여 홈즈는 다시 실험을 시작했다. 우리는 호텔을 향해서 걷기 시작했다.

"그런데 말일세. 그는 내가 아프가니스탄에서 돌아왔다는 사실을 어떻게 알았을까?"

나는 갑자기 멈춰 서서 스탬포드에게 물었다.

스탬포드가 알 수 없는 웃음을 지으며 이렇게 대답했다.

"바로 그게 그 사람의 이상한 버릇입니다. 어떻게 그렇게 많은 것들을 알고 있는지 모두들 궁금해 하고 있어요."

"그래? 아무도 모르고 있단 말이지? 재미있겠군. 그를 소개해 줘서 고맙네. '인간은 인간을 연구하는 것이 중요하다'고 하니까 말일세."

나는 기분이 좋아져서 손을 비벼 댔다.

"그럼 그 사람에 대해서 연구해 보실 생각이시군요. 하지만 매우 귀찮을 겁니다. 연구하시기 전에 선생님이 홈즈 씨에게 연구당할 겁니다. 그럼, 이만 실례하겠습니다."

"잘 가게."

나는 새로운 친구에게 커다란 흥미를 느끼면서 호텔까지 어슬렁어슬렁 걸어갔다.

추리학

이튿날 나는 실험실에서 홈즈와 만나, 그가 얘기했던 베이커 가 221-B번지에 있는 방을 보러 함께 갔다. 아늑해 보이는 침실이 두 개, 그리고 거실이 딸려 있었다. 거실에는 좋은 느낌을 주는 가구가 있었으며, 커다란 창이 두 개 달려 있었다. 하숙치고는 더할 나위 없이 좋은 곳이었다. 방세도 두 사람이 나눠서 낸다면 나름대로 적당한 가격이었다. 우리는 그 자리에서 계약을 하고 바로 살기로 했다. 그날 밤 나는 호텔에서 짐을 옮겨 왔다. 셜록 홈즈도 다음 날 아침에 상자와 여행 가방을 몇 개 옮겨 왔다.

그리고 이틀 동안 우리는 짐을 풀고 그것들을 정리하느라 바빴다. 정리가 끝나자 우리는 드디어 안정을 되찾고 새로운 환경에 적응해 나갔다. 함께 살아 보니 홈즈는 결코 까다로운 사내가 아니었다. 그는 차분하고 생활도 규칙적인 편이었다. 밤에도 10시 넘어서까지 깨어 있는 적은 거의 없었으며, 언제나 나보다 먼저 일어나서 식사를 한 뒤 출근을 했다.

대부분 화학 실험실이나 해부실에서 하루를 보내지만, 때로는 멀리 빈민가까지 산책을 나가는 모양이었다.

그는 일단 연구열에 휩싸이게 되면 굉장히 열중하는 모습을 보였다. 그런가 싶으면 그에 대한 반동에서인지, 하루 종일 거실 소파에 누워서 말도 하지 않고 꼼짝도 하지 않은 채 며칠이고 보내는 날이 이어지기도 했다. 그럴 때면 홈즈는 공허한 눈빛에 멍한 표정을 짓고 있었다.

  만약 절도 있고 청결한 평소 생활상을 몰랐다면, 마약 중독자가 아닐까 의심했을 것이다. 시간이 흐름에 따라서 나는 더욱더 홈즈에게 끌리게 되었다. 무엇을 목적으로 삼고 있는지, 그에 대한 호기심은 점점 더 강해져 갈 뿐이었다. 제아무리 멍청한 사람이라도 홈즈의 얼굴과 풍채에 끌리지 않을 수 없을 것이다. 신장은 6피트가 조금 넘었는데, 너무 말랐기 때문에 실제로는 그보다 훨씬 더 커 보였다. 눈은 조금 전에 말했던 무기력한 상태일 때를 제외하면 사람을 꿰뚫듯이 날카로웠다. 갸름한 매부리코 때문에 기민하고 결단력 있는 사람이라는 인상을 매우 강하게 풍겼다. 야무지게 각진 턱도 결단력이 강한 사람이라는 사실을 보여 주고 있었다. 손은 언제나 잉크와 화학 약품으로 얼룩져 있었지만, 손끝은 매우 섬세했다. 깨지기 쉬운 실험용 기구를 능란하게 다루는 모습을 내 눈으로 직접 본 적이 있었다.

  내가 홈즈에게 얼마나 호기심을 가지고 있는지, 그리고 자신의 신변에 대해서 이야기하려 들지 않는 홈즈의 입을 열기 위해서 얼마나 노력했는지 이야기하면, 독자들은 나를 남의 일에 참견하기 좋아하는 구제할 길 없는 사람이라고 생각할지도 모른다. 하지만 그렇게 생각하기 전에, 당시 나는 일도 없었으며 어디에서도 흥미를 느끼지 못한 채 생활하고 있었다는 사실을 상기해 주시기 바란다. 몸도 아직 회복된 상태가 아니었고 온화한 날씨가 아니면 외출도 할 수가 없었다. 게다가 무료한 나날을 보내고 있는 나를 찾아오는 친구조차도 없었다. 그런 상태에 있었기 때문에 나는 함께 생활하고 있는 사람이 풍기는 조그맣고 비밀스러운 것에 마음이 끌리지 않을 수 없었다. 나는 매일 그 비밀을 풀기 위해서 정신없이 노력했다.

홈즈는 의학을 공부하지는 않았다. 언젠가 홈즈에게 물어본 적이 있었는데, 그 자신의 입을 통해서 그렇지 않다는 사실을 확인할 수 있었다. 과연 스탬포드가 말한 대로였다. 본격적으로 공부를 해서 과학 학위를 받으려고 하는 것 같지도 않았다. 그리고 학자가 되기 위해서 공부를 하고 있는 것 같지도 않았다. 그럼에도 불구하고 어떤 분야의 연구에 바치는 그의 정열에는 놀라지 않을 수 없었다. 분야가 한정적이기는 했지만, 홈즈의 학식은 놀랄 만큼 풍부하고 정확했다. 그런 그의 관찰력에 나는 그저 감탄할 뿐이었다. 아무 책이나 마구 읽는다고 해서 정확한 지식을 얻을 수 있는 것은 아니다. 그럴 만한 이유가 없는 한 우리 인간은 상세한 것까지 기억할 수는 없는 법이다.

홈즈의 지식은 놀랄 만한 것이었지만, 무지한 점 또한 놀랄 만한 것이었다. 현대 문학이나 철학, 정치에 관해서는 거의 아무것도 모르고 있는 듯했다. 사상가인 토머스 칼라일의 말을 인용했을 때의 일이었다. 홈즈는, 그는 누구며 무엇을 했느냐고 내게 진지하게 물었다. 가장 놀랐던 것은 홈즈가 코페르니쿠스의 지동설과 태양계의 구성에 대해서 아무것도 모른다는 사실을 우연히 알게 되었을 때였다. 19세기를 살아가고 있는 문명인이 지구가 태양 주위를 공전하고 있다는 사실을 모르다니! 너무나도 이상한 사람이었다. 나는 도저히 믿을 수가 없었다.

어이없다는 표정을 짓고 있는 나를 보고 홈즈는 웃음을 터트렸다.

"놀란 모양이군. 그 사실을 알았으니 이제는 어떻게 해서든 잊어야겠네."

"잊는다고?"

"잘 들어 보게. 인간의 뇌는 원래 텅빈 조그만 다락방 같은 것이라고 생각하네. 거기에는 마음에 드는 가구밖에는 들여놓을 수가 없지. 어리석은 사람은 눈에 띄는 잡동사니를 차곡차곡 쌓아 놓는다고. 그렇기 때문에 도움이 될 만한 지식이 밀려나거나 다른 것과 뒤섞여 버리기 십상이지. 심지어는 어떻게 손을 써야 좋을지도 모르게 되어 버리고 말일세. 하지만 솜씨가 좋은 장인은 머릿속 다락방에 무엇을 넣어 두어야 좋을지 가만히 지켜보지. 장인은 일에 필요한 도구 외에 다른 것은 가지고 있지 않네. 그리고 여러 가지 도구를 사용하기 편리하도록 가지런히 정리해 두지. 조그만 방의 벽이 늘어나 얼마든지 물건을 넣어 둘 수 있다고 생각한다면, 그건 착각이야. 어떤 새로운 지식을 기억하게 되면, 기억하고 있던 지식을 잃어버리게 되지. 그러니까 도움이 되는 지식이 내몰리지 않도록 하기 위해서 쓸데없는 지식은 기억하지 않도록 하는 것이 중요한 걸세."

"하지만 태양계의 구조라고!"

홈즈가 답답하다는 듯이 내 말을 끊었다.

"그게 나한테 무슨 도움이 된다는 거지? 지구가 태양 주위를 돌고 있다고 자네는 말했지? 하지만 달 주위를 돌고 있다고 해도 내 생활이나 일에는 아무런 지장도 없을 걸세."

그럼 대체 자네는 무슨 일을 하고 있느냐고 물어보려고 했다. 하지만 그렇게 물어보면 홈즈가 싫어할 것이라는 사실을 그의 태도를 통해서 알 수 있었다. 나는 당시의 짧은 대화를 몇 번이고 되씹으면서 어떻게 해서든 추리해 내려고 했다. 홈즈는 목적과는 상관없는 지식은 기억하지 않는다고 말했다. 즉 그의 지식은 일에 도움이 되는 것들뿐이라는 말이 된다. 나는 홈즈가 특별히 자세하게 알고 있는 분야의 지식을 머릿속에서 여러 가지로 떠올려 보았다. 연필을 들고 적어 보기까지 했다. 홈즈의 지식에 대한 표가 완성되었을 때, 나는 나도 모르게 웃음을 터트리고 말았다. 이런 표가 완성되었기 때문이었다.

셜록 홈즈의 학식표
1. 문학에 관한 지식 — 없음.
2. 철학에 관한 지식 — 없음.
3. 천문학에 관한 지식 — 없음.
4. 정치학에 관한 지식 — 없음.
5. 식물학에 관한 지식 — 한쪽으로 치우쳐 있음. 벨라도

나, 아편 등과 같은 독약에 대해서는 잘 알고 있지만, 일반적인 원예에는 무지함.
6. 지질학에 관한 지식 — 실용적인 지식은 있지만, 한계가 있음. 한눈에 토양의 차이점을 알아봄. 산책에서 돌아온 그가 바지에 묻은 진흙을 내게 보이며 색과 점성 등으로 미루어 보아 런던의 어느 곳에서 튄 것이라는 사실을 말한 적이 있음.
7. 화학에 관한 지식 — 깊음.
8. 해부학에 관한 지식 — 정확하지만 체계적인 지식은 아님.
9. 대사건에 관한 지식 — 매우 자세하게 알고 있음.
10. 바이올린을 잘 켬.
11. 봉술, 권투, 검술에 뛰어남.
12. 영국 법률의 실용적인 지식이 많음.

여기까지 표를 만든 나는 뭐가 뭔지 도무지 알 수 없어서 불 속에 처넣어 버렸다.

"이런 능력들을 전부 필요로 하는 일을 하고 있는 듯한데, 도저히 감도 못 잡겠다. 에잇, 나도 모르겠다."

나는 표에서 바이올린 연주에 관해서 언급했다. 훌륭한 연주를 하기는 하지만, 다른 재능과 마찬가지로 좀 독특한 구석이 있었다. 홈즈는 어려운 곡도 연주를 한다. 내가 청했을 때, 멘델스존의 가곡이나 그 외에도 그가 좋아하는 곡을 연주해 준 적이 있었기 때문에 잘 알고 있다. 그런데 내가 청하지 않을 때는 곡다운 곡을 연주하지 않았으며, 내가 아는 곡은 거의 연주한 적이 없었다.

저녁에는 팔걸이가 달린 의자에 앉아 바이올린을 무릎 위에 올려놓은 채, 눈을 감고 손가락의 움직임에 따라 그저 소리를 울려 대고는 했다. 그 선율이 슬프게 울려 퍼지는 적이 있었다. 때로는 환상적이고 활기차게 느껴지는 적도 있었다. 그때그때 그의 기분이 소리가 되어 나타나고 있다는 것만은 틀림없는 사실이었다. 하지만 생각에 잠기기 위해서 연주를 하는 것인지, 그냥 마음 내키는 대로 연주를 하는것인지는 알 수가 없었다. 그 연주를 듣고 있으면 나까지 기분이 엉망이 되어 버렸다. 그는 그런 연주를 끝낸 후 참아 준 것에 대한 보상인 듯 내가 좋아하는 곡들을 몇 개 연속해서 들려주고는 했는데, 그렇게 해 주지 않았다면 나는 틀림없이 불만을 토로했을 것이다. 함께 생활을 시작한 후, 일주일 동안은 아무도 찾아오는 사람이 없었다. 나와 마찬가지로 홈즈에게도 친구가 없는 것이라고 생각했다. 그런데 그로부터 얼마 지나지 않아서 그가 많은 사람들을 알고 있다는 사실을 알게 되었다. 그중에는 신분이 높은 사람도 있었고, 가난한 사람들도 있었다. 홈즈의 친구 중에 혈색이 좋지 않고 쥐처럼 생긴, 눈이 검은 조그만 사람이 있었다. 소개를 받아 이름이 레스트레이드라는 사실을 알게 되었는데, 그 사람은 일주일에 서너 번이나 홈즈를 찾아왔다.

오전 중에 최근 유행하고 있는 옷을 입은 젊은 아가씨가 찾아와서 삼십 분 정도 이야기를 하고 갔는가 싶더니, 오후에는 유대인 행상인이 찾아왔다. 초라해 보이는 차림을 한 그 백발의 사내는 매우 흥분한 상태였다. 바로 그 뒤를 이어서 단정하지 못한 차림의 노파가 찾아왔다. 한 번은 백발의 신사가 홈즈를 만나게 해 달라며 찾아왔다. 그리고 벨벳으로 만든 제복에 붉은 모자를 쓴 철도청 직원이 찾아온 적도 있었다. 이런 정체를 알 수 없는 손님이 찾아올 때마다 홈즈가 거실을 좀 쓰고 싶다고 청해 왔기 때문에, 나는 내 방으로 들어갈 수밖에 없었다. 그는 번거롭게 해서 미안하다고 언제나 사과를 했다.

"일을 하는 데 이 거실을 쓰지 않을 수가 없다네. 여기를 찾아오는 사람들은 내 의뢰인들이야."

그럴 때라면 확실하게 직업이 무엇인지 물어볼 수도 있었지만, 그런 것을 구실로 비밀을 밝히고 싶지는 않았기 때문에 그대로 물러서고는 했다. 당시에는 뭔가 사정이 있어서 밝히지 않는 것이라고 생각했었다. 하지만 그로부터 얼마 지나지 않아서 홈즈가 먼저 직업에 관한 이야기를 꺼냈기 때문에 그렇지 않다는 사실을 알 수 있었다.

3월 4일의 일이었다. 좀 특별한 일이 있었기에 날짜를 확실하게 기억하고 있는데, 그날 나는 평소보다 일찍 잠에서 깼다. 셜록 홈즈는 아침 식사를 하고 있었다.

내가 늦게 일어난다는 사실을 알고 있었기에 하숙집 여주인은 아침 식사는 물론 커피조차도 준비해 놓지 않았다. 그럴 때면 인간은 매우 화가 나게 마련이다. 나는 벨을 울리고는 '나는 언제든지 식사를 할 준비가 되어 있다'며 좀 비꼬는 듯이 말했다. 그리고 테이블 위에 있던 잡지나 뒤적이며 시간을 보내려고 그것을 집어들었다. 홈즈는 아무 말 없이 토스트를 먹고 있었다. 몇몇 기사 중에서 제목에 연필로 표시를 해 둔 것이 눈에 들어왔다. 나도 모르게 그것을 읽기 시작했다.

'인생 교본'이라는 좀 과장스러운 제목의 기사였다. 관찰력이 뛰어난 사람은 어떤 분야에서나 정확하고 체계적으로 연구를 할 수 있기 때문에 훌륭한 업적을 올릴 수 있다는 내용이었다. 인간의 맹점을 잘 지적하기는 했지만, 참으로 한심한 의견이라고 나는 생각했다. 열의가 담긴 짜임새 있는 논법이기는 했지만, 그 추론은 비약이 심해서 과장된 느낌을 주었다.

근육이나 눈의 움직임과 같이 바로 사라져 버리는 조그만 표정을 통해서 마음의 깊은 곳까지 읽어 낼 수 있다고 필자는 주장하고 있었다. 그의 설에 따르면, 관찰과 분석에 관한 훈련을 받은 사람은 속일 수 없다고 한다. 유클리드 기하학의 정리처럼 절대로 틀림없는 사실이라고 결론을 맺고 있었다. 이것을 실증해 보이면 잘 모르는 사람들은 너무 놀란 나머지 자신을 마법사라고 생각하지만, 논리적으로 설명을 해 주면 그제야 납득을 한다는 것이었다.

논리학자라면 한 방울의 물을 보는 것만으로도, 대서양이나 나이아가라 폭포의 존재를 전혀 알지 못한다 하더라도 그것들이 존재한다는 사실을 추리해 낼 수 있다. 인생은 하나의 커다란 사슬이다. 그 사슬 속에 있는 고리 하나를 가지고도 인생의 본질을 알 수 있다. 추리와 분석에 관한 과학도 다른 모든 학문과 마찬가지로 오랫동안 끈기 있게 연구해야만 익힐 수 있는 것이다. 추리와 분석에 관한 과학의 길을 정복하기에는 인생이 너무나도 짧다.

이 과학을 배우려고 하는 사람은, 극히 어려운 정신적인 면에서부터 시작하기보다는 우선 기초적인 문제부터 배우는 것이 좋을 것이다. 사람을 만났을 때, 바로 그 사람의 경력이나 직업을 꿰뚫어 볼 수 있도록 훈련을 쌓는 것도 좋을 것이다. 유치한 훈련법이라고 생각할지 모르겠지만, 이 훈련으로 관찰력이 좋아지며 어떤 점에 주목해야 하는지를 알 수 있게 된다. 손톱, 옷소매, 장화, 바지의 무릎, 그리고 검지와 엄지에 박힌 굳은살, 표정, 셔츠의 소맷부리…… 이 모든 것들 속에 그 사람의 직업이 나타나 있다. 재능이 있는 연구자라면 그러한 것들을 종합하여 어떤 단서를 잡을 수 있을 것이다.

"말도 안 되는 소리를 잘도 늘어놓는군! 이런 헛소리는 살다 살다 처음 보겠네."

나는 잡지를 테이블 위로 내던졌다.

"왜 그래?"

홈즈가 물었다.

나는 식탁의 의자에 앉으며 숟가락으로 잡지를 가리켰다.

"이 기사 말이야. 표시해 놓은 걸 보니, 자네도 읽은 듯하군. 확실히 문장력은 있어 보여. 하지만 읽고 있자니 화가 나서, 원. 틀림없이 할 일 없는 사람이 서재에 편안하게 앉아서 꾸며 낸 역설일 거야. 이런 설은 아무짝에도 쓸모가 없지. 지하철 삼등석에 처넣고 승객들의 직업을 하나하나 맞혀 보라고 하고 싶군. 천 명 중에 한 명 맞히는 데 돈을 걸어도 좋을 거야."

"그럼 자네가 질 걸세. 그 기사를 쓴 건 바로 날세."

홈즈가 차분한 어조로 말했다.

"자네가 쓴 거라고?"

"그래. 나는 관찰과 추리에 재능을 가지고 있거든. 그리고 그 논리가 자네에게는 한심스러운 것처럼 느껴질지 모르겠지만, 사실은 매우 실용적인 것들뿐일세. 바로 그렇기 때문에 내가 먹고 살 수 있는 거지."

"그래? 어떻게?"

나는 나도 모르게 물었다.

"좀 특이한 직업을 가지고 있거든. 아마 세계에서 나 하나밖에 없을 거야. 나는 고문 탐정일세. 무슨 말인지 알겠나? 이런던에는 형사와 사설 탐정들이 헤아릴 수도 없이 많아. 그들은 수사를 하다 막히면 나를 찾아오지. 나는 올바른 수사법을 그들에게 가르쳐 주고. 증거도 전부 가져오기 때문에 나는 범죄 역사의 지식을 활용해서 사건 해결의 실마리를 찾도록 도와준다네. 범죄 사건에는 공통되는 부분이 상당히 많아. 따라서 천 건의 범죄에 대해서 잘 알고 있으면서 천한 번째 범죄를 풀지 못한다면, 그거야말로 이상한 거지. 레스트레이드는 유능한 형사야. 최근 그는 위조 지폐 사건을 수사 중인데, 막히는 부분이 있어서 여기에 왔던 것이지."

"그럼 다른 사람들은 어떻게 된 거지?"

"대부분은 흥신소에서 소개를 받고 찾아온 사람들일세. 각자 고민거리를 갖고 있는 사람들인데, 해결의 실마리를 찾고 싶어서 찾아오는 거지. 나는 얘기를 듣고 의견을 들려주고. 그렇게 해서 사례금을 받고 있는 걸세."

"그러니까 사건의 경위를 잘 알고 있는 당사자들도 해결 못 하는 일을 자네는 여기서 단 한 발자국도 나가지 않고 해결을 할 수 있단 말인가?"

"바로 그렇다네. 내게는 직관력이라는 것이 있거든. 때로는 좀 까다로운 사건도 있기는 하지만. 그럴 땐 내 눈으로 직접 보기 위해서 밖으로 나가야 한다네. 내 머릿속에는 특별한 지식들이 가득 들어차 있기 때문에 그것을 응용하면 사건은 아주 간단하게 풀리네. 이 기사에서 밝힌 추리의 법칙을 자네는 터무니없는 것이라고 말했지만, 내게는 일을 하는 데 커다란 도움을 준다네. 관찰은 나의 제2의 본능이야. 우리가 처음 만났을 때 내가 자네에게 아프가니스탄에서 돌아왔다고 말하자, 자네는 놀라지 않았나?"

"틀림없이 누군가에게서 들었겠지."

"그럴 리가 있나. 나는 자네가 아프가니스탄에서 돌아왔다는 사실을 알 수 있었네. 오랫동안의 습관으로 사고가 빨라졌어. 그러니까 사고의 중간 단계를 의식하지 않고도 결론에 도달해 버리는 거지. 그때는 다음과 같은 추리를 했었다네. '이 사람은 의사처럼 보이는데 군인다운 면도 있군. 그렇다면 틀림없이 군의관일 거야. 얼굴은 검지만 손목이 하얀 걸 보니, 원래 피부가 검은 사람은 아니야. 열대 지방에서 이제 막 돌아온 사람이군. 얼굴이 여윈 걸 보니, 매우 고생을 했고 병까지 앓았어. 왼쪽 팔에 부상을 입었나 보군. 움직임이 부자연스러운걸. 열대 지방 중에서 우리나라의 군의관이 팔에 부상을 입을 정도로 격렬한 전투가 있었던 곳은 어딜까? 틀림없이 아프가니스탄이다.' 이렇게 추리를 해내는 데 일 초도 걸리지 않았어. 그래서 아프가니스탄에서 돌아오셨죠, 라고 말했던 거지. 자네는 놀라는 듯했지만."

나는 웃으며 말했다.

"설명을 듣고 보니 아주 간단하구만. 자네는 에드가 알렌 포의 뒤팽을 닮은 구석이 있어. 그런 소설의 주인공이 실제로 존재할 거라고는 생각지도 못했네."

셜록 홈즈가 자리에서 일어나 파이프에 불을 붙였다.

"나를 칭찬할 생각으로 뒤팽 얘기를 꺼낸 건가? 하지만 내가 보기에 뒤팽은 나보다 한참 뒤떨어지네. 십오 분이나 입을 다물고 있다가 문득 떠오른 이야기인 것처럼 말을 꺼내 생각에 잠겨 있는 친구를 방해하는 방법 같은 건, 자기를 알아주기를 바라고 한 행동에 지나지 않네. 틀림없이 분석에 대한 재능이 조금 있기는 했지만, 포가 만들어 내고 싶어 했던 천재와는 아주 거리가 먼 인물이라네."

"가보리오(프랑스의 추리 소설가 — 역주)의 작품을 읽어 본 적은 있는가? 르콕은 자네가 말하는 탐정에 어울릴 만한 사람인가?"

셜록 홈즈는 콧방귀를 꼈다. 그리고 화가 난다는 듯한 어투로 말했다.

"멍청한 짓을 연발하는 르콕 같은 건 탐정이라고도 할 수 없네. 봐 줄 만한 구석이라고는 정열밖에 없지 않은가? 그 책을 읽으면서 나는 짜증이 났다네. 문제는 입을 다물고 있는 피고의 신상을 밝히기만 하면 끝. 나라면 하루 만에 끝낼 수 있는 일이지. 그런데 르콕이라는 작자는 여섯 달이나 걸렸어. 그건 멍청한 탐정의 표본으로나 삼으면 적당할 걸세."

존경하는 두 명탐정을 그가 깎아내렸기 때문에 나는 화가 났다. 창가로 가서 많은 사람들이 오가고 있는 거리를 바라보았다.

'이 사람은 머리는 좋을지 모르지만, 너무 잘난 척하는군.'

나는 이렇게 생각했다.

홈즈가 투덜대며 말했다.

"요즘에는 범죄다운 범죄도 없고, 머리가 좋은 범죄자도 없단 말이야. 이래서는 머리가 썩어 버리겠어. 나는 유명해질 수 있을 만한 재능을 가지고 있다네. 범죄 수사에 관한 한 나보다 더 노력과 재능을 쏟아 부은 사람도 없을 걸세. 그런데 어떤가? 추리할 만한 범죄도 없다네. 있다고 해 봐야 고작 런던 경시청의 형사들도 알 수 있는 동기에 의한 범죄뿐이지."

잘난 척 이야기하는 홈즈에게 화가 나기 시작했다. 이런 때는 화제를 바꾸는 게 제일이다.

"저 사람은 뭘 찾고 있는 거지?"

나는 건너편 길을 걸어가고 있는 다부진 체격의 키가 큰 사내를 가리켰다. 평범한 옷을 입은 그 사내는 자꾸만 길가의 집들의 번지를 확인하고 있었는데, 손에 크고 파란 봉투를 들고 있었다. 틀림없이 누군가에게 전해 주려는 것일 게다.

"아, 저 퇴역한 해병대 하사관 말인가?"

홈즈가 말했다.

'적당히 둘러대기는. 어차피 내가 확인할 길이 없단 말이지?'

나는 이렇게 생각했다.

그렇게 생각한 순간이었다. 우리가 지켜보고 있던 사내는 우리 집 번지를 보더니, 서둘러 길을 건너기 시작했다. 문을 두드리는 소리와 함께 굵은 목소리가 들려왔고, 곧 계단을 올라오는 육중한 발소리가 들려왔다.

"셜록 홈즈 씨지요? 여기요."

사내는 방으로 들어오더니, 홈즈에게 편지를 건넸다. 잘난 척하는 홈즈를 혼내 줄 절호의 기회였다. 조금 전에 적당히 둘러댈 때는 이런 때가 오리라고는 상상도 못했겠지.

"뭣 좀 여쭤 보겠습니다. 직업이 어떻게 되십니까?"

나는 일부러 아주 정중한 어조로 물었다.

"심부름꾼이외다. 제복은 수선집에 맡겼소."

사내가 무뚝뚝하게 대답했다.

"그럼 전에는 어떤 일을?"

나는 홈즈에게 심술 궂은 시선을 보내며 물었다.

"영국 해병대 보병 하사관이었소. 답장은 없습니까? 알겠습니다."

그는 뒤꿈치를 모아 거수경례를 한 뒤 밖으로 나갔다.

로리스턴 가든에서의 괴사건

솔직히 말하자면, 홈즈의 추리가 실제로 맞아떨어지는 것을 보고 나는 내심 놀라지 않을 수 없었다. 그의 뛰어난 분석력에는 그저 감탄을 금할 길이 없었다. 그래도 마음 한구석에는 의문이 남아 있었다. 나를 놀래 주려고 미리 꾸며 놓은 일이 아닐까 하는 의문이었다.

하지만 대체 무엇 때문에 나를 속이려는 것일까? 나는 그 이유를 전혀 알 수 없었다. 나는 홈즈를 쳐다봤다. 이미 편지를 다 읽은 그는 공허한 눈빛으로 멍한 표정을 짓고 있었다. 뭔가 생각에 잠긴 것이다.

"어떻게 그런 추리를 한 거지?"

내가 말을 걸었다.

"추리라니?"

신경질적인 목소리가 들려왔다.

"그러니까 아까 그 사내가 해병대 하사관이었다는 사실 말일세."

"지금은 그런 하찮은 문제에 답할 시간이 없네."

홈즈는 쌀쌀맞게 대답하더니, 곧 미소를 지으며 말했다.

"아, 미안, 미안. 잠깐 생각 좀 하느라고. 하지만 말을 걸어줘서 오히려 다행일지도 모르겠네. 그런데 정말 그 사내가 해병대 하사관이었다는 사실을 몰랐단 말인가?"

"전혀 몰랐다네."

"나는 바로 알 수 있었지만, 설명을 하기는 조금 어려운걸. 이 더하기 이가 사라는 사실을 증명해 보라고 하면, 자네도 조금 난처해지지 않겠나? 가령 정답을 알고 있다손 치더라도. 그 사내는 길 건너편에 있었지만, 손등에 크고 파란 닻 문신이 새겨져 있는 게 보였다네. 닻 하면 바다 아닌가? 그리고 행동에 군인다운 면이 있었고, 군인들에게서 흔히 볼 수 있는 구레나룻도 기르고 있었네. 그래서 해병대라는 결론을 내렸지. 또 어딘지 모르게 거만한 구석이 있었고, 사람들에게 명령을 하는 위치에 있었던 듯한 모습도 보였다네. 등을 곧게 펴는 모습이나 지팡이를 휘두르는 모습을 봤겠지? 차분하고 멋진 중년이라는 느낌이 얼굴 표정에도 나타나 있었다네. 이런 사실들을 바탕으로 계급은 하사관일 것이라고 생각한 거지."

"정말 대단하군!"

나는 나도 모르게 커다란 목소리로 말했다.

"별것도 아닌 걸 가지고."

홈즈는 이렇게 말했지만, 내가 찬탄하는 모습을 보고 기뻐하는 표정이 얼굴에 역력했다.

"조금 전에 머리가 좋은 범죄자가 없다고 말했었지? 하지만 그건 내가 틀린 것 같네. 이걸 좀 보게나!"

홈즈는 심부름꾼이 가져다 준 편지를 가만히 내밀었다.

"정말 굉장한 사건이군."

나는 재빨리 읽고 난 뒤 큰 소리로 말했다.

"흔히 일어나는 사건과는 좀 달라. 미안하지만, 소리 내서 읽어 줄 수 있겠나?"

홈즈가 차분한 목소리로 말했다.

나는 홈즈에게 편지를 읽어 주었다. 다음과 같은 편지였다.

셜록 홈즈 씨

어젯밤 브릭스턴 가 외곽에 있는 로리스턴 가든 3번지에서 사건이 발생했습니다. 밤 2시경 순찰을 돌고 있던 경찰이 비어 있는 줄 알고 있던 집에 불이 켜져 있는 것을 발견하고는, 이를 이상히 여겨 살펴보았습니다. 현관 문은 열려 있었으며, 가구 하나 없는 거실에는 잘 차려입은 신사의 시체가 있었습니다. 주머니 속에는 '미국 오하이오 주 클리블랜드 시 이녹 J. 드레버'라고 적힌 명함이 몇 장 들어 있었습니다. 강도를 만난 흔적은 없으며, 사망 원인을 추정할 만한 증거도 발견하지 못했습니다. 방에 혈흔이 남아 있었는데, 시체에 상처는 없었습니다. 사망자가 왜 방에 있었는지 우리로서는 알 길이 없습니다. 참으로 난해하기 그지없는 사건입니다.

오늘 오전 중으로 현장에 오시겠다면 기다리고 있겠습니다. 연락 주실 때까지 현장은 그대로 보존해 두도록 하겠습니다. 사정이 어려우시다면 후에 자세한 상황을 들려드리겠습니다. 그 때 의견을 들려주신다면 대단히 감사하겠습니다.

토비어스 그렉슨 드림

"그렉슨은 런던 경시청의 뛰어난 형사라네. 그와 레스트레이드는 멍청한 형사들 중에서 그래도 빛을 발하는 사람들이지. 두 사람 모두 꼼꼼하고 수사도 철저하게 하지만, 머리가 좀 딱딱해…… 두 손 두 발 다 들 정도로 말이야. 그리고 이 두 사람은 언제나 서로 으르렁거린다네. 매춘부처럼 서로를 질투하고 있거든. 만약 두 사람이 이 사건을 수사하게 된다면, 재미있는 구경을 하게 될 걸세."

홈즈가 태연한 얼굴로 험담을 하는 것을 보고 나는 어이가 없었다.

"이제 시간이 얼마 없네. 내가 마차를 불러 줄까?"

"아직 가겠다고 한 적 없는 거 같은데. 나는 세계에서 제일가는 게으름뱅이거든. ……아니, 그럴 때도 있단 말일세. 때로는 놀랄 정도로 열심히 일할 때도 있으니까."

"왜 그러나? 기다리고 기다리던 사건이 일어나지 않았는가?"

"그게 어쨌단 말이지? 내가 사건을 해결한다 해도, 그 공은 전부 그렉슨이나 레스트레이드와 같은 사람들에게 돌아갈 게 뻔하지. 내가 일개 시민이라는 이유로 말일세."

"그래도 일부러 부탁을 해 오지 않았나?"

"그랬지. 그렉슨은 내가 자신보다 뛰어나다는 사실을 알고 있거든. 내게도 그렇게 말했다네. 하지만 다른 사람들 앞에서 그런 말을 할 바에는 차라리 혀를 깨물어 버리겠다는 생각을 갖고 있다네. 뭐, 어쨌든 한 번 가 보는 것도 괜찮겠지. 나는 내나름대로 수사를 할 생각이야. 단서를 잡지 못한다 해도 경찰들을 비웃어 주는 일 정도는 할 수 있을 걸세. 자, 가세!"

홈즈는 서둘러 외투를 입더니 분주히 움직이기 시작했다. 조금 전까지의 무기력하던 모습은 사라지고 활발한 사람으로 변신해 버렸다.

"자, 모자를 쓰게나."

"내가 따라가도 괜찮겠나?"

"응, 달리 할 일이 없다면."

일 분 후, 우리 두 사람이 탄 이륜마차는 브릭스턴 가를 향해 달리고 있었다. 흐리고 안개가 가득 낀 아침이었다. 늘어선 집들의 지붕은 진흙투성이 거리를 반사하듯 진한 갈색 장막에 둘러싸여 있었다. 홈즈는 보기에도 아주 기분이 좋아 보였다. 크레모나에서 만들어지는 바이올린에 관한 이야기, 특히 스트라디바리우스와 아마티가 만드는 악기의 차이점 등에 대해서 혼자 떠들어 댔다. 나는 아무 말도 하지 않았다. 음침한 날씨

탓도 있었지만, 우리를 기다리고 있는 오싹한 사건을 생각하면 기분이 가라앉았기 때문이었다.

더 이상 견딜 수가 없어서 내가 홈즈의 악기에 관한 이야기를 끊고 말했다.

"이번 사건에 대해서는 그다지 신경을 쓰지 않는 것 같군."

홈즈가 대답했다.

"아직 사건에 관한 아무런 자료도 없다네. 증거가 채 모이기도 전에 추리를 한다는 건 위험한 일일세. 잘못된 판단을 하게 되니까."

나는 손가락으로 밖을 가리키며 말했다.

"그 자료라는 것이 곧 손에 들어올 걸세. 이미 브릭스턴 가에 도착했어. 저게 그 문제의 집인 모양이군."

"그렇군. 마차를 세워 주게나, 마부!"

현장까지는 아직 백 야드(1야드는 약 91.44cm — 역주) 정도 더 가야 했지만, 홈즈가 내리겠다고 고집을 피우는 바람에 하는 수 없이 거기서부터 걸어가기로 했다.

로리스턴 가든 3번지는 오싹한 느낌을 주는 곳이었다. 거리에서 조금 안쪽으로 들어간 곳에 집 네 채가 나란히 서 있었다. 그중 두 채에는 사람이 살고 있었지만, 나머지 두 채는 빈집이었다. 사건이 일어난 곳은 그 빈집 중 한 곳이었다. 커튼도 없는 휑한 창이 늘어서 있어 을씨년스러운 느낌을 주었다. 유리창 곳곳에 '임대'라고 써 놓은 팻말이 붙어 있어, 흐릿한 눈과 같은 그 창이 마치 백내장에 걸린 것처럼 보였다. 길가와

집 사이에는 조그만 정원이 있었는데, 연약해 보이는 나무 몇 그루가 듬성듬성 서 있었다. 그리고 점토와 자갈로 만들어 놓은 듯한 누렇고 좁다란 길이 정원을 가로지르고 있었다.

밤새 내린 비 때문에 주위는 온통 진흙탕이었다. 정원은 높이 삼 피트 정도의 벽돌담으로 둘러싸여 있었다. 담 위에는 목책이 붙어 있었고, 건장한 체격의 경찰이 그 벽에 바싹 붙어서 있었다. 경찰 주위로 몇몇 구경꾼들이 모여들어 안에서 무슨 일이 일어났는지 목을 길게 빼고 들여다보려 했지만, 무슨 일인지 알 수는 없었다.

나는 홈즈가 현장으로 달려가 바로 사건을 수사할 것이라고 생각했다. 하지만 홈즈는 그럴 기색을 조금도 보이지 않았다. 현장의 분위기로 봐서는 거드름을 피우고 있는 것이라고 밖에는 보이지 않았는데, 홈즈는 아주 태연한 표정으로 거리를 어슬렁어슬렁 걷기 시작했다. 그리고 멍하니 땅에다 시선을 주기도 하고, 하늘을 바라보기도 하고, 맞은편에 있는 집과 목책을 바라보기도 했다. 그런 다음에 느린 발걸음으로 집으로 통하는 좁은 길을, 아니 길 바로 옆에 자란 풀 위를 걸으면서 계속해서 길을 바라보고 있었다.

홈즈는 두 번 정도 멈춰 섰는데, 한 번은 빙그레 웃으며 기쁜 듯한 소리를 냈다. 점토 위에는 수많은 발자국들이 찍혀 있었다. 하지만 경관들이 그 위를 밟고 들락날락한 뒤라, 홈즈가 어떤 식으로 단서를 잡으려는 것인지 나로서는 도무지 알 수가 없었다. 그래도 홈즈의 날카로운 관찰력을 충분히 봤기 때문에 내가 알지 못하는 많은 것들을 그는 알게 될 것이라고 믿기로 했다. 현관 앞에 도착하자 한 남자가 마치 기다리고 있었다는 듯이 뛰어나와 홈즈의 손을 잡았다. 키가 크고 얼굴이 희었으며, 머리는 금발이었고 손에는 수첩을 들고 있었다.

"정말 잘 오셨습니다. 아무것도 손대지 않고 그대로 두었습니다."

"저기는 예외더군요. 들소가 지나갔다해도 저렇게 엉망이 되지는 않았을 거요. 하지만 당신은 저곳이 짓밟히기 전에 미리 조사를 해 봤겠죠, 그렉슨 씨?"

홈즈가 정원의 좁은 길을 손가락으로 가리키며 말했다.

"집 안에서 할 일이 좀 있어서요. 동료인 레스트레이드가 왔기에, 그 쪽은 그에게 맡겼습니다."

형사가 변명을 했다.

홈즈가 내 쪽으로 시선을 돌려 비웃듯이 눈썹을 움직여 보였다.

"당신과 레스트레이드 씨가 함께 수사를 했는데, 나 같은 게 단서나 잡을 수 있을까요?"

그렉슨은 기쁘다는 듯이 손바닥을 비벼 댔다.

"조사할 수 있는 건 다 조사했다고 생각합니다. 근데 사건이 좀 묘해서요. 당신 취향에 맞는 사건이라고 생각됩니다."

"당신은 영업용 마차를 타고 왔나요?"

홈즈가 물었다.

"아니요."

"레스트레이드 씨도요?"

"네, 그런데요."

"그럼 방 안을 좀 보여 주세요."

그런 쓸데없는 질문을 한 뒤 홈즈는 재빨리 집 안으로 들어갔다. 그렉슨은 어이없다는 표정으로 홈즈의 뒤를 따라갔다. 카펫이 깔려 있지 않은 먼지투성이 나무 복도는 조금 떨어진 곳에 있는 부엌까지 연결되어 있었다. 복도 양쪽으로 방이 있었으며, 한쪽 방은 몇 주일 동안이나 문을 열지 않았던 듯했다. 다른 방은 식당과 연결되어 있었다. 그곳이 이 기묘한 사건이 일어난 현장이었다. 홈즈가 발을 들여놓았고, 나도 뒤따라 들어갔다. 시체가 쓰러져 있었기에 답답한 느낌이 들었다.

그곳은 정사각형 모양의 넓은 방이었는데, 가구가 하나도 놓여 있지 않았기 때문에 더욱 넓게 느껴졌다. 값싸 보이는 요란스런 벽지는 군데군데 곰팡이가 피어 얼룩이 져 있었고, 벗겨진 벽지가 너덜거리는 곳도 있어 누런 초벽이 그대로 드러나 보이기도 했다. 문 맞은편 벽 쪽에 난로가 있었는데, 하얀 인조 대리석으로 만든 난로 위 장식장 때문에 천박한 느낌을 주었고, 그 장식장 위에는 붉은 초가 하나 세워져 있었다. 하나밖에 없는 창문은 너무나도 더러워서 들어오는 햇빛마저 뿌예져 방 안이 탁한 회색으로 보였고, 쌓여 있는 먼지 때문에 더욱 회색으로 보였다.

이런 사실들은 나중에서야 깨닫게 된 것들이다. 방에 들어선 순간에는 바닥에 나뒹굴어져 있는 시체밖에 눈에 들어오지 않았다. 빛이 바랜 천장을 공허한 눈으로 바라본 채 움직이지 않는, 오싹한 느낌을 주는 시체였다. 중간 정도의 키에 어깨가 넓고 마흔서넛 쯤 되어 보이는 사내로, 검은 곱슬머리에 수염이 더부룩하게 나 있었다. 두꺼운 나사지로 만든 고급 프록코트에 조끼와 옅은 색 바지를 입고 있었는데 칼라와 소매가 깨끗했다. 옆에는 깨끗하게 솔질을 한 실크 모자가 나뒹굴고 있었다.

시체는 팔을 벌린 채 주먹을 쥐고 있었고, 두 다리는 뒤틀려 있었다. 격렬한 죽음의 고통에 시달렸다는 사실을 확실히 알 수 있었다. 딱딱한 얼굴에는 공포의 빛이 역력했는데, 나는 지금까지 본 적이 없는 증오의 표정이라는 느낌을 받았다. 이 악귀와도 같은 얼굴은 이마가 좁고 코가 못생겼으며, 턱은 앞으로 튀어나와 있었다. 그 때문에 원숭이나 유인원 같다는 인상을 받았다. 몸이 부자연스럽게 뒤틀려 있었기 때문에 더욱 강하게 그런 인상을 받았다. 지금까지 여러 시체들을 보아 왔지만, 런던 교외의 대로변에 있는 어둡고 을씨년스러운 집 안에서 본 시체만큼 무시무시한 형상을 한 시체는 본 적이 없었다.

마르고 족제비를 쏙 빼닮은 레스트레이드 형사가 문가에 모습을 드러내더니, 홈즈와 내게 인사를 했다.

"이 사건은 세상을 떠들썩하게 만들 겁니다. 나는 신참 형사는 아니지만, 이런 사건은 처음이에요."

"아무런 단서도 잡지 못했나?"

그렉슨이 물었다.

"아무것도 찾지 못했네."

레스트레이드가 고개를 끄덕이며 말했다. 셜록 홈즈는 시체 쪽으로 다가가 무릎을 꿇고 세심하게 살펴보았다.

"틀림없이 외상이 없었단 말이죠?"

홈즈가 주위에 흩어져 있는 많은 양의 핏방울을 손가락으로 가리키며 물었다.

"틀림없습니다."

두 형사가 동시에 대답했다.

"그렇다면 이 피는 당연히 제2의 인물의 것이겠군요. 아마도 살인범의…… 물론 이것이 살인 사건이라면 말입니다. 1834년에 네덜란드의 위트레흐트에서 일어났던 반 얀센 살인 사건이 생각나는군요. 그렉슨 씨, 그 사건에 대해서 알고 계신가요?"

"아니요."

"꼭 좀 알아두세요. 해 아래 새로운 것이 없다고들 하는데, 참으로 옳은 말입니다."

홈즈는 재빠른 손놀림으로 시체를 구석구석 살피면서 말했다. 만져 보기도 하고, 눌러 보기도 하고, 단추를 풀어 보기도 했는데, 그의 눈에는 나만이 알고 있는, 먼 곳을 바라보고 있는 듯한 표정이 떠올라 있었다. 그가 시체를 너무나도 빨리 살펴봤기 때문에, 그 누구도 자세히 살펴봤을 것이라고는 생각지 않았을 것이다. 마지막으로 홈즈는 시체의 입 냄새를 맡아 본 뒤, 에나멜가죽으로 만든 구두의 밑창을 확인했다.

"시체에는 전혀 손을 대지 않았죠?"

홈즈가 물었다.

"조사하려고 움직이기는 했지만, 다시 원래대로 해 놨습니다."

"이제 영안실로 옮겨도 좋습니다. 더 이상 조사하지 않아도 되겠습니다."

그렉슨은 들것과 그것을 들 네 사람을 대기시켜 놓고 있었다. 그렉슨의 명령으로 시체는 들것으로 옮겨지게 되었다. 시체를 들어올릴 때 반지가 소리를 내며 바닥으로 굴러 떨어졌다. 레스트레이드는 그것을 집어들더니 알 수 없다는 듯이 쳐다보았다.

"여자가 있었군. 이건 여자의 결혼반지잖아?"

레스트레이드가 큰 소리로 말했다.

그는 그렇게 말하면서 반지를 손바닥에 올려놓고 내밀어 보였다. 우리는 그를 둘러싸고 반지를 뚫어져라 쳐다보았다.

"이거 참 일이 복잡하게 됐군. 안 그래도 복잡한 사건이었는데."

그렉슨이 말했다.

"반지 덕분에 간단해졌다고는 생각지 않나요?"

홈즈가 말했다.

"반지만 바라보고 있으면 일이 풀리나요? 시체의 주머니 속에는 뭐가 들어 있었죠?"

그렉슨이 계단 가장 밑단에 어지러이 놓여 있는 물건들을 가리키며 말했다.

"이게 전부입니다. 금시계가 하나, 런던 바로드 사 제품으로, 제조 번호는 97163입니다. 앨버트 형 시곗줄이 하나, 꽤 무거운 걸로 봐서 도금은 아닙니다. 금반지가 하나, 비밀 결사 단체인 프리메이슨의 문양이 새겨져 있습니다. 그리고 넥타이핀, 불독 얼굴 모양인데 눈은 루비입니다. 러시아 가죽으로 만든 명함집, 속에 클리블랜드 시 이녹 J. 드레버라고 적힌 명함이 몇 장 들어 있었습니다. 이것은 셔츠에 새겨진 머리글자 E. J. D.와도 일치합니다. 그리고 지갑은 없고, 잔돈으로 칠 파운드 삼십 실링이 있었습니다. 보카치오의 『데카메론』 포켓판이 한 권, 면지 부분에 조셉 스탠거슨이라는 이름이 적혀 있습니다. 그 외에 편지가 두 통, 한 통은 E. J. 드레버, 또 다른 한 통은 조셉 스탠거슨 앞으로 온 편지였습니다."

"받는 사람들의 주소가 어떻게 되죠?"

"스트랜드 가에 있는 미국 환전소입니다. 두 통 모두 가이온 기선 회사에서 보낸 것으로, 내용은 리버풀 항을 출발하는 배에 대한 안내입니다. 피해자는 틀림없이 뉴욕으로 돌아가려 했던 것 같습니다."

"스탠거슨이라는 사람에 대해서는 이미 조사를 해 보았겠죠?"

"바로 조사를 시작했습니다. 모든 신문에 광고를 내도록 조치했습니다. 그리고 미국 환전소로 부하를 보냈는데, 아직 돌아오지 않았습니다."

그렉슨이 대답했다.

"클리블랜드 시에 문의를 해 보았나요?"

"오늘 아침에 전보를 보냈습니다."

"어떤 내용이었죠?"

"사정을 설명하고 뭔가 참고가 될 만한 것이 있으면 알려 주기 바란다는 내용이었습니다."

"결정적인 단서가 될 만한 것에 대해서 물어본 것은 없나요?"

"스탠거슨에 대해 문의를 해 두었습니다."

"그 외에는? 이 사건의 열쇠가 될 만한 것은 없나요? 다시 한 번 전보를 보낼 생각은 없나요?"

"궁금한 건 전부 물었습니다."

그렉슨이 발끈하며 대답했다.

셜록 홈즈가 껄껄 웃으며 무엇인가를 말하려 했다. 바로 그때, 우리가 거실에서 이야기를 하고 있는 동안 식당에 남아 있던 레스트레이드가 모습을 나타냈다. 레스트레이드는 아주 거만한 표정으로 손을 비벼 댔다.

"그렉슨, 조금 전에 아주 중요한 것을 발견했다네. 내가 벽을 면밀히 조사했기 때문에 발견할 수 있었던 것이지. 그동안 발견하지 못했던 것도 어쩌면 당연한 일일세."

몸집이 조그만 형사가 눈을 반짝이며 말했다. 동료보다 한 발 앞서 나갔다는 사실 때문에 참을 수 없는 기쁨에 넘쳐 있는 듯했다.

"이쪽이에요."

레스트레이드는 잰 걸음으로 식당으로 향했다. 오싹함을 전해 주던 시체가 치워졌기 때문에 조금은 밝은 느낌이 들었다.

"자, 잠깐 기다리세요!"

레스트레이드는 부츠 바닥에 성냥을 그어 불을 붙인 뒤 그것으로 벽을 비춰 보였다.

"보세요!"

승리감에 젖은 듯한 목소리였다.

벽지가 여기저기 벗겨져 있었다는 이야기를 앞에서 이미 했는데, 방 이쪽 구석은 넓은 부분이 벗겨져 있어 누런 초벽이 정사각형 모양으로 드러나 있었다. 거기에 새빨간 피로 글자가 적혀 있었다.

RACHE

"어떻습니까?"

레스트레이드는 사회자가 공연을 소개하는 듯한 어투로 외쳤다.

"이걸 발견하지 못했던 것은 어두운 방의 구석에 있었기 때문입니다. 누구도 이런 곳까지는 조사하려 들지 않는 법이죠. 남자인지 여자인지는 모르겠지만, 범인이 자신의 피로 쓴 것입니다. 보세요. 피가 벽을 타고 흘러내렸습니다. 이걸로 자살

일 가능성은 사라졌습니다. 그렇다면 어째서 이런 구석에 적어 놓은 걸까요? 그 이유는 이렇습니다. 난로 위 장식장에 초가 있습니다. 범행 당시에는 불이 켜져 있었습니다. 그렇다면 이 장소는 어둡기는커녕 매우 밝았을 것입니다."

"그래, 자네가 발견했다고 했는데, 그게 어쨌다는 거지?"

그렉슨이 비아냥거리는 투로 말했다.

"어쨌다는 거냐? 보게, 이걸 쓴 사람은 레이첼(Rachel)이라는 여자의 이름을 쓰려고 했던 것일세. 그런데 중간에 방해를 받게 된 것이지. 알겠는가? 잘 기억해 두게. 사건이 해결되면 레이첼이라는 여자가 관련되어 있다는 사실을 알 수 있을 테니. 아, 홈즈 씨. 마음껏 비웃으세요. 당신은 틀림없이 머리가 좋습니다. 하지만 오랜 경험이 더 도움이 되는 경우도 있는 법이죠."

홈즈는 자신도 모르게 터트린 웃음 때문에 기분이 상한 조그만 사내에게 사과를 했다.

"이거, 죄송합니다. 처음으로 그것을 발견하셨으니, 큰 공을 세우신 겁니다. 말씀하신 대로 그건 어젯밤 사건과 관계가 있는 사람이 쓴 것이겠죠. 그런데 나는 아직 이 방을 조사하지 못했어요. 지금부터 조사를 해도 괜찮겠죠?"

그렇게 말하면서 홈즈는 주머니에서 줄자와 커다랗고 둥그런 돋보기를 꺼냈다. 이 두 가지 도구를 들고 홈즈는 조용히 방 안을 돌아다니면서, 때때로 멈춰 서기도 하고 무릎을 꿇고 앉기도 했다. 한 번은 바닥에 엎드리기까지 했다. 너무 작업에 열중한 나머지 홈즈는 우리가 있다는 사실조차도 잊은 듯했다. 그는 쉴 새 없이 입을 움직이고 있었는데, 소리를 지르기도 하고, 신음 소리를 내기도 하고, 휘파람을 불기도 하고, 뜻대로 일이 풀린 듯 환성을 지르기도 했다. 그것을 보고 나는 문득 잘 훈련된 순종 폭스하운드를 떠올렸다. 폭스하운드는 숲을 맹렬하게 헤치고 다니며 사라진 사냥감의 냄새를 맡아내고야 만다.

홈즈의 조사는 이십 분 정도 계속됐다. 내 눈에는 전혀 띄지도 않는 흔적과 흔적 사이의 거리를 줄자로 신중하게 쟀다. 그리고 벽에 줄자를 가져다 대보기도 했는데, 왜 그런 행동을 하는 것인지 전혀 감도 잡을 수가 없었다. 바닥에 얇게 쌓여 있는 회색 먼지를 조심스럽게 모아서 봉투에 넣기도 했다. 마지막으로 벽에 피로 적어 놓은 글자를 돋보기로 하나씩 세심하게 관찰했는데, 그것이 끝나자 이내 만족하는 듯했다. 홈즈는 줄자와 돋보기를 주머니 속에 넣었다.

"천재란 어떤 고통에도 견디는 능력이 있어야 한다고 합니다. 터무니없는 정의이기는 하지만, 탐정에게는 잘 어울리는 말이죠."

그렉슨과 레스트레이드는 아마추어 탐정 홈즈가 조사하는 모습을 경멸하는 듯한 눈초리로 바라보면서도 호기심만은 감추지 못했다. 홈즈의 행동은 제아무리 사소한 것이라도 반드시 확고한 의도를 품고 있다는 사실을 나는 잘 알고 있었지만, 두 형사는 그걸 모르는 듯했다.

"의견을 들려주십시오."

두 사람이 물었다.

"내가 참견을 한다면 당신들의 공을 앗아 가게 될지도 모릅니다. 훌륭하게 조사를 하셨으니, 굳이 내가 방해를 할 필요는 없겠죠. 수사의 진행 상황을 들려주신다면 기꺼이 협력하겠습니다. 그건 그렇고, 시체를 발견한 경찰과 이야기를 좀 나누고 싶은데요. 그 경찰의 이름과 주소를 가르쳐 주시겠습니까?"

홈즈가 비꼬는 듯한 투로 말했다.

레스트레이드가 수첩을 들여다보며 말했다.

"존 랜스입니다. 지금은 비번이니 집에 있겠죠. 케닝턴 파크 게이트의 오들리 코드 46번지입니다."

홈즈는 수첩에 주소를 받아 적었다.

"왓슨, 가서 만나 보세. 그리고 참고가 될 만한 걸 알려 드릴 게요."

홈즈가 두 형사에게 말했다.

"이건 살인 사건이고, 범인은 남자입니다. 중년이고, 신장은 6피트 이상. 키에 비해서 발은 작고, 끝이 각진 부츠를 신고 있습니다. 그렇게 좋은 부츠는 아니고요. 담배는 인도산 트리치노폴리 잎담배를 핍니다. 그 사내는 피해자와 함께 사륜마차를 타고 여기에 왔습니다. 그 말은 오른쪽 앞발에만 새로운 편자를 댔고, 나머지는 낡은 것입니다. 범인의 얼굴은 틀림없이 붉은 빛을 띠고 있을 것이며, 오른손의 손톱은 꽤 길 겁니다. 크게 도움은 안 되겠지만, 실마리 정도는 되겠지요?"

레스트레이드와 그렉슨은 믿을 수 없다는 표정으로 서로의 얼굴을 바라보았다.

"살인 사건이라면, 어떤 방법을 썼다는 거죠?"

레스트레이드가 물었다.

"독살입니다."

홈즈는 쌀쌀맞게 대답하고는 발걸음을 옮겼는데, 문을 나서기 전에 돌아서서 말했다.

"그리고 레스트레이드 씨, 'RACHE'는 독일어로 '복수'를 뜻하는 말입니다. 그러니까 레이첼이라는 여자를 찾아봐야 헛수고일 겁니다."

헤어지기 직전에 먹인 통렬한 한 방에 두 형사는 벌린 입을 다물지 못한 채 멍하니 서 있었다.

존 랜스의 증언

우리는 오후 1시에 로리스턴 가든 3번지에서 나왔다. 셜록 홈즈는 나와 함께 가까이에 있는 전신국에 들러서 긴 전보를 쳤다. 그런 다음 영업용 마차를 세우더니, 마부에게 레스트레이드가 가르쳐 준 주소까지 데려다 달라고 했다.

"직접 만나 물어보는 게 제일 정확하지. 사실은 어떻게 된 사건인지 이미 짐작이 간다네. 하지만 뭔가 더 알아낼 수 있다면, 그 보다 더 좋은 일은 없겠지."

"자네한테 정말 놀랐다네. 조금 전에 아주 자세히 한 말에 대해 확신은 없는 건 아니겠지?"

"아니, 전부 틀림없는 사실일세. 그 집에 도착했을때 가장 먼저 눈에 띈 것은 보도블록 옆에 난 두 줄기 바퀴 자국이었지. 최근 일주일 정도 비는 내리지 않았다네. 그리고 어젯밤에 비가 내렸지. 그렇게 깊이 새겨진 것을 보면 바퀴 자국은 틀림없이 어젯밤에 생긴 거야. 말굽 발자국도 남아 있었는데, 네 개 중 하나만이 다른 것보다 뚜렷하게 찍혀 있었기 때문에 편자를 새로 갈아 끼웠다는 걸 알 수 있었지. 그 마차가 온 것은 비가 내리기 시작한 뒤였고, 밤 2시에는 이미 그 자리에 없었지. 이 사실은 그렉슨의 편지를 통해서 알게 된 사실이네. 즉 마차가 온 것은 자정 전으로, 그 마차에는 남자가 둘 타고 있었던 게지."

"듣고 보니 아주 간단한 얘기 같은데, 범인의 신장은 어떻게 알아낸 거지?"

"별것 아닐세. 사람의 신장은 보폭으로 알아낼 수 있지. 정확도가 90%는 되네. 계산법은 아주 간단하지만, 지금 그걸 말하면 자네는 따분할 따름일 걸세. 그 사내의 발자국이 정원의 좁은 길과 집 안에 남아 있었기 때문에 보폭을 알 수 있었지. 나는 계산법을 통해서 신장을 알아낼 수 있었다네. 그리고 사람은 벽에 글씨를 쓸 때 자신도 모르게 눈 높이에 글씨를 쓰지. 이건 본능이라고도 할 수 있네. 그 피로 쓴 글자는 바닥에서부터 6피트보다 조금 높은 곳에 있었지. 이런 건 식은 죽 먹기지."

"그럼 나이는?"

내가 물었다.

"4피트 반이나 되는 넓이를 가볍게 건너뛴 것을 보면 힘없는 노인네라고는 볼 수 없으니까. 정원에 그 정도 크기의 웅덩이가 있었는데, 에나멜 구두를 신은 사내는 웅덩이를 피해서 돌아갔고, 끝이 각이 진 부츠를 신은 사내는 뛰어넘었다네. 이젠 알겠는가? 나는 잡지에 실린 논문에서 관찰과 추리를 권했는데, 그것을 일상생활에 응용한 것뿐일세. 뭐 더 궁금한 게 있나?"

"손톱과 트리치노폴리 잎담배에 대한 것이 남아 있네."

"벽에 있는 글자는 검지에 피를 묻혀서 쓴 것이라네. 돋보기로 봤더니, 글씨를 쓸 때 벽을 긁은 흔적이 희미하게 남아 있었다네. 손톱이 짧다면 그런 흔적은 남지 않았을 걸세. 그리고 바닥에 떨어졌던 재를 모아 담았었지? 그 재는 거무스름하고 얇게 썰어 놓은 모양이었다네. 그런 재가 생기는 건 트리치노폴리 잎담배뿐이지. 실제로 나는 잎담배의 재에 대해서 전문적으로 연구한 적이 있었고, 논문을 발표한 적도 있었지. 자랑은 아니네만, 잎담배든 그 외의 담배든 이름이 알려진 것이라면 그 재를 보고 단번에 이름을 맞힐 수 있지. 뛰어난 탐정이냐, 그렉슨이나 레스트레이드와 같은 탐정이냐는 바로 이런 조그만 차이점에서 드러나는 법이지."

"그럼 범인의 얼굴이 붉은 빛을 띠고 있다는 얘기는?"

"좀 억지에 가까운 추측이라고 생각할지는 모르겠지만, 틀림없을 걸세. 지금은 묻지 말아 주게나."

나는 이마를 쓰다듬으며 말했다.

"정신이 하나도 없네. 생각하면 생각할수록 모르겠단 말이야. 두 사내는 ― 두 사내라는 가정 하에 하는 얘기지만 ― 뭘 하러 빈집에 갔을까? 두 사람을 태우고 왔던 마부는 어떻게 됐을까? 범인은 어떻게 상대에게 독을 먹였을까? 바닥에 떨어져 있던 피는 누구 것일까? 살인자의 목적은 무엇이었을까? 아무것도 없어진 게 없었으니 말일세. 그리고 왜 여자의 반지가 거기에 있었을까? 그리고 정말 알 수 없는 건 벽의 글씨라네. 왜 범인은 도망가기 전에 독일어로 'RACHE'라고 썼을까? 솔직히 말하자면, 이런 사실들을 어떻게 연결해야 할지 전혀 감도 못 잡겠네."

나의 친구인 홈즈는 빙그레 웃으며 고개를 끄덕였다.

"자네가 복잡한 문제를 잘 정리해 주었네. 사건의 문제점에 대해서는 전부 짐작이 가네만, 그래도 아직 확실하지 못한 점이 몇 가지 남아 있어. 레스트레이드가 고생 끝에 발견한 그 글씨는 경찰의 눈을 속이기 위한 속임수에 불과하다네. 사회주의자나 비밀 조직의 범행처럼 보이기 위한 수법이지. 그건 독일인이 쓴 게 아닐세. 자네도 눈치 챘는지 모르겠네만, 그 A라는 글자는 독일 활자체와 비슷한 구석이 있었다네. 하지만 정말 독일 사람이었다면 라틴 활자체로 썼을 걸세. 틀림없다네. 독일인으로 보이려 했지만, 오히려 그것 때문에 정체가 탄로난 셈이지. 그건 수사를 다른 방향으로 돌리려는 수작에 불과하다네. 왓슨, 설명은 이쯤에서 마치도록 하겠네. 마술사도 일단 그 방법을 밝히고 나면 더 이상 인기를 끌지 못하지 않는가? 나도 내 조사 방법을 자네에게 너무 확실하게 알려 주면, 역시 다른 사람들과 다를 바 없다는 소리를 들을지도 모르니까."

"결코 그런 일은 없을 걸세. 자네는 탐정이라는 일을 세계에서 처음으로 물리학과 같은 정밀과학 수준으로 끌어올렸으니까."

홈즈는 나의 말과 감탄한 듯한 말투에 기쁘다는 듯이 얼굴을 붉혔다. 전부터 깨달은 사실이지만, 홈즈는 자신이 일하는 모습에 대해 칭찬을 들으면 아름다움을 칭찬받은 여자처럼 다정해졌다.

"한 가지 더 가르쳐 줄까? 에나멜 구두를 신은 사내와 끝이 각이 진 부츠를 신은 사내는 같은 마차를 타고 왔는데, 정원의 좁을 길을 걸을 때는 아주 사이가 좋았다네. 틀림없이 팔짱까지 끼고 있었을 걸세. 집 안으로 들어간 두 사람은 그 방을 서성였다네. 아니, 에나멜 구두를 신은 사내는 가만히 서 있었고, 끝이 각이 진 부츠를 신은 사내가 서성였다고 말하는 게 정확할 걸세. 이건 바닥에 있는 먼지의 상태를 보고 알아낸 거라네. 그리고 서성이는 동안 점점 흥분을 하게 됐다는 사실도 발자국을 통해서 알 수 있었지. 그건 점점 보폭이 넓어졌다는 사실을 보면 알 수 있다네. 범인은 흥분한 채로 말을 하다가 격렬한 분노가 폭발해 버린 거지. 그래서 비극이 일어난 걸세.

지금 알아낸 건 이 정도일세. 나머지는 전부 추측일 뿐이지. 하지만 이 정도만 알고 있어도 충분히 수사를 시작할 수 있을 걸세. 이런 서둘러야겠는데. 오늘은 할레가 지휘하는 연주회에 가야하거든. 노먼 네루다 부인이 연주하는 바이올린을 꼭 듣고 싶다네."

이런 이야기를 하는 동안 우리가 탄 마차는 빛바랜 거리와 을씨년스러운 골목길을 차례차례로 빠져나갔다. 곧 지금까지 지나온 중에서도 가장 지저분하고 을씨년스러운 거리로 들어서자, 마부는 거칠게 마차를 세웠다.

"이 앞이 오들리 코트입니다. 돌아오실 때까지 여기서 기다리겠습니다."

마부는 우중충한 벽돌담 사이로 난 좁은 골목을 가리키며 말했다.

오들리 코트는 한 번 살아 보고 싶은 마음이 드는 곳은 아니었다. 좁고 답답한 골목길을 빠져나가자 돌을 깔아 놓은 공터가 있었고, 주위에 초라한 집들이 늘어서 있었다. 지저분해 보이는 아이들 사이를 비집고 나가, 빛바랜 속옷이 널려 있는 사이를 지나 간신히 46번지에 도착했다. 현관 문에 랜스라는 이름이 새겨진 조그만 놋쇠 문패가 붙어 있었다. 물어보니 랜스가 아직 자고 있어서, 우리는 조그만 응접실로 안내되어 거기서 잠시 기다렸다.

곧 랜스가 나타났는데, 자다가 깼기 때문에 조금 짜증스러운 듯한 표정이었다.

"보고서는 서에 벌써 냈는데요."

랜스가 말했다.

홈즈는 주머니에서 십 실링짜리 금화를 꺼내 들고 생각에 잠긴 듯한 표정을 지으며 만지작거리기 시작했다.

"사건에 대해서 당신에게 직접 듣고 싶은데요."

"내가 알고 있는 건 뭐든지 말씀드리죠."

랜스는 조그만 금화를 뚫어져라 바라보며 말했다.

"있었던 일을 전부 듣고 싶어요. 그냥 생각나는 대로 들려주세요."

말총으로 만든 소파에 앉은 랜스는 하나도 남김없이 이야기하겠다고 결심한 듯, 미간을 모으며 말했다.

"처음부터 얘기하겠습니다. 내 근무 시간은 밤 10시부터 아침 6시까집니다. 11시경에 화이트 하트라는 술집에서 싸움이 한 번 있었을 뿐, 순회 지역은 아주 조용했습니다. 오전 1시경에 비가 내리기 시작했습니다. 도중에 해리 머처를 만났습니다. 홀랜드 그로브 구역을 순찰하는 경찰인데, 우리는 헨리에타 가의 모퉁이에서 이야기를 나눴습니다. 그로부터 얼마 지나지 않아서 ― 오전 2시나 2시를 조금 넘은 시간이었을 겁니다 ― 브릭스턴 가를 한번 둘러봐야겠다고 생각했습니다. 그 부근은 인적이 완전히 끊겼고, 길은 질퍽질퍽했습니다. 거리를 지나는 사람도 없었고, 영업용 마차도 한 두대 정도밖에 보지 못했습니다. 나는 순찰을 돌면서 사 펜스짜리 따뜻한 진을 마셨으면 정말 좋겠다고 생각했습니다. 이건 비밀입니다. 바로 그때였습니다. 사건이 일어난 집 창에서 불빛이 새어 나오는 게 보였습니다. 나는 로리스턴 가든의 두 집이 비어 있다는 사실을 알고 있었습니다. 전에 세 들었던 사람이 장티푸스로 죽었는데도 집 주인이 하수구를 고치려 들지 않기 때문에 세 들려는 사람이 없죠. 창 밖으로 새어 나오는 불빛을 봤을 때는 무슨 일이 난 거라고 생각했습니다. 그래서 현관까지 갔습니다……."

"그랬다가 다시 문으로 돌아왔죠? 왜 그랬나요?"

홈즈가 말을 끊고 물었다.

랜스는 놀라서 홈즈를 바라보았다. 믿을 수 없다는 표정이었다.

"그렇습니다. 그걸 어떻게 알고 계시죠? 아무도 본 사람이 없었을 텐데! 틀림없이 나는 현관까지 갔었습니다. 하지만 너무나 조용했기 때문에 다른 사람과 함께 가는 게 좋을 거라고 생각했습니다. 살아 있는 거라면 무서울 게 하나도 없습니다. 하지만 장티푸스로 죽은 사내의 유령이 원한을 품고 하수도를 보러 저 세상에서 돌아온 게 아닐까…… 그런 생각이 들자 무서워져서, 어쩌면 손전등을 든 머처가 지나갈지도 모를 테니 문까지 되돌아갔던 겁니다. 하지만 머처는커녕 누구 하나 지나가는 사람이 없었습니다."

"거리에는 아무도 없었나요?"

"사람은 커녕 쥐새끼 한 마리 없었습니다. 그래서 마음을 다잡고 현관으로 다시 가서 문을 열어 보았습니다. 아무런 소리도 나지않았습니다. 그래서 불이 켜 있는 방으로 갔습니다. 난로 위 장식장에 촛불이 — 붉은 초였습니다 — 흔들리고 있었습니다. 그 불빛을 통해서 본 것은……."

"아, 그건 전부 알고 있어요. 당신은 방 안을 몇 번이고 왔다 갔다 하다가 시체 옆에 무릎을 꿇고 앉았어요. 그리고 방에서 나와 부엌의 문을 확인했죠. 그런 다음……."

존 랜스는 겁을 먹은 듯한 얼굴로 자리에서 벌떡 일어났다. 그는 이상하다는 눈빛으로 홈즈를 봤다.

"거기에 숨어서 나를 지켜본 건가요? 그렇지 않고서야 그걸 어떻게 알 수 있겠어요."

그는 큰 소리로 말했다.

홈즈는 웃으면서 명함을 꺼내 그것을 랜스 앞 테이블에 밀어 놓았다. 그리고 말했다.

"살인 용의자로 체포될 수는 없죠. 나는 사냥개지 쫓기는 늑대가 아닙니다. 그렉슨과 레스트레이드에게 물어보면 알 거요. 자, 얘기를 계속 들려주세요. 그 다음 어떻게 했죠?"

랜스는 자리에 앉았는데, 아직도 여우에게 홀린 듯한 얼굴이었다.

"나는 문 쪽으로 가서 호각을 불었습니다. 그랬더니 바로 머처와 또 다른 두 사람이 달려왔습니다."

"그때 거리에 사람은 없었나요?"

"네. 그러니까…… 도움이 될 만한 사람은요."

"무슨 소리죠?"

랜스는 히죽 웃었다.

"지금까지 주정뱅이들을 많이 다뤄 봤지만, 그렇게 엉망으로 취한 녀석은 처음이었습니다. 내가 문 쪽으로 갔을 때, 그치는 벽돌담의 목책에 기대서 콜롬바인의 '유행의 깃발'인가 뭔가를 고래고래 소리 지르며 부르고 있었습니다. 돕기는커녕 제대로 서 있지도 못했어요."

"어떤 남자였죠?"

셜록 홈즈가 물었다.

랜스는 홈즈가 말을 끊고 묻자 귀찮다는 표정을 지었다.

"완전히 고주망태가 된 주정뱅이였어요. 그런 일만 없었다면 유치장에 처넣었을 겁니다."

"인상 착의는 어땠죠? 복장은? 기억 못하겠어요?"

"아니, 기억하고 있습니다. 나는 녀석을 끌어안아 일으켜서…… 아니다, 머처랑 둘이서 일으켰었지. 키가 크고 얼굴이 붉은 남자였습니다. 입 주위에 깃을 세워 가리고 있었기 때문에……."

"역시. 그래서 그 사내를 어떻게 했죠?"

홈즈가 큰 소리로 물었다.

"바쁜데 그런 녀석 끝까지 신경 쓸 틈이 어딨겠습니까? 틀림없이 집에 잘 들어갔을 겁니다."

랜스가 불만스럽다는 듯이 대답했다.

"어떤 옷을 입고 있었죠?"

"갈색 코트였습니다."

"채찍은 들고 있지 않았나요?"

"채찍? ……네, 가지고 있지 않았습니다."

"그럼 어딘가에 두고 왔군."

홈즈가 중얼거렸다.

"그 뒤에 마차를 보거나 마차 소리를 듣지 못했나요?"

"네."

"이 금화를 받으세요."

홈즈는 그렇게 말하고 모자를 집으면서 말했다.

"랜스 씨, 당신은 경찰로 성공하기는 힘들 것 같군요. 머리는 쓰라고 있는 거지 장식이 아닙니다. 당신은 어젯밤에 순사부장이 될 뻔했어요. 당신이 그 손으로 일으켜 세운 사내가 바로 이 사건의 열쇠를 쥐고 있는 사람으로, 우리는 그 사람을 쫓고 있거든요. 이제 와서 이런 얘기를 해 봐야 소용없는 일이지만, 어쨌든 그렇다는 겁니다. 이제 가세, 왓슨."

랜스는 반신반의하는 눈빛이었지만, 기분이 상한 듯해 보였다. 우리는 그대로 마차가 있는 곳으로 되돌아왔다.

하숙으로 돌아오는 마차 속에서 홈즈가 내뱉듯이 말했다.

"멍청이 같은 녀석! 그런 기회는 좀처럼 오지 않는 법인데, 그걸 놓치다니."

"난 아직도 잘 모르겠네. 주정뱅이의 인상은 틀림없이 자네가 말한 제2의 인물과 일치하네. 하지만 일단 도망갔던 사람이 왜 다시 돌아왔을까? 범인이라면 그런 짓은 하지 않았을 거라고 생각하는데."

"반지 때문이야. 틀림없이 반지 때문에 되돌아온 거야. 만약 다른 방법으로 안 된다면, 그 반지를 미끼로 낚을 수 있을 거야. 내가 꼭 잡아 보이겠네. 왓슨, 내기를 해도 좋아. 맞아, 자네에게는 고맙다는 말을 해야겠군. 자네가 아니었다면 나는 이 사건에 손을 대지 않았을지도 모르네. 그랬다면 이렇게 재미있는 연구를 할 기회도 잡지 못했겠지. 진홍빛에 관한 연구라고 부르는 건 어떻겠나? 우리도 가끔은 예술적인 표현을 써 보는 것도 괜찮겠지. 인생이라는 무채색 실뭉치 속에 살인이라는 진홍색 실이 섞여 있어. 우리의 일은 그 실을 풀어내서 백일하에 드러내는 것이지. 이제 점심을 먹고 노먼 네루다 부인의 연주를 들으러 가야겠군. 바이올린을 배우게 된 계기도 그렇고, 활을 놀리는 솜씨도 그렇고, 정말 대단한 연주자야. 쇼팽의 소곡 연주는 그야말로 예술이지. 그 제목이 뭐였더라. 트라, 라, 라, 리라, 리라, 레이……."

등받이에 등을 기대며 이 아마추어 탐정은 종달새처럼 끊임없이 흥얼댔지만, 나는 복잡한 인간의 마음에 대해서 깊은 생각에 잠겼다.

광고를 보고 온 손님

몸이 완전히 회복되지 않았기 때문에 오전의 행동은 내게 좀 무리였던 듯싶었다. 오후가 되자 몸이 말을 듣지 않았다. 홈즈가 연주회에 간 뒤에 나는 소파에 누워 두 시간 정도 잠을 자려고 했다. 그런데 정신은 더욱 맑아질 뿐이었다. 여러 가지 일들을 겪었기 때문에 신경이 날카로워져, 이상한 것들만 머리에 떠오르고 차례차례로 망상이 솟아올랐다.

눈을 감을 때마다 살해당한 남자의 개코원숭이 같은 일그러진 얼굴이 떠올랐다. 그 얼굴에서는 악귀 같다는 인상밖에 받지 못했기 때문에, 오히려 살해한 남자에게 감사하고 싶은 기분이 들 정도였다. 만약 악이 인간의 얼굴로 나타난다면, 그건 바로 클리블랜드 시의 이녹 J. 드레버와 같은 얼굴일 것이라고 생각했다. 그렇다고는 하지만 정의는 실현되어야만 한다. 제아무리 피해자가 쓰레기 같은 사람이라 할지라도, 그건 법률적으로 용서받을 수 있는 일이 아니었다.

드레버의 죽음이 독약에 의한 것이라는 홈즈의 가설은 참으로 훌륭한 것이었다. 나는 시체의 입 냄새를 맡던 홈즈의 모습을 떠올렸다. 독살을 떠올릴 만한 무엇인가가 틀림없이 있었을 것이다. 생각해 보면 시체에는 맞은 흔적도, 찔린 흔적도, 목을 졸린 흔적도 남아 있지 않았다. 그렇다면 독살에 의한 방법 외에는 달리 생각할 길이 없을 것이다. 그렇다면 바닥에 떨어져 있던 피는 누구의 것이었단 말인가? 격투를 벌인 흔적도 없었고, 피해자가 범인에게 상처를 입혔을 만한 무기도 발견되지 않았다. 이런 의문이 풀리지 않는 한 홈즈도 나도 쉽게 잠들 수는 없을 것이다. 하지만 홈즈는 자신이 넘치는 태도를 보였다. 나는 감도 잡지 못했지만, 홈즈는 틀림없이 모든 사실을 설명할 수 있는 추리를 이미 세워 놓았을 것이다.

홈즈는 꽤 늦은 시각에 집으로 돌아왔다. 연주회뿐 아니라 다른 일 때문에 늦었을 것이다. 저녁은 이미 테이블 위에 놓여져 있었다.

홈즈가 자리에 앉으면서 말했다.

"멋진 연주였다네. 다윈이 음악에 대해서 뭐라고 했는지 알고 있는가? 그의 설에 의하면, 인간은 말을 하기 훨씬 전부터 음악을 만들고 즐겼다고 하네. 그렇기 때문에 우리는 음악에 깊은 감동을 받는 것이 아닐까? 우리 마음속에 태곳적 기억이 희미하게 남아 있는 거겠지."

"아주 원대한 생각이군."

"자연을 해석하려면 대자연처럼 원대하게 생각해야지. 그런데 무슨 일 있었나? 혈색이 안 좋아 보여. 브릭스턴 가에서 일어난 사건 때문에 혼란스러운 모양이군."

"바로 그렇다네. 아프가니스탄에서 전쟁을 치르고 돌아와 좀 더 대담해진 줄 알았는데. 마이완드 전투에서는 적이 눈앞에서 전우들을 베어 쓰러트려도 아무렇지도 않았다네."

"이해할 수 있네. 이 사건은 묘하게 상상력을 자극하는 부분이 있네. 공포는 상상력 때문에 생기는 거지. 참, 오늘 석간

신문은 봤는가?"

"아니, 아직."

"사건에 대해서 아주 자세하게 기사가 실렸네. 시체를 옮기려 했을 때 여성용 결혼반지가 바닥에 굴러 떨어졌다는 얘기는 없었는데, 정말 다행이 아닐 수 없네."

"어째서지?"

"이 광고를 보게나. 사건 현장에서 돌아온 뒤에 모든 신문에 게재하도록 했다네."

그가 신문을 건네주기에 '습득물 광고란'을 보았더니, 가장 윗부분에 다음과 같은 광고가 실려 있었다.

오늘 아침 브릭스턴 가 화이트 하트 술집과 홀랜드 그로브 주택가 중간 지점에서 무늬 없는 결혼 금반지 습득. 오늘 저녁 8시에서 9시 사이에 베이커 가 221-B번지 왓슨 박사에게 연락바람.

"미안하네만, 자네 이름을 좀 빌렸네. 내 이름으로 내면 둔해 빠진 형사들이 읽고 귀찮게 할 것 같아서 말일세."

"그건 상관없네만, 만약 누군가가 찾아오면 어떻게 하지? 반지를 가지고 있지 않으니 말일세."

홈즈가 반지를 건네주며 말했다.

"반지라면 여기 있네. 그거면 충분할 걸세. 똑같이 생겼으니까."

"그래, 어떤 사람이 찾아올 것 같은가?"

"물론 그 갈색 코트를 입은 사내지. 끝이 각이 진 구두를 신은, 얼굴이 붉은 친구 있잖은가? 만약 자신이 오지 않는다면 공범자라도 보낼 걸세."

"그가 신변에 위협을 느낄 거라고는 생각지 않는가?"

"아니, 그 치 그렇게는 생각지 않을 걸세. 내 판단이 잘못되지 않았다면…… 아무리 생각해 봐도 잘못되지는 않은 것 같네. 반지를 찾기 위해서라면 어떤 위험이라도 감수할 걸세. 그 사내는 죽은 드레버 위로 몸을 굽혔을 때, 반지가 떨어졌다는 사실을 알지 못했지. 그 집에서 나온 뒤에 떨어트렸다는 사실을 깨닫고 서둘러 되돌아갔지만, 그때는 이미 경찰이 와 있었지. 그가 촛불 끄는 것을 잊어버리는 실수를 저질렀기 때문에. 그리고 그는 문 앞에 있다고 의심을 받을까 봐 술 취한 척을 했던 거지. 한번 그 남자의 입장에 서서 생각해 보게나. 반지가 없어지기는 했는데, 가만히 생각해 보니까 그 집에서 나온 뒤 도로 어딘가에서 떨어트렸을지도 모른다는 생각이 들지 않겠나? 그럼 어떻게 하겠나? 습득물 광고란에 실릴지도 모른다는 생각에서 지푸라기라도 잡자는 심정으로 석간을 읽을 걸세. 물론 내가 낸 광고를 보겠지. 뛸 듯이 기뻐할 걸세. 아니, 덫이라고는 생각지 않을 거야. 그는 가야겠다고 마음먹을 걸세. 올 거야. 한 시간쯤 후에 자네도 그를 볼 수 있을 걸세."

"만약 온다면 어떻게 해야 하나?"

"아, 그건 내게 맡겨 두게나. 자네, 무기를 갖고 있나?"

"구식이기는 하지만 군용 리볼버를 가지고 있네. 탄환도 조금 남아 있고."

"그럼 손질을 하고 탄환도 넣어 두게. 거친 녀석일 거야. 틈을 봐서 덮칠 생각인데, 무슨 일이 일어날지 모르거든. 준비를 해 두는 편이 나을 걸세."

나는 침실로 가서 홈즈가 말한 대로 했다. 권총을 가지고 거실로 나와 보니, 테이블 위는 이미 정리된 뒤였다. 그리고 홈즈는 멍한 모습으로 바이올린을 울리고 있었다.

홈즈가 말을 걸어 왔다.

"사건이 점점 흥미진진해지고 있어. 조금 전에 미국에서 전보에 대한 답이 왔다네. 사건에 대한 추리는 틀리지 않았지."

"어떻게 된 거지?"

나는 그 다음 이야기를 듣고 싶었다.

"이 바이올린 줄을 좀 갈아야 할 거 같은데. 그 권총은 주머니에 넣어 두게나. 사내가 나타나도 평소와 다름없는 말투로 말을 해야 하네. 나머지는 내가 알아서 하겠네. 너무 뚫어지게 쳐다봐서 의심을 받지 않도록 하고."

"8시네."

나는 시계를 꺼내 흘깃 쳐다보았다.

"몇 분만 더 있으면 나타날 걸세. 문을 조금 열어 두게. 아, 그 정도면 됐네. 열쇠는 꽂아 둔 채로. 고맙네. 어제 고서점에서 이런 귀한 책을 발견했어. 『각국의 법률』이라는 책일세. 1642년에 벨기에의 리에주에서 발행된 라틴 어 본이야. 이 조그만 갈색 책이 인쇄된 건 청교도 혁명이 일어나기도 전이었다네. 그러니까 국왕 찰스 1세의 목이 아직은 붙어 있을 때지."

"발행자는 누구지?"

"필리프 드 크루아라네. 어떤 사람인지는 모르겠지만. 그리고 책 면지에 '규리오르미 화이트의 장서'라고 잉크로 적어 놓았는데, 희미하지만 아직은 읽을 수 있어. 이 윌리엄 화이트는 또 어떤 자일까? 17세기에 살았던 능력 있는 변호사가 아닐까? 필체에 변호사들에게서 곧잘 볼 수 있는 습관이 묻어 있거든. 아, 기다리던 사람이 온 듯하군."

현관의 벨이 요란하게 울렸다. 셜록 홈즈는 가만히 일어나서 자신의 의자를 문 쪽으로 옮겼다. 현관에서 분주히 움직이는 하녀의 발소리가 들리더니, 이어서 빗장을 벗기는 소리가 들렸다.

"여기가 왓슨 박사님이 계신 곳인가요?"

우렁찬 목소리였지만 상당히 갈라져 있었다. 하녀의 대답은 들리지 않았지만, 현관 문이 닫히는 소리가 들리더니 곧 계단을 올라오는 발소리가 들려왔다. 발을 질질 끄는 듯한, 어딘지 안정감이 없는 발소리였다. 귀를 기울이고 있던 홈즈의 얼굴에 의외라는 표정이 떠올랐다. 발소리는 천천히 복도를 따라 다가왔다. 곧 조그만 노크 소리가 들렸다.

"들어오세요."

나는 큰 소리로 말했다.

우락부락한 사내가 들어올 것이라고 생각했는데, 비틀비틀 방 안으로 들어온 것은 상당히 나이가 들어 보이는 주름투성이 노파였다. 갑자기 밝은 곳으로 들어와서 눈이 부신 듯했지만, 무릎을 가볍게 굽혀서 인사를 했다. 노파는 짓무른 눈을 깜빡이며 우리를 보더니, 떨리는 손으로 주머니 속을 뒤지기 시작했다. 나는 얼른 홈즈를 훔쳐보았다. 그가 매우 실망한 듯한 표정을 짓고 있었기 때문에, 나도 모르는 척하는 것이 고작이었다.

노파는 석간을 꺼내 들더니, 홈즈가 실은 광고를 가리켰다.

"선생, 난 이걸 보고 왔어요."

그러더니 다시 한 번 무릎을 굽혀 인사를 했다.

"브릭스턴 가에 떨어져 있었다던 결혼 금반지 말이에요. 그건 내 딸 샐리의 것인데, 결혼한 지 일 년쯤 됐죠. 서방이라는 사람은 유니언 기선의 주방에서 일하고 있는데, 돌아와서 반지가 없어진 걸 알면 무슨 난리가 날지 생각만 해도 끔찍해요! 원래 평소에도 성격이 급한 사람인데, 거기다 술이라도 마시는 날에는 누구도 말릴 수가 없다우. 딸은 어제 서커스를 보러 갔었는데……."

"이게 따님의 반지인가요?"

내가 물었다.

"오, 신이여 감사드립니다! 이제 샐리도 마음 놓고 푹 잘 수 있겠네요. 틀림없이 이 반지예요. 감사합니다."

노파가 외쳤다.

"그런데 어디에 살고 계시나요?"

내가 연필을 들며 물었다.

"하운즈디치의 던컨 가 13번지입니다. 여기까지 오는 데 꽤 시간이 걸렸어요."

"하운즈디치에 살고 있다면 어느 서커스를 보러 가더라도 브릭스턴 가는 지날 필요가 없을 텐데요."

노파는 휙 돌아서더니, 빨갛게 짓무른 조그만 눈으로 홈즈를 노려보았다.

"이 선생께서 물어본 건 내 주소잖소. 샐리는 페컴의 메이필드 플레이스 3번지에 세 들어 살고 있어요."

"그럼 할머니 이름은 뭐죠?"

"나는 소여라고 합니다. 딸은 샐리 데니스. 톰 데니스와 결혼했거든요. 톰은 배를 타는 동안에는 아주 민첩한 사람이라 회사에서 그보다 좋은 주방 보조는 없다고 생각합니다만, 뭍에만 오르면 여자에 술에……."

홈즈가 눈짓을 하기에 나는 노파의 말을 끊었다.

"할머니, 그럼 반지를 돌려드리겠습니다. 틀림없이 따님 반지 같군요. 진짜 주인한테 돌려줬으니, 나도 마음이 놓입니다."

노파는 신에 대한 축복과 감사의 말을 몇 번이고 웅얼웅얼 되풀이하더니 반지를 주머니에 넣었다. 그리고 다리를 질질 끌면서 계단을 내려갔다. 셜록 홈즈는 노파가 방에서 나가자마자 뛰어들듯 자신의 방으로 들어갔다. 몇 초 후, 그는 외투에 목도리를 두른 모습으로 나타났다.

"지금부터 미행을 해야겠네. 저 사람은 틀림없이 공범자일 거야. 남자에게로 갈 걸세. 자지 말고 기다려 주겠나?"

홈즈가 서둘러 말했다.

노파가 현관 문을 닫았다. 그 직후, 홈즈는 계단을 내려갔다. 나는 창을 통해 밖을 내다보았다. 노파는 건너편 인도를 비틀비틀 걸어가고 있었다. 그 조금 뒤에 홈즈가 따라가는 모습이 보였다.

'홈즈가 잘못 생각하고 있는 걸까? 하지만 그게 아니라면 그는 사건의 핵심을 향해 가고 있는 거다.'

홈즈는 자지 말고 기다려 달라고 했지만, 굳이 그렇게 부탁할 필요도 없는 일이었다. 미행의 결과를 듣기 전에는 나도 도저히 잠들 수 있을 것 같지 않았기 때문이다. 홈즈가 나간 것은 오후 9시에 가까운 시각이었다. 언제 돌아올지 알 수 없었지만, 나는 멍하니 파이프를 빨면서 앙리 뮈르제의 『보헤미안 생활 풍경』을 드문드문 읽고 있었다. 10시가 넘자 침실로 가는 하녀의 발소리가 들렸다. 11시에는 역시 잠을 가러 가는 듯한 하숙집 여주인의 차분한 발소리가 방 앞을 지나갔다.

12시가 거의 다 되어서야 현관의 빗장을 여는 소리가 들려왔다. 홈즈가 방으로 들어서는 순간, 나는 그의 얼굴을 보고 미행에 실패했다는 사실을 알 수 있었다. 그의 마음속에서는 우스움과 분함이 서로 경쟁을 하고 있는 듯했다. 하지만 결국 우스움이 승리를 거둔 듯했다. 홈즈가 큰 소리로 웃어 대기 시작했다.

홈즈는 자리에 앉으면서 큰 소리로 말했다.

"이번 일만은 경시청 사람들에게 알리고 싶지 않군. 오늘 그렇게 놀려 주고 왔으니, 이 일을 안다면 두고두고 숙덕거릴 게 아닌가? 지금 웃을 수 있는 건, 그래도 마지막에 웃는 건 바로 나라는 사실을 알고 있기 때문일세."

"그래 어떻게 됐나?"

내가 물었다.

"아, 실패한 이야기 정도는 아무렇지도 않게 할 수 있네. 그 할머니는 한동안 걷더니 다리를 절기 시작했네. 아주 아프다는 듯이. 잠시 후 멈춰 서더니 지나가던 영업용 사륜마차를 세웠지. 어디로 가는지 알아야 했기에 서둘러 다가갔지. 하지만 그럴 필요가 없었다네. 그 할머니는 '하운즈디치까지 가 주게. 던컨 가 13번지까지 말일세'라고 길 건너편까지 들릴 정도의 목소리로 말했다네. 그렇다면 그 주소는 사실이었을지도 모른다고 생각하며 할머니가 마차에 오르는 것을 틀림없이 확인했다네. 그런 다음 나는 마차 뒤에 매달렸지. 탐정이라면 누구나 이런 정도는 해야 하는 법이라네. 마차는 힘차게 달리기 시작했지. 목적지에 도착할 때까지 단 한 번도 속도를 줄이지 않았어. 나는 13번지 부근에서 뛰어내린 다음 산책 나온 사람처럼 걷기 시작했지. 마차가 멈췄다네. 마부는 재빨리 뛰어내려 문을 열고 손님이 내리기를 기다렸다네. 그런데 아무도 내리지 않는 게 아닌가. 내가 마차까지 걸어갔을 때 마부는 미친 듯이 빈 좌석을 뒤지며 지금까지 들어 본 적도 없는 섬뜩한 욕을 해 대고 있었다네. 마치 연기처럼 사라진 거지. 마부는 돈을 받기는 다 틀렸지. 그래서 마부와 함께 13번지를 찾아가 보았는데, 주인은 케스윅이라는 멀쩡한 도배장이라는 사실을 알게 되었을 뿐이라네. 그리고 그는 그 부근에서 소여나 데니스라는 이름을 들어 본 적도 없다고 하더군."

"설마 그 비틀거리던 할머니가 달리는 마차에서 뛰어내린 건 아니겠지? 그것도 마부와 자네에게 들키지 않고 말일세."

"할머니 좋아하시네. 감쪽같이 속았으니 우리가 오히려 늙은이야. 그건 젊은 남자가, 그것도 운동 신경이 뛰어난 사람이 변장한 것임에 틀림없네. 거기다 굉장한 연기력을 갖추고 있지. 정말 대단한 변장술이었어. 녀석은 내가 미행하고 있다는 사실을 눈치 챘겠지. 그래서 마차를 이용해서 나를 감쪽같이 속인 게야. 이것으로 확실하게 알게 된 것은, 예상과는 달리 단독 범행이 아니라는 사실이라네. 위험을 각오하고 녀석을 돕는 친구가 있다네. 그런데 왓슨, 자네 피곤해 보이는군. 이제 그만 쉬게나."

나는 정말로 피곤했기 때문에 홈즈가 말한 대로 쉬기로 했다. 홈즈는 연기를 내며 타고 있는 벽난로 앞에 앉아 있었다. 그날 밤, 음울하고 슬픈 바이올린 소리가 끊임없이 희미하게 들려왔다. 홈즈는 이 기묘한 사건에 대해서 끝없이 생각했던 것이다.

토비어스 그렉슨의 수사

다음 날 아침, 신문은 이사건을 '브릭스턴 가의 괴사건'이라 부르며 크게 보도를 했다.

모든 신문에 긴 기사가 실렸으며, 개중에는 사설에까지 다룬 곳도 있었다. 그중에는 내가 몰랐던 정보도 있었다. 나는 지금 당시의 기사를 스크랩북에 보존하고 있다. 그중 몇몇을 요약해 보겠다.

〈 데일리 텔레그래프 〉지는, 이처럼 기괴한 비극은 범죄 역사상 그 예를 찾아보기 힘들다고 전했다. 피해자의 이름이 독일계라는 점, 살인 동기가 발견되지 않은 점, 벽에 피로 적어 놓은 기분 나쁜 글자, 이것들은 전부 정치적 망명자나 혁명가의 범행이라는 사실을 나타낸다고 주장했다. 미국에는 사회주의자의 지부가 헤아릴 수도 없이 많이 존재하는데, 피해자가 그들의 불문율을 깼기 때문에 처단당한 것임에 틀림없다고 했다. 그리고 〈 데일리 텔레그래프 〉지는 중세 독일의 비밀 재판 제도, 독약인 아쿠아 토파나, 이탈리아의 비밀 정치 결사 카르보나리와 프랑스의 독살범 브랑빌리에 후작 부인, 심지어는 다윈의 진화론, 래트클리프 하이웨이 연속 살인 사건에 대해서까지 신나게 떠들어 댔다. 그리고 정부는 영국에 머물고 있는 외국인을 엄중하게 감시해야 한다는 경고로 기사를 끝맺었다.

〈 스탠더드 〉지는, 자유주의적 행정 하에 있기 때문에 이런 터무니없는 폭력 사건이 일어나는 것이라고 했다. 국민의 불안과 약화된 권위가 사건을 일으킨다는 것이었다. 피해자는 몇 주 전부터 런던에 체재하고 있던 미국 신사로, 켐버웰의 토퀘이 테라스에 있는 차펜티어 부인의 하숙에서 지내고 있었는데, 비서인 조셉 스탠거슨 씨와 함께 여행 중이었다. 화요일이었던 이달 4일 두 사람은 하숙비를 내고 리버풀 행 급행을 탄다고 하숙집 주인에게 말하고 유스턴 역으로 향했으며, 유스턴 역의 플랫폼에 서 있는 두 사람을 봤다는 증인도 있다. 그 후의 소식은 알 수 없으며, 이미 독자들도 아시는 바와 같이 드레버 씨는 유스턴 역에서 몇 마일 떨어진 곳에 있는 브릭스턴 가의 한 빈집에서 시체로 발견되었다. 드레버 씨가 빈집에 간 이유와 살해된 이유 등은 아직 밝혀지지 않았고, 스탠거슨 씨의 행방도 묘연하다. 하지만 런던 경시청의 레스트레이드와 그렉슨, 이 두 형사가 이 사건의 수사를 맡게 된 것은 아주 고무적인 일이며, 이름 높은 두 형사는 틀림없이 곧 이 사건의 수수께끼를 풀 것이라고 되어 있었다.

〈 데일리 뉴스 〉지는, 정치와 관계가 있는 범죄 사건이라고 단정했다. 전제주의와 대륙 여러 나라 정부에서 힘을 얻어 온 자유주의에 대한 혐오 때문에 많은 사람들이 영국으로 망명해 오고 있는데, 그들은 지난날에 대한 기억으로 불만을 느끼고 있다면서, 그들 사이에는 명예에 대한 엄격한 규율이 있으며 그것을 깨는 자는 죽음을 당한다고 했다. 피해자의 일상생활을 알기 위해서라도 당국은 전력을 다해서 비서인 스탠거슨 씨를 찾아야만 한다고 했다. 그리고 두 사람이 하숙했던 곳이 밝혀짐으로써 수사는 커다란 진전을 보게 되었고, 이것은 런던 경시청의 열정적인 민완 형사 그렉슨의 공이라고 했다.

셜록 홈즈와 나는 아침 식사를 하면서 이들 기사를 읽었는데, 그는 재미있어 하는 표정이었다.

"보게, 내가 말한 대로지? 레스트레이드와 그렉슨은 무슨 일을 하든 칭송을 받는다네."

"하지만 사건이 어떻게 될지는 아직 모르지 않는가?"

"아니, 그런 건 상관없다네. 만약 범인이 체포된다면 그건 두 사람의 노력 덕이고, 범인이 도망간다면 그건 두 사람의 노력이 헛되이 된 것이 될 테니까. 앞면이 나오면 내가 이기고, 뒷면이 나오면 네가 진다는 식이 되는 거지. 무슨 일을 하든지 박수를 받는 것은 그 두 사람이라네. '바보한테 존경을 해 주는 더 큰 바보는 끊이지 않는다'고 어떤 프랑스 인은 말했다네."

"이건 또 무슨 소리지?"

내가 말했다.

그때 현관에서 사람들이 우르르 몰려드는 발소리가 났기 때문이었다. 그 발소리가 계단을 올라오고 있었다. 뒤이어 하숙집 여주인이 야단을 치는 목소리가 들려왔다.

"저건 베이커 가의 거리 탐정단일세."

친구가 진지한 얼굴로 말했다. 그렇게 말하는 것과 거의 동시에, 누더기를 걸친 부랑아 여섯 명이 방 안으로 뛰어들었다.

그렇게 지저분한 녀석들은 본 적이 없었다.

"차렷!"

홈즈가 절도 있게 구령을 붙이자, 여섯 명의 조그만 부랑아들은 일렬로 늘어섰다. 마치 더러운 조각상 같았다.

"앞으로 보고할 일이 있으면 위긴스 혼자만 오도록. 나머지는 밖에서 기다린다. 뭣 좀 찾아낸 게 있나, 위긴스?"

"아직 못 찾았어요."

한 소년이 대답했다.

"그래? 하는 수 없지. 하지만 찾아낼 때까지 포기해선 안 돼. 자, 이건 선물이다."

홈즈는 일 실링씩 건네줬다.

"그럼, 이제 돌아가도록. 다음에는 좀 더 쓸 만한 보고를 가져오도록 한다."

홈즈는 손을 흔들었다. 소년들은 쥐처럼 계단을 달려 내려갔다. 곧 거리에서 그들의 떠드는 목소리가 들려왔다.

"형사 열두 명보다 저 아이들 하나가 훨씬 더 낫다네. 하지만 사람들은 상대가 형사처럼 보이면 입을 다물어 버리지. 저 아이들은 어디든 갈 수 있고, 어떤 일이든 파헤쳐 온다네. 그리고 바늘처럼 날카롭지. 그걸 종합하는 힘이 부족하지만."

"브릭스턴 가의 사건 때문에 아이들이 움직이고 있나?"

"응. 조금 확인하고 싶은 일이 있어서. 하지만 너무 늦어지면 쓸모없이 되어 버리는데. 이런! 깜짝 놀랄 얘기를 들을 수 있을 것 같군. 그렉슨이 오고 있네. 아주 기쁜 표정을 짓고 있는데. 여기로 오는 걸세. 보게 멈춰 섰다네. 자, 입장하십시다."

현관의 벨 소리가 요란스럽게 울리더니, 눈 깜짝할 사이에 계단을 세 단씩 뛰어오른 금발의 그렉슨이 방 안으로 뛰어들었다.

그렉슨은 다짜고짜 홈즈의 손을 잡았다.

"홈즈 씨, 기뻐해 주세요! 내가 사건의 수수께끼를 전부 풀었습니다."

언제나 표정이 풍부한 홈즈의 얼굴에 불안의 빛이 감돌았다.

"그렇다면 확실한 단서를 잡았단 말입니까?"

홈즈가 물었다.

"확실한 단서 정도가 아니라 범인을 체포했단 말입니다!"

"그래, 범인은 누구였죠?"

"아서 차펜티어 해군 중위입니다."

그렉슨 형사는 잘난 척 두툼한 손을 비비며 가슴을 활짝 폈다.

홈즈는 마음이 놓인다는 듯 자신도 모르게 미소를 지어 보였다.

"자, 앉아요. 잎담배라도 피우시면서 어떻게 범인을 잡았는지 한 번 들려주세요. 위스키를 좀 드실래요?"

"네, 좀 부탁드리겠습니다. 지난 이틀간 피곤하게 일을 해서요. 이젠 완전히 지쳐 버렸습니다. 몸을 움직여서 피곤한 게 아니라 머리를 너무 써서 신경이 날카로워져 있어요. 홈즈 씨도 잘 아시죠? 우리는 두뇌 노동자니까요."

"저까지 그렇게 봐 주시다니 영광입니다."

홈즈가 자못 진지한 표정으로 말했다.

"어떻게 이처럼 멋진 결말을 맺게 됐는지 들려주시겠습니까?"

형사는 안락의자에 앉더니 아주 맛있다는 듯이 잎담배를 피웠다. 그는 잠시 뒤에 아주 우습다는 듯이 허벅지를 철썩 때리며 말했다.

"우스운 건 바로 레스트레이드입니다. 자신은 훌륭한 형사라며 잘난 척하고 있지만, 어리석게도 지금 얼토당토않는 단서를 뒤쫓고 있습니다. 그 누구냐, 행방불명된 비서 스탠거슨을 뒤쫓고 있다니까요. 스탠거슨이 사건과 관련이 있다면, 아직 태어나지도 않은 아기까지 사건과 관련이 있을 겁니다."

그렉슨은 그 생각이 매우 재미있는지 숨이 넘어갈 듯이 웃어 댔다.

"그런데 어떻게 단서를 잡으신 거죠?"

"네, 전부 말씀드리죠. 다른 사람들한테 말해서는 안 됩니다, 왓슨 씨. 우리가 부딪친 첫 번째 벽은 그 미국인의 신변을 어떻게 밝혀 내느냐 하는 점이었습니다. 뭐, 형사 중에는 신문에 광고를 내서 반응을 기다리거나, 사건 관계자가 제 발로 걸어 나오기를 기다리는 사람도 있습니다만. 하지만 저 토비어스 그렉슨은 그런 방법은 쓰지 않습니다. 홈즈 씨, 시체 옆에 떨어져 있던 모자를 기억하십니까?"

"아, 그 모자요? 켐버웰 가 129번지 존 언더우드 상회의 것이었죠.."

그렉슨 형사는 보기에도 가엾을 정도로 실망을 했다.

"설마 홈즈 씨도 눈치를 채셨을 줄이야! 그래서 거기에 가 보셨나요?"

"아니, 안 갔어요."

그렉슨은 마음이 놓인다는 듯한 목소리로 말했다.

"그래요? 제아무리 시시해 보이더라도 결코 놓쳐서는 안 됩니다, 홈즈 씨."

"위대한 정신에 있었서는 시시한 것이란 없다"

홈즈가 격언을 인용하는 투로 말했다.

"그래서 나는 언더우드 상회로 가서 모자의 크기와 특징을 말하고 그런 모자를 판 적이 있냐고 물어봤어요. 주인은 장부를 살펴보더니 바로 찾아내더군요. 그 모자는 토퀘이 테라스에서 살고 있는 차펜티어 씨 집에서 하숙하고 있는 드레버 씨에게 보내졌던 것입니다. 이렇게 드레버의 주소를 알아냈죠."

"훌륭합니다. 정말 훌륭합니다!"

셜록 홈즈가 조그만 목소리로 말했다.

"그런 다음, 나는 차펜티어 부인을 찾아갔습니다. 부인은 뭔가 걱정거리라도 있는 듯 얼굴빛이 좋지 않았습니다. 딸을 만났는데, 어머니를 닮아서 굉장한 미인이었습니다. 딸은 눈가가 벌겋게 물들어 있었습니다. 그리고 내가 말을 걸 때마다 입술을 떨었습니다. 뭔가 좀 이상하다고 생각했죠. 홈즈 씨도 잘 알고 계시죠? 순간 전율처럼 찾아오는 거요. '댁에 묵고 있던 클리블랜드 시의 이녹 J. 드레버 씨가 의문의 죽음을 당한 건 알고 계시죠?'라고 물었습니다.

부인은 고개를 끄덕였습니다. 말을 하기도 힘든 모양이었습니다. 딸은 갑자기 큰 소리로 울음을 터트렸습니다. 이 모녀는 사건에 대해서 무엇인가를 알고 있다고 나는 더욱 확신하게 되었습니다.

'드레버 씨가 기차를 타려고 여기서 나간 게 몇 시쯤이었죠?'

'저녁 8시예요.'

부인은 치밀어 오르는 감정을 억누르기 위해서 마른 침을 삼켰습니다. 그리고 이어서 말했습니다.

'비서가 9시 15분, 11시에 기차가 있다고 설명을 하자, 드레버 씨는 9시 15분 기차를 타겠다고 말했어요.'

'드레버 씨를 본 건 그게 마지막이었나요?'

그렇게 묻자 부인의 얼굴빛이 단번에 바뀌었습니다. 완전히 흙빛으로 변했죠. 잠시 뒤에 간신히 '네'라고 한마디 대답했을 뿐이었습니다. 목구멍에 걸린 듯한 목소리였습니다. 그 뒤로 한동안 침묵이 흘렀습니다. 그러다 딸이 안정을 되찾은 듯 또렷한 목소리로 말했습니다.

'엄마, 거짓말을 하면 나중에 더 곤란해져요. 사실대로 말하자고요. 사실 그 뒤로도 그렉슨 씨를 만났어요.'

'너, 무슨 소리를 하는 거니?'

차펜티어 부인은 두 손을 들더니 의자에 쓰러지듯 앉았습니다.

'너는 오빠를 죽일 생각이니?'

'아서 오빠도 틀림없이 진실을 말하기를 바랄 거예요.'

딸이 단호한 어조로 말했습니다.

'이제 모든 걸 전부 말씀하시는 편이 나을 겁니다. 얘기를 꺼냈다 그만둘 거면, 아예 꺼내지도 말았어야죠. 그리고 짐작하고 계시겠지만, 경찰의 수사도 꽤 진척됐습니다.'

'엘리스, 다 네 잘못이야.'

부인은 이렇게 말하더니, 내 쪽을 보고 계속 말을 했습니다.

'전부 말씀드릴게요. 제가 이렇게 정신이 없는 건 그 끔찍한 사건에 아들이 관계된 건 아닐까 걱정이 되어서가 아니에요. 아들한테는 아무런 죄도 없어요. 하지만 당신네 경찰들이 아들을 의심하고 있는 게 아닐까 생각하면 무서운 생각이 들어요. 그건 있을 수 없는 일이에요. 성격도 좋은 아이고, 직업도 그렇고, 지금까지 일들을 생각해 봐도 그건 있을 수 없는 일이에요.'

'무슨 일이 있었는지 숨김없이 말하는 게 제일 좋을 겁니다. 아드님이 결백하다면 아무것도 겁낼 게 없으니까요.'

'엘리스, 너는 나가 있거라.'

부인은 딸을 방에서 내보내고 난 뒤 말했습니다.

'이건 말씀드리지 않으려 했는데, 저 아이가 먼저 말을 꺼냈으니 하는 수 없죠. 이제 결심이 섰어요. 무슨 일이든 전부 말씀드릴게요.'

'그게 가장 현명한 방법입니다.'

'드레버 씨는 우리 집에서 삼 주일 정도 머물렀어요. 비서인 스탠거슨 씨와 함께 유럽 대륙을 여행하고 있었죠. 여행 가방마다 코펜하겐의 라벨이 붙어 있었으니, 여기로 오기 전에 마지막으로 여행한 곳이 거기였겠죠. 스탠거슨 씨는 조용하고 얌전한 분이었어요. 하지만 주인인 드레버 씨는, 이런 말씀드리기는 좀 뭐하지만, 스탠거슨 씨하고는 아주 다른 분이었어요. 하는 행동이 천박하고 야만적이었어요. 처음 온 날 저녁부터 완전히 취해 있었으니까요. 그리고 낮 12시부터 술 냄새를 풍기고 다녔어요. 게다가 하녀들에게도 치근댔고요. 참을 수 없었던 건 엘리스에게도 곧 그런 태도를 취했던 거였어요. 딸이 순진해서 무슨 말을 하는지 몰랐기에 망정이지, 정말 듣기에도 거북한 저속한 말들을 했죠. 한 번은 딸을 끌어안기까지 했어요. 너무 지나친 행동에 비서인 스탠거슨 씨가 신사로서 있을 수 없는 행동이라고 비난하기까지 했어요.'

'그런데 왜 참고만 계셨죠? 마음에 들지 않으면 내쫓을 수도 있었을 텐데요.'

제가 생각해도 참 정곡을 찌른 질문이었습니다. 차펜티어 부인의 얼굴이 새빨개졌습니다.

'처음 온 날 주의를 드렸으면 좋았겠지만, 강한 유혹이 있었습니다. 하숙비를 하루에 일 파운드씩 준다고 했죠. 두 분이니까 일주일에 십사 파운드가 되는 셈이죠. 지금은 다들 살기가 힘들잖아요. 저는 혼자 몸인데다가 해군에 있는 아들에게도 돈이 들어가, 그런 기회를 눈앞에서 놓칠 수는 없었습니다.

나도 어떻게 막아 보려고 고심했습니다. 하지만 참는 데도 한계가 있는 법이죠. 나는 그만 나가 달라고 말했어요. 그래서 그분이 나가게 된 거죠.'

'그래서 어떻게 됐죠?'

'그분이 마차를 타고 떠나자 마음이 놓였습니다. 아들이 휴가를 얻어 집에 와 있었는데, 그 얘기는 전혀 하지 않았어요. 성격이 급한데다 동생을 끔찍이 위했거든요. 배웅을 하고 집에 들어오니, 마음의 짐을 덜어 낸 것 같아 속이 시원했죠. 근데 어찌 된 일인지 그로부터 채 한 시간도 지나지 않아서 현관의 벨이 울렸어요. 드레버 씨가 돌아왔더군요. 드레버 씨는 아주 흥분한데다 술에 완전히 취해 있었어요. 딸과 내가 있는 방으로 거침없이 들어온 드레버 씨는, 기차를 놓쳤느니 어쩌니 하며 영문 모를 말들을 늘어놓더군요. 그러더니 엘리스에게 둘이 도망가서 살자더군요. 내 눈앞에서요. 드레버 씨는 이렇게 말했어요. 「너도 이제 어른이니 법으로도 막을 수 없는 일이야. 돈이라면 썩을 만큼 가지고 있어. 저기 있는 할망구 같은 건 걱정할 거 없다고. 지금 바로 나가자. 여왕처럼 살게 해줄 테니.」 가엾게도 엘리스는 뒷걸음질쳤습니다. 그런데도 드레버 씨는 딸아이의 손목을 잡고 억지로 현관 쪽으로 끌고 가려 했습니다. 나는 비명을 질렀죠. 그러자 아들인 아서가 달려왔어요. 그 다음부터는 무슨 일이 있었는지 몰라요. 비명 소리와 격렬하게 싸우는 소리가 들려왔어요. 무서워서 얼굴도 들 수가 없었어요. 간신히 얼굴을 들고 보니, 아서가 문 앞에 웃으며 서 있었죠. 그 손에는 지팡이가 들려 있었고요. 「저 녀석 이제 말썽을 부리지 않겠지. 녀석이 어떻게 됐는지 잠깐 보고 올게.」 그렇게 말하고 아서는 모자를 들고 밖으로 나갔어요. 그 다음 날 아침, 우리는 드레버 씨가 의문의 죽음을 당했다는 사실을 알게 된 거고요.'

이 얘기를 하는 동안 차펜티어 부인은 몇 번이고 숨을 헐떡이기도 하고, 한숨을 쉬기도 했습니다. 너무 낮은 목소리로 말했기 때문에 하마터면 놓칠 뻔한 곳도 많았습니다. 하지만 부인의 얘기를 모두 속기로 전부 기록해 두었으니, 틀림없을 겁니다."

"아주 재미있는 얘기로군요."

이렇게 말하고 홈즈는 하품이 섞인 목소리로 말했다.

"그래서 어떻게 하셨죠?"

"차펜티어 부인의 말이 끊겼을 때 나는 직감할 수 있었습니다. 한 가지 사실만 확인한다면 사건은 다 풀린 거나 다름없다고. 그래서 부인의 얼굴을 가만히 들여다봤습니다. 지금까지 여자들의 이야기를 끌어낼 때는 이 방법이 잘 통했으니까요. 나는 아들이 몇 시에 돌아왔는지를 물었습니다.

'모르겠어요.'

부인은 이렇게 대답하더군요.

'모르신다고요?'

'네, 아서는 열쇠를 가지고 있으니까요. 자기가 문을 열고 들어오죠.'

'부인이 잠든 뒤였나요?'

'네.'

'몇 시쯤 주무셨죠?'

'아마, 11시쯤이었을 거예요.'

'그렇다면 아드님은 적어도 두 시간은 밖에 있었다는 얘기가 되는군요.'

'그렇게 되네요.'

'아니면 네 시간이나 다섯 시간일 수도 있고요.'

'네.'

'그동안 아드님은 뭘 했을까요?'

'저는 모르는 일이에요.'

부인은 이렇게 대답했지만, 입술이 파랗게 질려 있었습니다.

물론 그 이상 조사해 볼 필요도 없죠. 나는 차펜티어 중위가 어디 있는지를 알아냈습니다. 그리고 경찰 두 사람을 데리고 가서 그를 체포했습니다. 어깨에 손을 얹고 조용히 따라오라고 말했더니, 뻔뻔스럽게 이렇게 말하더군요.

'그 악당 같은 드레버가 죽었다고 나를 체포하는 겁니까?'

내가 말을 꺼내기도 전에 그런 말을 했으니, 자신이 용의자라는 사실을 인정한 거나 다름없는 겁니다."

"그렇군요."

홈즈가 말했다.

"드레버를 쫓아 나갈 때 그 녀석이 지팡이를 들고 있었다고 그 어머니가 말했는데, 체포될 때도 아직 들고 있었습니다. 아주 실한 참나무 막대기였습니다."

"그래, 어떻게 생각하고 계신 거죠?"

"내 추리는 이렇습니다. 차펜티어 중위는 드레버를 브릭스턴가까지 따라갔습니다. 거기서 싸움이 격렬해졌고, 중위는 드레버의 복부를 때려서 숨지게 만든 겁니다. 그렇게 하면 외상은 남지 않으니까요. 그날은 비가 지독하게 내렸기 때문에 지나는 사람도 없었습니다. 차펜티어 중위는 예의 빈집으로 피해자를 끌고 갔습니다. 초와 핏자국, 그리고 벽에 피로 쓴 글씨와 반지는 경찰의 판단을 흐리게 하기 위한 속임수에 지나지 않습니다."

홈즈가 감탄했다는 듯이 말했다.

"정말 대단하군요. 그렉슨 씨, 이거 대단한 공을 세웠군요. 앞으로의 활약이 더욱 기대되는데요."

그렉슨은 자랑스럽다는 듯이 말했다.

"내가 생각하기에도 정말 잘했다는 생각이 듭니다. 그 청년은 자발적으로 이렇게 말하더군요. 드레버의 뒤를 한동안 밟았는데, 얼마 지나지 않아서 눈치를 챘는지 마차를 타고 도망갔다고요. 그래서 그냥 돌아오다가 옛 해군 친구를 만나 둘이서 오랫동안 거리를 거닐었다더군요. 그래서 그 친구의 주소를 물었더니, 제대로 대답도 못하더라고요. 이번 사건은 제가 추리한 대로일 겁니다. 불쌍하게도 레스트레이드는 처음부터 엉뚱한 방향으로 수사를 진행시키고 있죠. 그래 봐야 몸만 피곤할 뿐입니다.이런, 이런, 바로 그 사람이 나타났군요!"

틀림없이 레스트레이드였다. 우리가 이야기에 빠져 있는 동안 그는 계단을 올라와서 방으로 들어왔던 것이다. 평소에는 행동에 자신감이 넘치고 옷도 단정했지만, 오늘은 어딘지 초췌해 보이는 모습이었다. 그는 난처한 표정을 짓고 있었으며, 옷도 흐트러져 있었다. 아무래도 셜록홈즈의 의견을 들으러 온 듯했다. 하지만 동료가 있었기에 조금 실망한 듯한 표정이었다. 레스트레이드는 방 한가운데 선 채로 손에 들고 있던 모자를 만지작거리며 어찌해야 좋을지 모르겠다는 표정으로 생각에 잠겨 있었다.

드디어 레스트레이드가 입을 열었다.

"이번 사건은 정말 의문투성이입니다. 뭐가 뭔지 하나도 모르겠어요."

그렉슨은 기쁘다는 듯이 외쳤다.

"오, 그 사실을 이제야 알았나, 레스트레이드? 언젠가는 그렇게 생각할 줄 알았네만. 그래 비서인 조셉 스탠거슨이라도 찾아낸 건가?"

"비서 조셉 스탠거슨은 오늘 아침 6시경 할리데이 프라이빗 호텔에서 살해됐다네."

레스트레이드가 잠겨 드는 듯한 목소리로 말했다.

어둠 속의 빛

레스트레이드 형사가 전한 소식은 너무나도 중대하고 생각지도 못했던 일이어서, 우리 세 사람은 할 말을 잃었다. 그렉슨 형사는 의자에서 벌떡 일어나다가 위스키를 엎지르고 말았다. 나는 말없이 셜록 홈즈 쪽을 바라보았다. 그는 입술을 굳게 다물고 미간을 잔뜩 찌푸리고 있었다.

"스탠거슨까지 살해당했다는 건가? 일이 복잡해졌군."

홈즈가 중얼거렸다.

"안 그래도 복잡한 사건이었습니다. 아무래도 제가 수사 회의를 방해한 거 같군요."

레스트레이드가 중얼대며 의자를 자기 쪽으로 끌어당겼다.

"자네, 그거 틀림없는 정보겠지?"

그렉슨이 말하기 거북한 듯 물었다.

"스탠거슨이 묵던 방에서 여기로 바로 온 걸세. 처음 시체를 발견한 게 바로 나라네."

레스트레이드가 말했다.

"그렉슨의 의견을 듣던 중이었죠. 괜찮다면 당신이 보고 들은 걸 좀 얘기해 주지 않을래요."

레스트레이드가 의자에 앉으며 대답했다.

"그러죠. 솔직히 말하자면, 지금까지 드레버 살인 사건에 스탠거슨이 관계한 게 아닐까 생각하고 있었습니다. 그런데 참 생각지도 못했던 쪽으로 일이 전개됐습니다. 나는 완전히 헛다리를 짚은 셈이죠. 내 눈에는 스탠거슨밖에 보이지 않았습니다. 그래서 그를 찾으려고 혈안이 되어 수사를 했죠. 증언에 의하면, 그 두 사람은 3일 밤 8시 30분경에 유스턴 역에 있었습니다. 그리고 드레버는 4일 새벽 2시에 브릭스턴 가에서 시체로 발견됐습니다. 그렇다면 8시 30분부터 범행 시간까지 스탠거슨은 무엇을 하고 있었을까? 그리고 범행이 일어난 뒤에 어디로 간 것일까? 내 머리에 떠오른 건 그런 의문들이었습니다. 나는 리버풀에 전보를 쳤습니다. 스탠거슨의 특징을 가르쳐 주고 미국으로 가는 배를 잘 감시하라고 일렀습니다. 그런 다음 유스턴 역 부근의 호텔과 하숙을 이 잡듯이 뒤졌습니다. 주인과 헤어진 비서라면, 그날 밤은 역 근처에서 자고 다음 날 아침에 역 근처에서 주인을 기다릴 거라고 생각했거든요."

"그런 경우라면 미리 만날 장소를 정해 놓겠죠."

홈즈가 말했다.

"말씀하신 대로였습니다. 어제 밤새도록 돌아다니며 조사를 해 봤지만 결국 헛수고였습니다. 오늘 아침에도 일찍부터 수소문하며 돌아다녔습니다. 8시에 리틀 조지 가에 있는 할리데이 프라이빗 호텔로 들어갔습니다. 스탠거슨이라는 사람이 머물고 있냐고 물었더니, 그렇다고 하지 않겠습니까.

'스탠거슨 씨와 만나기로 하신 분입니까? 벌써 이틀째 기다리고 계십니다.'

'지금 어디 있소?'

'위쪽 방에서 쉬고 계십니다. 9시에 깨워 달라고 부탁하셨습니다.'

'지금 올라가서 만나고 오겠소.'

불의에 들이닥치면 당황해서 자신도 모르게 진실을 말할지도 모른다고 생각했습니다. 벨 보이가 앞장서서 안내를 해 줬습니다. 방은 삼 층이었습니다. 복도는 좁았습니다. 벨 보이는 방까지 안내를 해 주고 되돌아가려 했습니다. 바로 그때였습니다. 어떤 광경을 보고 속이 뒤집히는 줄 알았습니다. 이십 년간 형사 생활을 해 온 내가 말입니다. 문 밑으로 한 줄기 피가 흐르고 있었습니다. 그 피는 구불구불 복도를 가로질러서 벽 밑에 조그만 웅덩이를 만들어 놓았습니다. 나도 모르게 비명을 지르고 말았습니다. 그 소리를 듣고 벨 보이가 되돌아왔습니다. 그는 피를 보고 거의 기절할 뻔했습니다. 문은 안쪽에서 잠겨 있었습니다. 둘이서 몸으로 문을 부수고 안으로 들어갔습니다.

방의 창이 열려 있었고, 그 옆에 잠옷 차림의 남자가 몸을 웅크린 채 쓰러져 있었습니다. 숨은 이미 끊긴 상태였습니다. 손발이 차갑고 경직된 걸로 보아, 죽은 지 시간이 꽤 흐른 듯했습니다. 시체를 똑바로 눕히자 벨 보이는 조셉 스탠거슨이라던 신사임에 틀림없다고 말했습니다. 왼쪽 가슴에 심장까지 이르는 깊은 자상이 있었습니다. 그것이 사인입니다. 그런데 기묘하기 짝이 없는 것이 눈에 띄었습니다. 시체 위에 뭐가 있었는지 아시겠습니까?"

나는 등줄기가 오싹해졌다. 홈즈가 대답하기 전부터 두려운 예감 때문에 몸이 떨려 왔다.

"피로 쓴 RACHE라는 글자겠죠."

홈즈가 대답했다.

"바로 그렇습니다."

레스트레이드가 존경과 두려움이 섞인 목소리로 말했다. 그 뒤로 네 사람은 한동안 입을 열지 않았다. 베일에 싸인 살인자의 범행은 극히 계획적이면서도 도무지 종잡을 수 없는 구석이 있었다. 바로 그렇기 때문에 사건이 더욱 기분 나쁘게 느껴졌다. 전장에서는 꿈쩍도 하지 않던 나였지만, 이 사건은 생각만 해도 몸서리가 쳐졌다.

레스트레이드가 말했다.

"범인을 목격한 사람이 있습니다. 우유 배달부입니다. 목장으로 우유를 받으러 가려고 호텔 뒤쪽으로 난 마구간으로 통하는 길을 걷고 있었다고 합니다. 평소에는 옆으로 뉘어 있던 사다리가 삼 층 창에 걸려 세워져 있고, 그 창문이 열려 있다는 걸 그는 알았습니다. 거기를 지나쳐 가다 뒤돌아보니, 한 사내가 사다리를 타고 내려오고 있었답니다. 그 사내가 너무나도 차분하고 사람의 시선 같은 건 전혀 신경도 쓰지 않았기 때문에, 우유 배달부는 호텔에서 일하고 있는 목수나 기술자라고 생각했다고 합니다. 그 사내는 키가 크고, 얼굴이 붉었으며 갈색 긴 외투를 입고 있었다고 합니다. 사내는 범행 후, 한동안 방 안에 있었던 듯합니다. 손을 씻었던 듯 세면기의 물이 피로 더럽혀져 있었고, 시트에는 칼을 닦은 자국이 선명하게 남아 있었습니다."

나는 홈즈의 얼굴을 얼른 훔쳐보았다. 범인의 특징이 홈즈의 추리와 완전히 일치했기 때문이었다. 하지만 그의 얼굴에는 기쁨이나 만족하는 빛이 보이지 않았다.

"무슨 단서가 될 만한 것은 방에 없었나요?"

홈즈가 물었다.

"네, 아무것도 없었어요. 스탠거슨 비서의 주머니에서 드레버의 지갑이 나왔습니다. 언제나 돈은 스탠거슨이 냈으니 특별히 이상할 것도 없는 일이죠. 지갑에는 팔십 파운드 정도 들어 있었는데, 도둑맞은 흔적은 없었습니다. 두 건의 끔찍한 범죄의 동기가 무엇인지는 모르겠지만, 돈이 목적이 아니었다는 것만은 확실합니다. 피해자의 주머니 속에서 서류나 메모 같은 건 전혀 발견되지 않았습니다. 단, 한 달쯤 전에 클리블랜드 시에서 발신된 전보가 한 통 나왔습니다. 'J. H.는 유럽에 있다'는 내용으로, 전보에서 발신자의 이름은 찾아볼 수 없었습니다."

"다른 건 없었나요?"

홈즈가 물었다.

"중요한 건 없었어요. 침대 위에는 피해자가 잠들기 전에 읽었던 듯한 소설이 있었습니다. 그리고 시체 옆에 있던 의자 위에는 담배 파이프가 올려져 있었습니다. 테이블에는 물이 든 컵, 그리고 창틀 위에는 알약이 두 알 든, 얇은 나무로 만든 조그만 상자가 있었습니다."

설록 홈즈가 갑자기 환호성을 지르며 의자에서 벌떡 일어섰다.

"이제야 모든 게 연결되는군. 사건의 의문이 풀렸네."

두 형사는 영문을 모르겠다는 듯한 표정으로 홈즈를 바라봤다.

"실이 꽤 엉켜 있었는데, 이걸로 드디어 풀렸다네."

홈즈가 장담하듯 말했다.

"물론 아직 확실하지 않은 몇몇 세세한 부분이 있기는 하지만, 사건의 커다란 줄기는 잡았네. 드레버가 유스턴 역에서 비서와 헤어진 뒤 시체로 발견되기까지 무슨 일이 있었는지 내 두 눈으로 본 것처럼 훤하게 떠오르네. 증거를 보여 주지. 레스트레이드 씨, 그 알약을 가지고 계신가요?"

"네."

레스트레이드가 조그만 흰 상자를 꺼내며 말했다.

"경찰서의 안전한 곳에 보관해 두려고 지갑, 전보와 함께 가지고 왔습니다. 약을 가져온 건 우연히 눈에 띄었기 때문입니다. 내가 보기에 이런 건 아무런 단서도 되지 않을 겁니다."

"그 알약을 주세요. 어떤가 왓슨, 평범한 약으로 보이는가?"

홈즈가 내게 물었다.

그랬다. 어디서나 흔히 볼 수 있는 알약은 아니었다. 두 개 모두 진주처럼 빛나는 회색의 조그만 알약이었는데, 빛에 비춰 보니 속이 거의 다 들여다보였다.

"가볍고 투명한 걸 보니, 물에 녹을 것 같군."

"아주 잘 봤네. 왓슨, 미안하지만 밑으로 가서 불쌍한 테리어를 데려오지 않겠나? 꽤 오래 전부터 병을 앓고 있고, 어제 하숙집 주인이 자네에게 빨리 편하게 해 달라고 부탁하지 않았는가?"

나는 밑으로 내려가 개를 안고 돌아왔다. 괴로운 듯한 호흡과 흐리멍덩한 눈으로 보아, 이제 목숨이 얼마 남지 않았다는 것을 알 수 있었다. 게다가 콧등도 눈처럼 하얗다. 벌써 개의 수명을 넘어선 것이다. 나는 카펫 위에 있는 쿠션에 개를 내려놓았다.

"이 알약을 반으로 나눠 보지."

홈즈는 새털 펜의 끝을 깎는 조그만 칼을 꺼내 잘라 보였다.

"나머지 반쪽은 나중에 필요할 테니 다시 상자에 넣어 두죠. 그럼 이걸 티스푼 하나 정도의 물이 들어 있는 와인 잔에 넣어 보겠습니다. 보세요, 왓슨이 말한 것처럼 바로 녹네요."

"뭐, 재미있어 보이는 실험이기는 합니다만, 그게 조셉 스탠거슨의 죽음과 무슨 관계가 있다는 거죠?"

레스트레이드는 홈즈가 놀리고 있는 것이라고 생각했는지 볼멘소리로 말했다.

"아, 아. 조금만 기다려 봐요! 커다란 관계가 있다는 사실을 곧 알게 될 테니까요. 자, 편하게 먹을 수 있도록 우유를 조금 섞어 보죠. 이걸 개한테 주면 바로 핥아먹을 겁니다."

이렇게 말하며 홈즈는 와인 잔 속의 내용물을 작은 접시에 따라 테리어 앞에 놓았다. 개는 눈 깜짝할 사이에 깨끗이 먹어 치웠다. 셜록 홈즈의 태도가 너무나도 신중했기 때문에 우리는 아주 놀라운 일이 일어날 것임에 틀림없을 것이라고 생각하며 가만히 개를 지켜보았다.

그런데 아무런 변화도 나타나지 않았다. 테리어는 쿠션 위에 축 늘어져서 변함없이 괴로운 듯 숨을 헐떡이고 있을 뿐이었다. 알약을 녹인 우유를 먹어서 병이 좋아졌다거나 나빠진 모습은 전혀 없었다. 홈즈는 회중시계를 꺼내 시간을 쟀는데, 일 분이 지나고 이 분이 지나도 아무런 효과도 나타나지 않았다. 그는 매우 분하고 실망했다는 듯한 표정을 지어 보였다. 그러고는 입술을 씹으며 손가락으로 테이블을 두드리는 등, 초조할 때 하는 모든 행동을 다 했다. 너무나도 실망하는 것 같아 나는 진심으로 가엾다는 생각이 들었지만, 두 형사는 빙글빙글 웃음을 짓고 있었다. 홈즈가 곤경에 처한 것을 즐기고 있는 것이었다.

"우연이란 있을 수 없어."

홈즈는 의자에서 벌떡 일어나 방 안을 씩씩거리며 돌아다녔다.

"단순한 우연이었다니, 그건 말도 안 돼. 드레버가 살해되었을 때 나는 독살이라고 봤어. 실제로 스탠거슨의 시체 옆에서 알약이 발견됐지. 그런데 그 알약이 독약이 아니라니! 대체 어떻게 된 일이지? 내 추리가 전부 틀렸다는 말인가? 그럴 리가 없어! 하지만 이 불쌍한 개한테는 아무런 일도 일어나지 않았어. 그래, 알았다! 알았어!"

홈즈는 기쁘다는 듯이 큰 소리를 지르더니 약 상자 옆으로 달려갔다. 그러고는 남은 알약을 두 개로 쪼개더니, 그중 하나를 우유에 녹여서 테리어 앞에 놓았다. 가엾은 개는 우유를 핥아먹더니 곧 사지를 심하게 떨며 마치 벼락이라도 맞은 것처럼 경직된 채 숨이 끊어졌다.

셜록 홈즈는 크게 숨을 내쉬고 이마의 땀을 닦았다.

"내 추리에 좀 더 자신감을 가졌어야 했어. 어떤 사실이 지금까지 해 온 추리에 어긋난다 해도, 그 사실은 다른 각도에서 해석할 수 있다는 사실 정도는 벌써 알고 있었어야 했는데. 약 상자 속의 알약 두 알중 하나는 맹독, 다른 하나는 무독이었어. 그런 건 상자를 보지 않고서도 알았어야 했는데."

이 마지막 말에는 깜짝 놀라지 않을 수 없었다. 홈즈가 진지하게 저런 말을 하다니 도저히 믿을 수가 없었다. 하지만 테리어의 시체는 홈즈의 추리가 정확했다는 것을 증명하고 있었다. 나는 머릿속의 안개가 걷히고 희미하게나마 사건의 진상이 보이기 시작하는 느낌이 들었다.

홈즈가 말했다.

"아직도 잘 모르는 모양이군요. 그럴 만도 하죠. 처음 조사를 시작했을 때 눈앞에 있던 중요하고 유일한 단서를 두 분은 간과했으니까요. 운 좋게 나는 그 단서를 잡았죠. 그랬기 때문에 그 뒤에 일어난 사건들은 처음의 추측을 뒷받침해 주는 것들이 되어 버린 거고요. 뭐, 당연히 그렇게 될 수밖에 없었겠지만요. 그런 이유로, 당신들을 혼란에 빠뜨리고 사건을 더욱 복잡하게 만들었던 일들이 내게는 추측이 옳았다는 사실을 뒷받침해 주는 일이 되어 버린 거죠. 애당초 불가사의와 신비를 혼동해서는 안 됩니다. 가장 평범하고도 가장 신비적인 범죄를 종종 볼 수 있죠. 그것은 추리할 수 있을 만한 눈에 띄는 특별한 점이 없기 때문이에요. 이번 살인 사건도 그렇게 이상하고 충격적인 모습을 띠지 않고 시체가 그저 길바닥에 나뒹굴고 있었다면 해결하기가 아주 어려웠을 겁니다. 그처럼 기괴한 일들이 일어났기 때문에 사건은 더욱 복잡해진 것이 아니라 오히려 간단해진 거죠."

그렉슨은 답답하다는 듯이 홈즈의 말을 듣고 있다가 결국에는 참지 못하고 말을 꺼냈다.

"이보세요, 셜록 홈즈 씨, 당신이 머리가 좋고 독특한 수사 방법을 쓰고 있다는 사실 정도는 우리도 인정하고 있습니다. 지금 듣고 싶은 건 수사법이나 연설이 아니란 말입니다. 중요한 건 범인을 체포하는 일 아닙니까? 나도 나름대로 수사를 해 왔지만, 아무래도 잘못 짚은 것 같습니다. 차펜티어 청년은 두 번째 살인 사건과는 관계가 없습니다. 레스트레이드는 비서인 스탠거슨의 뒤를 쫓았지만, 그도 범인은 아닌 듯합니다. 당신은 사건 해결을 위한 힌트만을 늘어놓았을 뿐입니다. 아무래도 우리보다는 더 많은 것들을 알고 있는 듯한데, 이제 이쯤에서 진상을 어디까지 파악하고 있는지 확실하게 가르쳐 주셨으면 합니다. 대체 범인은 누구란 말이죠?"

레트스레이드도 말했다.

"그렉슨의 말이 옳습니다. 우리는 노력을 했지만 실패를 했습니다. 지금까지 들은 얘기에 의하면, 당신은 필요한 증거를 전부 갖췄다고 몇 번이고 말했습니다. 더 이상 숨겨 봐야 소용없는 일이라고 생각합니다."

나도 한마디 거들었다.

"살인범 체포가 조금이라도 늦어지면 다음 살인을 일으킬 시간을 주는 꼴이 되지 않겠나?"

이런 말들을 듣고도 홈즈는 망설이는 듯했다. 무엇인가를 생각할 때의 버릇인데, 미간을 잔뜩 찌푸리고 고개를 숙인 채 방 안을 서성거렸다.

홈즈가 갑자기 발걸음을 멈추더니 우리에게 말했다.

"더 이상의 살인은 없을 걸세. 그건 조금도 걱정할 게 없네. 그리고 범인을 알고 있냐고 물었죠? 틀림없이 알고 있습니다. 범인을 밝혀 내는 것쯤은 식은 죽 먹기예요. 하지만 체포하기란 그리 쉬운 일이 아니죠. 곧 체포할 수 있을 것 같기는 하지만, 내가 전부 손을 써 놓았으니 문제없을 겁니다. 단, 녀석은 빈틈없고 대담한 녀석입니다. 그리고 범인만큼 머리가 좋은 사내가 거들고 있다는 사실도 나는 확인했습니다. 일을 신중하게 처리해야만 합니다. 범인이 누구도 눈치 채지 못했다고 안심을 하고 있는 한, 내게도 체포할 수 있는 기회는 있는 겁니다. 하지만 그는 조금이라도 이상하다는 생각이 들면, 이름을 바꾸고 곧 이 대도시에 살고 있는 사백만 명의 사람들 속으로 숨어들 겁니다. 두 분의 마음을 상하게 할 생각은 없지만, 이 사건의 범인들은 경찰의 힘으로는 잡을 수 없어요. 그렇게 생각했기 때문에 협력을 구하지 않았던 거예요. 만약 실패를 한다 해도 수사가 허술했다는 비난을 받게 되는 건 나 혼자뿐이죠. 각오는 하고 있어요. 내가 세운 작전을 당신들에게 이야기해도 괜찮을 때가 오면 바로 얘기해 주겠소. 지금은 그렇게밖에 말할 수 없어요."

그렉슨과 레스트레이드는 홈즈의 말에, 즉 경찰의 힘을 얕잡아 보는 듯한 말에 강한 불만을 품은 듯했다. 그렉슨은 이마의 금발이 자라기 시작한 부분까지 벌겋게 달아올랐으며, 레스트레이드의 작은 눈은 호기심과 분노로 반짝반짝 빛나고 있었다.

두 사람이 채 말을 꺼내기도 전에 문을 두드리는 소리가 들려왔다. 방으로 들어선 것은 부랑아의 대표라고 할 수 있는 위긴스였다. 그는 지독한 냄새를 풍기는 더러운 옷을 입고 있었다.

"마차를 불러왔습니다."

위긴스가 이마에 슬쩍 손을 올리며 말했다.

"수고했어."

홈즈는 다정한 목소리로 말했다.

"런던 경시청에서는 왜 이런 걸 쓰지 않는 거죠?"

이렇게 말하며 홈즈는 서랍에서 강철로 된 수갑을 꺼냈다.

"스프링이 멋지지 않나요? 순식간에 걸리게 되어 있죠."
레스트레이드가 말했다.

"구형 모델로도 충분합니다. 잡을 범인만 발견한다면요."
홈즈가 미소를 지으며 대답했다.

"정말 옳으신 말씀입니다. 그건 그렇고, 마부가 짐을 옮겨 줬으면 좋겠는데. 위긴스 좀 도와달라고 말해 주지 않겠나?"

지금 당장 여행이라도 떠날 듯한 말투였다. 아무런 말도 들은 것이 없었기 때문에 나는 깜짝 놀랐다. 방에는 조그만 여행 가방이 있었는데, 홈즈는 그것을 끄집어내더니 가죽 끈으로 묶기 시작했다. 힘들게 가죽 끈을 묶고 있을 때 마침 마부가 들어왔다.

"아, 잘 됐네. 이 자물쇠 잠그는 것 좀 도와주지 않겠나?"
홈즈는 뒤도 돌아보지 않고 말했다.

마부는 불만이 가득한 얼굴로 마지못해 홈즈 곁으로 다가가 두 손으로 자물쇠를 눌렀다. 그 순간 철컥하는 소리가 나더니, 뒤이어 금속이 긁히는 귀에 거슬리는 소리가 들렸다. 셜록 홈즈는 자리에서 벌떡 일어섰다.

"여러분, 제퍼슨 호프 씨를 소개합니다. 호프 씨는 이녹 J. 드레버 및 조셉 스탠거슨을 살해한 범인입니다."

홈즈의 눈이 빛나고 있었다.

이 모든 일이 순식간에 일어났다. 눈 깜짝할 사이에 일이 벌어졌기 때문에 나는 무슨 일이 일어난 건지 도대체 영문을 알 수 없었다. 하지만 지금도 그 순간이 눈에 선하다. 홈즈의 승리감에 넘친 얼굴, 방 안 가득히 울려 퍼지는 목소리, 그리고 마법처럼 손에 채워져 번뜩이고 있는 수갑을 노려보며 험악한 표정을 짓던 마부의 어이없어 하는 얼굴 등이. 우리는 마치 조각상처럼 서 있었다. 그것도 한순간이었다. 마부가 알아들을 수 없는 분노에 찬 소리를 지르면서 홈즈의 손을 뿌리치고 격렬하게 창문으로 달려들었다. 유리가 사방으로 튀고 창틀이 부서지는 소리가 들렸다. 마부가 창문으로 도망치려는 순간, 그렉슨과 레스트레이드와 홈즈가 사냥개처럼 달려들었다. 마부를 창문에서 끌어내려 방 복판으로 끌고 돌아옴과 동시에 무시무시한 사투가 벌어졌다. 마부는 초인적인 힘으로 저항했다. 우리 네 사람이서 그를 제압하려 했지만, 몇 번이고 나가떨어지고 말았다. 간질 환자가 격렬한 발작을 일으킨 듯한 느낌이었다. 몸으로 창을 깼기 때문에 얼굴과 손이 피투성이가 되었지만, 제아무리 피가 흘러도 저항하는 힘은 조금도 줄어들 기미를 보이지 않았다.

레스트레이드가 간신히 마부의 목 안쪽으로 한쪽 팔을 넣어 조르기 시작했다. 그제야 마부는 몸부림쳐도 소용없다는사실을 깨달은 듯했다. 우리는 손 외에 발까지 묶었다. 그러고 나서야 마음을 놓을 수 있었다. 간신히 일어섰을 때, 우리 네 사람은 숨을 헐떡이고 있었다.

홈즈가 미소를 지으며 즐겁다는 듯한 투로 말했다.

"이 사내의 마차로 경시청까지 데려갑시다. 자,이걸로 작은 의문의 사건도 해결된 셈입니다. 궁금한 점이 있다면 기꺼이 답해 드리겠습니다. 이제 대답을 거부할 그런 염려는 절대 없으니까요."

제2부
성자의 나라

알칼리 대평원

광활한 북미 대륙의 중앙부에는 사람이 접근할 수 없는 메마른 사막이 있어서 오랜 세월 동안 문명의 전파를 저지하는 장벽이 되어 왔다. 서쪽의 시에라네바다 산맥에서 동쪽의 네브라스카까지, 북쪽의 옐로스톤 강에서 남쪽의 콜로라도 강까지 황량한 침묵이 지배하는 세계였다. 이 혹독한 지역의 자연환경은 전부가 똑같은 것은 아니었다. 정상에 눈이 쌓여 있는 산들도 있는가 하면, 태양 빛도 스며들지 않는 어두운 협곡도 있었다. 그리고 깎아지른 듯한 협곡 사이로는 격류가 달리고 있었다. 끝없이 펼쳐진 대평원은 겨울이면 하얀 눈으로 뒤덮이며, 여름에는 소금기를 머금은 알칼리성 모래 먼지 때문에 온통 잿빛으로 뒤덮여 버린다.

이 세계에 존재하는 것이라고는 불모와 적의와 불행뿐이었다. 이 절망의 땅에는 아무도 살고 있지 않았다. 때때로 포니 족이나 블랙푸트 족이 다른 사냥지로 가기 위해서 지나갈 뿐이었다. 그들 중 가장 용맹스러운 용사들조차도 이 무시무시한 대평원에서 무사히 빠져나와 그들이 머물고 있는 초원으로 되돌아가게 되면 마음을 놓았다. 코요테가 수풀 속에 숨어 있으며, 대머리 독수리는 하늘을 유유히 날아다닌다. 흉측하게 생긴 회색 곰이 어두운 협곡을 어슬렁거리다 바위 사이에서 먹이를 뒤진다. 이 황야에 살고 있는 것은 이런 동물들뿐이었다.

시에라 블랑코 산맥 북쪽으로 펼쳐진 평원만큼 황량한 곳이 이 세상에 또 있을 리가 없었다. 알칼리성 흙으로 뒤덮인 대평원이 끝도 없이 펼쳐져 있었고, 곳곳에 키 작은 떡갈나무 그림자가 보였다. 그리고 지평선의 끝에는 꼭대기에 눈을 인 험준한 산들이 늘어서 있었다.

이 광대한 땅에는 동물은커녕 생명을 가진 것의 기척조차 느껴지지 않았다. 푸른 하늘을 나는 새의 모습도 없었으며, 그을린 회색빛 지면에는 움직이는 것조차 찾아볼 수 없었다. 존재하는 것이라고는 그저 고요한 침묵뿐이었다. 이 거대한 황야에서는 제아무리 귀를 기울여도 그 어떤 소리도 들리지 않았다.

넓은 황야에 생명을 가진 것의 기척조차 느껴지지 않는다고 말했는데, 사실 그렇지만도 않다. 시에라 블랑코 산에서 내려다보면 한 줄기 길이 사막으로 이어져 구불구불 저 멀리로 사라져 가는 것이 보인다. 그 길에는 수레의 바퀴 자국이 찍혀 있었으며, 수많은 모험가들의 발자국이 있었다.

길에는 여기저기에 허연 것들이 빛을 받아 반짝이고 있었다. 주위가 거무죽죽한 알칼리성 흙이기 때문에 더욱 눈에 잘 띈다. 가까이 다가가서 잘 보라. 그 하얀 것들은 뼈다! 억세고 커다란 뼈가 있는가 하면, 가느다랗고 조그만 뼈도 있다. 큰 것은 소의 뼈고, 작은 것은 인간의 뼈다. 기분 나쁜 이 길은 대상들이 지나는 길로, 비참한 죽음을 맞은 사람들의 뼈를 따라가는 것만으로도 천오백 마일이나 되는 길을 답파할 수 있을 것이다.

1847년 5월 4일의 일이었다. 한 여행객이 시에라 블랑코 산에 서서 이 광경을 내려다보고 있었다. 여행객의 얼굴은 이 지역에 살고 있는 귀신이나 악마와 똑같았다. 나이도 예순에 가까운지 마흔에 가까운지 잘 알 수가 없었다. 수척한 얼굴, 튀어나온 광대뼈를 감싸고 있는 갈색 양피지와 같은 피부. 갈색의 긴 머리칼과 수염 사이에 희끗희끗한 것이 섞여 있었고, 퀭한 눈은 이상한 빛을 발하고 있었다. 라이플(총신의 안벽에 나선형 홈이 새겨진 소총 — 역주)을 쥐고 있는 손은 뼈가 앙상했다.

그는 그 라이플에 의지해서 서 있었는데, 키가 크고 골격이 다부져 보였다. 강하고 늠름한 사내인 듯했다. 하지만 수척한 얼굴, 깡마른 몸을 감싸고 있는 헐렁한 옷 때문에 늙고 지쳐 보였다. 그는 죽어 가고 있었다. 굶주림과 목마름으로 인해 죽어 가고 있었던 것이다.

그는 고생고생 끝에 협곡을 따라 내려왔다가 조금 높은 장소로 올라왔다. 그것은 그저 물이 필요했기 때문이었다. 지금 눈앞에 펼쳐져 있는 것은 끝없는 소금 평원이었다. 땅 위에 풀 한 포기, 나무 한 그루도 보이지 않는 황량한 산들이 있을 뿐, 물이 있는 곳을 나타내는 것은 눈에 띄지 않았다. 어디를 바라봐도 희망의 빛이라고는 보이지 않았다. 그는 미친 듯이 북쪽에서 동쪽, 서쪽으로 시선을 돌리다 곧 방랑의 여행도 여기서 끝이라는 사실을 깨달았다. 이제 이 불모의 바위 위에서 죽음을 기다리는 일만 남은 셈이었다.

"여기서 쓰러지는 것도 괜찮지. 이십 년 후에 깃털을 가득 넣은 요 위에서 죽는 것과 뭐가 다르단 말인가?"

그는 평평한 바위의 그늘에 앉으며 중얼거렸다.

쓸모없어진 라이플을 땅에 내려놓고, 회색 숄로 싸서 오른쪽 어깨에 걸치고 있던 커다란 짐을 내린 그는 바닥에 앉았다. 그것은 꽤 무거운 짐이었던 듯했다. 짐은 털썩 소리를 내며 땅으로 떨어졌다. 그 순간 짐 속에서 날카롭고 귀여운 목소리가 들려왔다. 짐 속에서 나온 것은 여자 아이였다. 겁먹은 작은 얼굴, 반짝반짝 빛나는 갈색 눈, 통통하고 조그만 손을 가진 여자였다.

"아얏, 아프잖아요!"

여자 아이가 불평을 했다.

"아팠니? 하지만 일부러 그런 건 아니란다."

이렇게 말하면서 사내는 커다란 회색 숄을 풀어, 안에 있던 다섯 살 정도의 귀여운 여자 아이를 밖으로 꺼냈다. 깨끗한 구두, 세련된 분홍빛 실내복, 귀엽고 앙증맞은 앞치마 등에 어머니의 마음이 잘 나타나 있었다. 아이의 얼굴은 여위었고 안색이 좋아 보이지는 않았지만, 팔다리는 건강해 보였다. 남자만큼 지쳐 있는 것 같지는 않았다.

"이젠 괜찮지?"

밝은 금발의 여자 아이가 뒤통수를 문지르고 있는 것을 보며 사내는 걱정이 된다는 듯이 물었다.

"호 해 줘요. 그럼 나을 거예요. 엄마는 언제나 그렇게 해 줬거든요. 그런데 엄마는 어딨죠?"

여자 아이는 부딪친 곳을 내밀며 진지한 얼굴로 말했다.

"엄마는 가 버렸단다. 하지만 곧 만날 수 있을 거야."

"가 버렸다고요? 하지만 다녀오겠다는 인사도 하지 않았는걸요. 아주머니 댁에 차를 마시러 갈 때도 언제나 인사를 하는데. 벌써 사흘이나 지났잖아요. 아저씨, 목이 말라요. 물도 없고 먹을 것도 없어요?"

"그래, 아무것도 없단다. 조금 더 참거라. 그럼 아무렇지도 않아질 거야. 자, 머리를 나한테 기대렴. 그럼 편안할 거다. 입술이 말라서 말하기가 힘들지만, 그래도 왜 이렇게 됐는지 말해 두는 편이 나을 것 같구나. 애야, 손에 들고 있는 게 뭐니?"

"예쁜 거예요! 멋지죠? 집에 가면 밥한테 줄 거예요."

여자 아이는 반짝반짝 빛나는 운모석 조각 두 개를 바라보며 기쁘다는 듯이 말했다. 남자가 또박또박 말을 했다.

"조금만 더 있으면 훨씬 더 좋은 걸 보게 될 거다. 조금만 더 참으면 돼. 참, 얘기를 하다 말았지. 전에 우리가 강을 떠났던 걸 기억하고 있니?"

"네, 기억하고 있어요."

"그 강에서 떠난 건 바로 다른 강을 찾을 수 있을 거라고 생각했기 때문이란다. 하지만 뭔가가 잘못된 것 같다. 나침반 아니면 지도가. 어쨌든 뭔가가 잘못됐단다. 그래서 물이 없어진 거야. 너같이 조그만 아이가 먹을 정도의 물밖에 남지 않았었다. 그래서……."

"그래서 아저씨가 씻지도 못했구나."

조그만 여자 아이는 사내의 더러운 얼굴을 올려다보며 진지한 얼굴로 말했다.

"그리고 마실 물이 완전히 떨어졌단다. 제일 처음은 벤더였다. 벤더가 죽고 나서 그 다음은 인디언 피트였지. 맥그리거 부인 다음에는 조니 혼즈, 그 다음이 네 어머니였다."

"그럼 엄마도 죽은 거예요?"

여자 아이는 앞치마를 얼굴에 대고 슬프게 울기 시작했다.

"그래, 남은 건 우리 둘뿐이란다. 물이 있을지도 모른다는 생각에 이쪽으로 온 거야. 그래서 너를 어깨에 짊어지고 간신히 여기까지 걸어왔는데, 아무래도 물은 없는 것 같구나. 이제 더 이상 도움을 받을 길이 없을 것 같다."

"우리도 금방 죽는 거예요?"

여자 아이가 울음을 그치고 눈물에 젖은 얼굴을 들어 물었다.

"뭐, 그렇게 될 것 같다."

"그걸 왜 이제야 말해요? 내가 얼마나 무서웠다고. 그럼 죽으면 엄마랑 다시 만날 수 있겠다."

여자 아이가 기쁘다는 듯이 웃으며 말했다.

"그래, 죽는 거란다."

"아저씨도 죽는 거죠? 아저씨가 아주 잘 해 줬다고 내가 엄마한테 말해 줄게요. 엄마는 천국 문 앞에서 기다리고 있을 거예요. 커다란 물통과 맛있게 구운 따뜻한 메밀 빵을 많이 가지고요. 밥하고 나는 메밀 빵을 아주 좋아하거든요. 앞으로 얼마나 있어야 죽을 수 있을까요?"

"글쎄, 그리 오래 걸리지는 않을 거란다."

사내는 북쪽 지평선을 가만히 바라봤다. 푸른 하늘 너머로 세 개 정도 조그만 점 같은 것이 나타났는데, 점점 커지고 있었다. 곧 그 점들은 커다란 갈색 새가 되었다. 새들은 머리 위에서 원을 그린 뒤 두 사람이 내려다 보이는 바위 위에 앉았다. 대머리 독수리였다. 죽음의 전조라고 알려진 서부의 맹금류였다.

"이야, 닭이다!"

여자 아이는 불길한 짐승을 손가락으로 가리키며 신이 나는지 소리를 질렀다. 그러고는 손뼉을 쳐서 날아오르게 하려고 했다.

"아저씨, 여기도 하나님이 만드신 거예요?"

"물론 하나님이 만드셨지."

여자 아이의 뜻밖의 질문에 사내는 조금 놀랐다.

"하나님은 일리노이를 만드셨고, 미주리 강도 만드셨어요. 하지만 여기는 다른 사람이 만들었을 거예요. 잘 못 만들었잖아요. 물도 잊어버렸고 나무도 잊어버렸고."

"우리, 기도 할까."

사내가 주저하며 말했다.

"아직 밤도 아닌데요?"

여자 아이가 대답했다.

"밤이 아니라도 괜찮단다. 평소에는 밤에 하는 거지만, 하나님도 용서해 주실 거다. 초원 지대를 지날 때 매일 밤 마차 안에서 기도를 했었지? 그 기도를 해 보렴."

"왜 아저씨는 기도를 안 해요?"

여자 아이가 이상하다는 듯한 눈빛으로 물었다.

"난 잊어버렸단다. 키가 이 총의 반만 했을 때부터 기도를 한 적이 없었거든. 하지만 지금부터 기도를 해도 그리 늦지는 않을 거야. 네가 기도를 하면 나도 따라서 기도를 할게."

"그럼 아저씨도 무릎을 꿇어요."

여자 아이가 숄을 바닥에 펼치며 말했다.

"나처럼 손을 모으세요. 마음이 편해지죠?"

대머리 독수리만이 이 기묘한 광경을 보고 있었다. 천진난만하기 짝이 없는 어린 여자 아이와 두려움을 모르는 거친 모험자가 숄 위에 나란히 무릎을 꿇고 있는 것이다. 통통한 여자 아이의 얼굴과 거칠고 여윈 사내의 얼굴은 구름 한 점 없는 하늘을 올려다보며 하늘에 계신 하나님에게 진심으로 기도를 올렸다. 하나님의 자비와 은총을 바라는 맑고 높은 목소리와 굵고 갈라진 목소리가 하나가 되어 하늘로 올라갔다.

기도를 마치고 두 사람은 둥근 바위 그림자 밑으로 돌아가 앉았다. 곧 여자 아이는 사내의 넓은 가슴에 기대어 잠이 들어 버렸다. 사내는 한동안 여자 아이의 잠든 얼굴을 바라보았지만, 피로를 견딜 수가 없었다. 사흘 밤낮을 쉬지도 않고 걸었던 것이다. 사내는 점점 눈이 감기더니 꾸벅꾸벅 졸기 시작했다. 곧 사내의 희끗희끗한 턱수염이 여자 아이의 금발과 겹쳐졌다. 두 사람은 완전히 잠에 빠져들었다.

사내가 삼십 분만 더 깨어 있었다면 신비한 광경을 목격할 수 있었을 것이다. 알칼리 대평원의 저쪽 끝에서 희미한 흙먼지가 일었다. 처음에는 너무 멀었기 때문에 안개처럼 보였지만, 흙먼지는 점점 커다랗게 퍼지더니 확실한 구름의 모습이 되었다. 그리고 그 구름이 점점 크게 퍼졌으므로, 마침내 이동하는 동물의 커다란 무리라는 것을 확실하게 알 수 있었다. 여기가 풍요로운 땅이었다면 그것을 본 사람은 대초원의 풀을 뜯는 들소 떼가 접근해 오는 것이라고 생각했을 것이다. 하지만 여기는 불모의 땅이었다. 그런 일은 있을 수가 없었다.

소용돌이를 일으키고 있는 흙먼지가 외로운 바위 그림자 밑에 잠들어 있는 두 조난자 곁으로 가까워 옴에 따라, 흙먼지 속으로 포장마차와 무장을 한 사람들이 말을 타고 다가오는 모습이 나타나기 시작했다. 이 신기한 환영은 서부로 향하는 포장마차 부대였다. 정말 어마어마한 규모의 포장마차 부대였다! 선두가 산기슭에 접어들려 하고 있는데도 부대의 후미는 아직 지평선 너머에서 모습도 드러내지 않고 있었다. 포장마차와 짐마차, 말에 탄 사람, 걷는 사람…… 줄줄이 이어지는 대열이 널따란 평원 너머까지 이어져 있었다.

무거운 짐을 지고 비틀거리며 걷고 있는 수많은 여자들, 마차 곁을 분주히 걷거나 하얀 포장 밑으로 밖을 내다보는 아이들…… 평범한 이민들의 마차 부대가 아닌 것만은 틀림없었다. 어떤 사정에 의해서 지금까지 살던 땅에서 쫓겨나 신천지를 찾아서 방랑하는 사람들임에 틀림없었다. 이 수많은 사람들의 무리 속에서 일어나는 소음은 마차 바퀴 소리와 말의 숨소리에 섞여 맑은 하늘로 울려 퍼졌다. 하지만 피로에 지쳐서 잠든 두 사람은 그런 소음에도 눈을 뜨지 못했다.

포장마차 부대의 선두에는 손으로 짠 거친 천으로 만든 옷을 입고 라이플로 무장한 엄숙한 얼굴의 사내 스무 명 정도가 말을 타고 가고 있었다. 평평한 바위 밑까지 온 그들은 말을 멈추고 이야기를 시작했다.

"형제들이여, 오른쪽으로 가면 샘이 있습니다."

수염을 단정하게 깎은, 머리가 희끗희끗한 사내가 말했다.

"시에라 블랑코 산의 오른쪽은 리오그란데 강으로 가는 길 아닌가요?"

다른 사내가 말했다.

"물을 걱정할 필요는 없어요. 바위 틈에서 물을 솟게 하시는 분이니, 선택한 사람들을 버리실 리가 없어요."

세 번째 사내가 큰 소리로 말했다.

"아멘! 아멘!"

그 자리에 있던 사람들이 일제히 입을 맞춰 말했다.

선두가 다시 앞으로 나가려는 순간, 눈이 날카로운 가장 젊은 사내가 소리를 지르며 머리 위의 깎아지른 듯한 바위를 손가락으로 가리켰다. 바위산 정상에 옅은 분홍색 조그만 물체가 회색 바위를 배경으로 선명하게 펄럭이고 있었다. 그것을 본 사내들은 일제히 말을 멈추고 어깨에 메고 있던 총을 풀었다. 그리고 말에 타고 있던 후속 부대가 지원을 하러 달려왔다.

"인디언이다. 인디언이다."

그들은 입을 모아 말했다.

"이 부근에 인디언이 있을 리가 없어요. 포니 족의 영토도 지났으니, 이 높은 산을 넘을 때까지 다른 종족은 없을 거예요."

지휘를 맡고 있는 듯한 나이 든 사내가 말했다.

"스탠거슨 형제, 내가 살펴보고 오겠소."

대원 중 한 사람이 말했다.

"나도."

"나도 가겠소."

십여 명의 사내들이 말했다.

"말은 여기 두고 가게. 우리는 여기서 기다리지."

나이 든 사내가 말했다.

젊은이들은 바로 말에서 내려 말을 묶어 두고는, 호기심에 가득 찬 눈빛으로 험준한 기슭을 오르기 시작했다. 그들의 움직임은 민첩하고 조용했다. 그들의 행동에는 훈련을 쌓은 정찰대와 같은 자신감과 기술이 넘쳐 나고 있었다.

밑에서 지켜보고 있는 사람들의 눈에, 바위에서 바위로 옮겨가다가 곧 하늘을 배경으로 정상에 서 있는 사람들의 모습이 보였다. 선두에 섰던 젊은이가 두 손을 올리며 놀란 듯 소리를 질렀다. 뒤따르던 사람들도 눈앞의 광경에 놀라 비명을 지르고 말았다.

벌거숭이산의 정상은 평평했는데, 거기에는 크고 둥근 바위가 서 있었다. 그리고 그 바위 그늘에 키가 크고 턱수염을 길게 기른 못생긴 얼굴의 말라비틀어진 사내가 누워 있었다. 평온한 얼굴로 고른 숨을 내쉬고 있는 것으로 보아, 그는 완전히 잠에 빠져 버린 듯했다. 사내의 옆에는 어린 여자 아이가 있었는데, 통통한 팔로 사내의 여윈 목을 끌어안고 사내의 웃옷에 금빛으로 반짝이는 머리카락을 묻은 채 잠들어 있었다. 조금 열린 장밋빛 입술 사이로 하얀 눈같이 깨끗한 이가 보였으며, 천진하게 보이는 얼굴에는 미소가 번져 있었다. 하얀 양말과 빛나는 금속이 달린 깨끗한 구두를 신은 통통한 작은 다리는 사내의 길고 깡마른 다리와 묘한 대조를 이루었다.

이 잠들어 있는 기묘한 두 사람의 머리 위 바위에는 대머리 독수리 세 마리가 한가로이 앉아 있었다. 그러다가 다가온 사람들을 보고 실망한 듯 귀에 거슬리는 울음소리를 내더니 신경질적으로 날아올랐다.

무시무시한 대머리 독수리의 울음소리에 잠들어 있던 두 사람은 눈을 뜨고 두리번두리번 주위를 둘러보았다. 사내는 비틀비틀 일어서더니 대평원을 내려다보았다. 잠들기 전에는 그렇게도 황량하게만 보이던 평원에 지금은 사람들과 말의 긴 행렬이 이어지고 있었다. 가만히 바라보던 사내는 믿을 수 없다는 표정을 짓더니 바싹 마른 손으로 눈을 비볐다.

"이게 신기루라는 건가?"

사내가 중얼거렸다.

여자 아이는 사내의 옷자락을 잡고 일어서면서 어린이다운 놀라움과 호기심에 넘친 눈으로 주위를 둘러보았다. 도움을 주러 온 젊은이들을 보고 두 방랑자는 그들이 신기루가 아니라는 사실을 곧 알 수 있었다. 한 사내가 아이를 안아 어깨 위에 앉혔고, 다른 두 사람은 여윈 사내를 부축해서 바위산을 내려왔.

"나는 존 페리어라고 하오. 일행이 스물한 명 있었는데, 이제 우리 둘만 남았지요. 다른 사람들은 남쪽에서 굶주림과 갈증 때문에 숙어 버렸고."

사내가 말했다.

"그 아인 당신 딸이오?"

"이제 내 딸이나 다를 바 없지요."

사내가 경계하는 투로 대답했다.

"내가 살려 냈으니까. 이 아이를 아무도 내게서 빼앗아 가지 못할 겁니다. 오늘부터 이 아이는 루시 페리어입니다. 당신들은 뭘 하는 사람들입니까? 사람들이 꽤 많아 보이는데."

그는 검게 그을린 건장한 청년들을 이상하다는 듯이 바라보며 물었다.

"한 만 명 정도 됩니다. 우리는 박해받는 하나님의 아들, 모로니 천사에게 선택받은 백성들입니다."

젊은이 중 한 명이 대답했다.

"모로니 천사는 처음 들어 보는 말인데. 참 많은 사람을 선택했군요."

사내가 말했다.

"성스러운 분을 모욕해서는 안 됩니다. 우리는 금박의 명판에 이집트 문자로 새겨진 성스러운 말씀을 믿습니다. 그 명판은 성 조지프 스미스가 팔미라에서 받은 것입니다."

한 젊은이가 나무라듯 말했다.

"우리는 일리노이 주 노브에서 왔습니다. 거기에 교회가 있었죠. 우리는 하나님을 믿지 않는 야만스러운 사람들에게서 벗어나 안식의 땅을 찾고 있습니다. 그곳이 사막 한가운데라 할지라도 상관없습니다.

노브라는 지명을 듣고 존 페리어는 뭔가 떠오르는 것이 있는 듯했다.

"그렇군요, 당신들은 모르몬교 신자들이군요."

"맞아요. 우리는 모르몬교 신자들입니다."

젊은이들이 일제히 대답했다.

"어디로 가는 거지요?"

"모르겠습니다. 하지만 하나님의 손길이 예언자를 인도하십니다. 당신들도 곧 예언자를 만나게 될 겁니다. 그러면 당신들을 어떻게 할지 예언자가 가르쳐 주실 겁니다."

그때 그들은 이미 바위산의 기슭까지 내려왔고, 수많은 신자들에게 둘러싸였다. 평온한 얼굴의 여자들, 건강해 보이는 아이들, 걱정스럽게 바라보는 남자들. 함께 내려온 것이 조그만 여자 아이와 수척한 사내라는 것을 알게 되었을 때, 신자들은 놀라움과 동정심을 금할 길이 없었다. 하지만 함께 내려온 젊은이들은 발을 멈추지 않고 앞으로 나아갔다. 수많은 모르몬교 신자들이 그들 뒤를 따랐다. 드디어 그들은 다른 마차보다 크고 화려한 마차 앞에 도착했다.

다른 마차들은 말 두 마리, 기껏해야 네 마리가 끄는데, 그 마차는 여섯 마리가 끌고 있었다. 마부 옆에 한 사내가 있었다. 보기에는 서른 살도 안 되어 보였지만, 커다란 머리, 결연한 표정 등으로 보아 지도자임을 알 수 있었다. 그는 갈색 표지로 된 책을 읽고 있다가 신자들이 다가오자 책을 옆으로 치웠다. 그러고는 가만히 일의 경위에 귀를 기울였다.

경위를 다 듣고 나서 그는 두 방랑자에게 말을 걸었다.

"당신들이 함께 가려면 신자가 되어야 합니다. 양 떼 사이에 늑대를 들일 수는 없으니까. 조그맣게 썩은 부분이라도 결국에는 과일을 전부 썩어 버리게 만들지요. 만약 그럴 거라면 차라리 이 황야에서 시체가 되는 편이 낫습니다. 이 조건 하에 우리와 함께 가겠습니까?"

"제발 데려가 주십시오. 말씀은 결코 잊지 않겠습니다."

페리어가 너무나도 힘차게 대답했기 때문에 엄숙한 얼굴의 장로들은 자신도 모르게 빙그레 웃음을 짓고 말았다. 오직 지도자만이 엄격한 표정을 흐트러트리지 않았다.

"스탠거슨 형제, 이 사내에게 먹을 것과 음료수를 주세요. 아이에게도 주세요. 그리고 교리를 가르치는 것도 당신이 해야 할 일입니다. 이런 너무 지체했군. 자, 시온을 향해서 출발합시다."

"시온으로!"

모르몬교 신자들이 외쳤다. 그 외침은 잔물결처럼 긴 행렬을 타고 가다 곧 아련한 속삭임처럼 멀리로 사라져 갔다. 지도자가 타고 있는 여섯 마리의 말이 끄는 커다란 마차가 채찍 소리와 함께 덜컹거리며 움직이기 시작했고, 곧 마차 부대 전부가 천천히 요동치며 앞으로 나가기 시작했다.

두 여행자를 돌보게 된 스탠거스 장로는 그들을 자신의 마차로 데리고 갔다. 그곳에는 벌써 식사가 준비되어 있었다.

"당신들이 머물 곳입니다. 이삼 일 정도 지나면 몸을 회복할 수 있을 겁니다. 잘 기억해 두어야 합니다. 당신들은 영원히 우리와 함께 모르몬교의 신자가 된 것입니다. 지도자인 브리검 영께서 그렇게 말씀하셨습니다. 그것도 신의 목소리인 성 조지프 스미스의 목소리로 그렇게 말씀하신 겁니다."

유타의 꽃

안주의 땅에 도착하기까지 모르몬교 신자들은 수많은 시련과 곤란을 겪었는데, 지금은 그런 얘기를 할 때가 아니다. 그들은 미시시피 강에서 로키 산맥의 서쪽 사면에 이르는 고난의 길을 인류 역사상 보기 드문 불굴의 정신으로 전진했다. 야만인, 야수, 굶주림, 갈증, 피로, 전염병…… 대자연은 모든 방법을 동원하여 앞길을 가로막았지만, 그들은 앵글로색슨 족답게 끈기를 가지고 하나하나 극복해 나갔다. 하지만 긴 여행과 거듭되는 공포 때문에 모르몬교 신자 중 용감한 사람들까지도 불안함을 느끼고 있었다.

그들은 햇빛을 받으며 펼쳐져 있는 유타의 계곡이 내려다보이는 곳까지 이르렀다. 지도자는 유타의 계곡이야말로 약속의 땅이며 그 처녀지가 영원히 모두의 땅이 될 것이라고 말했다. 그러자 전원이 땅에 무릎을 꿇고 앉아 진심으로 기도를 드렸다.

브리검 영은 뜨거운 신념을 가진 지도자였는데, 곧 행정관으로서도 뛰어난 인물이라는 점을 증명해 보였다. 영은 지도를 그리고 여러 가지 도표를 만들었다. 그것은 그들을 위한 미래의 도시였다. 마을 주변은 농지였는데, 각각의 지위에 따라서 분배되었다. 상인들은 각자 자신의 상업을 하게 되었으며, 장인들도 각각 자신의 기술로 일을 하게 되었다. 마치 마법처럼 마을의 길이 생겨났으며, 광장이 생겨났다. 농지에는 배수로가 만들어졌고 산울타리가 생겼으며, 작물도 심게 되었다. 숲도 개간했다. 이듬해 여름에는 금빛 밀이삭이 풍성하게 열매를 맺었다.

이 신비한 개척지에서는 모든 것이 흥성했다. 특히 마을 중심에 세워진 대교회당은 더욱 커졌다. 하나님의 인도로 수많은 고난을 극복한 그들은 하나님을 칭송하기 위해 교회를 지었는데, 이후로도 망치 소리와 톱 소리가 끊이지 않고 들려왔다. 그 소리는 동이 틀 무렵부터 해가 질 때까지 끊이지 않고 들려왔다.

존 페리어와 존의 양녀가 되어 운명을 함께하게 된 여자 아이, 이 두 방랑자는 긴 여행이 끝날 때까지 모르몬교 신자들과 함께 행동했다.

나이 어린 루시 페리어는 스탠거슨 장로의 마차에서 그의 세 명의 아내와 열두 살 난 아들과 함께 즐겁게 지냈다. 아들은 나이에 비해 조숙하고 말을 잘 듣지 않는 소년이었다. 루시에게는 어린이 특유의 적응력이 있었기 때문에 어머니를 잃은 슬픔에서 벗어날 수 있었고, 곧 여자들의 귀여움을 독차지하게 되었으며, 천으로 덮인 움직이는 집에서의 생활에도 적응을 했다.

존 페리어는 몸이 회복되자 훌륭한 길잡이로서, 그리고 뛰어난 사냥꾼으로서 이름이 알려지게 되었다. 곧 좋은 평판을 얻게 되었다. 그 때문에 길고 긴 여정이 끝났을 때 그 누구보다도 기름지고 넓은 땅을 받게 되었는데, 누구 하나 이의를 제기하는 사람이 없었다. 존보다 넓고 기름진 땅을 소유한 사람은 지도자인 영과 네 명의 장로들인 스탠거슨, 켐볼, 존스턴, 드레버밖에 없었다.

존 페리어는 주어진 농장에 자신의 손으로 튼튼한 통나무 집을 지었다. 그는 매년 증축을 했기 때문에 그의 집은 곧 넓고 훌륭한 집이 되었다. 존은 원래 행동력이 있고 재주도 좋았으며, 거래에도 능했다. 또한 강철같이 튼튼한 몸을 가지고 있었기 때문에 아침부터 밤까지 밭을 갈기도 하고 작물을 돌보기도 했다.

그 때문에 그의 농장과 집은 한없이 번창했다. 삼 년 후에는 이웃의 누구보다 풍요로운 생활을 하게 되었으며, 육 년 후에는 유복하게 되었다. 그리고 구 년 후에는 부자가 되었고, 십이 년 후에는 솔트레이크시티에서 그만큼 부유한 사람은 여섯 명 정도밖에 없게 되었다.

솔트레이크에서 워새치 산지에 이르기까지 존 페리어의 이름은 그 누구보다도 널리 알려져 있었다.

하지만 그런 그에게도 단 한 가지 신자들의 감정을 상하게 하는 것이 있었다. 그것은 제아무리 강력하게 권고를 해도 모르몬교의 관습에 따르는 결혼을 하려 들지 않는다는 것이었다. 혼담을 몇 번이고 거절하면서도 그는 그 이유를 결코 말하려 들지 않았다. 어쩔 수 없이 모르몬교의 신자가 된 것이기 때문에 신앙심이 부족해서 그러는 것이라고 비난하는 사람도 있었다. 부자가 됐지만 구두쇠이기 때문이라고 말하는 사람도 있었다. 예전의 애인을 잊지 못하기 때문이라고 말하는 사람도 있었다. 그리고 대서양 연안 어딘가에 두고 온 금발의 여인이 있을 것이라는 소문도 돌았다.

이유야 어쨌든 존 페리어는 끝까지 결혼을 하지 않았다. 그 외의 생활에 있어서는 새로운 개척지의 종교의 가르침에 따랐으므로, 그는 훌륭한 신자이자 성실한 사내라는 평판을 얻었다.

루시 페리어는 통나무 집에서 성장했다. 그리고 양아버지의 한쪽 팔이 되어 열심히 일을 했다. 맑고 깨끗한 산속의 공기와 시원시원한 소나무의 향기로운 냄새가 그녀의 유모가 되고 어머니가 되어 그녀를 길러 냈다. 해를 거듭할수록 루시는 점점 크고 건강하게 자랐다.

볼의 빛깔이 좋아지고 걷는 걸음걸이도 더욱 경쾌해졌다. 그녀는 밀밭 사이를 경쾌하게 걸어다니기도 하고, 아버지가 길들인 야생마를 마치 서부에서 태어난 아가씨처럼 능숙하게 몰고 다녔다.

페리어 농장을 따라 난 길을 지나던 여행객들은, 그런 루시의 모습을 바라보며 오랫동안 잊고 있었던 다정한 마음을 다시 떠올리고는 했다. 이렇게 봉오리는 벌어져 가고 있었다. 양아버지가 그 부근에서 가장 커다란 농장의 주인이 되었을 무렵에는 로키 산맥 서쪽에서 가장 아름다운 미국 아가씨로 성장을 했다.

하지만 루시가 한 사람의 여성으로 성장했다는 사실을 깨달은 것은 아버지가 아니었다. 아버지는 자신의 아이를 언제나 아이로만 생각하는 법이다. 아이에서 여자로 향하는 신비한 변화는 미묘하고 매우 느리기 때문에 언제부터라고 꼭 집어서 말할 수 없는 법이다. 특히 그녀 자신도 누군가의 목소리, 누군가의 손길이 닿아 마음이 설레는 순간 비로소 그 사실을 알게 되어 자부심과 불안을 느끼게 되며, 자신 속에서 새로운 감정이 눈을 떴다는 사실을 깨닫게 되는 법이다. 새롭게 태어나게 된 그날 일어났던 사소한 일을 기억하는 여성은 거의 없을 것이다. 하지만 루시 페리어의 경우는 그 사건이 그녀와 주위 사람들의 운명을 바꿀 정도로 큰 것이었기 때문에 사소한 일이라고는 결코 말할 수 없었다.

6월의 어느 따뜻한 아침의 일이었다. 모르몬교 신자들은 자신들이 상징으로 삼고 있는 그 꿀벌처럼 부지런히 일을 했다. 들판과 거리가 일하는 사람들의 활기로 넘쳐 나고 있었다. 먼지가 자욱한 큰길에는 무거운 짐을 나르는 노새들의 행렬이 하나같이 서쪽으로 이어지고 있었다. 캘리포니아에서 처음 금이 발견되었을 때의 일이었다. '선택받은 민족'의 마을은 대륙을 횡단하는 길과 맞물려 있었다. 멀리 방목지에서부터 이동 중인 양과 거세된 소들의 무리가 있는가 하면, 긴 여행에 지친 이주자들의 포장마차 부대도 있었다. 루시 페리어는 능숙한 손놀림으로 고삐를 움직여 그 복잡한 길을 말을 타고 지나고 있었다. 그녀의 얼굴은 붉게 물들어 있었으며, 긴 밤색 머리는 뒤로 나부끼고 있었다. 루시는 아버지 심부름으로 마을에 가는 중이었다. 수 없이 오간 익숙한 길이었기에 그녀는 온통 일에 대해서만 생각하고 있었다. 그녀는 젊은 혈기에 말을 힘껏 달렸다. 피로에 찌든 여행객들은 그런 그녀를 감탄의 시선으로 바라보았다. 털이 달린 가죽옷을 입고 여행 중이던 무표정한 인디언들조차도 빛나는 듯 아름다운 백인 아가씨에게 시선을 빼앗길 정도였다.

마을 외곽으로 접어들었을 때, 루시는 거대한 소 떼와 마주치게 되었다. 대여섯 명의 카우보이들이 초원에서부터 몰아온 것이었다. 그녀는 소 떼가 지나가기를 기다리기 싫어서 소들 사이 빈틈으로 말을 몰았다. 그 순간 그녀는 긴 뿔을 가진 광포한 눈의 소 떼들 사이에 갇혀서 꼼짝도 할 수 없게 되었다. 소를 익숙하게 다룰 줄 아는 그녀는 그다지 위험하다고는 생각지 않았다. 어떻게든 소 떼 사이를 비집고 뚫고 나가려 했다. 그때 일부러 그랬는지 우연이었는지는 모르겠지만, 소 한 마리가 뿔로 말의 배를 힘차게 받았다. 말은 곧 앞발을 들고 서서 거친 숨을 내쉬며 이리저리 미친듯이 날뛰었다. 말 타기가 아주 능숙한 사람이 아니었다면 벌써 떨어졌을 것이다.

루시는 죽음을 눈앞에 두고 있었다. 말은 미친 듯 날뛸 때마다 소의 뿔에 부딪쳤으며, 그 때문에 더욱 날뛰었다. 루시는 죽을힘을 다해서 안장에 매달려 있었다. 만약 말에서 떨어진다면, 겁에 질려 어떻게 손을 써 볼 수 없게 된 소 떼의 발굽에 짓밟힐 것이었다. 이런 갑작스런 사고를 처음 당하는 루시는 눈앞이 깜깜해져 고삐를 쥐고 있던 손에서 힘이 빠져나갔다.

피어오르는 흙먼지와 미친 듯이 날뛰는 소들의 거친 숨결에 루시는 숨이 막혔다.

"지금 도와주겠소."

그때 바로 옆에서 힘찬 목소리가 들려왔다. 만약 그 목소리가 들려오지 않았다면, 그녀는 절망한 나머지 고삐를 놓쳐 버렸을지도 몰랐다. 곧 햇볕에 그을린 듬직한 손이 날뛰는 말의 고삐를 잡더니 소 떼 바깥으로 말을 끌고 갔다.

"다친 데는 없나요?"

그녀를 구출해 준 사람이 정중하게 물었다.

루시는 검게 그을린 씩씩한 얼굴의 사내를 올려보다가 갑자기 웃음을 터트렸다.

"깜짝 놀랐어요. 목동이 소 떼 때문에 그렇게 겁을 먹게 될 줄이야."

"하나님의 은총으로 말에서 떨어지지 않았던 거예요."

남자가 진지한 얼굴로 말했다.

키가 크고 야성미가 넘치는 젊은 남자였다. 다리에 멋진 털이 난 말을 타고 있던 그 젊은이는 수수한 사냥복 차림의 어깨에 긴 라이플을 둘러메고 있었다.

"존 페리어의 따님이시죠? 언젠가 말을 타고 집에서 나오는 걸 본 적이 있습니다. 집에 가서서 세인트루이스에 살고 있는 제퍼슨 호프를 기억하고 계신지 여쭤보십시오. 만약 제가 알고 있는 페리어 씨가 맞다면, 저희 아버지를 잘 알고 계실 겁니다."

"직접 오서서 물어보시지 그러세요?"

루시가 조용히 말했다.

그 말을 들은 젊은이의 얼굴에 기쁨의 빛이 감돌았다. 그는 검은 눈을 반짝이며 말했다.

"그렇게 하겠습니다. 우리는 두 달이나 산에 있었기 때문에 이렇게 초라한 모습을 하고 있으니, 그 점은 용서해 주기 바랍니다."

"아버지도 고마워하실 거예요. 아버지는 저를 아주 사랑해 주시거든요. 소의 발에 짓밟혔으면 평생 슬퍼하셨을 거예요."

"나도 그랬을 겁니다."

젊은이가 말했다.

"어머, 당신이? 하지만 당신하고는 상관없는 일이잖아요. 아직 친구도 아무것도 아니니."

그 말을 들은 젊은 사냥꾼의 검게 그을린 얼굴에 매우 서운한 빛이 감돌았다. 루시 페리어가 웃으며 말했다.

"어머, 농담이에요. 우리는 이제 친구잖아요. 꼭 집으로 오세요. 오늘은 일이 있어서 먼저 가 볼게요. 저 때문에 아버지가 신뢰를 잃으시면 안 되니까요. 그럼 기다리고 있을게요."

"꼭 찾아뵙겠습니다."

젊은이는 챙이 넓은 모자를 벗고는 루시의 조그만 손에 입을 맞췄다. 그녀는 말 머리를 돌린 뒤 채찍을 휘둘러 말을 달렸다. 넓은 길에 먼지가 피어올랐다. 젊은 제퍼슨 호프는 굳게 입을 다문 채 동료들과 함께 말을 몰아 갔다. 제퍼슨 일행은 은맥을 찾아서 네바다 산맥을 돌아다녔다. 그들이 솔트레이크 시티에 온 것은 발견한 광맥을 팔 자금을 조달하기 위해서였다. 제퍼슨은 동료 그 누구에게도 뒤지지 않을 만큼 일에 정열적이었다. 그런데 생각지도 못했던 일에 부딪치게 되어 일에 대한 것이 머리에서 사라져 버렸다.

시에라 산맥에 부는 산들바람처럼 밝고 풋풋한 아름다운 여성과의 만남이 야성적이고 격렬한 감정을 가지고 있던 제퍼슨을 뒤흔들어 놓은 것이었다. 루시의 모습이 사라지는 순간, 그는 인생의 기로에 서 있다는 사실을 깨달았다. 지금 마음을 뒤흔드는 일에 비하자면, 은맥으로 돈을 버는 일을 비롯한 다른 모든 일들은 그저 사소한 것에 지나지 않았다. 제퍼슨의 마음을 사로잡은 것은 소년에게서 흔히 볼 수 있는 일시적인 연애 감정이 아니었다. 강한 의지와 자존심을 가진 사내의 마음을 불타오르게 하는 격렬한 사랑이었다. 그는 지금까지 자신이 계획한 일에서 전부 성공을 거뒀다. 이번 일도 노력과 인내로 성공할 수 있는 일이라면 얼마든지 최선을 다하겠다고 그는 맹세했다.

그날 밤, 그는 존 페리어의 집을 방문했다. 그 후에도 몇 번에 걸쳐서 방문을 했고, 그러는 동안 페리어 집안과 가까워지게 되었다. 존은 지난 십이 년 동안 계곡에 처박혀서 일만 했기 때문에 세상 돌아가는 일을 알 기회가 없었다. 제퍼슨 호프가 세상을 알 기회를 제공해 주었다. 그의 이야기에 존뿐만 아니라 루시도 귀를 기울였다.

제퍼슨 호프는 캘리포니아를 개척한 사람이었는데, 미개척 상태였지만 한가로웠던 시대에 있었던 실패와 성공담을 재미있게 이야기해 주었다. 그는 정탐, 사냥, 은광 찾기, 목동 등 여러 가지 일들을 경험해 왔다. 또한 모험을 좋아하는 제퍼슨 호프는 마음을 설레게 하는 일만 있으면 어디든지 달려갔다. 그는 바로 나이 든 농장 주인 존의 마음을 사로잡았고, 나이 든 존은 끊임없이 젊은이의 장점을 칭찬했다. 그럴 때면 루시는 아무런 말도 하지 않았지만, 붉어지는 뺨과 밝고 즐거운 듯한 눈빛을 보면 그 마음이 제퍼슨에게 쏠리고 있다는 사실을 확실하게 알 수 있었다. 고지식한 아버지는 딸의 그런 마음을 눈치 채지 못했지만, 그녀의 마음을 사로잡은 사내의 눈은 그것을 놓칠 리가 없었다.

　어느 여름날 저녁, 그는 말을 타고 달려와 문 앞에서 내렸다. 문가에 있던 루시가 제퍼슨을 보고 마중을 하러 나갔다. 그는 울타리에 말을 묶고 정원의 좁다란 길을 따라 걸어왔다.

"루시, 나는 곧 떠나요."

제퍼슨이 그녀의 손을 잡고 다정한 눈길로 바라보며 말했다.

"지금은 함께 가자고 할 수 없지만, 다음에 다시 돌아왔을 때는 함께 가 줄 수 있겠소?"

"그게 언제쯤인데요?"

루시는 얼굴을 붉히더니 웃으며 물었다.

"늦어도 두 달이면 돌아올 거요. 그때 당신을 데리러 오겠소. 이제 우리를 막을 수 있는 건 아무것도 없어요."

"하지만 아버지가 뭐라고 하실지."

"은광 일만 잘 풀린다면 결혼에는 찬성한다고 하셨소. 일은 잘 풀릴 거예요."

"어머, 잘 됐네요. 아버지와 당신이 그렇게 결정하셨다니, 나는 더 이상 할 말이 없어요."

루시는 그의 뜨거운 가슴에 머리를 기대며 조그만 목소리로 말했다.

"고맙소!"

제퍼슨은 목메는 소리로 대답하고는 몸을 숙여 키스를 했다.

"이걸로 모든 게 결정됐소. 더 이상 여기에 머물면 떠나기만 힘들어질 뿐이에요. 친구들이 계곡에서 나를 기다리고 있으니까 이만 가겠소. 안녕, 내 사랑 루시, 안녕! 두 달 후에는 반드시 돌아오겠소."

이렇게 말하며 그녀 곁에서 떨어진 제퍼슨은 말에 뛰어올라 단번에 달려가기 시작했다. 그는 뒤도 돌아보지 않았다. 마치 한 번이라도 뒤돌아보면 떠나려던 자신의 결심이 무너질 것이라고 생각하고 있는 듯했다. 그녀는 문 옆에 서서 그의 모습이 보이지 않을 때까지 지켜보고 있었다. 곧 그녀는 집 안으로 들어갔다. 유타에서 자신이 가장 행복한 사람일 것이라고 그녀는 느끼고 있었다.

존 페리어, 예언자와 이야기하다

제퍼슨 호프와 그 동료들이 솔트레이크시티를 출발한 지 삼 주일이 지났다. 젊은이가 돌아올 날, 그리고 자신이 기른 딸을 잃을 날이 가까워 온다는 사실을 생각하니, 페리어는 쓸쓸해서 견딜 수가 없었다. 하지만 딸의 밝고 행복해 보이는 얼굴을 보고 있노라면 결혼을 반대할 마음이 사라져 버리고는 했다. 페리어는 딸을 절대로 모르몬교 신자와는 결혼시키지 않겠다고 굳게 결심했다. 모르몬교 신자의 결혼 생활은 더럽기 짝이 없는 것이라고 생각하고 있었기 때문이었다. 그가 모르몬교의 교리를 어떻게 생각하는가는 잠시 제쳐 두더라도, 그는 이 한 가지 점에 대해서만은 생각을 굽히지 않았다. 하지만 당시 성도들의 땅에서 그 말을 입 밖으로 꺼내면 이단자로 취급받아 신변에 위험이 생길 것이 뻔했다. 그 때문에 페리어는 입을 다물고 있을 수밖에 없었다.

그것은 틀림없이 위험한 일이었다. 그 때문에 제아무리 신앙심이 두터운 사람이라 할지라도 종교상의 의견을 이야기할 때면 숨을 죽이듯 이야기했다. 한 번 오해를 받게 되면 바로 보복을 당할지도 몰랐기 때문이었다.

한 번 박해의 희생양이 된 사람들은 이제는 박해하는 자, 그것도 무시무시한 박해자가 되었다. 스페인의 세빌리아에서 행해졌던 종교 재판, 독일의 비밀 재판, 그리고 이탈리아의 비밀 결사 등에서조차도 당시 유타 지방을 둘러싸고 있던 검은 구름과도 같은 무시무시한 조직을 가지고 있지는 못했다. 그 조직의 두려움은, 모습이 보이지 않고 신비함에 둘러싸여 있다는 점에 있었다. 전지전능한 하나님과 같았으며, 목소리도 들리지 않았고 모습도 보이지 않았다. 교회에 반대되는 의견을 냈던 사내는 행방불명이 되었다. 어디로 사라졌는지 무슨 일이 일어났는지 아는 사람이 아무도 없었다. 아내와 자식들은 집에서 그가 돌아오기를 기다렸지만, 비밀 재판에서 어떤 판결을 받았는지 이야기해 줄 사람은 끝내 돌아오지 않았다.

경솔한 언동에는 응징이 따르게 마련이었다. 그런데도 사람들은 그들의 머리 위에서 내려다보고 있는 무시무시한 힘의 본질에 대해서는 조금도 알 수가 없었다. 사람들이 두려움에 떨며 황야에서조차도 가슴에 품고 있는 의문을 말할 용기를 내지 못했던 것도 어찌 보면 당연한 일이었다.

처음에는 이 정체를 알 수 없는 공포의 힘도 일단 모르몬교 신자가 되었다가 나중에 이를 위반하거나 혹은 이를 버리려고 하는 자들에게만 가해졌다. 그러나 곧 그 범위가 확대되었다. 그것은 성인 여성들의 숫자가 점점 줄어들었기 때문이었다. 일부다처제도 여자가 없다면 결국 말뿐인 교리가 되어 버리는 것이다. 그무렵 기묘한 소문이 돌기 시작했다. 이전까지 인디언이 나타난 적이 없었던 지역에 있는 마을이 습격을 받아 마을 사람들이 살해되었다는 소문이었는데, 그때마다 장로들의 집 여자들이 기거하는 방에 새로운 여자들이 모습을 나타냈다. 비탄에 잠긴 그녀들의 얼굴에는 지울 수 없는 공포의 빛이 감돌고 있었다. 산속에서 야영을 하던 여행객들의 말에 의하면, 복면에 무장을 한 무리들이 소리도 없이 바로 옆을 지나쳐 갔다고 했다. 이런 소문들은 점점 확실한 것이 되어 갔다. 그리고 구체적인 모습이 떠오르게 되었고, 곧 정확한 이름까지 알려졌다. 지금도 서부 산간의 목장 등에서는 다나이트 단이나 복수의 천사 등의 이름은 무시무시한 것으로 여겨지고 있다. 이런 잔학한 짓을 일삼는 조직의 정체가 밝혀졌지만, 사람들의 공포심은 줄어들기는커녕 더욱더 강해져만 갔다. 누가 이 잔인한 조직에 속해 있는지 아는 사람은 아무도 없었다. 종교의 이름으로 피의 폭력을 휘두른 사람들은 결코 밝혀지지 않았다. 친구에게 예언자와 예언자의 사명에 대해서 의문을 제기하는 마음을 밝히면, 그 친구가 밤에 횃불과 칼을 빼들고 무시무시한 벌을 가하러 나타날지도 모르는 일이었다. 그렇기 때문에 모든 사람들이 이웃을 두려워하게 되었으며, 마음속으로 생각하는 일을 결코 입 밖으로 내지 않게 되었다.

어느 맑은 날 아침의 일이었다. 밀밭으로 나가려던 존 페리어는 문의 걸쇠가 벗겨지는 소리가 나는 것을 들었다. 창으로 내다보니 갈색 머리에 다부진 체격을 한 중년 사내가 정원의 조그만 길을 따라 걸어 들어오고 있는 모습이 보였다. 그는 예언자인 브리검 영이었다. 존은 공포에 떨면서 모르몬교의 교주를 맞으러 현관까지 달려갔다. 이런 방문이 반가운 소식을 가져다 줄 리 없다는 사실을 존은 잘 알고 있었다. 엄한 얼굴을 한 예언자는 존의 인사를 차갑게 받아넘기며 거실로 따라

들어왔다.

예언자는 자리에 앉더니, 옅은 갈색 속눈썹을 가진 눈으로 농장 주인을 뚫어져라 쳐다보며 말했다.

"페리어 형제, 지금까지 참된 신자들은 당신의 좋은 친구였소. 사막에 굶주려 쓰러져 있던 당신을 구하고 먹을 것을 나누어 주었으며, 이 '선택받은 계곡'까지 무사히 인도했소. 그리고 충분한 토지를 주었고, 우리의 보호 아래서 부를 쌓는 일도 허락했소. 틀립니까?"

"아닙니다. 말씀하신 대로입니다."

존 페리어가 대답했다.

"그에 대한 보답으로 우리는 단 하나의 조건만을 제시했을 뿐이오. 그것은 진심으로 신앙을 받아들여 모든 일을 모르몬교의 관행에 따르라는 것이었소. 당신은 그렇게 하겠다고 약속했고. 그런데 그 약속을 무시한다는 소문이 내 귀에까지 들어왔소."

"저는 약속을 무시한 적이 없습니다. 교회에 기부금을 내지 않았나요? 예배를 보러 교회가 가지 않은 적이 있었나요? 그리고……."

페리어는 두 손을 앞으로 내밀며 항변했다.

"당신의 아내들은 어디에 있소?"

예언자가 방 안을 둘러보며 물었다.

"인사를 하고 싶으니 이리로 불러오시오."

"틀림없이 결혼은 하지 않았습니다. 하지만 여자들이 부족할 뿐만 아니라, 있다 하더라도 저보다 자격이 훌륭한 분들이 많이 계십니다. 저는 결코 외롭지 않습니다. 필요한 일은 딸아이가 다 해 주고 있으니까요."

모르몬교의 교주가 말했다.

"그 딸아이의 문제도 있고 해서 내가 온 것이오. 당신 딸은 유타의 꽃이라고 불릴 만큼 성장했소. 이 지역의 신분 높은 사람들 사이에서도 좋은 평을 얻고 있고."

존 페리어는 가만히 신음 소리를 냈다.

"그런데 그 딸에 대한 소문이 돌고 있소. 믿고 싶지는 않지만, 이교도와 약혼을 했다는 소문이오. 물론 근거 없는 헛소문일 거요. 성 조지프 스미스가 말씀하신 열세 번째 율법을 알고 있지요? '참된 신앙을 가진 딸은 선택받은 백성과 결혼해야 한다. 이교도와 결혼하는 것은 커다란 죄다.' 율법이 이러니 신성한 신앙을 가진 당신이, 딸이 율법을 어기도록 내버려 두지는 않겠지요."

존 페리어는 입을 다문 채 불안하다는 듯 승마용 채찍을 만지작거렸다.

"당신의 신앙이 얼마나 굳건한지 시험할 때가 온 것이오. 네 장로의 신성한 회의에 의해서 결정된 일이오. 당신 딸은 젊으니 백발의 노인과 결혼하라고는 하지 않겠소. 또한 상대를 골라서도 안 된다고는 하지 않겠소. 우리 장로들에게는 수많은 암소(아내)들이 있소. 이제 자식들에게도 나누어 주지 않으면 안 되오. 스탠거슨 장로와 드레버 장로에게는 각각 아들이 있소. 양쪽 모두 당신의 딸이라면 기꺼이 맞아 줄 거요. 둘 중 하나를 택하도록 하시오. 두 사람 모두 젊고 재산도 있으며, 참된 신앙을 가지고 있소. 당신은 어떻게 생각하오?"

페리어는 얼굴을 찌푸린 채 한동안 말이 없다가 드디어 입을 열었다.

"조금만 더 기다려 주실 수 없습니까? 딸아이가 아직 어려서 결혼할 만한 나이가 아닙니다."

"선택할 시간을 한 달 주겠소. 한 달 후에는 딸이 답을 주어야 하오."

영이 자리에서 일어나며 말했다.

현관으로 나가려던 영이 뒤돌아보았다. 그의 얼굴은 분노로 벌겋게 물들어 있었으며, 눈은 불타오르는 듯했다.

"존 페리어, 네 장로의 결정을 어길 생각이라면, 당신들은 그때 시에라 블랑코 산에서 백골이 되는 게 더 나을 뻔했을 거요!"

영이 포효하듯 말했다.

그리고 협박을 하듯 쥐고 있던 주먹을 내밀어 보이고는 밖으로 나갔다. 페리어의 귀에 정원의 자갈길을 밟으며 돌아가는 교주의 발소리가 들려왔다. 페리어는 팔꿈치를 무릎에 댄 채 가만히 앉아 있었다. 딸에게 어떻게 이야기를 해야 좋을지를 생각하고 있었다. 그때 부드러운 손길이 페리어의 손을 감쌌다. 고개를 들어 보니 옆에 루시가 서 있었다. 파랗게 질린 겁먹은 얼굴을 보는 것만으로도 교주의 이야기를 들었다는 사실을 알 수 있었다.

그녀가 아버지의 표정을 살피며 말했다.

"안 들을 수가 없었어요. 그 사람 목소리는 온 집 안에 울려 퍼지는 걸요. 아, 아버지, 우리는 이제 어떻게 해야 하죠?"

"걱정할 거 없다."

페리어는 그녀를 끌어안고 거칠고 커다란 손으로 밤색 머리칼을 쓰다듬어 주며 말했다.

"어떻게든 해 보겠다. 이 정도 일 갖고 제퍼슨에 대한 마음이 변하는 건 아니겠지?"

루시는 그저 훌쩍이며 아버지의 손을 힘차게 잡을 뿐이었다.

"물론 그럴 리가 없겠지. 그런 대답은 나도 듣기 싫다. 제퍼슨은 좋은 청년이고 기독교인이다. 이곳 사람들은 제아무리 기도하고 설교를 한다 해도 기독교인은 아니다. 내일 네바다로 출발하는 무리들이 있으니, 우리가 처한 상황을 알리는 편지를 써서 그들에게 부탁해 제퍼슨에게 건네주라고 하자. 내가 제퍼슨을 제대로 봤다면 그는 전보에 채찍을 가한 것보다 더 빨리 돌아올 게다."

루시는 아버지의 표현이 우스워서 눈물을 흘리며 웃음을 지어 보였다.

"그 사람이 돌아오기만 한다면 틀림없이 가장 좋은 방법을 생각해 낼 거예요. 하지만 내가 걱정하는 건 아버지예요. 예언자의 말을 거역한 사람은 반드시 끔찍한 일을 당하게 된다잖아요."

"하지만 아직 거역한 건 아니다. 게다가 그때를 대비할 수 있을 만한 충분한 시간도 있고. 한 달이나 여유가 있으니까. 그때까지 유타를 탈출하는 게 좋을 듯하구나."

"유타에서 탈출한다고요?"

"그래."

"그럼 농장은 어떻게 하고요?"

"팔 수 있는 건 전부 팔고, 나머지는 버리고 가는 수밖에 없지. 사실 이런 마음을 먹은 게 이번이 처음이 아니란다. 이곳 사람들은 예언자의 말에 따르지만, 나는 다르다. 그 누구에게도 머리를 숙이고 싶지 않아. 나는 자유롭게 태어난 미국인이다. 이런 생활에는 적응할 수가 없어. 너무 나이를 먹어서 그런 걸지도 모르지. 그 예언자가 다시 우리 농장 주변에서 어슬렁거린다면, 이번에는 사슴을 쫓던 총알이 빗나가 그자에게 맞을지도 모른다."

"하지만 그 사람은 우리가 도망가도록 내버려 두지는 않을 거예요."

루시가 말했다.

"제퍼슨이 돌아올 때까지 기다리자. 그러면 무슨 수가 생길 거야. 그때까지는 걱정 말고 눈물을 보여서는 안 된다. 그런 모습을 교주가 본다면 또 한마디 하러 올 테니 말이다. 하나도 걱정할 거 없다. 그리고 위험한 일도 일어나지 않을 게야."

존 페리어는 자신에 찬 눈빛으로 루시를 바라봤다. 하지만 그날 밤 그는 평소보다 더 단단히 문을 걸어 잠근 뒤, 침실 벽에 걸어 두었던 녹슬고 낡은 산탄총을 꺼내 깨끗하게 손질을 하고 탄환을 장전해 두었다. 루시는 그러한 행동들을 보지 않으려고 해도 남김없이 보고 말았다.

목숨을 건 탈출

모르몬교의 예언자가 찾아온 다음 날 아침, 존 페리어는 솔트레이크시티로 갔다. 그는 전부터 알고 지내던, 네바다 산맥을 향해 출발하는 사람을 만나 제퍼슨 호프에게 보내는 편지를 건네주었다. 그 편지에는 자신들 부녀의 신변에 위험이 닥쳐오고 있으니 가능한 한 빨리 돌아오기 바란다는 내용이 담겨 있었다. 편지를 건네주고 나서 조금 마음이 놓인 그는 밝은 기분으로 집에 돌아왔다.

농장 가까이 갔을 때 문 기둥에 각각 말이 매여 있는 것을 본 그는 놀라지 않을 수 없었다. 더욱 놀란 것은 두 젊은 남자가 마치 제 집인 양 거실을 점령하고 있는 모습을 보았을 때였다. 한 사람은 얼굴이 길고 창백했는데, 그는 흔들의자에 몸을 깊숙이 묻고 두 다리를 난로에 걸쳐 놓고 있었다. 또 다른 한 사람은 목이 굵고 천한 얼굴을 하고 있었다. 그는 창 옆에서 주머니에 양손을 찔러 넣은 채 휘파람으로 잘 알려진 찬송가를 불고 있었다. 존의 모습을 본 그들은 그저 고개를 까닥일

뿐이었다. 그리고 흔들의자에 앉았던 사내가 먼저 말을 꺼냈다.

"처음 보시겠지만, 저 사람은 드레버 장로의 아들입니다. 나는 조셉 스탠거슨. 그 사막에서 당신들 부녀가 하나님의 인도로 참된 신자들인 우리의 동료가 되었을 때 함께 여행을 했었습니다."

"하나님은 어느 나라 사람이든 자유로이 좋으신 때를 골라서 살금살금 매우 곱게 뽛으십니다."

드레버 장로의 아들이 콧소리를 내며 말했다. 존 페리어는 냉담하게 머리를 숙였다. 그들이 누구인지는 이미 알고 있었다.

"저희는 아버님의 말씀을 듣고 여기 왔습니다. 어느 쪽이 당신들 마음에 들지는 모르겠지만 청혼을 하고 오라고 해서 말입니다. 제게는 아내가 네 명밖에 없지만, 드레버 형제는 벌써 일곱 명입니다. 그러니 내게 청혼할 자격이 있는 듯하군요."

스탠거슨이 말했다.

"쓸데없는 소리 말게, 스탠거슨 형제. 아내가 몇 명인지는 문제가 되지 않아. 아내를 몇 명이나 거느릴 수 있느냐가 문제지. 얼마 전에 아버님으로부터 제분소를 물려받았기 때문에 돈은 내가 더 많네."

"장래성은 내가 더 많네."

스탠거슨이 큰 소리로 맞받아 쳤다.

"아버님이 하나님의 부름을 받고 가시면 가죽 공장과 가죽 가공 공장은 내 차지가 된다고. 게다가 나이도 내가 많고, 교회에서의 지위도 내가 더 높지 않은가?"

"결정은 아가씨가 내릴 걸세. 잠자코 아가씨의 결정을 기다리기로 하세."

젊은 드레버는 유리창에 비친 자신의 얼굴을 들여다보며 거만한 웃음을 지어 보였다. 문가에서 두 사람의 말을 듣고 있던 존 페리어는 분노로 몸이 떨려 왔다. 승마용 채찍으로 두 사람의 등을 내리치고 싶은 기분을 억누를 수가 없을 정도였다.

"이봐."

더 이상 참지 못하고 두 사람에게 다가가며 존 페리어가 말했다.

"내 딸아이가 부르면 그때는 와도 좋지만, 그 전에는 얼굴도 내밀지 말게."

두 젊은이는 어이가 없다는 듯이 그의 얼굴을 바라보았다. 두 사람은, 청혼을 위해서 자신들이 서로 다툰다는 것은 이 부녀에게 더할 나위 없이 명예가 되는 일이라고 생각했다.

"이 방에는 출구가 두 개 있네. 현관 문과 창문. 어느 문으로 나가고 싶지?"

존 페리어가 성난 목소리로 외쳤다.

당장이라도 달려들 것 같은 햇볕에 그을린 광포한 얼굴, 당장이라도 휘두를 것 같은 우락부락한 주먹을 보고 두 방문객은 자리에서 벌떡 일어나 현관 문까지 도망갔다. 늙은 농장 주인은 두 사람을 쫓으며 비웃는 듯한 목소리로 말했다.

"어느 쪽으로 나가고 싶은지 정도는 알려 주는 게 어떻겠나?"

"두고 봅시다. 꼭 복수하고 말 테니. 당신은 예언자와 네 장로의 결정을 무시했어. 나중에 후회해도 소용없을 거요."

스탠거슨이 분노로 붉으락푸르락한 얼굴로 말했다.

"천벌을 받아라! 하나님의 손이 당신을 치실 거요!"

젊은 드레버가 외쳤다.

"그 전에 내가 먼저 벌을 내리겠다!"

존 페리어가 치밀어 오르는 분노를 참지 못하고 외쳤다.

만약 그때 루시가 팔에 매달려 말리지 않았다면, 페리어는 총을 가지러 이층으로 뛰어 올라갔을 것이다. 페리어가 간신히 딸의 팔을 뿌리쳤을 때는 날카로운 말굽 소리가 들려왔고, 이미 때가 늦었음을 알 수 있었다.

"악당 주제에 잘난 척은! 루시, 저런 녀석들의 아내가 되느니 죽는 편이 낫겠다."

페리어가 이마의 땀을 닦으며 말했다.

"저도 그렇게 생각해요. 하지만 곧 제퍼슨이 와 줄 거예요."

루시가 밝은 목소리로 말했다.

"그래 바로 와 줄 거다. 될 수 있으면 빨리 와 줬으면 좋겠구나. 녀석들이 어떻게 나올지 알 수 없으니."

사실 그때는 늙고 고집 센 농장 주인과 양녀에게 누군가 나타나서 도움을 주고 조언을 해 주지 않으면 안 될 때였다.

유타가 개척된 이래 이처럼 공공연하게 장로들의 권위에 저항한 사람은 아무도 없었다. 사소한 위반도 엄한 벌이 내려졌다고 한다면, 이와 같은 반역을 시도한 사람에게는 어떤 운명이 기다리고 있을까? 지위도 재산도 아무런 도움이 되지 않는다는 사실을 페리어는 잘 알고 있었다. 페리어와 동등한 지위와 재산을 가진 사람들이 몇 명이고 행방불명되었으며, 그 재산은 교회에 몰수되었다. 페리어는 용감한 사람이었지만, 자신을 덮칠, 정체를 알 수 없는 공포의 그림자에 대해서는 공포를 느끼지 않을 수 없었다. 제아무리 위험한 상대라 할지라도 정체를 알고 있다면 용기를 내서 맞설 수도 있었겠지만, 이렇게 시시각각 덮쳐 오는 긴박한 공포감에 대해서는 신경이 날카로워질 수밖에 없는 법이었다. 그래도 페리어는 겁먹은 모습을 딸에게 보이고 싶지 않아서 사태를 가볍게 보고 있는 척했다. 하지만 애정이 담긴 루시의 눈은 아버지의 불안한 마음을 꿰뚫어 보고 있었다. 페리어는 자신이 취한 행동에 대해서 영이 어떤 형식으로든 지시나 경고를 내릴 것이라고 생각하고 있었다. 그 예상은 적중했다. 하지만 그것은 생각지도 못했던 형태로 찾아왔다.

이튿날 아침, 페리어가 눈을 떴을 때 침대의 이불 위에 그것도 정확히 심장에 해당하는 부분에 핀으로 꽂아 놓은 조그만 쪽지가 있는 것을 보고 그는 오싹함을 느꼈다. 그 쪽지에는 다음과 같은 내용이 필기체로 적혀 있었다.

개심하라. 남은 건 29일. 그 다음은…….

'그 다음은, 이라는 말 뒤에 아무런 협박 문구도 적혀 있지 않았기 때문에 공포심은 더욱 깊어졌다. 이 경고장을 어떻게 방 안으로 가지고 들어왔을까? 존 페리어는 남몰래 고민했다.

방문과 창문에는 자물쇠를 채웠으며, 하인들은 별채에 있었다. 그는 쪽지를 구겨 버리고 루시에게는 한마디도 하지 않았다. 이 불의의 일격에 심장이 얼어붙는 듯한 느낌이 들었다. 29일이란 틀림없이 영이 말한 한 달에서 남은 기간을 뜻하는 것이었다.

이런 일까지 할 수 있는 신비한 힘을 가진 적에게 제아무리 용기와 힘을 가진 사람이라도 맞서 싸울 수 없을 것이다. 그 쪽지를 핀으로 꽂아 놓은 사람은 페리어의 심장도 찌를 수 있었다. 페리어는 상대가 누군지도 확인하지 못한 채 숨을 거뒀을 것이었다.

그 다음 날 아침 페리어는 더욱 떨지 않을 수 없었다. 그가 아침 식사를 위해서 식탁에 앉는 순간 루시가 천장을 가리키며 비명을 질렀다. 천장에 '28'이라는 숫자가 적혀 있었기 때문이었다. 막대기 끝을 태워 그 숯으로 쓴 글자였다. 루시는 무슨 뜻인지 알 수 없었지만, 페리어는 그 뜻을 가르쳐 주지 않았다. 그날 밤 페리어는 총을 든 채 잠을 자지 않고 감시를 했다. 의심쩍은 일은 아무것도 일어나지 않았는데, 아침이 되고 보니 문에 페인트로 27이라고 커다랗게 적혀 있었다.

그런 날들이 계속됐다. 매일 아침마다 보이지 않는 적이 남은 날의 수를 눈에 띄는 장소에 적어 놓은 것이 보였다. 운명의 숫자는 벽이나 마룻바닥에 적혀 있는 경우도 있었다. 때로는 종이에 적어 정원의 문이나 울타리에 붙여 놓기도 했다. 아무리 밤을 새워 가며 감시를 해도 존 페리어는 누가 어떤 식으로 그렇게 하는 것인지를 알아낼 수가 없었다. 그 숫자를 볼 때마다 그는 미신적인 공포감에 휩싸이고 말았다. 이제 마지막 남은 희망은 젊은 사냥꾼인 제퍼슨이 네바다에서 돌아와 주는 일 뿐이었다.

20에서 15가 되고, 15가 10이 되었지만, 기다리던 제퍼슨의 편지는 오지 않았다. 숫자는 하나씩 줄어들건만 젊은이의 소식은 알 길이 없었다. 큰길에서 들려오는 말의 발굽 소리나 말을 부리는 마부의 목소리가 들려올 때마다 늙은 농장 주인은 기다리고 기다리던 젊은이가 오는 것이 아닐까 하고 문밖으로 달려나갔다. 마침내 5라는 숫자가 4가 되고, 3이 되자, 결국 페리어는 기력을 잃고 탈출을 포기하게 되었다. 개척지를 둘러싼 산악 지대의 지리에 어두운 자기 혼자서는 도저히 탈출할 수 없다는 사실을 페리어는 잘 알고 있었다. 통행인이 많은 큰길은 경비가 삼엄했으며, 장로회의 허가를 받지 않고서는 그 누구도 빠져나갈 수 없었다. 어느 길을 택하든 잡히고 말 것은 뻔한 일이었다. 그래도 페리어는 딸의 수치라고 생각되는 일은 죽어도 승낙하지 않겠다는 굳은 결심을 조금도 바꾸지 않았다.

어느 날 밤, 페리어는 이 사태에서 빠져나갈 방법이 없을까 혼자서 생각에 잠겨 있었다. 그날 아침 집 벽에 적힌 숫자는 2였다. 날이 밝으면 숫자는 마지막이 되어 버리는 것이다. 그 뒤 무슨 일이 벌어질까? 막연한 무서운 상상들이 차례차례 그의 머리를 스치고 지나갔다. 내가 죽으면 루시는 어떻게 되는 걸까? 주변에 쳐진, 보이지 않는 그물을 빠져나갈 방법은 없는 걸까? 그는 아무런 손도 쓸 수 없는 자신이 한심해서 테이블에 엎드려 통한의 눈물을 흘렸다.

이 소리는? 밤의 고요함 속에서 무엇인가 긁어 대는 듯한 조그만 소리가 들려왔다. 분명 환청은 아니었다. 조그만 소리가 틀림없이 들려왔다. 현관 문 근처였다. 페리어는 조용히 걸어가 가만히 귀를 기울였다. 잠시 후 다시 조그만 소리가 들려왔다. 상당히 조심하고 있는 듯했다. 누군가 문을 조용히 두드리고 있는 것임에 틀림없었다. 비밀 재판에서 내려진 살인 지령을 받고 찾아온 한밤중의 암살자일까? 아니면 유예 기간의 마지막 날을 적으러 온 사자일까?

심장이 얼어붙고 신경을 곤두서게 하는 긴박감을 견디기보다는 단번에 살해당하는 게 나을 것이다. 이렇게 생각한 존 페리어는 빗장을 벗기고 문을 열어젖혔다. 밖은 쥐 죽은 듯이 고요했다. 아주 맑은 밤으로, 하늘위에는 별들이 밝게 빛나고 있었다. 울타리와 문으로 둘러친 조그만 정원이 훤히 보였는데, 정원에도 거리에도 사람의 그림자는 없었다. 주위를 둘러보고 마음이 놓인 페리어는 문득 발밑을 보고 소스라치듯 놀랐다.

한 사내가 엎드려 얼굴을 땅에 박고 있었기 때문이다.

너무나도 놀라 기력마저 잃은 페리어는 벽에 기대 손으로 입을 가져가 터져 나오려는 비명을 막았다. 엎드려 있는 사내의 모습을 언뜻 보았을 때는 부상을 당했거나 죽은 것이라고 생각했는데, 가만히 들여다보니 그 사내는 뱀처럼 재빠르게 몸을 꿈틀거리며 현관으로 기어 들어왔다. 집 안으로 들어서더니 그 사내는 빠른 몸놀림으로 일어나 문을 닫았다. 결의에 불타는 얼굴을 한 사내가 제퍼슨 호프라는 사실을 알았을 때, 늙은 농장 주인은 다시 한 번 놀라지 않을 수 없었다.

"어찌 된 일인가? 이렇게 사람을 놀라게 하다니. 왜 그런 짓을 한 건가?"

존 페리어가 헐떡이는 소리로 물었다.

"먹을 걸 좀 주십시오. 꼬박 이틀 동안 먹기는커녕 물 마실 시간도 없었습니다."

제퍼슨은 페리어가 저녁에 남긴, 치우지 않고 두었던 식탁 위의 고기와 빵에 들러붙어 게걸스럽게 먹어 치웠다.

"루시는 잘 있습니까?"

배가 어느 정도 차자 제퍼슨이 물었다.

"그래. 루시에게는 아직 아무것도 말하지 않았네."

루시의 아버지가 대답했다.

"아, 잘하셨습니다. 이 집 주위에는 감시꾼들이 깔려 있어요. 그래서 그렇게 기어 들어올 수밖에 없었습니다. 빈틈없는 녀석들이긴 하지만, 와쇼(북아메리카 인디언 사냥꾼 — 역주)에게는 못 당할 겁니다."

든든한 지원자가 왔다는 생각이 들자 존 페리어는 지금까지와는 달리 새로운 용기가 솟아오르는 듯했다. 그는 젊은이의 억센 손을 잡고 진심으로 악수를 했다.

"자네는 정말 대단한 사람일세. 위험하다는 걸 알면서도 도와주러 올 사람은 그리 흔하지 않으니까."

"그렇겠죠. 저는 영감님을 훌륭한 분이라고 생각합니다. 하지만 만약 영감님 혼자 이런 위험에 처해 있었다면, 벌집에 머리를 처박는 듯한 이런 위험을 감수하지는 않았을 겁니다. 저는 루시가 있기 때문에 온 겁니다. 그녀를 지키는 일을 위해서라면 기꺼이 목숨을 버릴 각오도 되어 있습니다."

젊은 사냥꾼은 말했다.

"그래, 우리는 이제 어찌하면 좋겠는가?"

"내일이 마지막 날입니다. 그러니 오늘 밤 안으로 일을 해치우지 않으면 모든 게 끝장입니다. 독수리 계곡에 당나귀 한 마리와 말 두 마리를 묶어 놓았습니다. 돈은 얼마나 있습니까?"

"금화로 2천 달러, 지폐로 5천 달러가 있네."

"그거면 충분합니다. 저도 그 정도 가지고 있습니다. 산을 넘어서 카슨시티까지 가야 합니다. 바로 루시를 깨워 주십시오. 하인들이 별채에서 자는 게 천만다행이군요."

페리어가 딸에게 여행 채비를 시키는 동안, 제퍼슨 호프는 먹을 것을 찾아 조그만 보따리를 만들었다. 그리고 작은 항아리에 물을 담았다. 산에는 샘이 몇 개 되지 않으며, 있다 하더라도 샘과 샘의 거리가 멀다는 사실을 알고 있었기 때문이었다. 그렇게 대충 준비가 끝났을 때 농장 주인이 떠날 채비를 갖추고 딸과 함께 제퍼슨이 있는 곳으로 돌아왔다. 두 연인은 격렬하게, 그러나 지금은 단 일 분이라도 아껴야 했으므로 아주 짧게 인사를 나누었다.

아직도 해야 할 일이 많았기 때문이었다.

"바로 출발하겠습니다. 앞문과 뒷문 전부 감시를 당하고 있지만, 창문을 통해서라면 밖으로 몰래 나갈 수 있을 겁니다. 그런 다음 밭을 지나 빠져나가는 겁니다. 길까지 나가기만 하면 말을 묶어 두고 온 독수리 계곡까지는 겨우 이 마일밖에 안 됩니다. 날이 밝기 전에 산을 반 정도 넘을 수 있을 겁니다."

제퍼슨 호프는 낮지만 또렷한 목소리로 말했다. 이 무시무시한 위기를 반드시 극복하겠다고 자기 자신에게 들려주고 있는 듯했다.

"들키면 어떻게 하지?"

페리어가 물었다.

그는 웃옷 앞으로 삐죽이 나온 권총의 손잡이를 가볍게 두드리더니, 오싹할 정도의 미소를 지어 보이며 말했다.

"상대가 너무 많으면 두세 명 정도는 죽이고 같이 죽는 거지요."

집 안의 불을 전부 껐다. 페리어는 어두운 창을 통해서 농장을 바라보았다. 자신의 손으로 일군 농장을 영원히 버리려 하는 것이다. 하지만 그것은 오래 전부터 각오가 되어 있었고, 또 딸의 명예와 행복을 생각하면 재산을 잃는 정도는 아무것도 아니었다. 나무들은 바람에 흔들리고 있었으며, 보리밭이 조용히 펼쳐져 있었다. 너무나도 평화롭고 고요한 풍경이었다. 도저히 살기가 넘쳐흐르는 풍경으로는 보이지 않았다. 하지만 젊은 사냥꾼의 창백하고 긴장감이 감도는 얼굴은 이 집에 접근해 올 때, 살기를 강하게 느꼈다는 사실을 말해 주고 있었다.

페리어는 금화와 지폐가 든 자루를 들었으며, 제퍼슨 호프는 얼마 되지 않는 식료품과 물을 들었다. 그리고 루시는 자기 귀중품을 넣은 조그만 보따리를 들었다. 그들은 천천히 소리를 내지 않고 창문을 연 뒤, 검은 구름이 조금이라도 주위를 어둡게 만들어 주기를 기다렸다가 한 사람씩 작은 정원까지 빠져나갔다. 세 사람은 몸을 웅크리고 소리가 나지 않도록 조심조심 정원을 가로질러 산울타리 밑에 몸을 숨겼다. 산울타리를 따라 앞으로 나가 옥수수 밭이 있는 곳까지 갔다. 바로 그때 제퍼슨은 갑자기 페리어와 루시를 산울타리 그늘로 잡아끌었다. 세 사람은 가만히 숨을 죽였다.

대평원에서 자란 제퍼슨의 귀는 살쾡이처럼 예민했다. 세 사람이 어두운 곳으로 몸을 숨긴 순간, 몇 야드 떨어진 곳에서 올빼미의 기분 나쁜 울음소리가 들려왔다. 바로 조금 떨어진 곳에서 그에 답하는 울음소리가 들려왔다. 그와 동시에 세 사람이 지나가려던 울타리 끝나는 곳에서 검은 사람의 그림자가 나타나더니, 다시 한 번 구슬픈 올빼미의 울음소리로 신호를 했다. 그러자 또 다른 사람이 어둠 속에서 모습을 드러냈다.

"내일 밤 자정 쏙독새가 세 번 울면."

상관인 듯한 첫 번째 사내가 말했다.

"알겠습니다. 드레버 형제에게도 말해 둘까요?"

또 다른 사내가 말했다.

"그러게나. 그리고 다른 사람에게도 말하라고 해. 9에서 7!"

"7에서 5!"

또 다른 사내가 이에 응했다.

두 개의 그림자는 서로 다른 방향으로 사라져 갔다. 마지막 숫자는 암호임에 틀림없었다.

그들의 발소리가 들리지 않자, 제퍼슨 호프는 재빨리 일어나 두 사람의 손을 잡고 울타리 틈으로 빠져나가 전속력으로 밭을 달렸다. 루시가 힘에 부치는 것 같자, 그는 그녀를 반쯤 들다시피 해서 서둘러 앞으로 나갔다.

"빨리! 빨리요!"

그는 숨이 차 헐떡이면서도 줄곧 격려를 했다.

"지금 보초선을 뚫고 나가고 있는 겁니다. 모든 것은 얼마나 빨리 움직이느냐에 달렸습니다. 자, 좀 더 빨리 가요!"

밭에서 빠져나가 길로 나서자 편하게 달릴 수 있었다. 한 번 어떤 자와 마주칠 뻔했지만, 밭으로 뛰어들어 간신히 위기를 넘길 수 있었다. 마을 바로 앞에서 사냥꾼은 산으로 들어가는 좁고 울퉁불퉁한 길로 두 사람을 데리고 들어섰다. 올려다보니 어둠 속에 험한 봉우리 두 개가 솟아 있었다. 그 사이에 있는 계곡이 말을 묶어 둔 독수리 계곡이었다. 제퍼슨 호프는 본능적으로 커다란 바위 사이를 지나기도 하고 물이 말라 버린 개울을 걷기도 해서, 간신히 한 바위 밑까지 이르렀다. 그곳에는 말과 당나귀가 조용히 그들을 기다리고 있었다.

루시는 당나귀에, 페리어와 제퍼슨 호프는 돈이 든 자루와 그 밖의 짐을 가지고 말에 올라, 제퍼슨 호프의 안내로 험하고 위험한 산길을 헤쳐 나갔다. 거친 자연에 익숙하지 못한 사람들에게 그 길은 여간 어려운 것이 아니었다. 한쪽은 천 피트가 넘는 깎아지른 듯한 검은 바위산이 위협하듯 솟아 있었다. 화석이 되어 버린 괴수들의 갈비뼈처럼 거칠거칠한 현무암 절벽이었다. 또 다른 한쪽은 둥그런 돌과 무너져 내린 바위 조각들이 높다랗게 쌓여 있어, 단 한 걸음도 발을 디딜 수가 없었다. 그 사이로 길이라고도 할 수 없는 길이 가느다랗게 나 있었다. 그나마 곳곳에 아주 좁은 곳이 있었기 때문에 일렬로 길게 늘어서지 않으면 빠져나갈 수도 없었다. 게다가 너무 험한 길이었기 때문에 말 타기에 익숙한 사람이 아니라면 도저히 지나갈 수 있을 것 같지가 않았다. 그 정도로 험하고 위험한 산길이었지만, 탈출하고 있는 세 사람의 마음은 가벼웠다.

한 걸음 내디딜 때마다 그만큼 무시무시한 폭력의 세계에서 멀어질 수 있다고 생각했기 때문이었다. 하지만 그들은 곧 모르몬교의 세력권 안에서 완전히 탈출한 것이 아니라는 사실을 알 수 있었다.

세 사람이 지나온 길보다 더 험하고 위험한 장소로 접어들었을 때였다. 루시가 놀라 비명을 지르며 머리 위를 가리켰다. 산길이 내려다보이는 바위 위에 한 보초가 하늘을 배경으로 서 있었다. 그들이 보초가 있다는 사실을 안 순간, 보초도 그들을 발견했다.

"누구냐?"

군대식으로 검문을 하는 목소리가 조용한 계곡에 울려 퍼졌다.

"네바다로 가는 여행객입니다."

제퍼슨 호프가 말의 안장 부근에 있는 총 쪽으로 손을 가져가며 대답했다.

보초는 그 대답만으로는 만족하지 않았다.

"누구의 허가를 받았느냐?"

"장로회의 허가를 받았습니다."

페리어가 대답했다. 그는 모르몬교 신자였기 때문에 장로회가 가장 권위가 있다는 사실을 알고 있었다.

"9에서 7."

보초가 큰 소리로 말했다.

"7에서 5."

제퍼슨 호프는 정원의 울타리에서 들은 암호를 생각해 내고 바로 대답했다.

"좋았어. 통과. 하나님의 은총이 있기를."

머리 위의 사내가 말했다.

그 지점을 지나자 산길이 넓어져 말을 빨리 달릴 수 있었다. 뒤돌아보니 총에 기대어 서 있는 보초의 모습이 보였다. 세 사람은 '선택받은 민족'의 마지막 보초선을 돌파했다는 사실을 깨달았다. 앞길에 자유가 기다리고 있었다.

복수의 천사

세 사람은 밤새도록 구불구불하고 바위투성이인 산길을 헤쳐 나갔다. 몇 번인가 잘못된 길로 접어든 적이 있었지만, 산에 대한 지식이 풍부한 제퍼슨 덕분에 올바른 길을 찾아갈 수가 있었다. 하늘이 허옇게 밝아올 무렵 거칠기는 하지만 눈이 둥그레질 만큼 아름다운 풍경이 세 사람의 눈앞에 펼쳐졌다. 주위는 모두 정상에 눈을 뒤집어쓰고 있는 봉우리들로, 서로의 어깨 너머로 멀리 지평선을 바라보려고 모여 있는 듯했다.

산길의 양쪽으로는 깎아지른 듯한 절벽이 치솟아 있었다. 그 바위 위로는 낙엽송과 소나무가 세 사람의 머리 위를 덮듯 자라고 있었는데, 바람이라도 한 번 불면 곧 무너져 내릴 것만 같았다. 그런 염려를 단순히 기우에 지나지 않는 것이라고 말할 수만은 없었다. 이 불모의 계곡에는 이렇게 떨어진 나무와 바위들이 여기저기에 널려 있었다. 그들이 지나가는 동안에도 커다란 바위가 굉음을 울리며 떨어졌다. 그 소리가 고요하기 짝이 없는 계곡에 울려 퍼져 피곤에 지친 말들까지도 두려움에 달리게 만들었다.

동쪽 하늘에서 태양이 천천히 떠오르자 높은 산의 정상들이 축제의 불이라도 밝히듯 하나씩 붉은 빛을 띠더니, 곧 모든 산들이 붉게 빛났다. 정신을 앗아 갈 듯한 그 광경은 세 탈출자의 마음에 용기를 심어 주고 새로운 힘을 더해 주었다. 세 사람은 바위 틈으로 물이 솟아오르고 있는 곳에서 잠시 쉬어 가기로 했다. 말에게 물을 먹이고, 그들은 서둘러 아침 식사를 마쳤다. 루시와 페리어가 조금 더 쉬고 싶다고 했지만, 제퍼슨은 그들의 청을 들어주지 않았다.

"지금쯤 녀석들은 추적을 시작했을 겁니다. 서두르지 않으면 우리는 끝장입니다. 카슨시티로 가면 마음껏 쉴 수 있습니다."

그날 세 사람은 하루 종일 고생을 하며 계곡을 걸었고, 저녁에는 적들에게서 삼십 마일 이상은 떨어졌을 것이라고 생각했다. 밤이 되자 조금이라도 바람을 피하기위해서 앞으로 튀어 나온 바위를 골라 추위를 견디려고 서로 몸을 바싹 붙이고 잠깐 눈을 붙였다. 하지만 동이 채 트기도 전에 일어나 다시 앞으로 나갔다. 그들은 추적자를 보지 못했다. 제퍼슨 호프는 그들의 손아귀에서 드디어 벗어났다고 생각했다. 마수가 어디까지고 쫓아와 순식간에 사람들을 짓이긴다는 사실을 그는 모르고 있었던 것이다.

탈출한 지 이틀째 되던 날 점심 무렵, 얼마 되지 않던 식량이 거의 다 떨어져 버렸다. 하지만 사냥꾼인 제퍼슨은 동요하지 않았다. 산에는 사냥감이 얼마든지 있으며, 라이플 한 자루로 목숨을 연명한 경험이 얼마든지 있었기 때문이었다. 그는 마른 나뭇가지를 모아다 페리어 부녀를 위해서 바위 그늘에 불을 피웠다. 해발 오천 피트 부근까지 올라왔기 때문에 춥고 숨쉬기가 거북했기 때문이었다. 제퍼슨은 말을 매어 두고 루시에게 무엇인가 말을 한 뒤, 라이플을 어깨에 둘러메고 사냥감을 찾아서 출발했다. 뒤돌아보니 노인과 젊은 아가씨가 타오르고 있는 모닥불 옆에 웅크리고 있는 모습이 보였다. 그 뒤로 세 마리의 동물이 가만히 서 있었다. 조금 더 가자 바위에 가려서 모습이 보이지 않게 되었다.

제퍼슨은 계곡에서 계곡으로 이 마일 정도를 걸었다. 나무 껍질에 난 상처나 그 밖의 것들로 보아 가까이에 수많은 곰들이 살고 있는 듯했는데, 실제로 모습은 보이지 않았다. 두어 시간을 돌아다니다 포기하고 돌아가려던 순간이었다. 문득 위를 바라보고는 너무 기뻐서 가슴까지 두근거렸다. 머리 위 삼사백 야드 떨어진 곳에 있는 바위 끝에 양같이 보이는 머리에 커다란 뿔이 솟아 있는 동물이 서 있었던 것이다. 빅혼이라 불리는 동물인데, 밑에서는 보이지 않았지만 무리가 있고 그놈은 망을 보고 있는 모양이었다. 다행스럽게도 망을 보는 빅혼은 반대 방향을 보고 있었기 때문에 제퍼슨을 보지 못했다. 제퍼슨은 몸을 엎드리고 바위 위에 총신을 얹어 지탱한 뒤 가만히 조준하여 방아쇠를 당겼다. 빅혼은 한 번 튀어오르더니 절벽 끝에서 비틀거리다가 계곡 밑으로 떨어졌다. 사냥에 성공한 빅혼이 너무 무거워서, 제퍼슨은 뒷다리 하나와 옆구리의 일부를 베어 내는 것만으로 만족했다. 사냥감을 어깨에 짊어진 호프는 왔던 길로 서둘러 되돌아갔다. 이미 땅거미가 지기 시작했다.

그런데 얼마쯤 가다가 곧 일이 복잡해졌다는 것을 깨달았다. 사냥감을 찾는 일에 열중하다, 결국은 자신도 모르는 사이에 한 번도 와 본 적이 없는 깊은 계곡까지 들어서 버려 돌아가는 길을 잃어버리고 만 것이었다. 그는 몇 개로 갈라진 계곡의 끝에 있었는데, 계곡들이 서로 비슷했기 때문에 구별해 낼 수가 없었다. 하나의 계곡을 따라 일 마일 정도 전진하다 한 번도 본 적이 없는 계류와 만나게 되었다. 길을 잘못 들었다는 사실을 깨닫고 다른 계곡을 따라 걸었지만, 역시 마찬가지였다.

밤이 깊어 가고 있었다. 간신히 낯익은 길로 접어들었을 때 주위는 이미 캄캄해져 있었다. 원래 왔던 길로 되돌아가는 것도 그리 쉬운 일은 아니었다. 달이 뜨지 않아서 양쪽의 깎아지른 듯한 절벽 밑이 더욱 어둡게 보였기 때문이었다. 사냥감의 무게에 지쳐 숨을 헐떡이는 그는 비틀거리며 겨우 걸었다. 하지만 한 걸음을 뗄 때마다 루시와 가까워지는 것이고, 이 정도 식량이라면 여행을 하는 동안 충분히 먹을 수 있을 것이라는 생각들에 그는 간신히 걸음을 옮기는 것이었다.

제퍼슨 호프는 드디어 출발했던 계곡의 입구에 이르렀다.

주위는 어두웠지만 좁은 계곡의 절벽의 모습은 확실하게 알아볼 수 있었다. 다섯 시간 가까이 걸렸으니 틀림없이 걱정을 하며 기다리고 있을 것이다. 그는 기쁨에 넘쳐 가슴이 두근거리기 시작했다. 손을 입에 대고 계곡에 울려 퍼지도록 커다란 소리로 자신이 돌아왔음을 알렸다. 그는 귀를 기울여 대답을 기다렸다.

되돌아온 것은 고요한 어둠 속의 계곡에 부딪치며 울려 퍼지는 이곳저곳의 메아리뿐이었다. 다시 한 번 더욱 큰 소리로 외쳐 보았지만 얼마 전에 헤어진 페리어 부녀로부터는 아무 응답도 없었다. 정체를 알 수 없는 희미한 공포의 그림자가 그를 감쌌다. 불안에 휩싸인 그는 소중한 사냥감도 내팽개치고 미친 듯이 달리기 시작했다. 바위 모퉁이를 돌아서자 모닥불을 피웠던 곳이 확실하게 눈에 들어왔다. 남아 있는 숯덩이가 아직 벌겋게 빛을 발하고 있었다. 하지만 그가 떠난 뒤에 장작을 더 얹은 흔적은 보이지 않았다.

주위는 변함없이 고요함에 잠겨 있었다. 공포가 현실이 되었다는 사실을 깨달은 제퍼슨은 서둘러 모닥불이 있는 곳으로 다가갔다. 타다 남은 모닥불 곁에 움직이는 것의 그림자라고는 전혀 찾아볼 수가 없었다. 말과 노인과 여자의 모습을 어디서도 찾아볼 수가 없었다. 그가 자리를 비운 사이에 뭔가 끔찍한 사건이 갑자기 일어났다는 사실을 확실하게 알 수 있었다. 모든 것을 흔적도 없이 삼켜 버린 것이었다. 충격을 받은 제퍼슨 호프는 현기증을 느꼈다. 총으로 몸을 지탱했기 때문에 간신히 쓰러지지 않고 버틸 수 있었다. 하지만 그는 원래 활동적인 사람이었다. 잠시 멍하니 서 있기는 했지만 곧 정신을 차렸다. 꺼져 가는 모닥불 속에서 타다 남은 토막을 끄집어냈다. 입으로 불어 다시 불을 붙인 뒤, 그 빛으로 주위를 살펴보기 시작했다. 바닥에는 말의 발자국들이 헤아릴 수도 없이 찍혀 있었다. 말을 탄 수많은 사람들이 여기서 두 사람을 따라잡았다는 것을 확실하게 알 수 있었다. 그런 다음 솔트레이크시티로 되돌아갔다는 사실을 발자국이 증명해 주고 있었다. 두 사람 모두 데려간 것일까? 제퍼슨 호프는 틀림없이 그럴 것이라고 생각했다. 하지만 어떤 것을 발견한 그는 등줄기가 오싹해져 오는 것을 느꼈다.

모닥불에서 조금 떨어진 곳에 붉은 흙이 두툼하게 쌓여 있는 것이 보였다. 몇 시간 전까지만 해도 없었던 것이었다. 새로 만든 무덤이라는 사실을 알 수 있었다. 젊은 사냥꾼은 그 옆으로 다가갔다. 무덤 위로 막대기가 하나 꽂혀 있고, 막대기 끝갈라진 틈에 종이가 한 장 꽂혀 있었다. 그 종이에는 간단하지만 분명한 말이 적혀 있었다.

존 페리어
솔트레이크시티의 주민
1860년 8월 4일 사망

불과 몇 시간 전에 헤어졌던 그 건장한 노인이 살해당한 것이었다. 겨우 이 세 줄이 그의 묘비명이란 말인가? 제퍼슨 호프는 미친 듯이 다른 무덤은 없는지 주위를 둘러보았다. 그 외에 무덤처럼 보이는 것은 없었다. 무시무시한 추적자들은 루시를 정해진 숙명대로 장로 아들 중 한 명의 첩이 되게 하기 위해서 데려간 것이었다. 자기가 무력해서 그것을 막지 못했다고 생각한 그는 늙은 농장 주인의 무덤 옆에서 죽어 버리고 싶은 심정이었다.

하지만 활동적인 정신 덕분에 그는 다시 한 번 절망감에서 생겨난 무기력한 상태에서 벗어날 수 있었다. 이제 비록 두 사람을 살릴 수 없을지라도, 남은 인생을 복수를 위해 바칠 수는 있을 것이다. 제퍼슨 호프는 불굴의 인내심을 가진 사람으로, 복수심 또한 강했다. 인디언들과 함께 생활하면서 배운 것이었다. 타다 남은 모닥불을 바라보며 그는 이 슬픔을 잠재우기 위해서는 자신의 손으로 범인들에게 복수를 하는 수밖에 없다는 사실을 깨달았다.

그는 불굴의 의지와 지칠 줄 모르는 체력으로 한 놈도 남김없이 복수해 주겠다고 결심했다. 그는 냉혹하고 창백한 얼굴로 내동댕이치고 왔던 고깃덩이를 주워 와, 꺼져 가는 불씨를 살린 뒤 이삼 일 먹을 수 있을 만큼 구웠다. 그리고 그것을 챙긴 뒤, 지친 몸을 이끌고 복수의 천사들의 뒤를 쫓아 산으로 향했다. 그는 닷새 동안 피곤한 몸과 부어오른 다리를 질질 끌면서 걸었다. 그 계곡의 길은 전에 말을 타고 지났던 길이었다. 밤이 되면 바위 틈에서 몇 시간 눈을 붙인 뒤, 언제나 동이

트기 전에 일어나 추적을 계속했다.

엿새째 되는 날, 그는 독수리 계곡에 도착했다. 그곳은 비극의 탈출이 시작된 곳이었다. 그는 솔트레이크시티를 내려다보았다. 완전히 지쳐 버린 몸을 총으로 버티고 서서, 그는 눈 밑으로 펼쳐져 있는 조용한 마을을 향해 분노의 주먹을 쥐어 보였다. 거리 곳곳에 깃발이 날리고 있는 것이 눈에 띄었다. 축제와도 같은 분위기였다. 무슨 일일까 생각하고 있는데, 말 발굽 소리가 들리더니 한 사내가 말을 타고 다가왔다.

그 사내는 쿠퍼라는 모르몬교 신자로, 호프가 몇 번 도와준 적이 있는 사람이었다. 그에게 루시가 어떻게 됐는지 물어보려고 말을 걸었다.

"쿠퍼, 제퍼슨 호프일세. 기억하겠나?"

쿠퍼는 놀란 눈으로 호프를 바라봤다. 너덜너덜한 옷, 헝클어진 머리, 광기를 띠고 있는 눈빛, 창백한 얼굴의 부랑자가 예전의 그 세련된 젊은 사냥꾼이라니, 도저히 믿어지지가 않았다. 간신히 그를 알아본 쿠퍼는 더욱 크게 놀라지 않을 수 없었다.

"여기까지 오다니, 자네 미친 거 아닌가? 자네와 얘기하고 있는 걸 누가 본다면 나까지 죽일 걸세! 페리어 부녀의 도망을 도왔다고 장로회에서 수배령을 내렸다고!"

"그런 건 아무래도 상관없네. 장로회가 도대체 뭐란 말인가? 쿠퍼, 이번 일의 경위는 알고 있겠지? 제발 부탁이니, 내 물음에 답해 주게나. 우린 친구 아닌가?"

"무엇을 알고 싶은가? 빨리 물어보게. 누가 지켜보고 있을지 알 수 없으니까."

쿠퍼가 두려움에 떨며 말했다.

"루시 페리어는 어떻게 됐나?"

"어제 드레버 장로의 아들과 결혼했네. 이봐, 정신 차리게. 혈색이 안 좋은데."

"내 걱정은 말게."

호프는 힘없는 목소리로 말했다. 그는 입술이 새파랗게 된 채 기대고 있던 바위에 털썩 주저앉고 말았다.

"결혼했다고?"

"어제 했다네. 그래서 예배당에 깃발이 꽂혀 있는 것이고. 드레버 장로의 아들과 스탠거슨 장로의 아들이 서로 그녀를 차지하려고 소란을 좀 피웠지. 두 사람 모두 추적대에 가담을 했었다네. 스탠거슨의 아들은 자기가 그녀의 아버지를 쏘아 죽였으니 자기 아내로 삼겠다고 말했네. 하지만 회의석상에 드레버 파가 많았기 때문에, 예언자 영은 그녀를 드레버의 아들에게 건네줬다네. 어제 내가 루시의 얼굴을 봤는데, 얼굴에 죽음의 그림자가 드리워져 있었어. 아마 오래 가지는 못할 걸세. 마치 유령 같은 얼굴이었어. 이봐, 가려는 건가?"

"응."

제퍼슨 호프는 자리에서 일어났다. 그의 얼굴은 대리석 조각처럼 딱딱하고 차가웠다. 눈빛만이 번뜩이고 있었다.

"어디로 갈 생각인가?"

"신경 쓰지 말게."

호프는 총을 어깨에 메더니, 계곡을 내려가서 야수들이 들끓는 산속으로 사라져 버렸다. 하지만 그 어떤 야수도 그보다 더 사납고 위험하지는 않았을 것이다.

쿠퍼의 예언은 적중했다. 아버지의 끔찍한 죽음 때문인지 아니면 억지로 행해진 결혼 때문인지, 가엾게도 루시는 두 번 다시 일어서지 못하고 점점 몸이 쇠약해져 갔다. 그리고 한 달이 채 지나기도 전에 숨을 거뒀다. 술주정뱅이인 남편은 원래 존 페리어의 재산을 목적으로 결혼한 것이기 때문에 루시가 죽었는데도 별로 슬퍼하지 않았다. 그래도 다른 아내들은 루시를 가엾게 생각해, 모르몬교의 관습에 따라 장지로 떠나기 전날 밤에 빈소에서 밤을 새웠다.

모두가 관 옆에서 새벽을 맞으려던 순간이었다. 갑자기 문이 열리더니, 너덜너덜한 옷차림에 얼굴이 새까맣게 탄 사내가 무서운 얼굴로 뛰어들었다. 여자들은 너무 무서워서 소리도 지르지 못했다. 사내는 떨고 있는 여자들에게 말은커녕 눈길 한 번 주지 않고, 지난날 청순한 영혼이 깃들어 있던 루시 페리어의 유해 앞으로 다가갔다.

그는 몸을 숙여 루시의 차가운 이마에 공손하게 키스를 하더니, 유해의 손을 잡아 그 손가락에서 결혼반지를 빼냈다.

"이런 반지를 낀 채로 묻히게 할 수는 없다!"

사내는 신음 소리와 함께 이렇게 외치더니, 여자들이 비명을 지를 새도 없이 재빨리 계단을 뛰어 내려가 종적을 감추고 말았다. 너무나도 갑작스러운, 그리고 너무나도 순식간에 일어난 일이었다. 만약 유해의 손에 있던 반지가 없어지지 않았다면, 여자들은 자신의 눈을 의심했을 것이다. 그리고 제아무리 설명을 한들 아무도 믿지 않았을 것었다.

그로부터 몇 개월간 제퍼슨 호프는 산속에서 야수와 같은 생활을 하며 불타오르는 복수의 칼날을 갈았다. 섬뜩한 느낌을 주는 사람이 마을 외곽을 어슬렁거리고 있으며 계곡에 나타나기도 한다는 소문이 마을 전체에 퍼졌다. 한 번은 탄환 하나가 스탠거슨의 집 창을 뚫고 들어와 스탠거슨으로부터 일피트도 떨어지지 않은 벽에 맞은 적이 있었다. 또 한 번은 드레버가 절벽 아래쪽으로 접어들자마자 커다란 바위가 굴러 떨어졌다. 재빨리 몸을 피하지 않았다면 그는 틀림없이 깔려 죽었을 것이다.

두 젊은 모르몬교 신자는 왜 자신들이 생명에 위협을 받고 있는지를 알게 되었고, 호프를 잡거나 죽이기 위해서 수사대를 산으로 보내 사냥을 시켰지만 그때마다 번번이 실패하고 말았다. 그들은 더욱 신중해졌다. 혼자서 돌아다니지 않았으며, 밤 외출도 삼가고, 집에는 경호원을 두었다. 그러다가 얼마 동안 수상한 사람의 모습이 보이지 않고 소문도 잦아들었기에 경계를 좀 풀었다. 시간이 흘렀으니 복수심이 사라진 것일지도 모른다고, 제발 그러기를 바란다고 그들은 생각했다.

하지만 어림도 없는 소리였다. 호프의 복수심은 더욱더 불타오르고 있었다. 그는 불굴의 정신을 가지고 있었으므로, 그의 마음은 오직 복수의 일념으로 가득 차 다른 것은 생각할 겨를도 없었다.

하지만 호프는 현실을 받아들일 줄 알았다. 그래서 그는 제아무리 강철 같은 몸이라 할지라도 계속해서 혹사하면 결국은 견디지 못할 것이라는 사실을 깨달았다. 먹을 것도 제대로 먹지 않고 야외에서의 생활을 계속했기 때문에 몸이 쇠약해졌던 것이다. 만약 산속에서 쓰러져 죽는다면 복수는 어떻게 한단 말인가? 이런 생활을 계속한다면 틀림없이 그렇게 될 것이다. 만약 그렇게 된다면 적들만 기뻐할 따름이라는 사실을 깨달았다. 체력을 회복하고 복수에 필요한 돈을 마련하기 위해서 호프는 일단 네바다의 광산으로 돌아가기로 했다. 처음에는 길어야 일 년이면 될 것이라고 생각했다. 그런데 생각지도 못했던 여러 가지 일들이 일어나는 바람에 오 년 가까이나 네바다를 떠나지 못했다.

하지만 호프의 원한과 복수심은 조금도 줄어들지 않았고, 존 페리어의 무덤 앞에 서 있던 그날 밤과 마찬가지로 격렬했다. 그는 정의를 위해서라면 목숨도 아깝지 않다는 각오로, 변장을 하고 이름을 바꾼 뒤 솔트레이크시티로 되돌아갔다.

그가 도착했을 때는 솔트레이크시티에 뜻밖의 일이 일어난 뒤였다. 몇 개월 전에 '선택받은 백성'들 사이에 분열이 일어났다는 것이었다. 젊은 교도의 일부가 장로의 권위에 반기를 들었고, 그 결과 불만을 품고 있던 상당한 숫자의 사람들이 모르몬교를 버리고 유타를 떠났다는 것이었다. 불만을 품고 있던 사람들 중에는 드레버와 스탠거슨도 포함되어 있었는데, 두 사람이 어디로 갔는지는 알 수가 없었다. 소문에 의하면, 드레버는 대부분의 재산을 돈으로 바꾸어 상당한 현금을 가지고 있지만 친구인 스탠거슨은 금전적으로 매우 쪼들리는 상태였다고 한다. 하지만 그 행방에 대해서는 도무지 알아낼 길이 없었다.

일이 이쯤 되면 제아무리 강한 집념을 가진 사람이라도 복수는 포기하고 말 것이다. 하지만 제퍼슨 호프의 결심은 조금도 흔들리지 않았다. 그는 조금 가지고 있던 돈은 쓰지 않고 닥치는 대로 일자리를 구해 돈을 벌며 이 마을 저 마을로 원수를 찾아 온 미국을 헤매고 돌아다녔다. 일 년, 또 일 년 세월이 흘러 호프의 검은 머리에 백발이 섞이기 시작했다. 그래도 그는 생애를 건 복수의 날이 오기를 기다리며 사냥개처럼 끊임없이 적을 찾아다녔다.

드디어 온갖 고생을 하며 기다리고 기다리던 날이 왔다. 창 너머로 잠깐 보았을 뿐이었지만 그것만으로도 충분했다. 원수는 오하이오 주 클리블랜드에 있었다. 그는 복수를 계획하며 싸구려 여관으로 돌아왔다. 그런데 그때 마침 드레버도 창을 통해서 밖을 내다보고 있었다. 드레버는 길에 있던 부랑자가 호프라는 사실을 깨달았으며, 그의 눈에 살기가 감도는 것을 느꼈다. 드레버는 자신의 비서가 된 스탠거슨과 함께 치안 판사에게로 달려가, 예전의 연적이 질투와 원한 때문에 자신들의 목숨을 노리고 있다고 신고했다.

그날 밤 호프는 체포되었고, 보증인이 없었기 때문에 몇 주일이나 유치장에 갇혀 있어야 했다. 석방되었을 때, 두 사람은 이미 유럽으로 떠나고 없었다. 또다시 좌절한 그는 그 좌절로 인해 더욱더 원한을 깊이 새겼고, 다시 추적의 길을 떠났다. 하지만 가지고 있던 돈이 거의 다 떨어졌기 때문에 한동안 일을 해서 추적에 필요한 돈을 모아야 했다. 드디어 얼마간의 돈이 모이자 호프는 유럽으로 떠났다. 남들이 하기 싫어하는 일을 하며 그들을 쫓아서 도시에서 도시로 옮겨다녔지만, 그들을 따라잡을 수는 없었다. 상트페테르부르크에 도착해 보면 그들은 이미 파리로 떠난 뒤였고, 파리에 도착해 보면 그들은 다시 코펜하겐으로 떠난 뒤였다. 덴마크의 수도인 코펜하겐에 갔을 때도 그들은 이미 런던으로 떠난 뒤였다. 하지만 드디어 런던에서 그들을 따라잡을 수 있었다.

런던에서 있었던 일에 대해서는, 독자들도 이미 읽은 바가 있는 왓슨 박사의 기록에 이 늙은 사냥꾼의 고백이 적혀 있으니, 그것을 인용하는 편이 나을 것이다.

존 왓슨 박사의 이어지는 회상록

붙잡힌 사내는 무서울 정도로 저항을 했지만, 우리를 해칠 마음은 없었던 듯하다. 왜냐하면 이제는 도망칠 수 없다는 사실을 알고는 온화한 미소를 지으며 몸싸움할 때 다치지는 않았느냐고 물었기 때문이다.

"경찰서로 데려갈 거죠? 집 앞에 내 마차가 있어요. 묶은 발을 풀어 주면 내 발로 걸어갈 수 있을 텐데요. 이렇게 살이 쪄 버렸으니, 메고 가기가 쉽지 않을 겁니다."

그는 셜록 홈즈에게 이렇게 말했다.

그렉슨과 레스트레이드는 뻔뻔스러운 부탁이라고 생각한 듯 서로의 얼굴을 바라보았다. 하지만 홈즈는 사내의 말을 믿고 바로 발목에 묶여 있던 수건을 풀어 주었다. 사내는 자리에서 일어나 자유로워진 것을 확인하듯 다리를 뻗어 보았다. 순간 이렇게 힘이 센 사내는 흔하지 않을 것이라고 생각했었던 것을 확실하게 기억하고 있다. 검게 그을린 얼굴에서는 그 힘에 필적할 만한 무시무시한 결의와 에너지가 넘쳐 나고 있었다.

"경찰서장 자리가 비어 있다면 당신을 추천하고 싶을 정도군요. 나를 뒤쫓은 수법은 보통 사람들이 쓸 수 있는 게 아니었으니."

그는 홈즈에게 감탄의 말을 하며 가만히 바라보았다.

"당신들도 함께 가는 편이 나을 겁니다."

홈즈가 두 형사에게 말했다.

"제가 마차를 몰지요."

레스트레이드가 말했다.

"그거 고마운 말이군요! 그렉슨 씨는 저와 함께 안에 타 주세요. 왓슨, 자네도. 이번 사건에 흥미가 있을 테니, 함께 가자고."

나는 기꺼이 따라나섰다. 우리는 계단을 내려갔다. 체포된 사내는 도망치려는 기색조차 보이지 않고, 침착한 태도로 자신의 마차에 올라탔다. 그 뒤를 따라서 우리도 마차에 올랐다. 레스트레이드는 마부석에 앉더니, 채찍으로 말을 내리쳤다. 우리는 곧 목적지에 도착했다.

우리 모두가 조그만 방 안으로 안내되었다. 거기서 한 경감이 용의자의 이름과 살해당한 피해자들의 이름을 기입했다. 그 경감은 피부가 하얗고 무표정한 사람이었는데, 사무적으로 일을 처리했다.

"이번 주 안으로 치안 판사의 취조가 있을 걸세. 제퍼슨 호프, 그 전에 하고 싶은 말은 없는가? 단, 미리 말해 두겠는데, 자네가 한 진술은 전부 기록되며 불리한 증거로 사용될 수도 있네."

"하고 싶은 말이야 얼마든지 있지요. 여기 계신 모든 분들이 들어 주셨으면 합니다."

호프가 느린 어조로 말했다.

"재판을 받을 때 얘기하는 편이 낫지 않겠나?"

경감이 말했다.

"내가 재판을 받는 일은 없을 겁니다. 아니, 놀라실 건 없습니다. 자살할 생각은 없으니까요. 선생님, 의사라고 하셨죠?"

호프가 날카로운 검은 눈으로 나를 바라보았다.

"그렇소. 의사요."

"그럼 여기에 손을 얹어 보세요."

호프는 미소를 지으며 수갑이 채워진 손으로 자신의 가슴을 가리켰다.

나는 손을 대 보고 바로 알 수 있었다. 호프의 심장은 비정상적으로 불규칙하고 강하게 뛰고 있었다. 허물어져 가는 건물 내부에서 강력한 엔진이 회전하고 있는 것처럼 호프의 가슴이 떨리고 있었다.

"이건! 대동맥류잖아!"

호프가 침착한 어조로 말했다.

"그런 병이라고 하더군요. 지난 주에 진찰을 받았는데, 파열 직전이라고 합니다. 몇 년 전부터 좋지 않았어요. 솔트레이크의 산속에서 야영 생활을 하면서 먹을 것도 제대로 먹지 못했으니까요. 제 할 일을 다했으니, 이제는 언제 죽어도 상관없어요. 하지만 이대로 죽고 싶지는 않아요. 평범한 살인자로 기억되고 싶지는 않으니까요."

경감과 두 형사는 호프의 진술을 들어야 할지 급히 회의를 했다.

"왓슨 씨, 위험한 상태입니까?"

경감이 내게 물었다.

"아주 위험한 상태입니다."

내가 대답했다.

"그렇다면 재판을 위해서 용의자의 진술을 들어야 하는 것이 우리의 의무입니다. 그럼 제퍼슨 호프, 어디 말해 보게나.

다시 말하겠지만, 전부 기록된다는 걸 잊지 말게."

"그럼 자리에 좀 앉겠습니다."

이렇게 말하고 호프는 자리에 앉았다.

"동맥류 때문에 쉽게 피로해지거든요. 그런데다 아까 한 몸싸움 때문에 좀 피곤합니다. 이제 곧 무덤에 들어갈 사람이니 거짓말할 생각은 없습니다. 전부 사실입니다. 내 말을 어떻게 받아들이든 그건 상관없는 일입니다."

이렇게 말을 꺼낸 제퍼슨 호프는 의자에 몸을 깊숙이 묻더니, 다음과 같은 놀라운 사실을 이야기하기 시작했다. 그는 별일 아니라는 듯 침착하고 논리정연하게 이야기를 해 나갔다. 레스트레이드는 호프의 말을 있는 그대로 하나도 빼놓지 않고 수첩에 기록했다. 다음 이야기는 레스트레이드의 수첩을 바탕으로 한 것이니, 정확하다는 것을 보증할 수 있다.

"왜 녀석들에게 원한을 품게 되었는지는 그리 중요하지 않겠죠. 녀석들은 두 사람 — 아버지와 딸을 말하는 겁니다 — 을 죽음으로 몰고 간 죄인입니다. 그래서 죽인 거라고 말하면 그걸로 충분하겠죠. 녀석들이 저지른 범죄는 오래 전 일이기 때문에, 법정으로 끌고 간다 해도 유죄 판결을 받게 할 수는 없습니다. 하지만 나는 그들에게 죄가 있다는 사실을 알고 있습니다. 그래서 내가 재판관과 배심원과 사형 집행인의 역할을 수행하겠다고 결심했던 겁니다. 나와 같은 입장에 있는 사내라면 누구나 그렇게 했을 겁니다.

아까 말한 아가씨는 이십 년 전에 나와 결혼을 하기로 했었습니다. 그런데 드레버와 억지로 결혼을 하게 되는 바람에 슬픔을 참지 못하고 숨을 거두게 되었습니다. 나는 그녀의 유해에서 결혼반지를 빼냈습니다. 그리고 녀석들에게 그 반지를 보여 주고 무슨 죄 때문에 살해당하는 건지 깨닫게 해 주겠다고 맹세했습니다. 나는 그 반지를 언제나 지니고 다니면서 두 대륙을 이 잡듯 뒤져 간신히 녀석들을 잡았습니다. 녀석들은 요리조리 피해 다니면 내가 포기할 거라고 생각한 듯했지만, 어림도 없는 소리지요.

내일 당장 죽더라도 — 사실 내일쯤 죽을지도 모르겠지만 — 해야 할 일을 전부 다 했으니 마음 편히 죽을 수가 있습니다. 더 이상 이 세상에 미련은 없습니다. 녀석들을 내 손으로 해치웠으니, 그것으로 족합니다. 녀석들에게는 돈이 있었지만, 내게는 돈이 없었습니다. 그 때문에 추적을 하는 데 상당히 고생을 했습니다. 런던까지 왔을 때는 지갑이 거의 비어 버린 상태였기 때문에 우선은 일자리를 알아봐야만 했습니다.

말을 부리는 일이라면 자신이 있었기에 영업용 마차를 몰아야겠다고 생각하고 찾아가 봤더니, 바로 고용해 주더군요. 매주 일정한 금액을 입금하기만하면 나머지는 얼마를 벌든 전부 내 것이 됩니다. 큰돈을 벌지는 못했지만, 그럭저럭 꾸려 나갈 수 있었습니다. 가장 힘들었던 건 길을 외우는 일이었습니다. 정말 이 런던만큼 미로 같은 길이 많은 곳도 없을 겁니다. 하지만 지도를 보고 주요한 호텔과 역을 기억하게 되면서부터는 일이 아주 편해졌습니다.

두 사람이 머무는 곳을 찾아내기까지는 시간이 좀 걸렸습니다. 하지만 끈질기게 찾아 돌아다니다 운 좋게 알아낼 수 있었습니다. 강 건너 캠버웰에 있는 하숙집에서 머물고 있었죠. 머물고 있는 곳을 확인했으니, 일은 다 끝난 거나 다름없었습니다. 나는 수염을 기르고 있었기 때문에 그들이 나를 알아볼 염려는 없었습니다. 뒤를 밟으며 기회를 기다리기만 하면 되는 것이었습니다. 두 번 다시 놓치지 않겠다고 결심했습니다.

　그런데 하마터면 놓칠 뻔했습니다. 나는 녀석들이 어디를 가든 뒤를 밟았습니다. 마차로 뒤를 밟은 적도 있었고, 걸어서 뒤를 밟은 적도 있었습니다. 놓칠 염려가 없으니 마차로 쫓는 게 더 편했습니다. 그래서 아침 일찍, 그리고 밤 늦게 영업을 할 수밖에 없었기 때문에 입금할 돈도 제대로 만들지 못했습니다. 하지만 적들만 놓치지 않는다면 상관없는 일이라고 생각하고 크게 신경을 쓰지 않았습니다. 녀석들도 꽤 조심을 했습니다. 틀림없이 누군가 뒤쫓고 있을지도 모른다고 생각하고 있었던 듯합니다. 혼자서는 돌아다니지 않았고, 밤에는 외출도 잘 하지 않았습니다.

　이 주일 동안 하루도 빠짐없이 뒤를 밟으며 기회를 엿봤지만, 두 사람은 절대 따로 행동하지 않았습니다. 드레버는 대부분 술에 취해 돌아다녔지만, 스탠거슨은 조금도 빈틈을 보이지 않았습니다. 아침부터 밤까지 따라다녀도 변변한 기회조차 잡을 수 없었습니다. 하지만 실망하지 않았습니다. 단 하나 걱정이 되었던 것은, 일을 마치기 전에 가슴이 터져 버리는 게 아닐까 하는 것이었습니다.

어느 날 밤, 나는 녀석들이 묵고 있는 토퀘이 테라스 거리를 마차로 오락가락하고 있었습니다. 그러자 마차 한 대가 녀석들이 하숙하고 있는집 앞에 멈춰 서더군요. 곧 짐을 싣고 드레버와 스탠거슨이 마차에 올라타자 마차가 달리기 시작했습니다. 나는 말에 채찍을 가해 그 뒤를 쫓았는데, 거의 제정신이 아니었습니다. 숙소를 바꾸려는 거나 아닌지 걱정이 됐기 때문입니다. 녀석들은 유스턴 역에서 내렸습니다. 그래서 그곳에 있던 꼬마에게 마차를 부탁하고 뒤따라 플랫폼으로 들어갔습니다.

리버풀 행 열차를 묻는 소리가 들렸습니다. 차장은 지금 막 출발했으니 몇 시간은 더 기다려야 한다고 대답했습니다. 스탠거슨은 실망을 한 듯했지만, 드레버는 오히려 기뻐하는 듯했습니다. 나는 사람들에 섞여서 바로 옆까지 다가갈 수 있었기 때문에 녀석들이 하는 얘기를 확실하게 들을 수 있었습니다. 드레버는 잠깐 볼일을 보고 바로 돌아올 테니 여기서 기다리라고 말했습니다. 스탠거슨은 언제나 함께 있기로 하지 않았냐고 항변했습니다.

다른 사람이 있으면 좀 곤란한 일이니 혼자 가겠다고 드레버가 말했습니다. 스탠거슨이 뭐라고 했는지는 듣지 못했지만, 드레버는 갑자기 화를 내기 시작했습니다. 너는 고용인에 지나지 않는데 고용인이 주인한테 이래라저래라 하다니 건방지기짝이 없다고 말했습니다.

이 말을 들은 스탠거슨은 포기한 듯, 마지막 열차를 놓치면 할리데이 프라이빗 호텔에서 만나자고 약속을 했습니다.

드레버는 11시 전에는 반드시 플랫폼으로 돌아오겠다고 말한 뒤 서둘러 역을 빠져나갔습니다. 오랫동안 기다려 온 기회가 찾아온 것이었습니다. 더 이상 놓칠 리가 없었습니다. 둘이 함께 있으면 어떻게든 서로를 지켜 줄 수 있겠지만, 한 사람뿐이라면 내 마음대로 할 수 있었으니까요. 하지만 나는 서둘러 덮칠 마음은 없었습니다. 계획은 이미 세워뒀으니까요. 누구에게 당하는 것이며 왜 보복을 당하는 건지 확실하게 알려 주지 않으면 복수한 보람이 없지 않겠습니까? 나를 괴롭혔던 상대가 지난날의 죄를 보상받는 것이라는 사실을 알 수 있도록 하는 방법을 생각해 뒀습니다.

며칠 전의 일이었는데, 한 신사가 내 마차로 브릭스턴 가에 있는 빈집을 보러 갔었습니다. 그런데 열쇠 하나를 마차 안에 떨어뜨리고 갔습니다. 그날 밤 열쇠를 찾으러 왔기에 돌려줬습니다만, 그 전에 열쇠의 본을 떠 놓았다가 똑같은 열쇠를 하나 더 만들었습니다. 이렇게 해서 누구에게도 방해받지 않을 장소를 이 대도시 속에 하나 마련하게 된 것입니다. 다음은 어떻게 해서 드레버를 그곳으로 유인하느냐 하는 것이었는데, 이는 상당히 머리가 아픈 문제였습니다.

길을 걷던 드레버는 한두 군데 술집에 들르더군요. 마지막 술집에서는 삼십 분이나 있었습니다. 거기서 나왔을 때는 이미 다리가 풀려 있었으니, 상당히 많이 마신 모양이었습니다.

녀석은 내 마차 앞에 있던 마차에 올라탔습니다. 나는 뒤에 바싹 붙어서 마차를 몰았습니다. 워털루 다리를 건너서 몇 마일을 따라가니, 놀랍게도 녀석은 하숙을 하고 있던 토퀘이 테라스로 가더군요. 무슨 생각으로 되돌아간 건지 나는 도무지 짐작할 수 없었습니다. 그래도 우선은 그 하숙에서 백 야드 정도 떨어진 곳에 마차를 세웠습니다. 녀석은 안으로 들어가고 마차는 떠나 버렸습니다.

죄송하지만 물 한 잔만 주세요. 얘기를 하면 목이 마르거든요."

내가 물을 건네주자 호프가 그것을 마셨다.

"이제 좀 살 거 같네요. 거기서 한 15분 정도 기다렸습니다. 그런데 갑자기 그 하숙집에서 싸우는 소리가 들렸습니다. 다음 순간 문이 활짝 열리더니 두 사내가 뛰쳐나왔습니다. 한 사람은 드레버였고, 또 다른 사람은 처음 보는 젊은 사내였습니다. 젊은이는 드레버의 멱살을 잡고 있었는데, 밖의 돌계단까지 나오더니 드레버를 내팽개치고 발로 찼습니다. 그 바람에 드레버는 길복판까지 날아갔습니다.

'이 개 같은 자식! 한 번 더 순진한 아가씨를 모욕했다가는 가만 안 두겠다!'

젊은이가 몽둥이를 휘두르며 소리 질렀습니다. 정말 대단한 기세였습니다. 그 악당이 다리를 질질 끌며 서둘러 도망가지 않았다면, 틀림없이 몽둥이로 두들겨 팼을 겁니다. 골목까지 도망 나온 드레버는 내 마차를 보고는 올라타더니, '할리데이 프라이빗 호텔로 갑시다' 하고 말했습니다.

　녀석이 마차로 뛰어들었을 때 나는 너무나도 기뻐서 심장이 뛰었습니다. 녀석을 해치우기도 전에 심장이 파열하는 게 아닐까 걱정이 될 정도였습니다. 나는 마차를 천천히 몰면서 어떻게 하는 게 가장 좋은 방법일지를 생각했습니다. 이대로 교외로 데리고 나가 인적이 없는 길에서 복수를 할까도 생각해 봤습니다. 그렇게 해야겠다고 마음먹고 있는데, 드레버가 먼저 해결책을 제시해 주었습니다. 녀석은 또 술을 먹고 싶었는지, 진을 파는 술집 앞에서 마차를 멈추라고 했습니다. 녀석은 내게 기다리라고 하고는 안으로 들어가 가게 문을 닫을 때까지 마셨고, 나왔을 때는 완전히 고주망태가 되어 있었습니다. 이제는 정말 놓칠 리가 없었습니다.

　잔혹하기 짝이 없는 살해법을 생각하고 있었던 건 아닙니다. 가령 그렇게 한다 해도 녀석은 아무런 말도 하지 못했을 겁니다. 하지만 내게 그럴 마음은 없었습니다. 녀석이 반성을 하기만 한다면 살아갈 기회를 주겠다고 전부터 생각하고 있었습니다. 나는 미국에 있을 때 여기저기서 여러 가지 일을 했었습니다. 요크 대학에서 실험실 심부름꾼 겸 청소부를 했던 적도 있었습니다. 어느 날 교수가 독극물에 대한 강의를 하면서 학생들에게 알칼로이드라는 걸 보여 준 적이 있었습니다. 남아메리카 원주민의 화살촉에서 추출한 것인데, 극소량으로도 사람이 즉사해 버리는 맹독성을 가진 것이라고 했습니다.

　나는 그 독약이 든 병을 잘 봐 두었다가 사람이 없을 때 조금 훔쳐 냈습니다. 그리고 약을 조합할 줄도 알았기 때문에 그 알칼로이드로 물에 녹는 알약을 만들었습니다. 따로 그것과 똑같은 무독성 알약도 몇 개 만들어 하나의 상자에 두 가지 알약을 하나씩 넣었습니다. 때가 오면 상대에게 상자 속에서 하나를 고르게 한 뒤 나는 나머지 알약을 먹을 생각이었습니다. 이렇게 하면 권총으로 결투를 벌이는 것만큼 두려움을 주면서도 훨씬 더 조용하게 일을 끝낼 수 있을 거라고 생각했습니다. 나는 언제나 그 알약이 든 상자를 지니고 다녔는데, 드디어 사용할 기회가 온 것입니다.

12시도 지나 벌써 1시가 되어 가고, 지독한 비바람이 부는 적막한 밤이었습니다. 주위는 어둡고 쓸쓸했지만, 내 마음은 한없이 맑았습니다. 너무 기쁜 나머지 큰 소리로 외치고 싶을 정도였습니다. 이십 년을 한결같이 기다려 오던 일이 갑자기 눈앞에 펼쳐졌으니, 그런 기분에 빠지는 것도 어찌 보면 당연한 일이겠지요. 흥분을 억누르기 위해서 담배에 불을 붙여 빨아 보았지만, 손은 떨리고 관자놀이는 계속 욱신댔습니다.

달리는 마차 앞에 펼쳐진 어둠 속에서 존 페리어 노인과 사랑스러운 루시가 미소 지으며 나를 바라보고 있었습니다. 지금 이 방에 계신 여러분들처럼 아주 확실하게 보였습니다. 두 사람이 마차 양 옆으로 다가와서 브릭스턴 가의 빈집까지 안내를 해 주었습니다.

주위에는 쥐새끼 한 마리 보이지 않았고, 빗소리 외에는 아무런 소리도 들리지 않았습니다. 창으로 바라보니, 드레버는 취해서 곯아떨어져 있었습니다. 내가 팔을 붙들고 흔들며 말했습니다.

'자, 다 왔습니다.'

'아, 수고했네.'

녀석은 자신이 가자고 말한 호텔에 도착한 것이라고 생각한 듯했습니다. 아무 말 없이 나를 따라서 정원을 걸었습니다. 그때까지도 비틀거리고 있었습니다. 옆에서 부축을 해 주지 않을 수 없었습니다. 현관까지 가서 문을 열고 나는 녀석을 거실로 데리고 갔습니다. 그러는 동안에도 두 부녀는 계속해서 우리 앞을 걸어가고 있었습니다.

'왜 이렇게 어두운 거야?'

드레버가 요란스럽게 걸으며 말했습니다.

'지금 불을 켜겠습니다.'

그렇게 말하고 성냥을 그어 내가 가지고 온 초에 불을 붙였습니다.

'이봐, 이녹 드레버.'

나는 녀석을 향해 돌아서서 촛불을 내 얼굴 쪽으로 가져갔습니다.

'내가 누군지 알아보겠는가?'

녀석은 술에 취한 흐린 눈으로 한동안 나를 바라봤습니다. 그 눈에 공포의 빛이 감돌고 얼굴이 굳어지기 시작했습니다. 내가 누군지 알아본거죠. 그는 얼굴이 새카맣게 변하더니, 비틀비틀 뒷걸음질을 쳤습니다. 이마에서는 땀이 흘렀고, 이를 덜덜 떨었습니다. 나는 문에 기대고 서서 마음껏 웃었습니다. 복수가 얼마나 기분 좋은 것인지는 알고 있었지만, 그처럼 쾌감을 주는 것이라고는 생각지도 못했었습니다.

'이 개 같은 자식! 나는 솔트레이크시티에서 상트페테르부르크까지 너를 노리고 쫓아갔다. 지금까지 한 걸음 차이로 늘 놓치고는 했지만, 이제 그 도망도 끝이다. 너나 나 둘 중에 하나는 내일 아침 해가 떠오르는 걸 보지 못할 테니 말이야.'

녀석은 그 말을 듣더니 미친놈을 보는 듯한 눈빛으로 더욱 더 뒷걸음질쳤습니다. 확실히 그때는 제정신이 아니었을 겁니다. 관자놀이의 혈관이 망치질이라도 하듯이 뚝딱거렸는데, 그때 코피가 터지지 않았다면 그대로 졸도하고 말았을 겁니다.

'이봐, 지금은 루시를 어떻게 생각하고 있지? 천벌에서 벗어날 수는 없을 거야. 너도 이걸로 끝장이야!'

나는 방문을 잠근 뒤, 열쇠를 흔들어 보였습니다. 내가 말을 할 때마다 녀석은 목을 부들부들 떨고 있었습니다. 살려 달라고 빌어도 소용없다는 사실을 깨달은 거지요.

'사, 살인을 할 생각인가?'

녀석은 더듬거리며 말했습니다.

'살인이라고? 미친개를 죽이는 거라고 말해 주게. 너는 내 연인의 아버지를 죽이고 그녀를 낚아채 갔다. 그리고 그 순결한 영혼을 네놈의 저주스러운 침실에 가뒀다. 그때 조금이라도 그녀가 불쌍하다는 생각을 해 봤나?'

'그 여자의 아버지를 죽인 건 내가 아닐세!'

드레버가 외쳤습니다.

'하지만 루시의 깨끗한 마음을 찢어 놓은 건 바로 너야.'

나는 잡아먹을 듯이 외친 뒤 약 상자를 눈앞으로 내밀었습니다.

'자, 신의 심판을 받기로 하자. 마음에 드는 쪽을 골라 먹어. 이 약 중 하나는 죽음, 하나는 삶이다. 나는 네가 남긴 것을 먹겠다. 이 세상에 정의가 있는지, 아니면 그저 운이 우리를 지배하고 있지 증명해 보자.'

녀석은 벌벌 떨면서 소리를 지르기도 하고 살려 달라고 애걸을 하기도 했지만, 나는 칼을 녀석의 목에 들이대고 끝까지 약을 먹게 했습니다. 나머지는 내가 먹었습니다. 우리는 말없이 서로를 바라본 채, 누가 살아남고 누가 죽을지 지켜보고 있었습니다. 한 일 분 정도는 그대로 있었을 겁니다. 드디어 최초의 격렬한 통증에 휩싸여, 독을 먹은 것이 자신이라는 사실을 깨달았을 때의 녀석의 얼굴을 나는 죽을 때까지 잊지 못할 겁니다. 그것을 본 순간 나는 커다란 소리로 웃으며 루시의 결혼반지를 눈앞에 들이댔습니다. 하지만 그것도 눈 깜짝할 새였습니다. 알칼로이드의 효과는 정말 대단한 것이었습니다. 녀석의 얼굴이 격렬한 통증 때문에 경련을 일으키고 두 손으로 허공을 휘어잡으며 비틀거리나 싶더니, 신음 소리와 함께 쿵 하는 소리를 내며 바닥에 쓰러졌습니다. 나는 발로 녀석을 똑바로 눕혀 심장에 손을 대 봤습니다. 고동은 느껴지지 않았습니다. 녀석이 죽은 거죠!

코피는 멈추지 않았습니다만, 나는 신경 쓰지 않았습니다. 왜 그 피로 벽에 글씨를 쓸 생각을 했는지 모르겠습니다. 아마 경찰의 수사에 혼선을 빚게 해야겠다는 생각에서 그런 거겠죠. 그때 나는 너무나도 기뻐서 마음이 들떠 있었으니까요. 뉴욕에서 독일인이 살해된 사건이 있었는데, 시체 위에 **RACHE**(복수)라는 글자가 적혀 있었다는 사실을 생각해 냈습니다. 당시 신문은 비밀 결사의 소행이라고 떠들어 댔습니다. 뉴욕을 떠들썩하게 만들었으니 런던도 떠들썩하게 만들 것이라고 생각하고는 내 피로 옆의 벽에 그 글자를 썼습니다.

그리고 나는 마차로 돌아왔습니다. 여전히 비바람이 거세게 몰아치고 있었으며, 거리에는 아무도 없었습니다. 한동안 마차를 몰고 가다가 문득 주머니에 손을 넣어 보니, 당연히 있어야 할 반지가 없었습니다. 눈앞이 캄캄해지는 느낌이었습니다. 그건 단 하나뿐인 루시의 유품이었습니다. 드레버의 시체 위로 몸을 숙였을 때 떨어진 걸지도 모르겠다고 생각하고는 다시 되돌아갔습니다. 길 옆에 마차를 세우고 단숨에 빈집을 향해서 달려갔습니다. 반지를 찾을 수만 있다면 무슨 짓이든 할 생각이었습니다.

그런데 빈집 앞에 도착했을 때, 그 집에서 나오던 경찰과 마주치고 말았습니다. 술 취한 척을 해서 간신히 의심을 피할 수 있었습니다. 이녹 드레버의 살인에 대해서는 이게 전부입니다.

남은 일은 같은 방법으로 스탠거슨에게도 복수하여 존 페리어의 원수를 갚는 일뿐이었습니다. 스탠거슨이 할리데이 프라이빗 호텔에 머물고 있다는 걸 알고 있었기 때문에 계속 감시를 했지만, 녀석은 한 발짝도 밖으로 나오지 않았습니다. 드레버가 나타나지 않자 무슨 일이 일어난 것이라고 느꼈던 걸지도 모르겠습니다. 스탠거슨은 영악하고 빈틈이 없는 녀석입니다. 하지만 방 안에 처박혀 있기만 하면 안전할 것이라고 생각했다면, 그건 녀석이 큰 착각을 한 겁니다. 나는 곧 어느 것이 녀석의 객실 창문인지를 알아냈고, 호텔 뒤편 골목에 있던 사다리를 이용하여 날이 밝아올 무렵 녀석의 방으로 들어갔습니다. 녀석을 깨워서, 예전에 사람을 죽인 죄로 죽게 되는 것이라고 가르쳐 줬습니다. 그리고 드레버의 최후를 들려준 뒤, 역시 알약을 하나 고르라고 했습니다.

 그런데 녀석은 살아남을 수 있을지도 모를 기회를 잡으려들지 않았습니다. 침대에서 벌떡 일어나더니 내 목을 조르려고 달려들었습니다. 나는 내 몸을 지키기 위해서 녀석의 심장에 칼을 꽂았습니다. 하지만 하나님 역시 죄인인 스탠거슨이 독이 든 알약을 먹게 했을 테니, 어차피 결과는 같았을 겁니다. 이제 더 이상 할얘기는 없습니다. 그리고 이젠 얘기할 힘도 없습니다.

 그 후, 탈 없이 미국으로 돌아가기 위해서 하루 이틀 정도 마차를 몰면서 사태를 지켜봤습니다. 마차를 대기시켜 두는 곳에 마차를 세워 두고 있는데, 한 지저분한 아이가 와서 '제퍼슨 호프라는 마부 있나요? 베이커 가 **221-B**번지에 사는 신사 분이 부르는데요' 라고 말하더군요. 나는 별 생각 없이 거기로 갔다가 순식간에 저기 있는 저 젊은 분에 의해 수갑을 차게 됐습니다. 정말 기막힌 솜씨였습니다. 이것으로 내 얘기는 끝입니다. 나를 살인자라고 생각할지는 모르겠지만, 나는 나 자신을 여러분과 같이 정의를 행하는 경관이라고 생각합니다."

제퍼슨 호프의 이야기는 듣는 사람의 몸을 떨게 만들었다. 그리고 이야기하는 모습도 매우 인상적이었기 때문에 우리는 아무런 말도 하지 않고 가만히 이야기 속으로 빠져들었다. 범죄에 관한 이야기를 수도 없이 들어온 형사들조차도 흥미를 가지고 가만히 이야기를 들었는데, 이야기가 끝난 뒤에도 한동안 아무런 말도 하지 못했다. 레스트레이드가 속기로 받아 적는 연필 소리만이 들려오다가 곧 그 소리도 멈췄다.

"한 가지 더 듣고 싶은 게 있는데. 내가 낸 광고를 보고 반지를 찾으러 왔던 사람은 누구였죠?"

셜록 홈즈가 물었다.

제퍼슨은 장난스러운 표정으로 홈즈에게 윙크를 해 보인 뒤 말했다.

"나에 관한 비밀이라면 말씀드릴 수 있지만, 다른 사람에게는 피해를 주고 싶지 않습니다. 그 신문 광고를 본 순간 덫이 아닐까 고민을 했습니다. 그러자 친구가 나서서 확인을 하러 가 줬던 겁니다. 그 사람 변장 솜씨가 제법이지요?"

"정말 대단했습니다."

홈즈가 진심으로 칭찬을 했다.

"그럼 여러분."

경감이 심각한 목소리로 말했다.

"법률은 지켜져야만 합니다. 목요일에 판사가 이 용의자를 심문하기로 되어 있습니다. 그때 여러분도 출두해 주셔야 할 겁니다. 그때까지는 제가 용의자의 신변을 확보하고 있겠습니다."

경감이 벨을 울렸다. 두 간수가 들어와서 제퍼슨 호프를 데리고 갔다. 친구와 나는 경찰서에서 나와 영업용 마차를 타고 베이커 가로 되돌아왔다.

결말

우리는 목요일에 있을 판사의 심문에 참석하라는 통보를 받았다. 하지만 그날 우리는 증언을 하러 가지 않아도 되었다. 보다 높은 심판관의 심판을 받기 위해 제퍼슨 호프가 그 심판정으로 불려 갔기 때문이다. 체포된 그날 밤 제퍼슨의 동맥류가 파열됐고, 그는 다음 날 아침 독방에 쓰러진 채로 발견됐다. 그는 마치 죽기 직전에 자기가 무사히 마친 일을 회상하며 만족을 느꼈다는 듯이 얼굴에 편안한 미소를 짓고 있었다. 다음 날 밤, 둘이서 호프의 죽음에 대해서 이야기를 하던 중에 홈즈가 이렇게 말했다.

"그렉슨과 레스트레이드는 그가 죽어서 매우 안타깝겠군. 공로를 선전할 기회가 사라져 버렸으니 말일세."

"범인을 체포하는 데 그들은 아무런 공도 세우지 못하지 않았나?"

내가 말했다.

친구가 씁쓸한 표정으로 말했다.

"세상에서 얼마나 일을 했는가 하는 것은 문제가 되지 않네. 문제는 얼마나 일을 했다고 세상이 믿게 하는가 하는 거지. 뭐, 아무래도 상관없는 일이지만."

한동안 입을 다물고 있던 홈즈가 밝은 목소리로 말했다.

"나는 이 사건을 꼭 수사해 보고 싶었다네. 지금까지의 사건 중에서도 최고의 사건이었으니까. 단순한 사건이기는 했지만, 몇몇 훌륭한 교훈을 얻었어."

"단순한 사건이었다고?"

나는 나도 모르게 큰 소리를 내고 말았다.

"그렇다네. 달리 표현할 길이 없는 걸."

나의 놀란 표정에 셜록 홈즈는 미소를 지어 보였다.

"너무 단순한 사건이었기에 뻔한 추리를 잠깐 하는 것만으로도 단 사흘 만에 범인을 직접 체포하지 않았는가?"

"그도 그렇군."

"전에도 말한 적이 있지만, 사건의 의심쩍은 부분은 수사에 방해가 되는 것이 아니라 단서가 되는 법일세. 이런 종류의 수수께끼를 푸는 데는 반대로 추리를 할 수 있는가가 열쇠가 되지. 이건 아주 요긴하면서 매우 쉽기도 하지. 그런데 다른 사람들은 이 방법을 잘 쓰지 않더군. 일상생활에서는 앞일을 추리하는 게 도움이 되는 경우가 더 많기 때문에 반대로 추리해 가는 방법은 홀대를 받기 쉽다네. 종합적 추리를 할 줄 아는 사람과 분석적 추리를 할 줄 아는 사람의 비율은 오십 대 일 정도라네."

"무슨 말인지 잘 모르겠는데."

"이해할 수 있을 거라고는 생각지 않았네. 어떻게 말해야 알기 쉬울까? 대부분의 사람들은 일련의 사건에 대한 얘기를 들으면 그 결과가 어떻게 될지를 알 수 있네. 그 일련의 사건들을 머릿속에서 종합하여 무슨 일이 일어날지를 추측하는 거지. 하지만 어떤 결과만을 듣고도 지금까지 어떤 단계를 거쳐서 그렇게 됐는지를 논리적으로 설명할 수 있는 사람은 극히 드물다네. 반대로 추리한다거나 분석적 추리란 바로 그런 걸 말하는 거지."

"잘 알겠네."

"그런데 이번 사건은 결과만 알고 있었을 뿐, 그 외의 것들은 전부 스스로 메워 가지 않으면 안 되었네. 그럼 내가 추리를 하기 위해서 어떤 단계들을 거쳤는지 한 번 설명해 보도록 하겠네. 처음부터 얘기를 하자면, 나는 사건에 대한 어떤 사전 지식 없이 브릭스턴의 빈집에 걸어서 접근했다네. 그래서 큰길에서부터 조사를 시작한 걸세. 전에도 얘기했지만, 거기에는 마차 바퀴 자국이 선명하게 찍혀 있었다네. 조사해 본 결과 밤사이에 생긴 것이라는 사실을 알 수 있었고, 바퀴의 폭이 좁은 걸로 봐서 자가용 마차가 아닌 영업용 마차라는 사실도 알게 되었지. 런던의 영업용 마차는 보통 자가용 마차보다 폭이 훨씬 좁거든. 이것이 첫 단서가 되었다네.

그런 다음 정원의 좁은 길을 천천히 걸어갔지. 점토 성분이 강한 흙이라 발자국이 쉽게 남는다는 점도 알 수 있었다네. 자네 눈에는 발자국이 어지러이 찍혀 있고 웅덩이가 여기저기 생긴 흙길로 밖에 보이지 않았겠지만, 나의 숙련된 눈에는 발자국 하나하나가 의미를 가지고 있는 것처럼 보이지. 탐정 세계에서 발자국을 조사하는 기술은 그다지 중요시 여겨지고 있지 않지만, 그건 어림도 없는 소리라네. 나는 평소부터 중요시 여기고 연구도 거듭했지. 그게 제2의 본능이 되었을 정도라네. 경관들의 발자국이 뚜렷이 남아 있었지만, 그보다 앞서 두 사내가 정원을 지나갔다는 사실을 읽어 낼 수가 있었네. 두 사람의 발자국이 경관들의 발자국에 여기저기 지워져 있는 것을 보고 바로 알아낼 수 있었지. 이렇게 해서 두 번째 단서를 찾을 수 있었다네. 밤에 그곳을 방문한 사람은 둘이며, 한 사람은 키가 매우 크고 — 보폭으로 계산을 했지 — 또 한 사람은 최근 유행하는 부츠를 신고 있는 것으로 봐서 복장 역시 최근 유행하는 걸 입고 있을 것이라는 사실을 알아냈다네.

이 추리는 집에 들어서자마자 입증되었다네. 고급 부츠를 신은 남자가 쓰러져 있었으니까. 이게 살인 사건이라면 키가 큰 사내가 범인이 된다는 얘기였지. 시체에 상처는 없었지만 공포에 질린 표정을 짓고 있는 것으로 보아, 자신이 죽을 것이라는 사실을 알고 있었던 듯했네. 심장 마비나 갑작스런 자연사를 당한 경우에는 절대로 그런 표정을 짓지 않지. 죽은 자의 입 냄새를 맡아 보니 희미하게 신 내가 나더군. 그렇다면 독을 억지로 먹었다는 얘기가 되지. 그건 죽은 자의 공포와 혐오감에 넘친 얼굴을 보면 추리할 수 있는 일이라네. 이 결론은 소거법이라는 것에 의한 것일세. 다른 가설로는 사실을 입증할 수 없으니까.

듣도 보도 못한 일이라고 생각해서는 안 되네. 범죄사상 독극물을 강제로 먹인 범행은 그리 드문 사건이 아니니 말일세. 독극물을 연구하는 사람들이라면 오데사에서 일어난 돌스키 사건이나 몽펠리에에서 일어난 르투리에 사건 등을 잘 알고 있을 걸세.

다음으로 가장 큰 문제는 살인 동기가 무엇이었을까 하는 점이었다네. 강도는 아니었다네. 없어진 게 아무것도 없었으니 말일세. 그렇다면 정치적인 문제가 얽혀 있거나 여자 문제가 얽혀 있을 것이라는 생각이 들었지. 처음부터 아무래도 여자 문제가 얽혀 있을 것이라고 생각했지. 정치 문제가 얽힌 경우라면 암살자는 범행 후 재빨리 현장에서 도망쳐 버리거든. 그런데 이 사건의 경우는 범인이 아주 침착하게 범행을 저질렀다네. 방 안 가득 찍혀 있는 발자국은 범인이 오랜 시간 동안 방 안에 있었다는 사실을 말해 줬다네. 이것은 개인적인 원한에 의한 범행이지 정치적인 것은 아니다. 그래서 계획적인 복수라는 결론을 내렸지. 벽에 피로 적어 놓은 글자를 보는 순간 나는 내 생각을 확신할 수 있었다네. 그 글자는 수사의 방향을 흐리기 위해서 적어 놓은 것이라는 사실을 확실하게 알 수 있었거든. 반지가 발견된 덕분에 범행 동기를 더욱 확실하게 알 수 있었다네. 범인이 그 반지를 피해자에게 보이면서 이미 죽었거나 행방불명된 여자를 상기시켰을 것이라는 사실을 확실하게 알 수 있었다네. 그랬기 때문에 그렉슨이 클리블랜드로 보낸 전보의 내용을 물었던 것일세. 경력에 특이한 점은 없는지 물었느냐고. 자네도 알다시피 그렉슨은 묻지 않았다고 대답했네.

나는 범행이 일어났던 방을 면밀히 조사했지. 범인의 키에 대한 내 추리가 정확했다는 것을 확인했고, 그 외에도 트리치노폴리 잎담배를 피운다는 것과 손톱의 길이 등을 알 수 있었지. 방에 격투를 벌인 흔적이 없는 점으로 미루어 보아, 바닥에 흘린 피는 흥분한 범인의 코피일 거라는 생각을 했지. 방 안을 조사해 보니 범인의 발자국을 따라서 피가 떨어져 있었다네. 웬만큼 혈기왕성한 사람이 아니고서는 그렇게 많은 피를 흘릴 리가 없지. 그걸 바탕으로 대담하게, 범인은 다혈질이고 얼굴이 붉은 빛을 띤 사내라고 말했던 걸세. 결과는 내 추리가 정확했다는 사실을 입증해 주었네.

범행이 일어났던 방을 나온 나는 그렉슨이 하지 않은 일을 했지. 클리블랜드 시 경찰서에 전보를 쳤다네. 이녹 드레버의 결혼에 관한 사항만은 꼭 알고 싶었기 때문이었지. 그에 대한 답이 결정적이었다네. 드레버는 제퍼슨 호프라는 예전의 연적이 두려워 경찰서에 보호를 요청한 적이 있었을 뿐만 아니라 그 호프는 지금 유럽에 있을 것이라는 대답이었네. 이로써 사건을 풀 열쇠를 손에 넣게 된 셈이었지. 이제 남은 일은 범인을 체포하는 일이었네. 드레버와 그 집으로 함께 들어간 사내가 영업용 마차를 모는 사람이라는 사실은 이미 간파하고 있었다네. 도로에 남아 있는 말굽 자국과 마차의 바퀴 자국으로 보아 말이 제멋대로 그 근처를 어슬렁거렸다는 것을 알 수 있었는데, 만약 마부가 있었다면 말이 그런 식으로 움직였을 리가 없었을 거야. 그렇다면 마부는 어디로 간 걸까? 결국 집으로 들어갔다고 밖에는 달리 생각할 길이 없다네. 그리고 좀 생각이 있는 사람이라면 언제 배신할지도 모르는 제3자 앞에서 그런 범행을 저지를 리가 없지. 그리고 마지막으로, 런던이라는 도시에서 누군가를 미행할 거라면 마부가 되는 게 가장 좋지. 이런 사실들을 종합해 보니 움직일 수 없는 결론이 나왔다네. 제퍼슨 호프는 런던에서 영업용 마차를 몰고 있다. 만약 마부를 하고 있다면 범행 후 그만둘 이유가 없다. 내가 호프라면, 갑자기 그만두면 오히려 사람들의 눈길을 끌 뿐이라고 생각해서 한동안은 그 일을 계속할 걸세. 그리고 가명을 쓰고 있을 거라고는 생각되지 않았어. 아무도 아는 사람이 없는 곳에서 이름을 바꿀 이유가 없으니까.

그래서 나는 부랑아 탐정단을 불러 모아 런던에 있는 영업

마차 사무소를 전부 조사하게 했고, 결국 그 사내를 찾아내게 된 거지. 그들은 멋지게 일을 처리했고, 나는 그 성과를 재빨리 활용한 걸세. 그건 자네도 잘 알고 있는 일일세. 스탠거슨이 살해된 건 예상 밖의 일이었지만, 어차피 피할 수 없는 일이었다네. 그리고 그가 살해되는 바람에 나는 예측하고 있던 그 알약을 손에 넣을 수 있었지. 어떤가? 이 전부가 빈틈없는 완벽한 논리의 고리로 연결되어 있지 않은가?"

"정말 대단하군! 자네의 공적을 세상에 널리 알려야 하네. 이 사건에 관한 전말을 꼭 발표하도록 하게나. 자네에게 그럴 마음이 없다면 내가 대신 나서서 해 주겠네."

"자네 마음대로 하게나, 왓슨. 자, 이걸 한 번 보게나. 여기 말일세."

홈즈가 신문을 건네주며 말했다.

그것은 그날의 <에코>지로, 홈즈가 가리킨 곳에는 이번 사건에 대한 기사가 실려 있었다.

이녹 J. 드레버 씨와 조셉 스탠거슨 씨 살해 사건의 용의자인 제퍼슨 호프의 급사로 인해 충격적인 화제가 사라져 버리게 됐다. 이로써 사건의 상세한 내용은 영원히 밝혀지지 않을 것이다. 하지만 신뢰할 만한 정보에 의하면, 이 사건은 사랑과 모르몬교가 얽힌 뿌리 깊은 원한에 의한 살인이었다고 한다. 피해자는 모두 젊은 시절에 모르몬교 신자였으며, 급사한 용의자 호프도 솔트레이크시티 출신이었다.

어쨌든 이번 사건을 통해서 우리나라의 경찰이 매우 뛰어나다는 사실을 알게 되었다. 그리고 외국인은 영국 내에서 원한에 의한 복수극을 일으키지 말아 달라고 말하고 싶다. 사건의 범인을 신속하게 체포할 수 있었던 것은 오로지 런던 경시청의 민완 형사 레스트레이드 씨와 그렉슨 씨의 공적에 의한 것이라는 사실은 공공연한 비밀이다.

용의자는 셜록 홈즈라는 사람의 방에서 체포되었다고 하는데, 홈즈 씨는 아마추어 탐정으로 사건 수사에 얼마간 도움을 준 듯하니, 두 형사에게 지도를 받는다면 앞으로 뛰어난 수사법을 익힐 수 있게 될 것이다. 한편, 두 형사는 이번 사건에서 세운 공적으로 조만간에 표창을 받게 될 예정이라고 한다.

"어떤가? 내가 말한 그대로지? 이게 바로 '진홍빛에 관한 연구'의 성과라네. 그들에게 표창만 안겨 주고 끝나 버린 셈이지."

"걱정하지 말게나. 일기에 모든 사실을 기록해 두었으니. 내가 곧 진상을 발표해 주겠네. 그때까지는 자네도 저 로마의 구두쇠처럼 혼자서만 만족하고 있게나. 그 구두쇠가 이렇게 말했다네. '사람들은 나를 비웃지만, 나는 내 집에 숨겨 둔 상자의 금을 바라보며 스스로를 자랑스럽게 생각한다'고."

제2장
네 개의 서명

네 개의 서명

추리학

 셜록 홈즈는 벽난로 위 선반 구석에서 늘 보던 병을 꺼내고, 모로코 산 가죽으로 만든 세련된 케이스에서 피하 주사기를 꺼냈다. 그리고 희고 긴, 예민해 보이는 손가락으로 주사기에 약을 채우고 바늘 끝을 다듬고 나서 셔츠 왼쪽 소매를 걷어 올렸다. 한순간 생각에 잠긴 홈즈의 시선이 여기저기 수많은 주삿바늘 자국이 남아 있는 힘줄이 불거진 팔뚝과 손목에 가만히 쏠렸다. 잠시 후, 홈즈는 날카로운 바늘을 팔뚝에 찌르고 조그만 피스톤을 누르더니, 만족스럽다는 듯이 훅 하고 한숨을 내쉬며 벨벳으로 감싼 팔걸이가 달린 의자에 몸을 깊숙이 묻었다.

 나는 몇 달 동안 홈즈의 이런 행동을 하루에 세 번씩 보아 왔는데, 아무리 보아도 마음이 편치가 않았다. 오히려 볼 때마다 그리고 날이 거듭될수록 초조함만 더해 갔으며, 내게는 충고의 말을 건넬 만한 용기가 없다는 생각 때문에 매일 밤 자괴

감에 시달리고 있었다. 나는 이 문제에 대한 내 생각을 모두 말해야겠다고 여러 번 다짐했다. 하지만 냉정하고 남을 얕보는 듯한 홈즈의 태도에는, 허물없는 행위는 결코 받아들이지 않는 성격이라는 것을 느끼게 하는 그 무엇이 있었다. 더군다나 지금까지도 뛰어난 솜씨를 수없이 발휘해 온 이 위대한 능력의 소유자가 자신감에 넘쳐서 유유히 앉아 있는 모습을 앞에 하면, 나는 괜히 주눅이 들어서 상대의 뜻을 거역하기 힘들어지는 것이다.

하지만 그날 오후에는 점심에 마신 붉은 포도주 때문인지 아니면 너무나도 차분한 그의 태도에 점점 화가 나서인지는 모르겠지만, 갑자기 더 이상은 참을 수 없다는 기분에 휩싸였다.

"오늘은 뭔가?"

내가 물었다.

"모르핀인가, 코카인인가?"

홈즈는 펼쳐 들고 있던 낡은 책에서 나른한 듯 눈을 떼며 말했다.

"코카인일세. 7퍼센트 용액이지. 자네도 한 번 해 보겠나?"

나는 무뚝뚝하게 대답했다.

"아니, 사양하겠네. 아프가니스탄에서 돌아온 뒤 아직 체력이 회복되지 않았거든. 더 이상 몸을 망가트릴 수는 없네."

나의 격렬한 어조에 홈즈는 가만히 웃으며 말했다.

"아마 자네가 말한 대로일 걸세, 왓슨. 틀림없이 몸에는 좋지 않아. 하지만 이 녀석의 자극 덕분에 정신이 맑아져서 아주 좋단 말이야. 부작용 같은 건 거의 신경 쓸 필요가 없네."

나는 진지한 표정으로 말하기 시작했다.

"하지만 생각해 보게! 결과가 어떻게 될지를! 자네 말대로 머리는 자극을 받아 맑아질지 모르겠지만, 그건 부자연스럽고 병적인 방법이기 때문에 조직의 변화가 갑자기 격렬해져서 결국에는 걷잡을 수 없이 쇠약해지고 말 걸세. 어떤 좋지 않은 반응이 일어나는지는 이미 잘 알려진 일이고, 그것을 감수할 만한 가치가 없다는 것도 확실한 일일세. 자네는 왜 한순간의 쾌락을 위해서 타고난 훌륭한 재능을 잃을지도 모를 일을 하는 건가? 나는 단지 친구로서 말하는 게 아니라, 의사로서 자네의 건강에 어느 정도 책임이 있기 때문에 말하는 거라네. 그 점을 잊지 말아 주게나."

홈즈의 마음이 상한 것 같지는 않았다. 오히려 양쪽 손가락 끝을 붙이고 의자 팔걸이에 두 팔꿈치를 세우고는, 이야기를 즐겨 보겠다는 듯한 자세를 취했다.

"내 머리는 정체되는 걸 싫어한다네. 내게 문제를 주게나. 일을 주게나. 더할 나위 없이 복잡한 문제나 어려운 암호문이라도 가져다 주게나. 그러면 평소의 나로 돌아갈 수 있을 걸세. 그럼 주사도 맞을 필요가 없지. 이렇게 아무런 변화도 없는 나날을 보내는 건 따분해서 견딜 수가 없다네. 나는 가슴이 두근거리는 일을 원해. 그렇기 때문에 이런 특수한 직업을 선택한 거지. 아니, 선택했다기보다는 창조했다고 해야겠군. 이런 직업을 가지고 있는 사람은 세상에 나 하나밖에 없을 테니."

"세상에 하나밖에 없는 사립 탐정이란 말인가?"

내가 눈을 치켜뜨며 물었다.

"세상에 하나밖에 없는 사립 고문 탐정이지."

홈즈가 대답했다.

"나는 범죄 수사를 마지막으로 처리하는 최고 재판소라고 할 수 있지. 그렉슨이나 레스트레이드, 애설니 존스와 같은 사람들은 자신의 손으로 일을 처리할 수 없게 되면 — 사실 언제나 그렇지만 — 사건을 내게로 가져올 수 있네. 나는 전문가로서 자료를 조사하고 전문가의 입장에서 의견을 말하지. 하지만 그럴 경우에도 나는 절대로 나의 명성을 추구하지는 않네. 신문에 내 이름이 오르는 경우도 없고. 일 그 자체, 즉 나의 특수한 능력을 실제로 발휘하는 즐거움 그 자체가 나의 더할 나위 없는 보수일세. 제퍼슨 호프의 사건을 통해서 자네도 내가 일하는 법을 조금은 알았을 거야?"

"잘 알고말고!"

내가 진심으로 말했다.

"태어나서 지금까지 그처럼 강렬한 인상을 받은 적이 없었다네. '진홍빛에 관한 연구'라는 조금 특이한 제목으로 책을 한 권 썼을 정도였으니까."

홈즈가 쓸쓸한 표정으로 고개를 저었다.

"나도 한 번 훑어봤네만, 솔직히 말해 칭찬하고 싶은 마음은 별로 없다네. 탐정의 일이란 엄밀한 과학이지. 과학이 아니면 안 되는 걸세. 따라서 과학과 마찬가지로 감정이 섞이지 않은 냉정한 시선으로 바라봐야 하는데, 자네는 거기에 소설적인 요소를 가미하려 했어. 그 때문에 마치 유클리드 기하학의 다섯 번째 정의에 연애 이야기나 사랑의 도피에 관한 이야기를 가미한 듯한 꼴이 되어 버리고 말았네."

"하지만 거기에는 연애도 실제로 있지 않았는가? 사실을 왜곡할 수는 없네."

내가 항변했다.

"버려야만 하는 진실도 있는 법이지. 적어도 사실을 다룰 때에는 올바른 균형 감각에 따라야 한다네. 그 사건의 경우 꼭 말해 두어야 할 단 한 가지 사실은, 결과에서 원인을 밝혀 내는 분석적 추리법이라네. 그 추리법으로 나는 그 사건을 해결한 거고."

그 누구보다도 홈즈를 기쁘게 해 주기 위해 아주 신경 써서 쓴 작품을 이런 식으로 비판당하자, 나는 화가 났다. 사실대로 말하자면, 내 작은 책자의 한 줄 한 줄을 전부 자신의 일에 관한 내용으로 채워 주기를 바라는 듯한 홈즈의 자만심 강한 모습에 화가 났다.

베이커 가에서 함께 생활하게 된 이후, 홈즈의 조용하고 남을 가르치려는 태도 속에 약간의 허영심이 깔려 있음을 알아차린 적이 한두 번이 아니었다. 하지만 나는 아무 말도 하지 않고 부상당했던 다리를 주무르며 의자에 앉아 있었다. 예전에 지자일 탄환이 뚫고 지나간 그 다리는, 걷기에는 지장이 없었지만 날씨가 변할 때마다 욱신욱신 쑤셔 왔다.

잠시 후, 홈즈는 낡은 브라이어 파이프에 담배를 채우며 말했다.

"최근에 나는 활동 범위를 대륙으로까지 넓혔네. 지난 주에는 프랑수와 르 빌라르가 조언을 구하러 왔었지. 자네도 알고 있겠지만, 그는 최근 프랑스의 탐정계에서는 이름이 조금 알려진 사람이라네. 켈트 인답게 사물을 꿰뚫어 보는 날카로운 힘은 가지고 있지만, 일을 한 단계 끌어올리는 데 필요한 폭넓고 정확한 지식이 부족하더군. 사건은 어떤 유언장에 관한 것이었는데, 흥미를 끄는 점이 몇 가지 있더군. 나는 아주 비슷한 두 가지 사건, 그러니까 1857년에 리가에서 일어났던 사건과 1871년에 세인트루이스에서 일어났던 사건을 참고하라고 일러 주었는데, 그게 문제 해결에 상당한 도움을 준 모양이야. 오늘 아침에 고맙다는 편지를 받았네."

그렇게 말하면서 홈즈는 꼬깃꼬깃해진 외국에서 온 편지를 던져 주었다. '훌륭한', '뛰어난 솜씨', '숙련된 재빠른 재주' 등의 말을 섞어 가며 온갖 찬사를 늘어놓은 것을 보니, 이 프랑스 인이 얼마나 열렬히 홈즈를 찬양하는지 알 수 있었다.

"마치 제자가 선생님한테 보내는 편지 같군."

내가 말했다.

"그러게 말이야. 잠깐 도와준 걸 가지고 너무 높이 평가하는 거 같아."

셜록 홈즈가 가볍게 받아넘겼다.

"그에게도 소질은 있어. 이상적인 탐정에게 필요한 세 가지 조건 중 두 가지는 확실히 갖추고 있으니까. 그는 관찰력과 추리력은 가지고 있지. 다만 지식이 조금 부족한데, 그것도 차차 획득해 나갈 걸세. 그 사람은 지금, 내가 쓴 하찮은 글을 프랑스 어로 번역하고 있다네."

"자네가 쓴 글?"

"아니, 자네 몰랐나?"

홈즈는 웃으며 큰 소리로 말했다.

"실은 그냥 심심풀이로 쓴 논문이 몇 개 있다네. 전부 전문적인 문제에 관한 것이지. 예를 들면「각종 담뱃재의 식별법에 대해서」라는 것도 그중 하나인데, 백사십여 종의 시가, 궐련, 파이프 담배를 열거하고 그 재의 차이를 컬러 그림과 함께 설명했다네. 재는 형사 재판에서 언제나 문젯거리가 되며, 그것이 중요한 단서가 되는 경우도 종종 있거든. 예를 들어 어떤 살인 사건의 범인이 인도산 룬카를 피운다는 사실이 확인된다면, 그것만으로도 수사의 범위는 상당히 좁아지게 된다네. 훈련을 쌓은 사람의 눈으로 트리치노폴리의 검은 재와 버즈아이(잎 중앙의 맥 부분도 함께 썰어 만든, 새의 눈과 같은 반점이 있는 담배 — 역주)의 하얀 솜털 같은 재를 구별해 내는 일이란, 양배추와 감자를 구별해 내는 것만큼 간단한 일이라네."

"자네는 사소한 일에 대해 비상한 재능이 있는 사람이군."

내가 말했다.

"나는 사소한 일의 중요성을 아는 것일 뿐일세. 발자국의 추적에 관한 논문도 있는데, 발자국을 보존하기 위해 석고를 사용하는 방법에 대해서 설명한 거지. 그리고 직업이 손의 모양에 미치는 영향을 조사한 조금 특이한 논문도 있는데, 슬레이트공, 뱃사람, 코르크를 자르는 사람, 조판을 짜는 사람, 직조공, 다이아몬드를 연마하는 사람들의 손모양이 석판으로 인쇄되어 있네. 과학적인 탐정에게 — 특히 시체가 신원불명인 경우나 범죄자의 전과를 확인할 경우 등에 — 커다란 도움이 되지. 미안하네. 너무 내 얘기만 해서 좀 지루하지?"

"천만에. 아주 흥미로운걸."

나는 몸을 앞으로 내밀며 말했다.

"더구나 나는 자네가 그런 것들을 실제로 응용하는 걸 종종 보니까. 그런데 자네는 아까 관찰과 추리라는 말을 했는데, 어느 정도 공통점이 있다고 말할 수 있지 않을까?"

"아니, 전혀 그렇지가 않네."

홈즈는 의자에 몸을 한껏 파묻어 자세를 편하게 한 뒤에 담배 연기를 내뿜었다. 짙은 파란 연기가 빙글빙글 맴돌며 허공으로 올라갔다.

"예를 들어서 관찰은, 자네가 오늘 아침에 윅모어 가에 있는 우체국에 갔다는 사실을 내게 알려 주지. 하지만 자네가 전보를 쳤다는 사실을 알려 주는 건 추리일세."

"맞았네! 둘 다 맞았어! 그런데 대체 어떻게 그런 것까지 알고 있는 거지? 오늘 아침에 갑자기 생각이 떠올라서 아무한테도 말하지 않고 갔었는데."

홈즈는 내가 놀라는 것을 보고 껄껄 웃으며 말했다.

"아주 간단한 일일세. 너무 간단해서 설명할 필요도 없지만, 관찰과 추리의 차이를 확실히 하는 데는 도움이 될 걸세. 관찰에 의하면, 자네의 구두 끝에 붉은 흙이 조금 묻어 있네. 윅모어 가 우체국 맞은편은 지금 보도블록을 뜯어 내고 있기 때문에 흙이 파헤쳐져 있는데, 우체국에 가려면 반드시 그 흙 위를 밟고 지나가야 하네. 내가 알고 있기로는, 그 조금 특이한 붉은 흙은 이 부근의 다른 곳에서는 볼 수 없네. 여기까지는 관찰이지. 그 나머지는 추리라고 할 수 있을 걸세."

"그렇다면 내가 전보를 친 거라고 어떻게 추리해 낸 거지?"

"그건 말일세, 오늘 아침에 자네가 편지를 쓴 적이 없다는 사실을 알고 있기 때문이지. 나는 내내 자네와 마주보고 앉아 있지 않았는가? 그리고 열어 놓은 채로 있는 자네의 책상 서랍에 우표와 엽서가 고스란히 남아 있는 게 보이고. 전보를 치기 위한 게 아니라면 뭐 하러 우체국에 갔겠나? 다른 요인들을 전부 제하고 나면 마지막에 남는 건 진실뿐일세."

나는 잠깐 생각에 잠겼다가 대답했다.

"틀림없이 이번 경우는 자네 말이 맞네. 하지만 자네 말대로 문제가 너무 간단했었던 듯하군. 이번 기회에 좀 더 어려운 문제로 자네의 이론을 시험해 보고 싶은데, 괜찮겠는가?"

홈즈가 대답했다.

"괜찮다뿐이겠는가? 그렇게 해 준다면 코카인을 한 번 더 맞지 않아도 되네. 어떤 문제든 내 주게나. 기꺼이 풀어 보겠네."

"자네는 언젠가 이런 말을 한 적이 있네. 그것이 무엇이든 사람이 매일 사용하는 물건에는 반드시 주인의 개성이 각인되기 때문에, 숙련된 관찰자라면 그것을 알아낼 수 있다고. 자, 여기 내가 최근에 손에 넣은 회중시계가 있네. 전에 이걸 가지고 있던 사람의 성격과 습관 등에 대한 자네의 생각을 말해 줄 수 있겠는가?"

나는 홈즈에게 시계를 건네주면서 조금 고소하다는 생각을 했다. 이 시험에는 도저히 합격할 수 없을 거라고 생각했기 때문이었다. 그리고 때때로 혼자 잘난 척 떠드는 홈즈를 이번 기회에 꺾어 주어야겠다는 생각도 있었다.

홈즈는 시계를 손바닥에 얹어서 무게를 가늠해 보기도 하고 가만히 문자판을 들여다보기도 하더니, 곧 뒤쪽 뚜껑을 열어서 그 안의 기계들을 처음에는 육안으로 살펴본 다음 성능이 좋은 돋보기로 자세히 조사하기 시작했다. 마지막으로 뚜껑을 닫고 내게 다시 돌려주었는데, 나는 그의 시무룩한 표정을 보고는 미소가 떠오르는 것을 어쩔 수 없었다.

홈즈가 말했다.

"정보가 될 만한 게 거의 없군. 얼마 전에 소제를 했는지, 생각할 수 있는 단서가 될 만한 게 전부 사라져 버렸다네."

내가 대답했다.

"바로 그렇다네. 깨끗이 소제된 뒤 내게로 넘어왔거든."

나는 궁색한 변명으로 위기를 모면하려는 홈즈를 마음속으로 비난했다. 시계가 소제되지 않았다 한들 무엇을 알아낼 수 있었겠는가?

"그렇다고 해서 아무것도 알아낸 게 없다는 말은 아닐세. 만족할 만큼은 아니지만."

홈즈는 꿈을 꾸는 듯한 멍한 시선으로 천장을 올려다보며 말했다.

"틀린 곳이 있으면 바로잡아 주게나. 이 시계는 자네의 형님이 아버님께 물려받아 가지고 있던 것이라고 생각되네."

"뒤에 H. W.라고 새겨진 걸 보고 알아낸 거겠지?"

"맞아. W는 자네의 성이니까. 시계가 만들어진 건 거의 오십 년 전이고, H.W.라는 글자도 비슷한 시기에 새겨진 것일세. 즉 이건 우리 아버지 시대에 만들어진 것이지. 이런 귀금속류는 장남이 물려받는 게 일반적인 풍습이고, 그 장남에게는 대체로 아버지와 같은 이름이 주어지지. 자네 아버님은 돌아가신 지가 꽤 오래 됐다고 했으니, 이 시계는 자네의 맏형님께서 가지고 계셨겠지."

"거기까지는 맞았네. 그 외에 알아낸 건 없나?"

나는 물었다.

"형님은 야무지지 못한, 야무진 구석이라고는 조금도 찾아볼 수 없고 조심성 없는 사람이었네. 상당한 재산을 물려받아 앞길이 유망했는데도 여러 번 좋은 기회를 놓쳐 버려 가난하게 되었고, 때로는 형편이 좋아진 적도 있기는 했지만 결국에는 술에 빠져 그 때문에 돌아가시게 됐네. 내가 알아낼 수 있었던 건 이 정도라네."

자리에서 벌떡 일어난 나는 언짢은 기분으로 다리를 절룩이며 방 안을 서성였다.

"자네답지 않군, 홈즈."

나는 말했다.

"자네가 이런 비열한 짓을 할 거라고는 꿈에도 생각지 못했네. 자네는 이미 오래 전에 불행했던 우리 형님의 과거를 알아본 적이 있었어. 그걸 지금 기발한 방법으로 추리해 낸 것처럼 보이려 하고 있고. 이 모든 사실을 형님의 낡은 시계에서 알아냈다고 믿게 하려 해도 소용없네. 사람을 생각하는 마음이라고는 눈곱만큼도 없고, 솔직히 말해 사기에 가깝다는 생각이 드네."

"왓슨, 제발 용서해 주게나."

홈즈가 조용한 목소리로 말했다.

"나는 이걸 하나의 어려운 문제로 보고 그것을 풀기에 너무 열중했기 때문에, 자네에게는 가슴 아프고 슬픈 추억이라는 사실을 잠시 잊고 있었네. 하지만 실제로 나는 자네가 그 시계를 내게 건네주기 전까지는 자네에게 형님이 계셨다는 사실조차도 모르고 있었다네."

"그럼 대체 어떻게 그렇게 많은 사실들을 알아냈단 말인가? 자네가 한 말은 한 치의 오차도 없이 전부 들어맞았다네."

"그건 운 좋게 들어맞은 거지. 나는 단지 그럴 거라고 생각되는 것들만 말했을 뿐이라네. 그렇게 정확하게 들어맞을 줄은 나도 몰랐네."

"그래도 단순한 추측은 아니었겠지?"

"아니고말고. 나는 추측은 하지 않네. 추측을 하는 나쁜 습관이 몸에 배게 되면 논리적으로 생각하는 힘을 잃게 되거든. 자네가 의아해 하는 이유는, 내가 어떤 과정을 통해서 그렇게 생각했는지를 모를 뿐만 아니라 범위가 넓은 추리의 근거가 되는 조그만 사실들을 발견해 내지 못했기 때문이지. 예를 들어 나는 우선 자네 형님이 부주의한 사람이라고 말했네. 그 시계의 뒷면을 보면 찌그러진 곳이 두 군데나 있을 뿐만 아니라, 동전이나 열쇠와 같은 딱딱한 물건과 같이 주머니에 넣는 습관이 있었던 듯 곳곳에 흠집이 나 있다네. 오십 기니나 하는 시계를 그처럼 험하게 다루는 걸 보면 틀림없이 부주의한 사람일 테고, 그런 생각이 들어맞았다고 해서 조금도 자랑스러워할 건 없겠지. 그리고 이렇게 비싼 물건을 물려받은 사람이라면 다른 유산도 상당할 거라고 생각해도 결코 지나친 추리는 아닐 걸세."

나는 그의 추리가 맞았다는 뜻으로 고개를 끄덕여 보였다.

"영국의 전당포에서는 시계를 맡을 때 핀 끝으로 뒷면 안쪽 뚜껑에 번호를 새겨 놓는 게 일반적인 관습이라네. 그렇게 해 놓으면 번호가 지워지거나 바뀔 염려가 없으니 꼬리표를 붙이는 것보다 편리하지. 돋보기로 보니, 뒷면에 그런 번호가 네 개나 있었다네. 그래서 우선, 자네 형님은 금전적으로 쪼들린 적이 많았을 것이라고 생각했지. 그 다음으로 생각할 수 있는 건, 형님은 종종 갑자기 형편이 좋아진 적이 있었다는 사실이지. 그렇지 않고서는 전당포에 맡겼던 물건을 다시 찾을 수는 없었을 테니까 말일세. 마지막으로, 태엽 감는 구멍이 있는 안쪽 뚜껑을 보게나. 구멍 주위가 온통 긁힌 자국투성이지? 열쇠가 부딪쳐서 생긴 자국이라네. 맨정신이라면 이런 흠집을 낼 리가 없지. 하지만 언제나 술에 취해 있는 사람의 시계는 대부분 이렇다네. 밤에 술에 취해 떨리는 손으로 태엽을 감아 이런 자국을 내 버리고 마는 거지. 지금까지 말한 것 중에서 뭐 이상한 점이라도 있나?"

내가 대답했다.

"햇빛처럼 선명하군. 오해해서 미안하네. 자네의 뛰어난 재능을 좀 더 믿었어야 했는데. 지금 맡고 있는 사건은 없는가?"

"한 건도 없다네. 그래서 코카인을 맞는 거지. 나는 한시라도 머리를 쓰지 않으면 살아갈 수가 없다네. 그 외에 살아갈 만한 이유가 어디 있겠는가? 이 창가에 서서 바라보게나. 누런 안개가 거리를 감싸고 맴돌며 검게 그을린 집 언저리를 감돌고 있는 걸 보게나. 이처럼 삭막하고 황량한 세상이 어디 또 있겠는가? 제아무리 힘을 가지고 있다 해도 그것을 펼쳐 보일 무대가 없다면 그건 아무짝에도 쓸모없는 것이지. 그저 그렇고 그런 범죄, 그렇고 그런 생활. 모든 것이 너무나도 평범해서 지루하기 짝이 없다네."

홈즈의 이 말에 내가 막 답을 하려는 순간, 문을 두드리는 소리가 나더니 하숙집 여주인이 놋쇠 쟁반에 명함을 하나 얹어 가지고 들어왔다.

"젊은 아가씨가 와 계신데요."

그녀는 홈즈를 보고 말했다.

"메어리 모스턴 양이라."

홈즈가 명함을 보고 말했다.

"기억에 없는 이름인데. 올려보내세요, 허드슨 부인. 나가지 말게, 왓슨. 자네가 함께 있어 주는 편이 낫겠네."

사건에 대한 진술

모스턴 양은 당당한 걸음으로, 언뜻 보기에는 침착한 태도로 방에 들어왔다. 키가 작고 날씬한 금발의 젊은 아가씨로, 단정하게 장갑을 끼고 있었으며 어디 하나 흠잡을 데 없는 복장을 하고 있었다. 하지만 옷차림이 검소하고 장식이 없는 것을 보면, 그다지 돈이 많은 집안의 사람 같지는 않았다. 회색빛이 감도는 베이지색의 수수한 옷에는 주름도 끝단의 장식도 없었으며, 머리에는 한쪽 끝에 하얀 깃털로 보이는 것을 붙인 것이 전부인, 옷과 같은 색깔의 조그만 모자를 쓰고 있었다. 이목구비가 뚜렷한 편도 아니었으며 피부가 그다지 좋아 보이지도 않았지만, 표정이 귀여웠으며 애교가 있어 보였다. 그리고 크고 푸른 눈이 다정함과 숭고한 정신을 가진 사람이라는 사실을 말해 주고 있었다. 나는 세 대륙을 돌아다니며 여러 나라에서 수많은 여자들을 보아 왔지만, 이처럼 세련되고 단번에 느낄 수 있을 만큼 성격이 얼굴에 잘 드러나 있는 사람은 본 적이 없었다. 나는 셜록 홈즈가 권하는 의자에 앉을 때 모스턴 양의 입술과 손이 떨리고 있는 것을 놓치지 않았다. 마음속의 심한 동요가 어쩔 수 없이 나타난 것이리라.

모스턴 양이 말했다.

"제가 오늘 찾아온 건, 예전에 선생님이 세실 포레스터 부인 댁의 사소한 집안 문제를 해결해 주셨다는 말을 들었기 때문입니다. 부인은 선생님이 매우 친절하고 경험이 많으며 뛰어난 실력을 가진 분이라고 감탄하고 계십니다."

"세실 포레스터 부인이라."

홈즈는 그 이름을 되뇌며 생각에 잠겼다.

"그러고 보니 잠깐 도와드린 적이 있었죠. 하지만 제 기억으로는, 그건 아주 간단한 사건이었는데요."

"부인은 그렇게 생각지 않으십니다. 그리고 제가 부탁드리려는 문제는 그렇게 간단하다고는 말씀드릴 수 없습니다. 지금 제가 처한 상황만큼 괴상하고 어떻게 설명할 길이 없는 사건이 또 있으리라고는 상상하기 어려우니까요."

홈즈는 눈을 반짝이며 손을 비볐다. 긴장감이 가득한 독수리처럼 날카로운 얼굴로 홈즈는 앉은 자세에서 상체를 앞으로 내밀었다.

"어떤 사건인지 들려주세요."

홈즈가 사무적인 어조로 또렷하게 말했다. 아무래도 내가 있으면 방해가 될 것 같다는 생각이 들었다.

"나는 그만 일어나는 게 좋겠군요."

그렇게 말하고 나는 일어서려 했다. 그런데 뜻밖에도 모스턴 양이 장갑을 낀 손을 들어 나를 말리며 말했다.

"친구 분도 함께 계셔 주시면 고맙겠습니다."

나는 의자에 다시 앉았다.

"간단히 말씀드리겠습니다. 저희 아버지는 인도에 주둔하던 연대의 사관이셨는데, 제가 아주 어렸을 적에 저를 영국으로 돌려보내셨습니다. 어머니는 일찍 돌아가셨고, 영국에는 몸을 의지할 만한 곳도 없었습니다. 하지만 저는 에든버러에 있는 시설이 좋은 기숙 학교에 들어가게 되어 거기서 열일곱 살까지 살았습니다. 1878년에 연대의 선임 대위이셨던 아버지가 일 년간의 휴가를 얻어 영국으로 돌아오셨습니다. 아버지는 런던에서, 무사히 도착했으니 묵고 있는 랭엄 호텔로 빨리 오라는 전보를 보내셨습니다. 지금 생각해 봐도 그 전보는 다정함과 사랑으로 가득 찬 것이었습니다. 저는 런던에 도착하자마자 마차를 타고 랭엄 호텔로 갔습니다. 그런데 호텔에서는, 모스턴 대위가 묵고 있기는 하지만 어젯밤에 나가서 아직 돌아오지 않았다고 했습니다. 저는 하루 종일 기다렸지만 아무런 소식도 없었습니다. 저는 그날 밤 호텔 지배인이 권하는 대로 경찰서에 신고를 하고, 다음 날 아침에는 모든 신문에 광고를 냈습니다. 이렇게 여러 가지로 손을 써 봤지만 아무런 보람도 없었고, 그날부터 지금까지 불행한 아버지로부터는 어떤 연락도 없었습니다. 아버지는 천천히 쉬시려고 즐거운 마음으로 돌아오신 건데, 그게 오히려……."

모스턴 양은 한 손을 목으로 가져가며 흐느끼기 시작했고, 이야기는 거기서 끊겼다.

"그게 언제 얘기죠?"

홈즈가 수첩을 펼쳐 들며 말했다.

"실종되신 게 1878년 12월 3일이었으니, 벌써 십 년 가까이 지났습니다."

"아버지의 짐은?"

"호텔에 그대로 남겨 뒀습니다. 하지만 그 속에 단서가 될 만한 건 아무것도 없었습니다. 옷과 책이 조금 있고, 앤다만 섬에서 수집한 여러 가지 진귀한 물건들이 있었을 뿐입니다. 아버지는 그 섬에서 교도소 경비대의 대장으로 계신 적이 있거든요."

"런던에 아버님 친구가 계셨나요?"

"제가 아는 분은 딱 한 분, 아버지와 같은 봄베이 제34 보병 연대의 숄토 소령님뿐입니다. 소령님은 얼마 전에 퇴역하셔서 런던의 어퍼 노우드에 살고 계셨죠. 물론 그분에게도 연락을 취해 봤는데, 동료였던 아버지가 영국에 돌아오셨던 사실조차 모르고 계셨습니다."

"그건 좀 이상한 얘기군요."

홈즈가 말했다.

"그것보다 더 이상한 일이 있습니다. 지금부터 육 년 정도 전, 정확히 말씀드리자면 1882년 5월 4일 <타임스>지에 메어리 모스턴의 주소를 알고 싶다는 광고가 실렸습니다. 거기에는 바로 연락을 주면 제게 아주 좋은 일이 있을 것이라고 적혀 있었습니다. 그런데 광고를 낸 사람의 주소와 이름이 적혀 있지 않았습니다. 그때는 세실 포레스터 부인 댁에 가정교사로 막 들어갔을 때였습니다. 저는 부인의 말씀에 따라서 같은 신문 광고란에 제 주소를 실었습니다. 그러자 그날로 작은 상자 하나가 우편으로 배달되어 왔습니다. 열어 봤더니, 반짝반짝 빛나는 커다란 진주가 한 개 들어 있지 않겠습니까? 하지만 편지 같은 건 전혀 들어 있지 않았습니다. 그 후 매년 같은 날만 되면 반드시 똑같은 진주가 든 똑같은 상자가 배달되는데, 누가 보내는 건지 알아낼 만한 단서는 전혀 없습니다. 한 전문가에게 감정 의뢰를 해 봤는데, 이 진주들은 아주 진귀하고 상당한 가치를 지닌 것들이라고 합니다. 보시면 아시겠지만, 정말 훌륭한 진주입니다."

모스턴 양은 그렇게 말하면서 납작한 상자를 열어 지금까지 본 적이 없을 정도로 아름다운 진주를 여섯 개 보여 주었다.

"정말 재미있는 얘기군요. 그런데 무슨 다른 일이라도 또 일어났나요?"

셜록 홈즈가 말했다.

"네, 바로 오늘 있었습니다. 그래서 이렇게 찾아뵙게 된 겁니다. 오늘 아침에 이런 편지를 받았습니다. 읽어 보시겠습니까?"

"네, 보여 주세요."

홈즈가 말했다.

"봉투도 보여 주세요. 소인은 런던 남서구 우체국, 날짜는 7월 7일이라. 흠! 귀퉁이에 남자의 엄지손가락 지문이 묻어 있군. 우체부가 남긴 거겠지. 최고급 편지지고, 봉투도 한 다발에 6펜스는 하겠어. 문구류에 까다로운 사람이군. 보낸 사람의 주소는 없고. '오늘 밤 7시에 라이섬 극장 밖에 있는 왼쪽에서 세 번째 기둥으로 나오시기 바랍니다. 믿지 못하겠다면 친구를 두 분 데려오십시오. 당신은 매우 불행한 처지에 놓인 여성이니, 당연히 보상을 받아야 합니다. 단, 경찰에는 알리지 마십시오. 그러면 모든 일이 수포로 돌아가고 맙니다. 미지의 친구로부터.' 그렇군요. 이건 참 수수께끼와도 같은 일이군요. 그래서 어떻게 하실 생각이죠, 모스턴 양?"

"바로 그 때문에 의논을 하려고 온 겁니다."

"그럼 가 보는 게 좋을 겁니다. 제가 따라갈 테니. 당신과 저, 그리고 또 다른 한 사람은 왓슨이 좋겠네요. 편지에 친구를 두 명 데리고 와도 좋다고 했으니. 왓슨과 저는 지금까지 늘 함께 일을 해 온 사이예요."

"그럼 함께 가 주시겠어요?"

모스턴이 애원하는 듯한 표정과 목소리로 말했다.

"기꺼이 따라가겠습니다. 내가 도움이 된다면."

내가 힘 있게 말했다.

"두 분 모두 정말 친절하시네요. 저는 좁은 세상에서 살고 있기 때문에 의논할 만한 친구도 없습니다. 6시까지 여기로 오면 되겠습니까?"

"늦어도 그때까지는요. 그리고 알고 싶은 게 한 가지 더 있습니다. 이 편지의 필적과 진주를 보낸 사람의 필적이 비슷한가요?"

"여기 가져왔습니다."

모스턴 양은 그렇게 말하며 종이를 여섯 장 꺼냈다.

"당신은 정말 훌륭한 의뢰인입니다. 뛰어난 직관력을 가지고 계시는군요. 어디 한 번 보겠습니다."

홈즈는 그 종이들을 테이블 위에 올려놓고 빠른 속도로 한 장 한 장 살펴본 뒤 말했다.

"편지 외의 것들은 전부 일부러 필적을 바꿨네요. 하지만 전부 동일 인물이 쓴 것임에 틀림없습니다. e를 자신도 모르게 흘려 쓴 점, 그리고 단어 끝에 있는 s의 휘어진 부분을 보세요. 의심할 필요도 없이 동일 인물의 글씨입니다. 쓸데없이 당신을 기쁘게 하려고 하는 말은 아닙니다만, 모스턴 양, 이 필적과 당신 아버님의 필적이 비슷하지는 않은가요?"

"조금도 비슷하지 않습니다."

"그렇게 말씀하실 줄 알았습니다. 그럼 6시에 기다리고 있겠습니다. 이 편지들은 제가 가지고 있어도 되겠습니까? 다시 오실 때까지 좀 더 자세히 살펴보는 편이 낫겠습니다. 아직 3

시 반이니까요. 그럼, 이따 다시 뵙겠습니다."

"네, 그럼 저는 이만 가 보겠습니다."

모스턴은 부드럽게 빛나는 눈으로 우리를 번갈아 쳐다본 뒤, 진주 상자를 품에 품고 서둘러 밖으로 나갔다.

나는 창 옆에 서서, 종종걸음으로 거리를 걸어가는 그녀의 회색 모자와 하얀 깃털이 멀리 사람들 속으로 하나의 점이 되어 버릴 때까지 지켜보았다.

"정말 매력적인 아가씨야!"

나는 소리치듯 말하며 홈즈를 돌아보았다.

"모스턴 양 말인가? 글쎄, 나는 주의해서 보지 않았는데."

홈즈는 다시 파이프에 불을 붙인 뒤, 의자에 몸을 파묻으며 눈을 내리깐 채 귀찮다는 듯이 말했다.

"자네는 정말, 인조인간이나 계산기 같은 사람이라니까. 때때로 인간미라고는 전혀 느낄 수 없는 말이나 행동을 한단 말이야."

나도 모르게 언성을 높였다.

홈즈가 조용한 미소를 지어 보였다.

"사람의 여러 가지 성질들 때문에 판단을 흐리지 않도록 하는 게 가장 중요하지. 내게 있어서 의뢰인은 그저 사건과 관계가 있는 한 인물 내지는 하나의 요소에 지나지 않는다네. 감정이 섞이면 올바른 추리를 할 수 없게 되지. 지금까지 내가 가장 마음을 빼앗겼던 여자는 보험금을 타 낼 목적으로 어린아이를셋이나 죽여 교수형에 처해진 여자였다네. 그리고 가장 싫어했던 남자는 런던의 빈민을 위해서 이십오만 파운드 가까운 돈을 기부한 어떤 자선 사업가였지."

"하지만 이번은……."

"내게 예외는 없다네. 예외를 만들면 법칙이 힘을 잃게 되지. 자네는 필적으로 사람의 성격을 판단해 내는 연구를 해 본 적이 있나? 이 사람의 글씨를 보고 뭐 떠오르는 게 있나?"

"또박또박 써서 읽기 쉽군. 빈틈없이 일을 처리하는 야무진 성격을 가진 사람 같은데."

내가 대답했다.

홈즈는 머리를 흔들었다.

"길게 써야 하는 글자들을 보게나. 위로 길게 써야 하는 글자들이 거의 위로 올라가지 않았어. d와 a, 이쪽의 l과 e를 보면 알 수 있지. 성격이 야무진 사람은 제아무리 갈겨쓴다 해도 길게 써야 하는 글자와 짧게 써야 하는 글자를 확실하게 구분할 수 있도록 쓴다네. k는 흔들려서 어딘지 안정감이 없어 보이지만, 대문자에서는 자만심이 강한 사람이라는 걸 엿볼 수 있네. 아, 나는 잠깐 나가 봐야겠네. 조사할 게 조금 있어서. 이 책 한 번 읽어 보겠나? 지금까지 나온 책 중에서도 아주 진귀한 책 중 하나인데, 윈우드 리드의 『인류의 고뇌』라는 책일세. 한 시간쯤 후에 돌아올 걸세."

나는 그 책을 손에 들고 창가에 앉기는 했지만, 생각이 책에서 멀리 떠나 있었기에 그곳에 적혀 있는 저자의 대담한 의견은 하나도 머리에 들어오지 않았다.

나의 마음은 조금 전에 찾아왔던 손님에 대한 생각으로 가득 차있었다. 그녀의 미소와 깊이 있고 탄력 있는 목소리를 생각하기도 하고, 그녀의 인생을 위협하는 의문의 수수께끼에 대해서 생각하기도 했다.

그녀의 아버지가 종적을 감췄을 때 열일곱 살이었다면, 지금은 스물일곱 살이리라. 어린 아가씨들에게서 볼 수 있는 수줍음을 떨치고, 경험을 쌓아 조금은 분별 있는 행동을 할 수 있게 된 매력적인 나이였다. 나는 그런 몽상을 하다가 위험한 생각이 머릿속에 떠오르자 재빨리 책상으로 달려가 병리학에 관한 최신 논문을 들여다보기 시작했다. 다리가 좋지 않고 주머니 사정도 좋지 않은 만신창이 군의관이 그런 생각을 하다니, 참으로어처구니없는 일이었다. 그녀는 사건과 관계가 있는 한 인물, 한 요소에 지나지 않는다. 만약 어두운 미래가 나를 기다리고 있다면, 환상과도 같은 상상으로 그것을 밝히려 들기보다는 남자답게 그 어둠과 맞서는 게 더 훌륭할 것이다.

해결의 실마리를 찾아서

홈즈는 오후 5시 반이 넘어서야 돌아왔다. 그는 밝고 힘찬, 자신감 넘치는 표정을 짓고 있었다. 하지만 그런 홈즈의 기분이 언제 어둡고 우울한 기분으로 바뀔지는 알 수 없는 일이었다.

"이 사건에 그리 커다란 의문점은 없을 듯하네. 사실들을 종합해 보면 해답은 하나밖에 없거든."

내가 차를 따라 준 찻잔을 집으며 홈즈가 말했다.

"뭐라고? 자네 벌써 사건을 해결한 건가?"

"아니, 해결이라고까지는 할 수 없지. 나는 그저 냄새가 나는 어떤 사실을 확인했을 뿐이야. 하지만 그 냄새가 아주 지독하다네. 지금부터 세세한 일들을 여러가지로 알게 되겠지. 지금은 단지 지난 <타임스>지의 철을 조사해서, 어퍼 노우드에 살고 있던 전 봄베이 제34 보병 연대의 숄토 소령이 1882년 4월 28일에 죽었다는 사실을 알았을 뿐이네."

"자네가 나를 아둔한 사람이라고 생각할지도 모르겠지만, 나는 그게 무슨 뜻인지 잘 모르겠는데."

"모르겠다고? 정말 놀랍군. 생각해 보면 이렇게 된 거 아니겠는가? 모스턴 대위가 행방을 감췄다. 런던에서 대위가 찾아갔을 것이라고 생각되는 사람은 오직 숄토 소령뿐이다. 그런데도 숄토 소령은 대위가 런던에 왔다는 사실조차 듣지 못했다고 말했다. 그리고 4년 뒤에 숄토가 죽었다. 그로부터 채 일주일도 지나지 않아서 모스턴 대위의 딸이 값비싼 선물을 받았다. 그 선물은 매년 보내졌고, 심지어는 그녀를 불행한 처지에 놓인 여성이라고 말한 이번 편지까지 배달되었다. 자, 그녀에게 불행한 일이란 아버지를 잃은 것 외에 또 뭐가 있겠나? 그리고 선물은 소령이 죽은 직후부터 보내지기 시작했는데, 그건 어째서이겠는가? 그건 숄토 소령의 상속인이 어떤 비밀을 알고 있으며, 어떤 식으로든 그녀에게 보상을 해 주고 싶어 하는 것이라고 밖에는 달리 설명할 길이 없지 않겠는가? 그것 외에 이런 모든 사실들을 납득할 수 있게 설명해 줄 생각이 있겠는가?"

"거참, 희한한 방법으로 보상을 하는군! 정말 묘한 방법이야! 그리고 이제 와서 편지를 보낼 거였다면, 왜 육 년 전에는 편지를 보내지 않은 거지? 그 편지에는 그녀가 당연히 보상을 받아야만 한다고 적혀 있었네. 무엇을 보상받아야 한다는 거지? 그녀의 아버지가 아직 살아 있을 거라고는 생각하기 힘드네. 그리고 우리가 알고 있는 한 그 외에 그녀에게 불행이란 있는 것 같지도 않고 말이야."

"이해할 수 없는 점들이 몇몇 있네. 틀림없이 이해할 수 없는 점들이 있어."

홈즈가 생각에 잠긴 채 말했다.

"오늘 밤에 조사를 나가면 모든 것들을 알 수 있을 걸세. 아, 사륜마차가 왔군. 그 안에 모스턴 양이 타고 있는 것이 보이네. 준비는 됐는가? 괜찮다면 지금 나가세. 약속 시간이 조금 지났으니."

나는 모자와 가장 묵직한 지팡이를 집어 들었고, 홈즈는 서랍에서 권총을 꺼내 주머니에 넣었다. 그가 오늘밤의 일을 가볍게 보고 있지 않다는 사실을 그것으로 잘 알 수 있었다.

모스턴 양은 검은 외투를 입고 있었다. 단번에 느낄 수 있을 만큼 성격이 잘 드러나 있는 얼굴은 차분한 표정이었지만, 얼굴빛은 하얗게 질려 있는 듯했다. 우리는 지금부터 아주 커다란 일을 하려 하고 있다. 그런데도 그녀가 불안을 느끼지 않는다면 그녀는 여자가 아닐 것이다. 하지만 그녀는 흐트러진 모습은 조금도 보이지 않았으며, 셜록 홈즈가 묻는 두세 개의 질문에도 또박또박 대답을 했다.

"숄토 소령님은 아버지의 친구 중에서도 특히 친한 분이셨습니다. 아버지가 보낸 편지에는 언제나 숄토 소령에 관한 얘기가 가득했습니다. 소령님과 아버지는 앤다만 섬에서 각각 부대의 지휘를 맡고 계셨기 때문에 함께 보내는 시간이 많았습니다. 그건 그렇고, 아버지의 책상 안에서 뭔지 잘 알 수 없는 묘한 종이쪽지가 발견됐습니다. 별로 큰 의미가 없는 것일지도 모르겠지만, 일단은 한 번 보시는 것이 나을 것 같아서 가져왔습니다. 이겁니다."

홈즈는 조심스럽게 그 종이를 펼쳐서 무릎 위에 올려놓았다. 그러고는 이중 렌즈를 꺼내 구석구석 자세히 살펴보았다.

"인도에서 만든 종이로군. 핀으로 판에 꽂아 놓았었고. 넓은 방과 회랑, 복도가 많은 커다란 건물의 일부를 그린 평면도 같아. 한 곳에 빨간 잉크로 십자 표시를 해 놓았고, 그 위에 연필로 '왼쪽에서 3. 37'이라고 적혀 있는 게 희미하게 보여. 왼쪽 구석에 네 개의 십자가를 나란히 붙여 놓은 듯한 묘한 부호가 있고. 그 옆에 지독하게 갈겨쓴 글씨로 '네 개의 서명 — 조너선 스몰, 마호메트 싱, 압둘라 칸, 도스트 아크바르'라고 적어 놓았어. 이거, 솔직히 말해서 잘 모르겠는데. 이 종이가 사건과 어떤 관계가 있는지. 하지만 중요한 서류였음은 틀림없는 것 같아. 지갑 같은 데 넣어 소중하게 보관했었던 같군. 앞뒷면이 전부 이렇게 깨끗한 걸 보니."

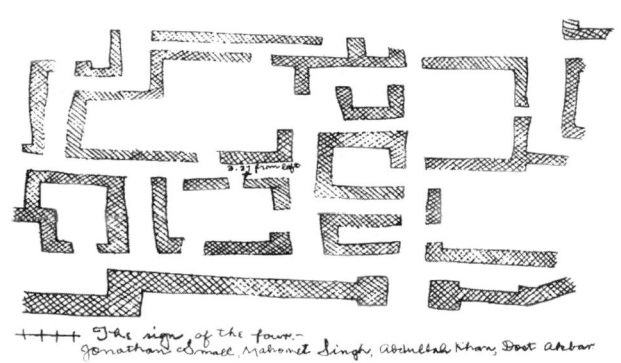

네 개의 서명 ― 조너선 스몰, 마호메트 싱, 압둘라 칸, 도스트 아크바르

"네, 그렇습니다. 아버지의 지갑에 있던 것이에요."

"잘 보관해 두세요, 모스턴 양. 나중에 도움이 될지도 모르니까요. 이거 처음 생각했던 것보다 복잡하고 어려운 사건이라는 생각이 들기 시작하는데요. 생각을 다시 가다듬어 봐야겠네요."

홈즈는 마차 안 좌석 등받이에 몸을 파묻었다. 미간을 찌푸리고 허공을 노려보는 듯한 홈즈의 눈을 보고 그가 깊은 생각에 잠겨 있다는 사실을 알 수 있었다. 모스턴 양과 나는 앞으로 행할 조사에 관한 일과 그 결과가 어떻게 될지에 대해서 조그만 소리로 이야기를 나누었지만, 홈즈는 끝끝내 입을 열지 않았다.

9월의 어느 초저녁, 아직 7시도 되지 않은 시각이었지만 아침부터 계속 날이 흐렸기 때문에 이 대도시는 눅눅한 안개에 둘러싸여 있었다. 흙빛 구름이 이 도시의 온통 질퍽거리는 거리 풍경 위로 낮고 쓸쓸하게 드리워져 있었다. 스트랜드 가의 가로등은 안개 속에서 얼룩처럼 뿌옇게 번진 채 진흙투성이인 포장도로 위로 힘없이 빛을 던져 거리의 일부를 둥그렇게 비추고 있었다. 늘어선 가게의 창에서 눈부신 노란 불빛이 흘러나와 안개로 흐려진 거리를 오가는 수많은 사람들에게 침울한 빛을 던져 주고 있었다. 슬픔에 잠긴 얼굴, 기쁨이 넘치는 얼굴, 여윈 얼굴, 즐거워 보이는 얼굴. 가느다란 불빛을 차례차례로 가로질러 가는 그러한 얼굴들의 끝없는 행렬 속에는, 마치 유령과도 같이 기분 나쁜 느낌을 주는 무엇인가가 있었다. 그것이 어둠에서 빛 속으로, 그리고 다시 어둠 속으로 들락날락하는 모습을 보고 있자니, 마치 사람의 일생을 보고 있는 것이라는 생각이 들었다. 나는 평소 그다지 기분에 흔들리는 사람은 아니었지만, 이렇게 답답하고 음울한 밤에 아주 기묘한 일을 해야만 한다는 사실 때문에 기분이 완전히 가라앉고 신경질적이 되었다.

모스턴도 나와 같은 기분이라는 사실을 그녀의 태도에서 알 수 있었다. 오직 한 사람, 홈즈만이 그런 하찮은 일에는 구애

받지 않는다는 듯한 표정을 짓고 있었다. 무릎 위에 수첩을 펼쳐 놓고 손전등을 비추어 가며 때때로 메모를 하거나 숫자들을 적어 나가고 있었다. 라이섬 극장에 도착해 보니, 양쪽 출입구는 이미 사람들로 가득했다. 정면의 입구 앞으로 이륜마차와 사륜마차가 덜컹덜컹 시끄러운 소리를 내며 끊임없이 달려와, 예복을 입은 남자와 숄과 다이아몬드로 치장한 여자들을 내려놓았다. 약속 장소인 세 번째 기둥에 채 도착하기도 전에 마부 차림의 거뭇거뭇한 조그만 사내가 분명한 목소리로 말을 걸어 왔다.

"당신들이 모스턴 양과 함께 오신 분들입니까?"

"제가 모스턴입니다. 이 두 분은 제 친구들입니다."

모스턴 양이 말했다.

사내가 의심스럽다는 듯한 눈빛으로 우리를 쏘아봤다.

"아가씨, 죄송하지만 저는 함께 오신 분들이 경찰이 아님을 확실하게 해 두라는 명령을 받았습니다."

사내가 아주 완고하게 말했다.

"그건 제가 보장할 수 있습니다."

모스턴 양이 대답했다.

사내가 휙 하고 휘파람을 불자, 한 부랑아가 사륜마차를 끌고 와서 문을 열었다. 우리에게 말을 걸어 왔던 사내가 마부석에 오르고, 우리는 뒷자리에 올랐다. 우리가 앉자마자 마부는 말에 채찍을 가했고, 마차는 맹렬한 기세로 안개 덮인 거리를 달리기 시작했다.

생각할수록 묘한 상황이었다. 우리는 무슨 일 때문에, 어디로 가는 것인지도 모르고 흔들리는 마차를 타고 가고 있다. 그러나 어쨌든 이 호출은 순전히 장난이거나 — 그렇다고는 생각되지 않지만 — 우리가 가고 있는 곳에 중대한 문제가 기다리고 있거나 둘 중 하나일 것이다.

모스턴의 모습을 살펴보니, 변함없이 얼굴에는 결의의 빛이 감돌고 있었으며 침착함 또한 잃지 않고 있었다. 나는 아프가니스탄에서 있었던 일들을 들려주며 그녀의 긴장을 풀어 주려 했다. 하지만 지금 벌어지고 있는 상황 때문에 가슴이 두근거리고, 우리의 목적지에 대한 궁금증 때문에 나조차도 이야기에 열중을 할 수가 없었다. 그때 나는, 보병의 총이 텐트 안으로 불쑥 들어와서 소중하게 간직하고 있던 이 연발총을 쏘았다는 이야기를 한 듯한데, 감동적인 이야기였었다고 아직도 그녀는 나를 놀린다.

처음에 나는 마차가 어디를 달리고 있는지 알 수 있었지만, 원래 런던의 지리에 어두웠고 달리는 속도와 안개 때문에 곧 방향 감각을 잃게 되었다. 아주 멀리까지 가는 것 같다는 사실 외에는 아무것도 알 수가 없었다. 하지만 셜록 홈즈는 마차가 광장으로 나오거나 구불구불한 골목길을 빠져나올 때마다 한시도 지체하지 않고 그곳의 지명을 댔다.

"로체스터 거리군. 여기는 빈센트 광장. 이번에는 복스홀 다리로군. 아무래도 서리 주로 향하고 있는 것 같아. 드디어 다리로 접어들었다. 반짝반짝 빛나는 강물이 보이는군."

홈즈의 말대로 유유히 흐르는 템스 강이 보였다. 넓고 조용한 수면이 배의 등불을 받아 반짝반짝 빛나고 있었다. 하지만 마차는 쉬지 않고 달려서 곧 건너편의 미로와도 같은 거리 속으로 들어갔다.

"원즈워스 가로군. 프라이어리 가, 라크홀 골목, 스톡웰 광장, 로버트 가, 콜드하버 골목. 그리 품위 있는 곳에 데려다 줄 것 같지는 않군."

홈즈가 말했다.

과연 그의 말대로 마차는 어딘지 좀 미심쩍고 으스스한 느낌을 주는 곳으로 접어들었다. 길 양쪽으로는 벽돌로 지은 우중충한 집들이 길게 늘어서 있었고, 군데군데 끼어 있는 술집들만이 현란할 정도로 천박한 빛을 발하고 있었다. 얼마 지나지 않아서 집 앞에 조그만 정원이 있는 이층집들이 늘어서 있는 곳으로 마차는 들어섰다. 그리고 그곳을 지나자 이번에는 벽돌들의 색이 아직도 선명한, 새로 지은 건물들이 끝없이 이어져 있는 곳으로 들어섰다. 그것은 마치 이 거대한 도시가 시골 쪽으로 거대한 촉수를 내뻗고 있는 듯한 느낌을 주었다.

드디어 마차가 언덕 위 새로 조성된 주택가의 끝에서 세 번째 있는 집 앞에 멈춰 섰다. 다른 집들은 전부 비어 있었으며, 마차가 멈춰 선 그 집도 부엌 창에서만 희미하게 불빛이 새어 나오고 있었을 뿐, 근처의 다른 집과 마찬가지로 어두웠다. 노크를 하자 바로 문이 열리더니, 노란 터번을 두르고 펑퍼짐한 하얀 옷에 노란 허리띠를 두른 인도인 하인이 모습을 드러냈다. 어디서나 흔히 볼 수 있는 이런 교외 삼류 주택의 현관 문 앞에 동양인 하인이 모습을 드러내다니, 어딘지 어울리지 않는다는 느낌이 들었다.

"주인님께서 기다리고 계십니다."

하인의 말이 채 끝나기도 전에 안쪽에서 높고 날카로운 외침이 들려왔다.

"안으로 모시게. 빨리 이리로 모시고 오란 말이야."

대머리 사내의 이야기

우리는 인도인을 따라서 어두침침하고 특별할 것도 없는 아주 평범하고 지저분한 복도로 들어섰다. 오른쪽에 있는 한 문 앞에 다다르자, 그는 그 문을 열었다. 노란 불빛이 흘러 나왔고, 그 강한 불빛 속에 조그만 남자가 서 있었다. 머리가 굉장히 길쭉한 남자로 그 머리 주위에 빙 둘러서 붉은 머리카락이 났을 뿐, 그 위로는 머리가 벗겨져 번쩍번쩍 빛이 나고 있었다. 전나무 숲 위로 산의 정상이 솟은 것처럼 보였다.

그는 선 채로 두 손을 모아 비틀며 끊임없이 얼굴을 꿈틀대고 있었다. 지금 웃은 건가 싶으면 곧 그 얼굴을 찡그리는 식으로 한순간도 얼굴을 가만두지 못했다. 아랫입술이 축 늘어져 누렇고 가지런하지 못한 치아가 너무나도 뚜렷하게 보였는데, 그것을 가리려고 그는 끊임없이 입가로 손을 가져갔다. 비록 머리는 벗겨졌지만 그는 젊어 보였다. 사실 이제 겨우 서른이었다.

"어서 오십시오, 모스턴 양. 두 분도 어서 오십시오. 자, 안으로 들어오세요. 좁아서 답답하긴 하지만, 이게 바로 제 방입니다. 제 취향에 맞게 방을 꾸몄습니다. 황량한 사막과 같은 런던 남부에서는 예술의 오아시스라고 할 만한 곳이지요."

방 안으로 들어선 우리는 모두 놀라 눈을 휘둥그렇게 떴다. 구리 반지에 가장 고급스러운 다이아몬드를 박아 놓은 듯, 그 방은 이 초라한 집에 전혀 어울리지 않는 느낌을 주었다. 화려하고 호화로운 커튼과 태피스트리가 벽을 덮고 있었으며, 군데군데 끈으로 묶은 천 사이로 화려한 액자에 담긴 그림과 동양의 화병이 보였다. 호박색 바탕에 검은 무늬가 들어간 카펫은 두껍고 푹신푹신해서 이끼 위라도 밟는 듯한 상쾌한 기분이 들었다. 비스듬하게 깔아 놓은 커다란 호랑이 가죽 두 장은 한쪽 구석의 매트 위에 세워 놓은 거대한 물담배 파이프와 함께 동양풍의 호사스러운 느낌을 전해 주었다. 방 한가운데에는 비둘기 모양을 한 은 향로가, 얇아 거의 눈에 보이지 않는 금색 철사에 묶여 천장에 매달려 있었다. 향로에는 불이 타오르고 있었는데, 말로 표현할 수 없을 만큼 좋은 향기가 방 안에 가득했다.

조그만 사내가 여전히 꿈틀대는 얼굴에 미소를 지으며 말했다.

"새디어스 숄토입니다. 당신은 물론 모스턴 양이시겠죠?

그런데 이쪽 두 분은?"

"이쪽은 셜록 홈즈 씨고, 이쪽은 의사이신 왓슨 선생님이십니다."

숄토가 갑자기 반갑다는 표정을 지으며 큰 소리로 말했다.

"의사 선생님? 청진기를 가지고 계십니까? 어떻습니까? 잠깐 진찰을 받을 수 있을까요? 승모판에 이상이 있는 것 같아서 자꾸 신경이 쓰입니다. 대동맥판만 튼튼하다면야 별 문제 없겠지만, 그래도 승모판을 봐 주신다면 아주 감사하겠습니다."

청하는 대로 나는 청진기를 대 봤지만, 심장에는 조금도 이상이 없었다. 단지 커다란 공포심을 느끼고 있는 듯 머리에서 발끝까지 전신을 부들부들 떨고 있었다.

"별 이상은 없는 것 같습니다. 걱정하실 필요 없습니다."

내가 말했다.

"쓸데없는 짓을 해서 죄송합니다, 모스턴 양."

숄토의 목소리가 밝아졌다.

"아주 걱정을 했었습니다. 훨씬 전부터 승모판이 좋지 않은 것 같다는 느낌이 들어서. 걱정할 필요 없다는 말을 들으니 마음이 놓입니다. 모스턴 양의 아버님도 지나치게 심장에 부담을 주지만 않았어도 아직 건강하게 살아 계셨을지도 모릅니다."

나는 할 수만 있다면 이 사내의 뺨을 힘껏 갈겨 주고 싶었다. 모스턴 양을 앞에 두고 그 아버지의 생사에 관한 문제를 아무렇지도 않은 표정으로 태연하게 말하는 사내에게 격렬한 분노를 느꼈기 때문이었다. 모스턴 양은 입술까지 창백하게 질려서 자리에 주저앉고 말았다.

"아버지가 돌아가셨을 거라고는 생각하고 있었습니다."

그녀가 말했다.

"제가 사정을 알고 있으니, 전부 말씀드리겠습니다. 그리고 저는 당신이 정당한 보상을 받도록 할 수 있습니다. 바솔로뮤 형이 뭐라 하든 상관없습니다. 친구 분들과 함께 오시길 잘하셨습니다. 당신의 보호자가 되어 줄 수 있을 뿐만 아니라, 지금부터 제가 하는 말과 행동에 대한 증인이 되어 주실 수도 있으니까요. 우리 세 사람이 힘을 합친다면, 바솔로뮤 형과도 당당하게 맞설 수 있을 겁니다. 하지만 경찰이나 공무원처럼 이 일에 상관없는 사람들은 관여하지 못하도록 해 주십시오. 다른 사람들의 간섭이 없어도 우리끼리 모든 문제를 충분히 해결할 수 있습니다. 바솔로뮤 형은 일이 세상에 알려지는 걸 가장 싫어하니까요."

이렇게 말한 숄토는 낮고 긴 의자에 앉더니, 힘없고 물기에 젖은 듯한 파란 눈을 깜빡이며 의사를 묻듯 우리를 바라봤다.

"무슨 말씀을 하시려는 건지는 모르겠지만, 얼른 말씀해 주셨으면 좋겠군요."

홈즈가 말했다.

나도 고개를 끄덕여 홈즈의 말에 동의한다는 뜻을 표했다.

"지당하신 말씀! 지당하신 말씀! 모스턴 양 키안티 와인을 한잔 하시겠습니까? 아니면 토케이 와인으로 드릴까요? 죄송하게도 와인은 그것밖에 없습니다. 한 병 딸까요? 안 드시겠다고요? 그럼 실례지만 담배를 좀 피워야겠습니다. 담배 연기를 조금 맡으셔도 괜찮겠지요? 동양의 향기 좋은 담배니까요. 제가 좀 흥분한 거 같아서. 이럴 때 물담배를 피우면 마음이 안정됩니다."

이렇게 말한 숄토는 커다란 담배통에 촛불을 가져가 불을 붙인 뒤, 장미 향료를 넣은 물이 부글부글 끓어오르자 맛있다는 듯이 연기를 들이마셨다. 우리는 이 조그만 남자를 반원형으로 둘러싸고 턱을 괸 채 몸을 앞으로 내민 자세로 앉아 있었다. 그 한가운데 앉은 사내는 벗겨진 머리를 번쩍이며 침착하지 못하게 담배를 빨아 대고 있었다.

드디어 그가 이야기를 시작했다.

"처음 연락 드렸을 때부터 제 주소를 알려 드렸으면 좋았겠지만, 제 청을 무시하고 불청객들을 데리고 오면 어쩌나 걱정이 되어서요. 그래서 실례인 줄 알면서도 우선 하인인 윌리엄스를 먼저 보냈던 겁니다. 그의 신중함만은 전적으로 신뢰하고 있으니까요. 우선 말을 걸어 보고 일이 잘못된 것 같으면 일을 더 이상 진행시키지 말라고 명령했습니다. 그처럼 까다롭게 굴었던 점을 용서해 주십시오. 저는 사람과의 교제를 싫어하는 성격으로, 다시 말씀드리자면 취향이 세련된 사람이라 경찰처럼 삭막한 사람들과는 만나고 싶지 않거든요. 사실 이익만을 중히 여기는 거친 사고방식은 선천적으로 싫어합니다. 그래서 거친 인간들이 많은 세상에는 가능한 한 나가지 않도록 하고 있습니다. 보시는 바와 같이 이렇게 우아한 분위기 속에서 생활하고 있습니다. 저는 예술의 후원자라고 할 수 있을지도 모르겠습니다. 이 풍경화는 코로가 그린 것이고, 저 살바토르 로사의 그림은 감정가 중에서 가끔 의심을 품는 사람들도 있기는 하지만, 저쪽에 있는 부글로의 작품은 틀림없는 진품입니다. 저는 근대 프랑스 화가의 그림을 아주 좋아합니다."

"숄토 씨, 말씀 중에 죄송합니다만, 저희들은 하실 말씀이 있다고 해서 여기에 온 것입니다. 이제 밤도 꽤 깊었으니, 가능한 한 간단하게 말씀을 해 주셨으면 좋겠는데요."

모스턴 양이 사내의 말을 끊고 입을 열었다.

"그게, 아무래도 시간이 좀 걸릴 겁니다. 왜냐하면 지금부터 함께 노우드로 가서서 바솔로뮤 형을 만나야만 하기 때문입니다. 모두 함께 가서 바솔로뮤 형을 설득해 보는 겁니다. 저는 당연히 그렇게 해야 한다고 생각하는 일에 형이 무척 화를 내고 있거든요. 어젯밤에도 그 문제로 형과 저는 크게 말다툼을 했습니다. 형이 한 번 화를 내면 얼마나 무서운지 상상도 못하실 겁니다."

"노우드에 가야 한다면 당장 출발하는 게 좋지 않을까요?"

내가 대담하게 말했다.

숄토는 귀밑까지 벌게질 만큼 한참을 웃었다. 그러고는 좀 들뜬 목소리로 말했다.

"그래서는 일이 잘 풀리지 않을 겁니다. 그렇게 갑자기 당신들을 데리고간다면, 형이 무슨 말을 할지 알 수가 없으니까요. 그렇습니다. 우리가 지금 어떤 입장에 있는 건지를 미리 설명해 둘 필요가 있습니다. 하지만 이 이야기 속에는 저도 알지 못하는 점이 몇 가지 있다는 사실을 미리 말씀드리겠습니다. 저는 그저 제가 알고 있는 범위 내의 사실만을 말씀드릴 수 있을 뿐입니다. 이미 알고 계시겠지만, 저희 아버지는 원래 인도의 군대에 복무하셨던 숄토 소령입니다. 아버지는 십일 년쯤 전에 군대 생활을 마치고 어퍼 노우드에 있는 폰디체리 저택에서 생활을 하셨습니다. 인도에서 크게 성공을 거두셔서 상당한 돈과 값지고 진귀한 갖가지 수집품을 가지고, 현지에서 부리던 하인을 몇 명 데리고 귀국하셨습니다. 그랬기 때문에 아버지는 바로 집을 장만해서 아주 호화로운 생활을 할 수 있었습니다. 자식이라고는 쌍둥이 형인 바솔로뮤와 저, 둘뿐입니다.

모스턴 대위님이 실종되었을 때 벌어진 소동에 대해서는 저도 잘 기억하고 있습니다. 그 사건에 관한 자세한 내용을 신문을 통해서 읽었고, 아버지의 친구였다는 사실도 알고 있었기 때문에, 우리 형제는 아버지 앞에서 자주 그 사건에 대한 얘기를 했었습니다. 아버지도 우리와 함께 무슨 일이 일어난 것인지 생각할 수 있는 여러 가지 경우에 대해서 곧잘 말씀하시고는 했습니다. 그래서 아버지가 모든 비밀을 자신의 가슴속에 숨기고 있으며, 아서 모스턴 씨의 죽음에 관한 진상을 알고 있는 유일한 사람이라는 사실을 형과 저는 꿈에도 생각하지 못했습니다.

 하지만 우리는 아버지의 신상에 비밀스럽고 아주 위험한 어떤 문제가 일어나려고 한다는 사실만은 눈치 챌 수 있었습니다. 아버지는 혼자 외출하기를 아주 두려워하셨으며, 폰디체리 저택에는 언제나 프로 권투 선수 두 사람이 문지기로 고용되어 있었을 정도였으니까요.

 조금 전에 당신들을 마차로 모시고 온 윌리엄스도 그들 중 한 사람이었습니다. 그 사람은 예전에 영국 라이트급 챔피언이었죠. 아버지는 무엇을 그렇게 두려워하는 건지 말씀해 주신 적이 없었지만, 나무로 만든 의족을 한 사내를 몹시 경계하셨던 것만은 틀림없는 사실입니다. 한 번은 의족을 한 사내에게 실제로 권총을 쐈는데, 나중에 알고 보니 그 사내는 그저 주문을 받으러 왔을 뿐 아무런 악의도 없는 상인이었습니다. 일을 조용히 마무리 짓기 위해서 엄청난 돈을 쏟아 부었지요. 형과 저는, 처음에는 그저 아버지의 착각으로 일어난 일이라고밖에 생각하지 않았는데, 그 후에도 여러 가지 일들이 일어나서 우리는 점점 생각을 바꾸지 않을 수 없었습니다. 1882년 초에 아버지는 인도에서 온 편지 한 통을 받고 커다란 충격에 빠지셨습니다. 아침 식사를 할 때 그것을 열어 보셨는데, 아버지는 기절을 할 만큼 놀라 자리에 누우시더니 돌아가시고 말았습니다. 편지의 내용은 끝내 알 수 없었지만, 아버지가 읽으실 때 옆에서 언뜻 본 바로는 필기체로 쓴 짧은 편지였습니다. 당시에 아버지는 몇 년 전부터 비장 비대증에 시달리고 있었는데, 그게 그때 갑자기 악화돼서 4월 말에는 더 이상 희망이 없다는 선고를 받았습니다. 그러자 아버지는 유언을 하시겠다며 우리 형제들을 불렀습니다.

우리가 방으로 들어서니, 아버지는 자리에서 일어나 베개에 몸을 기댄 채 숨을 헐떡이고 계셨습니다. 아버지는 문을 잠그게 하신 뒤, 우리를 침대 양옆으로 부르셨습니다. 그리고 우리의 손을 잡고는 고통과 흥분된 마음 때문에 숨을 헐떡이시며, 간신히 전혀 생각지도 못했던 사실을 털어놓으셨습니다. 아버지가 하신 말씀을 있는 그대로 말씀드리도록 하겠습니다.

'이제 죽어도 여한이 없지만, 딱 하나 마음에 걸리는 일이 있다.'

아버지는 이렇게 말씀을 시작하셨습니다.

'그건 모스턴 대위가 죽은 뒤 고아가 된 가엾은 아이에 대한 내 부당한 처사다. 나는 탐욕이라는 저주받아 마땅한 망령에 일평생을 휩쓸려, 적어도 절반은 그 아이에게 주었어야 했을 보물을 지금까지도 건네주지 않고 움켜쥐고 있었다. 그 아이의 몫에는 전혀 손도 대지 않았으면서도 그걸 그대로 가지고 있었으니, 탐욕이란 참으로 알 수 없는 황당한 것이다. 그저 내가 가지고 있다는 사실을 즐기기 위해서 타인에게 건네주지 못했던 것이다. 키니네 병 옆에 있는 진주 염주가 보이지? 저것도 원래는 그 아이에게 주려고 만든 것이었는데, 만들어 놓고 보니 주고 싶은 마음이 없어지더구나. 너희는 그 아이에게 아그라(북인도에 있는 주 — 역주)의 보물을 충분히 건네주어야 한다. 하지만 내 목숨이 붙어 있는 동안에는 아무 것도 주어서는 안 된다. 저 목걸이도 주어서는 안 된다. 나만큼 몸이 안 좋아졌다가도 다시 살아난 사람이 얼마든지 있으니까.'

아버지는 계속해서 말씀하셨습니다.

'모스턴이 어떻게 죽었는지 말해 두어야겠구나. 그 사람은 몇 년 전부터 심장이 좋지 않았는데, 그 사실을 아무에게도 말하지 않았다. 나만이 그 사실을 알고 있었지. 인도에 있었을 때, 그와 나는 여러 가지 우연하고 묘한 일들이 겹친 덕분에 상당한 양의 보물을 손에 넣게 되었단다. 그 보물들을 내가 영국으로 가지고 돌아왔는데, 모스턴은 휴가를 얻어 런던에 도착하자마자 단걸음에 여기로 찾아와서 자신의 몫을 내놓으라고 했지.

그는 역에서부터 걸어와서 지금은 벌써 죽고 없는 충직한 노인네 랄 초우다의 안내로 내 앞에 나타났다. 모스턴과 나는 보물의 분배 문제로 의견이 엇갈려 격렬한 언쟁을 벌였다.

모스턴은 분노를 이기지 못해 의자에서 벌떡 일어섰는데, 갑자기 얼굴이 흙빛으로 변하더니 한 손으로 옆구리를 움켜쥐고 뒤로 쓰러지며 보물 상자의 모서리에 머리를 부딪치고 말았다. 나는 놀라 그를 들여다보았는데, 끔찍하게도 그는 이미 숨을 거둔 뒤였다.

어째야 좋을지 몰라 나는 한동안 멍하니 앉아 있었다. 순간적으로 생각한 일은 물론 도움을 청하는 일이었다. 하지만 상황이 상황이니 만큼 아무래도 내가 살해한 것이라는 누명을 쓸 것은 뻔한 일이었다. 언쟁을 벌이다 죽은 것이며, 머리에 난 상처가 모두 내게는 불리한 것이었으니까.

그리고 경찰의 조사를 받게 되면 내가 숨기고 숨겨 온 보물에 대한 얘기를 하지 않을 수 없게 된다. 모스턴은 자신이 어디로 가는지 아무에게도 알리지 않고 왔다고 했다. 그렇다면 경찰을 불러서 굳이 그 사실을 알릴 필요는 없다고 생각했지.

한참 이런저런 생각에 잠겨 있다가 문득 눈을 들어 보니 문에 랄 초우다가 서 있더구나. 초우다는 조용히 방 안으로 들어와서 문을 잠갔다.

「나리, 걱정하지 마십시오. 나리가 죽인 사실은 아무도 모릅니다. 시체를 감춰 버려야겠습니다. 그러면 아무도 모를 거 아니겠습니까?」

랄 초우다가 말했단다.

「내가 죽인 게 아닐세」라고 말했더니, 「저는 전부 들었습니다. 두 분께서 다투는 소리도, 때리는 소리도 전부 들었습니다. 하지만 저는 누구에게도 말하지 않을 것이며, 다른 사람들은 모두 잠들었습니다. 둘이서 얼른 시체를 치워야 합니다」라고 말하더구나.

그 말을 듣고 나는 마음을 정했지. 내 하인조차도 내 결백을 믿어 주지 않는데, 열두 명의 멍청한 배심원에게 어떻게 내 결백을 증명할 수 있었겠니?

그날 밤 랄 초우다와 나는 시체를 치웠는데, 그로부터 채 사홀도 지나지 않아서 런던의 모든 신문들이 모스턴 대위의 의문의 실종에 관한 기사를 지면 가득 싣더구나. 자, 이걸로 내게는 거의 죄가 없다는 사실을 알았겠지? 내가 과오를 범한 게 있다면, 그건 시체뿐만 아니라 보물까지 숨겼다는 것, 그것도 내 것뿐만 아니라 모스턴 대위의 몫까지 움켜쥐고 놓지 않았다는 것뿐이다. 그래서 나는 모스턴의 몫을 너희들 손으로 돌려주길 바라는 게다. 이리 가까이 오거라. 보물을 숨겨 놓은 곳은……'

여기까지 말했을 때 갑자기 아버지의 얼굴에 끔찍한 변화가 일기 시작했습니다. 입을 쩍 벌리고 눈을 둥그렇게 뜨더니 아버지가 외쳤습니다.

'저 녀석을 내쫓아! 제발 부탁이다, 저 녀석을 내쫓아라!'

그 목소리를 아직도 잊을 수가 없습니다.

우리는 동시에 고개를 돌려 아버지가 바라보는 창 쪽으로 시선을 돌렸습니다. 그러자 어둠 속에서 얼굴 하나가 이쪽을 가만히 바라보고 있지 않겠습니까? 코가 유리창에 닿아서 그 부분이 하얗게 보였습니다. 덥수룩한 수염이 얼굴 전체를 뒤덮고 있었고, 잔인한 눈빛으로 악의에 넘친 표정을 짓고 있었습니다. 형과 나는 창문 쪽으로 달려갔지만, 그 사내는 이미 모습을 감춘 뒤였습니다. 침대로 돌아와 보니, 아버지는 고개를 떨군 채 숨을 거두신 뒤였습니다.

우리는 바로 정원을 뒤졌지만, 침입자가 숨어 있는 흔적은 전혀 보이지 않았습니다. 창 바로 밑에 있는 화단에 발자국이 하나 찍혀 있는 것을 발견할 수 있었을 뿐이었습니다. 그 발자국이 없었다면, 우리가 본 그 악의에 찬 무시무시한 얼굴은 그저 망상이 빚어 낸 환영에 지나지 않는 것이었다고 생각했을 것입니다.

하지만 곧 우리는 염탐꾼이나 그런 종류의 사람들에게 감시당하고 있다는 더욱 놀라운 증거를 새로이 확보할 수 있었습니다. 다음 날 아침에 아버지 방으로 가 보니, 창문이 열려 있고 벽장과 상자를 뒤진 흔적이 있으며, 필기체로 '네 개의 서명'이라고 적어 놓은 종이쪽지가 아버지의 가슴에 꽂혀 있었습니다.

'네 개의 서명'이 무엇인지, 몰래 그 방에 들어온 게 누구였는지 도무지 알 길이 없었습니다. 방 안을 살펴봤는데, 아버지의 물건들을 샅샅이 뒤진 흔적은 있었지만 없어진 물건은 하나도 없었습니다. 생전에 아버지가 그렇게도 두려워했던 것이 바로 이런 일이었을 것이라는 사실을 형과 나는 자연스레 깨달을 수 있었습니다. 하지만 왜 그런 일이 일어난 건지, 형과 내게 있어서 그 점은 아직까지도 완전히 수수께끼입니다."

여기까지 말한 숄토는 잠시 말을 끊고 물담배에 다시 불을 붙인 뒤, 그것을 피우며 한동안 생각에 빠져들었다. 우리 세 사람은 모두 이 이상한 이야기를 넋을 놓고 듣고 있었다. 아버지가 어떻게 돌아가셨는지 간단하게 들은 모스턴 양의 얼굴은 파랗게 질려 있었다. 일순 나는 그녀가 쓰러지는 게 아닐까 걱정을 했다. 하지만 내가 옆 테이블 위에 올려져 있던 베니스제 주전자에서 컵에 따라준 물을 마시더니 곧 냉정을 되찾았다.

셜록 홈즈는 완전히 마음을 빼앗긴 듯한 표정으로 의자 등받이에 등을 기대고 앉아 가늘게 뜬 눈을 반짝이고 있었다. 그런 그의 모습을 언뜻 본 나는, 오늘 그가 인생이 따분하다며 푸념을 늘어놓던 모습을 떠올리지 않을 수 없었다. 하지만 지금은 철저하게 지혜를 짜내지 않으면 안 될 문제가 적어도 하나는 생긴 셈이었다.

새디어스 숄토는 그럴 줄 알았다는 표정으로 이야기에 빠져 있던 우리의 얼굴을 차례대로 쳐다본 뒤, 너무 커서 멋이라고는 조금도 찾아볼 수 없는 파이프를 뻑뻑 빨아 대며 다시 이야기를 계속했다.

"이미 짐작하셨겠지만, 형과 나는 아버지에게서 들은 보물에 대한 얘기 때문에 완전히 흥분 상태에 빠지고 말았습니다. 그로부터 몇 주일 동안, 아니 몇 개월 동안 보물이 어디에 있는지 모른 채 정원을 온통 파헤쳐 봤지만, 결국 찾을 수가 없었습니다. 숨겨진 곳을 아버지가 마지막 순간에 말하려 했다는 사실을 생각하면 머리가 돌아 버릴 지경이었습니다. 당시 아버지가 꺼내 놓았던 진주 염주를 보건대, 그 감춰진 곳을 알 수 없는 보물들은 굉장한 것들임에 틀림없을 겁니다. 그 염주 때문에 바솔로뮤 형과 나는 가벼운 언쟁을 벌였습니다. 진주가 매우 값비싼 것이었기 때문에 형은 그것을 다른 사람에게 건네주려 들지 않았습니다. 솔직히 말씀드리자면, 형은 아버지를 닮아서 욕심이 많은 편입니다. 그래서 형도 이 염주를 다른 사람에게 건네주면 금방 소문이 퍼져서, 결국에는 귀찮은 일이 일어나게 될지도 모른다고 생각을 했던 겁니다. 저로서는 모스턴 양의 주소를 알아낸 다음, 염주에서 진주를 떼어 내 하나씩 일정한 간격을 두고 보내면 쓸데없는 말썽은 일어나지 않을 것이라고 형을 설득할 수밖에 없었습니다."

"그렇게 마음을 써 주셨다니, 정말 감사합니다."

모스턴 양이 진지한 표정으로 말했다.

사내가 손을 흔들며 말했다.

"우리는 당신의 재산을 보관하고 있었던 것에 불과합니다. 적어도 저는 그렇게 생각하고 있었습니다. 하지만 바솔로뮤 형은 그렇게 생각하지 않았습니다. 우리에게 돈은 충분히 있습니다. 저는 그 이상 돈이 더 필요하다고는 생각지 않았습니다. 게다가 젊은 여성에게 그런 비열한 짓을 하는 건 점잖은 일이 아니라고 생각했습니다. 프랑스 인들은 '나쁜 취향은 죄의 근본'이라고들 하는데, 그건 바로 이런 경우를 두고 하는 말일 겁니다. 이 문제에 대한 우리 두 사람의 의견이 너무나도 상반되기 때문에, 저 나름대로 문제를 풀어 가는 게 가장 좋을 것 같다고 판단했습니다.

그래서 저는 아까 그 늙은 인도인 하인과 윌리엄스를 데리고 폰디체리 저택에서 나와 버렸습니다. 그런데 어제 매우 중대한 일이 일어났다는 사실을 알게 되었습니다. 보물이 발견된 것이었습니다. 그래서 바로 모스턴 양에게 편지를 보낸 겁니다. 이제 남은 일은 단지 노우드로 가서 정당한 몫을 요구하는 일뿐입니다. 바솔로뮤 형에게는 어젯밤에 제 생각을 설명해 두었으니, 반기지는 않더라도 우리를 기다리고 있을 겁니다."

이야기를 마친 새디어스 숄토는 화려한 의자에 앉은 채 얼굴을 꿈틀거리고 있었다. 우리는 한동안 입을 다문 채 생각에 잠겨 있었다. 의문투성이였던 사건이 새로운 국면으로 접어든 것이었다. 우리의 머릿속은 온통 그 생각으로 가득했다.

홈즈가 먼저 자리에서 일어나며 말했다.

"당신은 모든 일을 아주 잘 처리했군요. 그에 대한 보답으로 당신이 아직 모르고 계시는 일들을 조금 밝혀 드리고 싶다는 생각이 듭니다. 하지만 지금은, 조금 전에 모스턴 양이 말했던 것처럼 밤도 꽤 깊었으니 얼른 출발해서 일을 마무리 짓는 편이 나을 것 같습니다."

숄토는 물담배 파이프의 관을 조심스럽게 천천히 감은 뒤, 커튼 뒤에서 목깃과 소맷부리에 아스트라한 모피를 대고 가슴을 끈으로 장식한, 아주 길고 화려한 외투를 꺼냈다. 그리고 푹푹 찌는 듯한 밤이었음에도 불구하고 단추를 전부 채운 뒤, 귀 덮개가 달린 토끼 가죽 모자를 썼다. 그 때문에 꿈틀꿈틀 움직이는 여윈 얼굴만이 눈에 띄었다.

"몸이 좀 약해서 언제나 병에 대한 걱정을 해야 합니다."

그는 앞장서서 복도를 걸어가며 변명하듯 말했다.

밖으로 나오니 마차가 기다리고 있었는데, 미리 떠날 채비를 하고 있었던 듯 마부는 바로 말을 달리게 했다. 새디어스 숄토는 마차가 덜컹거리는 시끄러운 소리에도 지지 않을 만큼 커다란 목소리로 끊임없이 말을 해 댔다.

"바솔로뮤 형은 영리한 사람입니다. 형이 어떻게 보물이 있는 곳을 알아냈다고 생각하십니까? 형은 우선, 보물은 반드시 집 안에 있을 것이라는 결론을 내렸습니다. 그래서 집의 전체 용적을 산출해 내기로 하고 모든 곳의 길이를 한 치의 오차도 없이 측정했습니다. 무엇보다도 먼저 건물의 높이가 74피트라는 사실을 알게 되었는데, 각 층에 있는 방들의 높이를 더한 것에 바닥과 천장에 구멍을 뚫어서 측정한 층과 층 사이의 두께를 더해도 합계가 70피트를 넘지 않았습니다. 두 값 사이에 생기는 4피트의 차이는 어디서 나느냐 하는 문제가 생겼습니다. 결국 건물 꼭대기에 그만큼의 공간이 있을 것이라고밖에는 달리 생각할 길이 없었습니다.

그래서 형은 제일 위층에 있는 방의 천장에 구멍을 뚫어 보았습니다. 아니나 다를까 천장 위에는 또 하나의 조그만 다락방이 있었습니다. 그곳은 완전히 밀봉되어 있었기 때문에 아무도 존재를 알 수 없었는데, 다락방 가운데 있는 두 개의 들보 위에 보물 상자가 올려져 있었습니다. 상자는 형이 구멍을 통해서 꺼냈고, 지금은 방에 놓아두었습니다. 보물들의 가치는 적어도 오십만 파운드 이상은 될 거라고 형이 말했습니다."

이 어마어마한 금액을 들은 우리는 눈을 둥그렇게 뜨고 서로의 얼굴을 바라보았다. 우리가 모스턴 양의 권리를 확보해 주기만 한다면, 그녀는 가난한 가정교사의 신분에서 단번에 영국의 가장 부유한 상속인으로 바뀌는 것이다. 이런 사실을 알게 됐을 때, 진정한 친구라면 진심으로 기뻐했을 것이다. 하지만 이기적인 나는, 좀 부끄러운 이야기지만, 마음이 납덩이처럼 무거워졌다. 나는 우물쭈물 축하의 말을 건넨 뒤, 고개를 숙이고 시선을 내리깔았다. 숄토의 말도 더 이상 귀에 들어오지 않았다.

숄토는 의심할 여지없는 만성 심기증 환자로, 여러 가지 병들의 징후에 대해서 끝도 없이 이야기를 해 댔다. 그리고 엉터리 약 — 그중 몇 개는 가죽 케이스에 담아 주머니 속에 넣고 다녔다 — 들의 이름을 줄줄이 외워 대며 그 성분과 효과에 대해서 가르쳐 달라고 했다. 나는 계속해서 꿈을 꾸는 듯한 멍한 기분에 잠겨 있었기 때문에, 그날 밤 내가 했던 대답을 그가 하나도 기억하고 있지 않았으면 좋겠다고 나는 지금도 생각한다. 홈즈는 내가, 피마자 기름을 두 방울 이상 복용하는 것은 매우 위험한 일이며 진정제로는 스트리크닌(중추 신경 흥분제)을 다량으로 복용하는 것이 좋다고 권하는 것을 들었다고 아직도 나를 놀려 댄다. 어쨌든 크게 한 번 흔들리며 마차가 멈춰 서고 마부가 뛰어내려 문을 열어 줬을 때, 나는 안도의 한숨을 내쉬었다.

"모스턴 양, 여기가 폰디체리 저택입니다."

새디어스 숄토가 손을 내밀어 그녀가 마차에서 내리는 것을 도와주며 말했다.

폰디체리 저택의 참극

 우리는 11시가 가까워 오는 시각에 그날 밤 모험의 마지막 무대에 도착했다. 눅눅한 안개가 가득 들어차 있던 도회지에서 벗어나자, 공기도 맑았고 밤하늘도 아름다웠다. 따뜻한 바람이 서쪽에서 산들산들 불어왔으며, 하늘에는 두꺼운 구름이 천천히 흐르고 있었는데, 그 사이로 달이 반쯤 얼굴을 내밀었다. 그다지 어둡지 않은 밤이었으나, 새디어스 숄토는 마차 옆면의 램프를 하나 떼어 들고 우리 발밑을 밝혀 주었다.
 폰디체리 저택은 훌륭한 정원이 딸린 집으로, 유리 조각을 박아 놓은 높은 돌담으로 둘러싸여 있었다. 출입문이라고는 쇠로 만든 빗장이 달려 있고 한쪽으로 열게 되어 있는 문 하나가 전부였다. 숄토는 그 문을 쿵쿵 두드렸다. 우편집배원이 하는 것과 같은 좀 특이한 방법이었다.
 "누구쇼?"
 소리를 지르는 듯한, 거친 목소리가 안에서 들려왔다.
 "날세, 맥머도. 이렇게 문을 두드릴 사람이 나 말고 또 있겠는가?"
 뭐라고 중얼거리는 소리와 함께 덜컥덜컥 빗장을 벗겨 내는 소리가 들렸다. 육중한 문이 열리자, 그안에 키가 작고 가슴이

떡 벌어진 사내가 서 있었다. 그의 손에 들린 노란 램프 불빛이 그의 내민 얼굴과 의심스럽다는 듯이 껌뻑이는 눈을 비추었다.

"이야, 새디어스 도련님! 그런데 함께 오신 분들은 누구시죠? 다른 분과 오신다는 얘기를 나리한테서 듣지 못했는데요."

"뭐라고? 어떻게 그럴 수가 있지? 내가 분명히 어제 저녁에 친구 몇 명과 같이 올 거라고 형에게 말했는데."

"나리는 오늘 하루 종일 방에만 계셨기 때문에 저는 아무런 말도 듣지 못했습니다, 도련님. 잘 아시다시피 규칙을 어길 수는 없는 일입니다. 도련님은 들어오셔도 상관없지만, 친구 분들은 여기서 기다릴 수밖에 없습니다."

생각지도 못했던 귀찮은 일이 발생했다. 새디어스 숄토가 아주 난처하게 됐다는 표정으로 주위를 둘러봤다. 그러고는 말했다.

"너무 깐깐하게 굴지 말게나, 맥머도! 내가 이분들의 신분을 보장하면 되지 않겠나. 숙녀 분도 계시는데, 이렇게 늦은 시각에 길에서 기다리게 할 수는 없네."

문지기는 눈 하나 꿈쩍하지 않고 대답했다.

"죄송합니다. 도련님께는 친구일지 몰라도 나리께는 친구도 아무것도 아닙니다. 나리께서는 일을 철저하게 수행하라고 제게 많은 월급을 주십니다. 그러니 저도 철저하게 수행해야 합니다. 저는 친구 분들이 어떤 분들인지 모릅니다."

그러자 홈즈가 커다란 목소리로 다정하게 말했다.

"아니, 아는 얼굴이 없다니, 맥머도. 자네 설마 나를 잊은 건 아니겠지? 사 년 전, 자네를 위한 후원회가 열렸던 날 밤에 앨리슨의 집에서 자네와 삼 라운드 시합을 가졌던 아마추어를 벌써 잊었는가?"

프로 권투 선수가 깜짝 놀라며 말했다.

"아니, 당신은 셜록 홈즈 씨 아닙니까? 당신을 어떻게 잊을 수 있겠습니까? 말없이 그렇게 서 계시지 말고 느닷없이 제 턱에 당신의 그 어퍼컷을 날렸다면, 틀림없이 당신을 알아봤을 텐데. 그런데 당신은 하늘이 주신 재능을 결국 살리지 않으신 듯하더군요. 프로 세계에 뛰어들었다면 훨씬 더 높은 곳에 올라섰을지도 모르는데."

"어떤가, 왓슨? 다른 모든 것들이 나를 저버린다 해도 아직 이처럼 고도의 기술을 요하는 직업이 하나 정도는 나를 기다리고 있다네."

이렇게 말한 홈즈는 웃음을 터트렸다.

"이제 더 이상 이렇게 썰렁한 길바닥에 서서 기다리지 않아도 되겠군."

"자, 안으로 들어오세요. 여러분, 어서 안으로 들어오세요. 실례를 범했습니다, 새디어스 도련님. 워낙 엄격하게 명령을 내리셔서 어떤 분들인지 알기 전에는 안으로 들일 수가 없었습니다."

문지기가 말했다.

문 안으로 들어서자 황량하기 짝이 없는 정원에 자갈을 깐 좁은 길이 구불구불, 그저 커다랄 뿐 평범하고 네모난 집 앞까지 이어져 있었다. 그 건물은 나무 그림자에 완전히 가려져 있었고, 한쪽 구석을 간신히 비추는 달빛이 건물 위로 난 창 하나를 희미하게 비추고 있을 뿐이었다. 짙은 어둠 속에 죽음처럼 고요한 집을 보고 있으니, 몸이 오싹해짐을 느끼지 않을 수 없었다.

새디어스 숄토조차도 이상한 기분이 들었는지, 손에 들고 있던 램프가 달그닥거리는 소리를 낼 정도로 손을 떨고 있었다.

새디어스 숄토가 말했다.

"아무래도 이상한데요. 무슨 착오가 생긴 것 같아요. 오늘 밤에 친구를 데리고 온다고 형에게 분명히 얘기를 했는데도 방에 불을 켜 놓지 않았다니. 이거 어떻게 해석을 해야 좋을지 모르겠습니다."

"형님은 언제나 이렇게 집 안을 어둡게 해 놓고 경계를 하십니까?"

홈즈가 물었다.

"네, 아버지가 하셨던 대로 하고 있습니다. 아버지는 형을 애지중지하셨거든요. 저는 이따금 아버지가 형에게만 특별히 무슨 말씀을 하신 것이 아닌가 하는 생각을 하고는 합니다. 저쪽 달빛이 비치고 있는 창이 형의 방입니다. 좀 밝게 보입니다만, 방 안에 불이 켜져 있는 것 같지는 않습니다."

"정말 그러네요. 하지만 그 옆 작은 창에서는 빛이 새어 나오고 있는데요."

홈즈가 말했다.

"아, 저건 가정부의 방입니다. 나이 든 번스턴 부인이 쓰고 있습니다. 그녀에게 물어보면 모든 사실을 알 수 있을 겁니다. 죄송하지만 여기서 잠깐, 한 일이 분 정도만 기다려 주십시오. 그녀도 아직 우리가 온다는 사실을 모를지도 모르니, 우리가 한꺼번에 안으로 들어가면 놀랄지도 모릅니다. 쉿, 조용히! 저건 무슨 소리죠?"

숄토는 램프를 높이 쳐들었는데, 그의 손이 떨려 동그란 빛이 우리 주위를 어른거리며 춤을 추었다. 모스턴 양이 내 손목을 잡았다. 우리는 모두 떨리는 가슴으로 귀를 기울였다.

크고 어두운 집 안에서 밤의 적막을 뚫고 더할 나위 없이 슬프고 애달픈 목소리가, 겁을 먹은 듯한 여자의 날카롭고 띄엄띄엄 끊기는 흐느낌이 들려왔다.

"번스턴 부인입니다! 이 집에 다른 여자는 없습니다. 여기서 기다려 주십시오. 금방 돌아오겠습니다."

이렇게 말한 숄토는 서둘러 문 앞으로 달려가 조금 전과 다름없이 특이한 방법으로 문을 두드렸다. 문이 열리자 키가 크고 나이 든 여자가 안에서 모습을 드러냈다. 숄토를 본 그녀는 아주 반갑다는 몸짓으로 그를 안으로 맞아들였다.

"어머, 새디어스 도련님. 잘 오셨어요! 정말 잘 오셨어요, 도련님!"

기쁨에 들뜬 소리가 그렇게 되풀이되다가 곧 문이 닫혔고, 그 뒤에는 그저 두런두런 이야기하는 소리만 들려와 내용을 알아들을 수 없었다.

홈즈는 숄토가 두고 간 램프를 들어 천천히 주위를 비추며 집 쪽을 한참 바라보기도 하고, 잡동사니투성이인 정원을 둘러보기도 했다.

모스턴과 나는 손을 잡고 서 있었다. 사랑이란 참으로 설명하기 힘든 신비한 것이다. 지금까지 서로 말을 나누기는커녕 조금이라도 애정이 담긴 시선으로 상대를 바라본 적조차도 없었던, 생전 처음 만난 두 사람이 어떤 사건에 휘말리게 되면서 단 한 시간 만에 누가 먼저랄 것도 없이 서로 손을 잡게 되었다.

나는 지금도 신기한 일이라고 생각하지만, 당시에는 그렇게 하는 것이 아주 자연스러운 행동인 것처럼 느껴졌었다. 그녀도 그때는 그렇게 하고 있음으로써 자신도 모르게 누군가가 지켜주고 있다는 느낌이 들어 아주 든든했었다고 늘 말한다.

어쨌든 그렇게 어린아이들처럼 손을 잡고 서 있자니 점점 마음이 편안해져서, 어느 틈엔가 어둠이 무섭지 않아졌다.

모스턴 양이 주위를 둘러보며 말했다.

"정말 이상한 곳이에요. 마치 영국에 있는 두더지를 전부 이 정원에 풀어 놓은 듯한 느낌이에요. 오스트레일리아의 발라랫 금광 근처에서 이것과 비슷한 풍경을 본 적이 있었는데, 금맥을 찾으려는 사람들이 산 중턱에서 열심히 땅을 파헤쳐 놓은 거였어요."

"여기도 비슷한 이유로 파헤친 거죠. 이건 보물을 찾기 위해서 파헤친 구멍이에요. 육 년 동안이나 보물을 찾았다잖아요. 정원 여기저기에 사금 채취를 위해 뚫어 놓은 듯한 구멍이 있는 것도 당연한 일이죠."

그때 현관 문이 열리더니 새디어스 숄토가 두 손을 앞으로 내민 채 겁에 질린 듯한 시선으로 뛰쳐나왔다. 그러고는 외쳤다.

"바솔로뮤 형에게 무슨 일이 일어난 듯합니다! 무서워요! 무서워서 머리가 어떻게 되어 버릴 것 같아요!"

극심한 공포감 때문에 그의 얼굴은 울상이 되었으며, 커다란 외투의 아스트라한 모피를 댄 목깃 사이에서 겁에 질린 어린아이처럼 경련을 일으키고 있었다.

"안으로 들어가 봅시다."

홈즈가 또렷하고 분명한 목소리로 말했다.

"네, 그렇게 해 주십시오. 저는 어떻게 해야 좋을지 모르겠습니다."

숄토가 애원하듯 말했다.

우리는 홈즈를 따라서 복도 왼쪽에 있는 가정부의 방으로 들어갔다. 그녀는 공포에 질린 얼굴을 한 채 손가락으로 소리를 내며 불안한 듯 방 안을 서성이고 있었는데, 모스턴 양의 얼굴을 보더니 얼마간 평정을 되찾은 듯했다.

"어머, 어서 오세요!"

그러더니 갑자기 다시 격렬하게 흐느끼며 모스턴 양에게 말했다.

"평온한 얼굴을 보니 이제 좀 힘이 나네요. 오늘 하루는 너무 힘든 날이었어요."

모스턴 양이 일에 시달려 거칠어진 가정부의 여윈 손을 두드리며 다정하게 위로의 말을 건넸다. 가정부의 뺨에 조금씩 화색이 돌기 시작했다.

번스턴 부인이 사정을 설명했다.

"나리가 문을 잠근 채 아무리 불러도 대답을 하지 않으셨어요. 혼자 조용히 계시는 걸 좋아하셔서 종종 그럴 때가 있었기에, 시간이 좀 지나면 대답을 하시겠지 생각하고는 아침부터 계속 기다렸죠. 그런데 한 시간쯤 전에 아무래도 뭔가 좀 불안한 생각이 들어서 올라가 열쇠 구멍으로 방 안을 들여다봤어요. 새디어스 도련님, 한 번 올라가서 도련님 눈으로 직접 확인해 보세요. 바솔로뮤 나리가 기뻐하거나 슬퍼하는 모습을 벌써 십 년째 보아 왔지만, 저런 표정을 지으시는 건 오늘 처음 봤어요."

새디어스 숄토는 이를 딱딱 맞부딪칠 정도로 공포에 질려 있었다. 하는 수 없이 셜록 홈즈가 램프를 들고 앞장섰으며, 나는 숄토의 팔을 부축해서 계단을 오르기 시작했다. 숄토는 걸음을 걸을 수 없을 정도로 다리를 떨고 있었다.

두 번째 계단을 오르던 중 홈즈는 주머니에서 확대경을 꺼내 코코넛 수염으로 짠 깔개 위의 흔적을 주의 깊게 살폈다.

확실한 형태를 갖춘 것이 아니라 내 눈에는 그저 먼지가 묻어 얼룩이 진 것처럼 보일 뿐이었다.

홈즈는 램프를 낮춰 발밑을 비추더니, 날카로운 눈초리로 좌우를 살피며 천천히 계단을 올랐다. 모스턴 양은 겁을 먹은 가정부와 함께 아래층에 남아 있었다.

이 층에 오르자 곧게 뻗은 복도가 나타났는데, 오른쪽 벽에는 커다란 무늬가 새겨진 태피스트리가 걸려 있고 왼쪽으로는 문이 세 개 늘어서 있었다. 홈즈는 결코 흐트러짐 없는 걸음걸이로 천천히 앞으로 나갔다. 우리는 복도 바닥에 검고 긴 그림자를 남기며 홈즈의 바로 뒤를 따라갔다.

세 번째 문이 우리가 목표로 삼고 있는 방의 문이었다. 홈즈가 노크를 했지만 대답이 없었기에, 손잡이를 돌려 문을 밀어보았다. 안쪽에서 빗장을 걸어 놓았기 때문에 문은 열리지 않았다. 램프를 들어 잘 살펴보니 굵고 튼튼해 보이는 빗장이 걸려 있었다. 하지만 빗장을 완전히 내려놓지 않았기 때문에 열쇠 구멍이 완전히 막혀 있지는 않았다. 홈즈가 몸을 숙여 그 구멍으로 안을 들여다보더니, 짧은 외침과 함께 바로 몸을 일으켰다.

"끔찍한 일이 벌어졌다네, 왓슨."

홈즈가 말했다. 나는 지금까지 홈즈가 이렇게 동요하는 모습을 본 적이 없었다.

"자네도 한 번 보게나. 어떻게 생각하지?"

나는 몸을 숙여 열쇠 구멍으로 안을 들여다보고는 너무나도 끔찍한 광경에 나도 모르게 뒷걸음질쳤다. 창을 통해서 달빛이 흘러들어 방 안을 희미하게 비추고 있었다. 그리고 거기에는 하나의 얼굴이 있었는데, 목의 밑 부분은 어두워 보이지 않았기 때문에 얼굴만이 공중에 떠 있는 듯한 모습으로 정면에서 우리를 바라보고 있었다. 그것은 바로 우리와 함께 온 새디어스의 얼굴이었다.

높이 솟아올라 번쩍번쩍 빛나는 대머리도, 둥그렇게 머리를 둘러싸고 자란 억센 붉은 머리털도, 핏기 없는 얼굴빛도 똑같았다. 그런데 그 얼굴이 억지로 이까지 드러낸 채 음흉하게 웃고 있었다. 그런 얼굴이 조용한 방 안에서 달빛을 받고 있는 모습을 본다면 누구라도 오싹해질 것이다.

너무나도 똑같은 얼굴이었기 때문에 나는 뒤돌아서 숄토가 함께 있는지를 확인해 보기까지 했다. 그리고 그제야 간신히 그가 바솔로뮤와 쌍둥이 형제라고 말했던 사실을 기억해 냈다.

"이거 큰일 났는걸! 어쩌면 좋겠나?"

나는 홈즈에게 말했다.

"어쨌든 문부터 부수자고."

이렇게 대답한 홈즈는 맹렬한 기세로 문을 향해 달려들었다. 문은 삐걱거리는 소리를 내기는 했지만 열리지는 않았다. 다시 한 번 모두가 함께 달려들자 이번에는 부서지는 소리와 함께 문이 열렸고, 나는 바솔로뮤 숄토의 방 안으로 나뒹굴듯 나가떨어졌다.

방 안에는 화학 실험실과 같은 설비들이 갖춰져 있었다. 문 맞은편 벽에는 유리 마개로 덮은 병들이 이 단으로 늘어서 있었고, 테이블 위에는 분젠 램프, 시험관, 증류기 등이 어지러이 널려 있었다. 구석에는 상자에 든, 산성에 강한 병들이 놓여 있었다. 그중 하나가 새거나 깨어진 듯 거뭇한 액체가 흘러나와, 코를 심하게 자극하는 타르와 비슷한 냄새가 방 안 가득 고여 있었다.

방 한가운데는 각목과 회반죽으로 어지럽혀져 있었는데, 그 한쪽에 발판이 하나 놓여 있었다. 그리고 발판 바로 위쪽 천장에는 사람이 하나 드나들 수 있을 정도의 구멍이 나 있었고, 발판 밑으로는 둥그렇게 말린 긴 밧줄이 하나 아무렇게나 놓여 있었다.

이 집 주인은 테이블 옆, 팔걸이가 달린 나무 의자에 축 늘어져 있었는데, 머리를 왼쪽 어깨 쪽으로 떨구고 그 기분 나쁜 미소를 짓고 있었다. 몸이 이미 식어 있고 경직된 것으로 보아, 죽은 지 벌써 몇 시간이 지났다는 사실을 확실하게 알 수 있었다.

자세히 살펴보니, 얼굴뿐만 아니라 손과 발도 전부 아주 묘한 상태로 뒤틀려 있었다. 테이블 위, 그의 손과 가까운 곳에 좀 특이한 도구가 놓여 있었는데, 결이 고운 갈색 막대기 끝에 돌멩이를 거친 삼실로 묶어 망치처럼 만든 것이었다. 그 옆에 필기체로 몇 글자 적어 놓은 종이쪽지가 놓여 있었다. 홈즈가 그것을 언뜻 한 번 들여다보고는 내게 건네줬다.

"역시 생각한 대로군."

홈즈가 의미심장하게 눈썹을 한 번 치켜올리며 말했다.

'네 개의 서명.'

나는 램프의 불빛을 비춰 그 종이쪽지에 적힌 글자를 읽고는 섬뜩한 느낌을 받았다.

"이건 대체 무슨 의미지?"

내가 물었다.

"살인을 의미하는 거지."

홈즈는 이렇게 말하고 시체를 살펴봤다.

"아! 이럴 줄 알았어. 이걸 좀 보게나!"

홈즈가 시체의 귀 바로 위쪽에 박혀 있는 길고 검은 가시와 같은 것을 가리키며 말했다.

"무슨 가시 같은데."

내가 말했다.

"침이라네. 빼서 봐도 상관없어. 하지만 조심하게나, 독이 묻어 있으니."

나는 두 손가락으로 집어 침을 빼냈다. 그것은 아주 간단하게 빠졌으며, 자국도 거의 남지 않았다. 꽂혀 있던 자리에 조그맣게 핏자국이 남아 있을 뿐이었다.

"나는 뭐가 뭔지 하나도 모르겠네. 점점 풀리는 게 아니라 점점 어려워지고 있어."

내가 말했다.

"아니, 일이 점점 명확해지고 있어. 사건에 관련된 두어 가지 일만 더 밝혀지면 이제 거의 풀린 거나 마찬가지네."

홈즈가 말했다.

우리는 방에 들어선 순간부터 그때까지 새디어스가 함께 있다는 사실을 거의 의식하지 못했다. 그는 문가에 서서 완전히 겁에 질린 듯 두 손을 꼭 쥔 채 신음 소리를 내고 있었다. 그러다가 갑자기 분노에 차서 날카롭게 외쳤다.

"보물이 없어졌다! 너석들이 훔쳐 간 거야! 우리는 저 구멍으로 보물을 꺼냈습니다. 저도 도왔습니다. 마지막으로 형을 만난 건 저였습니다! 어젯밤에 저는 여기 왔다가 집으로 돌아갔는데, 계단을 내려갈 때 형이 문을 잠그는 소리를 들었습니다."

"그게 몇 시였죠?"

"10시였습니다. 그런데 지금 이렇게 형이 죽어 버렸으니, 경찰이 연락을 받고 달려온다면 내가 죽인 거라고 의심할 게 뻔합니다. 맞아요, 틀림없이 의심을 받을 거예요. 하지만 당신들은 그렇게 생각하지 않으시죠? 설마 제가 범인이라고 생각하고 있는 건 아니겠죠? 제가 범인이라면 당신들을 여기로 데려올 리가 없지 않겠습니까? 아, 어쩌면 좋지? 어쩌면 좋아? 머리가 완전히 돌아 버릴 것 같아!"

그는 정말 미쳐 버린 사람처럼 팔을 휘젓기도 하고 발을 동동 구르기도 했다. 홈즈가 새디어스의 어깨에 가만히 손을 얹으며 부드러운 목소리로 말했다.

"숄토 씨, 조금도 걱정할 필요 없어요. 다른 말은 하지 않겠습니다. 지금 바로 경찰서로 가서 어떻게 된 일인지 모두 설명해 주세요. 그리고 가능한 한 협력을 하세요. 우리는 당신이 돌아올 때까지 여기서 기다리고 있지요."

조그만 사내는 반쯤 넋이 나간 상태였지만, 그래도 홈즈의 말에 따랐다. 우리는 그가 비틀비틀 어두운 계단을 내려가는 발소리를 듣고 있었다.

셜록 홈즈의 논증

"자, 왓슨, 30분 정도는 시간이 있을 걸세. 그 시간을 충분히 활용하자고. 아까도 얘기했지만, 사건이 어떻게 된 건지 대충은 짐작이 가네. 하지만 지나친 자신감 때문에 일을 망쳐서는 안 되지. 그리고 아직까지는 단순한 사건처럼 보이지만, 그 뒤에 어떤 복잡한 문제가 얽혀 있을지도 모르는 일이니까."

홈즈가 두 손을 비비며 말했다.

"단순하다고?"

나도 모르게 소리를 지르고 말았다.

홈즈가 학생들 앞에서 임상 의학을 강의하는 교수 같은 어투로 말하기 시작했다.

"그렇다네. 잠깐 저쪽으로 가서 앉아 있어 주겠나? 여기저기 발자국을 남기면 일이 복잡해지니까. 그럼 시작해 볼까? 우선 범인들이 어디로 들어와서 어디로 나갔을까 하는 점일세. 문은 어젯밤부터 계속 잠긴 채로 있었다고 하니, 거긴 아닐 걸세. 창은 어떨까?"

그는 램프를 들고 가서 창가를 살펴보기 시작했다. 그리고 관찰한 내용을 하나하나 소리 내 말했는데, 그것은 내게가 아니라 자신에게 들려주고 있는 듯한 인상을 주었다.

"창문은 안에서 고리를 채워 놓았군. 창틀도 아주 튼튼하고. 경첩에도 이상은 없어. 열어 볼까? 근처에 홈통도 없군. 지붕에도 손은 닿지 않아. 그런데 누군가 창틀에 올라선 자가 있었군. 어젯밤에는 비가 조금 내렸지. 창턱 위에 진흙이 묻은 발자국이 찍혀 있어. 그리고 여기에도 둥근 진흙 자국이 남아 있고, 여기 방바닥 위에도, 테이블 옆에도 찍혀 있군. 어떤가? 왓슨, 이건 정말 결정적인 증거일세."

나는 윤곽이 확실하게 드러나 있는 둥근 진흙 자국을 살펴봤다.

"이건 발자국이 아닌데."

내가 말했다.

"그건 발자국보다도 더 우리에게 도움이 되는 것일세. 의족 자국이지. 하지만 보게, 창턱 위에는 구두 자국이 남아 있어. 그것도 뒤꿈치에 커다란 금속을 박은 무거운 구두지. 그리고 그 옆에 의족 자국이 남아 있네."

"그렇다면 의족을 한 사내란 말인가?"

"그렇지. 하지만 그 외에도 다른 사람이 있었을 걸세. 솜씨가 아주 좋은 공범자가 말일세. 왓슨, 자네는 이 벽을 타고 올라올 수 있겠는가?"

 나는 활짝 열린 창으로 아래를 내려다보았다. 달빛이 여전히 이 집의 벽면을 밝게 비추고 있었다. 창은 땅에서 60피트 이상 떨어져 있었으며, 어디를 봐도 발을 디딜 만한 곳은 전혀 없었고, 벽돌로 쌓은 벽은 깨진 곳 한 군데 없었다.

"절대로 못 오를 걸세."

내가 대답했다.

"도와주는 사람이 없다면 그렇겠지. 하지만 이 위에서 동료가 저쪽 구석에 있는 굵은 밧줄을 벽에 붙어 있는 이 커다란 고리에 묶어서 떨어트려 준다면 어떻겠나? 둔한 사람이 아니라면 의족을 했건 뭘 했건 기어오를 수 있을 걸세. 나갈 때도 역시 같은 방법으로 기어내려가면 되지. 그런 다음 동료가 밧줄을 끌어올리고 고리에 묶인 것을 푼 뒤, 창을 닫아 안에서 잠그고 자신도 원래 왔던 곳을 통해서 나가면 되는 걸세."

홈즈가 밧줄을 만지작거리면서 말을 이었다.

"이건 그다지 중요한 점은 아니지만, 이 의족을 한 사람은 능숙하게 기어오르기는 했지만 뱃사람은 아니네. 손바닥에 굳은살이라고는 조금도 박혀 있지 않으니 말일세. 돋보기로 밧줄을 살펴보니 핏자국이 여기저기 남아 있었는데, 특히 끝 부분에 많이 남아 있었네. 그 점으로 미루어 보아, 이 사내는 너무 서둘러 내려가다가 손바닥이 벗겨진 것 같네."

"그렇군. 거기까지는 잘 알겠네. 하지만 사건은 더 복잡해진 것 같은데. 그 베일 속의 공범자는 어떻게 된 건가? 그 녀석은 어떻게 이 방에 들어온 거지?"

내가 말했다.

"맞아, 바로 그 공범자 말일세!"

홈즈는 생각에 잠긴 얼굴로 말했다.

"그 공범자에게서는 여러 가지 재미있는 특징들을 찾아볼 수가 있네. 이 녀석이 없었다면 사건은 아주 평범한 것이 되어 버리고 말았을 거야. 이런 공범자가 우리나라의 범죄 기록에 등장하기는 틀림없이 이번이 처음일 걸세. 하지만 인도에서는 분명히 이와 비슷한 사건이 있었고, 내 기억이 정확하다면 세네감비아에서도 이와 비슷한 사건이 있었다네."

"그건 그렇고, 녀석이 어떻게 이 방에 들어왔다는 건가?"

나는 같은 질문을 반복했다.

"문은 잠겨 있었고, 창문에는 고리가 걸려 있어서 열 수가 없고. 그렇다면 굴뚝을 통해서 들어왔다는 말인가?"

"구멍이 너무 작아서 도저히 들어올 수가 없네. 그 점에 대해서는 나도 생각을 했었다네."

홈즈가 대답했다.

"그럼 어떻게 들어왔단 말이지?"

나는 끈질기게 물고 늘어졌다.

홈즈가 안타깝다는 듯이 고개를 흔들며 말했다.

"자네는 내가 늘 하던 말을 잊었단 말인가? 불가능한 것들을 완전히 제하고 나면 마지막으로 남는 것이, 제아무리 가능성이 없는 것처럼 보여도 그것이 진실일 수밖에 없다고 지금까지 대체 몇 번을 말했나? 문으로도 창문으로도, 심지어는 굴뚝으로도 들어오지 않았다는 사실을 확실히 알게 되었네. 그리고 이 방에는 숨어 있을 만한 곳이 어디에도 없으니, 미리 들어와 있었다고도 볼 수 없네. 자, 그렇다면 어디로 들어왔겠나?"

"천장의 구멍으로 들어온 거군!"

나도 모르게 소리를 질렀다.

"바로 그렇다네. 그 외에는 달리 들어올 방법이 없지. 미안하지만 램프를 좀 들고 있어 주겠나? 천장 위의 방을, 보물이 숨겨져 있었다고 하는 그 비밀의 방을 조사해 봐야겠네."

홈즈는 발판 위로 올라가 두 손을 들보에 걸친 다음 가볍게 천장 위쪽으로 뛰어올랐다. 그리고 엎드려 손을 밑으로 뻗어 내가 들고 있던 램프를 받아 들고는 내가 거기에 오르는 것을 도와주었다. 천장 위 다락방은 가로 10피트, 세로 6피트 정도의 크기였다. 바닥은 들보와 들보 사이에 가는 판자를 깔고 거기에 회반죽을 바른 것이 전부였기 때문에, 그 위를 걸으려면 들보에서 들보로 건너뛰지 않으면 안 되었다. 위쪽은 경사가 아주 심했는데, 여기는 집 지붕의 안쪽 면이 분명했다. 가구는 하나도 없었으며, 바닥에는 몇 년 동안의 먼지가 쌓여 있었다.

홈즈가 경사진 벽에 손을 대며 말했다.

"왓슨, 여기를 좀 보게나. 밖으로 통하는 들창일세. 여기를 통해서 지붕 위로 올라갈 수 있을 거야. 밀면, 보게, 위는 경사가 완만한 지붕일세. 즉 첫 번째 용의자는 이곳을 통해서 들어

온 걸세. 대체 어떤 녀석일까? 어딘가에 단서를 남겼을지도 모르니, 조사해 보세."

홈즈는 램프를 바닥에 놓았다. 그 순간 그의 얼굴에 놀라는 기색이 떠올랐다. 그날 밤 홈즈가 그런 표정을 짓는 것은 벌써 두 번째였다. 그가 발견한 것을 본 순간 나는 등줄기가 오싹해지는 것을 느꼈다. 바닥 여기저기에 맨발 자국이 찍혀 있었다. 그것도 윤곽을 확실하게 알아볼 수 있을 정도로 완벽한 것들뿐이었는데, 크기가 보통 성인의 반이 될까 말까 하는 정도였다.

내가 속삭이듯 말했다.

"홈즈, 이 무시무시한 일을 해치운 게 어린아이였단 말인가?"

홈즈는 이미 평소와 같은 냉정함을 되찾고 있었다. 홈즈가 말했다.

"순간 나도 놀랐다네. 하지만 조금도 이상할 것 없는 일이야. 기억이 가물가물하지만 않았어도, 이럴 거라고 진작부터 알고 있었을 걸세. 여기에는 더 이상 단서가 될 만한 것이 없네. 밑으로 내려가세."

"자네는 저 발자국에 대해서 어떻게 생각하고 있나?"

방으로 내려오자마자 내가 진지하게 물었다.

"왓슨, 조금은 자네 스스로 분석해 보게나. 내가 어떤 방법을 쓰는지는 알고 있겠지? 그 방법대로 한 번 해 보게. 나중에 결과를 비교해 본다면 좋은 공부가 될 테니까."

홈즈가 조금 신경질적으로 말했다.

"나는 이 사실들을 어떻게 설명해야 좋을지 감도 안 잡히네."

"곧 모든 것이 확실해질 걸세. 여기에는 더 이상 중요한 게 없을 것 같지만, 그래도 혹시 모르니 조금 더 조사해 보세."

그는 주머니에서 돋보기와 줄자를 꺼내더니 무릎을 꿇은 채, 길고 가는 코를 바닥에 문지르는 듯한 자세로 방 안을 돌아다니며 조사했다. 작고 둥글어 새처럼 생긴 움푹 패인 눈을 반짝이며 여기저기를 줄자로 재 보기도 하고, 비교해 보기도 했다. 소리도 내지 않고 민첩하게 움직이는 그 모습은, 마치 잘 훈련된 경찰견이 냄새를 맡고 있는 모습처럼 보였다. 그런 그의 모습을 보면서, 만약 그가 법률을 지키는 편이 아니라 범하는 편에 서서 두뇌와 정력을 사용한다면 얼마나 끔찍한 범죄를 저지르게 될지를 생각하지 않을 수 없었다. 끊임없이 혼잣말을 중얼거리며 여기저기를 조사하던 홈즈가 마침내 커다란 환호성을 올렸다.

"우리는 정말 운이 좋아. 이제 더 이상 복잡할 것도 없는 일이 되었네. 불행하게도 첫 번째 용의자는 크레오소트를 밟았네. 이 지독한 냄새를 풍기는 것 옆에 조그만 발자국이 확실하게 찍혀 있는 게 보이지? 보게 이 병에 금이 가서 내용물이 새어 나오고 있네."

홈즈가 말했다.

"그게 어쨌단 말인가?"

내가 물었다.

"어쨌단 말이냐니? 녀석을 잡았다는 말이 아니겠나? 바로 그렇단 말일세. 이 정도의 냄새라면 세상 끝까지라도 쫓아갈 수 있는 개를 나는 알고 있지. 평범한 사냥개가 미끼의 냄새를 따라서 주(州)의 끝에서 끝까지 갈 수 있다면, 이렇게 냄새가 지독하니 특별한 훈련을 받은 개라면 제아무리 먼 곳까지라도 쫓아갈 수 있지. 이건 마치 비례 계산을 푸는 기분이군. 답은 이미 주어진 거나 다름없네. 이런, 형사 나리들께서 오셨나 보군."

아래층에서 무거운 발자국 소리와 웅성거리는 소리가 들리더니, 곧 현관 문이 쿵하고 닫히는 커다란 소리가 들려왔다.

"저 양반들이 들어오기 전에 이 가엾은 사람의 팔과 다리를 좀 만져 보게나. 어떤가?"

"근육이 판자처럼 딱딱하군."

내가 대답했다.

"그렇지? 굉장히 수축되어 있다네. 일반적인 사후 경직과는 다르다네. 그리고 얼굴이 이렇게 일그러진 걸 히포크라테스의 미소라고 하는데, 옛날 작가들은 웃음 근육의 경련이라고 불렀지. 자, 이 사실들을 종합해서 뭔가 얻어 낸 결론은 없나?"

"강력한 식물성 알칼로이드에 의한 것일세. 근육 경련을 일으키는 스트리크닌과 비슷한 약물이겠지."

내가 대답했다.

"심하게 일그러진 얼굴 근육을 보는 순간 바로 그런 생각을 했다네. 그래서 방에 들어오자마자 그런 독이 어떻게 체내로 들어갔는지를 조사해 봤지. 그랬더니 자네도 본 것처럼 머리에 침이 그다지 깊지 않게 꽂혀 있었네. 그것이 박혀 있던 자리는, 이 사내가 의자에 바른 자세로 앉아 있었다면 바로 천장의 구멍 쪽을 향하고 있지 않나? 이 침을 좀 살펴봐 주지 않겠나?"

나는 조심스레 침을 집어 들고 램프의 불빛에 비추어 보았다. 검고 길고 날카로웠으며, 수지(樹脂) 같은 것을 발랐는지 끝 부분이 번들거렸다. 반대편 굵은 쪽의 끝은 칼로 다듬어 둥그스름했다.

"영국에서 만든 것 같은가?"

"그런 것 같지 않네."

"이만큼 자료가 모였으니 자네도 올바른 추리를 할 수 있을 걸세. 드디어 나리들께서 오셨군. 보조 부대인 우리는 이만 물러가도 되겠지."

홈즈가 이야기하는 동안에 발소리가 점점 가까워지더니, 드디어 문 바로 옆 복도까지 다가왔다. 그리고 회색 옷을 입은 다부진 체격의 뚱뚱한 사내가 성큼성큼 방 안으로 들어왔다. 얼굴이 불그스름한 사내였는데, 반짝반짝 빛나는 작은 눈이 통통하게 살이 오른 뺨 위에서 이쪽을 가만히 바라보고 있었다. 그 바로 뒤로 제복을 입은 경찰과 아직도 놀란 가슴을 진정시키지 못한 새디어스 숄토가 서 있었다.

얼굴이 불그스름한 사내가 낮고 갈라지는 목소리로 말했다.

"음, 이거군! 이건 좀 심했군! 그런데 저기 있는 사람들은 누구지? 이 집은 마치 토끼굴처럼 사람들이 가득하군."

"설마 잊으신 건 아니겠죠, 애설니 존스 씨?"

홈즈가 부드럽게 말했다.

"아, 당신이군요. 잊을 리가 있겠습니까? 이론가이신 셜록 홈즈 씨 아닙니까? 기억하고 있고말고요! 비숍게이트의 보석 사건 때 원인과 추리, 결과에 대한 당신의 고견을 들었던 일은 평생 잊지 못할 거요. 그때는 당신의 의견 덕분에 수사의 방향을 제대로 잡을 수 있었던 것도 사실이지만, 지금 생각해 보면 사건을 해결할 수 있었던 것은 당신의 지도가 좋았기 때문이 아니라 운이 좋았기 때문이었다고밖에 달리 생각할 길이 없소. 그건 당신도 인정하지요?"

"그건 아주 간단한 추리만으로도 해결할 수 있는 문제였으니까요."

"이런, 이런. 솔직하게 인정하는 게 뭐 그리 부끄러운 일이라고. 그건 그렇고, 이건 또 어떻게 된 거지요? 이야, 이건 좀 심했는데! 정말 지독해! 이렇게 사실들이 명확하니, 이론 같은 건 내세울 필요도 없겠군. 다른 사건 때문에 마침 내가 노우드에 와 있었기에 망정이지. 이곳 서에 있을 때 통지가 왔거든요. 당신은 이 사람의 사인이 뭐라고 생각하나요?"

"그게, 이번 사건은 나로서도 이론을 세우기가 좀 어렵네요."

 홈즈가 쌀쌀맞게 대답했다.

 "그야 그렇겠지요. 하지만 당신이 때로는 사건의 핵심을 아주 잘 지적한다는 사실을 부정할 사람은 아무도 없을 거요. 그래서 말인데! 문은 잠겨 있었다고 하더군요. 그런데 오십만 파운드나 하는 보석이 없어졌다니, 창문은 어땠었죠?"

 "잠겨 있었어요. 그런데 창턱에 발자국이 있었고요."

 "창문이 닫혀 있었다면 발자국은 사건과는 무관하겠군요. 그런 건 상식이지요. 이 사람 단순히 병에 의한 발작 때문에 죽은 걸지도 모르겠군. 그런데 보석이 없어졌다니. 아하! 알았다. 내게는 가끔 이렇게 생각이 번뜩일 때가 있다니까요. 경위 잠깐 자리를 비워 주겠나? 그리고 숄토 씨도. 홈즈 씨와 함께 오신 분은 있어도 상관없소. 자, 홈즈 씨, 이걸 어떻게 생각하죠? 숄토 본인의 진술에 의하면, 어젯밤에 그는 형을 찾아왔었어요. 형이 발작으로 죽자 숄토가 보물을 가지고 여기서 나갔다! 어떤가요, 이런 식으로 생각하는 건?"

 "그럼 죽은 사람이 일어나서 만약을 위해 안쪽에서 빗장을 걸었다는 말이군요."

 "흠! 듣고 보니 그렇군. 상식적으로 생각해 봅시다. 저 새디어스 숄토라는 사람은 틀림없이 형을 찾아왔었다. 그리고 언쟁을 벌였다. 거기까지는 알겠소. 그런데 형이 죽고 보석이 없어졌다. 이것도 알겠소. 새디어스가 돌아간 뒤로는 형의 모습을 본 사람이 아무도 없소. 침대에 누웠던 흔적도 없소. 새디오스가 심하게 떨고 있다는 사실은 누구나 한눈에 알아볼 수 있을 거요. 저 사람은 아무래도 느낌이 좋지 않아요. 저 새디오스에게서 냄새가 나서 감시의 그물을 쳐 놓았지요. 그물이 점점 범위를 좁혀 가고 있어요."

"당신은 아직도 사건을 충분히 파악하지 못하고 있어요. 이 나무 침에는 틀림없이 독이 발라져 있었던 것으로 보이는데, 이게 죽은 자의 머리에 꽂혀 있었어요. 봐요, 여기에 아직도 자국이 남아 있죠? 그리고 보시는 바와 같이 이 종이쪽지가 테이블 위에 있었고, 그 옆에는 막대기 끝에 돌을 묶은 좀 특이한 도구가 놓여 있었죠. 이 모든 것들을 당신은 어떻게 설명하겠습니까?"

홈즈가 말했다.

"아무리 봐도 증거는 명백하오. 이 집에는 인도의 진귀한 물건들 천지예요. 그 속에서 새디오스가 이걸 꺼내 왔겠죠. 그리고 침에 독이 묻어 있었다면, 새디오스가 그걸 살인에 썼다고 생각해도 별로 이상할 건 없죠. 종이쪽지도 어차피 속임수일 겁니다. 경찰의 눈을 흐리기 위한 거죠. 문제는 오직 하나, 저 사내가 어떻게 나갔을까 하는 거죠. 아, 천장에 구멍이 뚫려 있군. 두말할 필요도 없이 저기겠지."

뚱뚱한 형사는 당당하게 이렇게 말한 뒤, 덩치에 비해서는 날랜 몸짓으로 발판 위로 뛰어오르더니 다락방으로 기어 들어갔다. 그리고 곧 들창이 있다며 기뻐 외치는 형사의 목소리가 들렸다.

홈즈가 어깨를 한 번 들썩인 뒤 말했다.

"저런 사람이 뭔가를 발견할 때도 다 있군. 때로는 머리를 좀 쓸 때도 있다는 얘기지. 프랑스 속담 중에 '잘난 척하는 바보만큼 다루기 힘든 녀석도 없다'는 말이 있지 않은가?"

애설니 존스가 다시 모습을 나타내더니 발판에서 내려오며 말했다.

"자, 어때요? 결국 이론보다는 사실이 낫다는 말이죠. 내 견해가 정확했다는 것을 확인했소. 지붕으로 통하는 들창이 있는데, 그게 반쯤 열려 있었소."

"그건 내가 열었는데요."

"정말인가요? 그럼 당신도 알고 있었다는 말인가요?"

애설니 존스는 조금 풀이 죽은 목소리로 말했다.

"뭐, 누가 발견했든 범인이 달아난 길을 알아냈으니 됐습니다. 이봐, 경위!"

"네!"

복도 쪽에서 대답이 들려왔다.

"숄토 씨를 이리 데리고 오게나. 숄토 씨, 직무상 말씀드리는 건데, 당신이 지금부터 하는 말은 당신에게 불리하게 작용할 수도 있습니다. 나는 여왕 폐하의 이름으로, 형을 살해한 범인으로서 당신을 체포합니다."

"내가 이럴 거라고 말하지 않았습니까?"

조그만 사내는 가엾게도 두 손을 내밀고 우리의 얼굴을 번갈아 보며 외쳤다.

"걱정하지 마세요, 숄토 씨. 내가 당신의 혐의를 벗길 수 있으니까요."

홈즈가 말했다.

"이론가 양반, 함부로 큰소리치지 마시오. 당신이 생각하고 있는 것 이상으로 까다로운 사건일지도 모른단 말이오."

경찰이 홈즈의 말을 가로막으며 말했다.

"존스 씨, 나는 숄토 씨에 대한 혐의를 벗길 수 있을 뿐만 아니라, 어젯밤에 이 방에 침입했던 두 사람 중 한 사람의 이름과 특징을 덤으로 알려 드릴 수도 있어요. 이름은 조너선 스몰. 그렇게 믿어도 좋을 만한 충분한 이유가 있어요. 스몰은 몸집이 작고 많이 배우지는 못했지만 민첩한 사람으로, 오른쪽 다리가 없어 거기에 안쪽이 닳은 의족을 하고 있어요. 왼쪽 발에 신은 장화에는 발끝이 각이진 밑창을 댔고, 뒤꿈치에는 둥근 징이 박혀 있어요. 햇볕에 얼굴이 심하게 그을린 중년이고, 전과도 있어요. 이상과 같은 특징에 손바닥 껍질이 심하게 벗겨졌다는 사실을 덧붙인다면, 당신에게는 어느 정도 참고가 되겠지요? 또 다른 한 명은……."

"또 다른 한 명은?"

애설니 존스는 코웃음을 치며 말했지만, 그럼에도 불구하고 홈즈가 아주 세세한 부분까지 정확하게 설명을 하자 놀라움을 금치 못하는 표정이었다.

홈즈가 휙 몸을 돌리며 말했다.

"좀 특이한 사람인데요. 두 사람 모두 곧 만나게 해 드릴 수 있을 것 같군요. 왓슨, 잠깐 할 얘기가 있네."

홈즈는 계단이 있는 곳까지 나를 데리고 갔다.

"이런 뜻밖의 사건이 벌어져서 우리가 처음 이곳에 온 목적을 잊고 있었던 듯하네."

"나도 지금 막 그런 생각을 했었네. 모스턴 양을 이런 음침한 집에 언제까지고 있게 할 수는 없지."

"절대 그럴 수는 없지. 자네가 집까지 좀 바래다주게나. 로워 캠버웰에 있는 세실 포레스터 부인 댁에서 살고 있다고 했으니, 여기서 그다지 멀지는 않네. 자네가 다시 여기로 돌아올 생각이라면 나는 여기서 기다리고 있겠네. 자네 너무 피곤하지 않은가?"

"아니, 전혀. 이 기괴한 사건의 수수께끼가 좀 더 확실해 질 때까지는 절대 쉬고 싶은 마음이 들지 않을 걸세. 나도 인생의 거친 면을 꽤 보아 온 사람이지만, 오늘 밤처럼 이렇게 생각지도 못했던 일들을 연속으로 겪고 나니, 솔직히 말해서 정신이 하나도 없네. 하지만 이왕 이렇게 된 거 자네와 함께 일을 끝까지 지켜보고 싶네."

"자네가 곁에 있어 준다면 큰 도움이 될 걸세. 존스는 제멋대로 엉터리 대발견이나 하라고 내버려 두고, 우리는 우리대로 수사를 진행하세. 모스턴 양을 바래다주고 램버스의 강변 가까이에 있는 핀친 거리 3번지로 가 줄 수 있겠나? 오른쪽에서 세 번째 집이 새를 박제하는 집일세. 이름은 셔먼이고. 창가에 조그만 토끼를 물고 있는 족제비의 박제가 놓여 있으니 금방 알아볼 수 있을 걸세. 셔먼 노인을 깨워서 내 이름을 대고 지금 바로 토비가 필요하다고 하게. 그 토비를 마차에 태워서 이리로 좀 데리고 오게나."

"토비란 녀석, 개로군."

"그렇다네. 잡종이지만 정말 놀라운 후각을 갖고 있다네. 이번 사건에서는 런던의 모든 탐정들을 불러 모으는 것보다 토비의 도움을 받는 게 나을 걸세."

"그럼 데리고 오겠네. 지금이 1시니까 잘 달리는 말이 마차를 끌면 3시까지는 돌아올 수 있을 걸세."

내가 말했다.

"그동안 나는 번스턴 부인에게서 무슨 새로운 말이 나오지 않나 한 번 떠보겠네. 그리고 숄토 씨의 말에 의하면 옆에 있는 다락방에서 잠을 자는 인도인 하인이 있다니, 캐낼 만한 것이 있나 부딪쳐 봐야겠네. 그게 끝나면 존스 선생의 수사법이라도 연구하면서 비꼬는 소리에나 귀를 기울이고 있어야지. '사람은 언제나 자신이 이해하지 못하는 것을 비웃는 법이다.' 괴테가 참 절묘하게 표현했단 말이야."

통에 관한 일화

경찰들이 마차를 타고 왔기에 나는 그 마차로 모스턴 양을 바래다주었다. 그녀는 여성 특유의 천사 같은 마음으로 자신보다 약한 사람과 있는 동안에는 평온한 표정을 지으며 충격을 견뎌 내고 있었다. 즉 겁에 질린 가정부의 곁에서는 침착한 태도로 밝게 행동을 했던 것이다. 하지만 마차에 오르자마자 그녀는 긴장이 풀렸는지 갑자기 울음을 터트렸다. 그녀에게 있어서 그날 밤의 모험은 그만큼 괴로운 것이었다.

훗날 그녀는, 그때 마차 안에서의 내 행동이 차갑고 서먹서먹했다고 말했다. 내 마음이 괴로웠다는 사실, 혹은 내 마음을 억누르려고 필사적으로 노력하고 있었다는 사실을 그녀는 알 까닭이 없었던 것이다. 하지만 그녀를 사랑하고 동정하는 마음은 정원에서 손을 잡았을 때와 조금도 다르지 않았다. 평범한 일상생활을 몇 년 함께한다 해도 이상한 경험을 한 그 하룻밤만큼 그녀가 상냥하고 야무진 성격을 가진 사람이라는 사실을 잘 보여 줄 수는 없었을 것이라고 나는 생각했다.

하지만 나는 두 가지 일이 마음에 걸려서 목줄기를 타고 넘어오는 사랑의 말을 끝내 할 수가 없었다. 그녀는 정신적으로나 육체적으로 커다란 충격을 받아 심신이 매우 지쳐 있었다. 이럴 때 청혼을 한다는 건 상대방의 약점을 이용하는 것이나 다름없는 일이었다.

그리고 너욱너 염려되는 것은 그녀가 부자라는 사실이었다. 만약 홈즈의 수사가 적절하게만 이루어진다면, 그녀는 막대한 유산을 물려받게 된다. 전역 군의관의 신분으로 우연한 계기로 알게 된 그녀에게 청혼을 한다는 것이 과연 정당한 일일까? 명예를 손상시키는 일은 아닐까? 만약 그녀가 조금이라도 그런 생각을 한다면, 나는 견딜 수 없을 것이다. 우리 두 사람에게 있어서 아그라의 보물은 뛰어넘을 수 없는 장벽이었다.

우리는 새벽 2시가 가까워 오는 시각에 포레스터 부인 댁에 도착했다. 하인들은 벌써 몇 시간 전부터 침실로 물러나 있었지만, 포레스터 부인은 모스턴 양이 받은 이상한 편지에 관심이 있었기 때문에 잠을 자지 않고 그녀가 돌아오기를 기다리고 있었다. 부인이 직접 문을 열어 주었다. 품위 있는 중년 부인이었는데, 다정하게 모스턴 양의 허리에 팔을 감고 자애로운 목소리로 말을 걸며 그녀를 맞아들였다. 그 모습을 보고 나는 마음이 놓였다. 모스턴 양은 돈으로 고용된 사람이 아니라 친구로서 대접을 받고 있었던 것이었다.

모스턴 양이 나를 소개하자, 부인은 안으로 들어와서 우리가 겪은 모험에 대해서 꼭 좀 이야기를 해 달라고 부탁했다. 하지만 나는 중요한 일이 아직 남아 있다는 이야기를 한 뒤, 사건의 경위를 좀 더 확실하게 알게 되면 그때 다시 찾아뵙겠다고 굳게 약속했다.

마차가 막 달리기 시작했을 때 나는 가만히 뒤를 돌아보았는데, 현관 앞에 서 있던 두 사람의 품위 있는 모습, 반쯤 열린 문, 스테인드글라스를 통해 나오는 홀의 반짝이는 불빛, 기압계, 계단의 깔개를 누르고 있는 번쩍번쩍 빛나는 금속 봉등이 지금도 눈에 보이는 듯 내 기억 속에 선명하게 남아 있다. 광기 어린 음험한 사건에 휩싸인 지금, 이렇게 평온한 영국의 가정을 잠시나마 볼 수 있었다는 것이 내게 커다란 위안이 되었다.

그런데 생각하면 생각할수록 사건은 광기 어린 음험한 것이었다. 가스등이 비추는 조용한 거리를 흔들리는 마차로 지나가면서 나는 오늘 밤에 일어났던 기이한 사건을 처음부터 다시 생각해 봤다.

우선 첫 번째 문제인데, 지금 적어도 그 문제는 상당히 명확해졌다. 모스턴 대위의 죽음, 모스턴 양에게 보내진 진주, 신문의 광고문, 편지 등에 관한 문제는 이미 진실이 밝혀졌다. 하지만 그 때문에 우리는 더욱 복잡하고 훨씬 더 비극적인 수수께끼 속으로 빠져들게 되었다.

인도에서 가져온 보물, 모스턴의 짐 속에서 발견된 의문의 도면, 숄토 소령이 죽었을 때의 기괴한 장면, 보물의 발견과 그 직후에 일어난 발견자의 죽음, 이 범죄와 관련된 기괴한 일들, 발자국, 놀라운 무기, 모스턴 대위의 도면에 씌어 있던 것과 똑같은 말이 적힌 종이쪽지. 이것은 그야말로 하나의 미로였다. 그렇다면 홈즈와 같은 재능을 가진 사람이 아닌 한, 실마리를 잡겠다는 생각은 아예 포기하는 편이 나을 것이다.

핀친 거리는 램버스의 저지대에 있었는데, 벽돌로 쌓은 허름한 이층집들이 나란히 늘어서 있었다. 나는 3번지에 사는 사람을 깨우기 위해 한동안 문을 두드렸다. 그러자 한참 만에 덧문 너머로 촛불이 비치더니, 이 층 창으로 얼굴을 내미는 사람이 있었다. 그 사람이 소리쳤다.

"이 녀석 그만두지 못하겠어? 이 떠돌이 주정뱅이야! 자꾸 소란을 피우면 개집 문을 열어서 마흔세 마리 개가 한꺼번에 덤벼들게 할 테다!"

"한 마리만 내주면 내 용건은 끝나는데요."

내가 말했다.

"시끄러워! 이 자루 안에는 살모사가 들어 있다. 빨리 꺼지지 않으면 이걸 네 녀석 머리 위로 던져 주지!"

셔먼은 고함쳤다.

"아니, 내가 필요한 건 개인데요."

내가 외쳤다.

"아무럼 어때? 저만큼 떨어져 있어라. 셋을 센 뒤에 살모사를 던져 줄 테니."

셔먼이 고래고래 소리를 질렀다.

"셜록 홈즈가……."

나는 다시 입을 열었다. 그런데 그 한마디가 멋진 마술과 같은 효과를 발휘했다. 그 순간 창이 힘차게 닫히더니, 일 분도 지나지 않아서 빗장이 벗겨지고 문이 열렸다. 셔먼은 비쩍 마른데다 목에 힘줄이 돋은, 등이 약간 구부정한 노인이었다. 그는 파란 안경을 끼고 있었다.

"셜록 홈즈의 친구라면 언제든지 환영일세. 어서 들어오게. 오소리 곁으로는 가지 말게. 물려고 덤벼들 테니. 이놈, 이 장난꾸러기 녀석. 너, 이 신사 분께 매달리려는 게냐?"

노인이 우리의 창살 사이로 밉살맞은 머리와 빨간 눈을 내민 담비에게 말했다.

"그 녀석은 걱정하지 않아도 돼요, 신사 양반. 그저 다리 없는 도마뱀이라우. 이빨이 없어서 그냥 방에다 풀어 놓고 기르지. 바퀴벌레를 잡아먹거든. 좀 전에 소리친 일은 마음에 두지 말아요. 동네 꼬맹이들이 늘 장난을 치는 바람에. 이 골목까지 떼로 몰려와서는 나를 깨우거든. 셜록 홈즈는 무슨 일로 날 깨우라고 했소?"

"댁의 개가 필요하다고 합니다."

"아, 토비를 말하는구먼."

"네, 토비라고 했어요."

"토비는 왼쪽에서 일곱 번째 우리에 있지."

셔먼은 촛불을 손에 들고 기묘한 동물 가족들 사이를 천천히 비집고 나갔다. 엷고 흐릿한 불빛 아래의 모든 틈과 구석에서 힐끗힐끗 이쪽을 살피는 수많은 눈이 반짝이고 있었다. 머리 위에 있는 서까래에도 점잔을 빼고 새들이 나란히 앉아 있었다. 우리의 목소리에 잠이 깼는지 새들은 귀찮다는 듯이 한쪽 다리에서 반대쪽 다리로 몸의 중심을 옮기고 있었다.

토비는 털이 길고 귀가 축 늘어진 꼴사나운 개였다. 스패니얼과 러처가 반씩 섞인 잡종으로, 색은 갈색과 흰색, 걸음걸이는 뒤뚱뒤뚱 어딘지 불안해서 믿음직스럽지가 못했다. 노인이 손에 쥐어 준 각설탕을 주었더니, 개는 한동안 망설이다 받아먹었다. 이렇게 친해진 뒤에는 마차까지 나를 따라왔고, 조금도 싫어하는 기색 없이 나와 함께 마차에 올랐다.

정확히 수정궁의 시계가 3시를 알릴 때 폰디체어 저택으로 되돌아왔다. 원래 권투 선수였던 맥머도도 공범자로 체포되어 숄토와 함께 경찰서로 끌려갔다는 사실을 알게 되었다. 좁은 문에는 두 경관이 경비를 서고 있었는데, 내가 형사인 존스의 이름을 대자 개와 함께 안으로 들여보내 주었다.

홈즈는 두 손을 주머니에 넣은 채 파이프 담배를 피우며 입구의 계단 위에 서 있었다.

"아, 데리고 왔군!"

홈즈가 말했다.

"그동안 잘 있었니? 그래, 그래! 애설니는 이미 돌아가고 없다네. 자네가 출발한 뒤에 한바탕 소동이 벌어졌지. 존스가 새디어스뿐만 아니라 문지기와 가정부, 인도인 하인까지 체포해 버렸다네. 이 층에 있는 경위만 없다면, 여기는 이제 우리밖에 없네. 개는 여기에 두고 함께 이 층으로 올라가세."

우리는 토비를 거실 테이블에 묶어 놓고 계단을 올라갔다. 시체에 천을 씌워 놓은 것 외에 방은 전과 조금도 바뀐 점이 없었다. 경위가 피곤해 보이는 얼굴로 구석에 서 있었다.

"경위님, 램프 좀 잠깐 빌려 주세요. 그리고 왓슨, 이 램프를 가슴에 오게끔 목 뒤에서 좀 묶어 주게나. 고맙네. 자 구두와 양말을 벗어야지. 이걸 좀 들어 주게나. 나는 잠깐 위로 올라가 봐야겠네. 아, 그 전에 내 손수건을 크레오소트에 담가주겠나. 됐네, 그 정도면 됐어. 자, 잠깐 같이 다락방으로 올라가세."

홈즈가 말했다.

우리는 구멍을 통해 기어 올라갔다. 홈즈는 먼지 위에 찍힌 발자국을 다시 한 번 램프의 빛으로 비추어 보았다.

"이 발자국을 자세히 살펴보게나. 뭔가 특이한 점이 없는가?"

홈즈가 말했다.

"이 발자국은 어린아이나 몸집이 작은 여자의 것이 아닌가?"

"아니, 크기는 그렇다 치고, 다른 특이한 점은 없나?"

"글쎄, 다른 발자국과 크게 다를 바 없는 것 같은데."

"아니, 아주 커다란 차이가 있네. 여기를 보게나. 이 먼지 위에 찍힌 건 오른쪽 발자국이네. 그 옆에 내 발자국을 찍어 보겠네. 어떤 점이 가장 다른가?"

"자네 건 발가락이 전부 붙어 있는데, 이쪽 건 발가락이 하나하나 떨어져 있어."

"바로 그걸세. 바로 그게 중요한 점일세. 잘 기억해 두기 바라네. 이번에는 저 들창이 있는 곳으로 가서 목재 끝 부분의 냄새를 좀 맡아 봐 주겠나? 나는 이 손수건을 들고 그냥 여기에 있겠네."

나는 홈즈가 말한 대로 해 보고는 바로 강한 타르 냄새가 난다는 사실을 알 수 있었다.

"바로 거기가 범인이 나갈 때 밟은 곳이지. 자네도 냄새를 맡을 수 있을 정도니, 토비에게는 식은 죽 먹기지. 자, 서둘러 토비를 데리고 정원으로 가서 녀석의 놀라운 실력을 마음껏 감상하도록 하세나."

내가 정원으로 나섰을 때 셜록 홈즈는 지붕 위에 올라서 있었다. 가슴의 움직임에 따라서 흔들흔들 빛나는 거대한 반딧불 같은 모습이 보였다. 그 모습이 굴뚝 뒤쪽으로 사라졌다 다시 나타나더니, 다시 한 번 반대편으로 사라져 버렸다. 뒤쪽으로 돌아가 보니, 그는 처마 끝 모서리에 앉아 있었다.

"거기 왓슨인가?"

그가 외쳤다.

"응, 날세."

"여기로 내려갔네. 그 밑에 검은 건 뭐지?"

"물통일세."

"뚜껑으로 덮어 놓았는가?"

"덮어 놓았네."

"근처에 사다리는 없나?"

"안 보이는데."

"쥐새끼 같은 녀석! 이런 위험한 곳으로 오르다니. 하지만 녀석이 올랐으니 나라고 내려가지 못하라는 법은 없지. 배수관은 튼튼해 보이는군. 좋았어, 어쨌든 내려가 보지."

발을 끄는 소리가 들리더니 램프가 벽을 타고 천천히 내려오기 시작했다. 곧 홈즈가 물통 위로 가볍게 뛰어내리더니, 이어서 땅으로 내려왔다.

양말과 구두를 신으며 홈즈가 말했다.

"뒤를 쫓는 건 아주 간단했다네. 기왓장이 밀려 있었고, 녀석이 급히 서둘렀는지 이런 걸 떨어트렸더군. 자네와 같은 의사 선생님들의 표현을 빌자면, 내 진단이 이것으로 확인됐다고 말할 수 있겠지."

그가 내민 것은 염색한 풀로 짠 조그만 지갑, 혹은 주머니처럼 생긴 것으로, 싸구려 구슬들이 붙어 있었다. 모양과 크기로 보아 담뱃갑과 비슷했는데, 안에는 검은 나무로 만들어진 침이 대여섯 개 들어 있었다. 한쪽 끝은 날카롭고 뾰족했으며, 또 다른 한쪽은 둥그스름한 게 바솔로뮤 숄토의 머리에 꽂혀 있던 침과 똑같은 것이었다.

홈즈가 말했다.

"바로 그 무서운 침이군. 찔리지 않도록 조심하게. 이걸 주워서 정말 다행이야. 녀석이 가지고 있는 건 이게 전부일 테니 말일세. 자네나 내가 이 녀석에게 찔릴 염려도 많이 줄어들었다는 얘기가 되지. 여기에 찔리느니 차라리 마티니 총알을 맞는 편이 낫지. 그건 그렇고, 왓슨, 자네 지금부터 육 마일 정도 터벅터벅 걸어갈 수 있겠나?"

"있고말고."

내가 대답했다.

"다리는 괜찮겠나?"

"문제없네."

"자, 토비! 착하지? 냄새를 맡아 봐. 냄새가 나지?"

홈즈가 크레오소트를 묻힌 손수건을 개의 코 앞으로 내밀었다. 개는 부드러운 털로 덮인 두 다리로 떡 버티고 서서, 유명한 와인의 냄새를 맡는 감식가처럼 머리를 갸우뚱해 보였다. 그 모습이 어딘지 우습게 느껴졌다.

홈즈는 그 손수건을 멀리 던진 뒤, 개의 목걸이에 튼튼한 줄을 묶어 물통이 있는 곳으로 데리고 갔다. 순간 개는 날카롭고 높게 떨리는 소리로 한바탕 짖어 대더니, 곧 지면에 코를 대고 꼬리를 곧추세운 채 재빨리 달려 나가기 시작했다. 개가 너무 힘차게 끈을 당겨 우리는 전속력으로 달려야만 했다.

동쪽 하늘이 점점 밝아오자 우리는 차가운 잿빛 속에서 꽤 멀리까지 바라볼 수 있었다. 뒤쪽으로는 새까맣고 공허한 창이 그대로 드러나 있는 거대하고 네모진 집이 슬프고 쓸쓸한 빛을 띤 채 서 있었다. 우리는 여기저기 파헤쳐진 도랑과 구멍 사이를 피하며 이 상처투성이 정원을 곧바로 가로질렀다. 정원에는 여기저기 진흙더미가 쌓여 있고 제대로 자라지 못한 관목들이 서 있어, 저택 이 을 짓누르고 있는 어두운 비극에 걸맞는 참혹하고 불길한 분위기를 자아내고 있었다.

담 앞에 이른 토비는 부지런히 킁킁거리며 그 그림자 밑을 이리저리 뛰어다니더니, 결국에는 어린 너도밤나무가 있는 구석에서 멈춰 섰다. 두 개의 벽이 만난 그곳에는 벽돌이 몇 장 빠져 있었는데, 빈틈의 밑 부분은 둥그렇게 닳아 있었다. 평소에 사다리 대신 사용하고 있었던 것으로 봐도 좋을 듯했다. 그곳으로 기어오른 홈즈는 내게서 토피를 받아 반대편으로 가볍게 던졌다.

"의족을 한 사내의 손자국일세. 하얀 회벽 위에 희미하게 핏자국이 보이지? 어제부터 비가 오지 않아서 다행이로군! 녀석들이 도망간 지 스물여덟 시간 정도 지났을 테지만, 도로에는 아직도 냄새가 남아 있을 걸세."

내가 옆으로 기어오르자 홈즈가 말했다.

솔직히 말하자면 나는 그 사이에 런던의 도로를 지나갔을 교통량을 생각하며 의심을 품지 않을 수 없었다. 하지만 나는 곧 그 걱정이 쓸데없는 것이라는 사실을 깨달았다. 토비는 조금도 주저하거나 길을 헤매지 않고, 그 넘어질 듯한 우스꽝스러운 걸음으로 거침없이 앞으로 나갔다. 크레오소트의 코를 찌르는 듯한 냄새는 다른 어떤 냄새보다도 더욱 강렬한 것이었던 듯했다.

"왓슨, 범인 중 한 명이 운 좋게도 크레오소트를 밟았다는 그 사실 한 가지만 가지고 내가 이 사건의 수사를 진행하고 있다고 생각하지는 말아 주게. 범인을 쫓을 방법이라면 이 외에도 얼마든지 알고 있으니까. 하지만 이게 가장 손쉬운 방법이라네. 그리고 기왕에 얻은 행운을 버리기가 아깝기도 하고. 덕분에 처음에는 좀 더 머리를 써야 하는 재미있는 사건인 줄 알았는데, 의외로 일이 재미없어져 버렸군. 이렇게 명백한 증거만 없었다면, 나도 조금은 이름을 떨칠 수 있었을 텐데."

"아니, 이 정도로도 충분하다네. 정말일세, 홈즈. 자네가 이번 사건에서 차례차례로 문제를 풀어 가는 방법을 보고 나는 놀라지 않을 수 없었네. 제퍼슨 호프 살인 사건 때보다도 더 놀랐어. 내게는 이번 사건이 훨씬 더 복잡하고 의문투성이인 것처럼 보이거든. 의족을 한 사내만 해도 그렇지. 어떻게 그렇게 자신감을 가지고 특징을 설명할 수 있었지?"

"이봐, 자네 지금 무슨 소리하는 건가? 그런 건 아주 간단한 일일세. 무슨 연극처럼 보이게 하고 싶은 생각은 전혀 없어. 누가 봐도 알 수 있는 명백한 사실이니까. 죄수 경비대를 지휘하는 두 사관이 숨겨 둔 보물에 관한 중대한 비밀을 알게 됐다. 그리고 그 두 사람을 위해서 조너선 스몰이라는 영국 사람이 지도를 작성했다. 그 이름이 모스턴 대위가 가지고 있던 지도에 적혀 있었던 사실을 자네도 기억하고 있겠지? 그는 자신과 친구들을 위해서 거기에 서명을 했다. 좀 과장스러운 면이 있지만, 네 개의 서명이라고 적었지. 그 지도 덕분에 두 사관, 혹은 그 중 한 명이 보물을 손에 넣어 영국으로 가지고 돌아왔다. 아마도 보물을 찾게 해 준 것에 대한 대가를 치르지 않고 말일세. 그렇다면 조너선 스몰은 어째서 보물을 자신의 손으로 직접 찾지 않았을까? 답은 분명하지. 지도에는 모스턴이 죄수들과 밀접한 관계를 갖게 된 날짜가 기록되어 있네. 보물이 조너선 스몰의 손에 들어가지 않았던 것은, 그와 그 동료들이 모두 죄수여서 도망갈 수 없었기 때문이었지."

"하지만 그건 추측에 불과하지 않나?"

내가 말했다.

"아니, 단순한 추측이 아닐세. 그렇게 생각해야만 비로소 모든 사실들을 설명할 수 있다네. 그 뒤에 일어난 여러 가지

정황들과 얼마나 잘 맞아떨어지는지 생각해 보기로 하세. 숄토 소령은 보물을 독차지하고는 만족하며 몇 년 동안을 평화롭게 생활한다. 그러던 그가 인도에서 온 한 통의 편지를 받고 커다란 공포에 휩싸인다. 그건 어떤 내용의 편지였을까?"

"소령에게 배신당한 사람들이 석방되었다는 편지겠지."

"아니면 탈옥을 했던지. 사실은 이쪽이 더 가능성이 높지. 왜냐하면 소령은 그 사람들의 형기를 알고 있었을 테니까. 아니면 그렇게 놀랄 필요는 없었겠지. 이후 소령은 어떻게 되었을까? 의족을 한 남자를 경계하게 됐지. 알겠나? 그건 백인일세. 왜냐하면 소령은 백인 상인을 잘못 알아보고 실제로 권총을 쐈을 정도였으니까. 그런데 도면에 백인의 이름은 하나밖에 없네. 나머지는 전부 인도인 회교도야. 그 외에 백인은 없어. 그러니 의족을 한 남자가 바로 조너선 스몰이라고 단언할 수 있게 되는 거지. 이 추리 어딘가에 이상한 부분이 있는가?"

"아주 명확하고 알기 쉽네."

"자, 이번에는 조너선 스몰의 입장에서 생각해 보세. 우리가 조너선 스몰이 되어 보자고. 그는 자신에게도 권리가 있다고 믿는 물건을 되찾고 자신을 배신한 사람에게 복수를 하겠다는 두 가지 목적을 가지고 영국에 들어왔네. 그는 숄토의 주소를 알아내, 틀림없이 집안 사람 누군가와 친분을 맺었을 걸세. 아직 만나 보지 못했지만 랄 라오라는 집사가 있었다는데, 그 사람이 좀 수상하네. 번스턴 부인도 그 사람은 그다지 좋은 사람이 아니었다고 말했네. 하지만 스몰은 보물을 어디에 숨겨 놓았는지 알지 못했을 걸세. 소령과 지금은 죽고 없는 충실한 하인 외에 그곳을 아는 사람은 아무도 없었으니까. 그러던 중 스몰은 소령이 죽을 병에 걸렸다는 소식을 접하게 되지. 소령과 함께 보물의 비밀까지 묻혀 버릴지도 모른다고 생각한 스몰은 완전히 제정신을 잃어 위험을 감수하면서까지 엄중한 경계를 뚫고 들어와 사경을 헤매고 있는 환자의 방 창 밑까지 접근하지만, 두 아들이 옆을 지키고 있었기 때문에 결국 방에는 들어가지 못했지. 하지만 그는 죽은 사람에 대한 원한 때문에 거의 반미치광이가 되어, 그날 밤 끝내는 방으로 숨어들어 보물에 관한 기록이라도 찾아내려고 서류들을 뒤졌지. 하지만 결국에는 그것도 찾아내지 못했고, 그는 자신이 왔었다는 사실을 알리기 위해서 우리가 본 바로 그 종이쪽지를 남겨 놓았지. 그는 소령을 죽여야 할 경우에는 그런 표시를 시체 위에 남겨, 이것은 단순한 살인이 아니라 네 사람의 입장에서 보면 일종의 응징이라는 것을 알리려고 했을 것임에 틀림없다네. 범죄 기록을 살펴보면 이처럼 별나고 특이한 행동을 아주 흔히 볼 수 있는데, 이는 언제나 범인을 알게 해 주는 귀중한 단서가 되지. 여기까지 무슨 소린지 알겠는가?"

"아다마다. 아주 확실하게 알았네."

"자, 그럼 이번에는 조너선 스몰이 이후 어떻게 했을까 하는 문제네. 그는 사람들이 혈안이 되어서 보물을 찾는 모습을 몰래 감시하는 수밖에 없었겠지. 그는 어쩌면 영국을 떠나 있다가 가끔씩 돌아왔을 수도 있네. 그러다가 드디어 지붕 밑 다락방이 발견되었고, 그도 그 사실을 바로 알게 되었을 걸세. 이를 통해서도 집 안에 공범자가 있다는 사실을 알 수가 있지. 의족을 한 조너선이 높은 곳에 있는 바솔로뮤의 방까지 오르기란 완전히 불가능한 일일세. 그래서 그는 곧 기묘한 친구를 데리고 왔지. 그 친구는 이 어려운 문제를 극복하지만 맨발로 크레오소트를 밟고 마네. 그렇게 해서 드디어 토비가 등장하게 됐고, 아킬레스건을 다친 전역 군의관님께서 다리를 절름거리며 육 마일이나 되는 거리를 추적하게 된 걸세."

"그런데 살인을 저지른 건 조너선이 아니라 그 친구 아닌가?"

"그렇지. 바솔로뮤를 죽인 것을 보고 아주 화를 냈던 듯하네. 방에 여기저기 찍힌 발자국을 보면 알 수 있어. 그는 바솔로뮤에게는 원한이 없었지. 그래서 단지 그를 묶고 재갈을 물리려고만 했을 거야. 그도 교수형을 당하고 싶지는 않았을 테니까. 하지만 일은 이미 손을 쓸 수 없이 되어 버렸네. 친구가 잔인한 본능을 드러내 그 독침의 위력을 과시해버렸으니. 결국 조너선 스몰은 네 개의 기호라는 글을 남기고 보물 상자를 정원으로 내려 가지고 도망갔지. 이상이 이번 사건에 대한 내 추리일세. 물론 그의 인상에 대해서도 어느 정도 짐작은 가네. 그는 중년 사내고, 앤다만 섬과 같이 지독하게 더운 곳에서 복역을 했으니 햇볕에 심하게 탔을 거네. 키는 보폭으로 간단하게 계산해 낼 수 있고, 수염을 기르고 있다는 사실도 알고 있네. 새디어스 숄토가 창을 통해서 그를 봤을 때 온통 털에 둘러싸여 있었다는 점이 유일하게 인상에 남았다고 했으니. 그 외에 또 다른 게 있을까?"

"공범자는?"

"아, 그쪽에 그리 까다로운 수수께끼는 없네. 자네도 곧 전부 알게 될 걸세. 정말 기분 좋은 아침이야. 공기도 상쾌하고! 저기를 좀 보게나. 마치 거대한 홍학의 분홍빛 깃털 같은 조그만 구름이 떠 있지 않나? 그리고 런던을 둘러싸고 있는 구름의 제방 위로 태양의 붉은 빛이 떠오르고 있지 않나? 수많은 사람들이 저 빛을 받고 있겠지만, 자네나 나만큼 기괴한 일에 매달려 있는 사람은 절대 없을 걸세. 저마다 야심을 가지고 아옹다옹 살아가고 있지만, 자연의 위대한 힘 앞에서 우리 인간이란 그 얼마나 조그만 존재인가? 자네, 장 파울(독일의 낭만파 작가. 1763~1825)에 대해서 잘 알고 있나?"

"좀 알지. 칼라일(영국의 철학자. 1795~1881)부터 시작해서 장 파울까지 거슬러 올라갔다네."

"작은 강을 거슬러 올라 수원지인 호수까지 간 셈이로군. 그가 조금 이상하지만 의미 있는 말을 했다네. 인간의 참된 위대함이란 자신의 왜소함을 깨닫는 데 있다고. 바로 존귀한 비교 능력과 인식 능력을 말하는 것이지. 장 파울의 작품에는 사상의 양식으로 삼을 만한 것들이 가득 담겨 있지. 그런데 자네, 권총은 가지고 왔는가?"

"지팡이가 있지 않은가."

"그들 소굴에 도착하면 무기가 필요해질지도 모르겠어. 조너선은 자네에게 맡기겠네만, 또 다른 한 명이 덤벼든다면 총으로 쏴 버리겠네."

홈즈는 리볼버를 꺼내 총알을 두 발 장전한 뒤, 웃옷 오른쪽 주머니에 넣었다.

그러는 동안에도 우리는 토비의 뒤를 따라서, 드문드문 교외의 주택들이 서 있는 시골길을 지나 런던 쪽으로 향하고 있었다. 그리고 곧 집들이 끊임없이 늘어서 있는 거리로 접어들었다. 노동자들과 선창의 인부들이 벌써 일어나 서성거리는 모습이 보이기도 하고, 아직 몸을 치장하지 못한 여자들이 덧문을 열거나 문 앞을 청소하는 모습도 보였다. 지붕이 네모난 골목의 술집은 이제 막 문을 열었는데, 아침부터 한잔 걸친 거친 얼굴을 한 사내들이 소매로 수염을 닦으며 밖으로 나오고 있었다.

낯선 개들이 우리의 모습을 신기하다는 듯이 바라봤다. 하지만 우리의 토비는 그런 개들은 무시한 채 오직 땅바닥에 코를 대고 가다가, 때때로 냄새가 강하게 난다는 것을 알리려는 듯 코를 킁킁대고는 다시 앞으로 나아갔다.

우리는 스트레덤, 브릭스턴, 캠버웰을 가로질러 오벌 경기장 동쪽으로 난 길을 빠져나가 케닝턴 거리로 접어들었다. 범인들은 사람들의 눈을 피해서 지그재그로 길을 지난 듯했다. 그리고 큰길과 평행으로 뒷길이 나 있는 곳에서는 반드시 뒷길을 택했다.

케닝턴 거리 끝에서 왼쪽으로 꺾어져 본드 가에서 마일드가 쪽으로 들어섰다. 길을 돌아 나이츠 광장 쪽으로 나서는 곳에 이르자 토비는 전진을 멈추고, 한쪽 귀를 쫑긋 세우고 다른 한쪽 귀는 축 늘어뜨린 채 진로를 정하지 못하겠다는 듯 우왕좌왕하기 시작했다. 그러더니 한 곳을 빙빙 맴돌면서 마치 어떻게 좀 해 보라는 듯이 우리를 바라봤다.

"대체 어떻게 된 거지? 여기서 마차를 탔을 리도 없고, 기구를 탔을 리도 없을 텐데."

홈즈가 중얼거리듯 말했다.

"여기서 한동안 서 있었던 게 아닐까?"

내가 말했다.

"아, 됐네. 다시 앞으로 가기 시작했네."

홈즈가 안심한 듯 말했다.

과연 토비가 움직이기 시작했다. 다시 한 번 킁킁 냄새를 맡으며 주위를 한 바퀴 돌더니, 갑자기 마음을 정한 듯 지금까지는 보여 준 적이 없는 기세와 자신감에 넘친 발걸음으로 돌진하기 시작했다. 냄새가 전보다 더 강해진 듯 토비는 더 이상 땅에 코도 대지 않고 끈을 팽팽하게 당기며 달려가려 했다. 홈즈가 목적지 가까이까지 왔다고 생각하고 있다는 사실을 그의 눈빛을 통해서 알 수 있었다.

우리는 나인 엘름을 지나, 화이트 이글 술집 바로 뒤의 브로데릭 앤 넬슨 회사의 커다란 목재 야적장에 다다랐다. 거기서 개는 미친 듯이 흥분하며 옆에 있는 문을 통해서 울타리 안으로 들어가 버렸다. 그 안에서는 인부들이 벌써 작업을 시작하고 있었다.

 개는 그대로 톱밥과 대팻밥 사이를 헤치며 좁은 통로를 지나 목재 더미 사이를 돌아 달려가더니, 드디어 승리감에 넘친 소리로 크게 짖어 대며 손수레 위에 올려져 있는 커다란 통 위로 뛰어올랐다. 그리고 혀를 내밀고 눈을 번득이며 칭찬해 주기를 기다린다는 듯 우리 두 사람의 얼굴을 번갈아 가며 쳐다봤다. 통의 뚜껑과 손수레 바퀴는 검은 액체로 더러워져 있었으며, 주위는 온통 크레오소트 냄새로 가득 차 있었다.

 셜록 홈즈와 나는 어이가 없어서 서로의 얼굴을 바라보다, 곧 참지 못하고 동시에 웃음을 터트려 버렸다.

베이커 가 특별 수사대

 "어떻게 된 거지? 절대 실수하는 법이 없다던 토비도 완전히 체면을 구겼군."

 내가 말했다.

 "이 녀석도 나름대로 최선을 다한 거지. 런던에서 하루 동안 얼마나 많은 양의 크레오소트가 운반되고 있는가를 생각한다면, 우리가 쫓는 냄새가 어딘가에서 섞였다 해도 그다지 놀랄 만한 일은 아니지. 최근에 크레오소트가 여러 방면에서 사용되고 있으며, 특히 목재를 건조할 때는 없어서는 안 되니까 말일세. 그러니 토비의 잘못은 아니지."

홈즈는 토비를 통해서 내려 목재 야적장 밖으로 데리고 나가며 말했다.

"그렇다면 우리가 찾는 냄새가 있는 곳에서부터 다시 시작해야겠군."

"그렇지. 하지만 그렇게 멀리까지 되돌아갈 필요는 없으니 그나마 다행이지. 토비가 나이츠 광장 모퉁이에서 헤맨 건 냄새가 남아 있는 길이 양쪽으로 갈라져 있었기 때문이었어. 그러니까 다른 한쪽 길을 따라가기만 하면 되는 걸세."

일은 아주 간단하게 해결되었다. 방향을 잘못 잡은 곳까지 토비를 데리고 가자, 토비는 크게 원을 그리며 냄새를 맡더니 곧 새로운 방향을 향해서 달리기 시작했다.

"정신 차리지 않으면 이번에는 아까 그 크레오소트 통을 싣고 온 곳으로 우리를 데려갈지도 모르네."

내가 말했다.

"나도 그런 생각을 했었네. 하지만 보게나, 아까는 차도를 지나갔는데 이번에는 인도를 가고 있지 않나. 그 통은 차도로 옮겨졌을 거야. 그러니 이번에는 틀림없이 제대로 냄새를 따라가고 있는 것 같네."

토비는 벨몬트 광장과 프린스 거리를 지나 강변으로 향했다. 브로드 가가 끝나고 강가가 시작되는 곳에 나무로 만든 조그만 선창이 있었다. 토비는 선창 끝까지 가더니 거기에 멈춰 서서 검은 강물의 흐름을 바라보며 슬프다는 듯이 코를 킁킁대기 시작했다.

"운이 없군. 녀석들은 여기서 배를 탄 듯하네."

홈즈가 말했다.

선창에는 조그만 나룻배와 범선들이 대여섯 척 묶여 있었다. 우리는 토비를 배가 있는 곳으로 데려가 한 척, 한 척 냄새를 맡게 했다. 토비는 열심히 냄새를 맡기는 했지만, 별다른 반응을 보이지 않았다.

허술한 선창 가까이에 벽돌로 만든 조그만 집이 있었는데, 두 번째 창에 나무로 만든 간판이 걸려 있었다. 커다란 글자로 '모드케이 스미스'라고 적혀 있었고, 그 밑에 '배 대여. 종일, 시간'이라고 적혀 있었다. 문 위에 달린 또 다른 간판에 소형 증기선도 있다고 적혀 있었는데, 그 때문인지 선착장 한쪽 구석에 석탄이 산더미처럼 쌓여 있었다. 셜록 홈즈는 아무 말 없이 주위를 둘러보았다. 그의 얼굴에 어두운 표정이 떠올랐다.

"이거 아무래도 안 좋은데. 생각했던 거보다 더 빈틈이 없는 녀석들이야. 아무래도 뒤를 놓친 거 같아. 이곳에 미리 배를 준비해 두었던 것 같은데."

그가 말했다.

그가 집의 문 쪽으로 막 다가가려던 순간, 갑자기 문이 열리더니 여섯 살 정도 된 곱슬머리 아이가 뛰쳐나왔다. 그리고 그 뒤를 쫓아서 뚱뚱하고 얼굴이 불그스름한 여자가 커다란 스펀지를 손에 든 채 모습을 나타냈다.

"이리 와서 씻자, 잭. 자, 어서 이리 오너라. 왜 이렇게 말을 안 듣니? 아버지가 오셔서 그 더러운 꼴을 보면 그냥 계시지는 않을 거다."

여자가 외쳤다.

"이봐, 꼬마야! 볼이 발그스름한 게 아주 귀엽구나. 너 뭐 갖고 싶은 건 없니?"

홈즈가 큰 소리로 말했다. 어린아이를 이용해서 여자에게 접근할 속셈이었다.

아이가 잠시 생각하더니 말했다.

"일 실링."

"더 갖고 싶은 건 없니?"

아이는 한동안 생각을 하다 대답했다.

"이 실링!"

"자, 여기 있다! 꼭 쥐어야지! 씩씩한 아이네요, 부인."

"어머, 고맙습니다. 씩씩한 건 좋은 데 너무 씩씩해서 탈이죠. 이제 혼자서는 당해 낼 수가 없어요. 특히 남편이 며칠씩 집을 비울 때는요."

"집을 비운다고요? 이거 참 큰일 났군요. 남편 분과 이야기하고 싶어서 온 건데."

홈즈가 맥 빠진 소리로 말했다.

"어제 아침에 나갔는데, 사실 저도 조금 걱정이 되던 참이었어요. 하지만 배에 관한 얘기라면 제게 하셔도 상관없어요."

"증기선을 빌리고 싶거든요."

"이를 어쩌나, 그건 마침 남편이 타고 나갔는데. 바로 그게 마음에 걸린다니까요. 울위치 정도까지 갔다 올 수 있을 만큼의 석탄밖에 실려 있지 않거든요. 나룻배로 간 거라면 이렇게 걱정하지 않아도 될 텐데. 일 때문에 그레이브센드까지 자주 가는데, 일이 미처 다 끝나지 않으면 거기서 묵고 오기도 하거든요. 하지만 석탄이 다 떨어진 증기선으로 뭘 어쩌자는 건지."

"강 하류에 있는 선창에서 석탄을 샀을지도 모르잖아요."

"네, 그럴 수도 있겠죠. 하지만 그이는 거기에서는 거의 사지 않아요. 겨우 두세 자루에 돈을 얼마나 더 받는 거냐며 곧잘 화를 내고는 했거든요. 게다가 의족을 한 사람, 얼굴도 밉살맞고 외국어가 섞인 듯한 말투하며, 영 마음에 들지 않아요. 무슨 일로 늘 이곳을 어슬렁대는 건지."

"의족을 한 남자라고요?"

홈즈가 조금 놀랐다는 표정을 지으며 말했다.

"그렇다니까요. 가무잡잡하고 꼭 원숭이를 닮은 사람인데, 가끔 우리 집에 찾아오고는 하지요. 지난밤에 남편을 깨운 것도 그 사람이었어요. 남편도 그 사람이 올 줄 미리 알고 있었나 봐요. 엔진을 걸어 놓고 언제라도 출발할 수 있도록 해 놓았었으니까요. 솔직히 말하자면 그게 자꾸 마음에 걸려서 견딜 수가 없어요."

"걱정 마세요, 부인. 별일 없을 겁니다. 지난밤에 왔던 사람이 꼭 의족을 한 남자라는 보장도 없잖아요? 어떻게 그렇게 확실하게 말씀하실 수 있는 거죠?"

홈즈가 어깨를 들썩이며 말했다.

"목소리를 듣고 알았지요. 탁하고 걸걸한 목소리랍니다. 한 3시쯤이었을 거예요. 창문을 두드리더군요. 그러고는 '이봐, 일어나게. 이제 슬슬 나가 봐야 할 시간일세' 하고 말했어요. 남편은 짐을 깨워, 짐은 큰아들이에요, 내게는 한마디도 하지 않고 둘이서 밖으로 나갔어요. 의족으로 돌 위를 걸어가는 소리가 들려왔지요."

"그런데 의족을 한 사내 혼자 왔었나요?"

"그건 잘 모르겠는데요. 그 외의 다른 사람 목소리나 발소리는 듣지 못했지만."

"그건 그렇고, 내가 한발 늦었네요, 부인. 나도 증기선을 빌리려고 온 건데. 증기선은 여기 증기선이 좋다는 얘기를 들었거든요. 참, 그 증기선 이름이 뭐였죠?"

"오로라 호예요."

"아, 맞아! 폭이 넓고 녹색 바탕에 노란색 줄이 있는 낡은 증기선이지요?"

"아니요. 이 강에서는 좀처럼 볼 수 없는 세련된 배예요. 새로 칠한 지 얼마 되지 않았는데, 검은 바탕에 빨간 줄이 두 개 있어요."

"고맙습니다. 곧 남편에게서 소식이 올 겁니다. 나도 지금부터 강을 따라 내려갈 거니까, 도중에 오로라 호를 보면 부인이 걱정하고 있다는 말을 전해 드리지요. 굴뚝은 검은색이었나요?"

"아니요. 검은 바탕에 하얀 줄이 있어요."

"맞아, 맞아. 검은 건 배의 옆 부분이었지. 그럼, 안녕히 계세요. 왓슨, 저쪽 나룻배에 사공이 있네. 저걸로 강을 내려가세."

나룻배의 좌석에 앉자 홈즈가 다시 말을 이었다.

"저런 사람들과 이야기를 할 때는, 뭔가 중요한 것을 묻고 있다는 인상을 절대로 심어 주어서는 안 되네. 그런 인상을 조금이라도 받게 되면 바로 조개처럼 입을 굳게 닫아 버리거든. 그냥 별 관심도 없이 묻는 것처럼 하면 틀림없이 대부분의 얘기를 들을 수 있다네."

"앞으로 무엇을 해야 할지 확실하게 알 것 같네."

내가 말했다.

"그래? 자네 생각은 뭔가?"

"증기선을 빌려서 오로라 호의 뒤를 쫓아야지."

"농담하지 말게나. 그건 그렇게 쉬운 일이 아닐세. 그 배는 여기서 그리니치 사이의 어딘가에 정박해 있을 거야. 다리를 지나고 나서부터는 몇 마일에 걸쳐서 미궁처럼 선창이 수 없이 많네. 혼자 나선다면 전부 조사하는 데 며칠은 걸릴 거야."

"그럼 경찰에 협조를 요청해야지."

"아니, 그건 안 될 일이지. 나는 마지막 순간이 되어서야 애설니 존스를 부를 생각일세. 그는 결코 나쁜 사람이 아니야. 그러니 일 때문에 그가 상처를 받도록 할 수는 없지. 그리고 이왕 여기까지 왔으니 혼자 힘으로 사건을 해결하고 싶네."

"그럼 선창 주인들에게 정보를 제공해 달라는 광고를 신문에 싣는 건 어떻겠나?"

"그건 더 좋지 않은 방법일세! 녀석들은 바로 뒤까지 추적해 온 사람이 있다는 사실을 알면 외국으로 날아가 버릴 테니까. 실제로 그럴 가능성이 얼마든지 있지만, 자신들이 안전하다고 생각하는 동안에는 그렇게 서두르지는 않겠지. 바로 이 점에서 존스의 활약이 우리에게 도움이 되는 셈이지. 이번 사건에 관한 그의 의견은 반드시 신문에 실릴 테고, 녀석들은 경찰이 엉뚱한 방향으로 수사를 하고 있다고 생각하고는 마음을 놓을 것임에 틀림없으니까."

"그럼 이제 어떻게 할 생각인가?"

밀뱅크 교도소 가까이에서 뭍으로 올라오면서 내가 물었다.

"이 마차를 타고 집으로 가서 아침을 먹고 한 시간 정도 눈을 붙여야지. 오늘 밤에도 또 걸어야 할지 모르니까. 마부, 우체국 앞에서 잠깐 세워 주게. 토비는 우리가 데려가세. 앞으로도 도움을 받아야 할지 모르니까."

그레이트 피터 거리 우체국 앞에 마차를 세우고 홈즈는 전보를 쳤다.

"누구에게 전보를 친 거 같나?"

마차가 다시 달리기 시작하자 홈즈가 물었다.

"모르겠는데."

"베이커 가 특별 수사대를 기억하고 있겠지? 그 왜, 제퍼슨 호프 사건이 있었을 때 내가 고용했던."

"아, 그 녀석들."

이렇게 말한 나는 웃음을 터트리고 말았다.

"이번 사건에서도 그 친구들이 많은 도움을 줄 것 같네. 실패를 한다 해도 다른 방법은 또 있네. 하지만 우선은 그들에게 시켜 볼 생각이네. 전보는 땟국이 줄줄 흐르는 꼬마 대장 위긴스에게 보냈네. 그러니 우리가 아침 식사를 마칠 때쯤 위긴스와 그 부하들이 들이닥칠 걸세."

8시에서 9시로 향하는 시각이었는데, 전날 밤에 계속 긴장 상태에 있어서 그런지 몸과 마음이 완전히 지쳐서 머리가 멍하고 손가락 하나 까딱할 힘조차 없었다. 나는 홈즈처럼 전문가로서의 정열도 가지고 있지 않았으며, 단순히 머리를 써서 수수께끼를 푸는 것에만 재미를 느꼈을 뿐 본격적으로 사건에 뛰어들지도 못했다. 바솔로뮤 숄토의 죽음에 관해서도, 그 사실만 놓고 이야기하자면 그에 대한 좋은 소리를 듣지 못했기 때문에 범인들에게 그다지 강한 반발심을 느낄 수가 없었다.

하지만 보물에 관해서라면 이야기가 달랐다. 적어도 보물의 일부는 당연히 모스턴 양의 몫이었다. 그것을 되찾을 기회가 있는 한, 나는 그 목적 하나만을 위해서 내 인생을 걸 각오까지 하고 있었다. 틀림없이 보물이 발견된다면 그녀는 영원히 내 손이 닿을 수 없는 상대가 되어 버릴 것이다. 하지만 그런 사실에 휘둘린다면, 그건 그야말로 보잘것없는 이기적인 사랑일 것이다.

만약 범인을 잡기 위해 애를 써야 할 이유가 홈즈에게 있다면, 내게는 보물을 찾는 일에 전력을 기울여야만 할 이유가 홈즈의 열 배 정도는 있는 셈이었다.

집으로 돌아와 샤워를 하고 옷을 갈아입자 새로운 힘이 솟는 듯했다. 계단 밑에 있는 방으로 가 보니 벌써 아침 식사가 준비되어 있었으며, 홈즈는 커피를 따르는 중이었다.

홈즈가 웃음 띤 얼굴로 펼쳐진 신문을 가리키며 말했다.

"이걸 좀 보게나. 그 정력적인 노력가 존스와 신출귀몰하는 신문 기자들이 얘기를 이렇게 만들어 놨다네. 사건에 관한 얘기라면 자네도 이제 넌덜머리가 날 테니, 우선은 햄에그부터 먹는 게 나을 걸세."

나는 홈즈에게서 신문을 받아 '어퍼 노우드의 괴사건'이라는 제목이 붙은 짧은 기사를 읽었다.

어젯밤 12시경(이라고 <스탠더드>지에는 적혀 있었다), 어퍼 노우드의 폰디체리 저택에 살고 있는 바솔로뮤 숄토가 자신의 방에서 사체로 발견됐다.

현장의 상황으로 보아 타살일 가능성이 높다. 시체에서 외상은 발견되지 않았으며, 피해자가 부친에게서 상속받은 인도의 값비싼 보석들이 없어졌다. 처음 시체를 발견한 것은 고인의 동생인 새디어스 숄토 씨, 그리고 그와 함께 저택을 방문했던 셜록 홈즈 씨와 의사인 왓슨 박사이다.

다행스럽게도 경찰 형사계에서 유능하기로 이름이 높은 애설니 존스 씨가 우연히 노우드 경찰서에 있었기 때문에, 사건에 대한 소식을 접하고 채 삼십 분도 지나지 않아서 현장으로 급히 달려갈 수 있었다. 그는 훈련과 경험을 통해 얻은 솜씨를 발휘하여 바로 범인 수사에 착수, 그 결과 피살자의 동생인 새디어스 숄토를 비롯하여 가정부 번스턴 부인, 인도인 집사 랄라오, 문지기인 맥머도 등을 체포하는 성과를 올렸다. 범인이 집안의 내부 구조에 밝은 사람이라는 점은 매우 명백한데, 존스 씨는 그 전문적인 지식과 날카로운 관찰력으로 범인은 문이나 창을 통해서 침입한 것이 아니라 지붕을 타고 넘어와 들창을 통해서 시체가 발견된 방과 이어지는 다락방으로 숨어들었다는 사실을 확실하게 증명했다. 매우 확실하게 증명된 이 사실은, 이번 사건이 단순한 우연에 의해서 발생한 강도 사건이 아님을 결정적으로 입증하고 있다. 경찰이 신속하고 힘에 넘치는 활동을 시작할 수 있었다는 사실을 보더라도, 이와 같은 사건이 일어났을 때 회전이 빠른 뛰어난 두뇌를 가진 사람이 있다는 사실이 얼마나 중요한지를 잘 알 수 있다. 또한 이 사실은, 경찰력을 한층 더 분권화해 보다 치밀하고 효과적인 수사가 이루어지도록 해야 한다고 주장하는 사람들에게 커다란 힘이 될 것이다.

"참으로 훌륭한 인물이 탄생하지 않았나? 자네 생각은 어떤가?"

홈즈가 커피를 마시며 빙긋 웃어 보인 뒤 말했다.

"하마터면 우리까지 체포될 뻔했군."

"그러게 말이야. 다시 한 번 그때의 여세를 몰아서 우리 앞에 나타난다면, 그때는 우리의 안전도 보장할 수 없을 걸세."

바로 그때 벨이 요란스럽게 울리더니, 하숙집 주인인 허드슨 부인이 조금 당황한 듯 큰 목소리로 무엇인가를 설명하는 소리가 들려왔다.

"큰일일세, 홈즈. 정말 잡으러 온 모양이네."

내가 반쯤 자리에서 일어나며 말했다.

"그렇게 허둥댈 거 없네. 저건 사설 탐정단이야. 베이커 가 특별 수사대라고."

홈즈의 말이 채 끝나기도 전에 맨발로 계단을 쿵쾅대며 오르는 소리와 웅성웅성 떠들어 대는 소리가 들려오더니, 누더기를 걸친 꼬질꼬질한 부랑아 열두어 명 정도가 쏟아져 들어왔다. 그들 사이에도 규율 같은 것이 존재하는지, 들어올 때는 와자지껄 들어왔음에도 불구하고 방에 들어오자마자 우리 앞에 전원이 일렬로 길게 늘어서서 명령을 기다리는 듯한 자세를 취했다. 그중에서 나이가 가장 많아 보이는 키가 큰 소년이 허수아비같이 깡마른 빈약한 몸매와는 달리 엄숙한 태도로 한 걸음 앞으로 나서며 말했다.

"전보를 받고 바로 아이들을 전부 데리고 왔습니다. 차비는 삼 실링 육 펜스입니다."

"자, 여기 있다."

홈즈가 주머니에서 은화를 꺼내 주며 말했다.

"위긴스, 앞으로는 네가 모두에게서 보고를 받아 내게 보고하는 방식을 취하도록. 이렇게 한꺼번에 와자지껄 몰려들지 말고. 하지만 이렇게 모두 모인 자리에서 명령을 하는 것도 괜찮겠지. 오로라 호라는 증기선이 어디에 있는지를 알고 싶다. 선주의 이름은 모드케이 스미스, 선체는 검은색 바탕에 붉은 줄이 두 개 들어가 있고, 굴뚝도 검은 바탕에 흰 줄이 하나 들어가 있다. 템스 강 하류 어딘가에 있을 거다. 누구든 한 명은 밀뱅크 교도소 건너편에 있는 모드케이 스미스 선착장에 있다가 배가 돌아오는 즉시 연락을 주기 바란다. 나머지는 두 패로 나눠서 양쪽 기슭을 철저하게 찾아보도록. 무슨 일이 있으면 바로 연락 주기 바란다. 알겠나?"

"네, 알겠습니다."

위긴스가 말했다.

"보수는 평소와 똑같다. 증기선을 발견한 사람에게는 따로 일 기니를 더 주겠다. 자, 하루분을 미리 주마. 그럼, 출동!"

홈즈가 모두에게 일 기니씩을 나누어 주자 그들은 시끌벅적 떠들며 계단 밑으로 내려갔다. 나는 곧 그들이 거리로 쏟아져 나가는 모습을 지켜보았다.

홈즈가 테이블에서 일어나 파이프에 불을 붙이며 말했다.

"배가 가라앉지만 않았다면 틀림없이 찾아낼 걸세. 저 녀석들이라면 어디든 갈 수 있고 무엇이든 볼 수 있으며, 무엇이든 들을 수 있으니까. 저녁 때까지는 배를 발견했다고 알려 올 걸세. 우린 그동안 그저 기다리고만 있으면 되는 거고. 오로라 호나 모드케이 스미스가 발견되기 전까지는 다시 추적을 시작할 수 없으니까 말일세."

"토비에게는 이 먹다 남은 빵을 주면 되겠군. 홈즈, 자네 잘 건가?"

"아니. 그렇게 피곤하지 않아. 난 좀 묘한 체질이야. 일이 없을 때는 온몸에서 힘이 쏙 빠져나가지만, 일이 있을 때는 단 한 번도 피곤함을 느낀 적이 없을 정도니까. 지금부터 담배를 피면서 그 아름다운 의뢰인이 가져온 이 기묘한 사건에 대해서 곰곰이 생각해 봐야겠네. 만약 간단한 일이라는 게 존재한다면, 우리가 이번에 맡은 일이야말로 그 간단한 일의 표본일걸세. 의족을 한 사내도 그리 흔치 않은데, 또 다른 한 사람은 세상에서 아주 보기 드문 사람이라고 해도 좋을 정도니까."

"또 그 공범자 얘기인가?"

"일부러 사실을 숨겨서 자네를 답답하게 만들려는 건 아닐세. 자네도 틀림없이 자네 나름대로 생각을 해 봤겠지? 자, 자료들을 검토해 보세. 조그만 발자국, 구두를 신은 적이 없어 사이가 뜬 발가락, 맨발, 막대기 끝에 돌을 묶은 도구, 가벼운 몸놀림, 조그만 독침. 이런 사실들을 종합해 보면 뭔가 떠오르는 게 있지 않나?"

"야만인이다! 혹시 조너선 스몰의 친구인 그 인도인들 중 하나가 아니었을까?"

나도 모르게 소리를 질렀다.

"그건 아닌 것 같네. 처음 그 묘하게 생긴 무기와 같은 것을 보았을 때는 나도 그렇게 생각했네만, 발자국에 확연하게 드러난 특징을 보고는 생각을 바꿨지. 인도 반도에 사는 원주민 중에 몸집이 작은 종족이 없는 건 아니지만, 그런 발자국을 남길 종족은 없다네. 인도 원주민들은 발이 길고 얇다네. 샌들을 신는 회교도들은 엄지발가락이 크고 다른 발가락들과 떨어져 있지. 발가락 사이에 늘 가죽 끈을 끼고 다니기 때문이야. 그리고 조그만 독침 말인데, 그걸 쏠 수 있는 방법은 오직 하나뿐일세. 대롱에 넣어 입으로 부는 거지. 그렇다면 이 야만인은 어디에서 왔나 보세."

홈즈가 말했다.

"남아메리카가 아닐까?"

나는 적당히 생각나는 곳을 말했다.

홈즈가 책꽂이로 손을 뻗더니 두꺼운 책 한 권을 뽑아 들었다.

"이건 지금 간행 중인 지명 사전의 첫 번째 권일세. 가장 최신의 믿을 만한 정보라고 봐도 좋을 걸세. 여기에 무슨 말이 적혀 있을까 보세. '앤다만 제도, 수마트라 북쪽으로 340마일 떨어진 곳의 벵골 만 안쪽에 위치. 덥고 습한 기후, 산호초, 상어, 브레어 항, 형무소, 러틀랜드 섬, 고리버들 재배······' 아, 여기 있군, 여기 있어! '앤다만 제도 사람들은 아마 지구상에서 가장 키가 작은 인종일 것이다. 하지만 인류학자 중에는 아프리카의 부시맨, 아메리카의 디거 인디언, 푸에고 섬 사람들을 가장 작은 인종으로 보는 사람들도 있다. 평균 신장은

4피트 이하로, 성인 중에서도 그보다 훨씬 더 작은 사람들이 많다. 사납고 성격이 까다로워 다루기 힘든 종족이지만, 일단 신뢰를 얻으면 몸과 마음을 전부 내줄 듯한 우정을 맺을 수 있다.' 바로 여길세, 중요한 곳은. 그 다음에 이렇게 적혀 있다네. '그들은 선천적으로 모습이 흉한 종족으로, 크고 일그러진 머리와 조그맣고 흉포한 눈에 얼굴도 심하게 일그러져 있다. 게다가 손과 발이 놀랄 정도로 작다. 매우 사납고 다루기 힘든 상대이기 때문에 그들을 지배하려던 영국 정부의 노력은 매번 허사로 돌아갔다. 그들은 난파선을 습격해 끝에 돌을 매단 봉으로 생존자의 머리를 깨기도 하고 독침으로 쏴 죽이기도 하기 때문에, 항해자들은 언제나 그들을 두려워한다. 이러한 학살 후에 그들은 반드시 인육으로 잔치를 연다.' 참으로 훌륭하고 사랑스러운 민족이 아닌가, 왓슨! 만약 그 사람이 제멋대로 날뛰게 내버려 두었다면 얼마나 끔찍한 사건이 됐을지 알 수 없을 걸세. 사실, 지금까지 저지른 일만으로도 조너선 스몰은 틀림없이 그 사람을 끌어들인 걸 크게 후회하고 있을 걸세."

"그렇다면 스몰은 어떻게 그런 이상한 녀석을 알게 됐을까?"

"글쎄, 그건 나도 잘 모르겠네. 하지만 스몰이 앤다만 섬에서 온 것만은 확실하니, 그 섬 사람과 함께 있다고 해도 이상할 건 조금도 없지. 곧 모든 사실이 밝혀질 걸세. 왓슨, 자네 아주 피곤해 보이는군. 거기 소파에 좀 눕게나. 내가 재워 줄 테니."

홈즈는 방 한쪽 구석에서 바이올린을 꺼내 오더니, 내가 소파에 눕자 낮고 아름다우며 환상적인 곡을 연주해 주었다. 틀림없이 홈즈의 자작곡이었을 것이다. 그는 즉흥적으로 곡을 만들어 내는 뛰어난 재능을 가지고 있었다.

그의 가냘픈 손, 진지한 얼굴, 활을 올렸다 내렸다 하는 모습 등이 어렴풋이 눈앞에 어른거리던 기억이 난다. 나는 마침내 조용한 소리의 바다 위를 둥실둥실 떠다니는 듯한 기분이 들었고, 메어리 모스턴 양의 아름다운 얼굴이 떠올랐다. 그러고는 꿈나라로 빠져들었다.

끊어진 사슬

나는 오후 늦게야 눈을 떴는데, 잠에서 깨니 몸도 마음도 한결 가벼워졌다. 셜록 홈즈는 내가 잠들기 전과 조금도 변함없는 자세로 앉아 있었다. 달라진 점이라면 바이올린을 옆에 내려놓은 채 책에 완전히 빠져 있다는 것이었다. 내가 몸을 움직이자 내 쪽으로 고개를 돌렸는데, 그의 얼굴에는 어두운 걱정의 빛이 어려 있었다.

"아주 깊이 잠들었더군. 얘기 소리에 깨지나 않을까 걱정을 했었는데."

홈즈가 말했다.

"아무런 소리도 듣지 못했네. 새로운 정보가 들어왔단 말인가?"

내가 물었다.

"아무런 정보도 들어오지 않았네. 솔직히 말해서 좀 놀랍고 실망스럽다네. 지금쯤이면 틀림없이 뭔가 확실한 정보를 얻을 수 있을 거라고 생각하고 있었는데. 위긴스가 조금 전에 보고를 하러 왔었지. 증기선의 행방을 전혀 찾을 수가 없다더군. 일 분 일 초가 아까운 이때, 일이 여기서 막혀 버리다니 답답하네."

"내가 뭐 도와줄 일은 없겠는가? 이제 완전히 기운을 되찾았으니, 하룻밤 정도는 더 먼 곳까지 가도 괜찮을 걸세."

"아닐세. 지금은 어떻게 손을 쓸 수 없는 상황이야. 그저 기다릴 수밖에. 둘이 자리를 비웠다가 그 사이에 연락이 오면 때를 놓쳐 버리게 될지도 모르니까. 자네야 다른 볼일을 봐도 상관없지만, 나는 여기서 좀 더 기다리고 있어야만 하네."

"그럼 나는 잠깐 캠버웰로 가서 세실 포레스터 부인을 보고 오도록 하겠네. 어제 다시 와 달라는 청을 받았거든."

"세실 포레스터 부인을?"

홈즈가 눈가에 웃음을 지으며 물었다.

"아, 물론 모스턴 양도 보고 와야지. 두 사람 모두 그 뒤의 일을 알고 싶어 할 테니까."

"나 같으면 너무 많은 얘기는 하지 않을 걸세. 여자란 완전히 믿을 수가 없는 존재거든. 가장 신뢰할 수 있는 상대라 해도 마찬가지일세."

아주 편협한 의견이라고 생각했지만, 반박하고 있을 시간이 없었다.

"한두 시간 후에는 돌아오겠네."

내가 말했다.

"좋을 대로 하게나. 행운을 빌겠네! 그건 그렇고, 강을 건너갈 거라면 지나는 길에 토비를 좀 돌려주고 오게나. 더 이상 도움받을 만한 일은 없을 것 같네."

홈즈의 말대로 나는 개를 데리고 핀친 거리에 있는 늙은 동물 상인의 집으로 가서 십 실링과 함께 개를 돌려주었다. 캠버웰에 가 보니, 모스턴 양은 어젯밤의 모험으로 조금 지쳐 있는 듯했지만 그래도 자꾸만 그 뒤의 일에 대해 듣고 싶어 했다. 포레스터 부인의 눈도 호기심으로 가득 차 있었다. 나는 이번 사건의 아주 끔찍한 부분은 빼고 우리가 겪은 일들에 대해서 전부 이야기해 주었다. 즉 숄토가 살해되었다는 이야기는 했지만, 살해 방법이나 현장의 모습에 대해서는 자세히 설명하지 않았다. 하지만 상당히 생략한 이야기를 듣고서도 두 여자는 매우 놀란 듯한 표정을 지었다.

"중세 기사의 모험담 같군요. 불행에 빠진 아가씨에, 오십만 파운드의 보물, 피부가 검은 식인종, 의족을 한 악한. 옛날 얘기였다면 용이나 성격이 비뚤어진 남작이 나왔을 테지만."

"그리고 도움을 주기 위해 떠나는 두 기사."

모스턴 양이 반짝이는 눈으로 나를 보며 한마디 덧붙였다.

"무슨 소리를 하는 거예요, 메어리 양. 당신의 운명이 이 수사 결과에 달려 있다고요. 그런데도 아무 관계도 없는 사람처럼 그렇게 속 편한 소리를 하고 있다니. 한 번 생각해 보라고요. 어마어마한 부자가 되어서 하고 싶은 대로 하고 살면 얼마나 기분이 좋을지."

모스턴은 그런 기대감에 가슴이 설레는 듯한 모습은 조금도 보이지 않았다. 오히려 막대한 부자가 되는 것은 자기와 상관없는 일이라는 듯한 얼굴로 고고하게 머리를 흔들었다. 나는 그런 그녀의 모습을 보면서 넘쳐 오르는 기쁨을 억누를 길이 없었다.

"그보다는 새디어스 숄토 씨의 일이 걱정이에요. 다른 일은 아무래도 상관없어요. 그분은 처음부터 계속 아주 훌륭한 태도로 친절하게 대해 주셨어요. 그분의 억울한 혐의를 벗겨 주는 게 우리가 할 일이라고 생각해요."

그녀가 말했다.

땅거미가 질 무렵이 되어서야 캠버웰에서 출발했기 때문에, 완전히 어두워진 뒤에 집에 도착했다. 홈즈의 책과 파이프는 의자 옆에 그대로 놓여 있었지만, 홈즈의 모습은 보이지 않았다. 어디 메모라도 없나 찾아보았지만, 그것도 없었다.

"셜록 홈즈는 어디 나갔나 보죠?"

덧문을 닫으러 올라온 허드슨 부인에게 물었다.

"아니요, 자기 방에 있어요. 그보다 저기, 선생님."

부인이 갑자기 목소리를 낮추며 말했다.

"저는 홈즈 씨의 몸이 조금 걱정되는데요."

"무슨 일 있었나요, 부인?"

"무슨 일이나마나, 아무래도 그분 좀 이상해요. 선생님이 외출을 하신 이후로 계속해서 방 안을 왔다 갔다 했는데, 발소리가 어찌나 귀에 거슬리던지 견딜 수가 없었을 정도였다니까요. 그리고 무엇인가 자꾸만 혼잣말을 중얼거리는 게 들려왔고, 현관에서 벨 소리가 날 때마다 계단까지 와서 '지금 온 게 누구죠, 부인?'이라고 큰 소리로 물었어요. 지금은 자기 방으로 들어가서 문을 걸어 잠갔지만, 아직도 서성이고 있는 소리가 들린다니까요. 무슨 병이나 아니었으면 좋으련만. 진정제가 필요하냐고 물었더니 무서운 표정을 지어 보여서, 깜짝 놀라 나도 모르게 뒷걸음질쳤다니까요."

"그렇게 걱정할 필요는 없어요. 전에도 그런 적이 있었거든요. 뭔가 마음에 걸리는 일이 있어 조금 흥분해서 그럴 거예요."

나는 친절하고 사람 좋은 부인이 쓸데없는 걱정을 하지 않도록 가능한 한 별일 아니라는 듯이 대답했다. 하지만 길고 긴 밤 동안 때때로 들려오는 그의 둔탁한 발소리를 들을 때마다, 명석한 두뇌를 가진 그가 이처럼 아무런 손도 쓰지 못한 채 있어야만 한다는 사실 때문에 초조함을 느끼고 있는 것이 아닐까 하는 생각이 들어, 나 자신마저도 불안함을 느꼈다.

아침 식사를 할 때 홈즈는 아주 피곤하고 초췌해 보였으며, 열이라도 있는지 뺨이 발갛게 달아올라 있었다.

"자네, 그러다 쓰러지기라도 하면 어쩔 건가? 밤새도록 방 안을 서성이는 소리가 들리던데."

내가 말했다.

"아, 잠이 오지 않아서 말이야. 별로 하고 싶은 얘기는 아니지만, 이번 문제에는 나도 좀 당황스럽다네. 다른 일들은 전부 문제없이 해치웠는데, 여기까지 와서 그 하찮은 일 때문에 방해를 받다니. 범인과 증기선, 모든 것들을 알고 있는데도 정보가 들어오지 않네. 다른 협력자들에게도 도움을 청했고, 내가 동원할 수 있는 방법은 전부 동원했네. 강의 양쪽 기슭을 이 잡듯이 뒤졌지만 아무런 정보도 얻지 못했고, 스미스 부인도 남편의 소식을 전혀 듣지 못하고 있네. 그렇다면 결국에는 배를 침몰시켰다고 밖에는 달리 생각할 길이 없지. 하지만 그렇다고도 볼 수 없거든."

홈즈가 말했다.

"그렇다면 스미스 부인이 일부러 다른 배를 가르쳐 주었을 가능성도 있지 않을까?"

"아니, 그건 아닐 걸세. 여기저기 알아봤는데, 그런 증기선이 틀림없이 존재한다네."

"상류 쪽으로 거슬러 올라간 건 아닐까?"

"나도 그 생각을 했다네. 일단 수색대를 보내서 리치먼드 부근까지 조사를 하도록 했네. 오늘까지 아무런 소식도 얻지 못한다면, 내일은 내가 직접 나가서 배보다는 범인을 찾아볼 생각이라네. 하지만 그 전에 틀림없이 연락이 있을 걸세."

하지만 연락은 오지 않았다. 위긴스와 그 외의 다른 사람들 모두 아무런 연락도 주지 않았다. 거의 모든 신문이 노우드의 비극에 관한 기사를 실었다. 기사들은 전부 불행한 새디어스 숄토에게 동정적이지 않았다. 하지만 내일 검시가 있을 것이라는 사실 외에 새로운 사실은 무엇 하나 실려 있지 않았다.

저녁 무렵에 나는 캠버웰까지 걸어가서 두 여자에게 우리의 수사가 어려움을 겪고 있다는 사실을 보고한 뒤 집으로 돌아왔는데, 그때 홈즈는 힘없이 우울한 표정을 짓고 있었다. 그는 묻는 말에 제대로 대답도 하지 않은 채 밤새도록 복잡한 화학 실험에 열중했다. 증류기에 열을 가해 부글부글 기체를 증류시키고 있었는데, 그 기체가 말할 수 없이 이상한 냄새를 발산했기에 나는 끝내 참지 못하고 도망을 쳐 버렸다. 밤이 깊어서도 여전히 지독한 냄새를 풍기는 실험을 계속하는 듯 시험관 부딪치는 소리가 들려왔다.

동이 틀 무렵 흠칫 놀라 눈을 떠 보니, 놀랍게도 홈즈가 뱃사람과 같은 복장에 두꺼운 잠바를 걸치고 촌스러워 보이는 빨간 스카프를 목에 감은 채 침대 머리맡에 서 있었다.

"왓슨, 강 하류에 좀 다녀오겠네. 여러 가지로 생각해 봤지만 방법은 하나밖에 없어. 어쨌든 시도해 볼 만한 가치는 있을 것 같네."

그가 말했다.

"그럼 물론 내가 따라나서도 상관없겠지?"

"아니. 자네는 나 대신 여기에 남아 주는 편이 훨씬 더 도움이 되네. 나도 별로 가고 싶지는 않다네. 오늘이야말로 분명히 소식이 있을 테니까. 위긴스 녀석, 어젯밤에는 완전히 풀이 죽어 있더라고. 편지나 전보는 전부 뜯어 보게나. 만약 무슨 연락이 있으면 그때는 자네 판단에 따라 행동해 주게. 그래 줄 수 있겠지?"

"물론이지."

"내게는 전보를 칠 수 없을 걸세. 나도 내가 어디로 갈지 모르니까. 하지만 운이 좋으면 그렇게 멀리까지 가지 않아도 될 걸세. 이번에는 틀림없이 새로운 정보를 가지고 돌아오겠네."

아침 식사를 할 때까지도 그에게서는 아무런 소식도 오지 않았다. 그런데 <스탠더드>지를 펼쳐 보니, 이 사건에 관한 새로운 기사가 실려 있었다.

어퍼 노우드의 비극에 관해서(라고 적혀 있었다), 처음 생각했던 것보다 더욱 복잡한 수수께끼가 담겨 있을 가능성이 대두되었다. 새로이 발견된 증거에 의해 새디어스 숄토는 사건과 무관하다는 사실이 밝혀졌다. 숄토 씨와 가정부인 번스턴 부인은 어젯밤 석방되었다.

하지만 당국은 진범에 관한 단서를 잡은 듯하며, 런던 경시청의 애설니 존스 씨가 평소와 다름없이 전력을 기울여서 수사를 진행시키고 있다고 한다. 곧 범인을 체포할 수 있을 것으로 보인다.

'어쨌든 다행이군, 숄토 씨가 혐의를 벗었으니. 그런데 새

로운 단서란 무엇일까? 뭐, 이건 경찰이 어처구니없는 실수를 저질렀을 때 쓰는 방법처럼 보이기도 하지만.'

이렇게 생각한 나는 신문을 테이블 위로 던졌는데, 그 순간 사람 찾는 광고 하나가 눈에 들어왔다. 그것은 다음과 같은 글이었다.

찾는 사람 — 선주 모드케이 스미스 및 그의 아들 짐. 두 사람은 지난 화요일 오전 3시경에 오로라 호라는 증기선을 타고 스미스 선착장에서 출항한 뒤 그대로 소식이 끊겼음. 증기선은 검은 선체에 붉은 줄이 두 개, 검은 굴뚝에 하얀 줄이 하나 들어가 있음. 모드케이 스미스 및 오로라 호의 행방에 관해서 스미스 선창의 스미스 부인이나 베이커 가 221B로 연락 주시는 분께는 오 파운드를 드림.

이건 틀림없이 홈즈가 낸 광고였다. 베이커 가의 주소가 그 사실을 확실하게 말해 주고 있었다. 참으로 좋은 방법이라고 나는 감탄하지 않을 수 없었다. 이렇게 하면 도망 중인 범인이 본다 해도, 행방을 감춘 남편을 걱정해서 부인이 낸 광고라고밖에는 생각하지 않을 것이다.

길고 긴 하루였다. 문을 노크하는 소리가 들리거나 거리를 서둘러 지나가는 발소리가 들릴 때마다 홈즈가 돌아온 것은 아닌지, 광고를 보고 누군가 온 것은 아닌지 깜짝깜짝 놀라고는 했다. 책을 손에 잡아 보기도 했지만, 생각은 어느 틈엔가 이 기묘한 수색에 관한 일이나 우리가 쫓고 있는 어울릴 것 같지 않은 두 악당 쪽으로 가 있었다.

홈즈의 추리에 어떤 근본적인 문제가 빠져 있는 것은 아닐까 생각해 보기도 했다. 어떤 커다란 오류를 범하고 있는 건 아닐까? 그가 아무리 앞뒤 상황을 고려해서 깊이 생각하는 명석한 두뇌를 가진 사람이라 할지라도, 출발점을 잘못 잡는다면 어처구니없는 이론을 내세우게 될 것이다.

그는 지금까지 과오를 범한 적이 없지만, 제아무리 머리가 좋은 이론가라 할지라도 때로는 과오를 범할 수도 있는 법이다. 그런 사람들은 너무 이론적으로만 따지기 때문에 종종 실수를 범하기도 한다. 상식적인 설명으로 간단하게 끝낼 수 있는 문제도 일부러 어렵게 해석하려는 버릇이 있기 때문이다. 하지만 나는 내 눈으로 직접 증거들을 봤고, 홈즈가 왜 그렇게 생각하는지에 대해서도 하나하나 그 이유를 들었다. 여러 가지 기괴한 일들을 생각해 보면, 대부분의 증거들이 아주 사소하고 하찮은 것들에 불과하면서도 모두가 한 방향을 가리키고 있지 않은가? 가령 홈즈의 생각에 오류가 있다 하더라도, 사건의 진상 역시 기괴하고 놀라운 것임에 틀림없을 것이다.

오후 3시쯤 벨이 요란스레 울리더니 현관에서 고압적인 목소리가 들려왔는데, 놀랍게도 애설니 존스가 우리 방으로 안내되어 들어왔다. 하지만 그는 노우드에서 거만하고 자신만만하게 사건을 맡던 때와는 전혀 다른 태도를 보였다. 얼굴은 초췌했고 태도는 조심스러웠으며, 뭔가 미안해 하는 듯한 사람처럼 보였다.

"안녕하십니까, 왓슨 선생님. 홈즈 씨는 외출하셨다고요?"

그가 말했다.

"네, 언제 돌아올지도 모르겠고요. 그래도 기다리실 거죠? 그쪽 의자에 앉아서 담배라도 한 대 피우세요."

"고맙습니다. 전 기다려도 상관없습니다."

여기저기 빨갛게 물들인 커다란 손수건으로 얼굴을 닦으며 그가 말했다.

"위스키 소다 한잔 하시겠습니까?"

"그럼 반 잔 정도만 부탁드립니다. 늦더위가 기승을 부리네요. 게다가 여러 가지로 고민거리가 있어서 좀 지쳤습니다. 얼마 전에 있었던 노우드 사건에 관한 내 견해를 알고 계시죠?"

"네, 전에 들은 적이 있었죠."

"바로 그것 때문입니다. 실은 그 견해를 수정하지 않을 수 없게 되었습니다. 숄토 주위에 빈틈없이 그물을 쳤는데, 그 그물 한가운데 커다란 구멍이 뚫려서 그곳으로 빠져나가고 말았습니다. 누구도 의심할 수 없는 알리바이가 있거든요. 그 사람이 형의 방에서 나온 다음부터의 행동이 완전히 증명되었습니다. 그러니 그 사람이 지붕으로 올라가 들창을 통해서 들어갔을 리가 없습니다. 아무리 생각해 봐도 내 힘으로는 풀 수 없는 너무 기묘한 사건이라, 그동안 쌓아 왔던 나의 직업적 신용이 단번에 무너질지도 모르겠습니다. 조금이라도 도움을 받을 수 있다면 정말 고맙겠는데."

"누구나 도움이 필요할 때가 있는 법입니다."
내가 말했다.
"친구이신 셜록 홈즈 씨는 정말 뛰어난 사람입니다."
그가 갈라지는 목소리로 무슨 비밀이라도 밝히듯 말했다.
"절대로 물러서는 법이 없는 사람입니다. 아직 젊은데도 불구하고 지금까지 얼마나 많은 사건에 관여해 왔는지를 나는 잘 알고 있는데, 단 한 건도 그 사람의 손으로 풀지 못한 사건이 없었습니다. 수사 방법이 조금 특이하고 조금 성급하게 이론에 매달리려고 하는 경향이 있기는 하지만, 전체적으로 보면 아주 유능한 경찰이 될 수 있을 만한 자질을 갖추고 있습니다. 나는 그것을 확실하게 말할 수 있습니다. 오늘 아침에 홈즈 씨로부터 전보를 받았는데, 아무래도 홈즈 씨가 사건 해결에 필요한 결정적인 단서를 잡은 듯합니다. 보세요, 바로 이겁니다."

그가 주머니에서 전보를 꺼내 내게 건네주었다. 12시에 포플러 우체국에서 보낸 것이었다.

바로 베이커 가로 가기 바람. 내가 없으면 귀가할 때까지 기다릴 것. 숄토 사건 범인 일당의 뒤를 쫓고 있음. 마지막 장면을 보고 싶다면 오늘 밤 동행할 것.

"아무래도 일이 잘 풀린 것 같군요. 다시 실마리를 잡은 것 같아요."

내가 말하자, 존스는 아주 만족스럽다는 듯이 소리를 질렀다.

"그럼 홈즈 씨도 역시 실수를 범했었단 말인가요? 하긴 베테랑 중의 베테랑도 때로는 실수를 범하게 마련이니까요. 어쩌면 이 전보도 잘못된 것일지도 모르고요. 하지만 기회를 놓치지 않는 것이 경찰관인 나의 임무입니다. 아, 누가 온 것 같군요. 아무래도 홈즈 씨 같은데요."

계단을 오르는 육중한 발소리와 함께 숨이 찬 듯 헐떡이는 소리가 들려왔다. 계단을 오르기가 무척 힘들었는지 중간에 한두 번 발소리가 멈췄다가 간신히 문 앞에 이르렀고, 곧 방 안으로 들어왔다.

그 남자는 조금 전 우리가 들은 소리에 어울리는 모습을 하고 있었다. 뱃사람 복장을 한 노인이었는데, 낡고 두꺼운 잠바의 단추를 목 밑까지 채우고 있었다. 등은 굽어 있었고, 다리를 떨고 있었으며, 천식이 있는지 거친 숨을 괴롭다는 듯이 내뱉고 있었다. 짧은 참나무 지팡이에 몸을 의지한 채 깊이 숨을 들이쉴 때마다 양쪽 어깨가 크게 들썩였다. 목에 감은 짙은 스카프에 얼굴을 묻고 있어서, 길고 흰 눈썹과 희끗희끗하고 긴 구레나룻, 날카로운 빛을 띤 검은 눈만 보인다고 해도 좋을 정도였다. 지금은 늙고 궁핍한 생활을 하고 있지만 예전에는 뛰어난 선장이었을 듯한 인상을 풍기고 있었다.

"무슨 일로 오셨죠?"

내가 물었다.

그는 노인답게 천천히 꼼꼼하게 주위를 둘러봤다.

"셜록 홈즈 씨 계신가요?"

그가 말했다.

"아니요, 여기 없는데요. 하지만 제가 그의 대리를 맡고 있어요. 하실 말씀이 있으면 제게 말씀하세요."

"홈즈 씨에게 직접 말해야 하네."

그가 말했다.

"말씀드렸잖아요. 제가 대리라니까요. 모드케이 스미스의 배에 관한 얘기인가요?"

"그렇다네. 나는 그 배가 어딨는지 알고 있어. 게다가 찾고 있는 사람들이 어디 있는지도 알고 있지. 보물이 있는 곳도 알고. 난 뭐든지 다 알고 있다네."

"그럼 얘기를 들려주세요. 홈즈에게 전해 줄 테니까요."

"본인에게 직접 얘기를 해야 하네."

그는 노인다운 고집스러운 면을 보이며 똑같은 말을 되풀이했다.

"그럼 홈즈가 돌아올 때까지 기다릴 수밖에 없겠네요."

"그럴 수는 없네. 남을 위해서 하루를 그냥 허비할 수는 없지. 홈즈 씨가 지금 여기 없다면, 홈즈 씨 스스로 찾으라고 하는 수밖에 없지. 당신들이 무슨 말을 해도 난 절대로 입을 열지 않을 거요."

노인이 다리를 절뚝거리며 문 쪽으로 가려 하자 애설니 존스가 그 앞을 가로막았다.

"할아버지, 잠깐 기다려요. 할아버지는 중요한 정보를 가지고 왔죠? 그러니까 보낼 수가 없어요. 싫어도 하는 수 없으니, 홈즈 씨가 돌아올 때까지 기다려 주세요."

존스가 말했다.

노인이 문 쪽으로 뛰어들려 했지만, 애설니 존스가 커다란 등을 문에 대고 길을 막고 있었다. 노인은 저항해 봐야 소용없는 일이라는 사실을 깨달은 듯했다. 지팡이로 바닥을 두드리며 소리쳤다.

"이 무슨 무례한 짓인가? 나는 신사적인 사람을 만날 수 있을 거라 생각하고 왔는데, 어디서 듣도 보도 못한 것들 둘이서 나를 붙잡아 놓고 이런 무례를 범해?"

"손해 보시는 일은 없을 겁니다. 시간을 허비하신 만큼 나중에 꼭 보상을 해 드릴 거고요. 저쪽 소파에 앉으세요. 홈즈가 곧 올 테니까요."

내가 말했다.

노인은 아주 불쾌하다는 표정으로 방 안을 가로질러 소파로 가서 턱을 괴고 앉았다. 존스와 나는 다시 담배에 불을 붙이고 계속 이야기를 나눴다. 그런데 바로 그때, 갑자기 홈즈의 목소리가 들려왔다.

"내게도 담배를 하나 줬으면 고맙겠는데."

우리 두 사람은 깜짝 놀라 의자에서 벌떡 일어났다. 바로 옆에 홈즈가 아주 즐겁다는 표정으로 앉아 있는 것이 아닌가.

"홈즈! 언제 왔나? 그런데 그 노인은 어디로 간 거지?"

내가 외쳤다.

"노인은 여기 있네. 가발, 수염, 눈썹 등 모든 게 여기 있다네. 이게 바로 노인의 정체일세. 변장에는 조금 자신이 있었지만, 그래도 자네까지 속일 수 있을 줄은 몰랐네."

홈즈가 한 줌 백발을 앞으로 내밀며 말했다.

"악취미를 가졌군요!"

존스가 아주 즐겁다는 듯이 외쳤다.

"당신은 배우를 해도 좋을 것 같습니다. 좀처럼 보기 드문 훌륭한 배우가 될 수 있을 겁니다! 기침하는 모습은 양로원에 있는 노인과 똑같았고, 게다가 비틀거리는 걸음은 일주일에 십 파운드는 받을 수 있는 연기였습니다. 하지만 나는 눈빛이 왠지 낯익다 싶었죠. 그러고 보니 우리를 감쪽같이 속였다고는 할 수 없겠네요."

"오늘 하루 종일 이런 차림으로 다녔어요. 요즘 내 얼굴을 알아보는 범죄자들이 늘어나서요. 특히 왓슨이 내가 관계한 사건들에 관한 얘기를 책으로 내기 시작하면서부터. 그래서 이런 식으로 간단하게 변장이라도 하지 않으면 수사를 할 수 없게 됐죠. 전보는 받아 봤나요?"

홈즈가 담배에 불을 붙이며 말했다.

"네, 그래서 이렇게 찾아온 거 아니겠습니까."

"수사는 어떻습니까? 진척은 있었나요?"

"전혀 없습니다. 용의자를 두 사람이나 석방했습니다. 그리고 나머지 두 사람에 대한 증거도 없는 실정입니다."

"걱정할 거 없습니다. 그들 대신에 다른 두 사람을 잡아 줄 테니. 단, 그러기 위해서는 내 명령에 따라야 합니다. 공식적으로는 당신이 잡은 거라고 해도 상관없지만, 무슨 일이 있어도 내가 말한 대로만 움직여야 합니다. 알겠죠?"

"좋고말고요. 범인을 가르쳐만 준다면야."

"좋습니다. 그럼 우선 고속 경비정, 증기선으로요, 한 척을 7시까지 웨스트민스터 선착장에 대기시켜 주세요."

"그거라면 지금 당장이라도 준비할 수 있습니다. 그 부근에는 언제나 한 척 정도가 대기하고 있으니까. 하지만 만약을 위해서 전화를 걸어 두겠습니다."

"그리고 놈들이 저항할지도 모르니, 힘 좋은 사람을 둘만 보내 주세요."

"배에는 그런 사람들이 두엇 타고 있을 겁니다. 그 외에 다른 것은?"

"녀석들을 잡으면 보물을 손에 넣을 수 있습니다. 그렇게 되면 보물의 절반을 받을 당연한 권리를 가지고 있는 젊은 숙녀의 집으로 보물 상자를 가져다 주길 바랍니다. 그리고 그녀에게 상자를 열 수 있도록 해 주세요. 그러면 제 친구도 아주 기뻐할 겁니다. 그렇지, 왓슨?"

"그럴 수만 있다면 더할 나위 없이 기쁠 걸세."

"조금 변칙적인 방법이군요. 하지만 사건 자체가 워낙 변칙적이니, 그 정도는 눈을 감아 드리도록 하겠습니다. 단, 보물은 그 뒤 바로 공식적인 조사를 마칠 때까지 경찰에 맡기셔야 합니다."

 존스가 머리를 흔들며 대답했다.

 "물론이죠. 그건 아주 간단한 일입니다. 그리고 한 가지 더 부탁이 있는데요. 이 사건에 대해서 조너선 스몰에게 직접 듣고 싶은 것이 두어 가지 있어요. 장소는 이 방이든 어디든 상관없으니, 스몰과 개인적으로 면담을 하게 해 주세요. 간수라도 붙여서 경계를 소홀히 하지만 않는다면 크게 문제될 건 없겠죠?"

 "좋습니다. 지금은 모든 일에 있어서 당신이 중심입니다. 나는 조너선 스몰이라는 인물이 실제로 존재하는지 어떤지도 모르는 형편이니까요. 당신 손으로 그 사내를 잡을 수만 있다면 면담을 굳이 못하게 할 이유도 없죠."

 "그럼 허락하시는 거죠?"

 "그렇습니다. 그 외에 다른 것은?"

 "마지막으로는, 여기서 함께 식사를 해 달라는 것 정도입니다. 삼십 분 정도면 준비할 수 있어요. 굴과 들꿩 한 쌍, 그리고 괜찮은 백포도주도 있으니까요. 왓슨, 자네도 내가 요리에 상당히 뛰어난 소질을 갖고 있다는 사실은 몰랐지?"

섬사람의 최후

즐겁고 유쾌한 저녁 식사였다. 홈즈는 마음이 내킬 때면 상당히 말을 많이 하는 편이었는데, 오늘 밤이 바로 그런 경우였다. 아무래도 조금 흥분 상태에 있었던 듯하다. 나는 홈즈가 그처럼 기지를 발휘하여 많은 말을 하는 모습을 본 적이 없었다. 종교극과 중세의 도자기, 스트라디바리우스의 바이올린, 실론의 불교, 미래의 군함 등 여러 가지 화제를 차례차례로 끄집어내서는, 마치 전문적인 연구를 하고 있는 사람처럼 자세히 이야기했다. 그가 이렇게 기분 좋은 모습을 보이는 것은, 어제까지 이어졌던 우울한 기분에 대한 반동에 의한 것이었다.

애설니 존스도 편안한 장소에서는 대인 관계가 좋은 사람인 듯했으며 식사를 할 때는 미식가처럼 행동을 했다. 나도 사건이 곧 해결될 것 같다는 생각에 마음이 들떠 홈즈처럼 기분이 좋아졌다. 식사도중 우리 세 사람은 우리가 이런 자리를 갖게 된 원인을 제공한 사건에 대해서는 단 한마디도 하지 않았다.

식사를 마친 뒤, 홈즈가 언뜻 시계를 보더니, 세 개의 잔에 포트와인을 따랐다.

"우리의 성공적인 모험을 위해서 건배. 이제 슬슬 나가 봐야 할 시간일세. 왓슨, 권총은 가지고 있는가?"

"책상 서랍에 전에 쓰던 군용 리볼버가 있네."

"그럼 그걸 가지고 가게. 유비무환이니까. 마차가 온 듯하군. 6시 반까지 와 달라고 했거든."

7시가 조금 넘어 웨스트민스터 선착장에 도착했더니, 증기선 한 척이 우리를 기다리고 있었다. 홈즈가 배 여기저기를 살펴봤다.

"경비정이라는 사실을 나타내는 표시가 있나요?"

"있습니다. 배 측면에 달린 저 녹색 등이 바로 그겁니다."

"그럼 그걸 떼어 버리세요."

그 일이 끝나자 우리는 배에 올라타고는 밧줄을 풀었다. 존스와 홈즈, 그리고 나는 배의 뒤편에 앉았다. 조타수가 한 명, 기관사가 한 명, 뱃머리에 건장한 경관이 둘 있었다.

"어디로 갈 겁니까?"

존스가 물었다.

"런던 탑이오. 제이콥슨 조선소 맞은편에 대 달라고 해 주세요."

우리가 탄 배의 속도는 매우 빨랐다. 짐을 실은 나룻배들의 긴 행렬 사이를, 마치 나룻배들이 멈춰 있는 것이 아닌가 하는 착각이 들 정도로 빠르게 추월해 갔다. 앞서가던 증기선 뒤에 따라붙었는가 싶더니 곧 그것마저도 따돌려 버리자, 홈즈는 만족스럽다는 듯 빙그레 웃음을 지어 보였다.

"이 강 위에 떠 있는 그 어떤 배라도 따라잡을 수 있어야 할 텐데."

홈즈가 말했다.

"아, 그건 좀 무리일 겁니다. 하지만 웬만한 배는 다 따라잡을 수 있습니다."

"지금부터 오로라 호라는 배를 따라잡아야 하는데, 그게 쾌속정이라 불리는 녀석이라서요. 왜 녀석들을 간단하게 덮치지 못하는지 그 이유를 설명해 줄까, 왓슨? 자네, 하찮은 문제에 발목을 잡혀서 내가 안절부절못하던 일을 기억하지?"

"응."

"그래서 나는 화학 실험을 하며 머리를 완전히 식혔지. 한 위대한 정치가가 '일을 바꾸는 것이 최고의 휴식'이라고 말했거든. 정말 옳은 말일세. 나는 탄화수소 분해에 성공한 뒤 다시 숄토에 관한 문제로 되돌아가, 사건 전체를 다시 한 번 생각해 봤지. 소년들이 패를 갈라서 강의 상류와 하류를 전부 찾아봤지만, 그래도 아무런 성과를 올리지 못했네. 증기선은 어느 선착장, 어느 부두에서도 발견되지 않았고, 제자리로 돌아온 것도 아니었다네. 그렇다고 흔적을 감추기 위해서 배를 가라앉힌 것 같지는 않고. 뭐, 달리 생각할 길이 없을 경우에는 그 가능성도 한 번 생각해 보지 않을 수 없게 되지만 말일세. 아무튼 스몰이라는 사람은 꽤 교활한 면을 가지고 있기는 하지만 철저하게 책략을 꾸밀 만한 능력은 없는 것처럼 보였다네. 그런 일을 하는 것은 일반적으로 높은 교육을 받은 사람들이지. 그래서 나는 생각했다네. 스몰은 한동안 런던에서 생활했을 것이 틀림없다. 폰디체리 저택을 끊임없이 감시하고 있었다고 하니, 이건 틀림없는 사실일 걸세. 그렇다면 갑자기 도망치지는 못할 것이며, 비록 하루라 할지라도 뒤처리를 할 시간이 필요했을 걸세. 어쨌든 그럴 확률이 높아."

"조금 억지스러운 부분이 있는 듯한데. 녀석은 완전히 준비를 갖춰 놓은 뒤 이 모험을 시작했다고 생각하는 편이 더 맞지 않을까?"

내가 말했다.

"아니, 나는 그렇게 생각하지 않네. 녀석의 그 은신처는 만일의 경우에 숨어 있기 아주 좋은 곳이기 때문에, 확실하게 일이 끝나기 전까지는 버리지 않을 걸세. 그런데 또 다른 생각이 하나 떠올랐다네. 조너선 스몰은, 공범자의 기묘하기 짝이 없는 모습은 제아무리 변장을 해도 사람들의 이야깃거리가 될 것이며, 그렇게 되면 그가 이번 노우드 사건과 관계가 있을 것이라고 여겨지지나 않을까 걱정할 것임에 틀림없었다네. 녀석은 꽤 머리가 좋은 편이니, 그 정도는 생각할 수 있었을 걸세. 그는 사람들의 눈을 피해서 어두울 때 은신처에서 나와 날이 밝기 전에 돌아갈 계획이었을 걸세. 스미스 부인의 말에 의하면, 그들이 배에 오른 것은 오전 3시가 지난 시각이었네. 한 시간 후면 날이 밝고 사람들도 일어나기 시작하네. 그러니 그들은 그리 멀리까지는 가지 못했을 것이라고 나는 생각했지. 그들은 스미스의 입을 막기 위해서 충분한 돈을 지불하고 마지막 도주를 위한 증기선을 대기시켜 놓았다가 보물 상자를 은신처로 옮겼을 걸세. 두어 밤 거기에 숨어서 신문에 난 기사를 보며 자신들이 과연 의심을 받고 있는지를 확인한 뒤, 어둠을 틈타 그레이브센드나 다운즈 부근에 정박해 있는 기선을 타려 할 거라고 보네. 그리고 물론 미국이나 다른 식민지로 가는 배표는 사 두었겠지."

"하지만 증기선은? 설마 은신처까지 끌고 갔다고 생각하는 건 아니겠지?"

"당연하지. 그러니까 눈에 띄지는 않지만 증기선은 어딘가 그리 멀지 않은 곳에 있을 것임에 틀림없네. 그래서 나는 스몰의 입장에 서서, 그 정도의 두뇌를 가진 사람이라면 어떻게 했을까를 생각해 봤지. 배를 돌려보내거나 선착장에 세워 둔다면 어떤 우연한 계기로 경찰이 냄새를 맡았을 때 추적의 손길이 훨씬 더 빨리 미칠 것이라고 그는 생각했을 것이네. 그렇다면 어떻게 해야 배를 숨겨 두었다가 필요할 때 가져다 쓸 수 있을까? 내가 스몰이라면 어떻게 할까를 생각해 봤지. 방법은 오직 하나밖에 떠오르지 않더군. 조선소나 수리 공장에 맡겨 배의 모습을 조금 바꾸는 것이었다네. 그렇게 하면 누구의 눈에도 띄지 않을 것이며, 두어 시간 전에 연락해 두기만 하면 틀림없이 손에 넣을 수 있을 테니까."

"아주 간단한 일이군."

"이렇게 간단한 일일수록 더 놓치기 쉬운 법이지. 어쨌든 나는 이 생각을 바탕으로 움직여야겠다고 생각했다네. 그래서 바로 사람 좋은 뱃사람으로 변장한 뒤 하류에 있는 조선소부터 뒤지기 시작했다네. 열다섯 군데 허탕을 치고 열여섯 번째 조선소에서, 거기가 바로 제이콥슨 조선소라네, 드디어 오로라 호가 이틀 전에 맡겨졌다는 사실을 알게 되었지. 의족을 한 사내가 키를 좀 봐 달라고 배를 맡겨 놓고 갔다는데, 주인은 '키는 아주 멀쩡하더라고. 저기 있는 빨간 줄이 들어간 배가 그 배요'라고 말하더군. 바로 그때 누가 나타났는지 아는가? 다름 아닌 행방불명됐던 선주 모드케이 스미스였다네! 술에 완전히 취해서 제정신이 아니더군. 물론 나는 그를 본 적이 없었기 때문에 그 사람이 스미스인 줄은 꿈에도 몰랐지만, 그 사람이 아주 커다란 목소리로 자신의 이름과 배의 이름을 외쳐 댔다네. '오늘 밤 8시에 배를 가지러 오겠소. 정확히 8시요. 기다리게 해서는 안 될 손님이 두 명 있으니'라고 말하며 스미스는 인부들에게 은화를 뿌렸어. 두둑하게 수고비를 받았는지 돈을 아주 많이 가지고 있더군. 잠시 뒤를 미행했는데, 그는 술집으로 들어가더군. 그래서 나는 조선소로 다시 돌아가다가, 도중에 만난 소년에게 배를 감시하라고 시켰네. 소년이 물가에 서 있다가, 배가 출발하면 손수건을 흔들어서 우리에게 신호를 해 주기로 되어 있네. 신호가 있을 때까지 우리는 근처 물 위에서 대기하고 있기만 하면 되네. 일이 이렇게 됐는데도 그들을 잡지 못하고 또 보석을 되찾지 못한다면, 그건 말도 안 되는 일이지."

존스가 우리의 대화에 끼어들었다.

"그렇군요. 정말 멋진 계획입니다. 그게 진범인지 아닌지는 별개의 문제지만요. 하지만 나라면, 제이콥슨 조선소 일대에 경찰들을 숨겨 두었다가 녀석들이 나타나면 그때 체포를 할 겁니다."

"그건 힘들 겁니다. 스몰은 상당히 용의주도한 사람이거든요. 먼저 사람을 보내 살피게 해서 조금이라도 미심쩍은 부분이 있으면 앞으로 일주일 정도는 가만히 몸을 숨기고 있을 겁니다."

"그렇다면 모드케이 스미스를 닦달해서 녀석들의 은신처를 알아낼 수도 있지 않을까?"

내가 말했다.

"그건 시간만 허비하는 일일세. 스미스가 그들의 은신처를 알고 있을 확률은 거의 없는 거나 마찬가지니까. 스미스는 술과 충분한 돈만 받으면 그걸로 그만일세. 그들이 무엇인가를 요구하면 그대로 해 주기만 하면 되는 거지. 나 역시 이 방법 외의 다른 방법들을 남김없이 검토해 봤지만, 결국은 이 방법이 가장 좋더군."

이런 이야기를 나누고 있는 동안, 배는 템스 강을 가로지른 수많은 긴 다리 밑을 빠져나갔다. 런던의 중심부를 빠져나가려던 순간 뒤를 돌아보니, 기울어 가는 저녁 해가 세인트 폴 성당의 첨탑 위 십자가를 눈부시게 비추고 있는 것이 보였다. 런던 탑에 도착했을 때는 이미 땅거미가 지고 있었다.

"저게 바로 제이콥슨 조선소라네."

서리 주 쪽 강가의 삐죽삐죽 솟아 있는 돛대와 돛을 가리키며 홈즈가 말했다.

"나룻배들 사이로 천천히 오르내리고 있으면 된다네."

그는 주머니에서 야간용 쌍안경을 꺼내 한동안 강가 쪽을 살펴봤다.

"내가 세워 놓은 염탐꾼의 모습이 보이네. 하지만 아직 손수건은 흔들지 않고 있어."

그가 말했다.

"좀 더 하류 쪽으로 가서 숨어 있으면 어떨까요?"

존스가 진지한 어조로 말했다.

그때는 모두가 진지한 표정을 짓고 있었다. 앞으로 무슨 일이 일어날지 일의 사정을 잘 알지 못하는 경관과 화부들마저도 그랬다.

"무슨 일이든 처음부터 이건 이렇게 될 거라고 결정해 버리는 건 옳지 않아요. 녀석들이 강을 따라 내려갈 가능성은 구십구 퍼센트지만, 그렇다고 해서 틀림없이 하류로 간다고는 장담할 수 없어요. 여기에 있으면 조선소의 출입구를 볼 수 있으면서도 우리가 들킬 염려는 없어요. 게다가 오늘 저녁은 맑아서 앞이 잘 보일 거 같고요. 그냥 여기에 있어야 합니다. 저기 좀 봐요. 저쪽 가스등 불빛 속에서 사람들이 줄줄이 걸어가고 있는 게 보이지 않습니까?"

홈즈가 말했다.

"조선소 일을 마치고 돌아가는 사람들이군요."

"차림새는 지저분하지만, 그래도 각자 가슴속에 영원히 빛을 발하는 무엇인가를 가지고 있죠. 겉모습만 봐서는 그렇게 보이지 않을 겁니다. 하지만 그럴 것 같지 않다고 무조건 단언할 수도 없지요. 정말 인간이란 신비하기 짝이 없는 수수께끼니까요!"

"누군지는 모르겠지만, 인간이란 동물 속에 깃든 영혼이라고 말한 사람도 있었지."

내가 말했다.

"윈우드 리드가 그 점에 관한 멋진 말을 했다네. 인간 한 사람 한 사람은 종잡을 수 없는 수수께끼지만, 집단은 수학 문제를 풀 때처럼 확실하게 답을 내릴 수 있는 존재라고 말했다네. 예를 들어서 어떤 한 사람이 어떤 행동을 할지는 예측할 수 없지만, 평균적인 숫자의 사람들이 어떻게 행동할지는 정확하게 예상할 수 있다는 거야. 즉 개인은 종류도 많고 다양하지만, 평균치는 언제나 일정하다는 게 이 통계학자의 주장이라네. 그건 그렇고, 저건 손수건이 아닌가? 보게, 저쪽에서 틀림없이 하얀 손수건을 흔들고 있지 않은가?"

"틀림없네. 자네가 세운 염탐꾼일세. 내 눈에도 똑똑히 보이네."

나도 모르게 큰 소리로 외쳤다.

"저기를 보게, 오로라 호가 있어. 무서운 속도로 달리고 있어. 기관사 양반, 전속력으로 달리시오. 저 노란 등불을 매단 증기선을 따라가야 해요. 무슨 일이 있어도 쫓아가서 잡아야 하오!"

오로라 호는 조선소 입구에서 빠져나와 두어 척의 소형선 그늘로 지나갔기 때문에, 우리가 그 모습을 발견했을 때는 이미 상당히 빠른 속도로 달리고 있었다. 그리고 지금은 기슭을 따라서 날아갈 듯 빠른 속도로 하류를 향해 가고 있었다. 존스가 심각한 표정으로 배를 바라보며 머리를 흔들었다.

"굉장한 속도군요. 따라잡을 수 있을까요?"

그가 말했다.

"무슨 일이 있어도 따라잡아야 해요! 화부, 석탄을 가득 넣어요! 전속력으로 달려요! 이 배에 불이 붙는 한이 있어도 저 녀석들을 잡아야 해요!"

홈즈가 이를 갈며 말했다.

이미 거리가 꽤 많이 벌어져 있었다. 기관의 기관실은 으르렁거렸고 강력한 엔진은 거대한 무쇠 심장처럼 요란스러운 소리를 냈으며, 뾰족한 뱃머리는 조용한 수면을 가르며 좌우 양쪽으로 커다란 물결을 일으켰다. 엔진이 한 번 울릴 때마다 배 전체가 마치 생명체처럼 튀어오르기도 하고 떨려 오기도 했다. 뱃머리에 달아 놓은 하나뿐인 노란 등이 크게 흔들리며 깔때기 모양의 불빛을 앞쪽으로 던지고 있었다.

눈앞에 펼쳐진 어두운 수면 위의 희미하게 보이는 그림자가 오로라 호의 위치를 나타내고 있었고, 그 뒤에서 소용돌이치고 있는 하얀 거품은 그 배가 얼마나 빠른 속도로 달리고 있는지를 나타내고 있었다. 우리는 말을 실어 나르는 배와 증기선, 상선의 뒷머리를 스치듯 지나가기도 하고 옆으로 돌아가기도 하면서 그 사이를 헤집고 나가 몇 척의 배를 따돌렸다. 어둠 속에서 종종 고함치는 소리가 들리기도 했지만 오로라 호는 여전히 달리고 있었으며, 우리도 변함없이 그 뒤를 쫓고 있었다.

"석탄을 넣어요! 가득 채워 넣으라고요!"

홈즈가 기관실을 들여다보며 외쳤다. 아래쪽에서 미친 듯이 타오르고 있는 불이 심각한 빛을 띤 홈즈의 독수리 같은 얼굴을 벌겋게 비추고 있었다.

"낼 수 있는 속력은 다 내라고요!"

"꽤 접근한 듯하군요."

존스가 오로라 호를 바라보며 말했다.

"그렇군요. 이제 곧 따라잡을 수 있겠네요."

내가 말했다.

그런데 그 순간 불행하게도 세 척의 나룻배를 끌고 가는 예인선이 우리 앞으로 비집고 들어왔다. 순간적으로 힘껏 키를 돌려 간신히 충돌은 모면할 수 있었지만, 그 배의 옆을 돌아서 다시 달리기 시작했을 때 오로라 호는 이미 이백 야드도 더 앞서 달리고 있었다. 그래도 아직은 뚜렷이 볼 수 있었다. 어느덧 희미한 황혼 빛이 사라지면서 하늘에 별이 밝게 얼굴을 내밀기 시작했다. 기관은 최대한 가동되었고, 심하게 떨며 윙윙 소리를 냈다.

우리는 풀을 지나, 서인도 회사의 조선소를 지나, 기나긴 뎁포드 수역을 내려가다 독스 섬을 끼고 돌아 다시 상류로 향했다. 전방의 희미하게 보이던 그림자는 곧 확실한 모습으로 눈에 들어왔으며, 그것은 다시 아름다운 오로라 호의 모습으로 바뀌었다. 존스가 오로라 호 쪽으로 탐조등을 돌리자 갑판에 있는 사람의 모습까지 확실하게 알아볼 수 있었다. 배의 뒷부분에 있던 사람은 무릎 사이에 무엇인가를 끼고 앉은 채 그 위로 몸을 웅크리고 있었다. 그 옆에 검은 물체가 있었는데, 그것은 마치 뉴펀들랜드 개처럼 보였다.

키는 소년이 잡고 있었다. 그리고 기관실의 붉은 불꽃 속으로 웃통을 벗은 채 있는 힘을 다해서 석탄을 넣고 있는 스미스의 모습이 보였다. 처음에는 그들도 우리가 정말로 쫓고 있는 건지 잘 몰랐을 테지만, 그들이 뱃머리를 돌리고 방향을 바꿀 때마다 우리도 방향을 바꿨기 때문에, 결국에는 우리가 쫓고 있다는 사실을 알게 된 모양이었다.

그리니치 부근에 왔을 때 우리는 삼백 걸음 가까이까지 접근할 수 있었다. 블랙웰에서는 이백오십 걸음도 안 될 만큼 거리를 좁혔다. 나는 변화무쌍한 삶을 살아오면서 여러 나라에서 여러 동물을 사냥해 보았지만, 이 템스 강에서의 광기 어린 인간 사냥만큼 손에 땀을 쥐게 하는 통쾌한 사냥을 해 본 적은 없었다.

우리는 일 야드, 일 야드 착실하게 따라붙었다. 밤의 고요함 속으로 상대편 배의 신음하는 듯한 엔진 소리까지 들려오기 시작했다. 배의 뒤편에 앉아 있는 사내는 아직도 변함없이 갑판 위에 웅크린 채 두 손을 바쁘게 움직이고 있었다. 그리고 때때로 얼굴을 들어 우리와의 거리를 가늠해 보고는 했다.

우리는 꾸준히 거리를 좁혀 갔다. 존스가 큰 소리로 멈추라고 외쳤다. 두 배 모두 무서운 속도로 달리고 있었지만, 우리는 배 네 척 정도의 거리까지 따라붙을 수 있었다. 마침 양쪽 기슭이 넓게 펼쳐져 시야가 탁 트인 곳으로 접어들었는데, 한편으로는 버킹 평지가, 다른 한편으로는 플럼스테드 습지대가 보였다.

우리가 큰 소리로 외치자, 배의 뒤편에 앉아 있던 사내가 자리에서 벌떡 일어나 우리를 향해 두 주먹을 내저으며 높고 갈라진 목소리로 마구 욕을 퍼부어 댔다. 커다란 몸집에 다부진 체격을 가진 사내로 두 다리를 떡 벌리고 서서 균형을 잡으며 서 있었는데, 자세히 보니 오른쪽 다리는 허벅지 밑 부분부터 의족이었다. 사내가 날카로운 목소리로 욕설을 퍼부어 대자, 갑판 위에 웅크리고 있던 검은 물체가 움직이기 시작했다. 똑바로 일어선 모습을 보니 그것은 조그만 ─ 지금까지 본 적이 없을 정도로 조그만 ─ 흑인이었는데, 몸집에 어울리지 않게 머리가 아주 컸으며 머리카락은 엉망으로 헝클어져 있었다.

홈즈는 이미 권총을 뽑아 들고 있었으며, 나도 이 기괴한 원주민을 보자마자 바로 권총을 뽑아 들었다. 그는 외투 같기도 하고 담요 같기도 한 검은 것을 몸에 두르고 얼굴만 밖으로 내밀고 있었는데, 그 얼굴은 보기만 해도 소름이 끼칠 정도로 무시무시했다. 나는 그처럼 잔인하고 험상궂은 얼굴을 지금까지 본 적이 없었다. 그는 조그만 눈에 어두운 빛을 가득 담은 채, 두꺼운 입술 사이로 이를 드러내고 거의 동물처럼 소름 끼치는 소리로 울부짖었다.

"저 녀석이 손을 올리면 바로 총을 쏘게나."

홈즈가 차분한 목소리로 말했다.

이때는 이미 배 한 척 정도의 거리까지 따라붙었기 때문에, 사냥감은 거의 손이 닿을 듯한 거리에 있었다. 두 사내가 배 위에 서 있던 모습을 아직도 선명하게 기억하고 있다. 백인은 두 다리를 떡 벌리고 서서 날카로운 목소리로 고래고래 소리를 지르고 있었고, 악마와도 같이 흉측한 얼굴을 한 조그만 사내는 등불 밑에서 날카롭고 누런 이를 드러내며 울부짖고 있었다.

우리가 그 조그만 사내의 모습을 확실하게 볼 수 있었던 것은 다행스러운 일이었다. 우리 앞에 있던 조그만 사내는 걸치고 있던 것 속에서 자처럼 생긴 짧은 나무토막을 꺼내 그것을 입으로 가져갔다. 그것을 본 순간 우리가 가지고 있던 권총이 동시에 불을 뿜었다. 사내는 두 팔을 휘저으며 숨이 막히는지 기침을 해 대더니, 몸이 한 바퀴 휙 돌아가며 배에서 물 속으로 떨어져 버렸다. 하얗게 소용돌이치는 물 속에서 원한에 가득 차 노려보는 무시무시한 눈이 한순간 번뜩이더니 곧 사라졌다.

그와 동시에 의족을 한 사내가 키 쪽으로 달려갔다. 그는 그것을 힘껏 잡아당겼고, 배는 남쪽 기슭으로 방향을 바꾸더니 똑바로 달려 나가기 시작했다. 그 때문에 우리가 탄 배는 상대편 배의 뒷부분에서 겨우 이삼 피트 정도 떨어진 곳을 아슬아슬 스치듯 지나갔다.

우리도 급히 뱃머리를 돌려 계속 추격했지만, 상대편 배는 이미 기슭 가까이까지 접근해 있었다. 그곳은 매우 거칠고 을

씨년스러운 기분이 드는 곳으로, 고여 있는 물과 썩어 가는 식물들로 뒤덮인 늪지대 위에 달빛이 비치고 있었다. 상대편 배는 둔탁한 소리와 함께 진흙으로 된 제방에 뱃머리를 처박았고, 뱃머리를 공중으로 향한 채 배의 뒷부분을 수면 위로 드러냈다.

의족을 한 사내가 도망치려고 바로 배에서 뛰어내렸다. 하지만 그 순간 의족이 진흙 속에 깊숙이 박혀 버리고 말았다. 제아무리 몸부림을 쳐 봐야 소용없는 일이었다. 거기서 단 한 발짝도 움직일 수가 없었다. 그는 분노를 참지 못하고 큰 소리로 울부짖으며 다른 쪽 발로 미친 듯이 진흙을 걷어찼는데, 몸부림을 칠수록 의족은 진흙 속으로 더욱 깊이 빠져들 뿐이었다. 우리가 그 옆에 배를 댔을 때 사내는 더 이상 몸을 움직일 수도 없는 상태였다. 그래서 우리는 그의 겨드랑이에 줄을 건 뒤 있는 힘껏 잡아당겨, 마치 커다란 물고기처럼 사내를 우리 배 쪽으로 끌어왔다.

스미스 부자는 불만에 가득 찬 얼굴로 증기선 안에 앉아 있었는데, 명령을 하자 순순히 배로 건너왔다. 기슭을 타고 올라간 오로라 호를 끌어내려 우리 배 뒤에 묶었다. 오로라 호의 갑판 위에 인도인이 만든 견고한 무쇠 상자가 놓여 있었다. 그것은 틀림없이 숄토 가의 불길한 보물이 든 상자일 것이었다. 열쇠를 찾을 수 없었기에 조심조심 그 무거운 상자를 들어 우리 배의 조그만 선실로 옮겼다.

우리는 뱃머리를 상류로 돌려 천천히 되돌아가면서 탐조등으로 사방을 꼼꼼하게 비추어 보았다. 하지만 앤다만 제도에서 온 작은 남자의 시체를 끝내 발견할 수 없었다. 템스 강의 어두운 바닥 어딘가에는 아직도, 영국을 찾았던 그 괴상한 모습을 한 사내의 뼈가 잠자고 있을 것이다.

나무로 만든 선실 출입구를 가리키며 홈즈가 말했다.

"여기를 좀 보게나. 우리는 정말 아슬아슬한 순간에 총을 쏜 모양이군."

그랬다. 우리가 서 있던 곳 바로 뒤쪽에, 아직도 확실하게 기억하고 있는 그 무시무시한 독침이 박혀 있었다. 틀림없이 우리가 총을 쏜 순간 우리 사이를 뚫고 지나갔을 것이다. 그것을 본 홈즈는 빙그레 웃으며 평소와 다름없이 마음 편하게 어깨를 한 번 들썩였을 뿐이었지만, 솔직히 말하자면 나는 그날 밤 바로 우리 곁을 스치고 지나간 무시무시한 죽음의 운명을 생각하고는 오싹함을 느끼지 않을 수 없었다.

아그라의 멋진 보물

우리의 포로는, 오랫동안 인내하며 노력한 끝에 간신히 손에 넣은 무쇠 상자를 앞에 놓고 앉아 있었다. 햇볕에 그을린 피부와 두려움을 모르는 대담한 눈빛, 주름투성이 적갈색 얼굴은 야외에서의 고단한 생활이 매우 길었음을 말해 주고 있었다. 수염을 기른 턱이 두드러지게 튀어나와 있었는데, 그것은 목적을 정하면 쉽게 물러나지 않는 사람이라는 사실을 보여 주고 있었다. 나이는 쉰쯤 됐을까, 검은 곱슬머리에 희끗한 것이 꽤 섞여 있었다.

아까 보았듯이 일단 화를 내기 시작하면 굵은 눈썹과 고집스러워 보이는 턱이 무시무시한 표정을 만들지만, 차분하게 있을 때의 얼굴은 그다지 싫은 느낌을 주지 않았다. 그는 수갑이 채워진 손을 무릎 위에 놓고 고개를 푹 숙인 채, 범죄를 저지른 원인이 되었던 상자를 강한 빛을 발하는 날카로운 눈으로 바라보고 있었다. 그 침착하고 굳은 표정에는 분노가 아닌 슬픔의 빛이 감돌고 있는 것처럼 보였다. 눈을 들어 나를 한번 쳐다봤는데, 그 눈매에는 어딘지 재미있어 하는 듯한 빛까지 어려 있었다.

"조너선 스몰, 일이 이렇게 되어서 참 안 됐군."

홈즈가 담배에 불을 붙이며 말했다.

"나도 그렇게 생각합니다. 설마 이번 일로 교수형에 처해지지는 않겠죠? 하늘에 맹세코 말하는데, 나는 숄토 씨에게 손도 대지 않았습니다. 그 지옥의 개 같은 통가가 독침으로 쏜 겁니다. 나는 전혀 손도 대지 않았습니다. 아니, 오히려 피를 나눈 사람이 죽기라도 한 것처럼 슬퍼했습니다. 그 꼬마 악마를 밧줄 끝으로 패 줬다니까요. 하지만 이미 엎질러진 물이라, 어떻게 되돌릴 수가 없었습니다."

스몰이 솔직하게 대답했다.

"담배라도 피우게. 그리고 이걸 한잔 마시게나. 몸이 젖어서 춤지? 자네가 밧줄을 타고 올라가는 동안 그 조그만 흑인이 숄토 씨를 해치울 줄이야 누가 알았겠나?"

"마치 현장에 있었던 사람처럼 잘 알고 있군요. 사실은 그 방에 아무도 없을 줄 알았습니다. 그 집안의 일과를 잘 알고 있었는데, 그 시간은 평소 같으면 숄토 씨가 식사를 하러 아래층으로 내려갈 시간이었으니까요. 숨김없이 전부 말씀드리죠. 사실을 그대로 말씀드리는 게 내게는 가장 좋은 변명이 될 테니까요. 만약 상대가 늙은 숄토 소령이었다면 교수형에 처해질 만한 짓을 했을지도 모릅니다. 그 녀석을 죽이는 일이라면 이 담배를 피우는 것처럼 아무렇지도 않게 해치울 수 있으니까요. 하지만 아무런 원한도 없는 그의 아들을 상대로 감옥에 갈 짓을 저지른다는 건 생각조차 한 적이 없습니다."

"자네는 런던 경시청의 애설니 존스 씨의 손에 넘어갔네. 이분이 자네를 우리 집으로 데려오기로 되어 있으니, 그때 사건의 진상을 들려주기 바라네. 숨김없이 말해야 하네. 그럼 내가 도움을 줄 수 있을지도 모르니까. 그 독은 놀랄 만큼 빠른 속도로 퍼지지. 그러니까 자네가 방에 들어가기 전에 그 사람은 죽었을 테고, 나는 그 사실을 증명해 보일 수 있네."

"맞습니다. 방 안으로 들어가 보았더니, 그 사람이 얼굴을 옆으로 떨군 채 기묘한 표정으로 죽어 있었습니다. 태어나서 지금까지 그때처럼 놀란 적이 없었습니다. 정말 부들부들 떨었습니다. 통가 녀석을 초주검을 만들어 버리려 했는데, 잽싸게 도망가더군요. 너무 서둘러 달아나는 바람에 막대기와 독침을 놓고 왔다고 하던데, 그것 때문에 덜미를 잡혀 추격을 당하게 된 거겠죠? 당신이 어떤 방법을 써서 여기까지 올 수 있었는지는 알 수 없지만요. 하지만 나는 당신을 조금도 원망하지 않아요. 생각해 보면 우스운 얘기군요."

그는 씁쓸한 미소를 지으며 말을 이었다.

"오십만 파운드를 나눠 가질 정당한 권리를 가지고 있는 내가 앤다만 섬에서 방파제를 쌓는 데 반평생을 보냈는데, 이제는 다트무어 형무소에서 땅을 파며 보내야 한다니. 우연한 기회에 상인인 아크멧을 알게 되어, 그 때문에 아그라의 보물과 관계를 맺게 된 것이 모든 불행의 시작이었습니다. 보물을 가진 자는 불행해집니다. 숄토 소령의 아들은 살해당했고, 숄토 소령은 보물을 손에 넣었기 때문에 평생을 죄책감과 두려움 속에서 살다 갔고, 나는 나대로 평생 노예 같은 생활을 하게 됐으니."

이때 애설니 존스가 얼굴과 어깨를 조그만 선실 안으로 들이밀며 말했다.

"분위기 한 번 좋습니다. 나도 한 잔 마실 수 있습니까, 홈즈 씨? 이제 서로를 위해 축배를 들어도 좋지 않겠습니까? 나머지 한 사람을 생포하지 못한 게 좀 아쉽기는 하지만, 그건 어쩔 수 없는 일이었죠. 솔직히 말하면 좀 아슬아슬한 곡에였다고 생각합니다. 증기선을 따라잡는 것만도 큰일이었지요."

"끝이 좋으면 모든 게 좋은 법이죠. 그건 그렇고, 오로라 호가 그렇게 빠를 줄은 몰랐어요."

홈즈가 말했다.

"스미스의 말에 의하면, 오로라 호는 이 템스 강에서 가장 빠른 증기선 중 하나라고 합니다. 누군가 엔진을 봐 줄 사람이 한 명만 있었어도 절대로 잡히지 않았을 거라고 하더군요. 그 사람, 이번 노우드 사건에 대해서는 정말 아무것도 몰랐다고 발뺌하고 있습니다."

"그렇습니다. 아무것도 모릅니다. 내가 그 사람의 배를 고른 것은 빠르다는 소문을 들었기 때문입니다. 그 사람에게는 아무런 말도 하지 않았습니다. 단, 돈은 충분히 쥐어 주었죠. 그리고 만약 우리가 그레이브센드에서 브라질 행 에스메랄다 호에 무사히 탈 수 있게 되면, 다시 충분한 보수를 줄 생각이었죠."

조너선 스몰이 외쳤다.

"그렇군. 만약 그 사람이 정말 나쁜 짓을 하지 않았다면, 벌을 받지 않도록 해 줘야지. 우리가 범인을 잡는 일에 아주 신속하다고 해서 범인을 처벌하는 데까지 신속한 건 아니니까."

자랑하기 좋아하는 존스가 범인을 잡았다는 사실에 기분이 좋아져 벌써부터 잘난 척하는 모습을 보는 것은 아주 재미있는 일이었다. 셜록 홈즈가 가볍게 웃고 있는 것으로 보아, 그도 존스의 말을 귀담아들은 듯했다.

"곧 복스홀 다리에 닿을 겁니다. 거기서 왓슨 선생님은 보물 상자를 가지고 내려주십시오. 말씀드리지 않아도 잘 알고 계시겠지만, 이건 나로서는 중대한 책임을 져야 하는 일입니다. 커다란 규칙 위반이지만 약속은 약속이니까요. 대신 나도 책임상 경관을 한 명 붙여야겠습니다. 엄청난 거액의 물건이니까요. 물론 마차로 가실 생각이시죠?"

"네, 마차로 갈 겁니다."

"그런데 열쇠가 없습니다. 열쇠가 있으면 여기서 먼저 내용물을 확인할 수 있을 텐데. 그렇다면 자물쇠를 부술 수밖에 없겠네요. 이봐, 열쇠는 어디에 뒀지?"

존스가 말했다.

"강바닥에 있습니다."

스몰이 퉁명스럽게 말했다.

"정말 귀찮은 녀석이군. 너 때문에 우리는 신물이 날 정도로 고생을 했다고. 어쨌든 선생님, 자꾸 말씀드리는 것 같지만 꼭 좀 조심해 주십시오. 그리고 나중에 상자는 베이커 가에 있는 댁으로 가져가십시오. 우리는 경찰서로 가기에 앞서 우선 거기로 가도록 하겠습니다."

나는 무뚝뚝하지만 사람 좋은 경관과 함께 무거운 무쇠 상자를 들고 복스홀에서 내렸다. 세실 포레스터 부인 댁까지는 마차로 십오 분 정도 걸렸다. 현관에 나온 하인은 늦은 시각에 찾아온 손님을 보고 놀라는 듯했다. 하인은, 부인은 외출했는데 늦게야 돌아올 것이라고 했다. 하지만 모스턴 양이 거실에 있었기 때문에, 나는 친절한 경관을 마차에 남겨 둔 채 상자를 들고 그 거실로 들어섰다.

그녀는 목깃과 허리에 붉은 빛이 조금 들어간 희고 얇은 옷을 입고 활짝 열어젖힌 창가에 앉아 있었다. 갓을 씌운 램프의 부드러운 불빛이 등나무 의자에 기대앉아 무거운 표정을 짓고 있는 그녀의 얼굴을 비추고 있었다. 그리고 탐스럽게 감아올린 머리카락이 그 빛을 받아 금속처럼 은은하게 반짝이고 있었다. 그녀는 하얀 팔과 손을 의자 옆으로 축 늘어뜨리고 있었는데, 뭔가 깊은 생각에 빠져 있는 듯했다. 하지만 내 발소리를 듣고 그녀는 자리에서 벌떡 일어났다. 그녀의 창백했던 얼굴에 놀라움과 기쁨으로 붉은 기운이 감돌기 시작했다.

"마차 소리가 들리기에 포레스터 부인이 뜻밖에도 빨리 돌아오시는 줄 알았어요. 설마 당신이 오리라고는 꿈에도 생각지 못했어요. 이번에는 어떤 소식을 가지고 오셨죠?"

그녀가 말했다.

"소식보다도 더 좋은 것을 가지고 왔습니다."

나는 상자를 테이블 위에 올려놓으며 밝고 들뜬 목소리로 말했지만, 목소리와는 반대로 마음은 무거웠다.

"세상의 그 어떤 소식보다도 가치 있는 걸 가지고 왔습니다. 당신의 재산을요."

그녀가 상자를 힐끗 한 번 쳐다봤다.

"그렇다면 이게 그 보물인가요?"

그녀가 아주 침착한 어조로 말했다.

"그렇습니다. 이게 그 위대한 아그라의 보물입니다. 절반은 당신의 몫이고, 나머지 절반은 새디어스 숄토의 몫입니다. 각각 이십만 파운드씩 손에 넣게 되는 겁니다. 생각해 보세요.

만 파운드의 연금! 영국을 다 뒤져 봐도 젊은 아가씨 중에서 이렇게 큰 부자는 찾아보기 힘들 겁니다. 정말 멋진 일 아닙니까?"

내가 기쁨을 표현하는 방법에 조금 허풍스러운 부분이 있었던 듯했다. 그녀는 내 말의 공허한 울림을 알아차린 듯 눈썹을 조금 치켜올리며 이상하다는 듯이 나를 바라봤다.

"만약 이 보물이 내 것이 된다면, 그건 전부 당신 덕이에요."

그녀가 말했다.

"아닙니다. 내가 아니라 친구인 셜록 홈즈 덕입니다. 분석의 천재인 홈즈조차도 단서를 잡는 데 고생을 했을 정도니까, 나 같은 건 아무런 손도 쓰지 못했을 겁니다. 실제로 마지막 순간에 우리는 하마터면 보물을 되찾지 못할 뻔했으니까요."

내가 대답했다.

"여기 앉아서 무슨 일이 있었는지 자세히 들려주세요, 왓슨 선생님."

나는 마지막으로 그녀를 만난 이후에 일어났던 일들을 간략하게 이야기했다. 홈즈의 새로운 수사 방법, 오로라 호의 발견, 애설니 존스의 출현, 저물 녘의 모험, 그리고 템스 강에서의 맹렬한 추격 등을. 그녀는 입을 조금 벌린 채 눈을 반짝이며, 내 모험담에 귀를 기울였다. 아슬아슬하게 빗나간 독침에 대한 이야기를 하자 그녀의 얼굴이 창백해졌다. 나는 서둘러 물을 따라주었다. 그러자 그녀는 물컵을 받아들며 말했다.

"별일 아니에요. 이젠 괜찮아요. 저 때문에 두 분이 그런 위험을 당하셨다는 말에 조금 놀랐을 뿐이에요."

"이미 모두 끝난 일입니다. 그렇게 큰일은 아니었습니다. 이제 더 이상 무서운 얘기는 하지 않겠습니다. 그럼 지금부터 좀 더 밝은 얘기를 합시다. 자, 여기 그 보물이 있습니다. 이보다 더 밝은 것이 있을까요? 그 누구보다도 당신에게 먼저 보여주고 싶어서 특별히 허락을 받아 가져온 겁니다."

"그럼 한 번 보도록 하겠습니다."

그녀가 말했다. 하지만 그 목소리에는 조금도 열의가 담겨 있지 않았다. 우리가 죽을 고생을 해서 손에 넣은 보물이니 냉담하게 굴어서는 안 된다는 생각에서 그저 보고 싶다고 말하는 듯했다.

"정말 아름다운 상자군요! 인도에서 만든 걸까요?"

그녀가 상자 위로 몸을 내밀며 말했다.

"그렇습니다. 베나레스에서 만든 금속 세공입니다."

상자를 들어 보려던 그녀가 커다란 소리로 말했다.

"무게도 상당하네요. 상자만 해도 굉장히 가치가 있겠어요. 열쇠는 어디 있죠?"

"스몰이 템스 강 속으로 던져 버렸어요. 포레스터 부인의 부젓가락을 좀 빌려야겠군요."

상자의 앞면에는 부처의 좌상을 새긴 두껍고 폭이 넓은 자물쇠가 달려 있었다. 나는 그 밑으로 부젓가락의 끝을 집어넣은 뒤, 그것을 지렛대처럼 바깥쪽으로 힘껏 비틀었다. 커다란 소리와 함께 자물쇠가 떨어져 나갔다. 뚜껑을 여는 내 손가락이 떨려 왔다. 상자 안을 들여다본 우리 두 사람은 너무나도 놀라서 한동안 말도 못한 채 멍하니 서 있었다. 상자 안이 텅 비어 있었던 것이다.

상자가 무거운 데는 다 이유가 있었다. 주위에 두른 철판의 두께가 1.5센티도 더 되어 보였다. 고가의 물건을 넣기 위해 정성스럽게 만들어진 튼튼한 상자였지만, 그 안에는 보물 하나, 금속 한 조각 들어 있지 않았다. 완전히 텅 비어 있었다.

"보물이 사라졌네요."

모스턴 양이 차분하고 조용한 목소리로 말했다.

그 말을 듣고 그 뜻을 이해한 순간, 나는 마음속에 있던 크고 어두운 그림자가 걷혀 버린 듯한 느낌이 들었다. 나는 아그라의 보물이 그 얼마나 무거운 마음의 짐이었는지를, 그것이 완전히 사라져 버린 지금에서야 깨달을 수 있었다. 이기적이고 비뚤어진 생각일지는 몰라도, 내 머릿속에는 두 사람 사이를 가로막고 있던 황금의 벽이 사라졌다는 생각밖에 없었다.

"잘 됐어!"

나는 진심으로 외쳤다.

"어째서죠?"

그녀가 알 수 없다는 듯한 미소를 지으며 나를 바라봤다.

"내 손이 닿는 곳으로 당신이 다시 돌아왔기 때문입니다."

나는 그녀의 손을 잡으며 말했고, 그녀는 내 손을 뿌리치지 않았다.

"메어리, 당신을 사랑합니다. 누구보다도 더, 진심으로. 이 보물이, 이 재산이 있었기에 그동안 차마 말을 할 수 없었습니다. 하지만 그것이 사라졌으니 당신을 얼마나 사랑하는지 말할 수 있습니다. 그래서 나도 모르게 그렇게 말한 겁니다."

"그렇다면 나도 '잘 됐어'라고 말해야겠네요."

내가 그녀를 끌어안자 그녀가 이렇게 속삭였다.

보물을 잃어버린 사람이 누구든, 그 날 밤 보물을 손에 넣은 건 바로 나였다. 나는 그렇게 생각했다.

조너선 스몰의 신비한 이야기

내가 마차로 돌아가기까지 상당한 시간이 걸렸음에도 불구하고, 마차 안의 경관은 참을성 있게 기다려 주었다. 내가 빈 상자를 보여 주자 그의 얼굴이 어두워졌다.

"그럼 포상금이고 뭐고 다 끝이군요. 돈이 없으니 포상금을 줄 수도 없겠죠. 보물만 있었다면 오늘 밤의 일로 샘 브라운과 나는 적어도 십 파운드 정도는 받을 수 있었을 텐데."

그가 자못 우울한 표정으로 말했다.

"새디어스 숄토는 부자니까, 보물이 있든 없든 성의를 표시할 겁니다."

내가 말하자, 경관이 절망한 듯 고개를 저으며 아주 어두운 얼굴로 말했다.

"헛수고만 했군. 애설니 존스 씨도 그렇게 생각할 거야."

그의 예언은 적중했다. 베이커 가로 돌아가서 상자를 내밀자, 애설니 존스는 멍한 표정을 지었다. 홈즈와 범인과 존스는 도중에 계획을 바꿔 경찰서에 들러 일의 전말을 대략 보고한 뒤 지금 막 도착한 참이었다. 홈즈는 평소와 다름없이 무표정한 얼굴로 팔걸이가 달린 의자에 앉아 있었다. 그리고 그 맞은편에 스몰이 건강한 다리 위에 의족을 얹은 채 멍하니 앉아 있었다. 내가 빈 상자를 보이자, 그는 의자에 앉은 채 몸을 뒤로 젖히며 큰 소리로 웃었다.

"스몰, 네 녀석 짓이지?"

애설니 존스가 화난 얼굴로 말했다.

"당연하지요. 당신들 손이 절대 닿지 않는 곳에 숨겨 두었답니다."

스몰이 자랑스럽다는 듯이 소리쳤다.

"그건 내 보물이니, 내가 가질 수 없다면 다른 누구에게도 건네줄 수 없지요. 말해 두겠는데, 그 보물은 앤다만 형무소에 있는 세 사람과 나 외에는 그 누구에게도 소유할 권리가 없습니다. 이제 내게는 보물이 소용없게 되었고, 나머지 세 사람도 마찬가지고요. 나는 나뿐만 아니라 그 사람들을 위해서 지금까지 그런 고생을 해 왔답니다. 우리 사이에는 '네 개의 서명'이라는 말이 암호처럼 통했었지요. 그 사람들도 틀림없이 나처럼 행동했을 거고, 숄토나 모스턴의 가족들에게 보물을 넘겨줄 바에는 차라리 템스 강에 던져 버리는 게 나을 거라고 생각했을 겁니다. 그런 녀석들을 부자로 만들어 주기 위해서 아크멧을 그렇게 만든 게 아니거든요. 보물은 열쇠가 있는 곳, 그리고 난쟁이 원주민 통가가 있는 곳에 있습니다. 당신들 배가 우리를 추격한다는 사실을 알았을 때 보물을 안전한 장소로 보내 버렸지요. 나를 열심히 추격했지만, 당신들 손에는 단 한 푼도 들어가지 않을 겁니다."

"거짓말하지 마, 스몰. 보물을 템스 강에 처넣을 생각이었다면 상자째 던지는 게 훨씬 더 간단하지 않은가?"

애설니 존스가 말했다.

"내가 간단하게 던질 수 있다면 당신들도 찾기 간단하겠지요."

영악한 눈빛으로 쏘아보며 스몰이 대답했다.

"내 뒤를 쫓을 만큼 영리한 사람에게 강바닥에 있는 상자를 건져 올리는 일쯤은 식은 죽 먹기일 테니까요. 하지만 지금 보물은 오륙 마일에 걸쳐서 흩어져 있으니, 찾는 게 그리 간단하지는 않을 겁니다. 보물들을 버릴 때는 가슴이 미어지는 듯했지요. 당신들에게 쫓길 때는 반쯤 미쳐 있었어요. 하지만 억울해 한들 소용없는 일이지요. 지금까지 살아오면서 좋은 일도 겪고 나쁜 일도 겪으면서, 나는 지난 일에 연연하지 않기로 결심했습니다."

"이건 아주 중요한 문제다, 스몰! 그렇게 정의에 어긋나는 짓을 하다니. 만약 자네가 협조적인 태도를 보였다면, 재판에서 유리하게 작용했을 거야."

존스가 말했다.

"정의라고?"

한때 죄수였던 사내가 소리치듯 말했다.

"홍, 거참 훌륭하기도 한 정의시군! 그 보물이 우리 것이 아니라면 대체 누구 것이란 말이지요? 그들이 노력해서 손에 넣은 것도 아닌데 그들에게 보물을 넘겨줘야 한다니, 대체 어디에 정의가 있단 말인가요? 내가 어떤 고생을 해서 그것을 손에 넣었는지 들려 드리겠습니다. 이십 년이라는 세월을 그 눅눅한 늪지에서 열병에 대한 공포에 떨며 하루 종일 망그로브 나무 아래서 일하고, 밤이면 더러운 수용소에서 사슬에 묶인 채 모기에게 뜯기고 열병에 시달리면서, 게다가 무엇이든 백인 흉내를 내려 하는 흑인 경관들에게 괴롭힘을 당하며 살아온 이야기를요. 그런 고생 끝에 간신히 아그라의 보물을 손에 넣었는데, 그 보물을 엉뚱한 사람들을 위해서 내놓지 않았다고 해서 정의 운운하다니요. 감옥 안에서, 내 돈을 가지고 관계도 없는 사람들이 대궐 같은 집에서 사는 모습을 생각하며 분하게 살아가느니 차라리, 교수형을 당하거나 통가의 독침에 찔리는 편이 훨씬 나을 겁니다."

지금까지 스몰은 자신을 잘 억제해 왔지만, 이야기가 여기에 이르자 그 가면을 벗어 버리고 소리를 질러 대기 시작했다. 그의 눈은 불타오르는 듯 빛났으며, 흥분해서 손을 흔들 때마다 수갑이 덜컥이는 소리를 냈다. 그의 흥분하는 모습과 화를 내는 모습을 보면서, 이 사내가 노리고 있다는 사실을 안 숄토 소령이 얼마나 심한 공포에 휩싸였을지 짐작할 수 있었다.

홈즈가 조용한 목소리로 말했다.

"자네는 우리가 그에 관한 사정을 전혀 모른다는 점을 잊었군. 우리는 자네의 얘기를 들어 본 적이 없으니, 솔직히 말하자면 자네가 얼마나 옳은지 알 수가 없지 않겠는가?"

"그렇군요. 당신은 처음부터 나를 인간적으로 대해 줬어요. 당신 덕분에 손목에 이런 걸 차게 됐다는 걸 모르는 건 아니지만, 그렇다고 해서 당신을 원망하지는 않습니다. 당신은 조금도 잘못한 게 없으니까요. 내 얘기를 듣고 싶다니, 하나도 남김없이 전부 얘기해 드리죠. 하늘에 맹세코 지금부터 하는 얘기는 사실입니다. 단 한마디도 거짓말은 하지 않겠습니다. 죄송하지만, 여기에 컵을 놓아 주시겠습니까? 목이 마르면 마실 테니까요.

나는 우스터셔 출신으로, 태어난 곳은 퍼쇼 근처입니다. 조사해 보면 알겠지만, 그 부근에는 스몰이라는 성을 가진 사람들이 헤아릴 수도 없이 많습니다. 늘 그곳에 가 보고 싶다고 생각하고는 있지만, 솔직히 말해서 집안의 명예가 될 만한 일은 하나도 한 게 없고, 가 봐야 환영해 줄 사람이 있을지 알 수 없죠. 모두 성실하고 교회에도 꼬박꼬박 나가는 신앙심 깊은 사람들뿐이니까요. 일개 농민에 지나지 않지만 그 지방에서는 이름이 널리 알려져 있으며, 역마살이 낀 나와는 달리 모두에게서 존경도 받고 있습니다.

열여덟이 되던 해에 여자 문제로 말썽을 일으켰고, 그 문제에서 벗어날 유일한 방법은 군에 입대하는 것뿐이었죠. 그래서 군에 자원했고, 마침 인도로 파견될 제3 보병 연대에 배속받았습니다.

하지만 애초부터 나는 군대와는 안 어울리는 사람이었습니다. 간신히 군대식으로 보조를 맞춰 걸을 수 있게 되고 머스킷 총을 다룰 수 있게 되었을 무렵, 나는 멍청하게도 수영을 하겠다고 갠지스 강으로 갔습니다. 운 좋게도 같은 중대에 있던 하사관 존 홀더가 같이 수영을 하고 있었죠. 그 사람은 우리 부대에서도 손가락 안에 들 정도로 수영을 잘 하는 사람이었으니 덕분에 살아난 거라 할 수 있겠죠. 그때 나는 헤엄을 쳐서 강 한가운데까지 갔다가 악어의 습격을 받아, 마치 외과 의사가 잘라 놓은 것처럼 오른쪽 다리 무릎 윗부분을 멋지게 물어뜯겼으니까요. 만약 그때 홀더가 나를 기슭까지 끌어내지 않았다면 출혈과 충격으로 기절했던 나는 벌써 물에 빠져 죽었을 겁니다.

그 때문에 다섯 달이나 병원 신세를 졌습니다. 이 의족을 하고 다리를 절름거리며 간신히 걸을 수 있게 되어 병원에서 나왔더니, 더 이상은 써먹을 데가 없다며 군대에서 나를 내쫓았죠. 힘을 쓰는 일을 할 수 없게 되어 버렸습니다.

생각해 보세요. 아직 스물도 안 됐는데 아무짝에도 쓸모없는 인간이 되어 버린 내 가슴속을. 그야말로 깊은 불행의 늪으로 빠져 버린 듯한 심정이었습니다. 하지만 그로부터 얼마 지나지 않아서 이 불행은 행복이 변장을 하고 온 것이라는 사실을 깨닫게 되었습니다. 인도에 쪽을 재배하러 와 있던 아벨 화이트라는 사람이 있었는데, 마침 그때 그 사람이 인도인 노동자를 감시할 감독을 찾고 있었죠. 그런데 그 사람은 우연히도 내가 사고를 당한 뒤로 나를 걱정해 주던 우리 연대장의 친구였습니다.

그 얘기는 그만두고, 어쨌든 대령이 나를 노동자들의 감독으로 꼭 좀 써 달라며 추천을 해 줬죠. 그 일은 대부분 말을 타고 하는 것이었기 때문에 다리는 크게 문제될 게 없었습니다. 무릎은 온전하게 남아 있었기 때문에 말 정도는 탈 수 있었습니다.

감독 일이란 말을 타고 농장을 돌아다니면서 노동자들이 일하는 모습을 살피고 게으름을 피우는 녀석이 있으면 보고를 하는 것이었습니다. 월급도 충분하게 주었고 숙사도 살기 편한 곳을 주었기 때문에, 나는 남은 일생을 계속 쪽 재배지에서 보내겠다는 생각을 갖게 되었습니다. 아벨 화이트 씨는 친절한 사람으로, 곧잘 내 숙사에 들러서 함께 담배를 피우고 가고는 했습니다. 외지에서 살다 보면 백인들끼리는, 본국에 있는 사람들은 이해할 수 없을 따뜻한 마음을 서로에게 품게 되는 법입니다.

하지만 그 행운은 그리 오래 가지 않았습니다. 아무런 예고도 없이, 갑자기 대폭동이 일어났던 것입니다. 그 전달만 해도 인도는 모든 면에서 서리 주나 켄트 주만큼 조용하고 평화로웠습니다. 그런데 그달이 되자 이십만이나 되는 검은 악마들이 일제히 난동을 부려 나라 전체가 마치 지옥을 방불케 했습니다. 어쩌면 당신들이 더 잘 알고 있겠군요. 아마 나보다도 훨씬 더 잘 알고 계실 겁니다. 난 책 같은 건 딱 질색이니까요. 나는 그저 내 눈으로 직접 본 사실만 알고 있을 뿐입니다.

우리 농장은 북서 지방 각 주의 경계선 가까이에 있는 무트라라는 곳에 있었습니다. 매일 밤 하늘 전체가 불타오르는 방갈로 때문에 빨갛게 물들었고, 낮이면 하루도 빠짐없이 유럽 사람들이 몇몇씩 무리지어 아내와 아이들을 데리고 가장 가까이에 있는 군대의 주둔지였던 아그라로 가기 위해 우리 농장을 지나갔습니다. 아벨 화이트는 완고한 사람이었습니다. 사건이 과장되어서 전해진 거라고 말했습니다. 갑자기 일어난 일이니 끝나는 것도 갑자기 끝나 버릴 것이라고 지레짐작하고 있었던 겁니다. 나라 전체가 불바다인데도 그만은 베란다에 앉아서 위스키 소다를 마시기도 하고 담배를 피우기도 했습니다. 물론 우리는 그의 곁을 떠나지 않았습니다. 나와 도슨은 말이죠. 도슨은 아내와 함께 농장에서 살면서 장부를 정리하고 관리 쪽 일을 맡아 보던 사람이었습니다.

그러던 어느 맑은 날, 파멸이 찾아왔습니다. 그날 멀리 있는 농장에 갔었던 나는 저녁이 되어서야 말을 타고 천천히 숙사로 돌아갔는데, 그 도중에 있는 경사가 급한 산의 계곡에 뭔지는 모르겠지만 너덜너덜한 덩어리 같은 것이 있는 게 눈에 들어왔습니다. 뭔지 보려고 말을 탄 채 내려가 봤습니다. 그런데 그것을 본 순간 깜짝 놀라 나는 심장이 얼어붙는 줄 알았습니다. 도슨의 부인이 갈가리 찢겨 있었는데, 그 시체의 절반쯤을 자칼이나 들개들이 뜯어먹었더군요. 그 길을 따라 조금 더 앞으로 가 보니, 거기에는 완전히 숨통이 끊겨 버린 도슨이 총알 없는 빈 권총을 손에 든 채 엎어져 있었고, 도슨의 바로 앞쪽으로는 세포이(영국 동인도 회사의 인도인 용병 — 역주) 네 명이 몸을 포갠 채 죽어 있는 모습이 보였습니다.

나는 어디로 가야 할지 몰라서 말의 고삐를 잡아당겼습니다. 바로 그때 아벨 화이트 씨의 방갈로에서 뭉게뭉게 연기가 피어오르더니, 지붕 위로 타오르는 불이 보였습니다. 일이 이렇게 되었으니 주인을 돕기에는 이미 늦었으며, 쓸데없는 짓을 했다가는 내 목숨만 잃을 뿐이라고 생각했습니다. 내가 서 있었던 곳에서는 몇 백 명이나 되는 검은 악마들이 등에 붉은 웃옷을 걸친 채 불타오르는 집 주위에서 춤을 추고 소란을 피우는 모습을 잘 볼 수 있었습니다. 그중 몇 명이 손가락으로 내 쪽을 가리키는가 싶더니, 총알 두어 발이 휭 소리와 함께 귀 옆을 스치고 지나갔습니다. 나는 밭을 가로질러 죽을힘을 다해 도망쳤고, 밤늦게야 간신히 아그라의 성벽 안으로 들어갈 수가 있었습니다.

그런데 거기도 그렇게 안전한 곳이 아니라는 사실을 알게 되었습니다. 워낙 나라 전체가 벌집을 쑤셔놓은 듯이 어수선했으니까요. 영국인 몇 명이 모여 봐야 확보할 수 있는 건 겨우 총알이 닿을 정도의 토지밖에 없습니다. 한 발짝만 밖으로 벗어나도 어딜 가나 영국인들은 도망만 다닐 뿐, 다른 아무것도 할 수 없었습니다. 몇 백 명의 인원으로 몇 백만이나 되는 사람들을 상대해야 하는, 그야말로 계란으로 바위를 치는 것과 같은 싸움이었죠.

그리고 더욱 기가 막힌 것은, 보병이든 기병이든 포병이든, 우리의 적은 전부 우리가 교육하고 훈련시켜 만든 정예 부대였다는 점으로, 그들은 우리의 무기를 손에 들고 우리의 나팔을 불며 전진해 왔습니다. 아그라에는 벵골 퓨질리어 제3 연대와 시크교도, 그리고 기병 중대 둘과 포병 중대 하나가 있었습니다. 사무원과 상인들로 구성된 의용군이 생겼고, 나도 의족을 한 채로 거기에 가담했습니다. 우리는 7월 초에 샤군지로 가서 반란군을 맞아 싸웠는데, 처음에는 녀석들을 물리쳤지만 곧 탄약이 다 떨어져 다시 마을까지 후퇴하지 않을 수 없었습니다.

들려오는 것은 전부 좋지 않은 소식들뿐이었습니다. 그도 그럴 것이, 지도를 보면 알겠지만 우리는 폭동의 한가운데 있었습니다. 동쪽으로 백 마일만 가면 락나우가 있었고, 남쪽으로도 역시 그 정도 가면 칸푸어가 있었습니다. 도처에서 고문과 살인과 폭행이 자행되고 있었습니다.

아그라는 커다란 마을이었는데, 온갖 종류의 광신자 악마 숭배자들로 득실거리는 곳이었습니다. 좁고 구불구불한 길로 이루어진 마을에 있으면, 얼마 되지 않는 우리 군대 같은 건 모두 길을 잃고 헤매게 될 것이었습니다. 그래서 지휘관은 강 건너 아그라의 낡은 요새로 본거지를 옮겼습니다. 당신들 중에서도 이 낡은 요새에 대한 이야기를 읽었거나 들은 사람이 있을지도 모르겠지만, 어쨌든 매우 기묘한 곳이었습니다. 나도 이상한 곳이라면 꽤 많이 가 본 편이지만, 그렇게 이상한 곳에는 그 전에도 후에도 가 본 적이 없습니다. 무엇보다도 우선 어마어마하게 넓은 곳이었습니다. 넓이가 몇 에이커나 되었을 겁니다. 일부 새로 지어진 곳도 있었는데, 그곳은 수비대의 병사들은 물론 여자들과 식량까지 전부를 수용하고도 상당한 공간이 남을 정도였습니다. 하지만 그 새로 지어진 곳은 낡은 것에 비하면 넓이가 그리 넓은 것도 아니었습니다. 낡은 곳에는 전갈과 지네가 득실거려서 드나드는 사람이 아무도 없었습니다. 황폐해질 대로 황폐해진 커다란 홀, 구불구불한 통로, 좌우로 구불구불 길게 이어진 회랑과 같은 것이 곳곳에 있었기 때문에, 한 번 길을 잃으면 쉽게 나올 수 없었습니다. 그 때문에 거기에 들어가는 사람은 거의 없었으며, 아주 가끔 횃불을 든 무리들이 탐험을 하러 들어가는 정도였습니다.

그 낡은 요새 정면으로 강이 흐르고 있어서 그쪽은 자연이 지켜 주고 있는 셈이었지만, 양쪽 옆 부분과 뒷부분에는 수많은 문들이 있어서 실제로 우리 부대가 머물고 있던 새로운 요새와 마찬가지로 그 낡은 요새의 문에도 보초를 세울 필요가 있었습니다. 워낙 사람이 부족했기 때문에 건물 모퉁이마다 총을 든 보초를 배치하기도 어려운 형편이었습니다. 그러니 헤아릴 수도 없이 많은 문 하나하나에 일일이 보초를 세우기는 더 힘들었죠. 그래서 하는 수 없이 요새의 중앙에 경비 본

부를 설치하고, 각각의 문에는 백인 한 명에 두어 명의 현지인을 붙여 보초를 세우기로 했습니다. 나는 건물의 서남쪽에 하나 나 있는 조그만 문을 밤에 몇 시간 동안 지키는 역할을 맡게 되었습니다. 시크교도 기병 두 사람을 부하로 붙여 주며, 만약 무슨 일이 일어나면 머스킷 총으로 신호를 보내라고 했습니다. 총으로 신호를 하면 본부에서 바로 지원을 나오기로 되어 있었습니다. 하지만 경비 본부와는 이백 보 이상이나 떨어져 있었으며, 본부와 내가 지키는 문 사이에는 미궁과도 같이 복잡한 통로와 회랑이 어지럽게 얽혀 있었기 때문에, 실제로 습격을 받을 경우 과연 도움을 받을 수 있을지 의심스러운 상황이었습니다.

하지만 나는 그런 조그만 지휘관의 역할이었지만 그것을 부여받은 것이 자랑스러웠습니다. 워낙 신병이었고 거기다 절름발이였으니까요. 아무튼 나는 부하인 펀잡 출신 사람들과 함께 이틀 밤 보초를 섰습니다. 두 사람 모두 키가 크고 무시무시한 얼굴을 한 사람들로, 이름은 마호메트 싱과 압둘라 칸, 칠리언 월러에서 무기를 탈취하여 반란에 가담했던 적도 있는 늙은 병사들이었습니다. 두 사람 모두 영어를 상당히 잘했지만, 나와는 거의 이야기를 나누지 않았습니다. 언제나 둘이서만 밤새도록 뭐가 뭔지 알아들을 수 없는 이상한 말로 지껄였습니다. 나는 혼자 문 옆에 서서 굽이굽이 흐르는 폭이 넓은 강과 커다란 마을의 반짝이는 불빛을 바라보고 있었습니다.

북 치는 소리, 탐탐이 울리는 소리에 아편과 대마에 취한 반란자들의 떠들어 대는 소리가 들려와, 강 건너에 위험한 적들이 있다는 사실이 밤새도록 머리에서 떠나지 않았습니다. 두 시간 간격으로 당번 사관이 순찰을 돌며 이상이 없는지를 확인했습니다.

보초를 선 지 사흘째 되던 날 밤은 어둡고 날이 좋지 않았으며, 바람이 부는 가운데 실비가 내리고 있었습니다. 그런 날씨에 몇 시간이고 문 옆에 서 있는 것은 괴로운 일입니다. 나는 어떻게든 시크교도 부하들의 입을 열어 볼 생각이었지만, 뜻대로 되지 않았습니다. 오전 2시에 사관이 순찰을 돌러 왔기에 조금은 무료함도 가시기는 했지만 말입니다. 아무리 해도 두 사람이 얘기에 응하지 않았기에, 나는 파이프를 꺼내 성냥으로 불을 붙이려고 들고 있던 총을 밑에 내려놨습니다. 그 순간 두 시크교도가 갑자기 달려들었습니다. 한 사람은 내 총을 낚아채더니 총부리를 내 머리에 갖다 댔고, 다른 한 사람은 커다란 칼을 목에 갖다 대며 '한 발짝이라도 움직이면 찌르겠다' 고 나지막한 목소리로 말했습니다.

순간 머릿속에, 이 녀석들은 반란군의 일원이고 이것을 신호탄으로 공격이 시작되겠구나 하는 생각이 떠올랐습니다. 만약 이 문이 세포이의 손에 떨어진다면 요새는 함락될 거고, 여자와 아이들은 칸포우에서와 똑같은 일을 당하게 될 것이었습니다. 혹시 당신들은 내가 이야기를 적당히 꾸며 내는 게 아닐까 생각할지도 모릅니다. 하지만 사실 나는 목에 칼끝이 들어온 순간 여자와 아이들을 생각하며, 어차피 여기서 죽을 거라면 있는 힘껏 소리를 지르자, 그러면 경비 본부에 급한 일이 생겼다는 걸 알릴 수 있을지도 모른다고 생각했습니다.

그런데 나를 붙잡고 있던 녀석이 내 생각을 눈치 챈 듯했습니다. 내가 용기를 내서 소리를 지르려고 한 순간 이렇게 속삭였습니다.

'소란 피우지 마시오. 요새는 안전하오. 강 건너 이쪽에 반란군의 개는 없으니까.'

녀석이 거짓말을 하는 것 같지는 않았고, 소리를 지르면 내 목숨이 끊어질 거라는 사실도 잘 알고 있었습니다. 그 녀석의 갈색 눈에서 그것을 생생하게 읽어 낼 수 있었습니다. 그래서 나는 입을 다물고 대체 녀석들이 바라는 게 뭔지 녀석들의 동태를 살피기로 했습니다.

'잘 들으시오' 라며 두 사람 중 키가 크고 험상궂게 생긴 압둘라 칸이라는 사람이 말했습니다. '우리 편이 될 건지, 영원히 입을 다물 건지 택하시오. 이건 아주 중요한 일이라 여기서 꾸물댈 시간이 없으니. 마음과 영혼 모두 함께 우리 편이 되겠다고 기독교도들의 십자가에 걸고 맹세하든지, 오늘 밤 시체가 되어서 구덩이 속으로 던져지든지 — 그렇게 되면 우리는 반란군 형제들에게로 돌아갈 것이지만 — 둘 중에 하나를 택하시오. 그 외의 길은 없소. 어느 쪽을 선택하겠소? 죽느냐, 사느냐. 마음을 정할 때까지 삼 분간 시간을 주겠소. 그 이상은 안 되오. 시간이 없소. 다시 순찰이 오기 전에 일을 완전히 마쳐야 하니까.'

내가 말했습니다.

'마음을 정할 수 없지 않은가? 나보고 어쩌라는 건지 아직 아무 말도 듣지 못했으니. 하지만 이것만은 말해 두겠네. 만약 이것이 요새의 안전을 위협하는 일이라면, 협상 같은 건 하지 않을 거라고. 칼로 내 목을 찌르게. 망설이지 말고.'

녀석이 말했습니다.

'요새를 어쩌겠다는 게 아니오. 당신 나라 사람들은 목적이 있어서 우리나라에 오는 거 아니오? 당신에게 바라는 것도 그것과 같은 것이오. 당신을 부자로 만들어 주겠다는 얘기요. 당신이 오늘 밤에 우리와 함께 행동한다면, 이 칼끝에 걸고, 그리고 시크교도가 결코 범한 적이 없었던 삼중의 맹세를 세워 당신에게도 공평하게 보물을 나누어 주겠소. 사 분의 일은 당신 것이 되는 셈이지. 이보다 더 공평한 얘기도 없을 거요.'

내가 물었습니다.

'보물이라니? 무슨 보물을 말하는 거지? 나 역시도 부자가 되고 싶어. 하지만 무슨 수로 부자가 될 건지를 말해 주어야 하지 않겠는가?'

그 녀석이 말했습니다.

'그럼 맹세를 하시오. 아버지의 뼈와 어머니의 명예와 당신이 믿는 십자가에 걸고. 지금부터 우리를 배신하지도 거역하지도 않겠다고.'

내가 답했습니다.

'맹세하겠네. 요새가 위험에 처하는 일만 없다면.'

'그렇다면 우리는 보물의 사 분의 일을 당신에게 줄 것을 맹세하겠소.'

내가 말했습니다.

'하지만 세 사람밖에 없지 않은가?'

'아니 도스트 아크바르에게도 가질 권리가 있소. 그 사람이 오기 전에 대충 사정을 얘기해 주겠소. 마호메트 싱, 문 쪽에서 있다가 누가 오면 신호를 주게. 지금부터 어떻게 된 일인지 얘기하겠지만, 이런 얘기를 하는 건 유럽 사람들이 맹세를 가벼이 여기지 않는다는 사실을 알고 있기 때문에 당신을 믿고 하는 거요. 만약 당신이 허풍쟁이 힌두교도였다면 그들의 신전에 있는 사기꾼 같은 신들의 이름을 전부 걸고 맹세한다 하더라도 당신 피는 칼을 물들였을 거고, 당신 몸뚱이는 지금쯤 도랑 속에 있었을 거요. 하지만 시크교도들은 영국인을 잘 알고 있고, 영국인도 시크교도를 잘 알고 있소. 그러니 내 얘기를 잘 들어 보시오.

북쪽 지방에 비록 영지는 좁지만 굉장한 재산을 가진 왕이 있었소. 아버지가 막대한 재산을 물려줬고 자신도 엄청난 부를 축적했는데, 아주 인색한 사람이라 돈을 쓰기보다는 쌓아 두기를 좋아했소. 소동이 일어나자 그 왕은 사자와 호랑이, 그러니까 세포이와 동인도 회사 양쪽 모두와 친하게 지내려 했소.

하지만 곧 백인 천하도 끝나 버릴 것이라고 생각했던 듯하오. 왜냐하면 나라 곳곳에서 백인이 살해당했다는 얘기와 싸움에서 졌다는 얘기들만 들려왔으니까. 그렇지만 왕은 용의주도한 자였기 때문에, 결과가 어떻게 되든 적어도 보물의 절반은 자신의 손에 남도록 계획을 세웠지. 금과 은을 궁전 지하 창고에 남기되, 가장 값비싼 보석과 진귀한 진주는 무쇠 상자에 넣은 뒤 상인으로 변장한 믿을 만한 신하에게 들려 아그라의 요새로 옮기게 해서 평화로워질 때까지 거기에 숨겨 두기로 했소.

그러니까 반란군이 이기면 금은이 남게 되는 거고, 동인도회사가 이기면 보물들이 남게 되는 거요. 이렇게 재산을 양쪽으로 나누어 놓고 자신은 세포이 쪽과 손을 잡았소. 영지 주변에서는 그쪽이 우세했었으니까. 그러니까 한 번 생각해 보시오. 이제 왕의 그 보물은 당연히 그것을 얻기 위해 애쓰는 사람들의 몫이오.

아크멧이라는 그 가짜 상인이 지금 아그라 마을에 와 있는데, 요새 안으로 들어오고 싶어 하오. 그 사람이 함께 데리고 다니는 사람이 바로 내 형제와 다를 바 없는 도스트 아크바르인데, 그가 이 모든 비밀을 내게 알려 주었소. 도스트 아크바르는 오늘 밤 그에게 뒷문을 통해서 들어올 수 있도록 해 주겠다고 약속했고, 그 뒷문이 바로 이 문이오.

그들이 곧 여기로 올 예정인데, 나와 마호메트 싱이 그들을 맞기로 했소. 자네도 알다시피 이곳은 인적이 없는 조용한 곳이고, 그가 온다는 사실을 아는 사람도 없소. 상인 행세를 하는 아크멧은 쥐도 새도 모르게 오늘 세상에서 사라질 거고, 왕

의 막대한 보물은 우리가 나눠 갖게 되는 거요. 얘기는 대충 이런데, 어쩔 생각이오?'

우스터셔에서는 한 사람 한 사람의 목숨을 존귀하고 신성한 것이라고 여기고 있습니다. 하지만 주위는 온통 불바다에 피바다, 그러니 얘기는 달라질 수밖에 없죠. 골목길을 돌아설 때마다 시체가 나뒹굴고 있으니, 나도 이미 그런 모습에 익숙해져 있었던 겁니다. 상인 아크멧이 죽든지 말든지, 그건 내게 공기만큼의 무게도 없는 문제였습니다. 그리고 보물 얘기를 듣자 곧 마음이 그쪽으로 끌렸습니다. 보물이 있으면 고향에서 어떤 일들을 할 수 있을까, 예전의 망나니가 주머니에 금화를 가득 채워 가지고 돌아오면 식구들이 어떤 표정을 지을까를 생각해 봤습니다. 그러니까 나는 이미 결정을 내리고 있었던 겁니다. 그런데 압둘라 칸은 내가 망설이고 있는 줄 알았는지 자꾸만 나를 재촉했습니다.

'한 번 생각해 보시오. 사령관에게 잡히면 아크멧은 교수형이나 총살을 당하게 될 거요. 보물은 정부에서 가져갈 거고, 그렇게 되면 누구도 땡전 한 푼 손에 넣을 수 없게 되오. 그러니 그를 우리 손으로 해치우고 뒤처리까지 깨끗이 해 주겠다는데, 누가 뭐랄 사람 있겠소? 보석이 동인도 회사의 금고에 들어가는 대신 우리 손에 들어온다 해서 크게 이상할 것도 없지.

우리 각자가 거부가 될 수 있을 만큼 보석은 충분히 있소. 이 일이 다른 사람에게 알려질 리는 절대 없고, 여긴 당신도 알다시피 다른 사람들이 있는 곳과 동떨어져 있어 우리밖에 없소. 이건 하늘이 준 기회요. 자, 다시 한 번 묻겠소. 우리와 뜻을 같이하겠소, 적이 되겠소?'

'진심으로 자네들과 뜻을 같이하겠네.'

내가 말했습니다.

'잘 생각했소. 우리도 당신을 믿겠소. 자네도 우리처럼 약속을 확실하게 지킬 테니. 이제 내 형제와 상인이 오기를 기다리기만 하면 되오.'

그는 그렇게 대답하며 총을 돌려주었습니다.

'그렇다면 네 형제도 이 계획을 알고 있단 말인가?'

내가 물었습니다.

'이건 원래 내 형제가 세운 계획이오. 그가 생각해 낸 거라고. 이제 문 쪽으로 가서 마호메트 싱과 함께 보초를 섭시다.'

마침 막 우기로 접어든 때였기 때문에 비는 여전히 내리고 있었습니다. 갈색 두꺼운 구름이 천천히 하늘을 가로질러 흘러가고 있었고, 주위는 온통 뿌옇게 흐려져 어두웠기 때문에 돌을 던져서 떨어질 정도의 거리까지밖에 보이지 않았습니다. 문 앞에 깊은 도랑이 있었지만 여기저기 물이 거의 말라붙은 곳이 있었기 때문에, 건너는 건 식은 죽 먹기였습니다. 험상궂은 편잡 사람 두 명과 함께 그런 곳에 서서 죽으러 오는 사람을 기다리자니, 참으로 묘한 기분이 들었습니다.

갑자기 도랑 건너편에서 갓을 씌운 램프가 반짝이는 것이 보였습니다. 그것이 일단 흙으로 만든 제방 밑으로 사라지는

가 싶더니, 곧 다시 나타나 천천히 이쪽을 향해 오기 시작했습니다.

'왔다!'

내가 소리 높여 말했습니다.

'수하를 하시오. 평소와 다름없이. 겁을 줘서는 안 되오. 우리를 그와 함께 안으로 들어가게 해 주고, 당신은 여기서 망을 보고 있으시오. 나머지 일은 우리가 알아서 할 테니. 램프의 갓을 언제든지 벗길 수 있도록 해 놓으시오. 틀림없이 그 사람인지 확인을 좀 해야겠으니까.'

압둘라가 조그만 목소리로 말했습니다.

불빛은 멈추기도 하고 전진하기도 하면서 우리 쪽으로 다가왔습니다. 그리고 드디어 도랑 건너편 둑에 검은 그림자가 두 개 보이기 시작했습니다. 그 그림자가 둑의 경사면을 기어 내려와서 웅덩이를 철벅거리며 건넌 다음, 문 밑의 둑을 반쯤 기어올랐을 때 나는 수하를 했습니다.

'거기 누구냐?'

나는 목소리를 죽여서 말했습니다.

'아군이다.'

상대편에서 대답했습니다. 나는 램프의 갓을 벗겨내 두 사람을 향해서 비췄습니다. 앞에 있는 사람은 놀랄 만큼 몸집이 큰 시크교도로, 검은 턱수염을 허리 있는 데까지 늘어뜨리고 있었습니다. 지금까지 그렇게 큰 사람은 서커스 이외에서는 본 적이 없습니다. 또 다른 한 사람은 키가 작고 뚱뚱한 사람이었는데, 크고 노란 터번을 두르고 있었으며, 손에는 천으로 감싼 짐을 들고 있었습니다. 겁을 먹은 듯 몸 전체를 부들부들 떨고 있었습니다. 그는 말라리아에 걸려 발작을 일으킨 사람처럼 두 손을 떨면서, 마치 구멍에서 나오려는 쥐처럼 조그만 눈알을 두리번두리번, 고개를 왼쪽으로 오른쪽으로 돌려 댔습니다. 이 사람을 죽여야 한다는 생각이 들자 등줄기가 오싹해지는 느낌이 들었지만, 보물을 생각하니 마음이 부싯돌처럼 단단해지며 침착함을 되찾을 수 있었습니다. 그는 내 하얀 얼굴을 보더니 환호성을 지르며 내게 달려왔습니다.

'살려 주십쇼, 나리. 가엾은 상인 아크멧을 보호해 주십쇼. 아그라의 요새에 숨기 위해서 라즈푸타나에서 여기까지 달려온 사람입니다. 동인도 회사의 앞잡이라며 가진 물건을 전부 빼앗고 두들겨 패고, 말로는 다할 수 없는 일들을 당했습니다. 오늘은 정말 축복받은 밤입니다. 보잘것없는 내 물건들을 들고 이렇게 안전한 장소로 들어왔으니.'

'그 꾸러미 안에는 뭐가 들었지?'

내가 물었습니다.

'무쇠 상자입니다. 가족들이 쓰던 하찮은 물건들이 한두 개 들어 있습니다. 다른 사람들에게는 아무런 값어치도 없는 것들이지만, 내게는 더할 나위 없이 귀한 물건들이라. 하지만 나는 거지가 아닙니다. 말씀드린 대로 안에 들어가게만 해 주신다면, 당신과 사령관에게 사례를 하겠습니다.'

나는 더 이상 그 사람과 이야기를 나눌 자신이 없었습니다.

그의 겁먹은 통통한 얼굴을 보고 있으면 냉혹하게 죽일 수 없을 것만 같았습니다. 빨리 이야기를 마치는 게 가장 좋은 방법이었습니다.

'이 사람을 지휘 본부로 데리고 가게.'

내가 말했습니다. 두 시크교도가 양옆에 바싹 달라붙고 커다란 사내가 뒤에 붙은 채, 그들은 그대로 어두운 문 안으로 들어갔습니다. 그토록 빈틈없이 죽음의 신에 둘러싸이게 된 사람도 없을 겁니다. 나는 램프를 든 채로 성문에 남아 있었습니다.

그들이 걸어가는 규칙적인 발소리가 회랑에 울려 퍼졌습니다. 갑자기 발소리가 그치더니, 이야기하는 소리와 옥신각신하는 소리가 들리고 치고받는 소리가 들려왔습니다. 그 직후에 누군가 숨을 헐떡이며 맹렬한 기세로 달려오는 소리가 들렸는데, 나는 두려움에 꼼짝도 하지 못하고 그 자리에 서 있었습니다. 램프로 길게 죽 뻗은 통로를 비추어 보니, 그 뚱뚱한 사내가 피투성이가 된 얼굴로 미친 듯이 도망쳐 오고 있었습니다. 그리고 그 바로 뒤로 검은 수염을 기른 거인이 손에 든 칼을 휘두르며 호랑이처럼 돌진해 오고 있었습니다.

그 작은 상인은 바람처럼 빨랐습니다. 그와 그를 쫓는 시크교도와의 거리가 점점 벌어졌습니다. 이대로 내 앞을 지나서 밖으로 나간다면 상인은 목숨을 구할 수 있을지도 모를 거라는 생각이 들었습니다. 나는 그를 돕고 싶은 마음이 들었지만, 곧 보물을 생각해 내고는 마음을 굳게 다잡았습니다. 나는 사내가 내 앞을 지나갈 때 총을 다리 사이로 던져 넣었습니다.

상인은 총에 맞은 토끼처럼 두 번이나 구르더니 나가떨어졌습니다. 상인이 비틀대며 일어서려 하자 시크교도가 달려들어 칼로 배를 두 번 찔렀습니다. 상인은 신음 소리 한 번 올리지 못하고 근육 하나 제대로 움직이지 못한 채 쓰러졌던 곳으로 다시 고꾸라졌습니다. 쓰러질 때 목뼈가 부러진 듯했습니다. 여러분, 내가 거짓 약속을 한 게 아니라는 걸 이제 아시겠죠? 나는 있었던 일을 그대로 말하고 있습니다. 내게 유리하든 불리하든 신경 쓰지 않고."

그는 일단 이야기를 끊고 홈즈가 만들어 준 물 탄 위스키로 수갑이 채워진 손을 가져갔다. 솔직히 말하자면, 나는 말로 표현할 수 없을 만큼 이 사내가 두려웠다. 그것은 이 사내가 저지른 냉혹하기 짝이 없는 사건도 사건이지만, 그것을 이야기할 때 보이는, 경박함까지 느껴지는 담담한 모습에서 오는 것이었다. 그 어떤 벌을 받게 되더라도 나는 이 사내를 눈곱만큼도 동정하지 않을 것이라는 생각이 들었다.

셜록 홈즈와 존스는 사내의 이야기에 깊은 흥미를 느낀 듯 무릎 위에 손을 올려놓고 가만히 앉아 있었지만, 두 사람의 얼굴에도 역시 혐오의 빛이 감돌고 있었다. 사내도 그것을 눈치챘는지, 거친 목소리로 다시 이야기를 이어 나갔다.

"정말 몹쓸 짓을 했습니다. 하지만 숨통이 끊어질 각오를 하고 보물을 거부할 만한 사람이 세상에 얼마나 되겠습니까? 게다가 그 상인이 일단 요새 안으로 들어왔으니, 나나 상인 중

하나는 목숨을 잃어야 합니다. 만약 상인이 도망쳤다면 모든 일들이 밝혀져 나는 군법 회의에 회부될 거고, 그러면 총살을 면하지 못했을 겁니다. 때가 때인 만큼 나를 동정해 줄 만한 사람은 아무도 없었으니까요."

"얘기를 계속해 보게."

홈즈가 무뚝뚝하게 사내를 재촉했다.

"그러죠. 압둘라와 아크바르, 그리고 나, 이렇게 셋이서 녀석의 시체를 요새 안으로 옮겼습니다. 조그만 사람이 뭐가 그리 무겁던지. 마호메트 싱은 문을 지키고 있기로 했습니다. 우리는 시크교도들이 미리 준비해 놓은 장소로 시체를 가져갔습니다. 문에서 조금 떨어진 곳이었는데, 구불구불한 통로에서 널따란 방으로 들어가 얼마 지나지 않은 곳에 있었습니다. 벽돌로 만든 방의 벽은 완전히 무너져 내려 있었습니다. 그리고 바닥이 내려앉은 곳이 있었는데, 거기가 시체를 묻기에 딱 좋은 장소였기 때문에 거기다 아크멧을 넣고 그 위에 무너져 내린 벽돌을 얹어 묻었습니다. 그런 다음 우리는 함께 보물이 있는 곳으로 갔습니다.

보물 상자는 아크멧이 처음 습격을 받았을 때 떨어트린 장소에 있었습니다. 그 상자라는 것이 지금 테이블 위에 뚜껑이 열린 채 놓여 있는 바로 저것입니다. 열쇠는 상자 위의 장식이 들어간 손잡이에 비단 끈으로 묶여 있었습니다. 상자를 열어 램프로 비추어 보니, 퍼쇼에서 살던 어린 시절에 책에서 보거나 상상으로 떠올려 보았던 수많은 보물들이 들어 있었습니다. 그것을 보고 있자니, 현기증이 날 정도였습니다.

우리는 한동안 보물들을 정신없이 바라보다가 전부 밖으로 꺼내서 목록을 작성했습니다. 최고급 다이아몬드가 백사십삼 개가 있었는데, 그중에는 '위대한 모굴'이라는 이름으로 불리는, 세계에서 두 번째로 커다란 것으로 알려진 것도 들어 있었습니다. 그리고 멋진 에메랄드가 구십칠 개, 루비도 백칠십 개나 있었는데, 그중에는 아주 조그만 것들도 섞여 있었습니다. 그 외에 석류석이 사십 개, 사파이어가 이백십 개, 마노가 육십일 개, 그리고 녹주석, 오닉스, 묘안석, 터키석 등, 지금은 이름을 좀 알게 되었지만 당시에는 이름조차도 몰랐던 보석들이 헤아릴 수도 없이 많이 나왔습니다.

그리고 멋진 진주가 삼백 개 정도 있었는데, 그중 12개는 염주에 박혀 있었습니다. 그런데 그것만은 누군가가 상자에서 꺼낸 듯, 내가 이번에 상자를 되찾았을 때 열어 보니 안에 없었습니다.

보석을 헤아린 뒤에 우리는 그것을 다시 상자에 넣어 문이 있는 곳으로 가져가, 마호메트 싱에게 보여 주었습니다. 그런 다음에 다시 한 번, 서로를 돕고 비밀을 지킬 것을 엄숙하게 맹세했습니다. 보물은 숨겨 두었다가 소동이 가라앉은 후에 꺼내어 나누어 갖기로 했습니다. 그 자리에서 나누어 가진들, 그게 무슨 의미가 있었겠습니까. 그런 고가의 보석을 가지고 있다는 사실이 알려지면 의심을 받을 것이 뻔했고, 요새 안에는 혼자서 생활할 만한 방도, 보석을 숨겨 놓을 만한 장소도 없었습니다.

그래서 우리는 시체를 묻은 방으로 보물 상자를 가져가, 무너져 내린 벽 중에서 가장 튼튼해 보이는 부분을 골라 그 밑에 구멍을 파고 보물을 숨겼습니다. 그 장소를 자세히 적어 두었다가 다음 날 내가 네 사람 모두에게 돌아가도록 지도 네 장을 그렸고, 그 밑에 네 사람 모두 서명을 했습니다. 네 사람은 언제나 공동의 이익을 위해서 행동할 것이며, 혼자서만 득을 보는 행동은 하지 않겠다고 맹세했던 것입니다. 나는 가슴에 손을 얹고 말할 수 있습니다. 지금까지 그 맹세를 어긴 적이 단 한 번도 없다고.

어쨌든 당신들에게 인도에서의 폭동이 어떻게 되었는지 굳이 말할 필요는 없겠죠. 윌슨이 델리를 점령하고 콜린 경이 럭나우에 지원군을 보내자 폭동은 이미 진압된 거나 다름없었습니다. 새로운 부대들이 차례로 도착했으며, 나나 사힙은 국경을 넘어 도망쳐 버렸습니다. 그레이트헤드 대령의 유격대가 아그라를 진입하여 폭도들을 내쫓았습니다. 나라가 곧 평화를 되찾을 것처럼 보였고, 우리도 각자의 몫을 챙겨서 무사히 탈출할 수 있는 날이 머지않았다고 생각했습니다. 그런데 얼마 후 우리는 아크멧 살인범으로 체포되었고, 희망은 물거품이 되어 버리고 말았습니다.

일이 이렇게 된 겁니다. 왕이 아크멧에게 보석을 맡긴 것은 아크멧을 믿고 있었기 때문이었습니다. 하지만 동양인들은 의심이 많습니다. 그 왕이 어떤 짓을 했는지 아십니까? 좀 더 신용할 수 있는 다른 하인을 시켜서 아크멧을 감시하게 했습니다. 그 사람은 아크멧에게서 절대로 눈을 떼서는 안 된다는 명령을 받고 그림자처럼 그의 뒤를 따라다녔습니다.

그날 밤에도 바로 뒤에 따라붙어서 아크멧이 문 안으로 들어가는 모습을 지켜보았습니다. 그 사람은 아크멧이 요새로 피난한 것이라고 생각하였고, 다음 날 자신도 허가를 얻어 요새 안으로 들어왔습니다. 하지만 아크멧의 모습을 어디서도 찾을 수 없었습니다. 그는 이를 이상하게 여기고 경비대 하사관에게 사실을 얘기했습니다. 이번에는 하사관이 그 사실을 사령관에게 말했습니다. 바로 철저한 수사가 진행되었고, 시체가 발견되었습니다. 그렇게 해서 이젠 안전하다고 생각한 그 순간에 우리 네 사람은 붙잡혀 살인죄로 재판을 받게 되었습니다. 세 사람은 그날 밤에 문의 보초를 섰다는 이유로, 나머지 한 사람은 죽은 사람과 함께 있었다는 사실이 알려졌던 것입니다.

법정에서 보석에 관한 얘기는 한마디도 나오지 않았습니다. 왕은 폐위되어 인도에서 쫓겨난 상태였기 때문에 아무도 보석에 신경을 쓰는 사람이 없었습니다. 하지만 살인에 관해서는 확실한 증거가 있었기 때문에 우리 네 사람이 한 짓이라는 사실이 밝혀지고 말았습니다. 세 시크교도는 무기 징역, 나는 사형을 선고받았습니다. 후에 나도 그들과 같은 형으로 감형받았지만.

이렇게 해서 우리는 참 기구한 운명에 놓이게 되었습니다.

네 사람 모두 족쇄를 차고 벗어날 가망이 전혀 없는 상태에 빠지게 된 겁니다. 잘만 하면 떵떵거리며 보란 듯이 살 수 있을 그런 비밀을 각자의 가슴에 묻어 둔 채.

밖에서는 굉장한 보물들이 꺼내 가기만을 기다리고 있는데 사람 같지도 않은 간수들에게 채이고 주먹질 당하며 쌀과 물로 연명하려니, 그보다 더 괴로운 일도 없었습니다. 거의 미쳐 버릴 지경이었지만, 나는 원래 끈질긴 편이었기 때문에 가만히 참으며 때가 오기를 기다렸습니다.

드디어 때가 온 듯했습니다. 나는 아그라에서 마드라스로, 거기서 다시 앤다만 제도의 블레어 섬으로 이감되었습니다. 그 식민지에는 백인 수감자가 매우 적었고 내가 처음부터 얌전하게 행동했기 때문에, 곧 특별한 대우를 받게 되었습니다. 해리엇 산기슭에 호프 타운이라는 조그만 부락이 있었는데, 그곳의 오두막을 한 채 받아 거기서 꽤 자유로운 생활을 할 수 있게 되었습니다.

열병이 극성을 부리는 적적한 곳으로, 우리가 개척한 좁은 지역에서 한 발짝이라도 벗어나면 아무 때나 독침을 쏘아 대는 야만스런 식인종들이 있었습니다. 구멍을 파기도 하고, 도랑을 만들기도 하고, 감자를 심기도 하고, 그 외에도 해야 할 일이 산더미처럼 쌓여 있었습니다. 하루 종일 쉴 틈이 없었지만, 그래도 밤이 되면 얼마간 나만의 시간을 누릴 수 있었습니다.

나는 이런저런 많은 일들을 했는데, 군의관의 일을 도우면서 약을 조합하는 법을 배우게 되었고, 의학에 관한 지식도 조금 얻을 수 있었습니다. 그러는 동안에도 늘 도망칠 기회를 엿보고 있었지만, 어느 섬으로 가든 몇 백 마일이나 되는 바다를 건너야만 했고, 바다에는 거의 바람이 불지 않아서 도망친다는 것은 불가능에 가까운 일이었습니다.

군의관인 소머튼은 놀기와 내기를 좋아하는 청년으로, 밤이면 젊은 사관들이 그의 숙소로 몰려들어 카드놀이를 하고는 했습니다. 내가 약을 조제하던 진료실은 그의 숙소 바로 옆에 있었는데, 두 방 사이에 조그만 창이 하나 있었습니다. 외로울 때면 나는 종종 진료실의 불을 끄고 그 창가에 서서, 군인들의 이야기를 듣기도 하고 카드놀이를 구경하기도 했습니다.

나는 카드놀이를 꽤 좋아하는 편이어서, 남들이 하는 것을 지켜보는 것도 꽤 재미있었습니다. 숄토 소령, 모스턴 대위, 브롬리 브라운 중위 등 원주민 부대 지휘관, 군의관과 두어 명의 간수들이 늘 모여서 게임을 했는데, 간수들의 카드 실력이 보통이 아니어서 언제나 빈틈없고 안전한 수로 판을 이끌어 나가고 있었습니다. 모두가 아주 즐겁게 게임을 즐겼습니다.

그런데 얼마 지나지 않아서 나는 한 가지 사실을 깨달을 수 있었습니다. 군인들은 늘 지기만 하고 늘 간수들이 이긴다는 것이었습니다. 그렇다고 속임수를 쓰는 것도 아니었는데, 결과는 늘 그랬습니다. 간수들은 앤다만 제도에 온 이후로 카드 외에는 달리 할 일이 없었기 때문에 늘 카드만 하다 보니 상대의 수를 훤히 꿰뚫어 보고 있었지만, 군인들은 그저 시간을 보내기 위해서 하는 것이니 결국 질 수밖에 없었던 것입니다.

군인들은 매일 밤 져서 돈을 잃기만 했고, 잃으면 잃을수록 더욱 승부욕을 불태우게 되었습니다. 가장 심하게 돈을 잃은 건 숄토 소령이었습니다. 처음에는 지폐와 동전으로 돈을 냈지만, 곧 어음을 내게 되었고, 그것도 다시 큰 액수의 어음으로 바뀌게 되었습니다. 때로는 두어 판 정도 연속으로 돈을 따 힘을 되찾는 경우도 있었지만, 그 다음에는 어김없이 더 많은 돈을 잃고는 했습니다. 소령은 하루 종일 화난 얼굴로 안절부절못했으며, 몸을 해칠 정도로 술을 마시기 시작했습니다.

어느 날 밤, 소령은 참담할 정도로 돈을 잃었습니다. 내가 오두막에 앉아 있는데, 소령과 모스턴 대위가 숙사로 돌아가려 비틀거리는 걸음으로 집 앞을 지나갔습니다. 두 사람은 둘도 없이 친하게 지내는 막역한 사이였고, 언제나 함께 붙어다녔습니다. 그때 소령이 진 것에 대해 푸념을 늘어놓는 소리가 들려왔습니다.

'이젠 완전히 끝장이야, 모스턴. 사표를 낼 수밖에 없겠지. 나는 파멸일세.'

모스턴 대위가 소령의 어깨를 두드리며 말했습니다.

'그런 소리 말게! 나는 그보다 더한 일을 당한 적도 있었다네.'

내가 들은 것은 거기까지였지만, 그것만으로도 나는 충분히 한 가지 일을 떠올릴 수 있었습니다.

이틀 뒤, 숄토 소령이 해안에서 어슬렁거리고 있었습니다.

나는 적당히 기회를 봐서 그에게 말을 걸었습니다.

'소령님, 잠깐 드릴 말씀이 있는데요.'

'아, 스몰 무슨 일인가?'

소령이 물고 있던 담배를 입에서 떼며 물었습니다.

'숨겨 둔 보물을 누구의 손에 넘겨 주어야 좋을지 소령님께 한 번 여쭈어 보고 싶었습니다. 솔직히 말씀드리자면, 저는 오십만 파운드의 보물이 숨겨진 곳을 알고 있습니다. 하지만 저는 그것을 쓸 수 있는 입장이 되지 못하니, 그럴 바에는 차라리 누군가 높은 사람에게 그것을 넘겨주는 편이 낫지 않을까, 그렇게 하면 형기를 줄여 줄지도 모른다는 생각을 했습니다.'

내가 말했습니다.

'오십만 파운드라고 했나, 스몰?'

소령은 신음 소리와도 같은 한숨을 내쉬며 내 말이 사실인지를 확인하기 위해서 내 얼굴을 빤히 쳐다봤습니다.

'그렇습니다, 소령님. 보석과 진주들입니다. 누가 가져도 상관없습니다. 원래 주인은 지금 추방을 당해서 재산을 자신의 것으로 삼을 수가 없는 상황입니다. 따라서 보물은 먼저 손에 넣은 사람 것이 됩니다.'

'정부다, 스몰. 정부에 넘겨야지.'

하지만 나는 소령의 더듬거리는 소리를 듣고는 이미 내 계략에 걸려들었음을 알 수 있었습니다.

'소령님은 그걸 총독 각하께 보고해야 한다는 말씀이시죠?'

내가 조용한 목소리로 물었습니다.

'아니, 서둘러 일을 처리할 필요는 없네. 나중에 후회하게 될지도 모르니까. 어떻게 된 일인지 전부 들려주게나, 스몰.'

나는 장소가 너무 확실하게 드러나지 않도록 조금 거짓을 섞어서 자초지종을 이야기했습니다. 이야기가 끝났는데도 소령은 가만히 생각에 잠긴 채 그 자리에 서 있었습니다. 입술이 떨리는 걸로 보아 소령이 심하게 갈등하고 있다는 사실을 알 수 있었습니다.

그가 드디어 입을 열어 말했습니다.

'이건 아주 중요한 일일세, 스몰. 누구에게도 그 이야기를 해서는 안 돼. 빠른 시일 안에 다시 한 번 만나세.'

그로부터 이틀 후, 소령은 친구인 모스턴 대위를 데리고 램프로 길을 비추어 가며 한밤중에 내 오두막으로 찾아왔습니다.

'스몰, 전에 했던 얘기를 자네가 직접 모스턴 대위에게도 들려주기 바라네.'

소령이 말했습니다.

나는 전과 다름없는 얘기를 들려주었습니다.

'거짓말은 아닌 거 같지? 해 볼 만한 가치가 있지 않겠는가?'

소령의 말에 대위가 고개를 끄덕였습니다.

다시 소령이 말했습니다.

'잘 들어 보게, 스몰. 나는 이 친구와 함께 진지하게 얘기를 나눈 뒤에 이런 결론을 내렸다네. 즉 아무리 생각해 봐도 자네가 말한 이 비밀은 정부가 관여할 문제가 아니라 자네 한 사람에게만 국한된 문제라는 점일세. 따라서 말할 필요도 없이 자네가 가장 좋은 방법이라고 생각한 대로 처리해도 상관없을 듯하네. 그리고 자네가 대가로 무엇을 원하는 건지, 그 조건만 맞는다면 우리가 그것을 받아 줄 수도 있네. 적어도 조사를 해 볼 생각은 있네.'

소령은 최대한 침착하게 아무렇지도 않다는 듯한 어조로 말을 했지만, 눈빛은 흥분과 욕망으로 번뜩이고 있었습니다.

나도 최대한 침착해지려고 노력했지만, 소령과 마찬가지로 흥분의 빛을 감추지 못한 채 대답했습니다.

'그렇습니까? 나 같은 입장에 있는 사람이 내걸 수 있는 조건이라야 뻔한 것 아니겠습니까? 내가 자유의 몸이 될 수 있도록, 그리고 세 친구들도 자유의 몸이 될 수 있도록 도와주십시오. 그러면 두 분에게도 보물의 오 분의 일을 드리도록 하겠습니다.'

'흠! 오 분의 일이라고? 그다지 입맛이 당기지는 않는구먼.'

소령이 말했습니다.

'한 사람 앞에 오만 파운드입니다.'

내가 말했습니다.

'하지만 어떻게 자유의 몸이 될 수 있도록 도와줄 수 있지? 그건 불가능한 얘기라는 걸 자네도 알고 있지 않은가?'

'그렇지 않습니다. 그 방법에 대해서는 아주 세세한 부분에 이르기까지 이미 생각해 둔 게 있습니다. 탈출에 가장 큰 장애가 되는 것은, 바다를 건널 배와 바다를 건널 동안 먹을 식량이 없다는 것입니다. 캘커타나 마드라스에 가면 요트나 범선 중에서 쓸 만한 것을 얼마든지 구할 수 있습니다. 그중 하나를 준비해 주시면 됩니다. 그리고 우리는 밤을 틈타서 그 배에 오를 테니, 인도의 아무 해안에나 우리를 내려 주시기만 하면 두 분은 계약을 이행하는 게 되는 겁니다.'

내가 대답했습니다.

'한 사람이라면 어떻게 해 보겠네만.'

소령이 말했습니다.

'모두 함께 나갈 수 없다면 없었던 얘기로 하겠습니다. 우리 네 사람은 언제나 행동을 같이하기로 맹세했습니다.'

내가 대답했습니다.

'이보게 모스턴, 스몰은 입이 무거운 사람일세. 동료를 배신하지도 않으려 하고. 충분히 믿을 만한 이야기일세.'

소령이 말했습니다.

'별로 내키는 일은 아니지만, 자네 말대로 돈만 있다면 우리는 장교의 지위를 내놓지 않아도 되겠지.'

대위가 대답했습니다.

'좋았어. 스몰, 아무래도 우린 자네가 원하는 대로 해야 할 것 같군. 물론 그 전에 자네 얘기가 사실인지 조사해 볼 필요가 있겠지만. 상자가 숨겨진 곳을 말하게. 그러면 내가 휴가를

내서, 이번 달에 오는 교대선을 타고 인도로 들어가서 조사를 해 볼 테니.'

소령이 말했습니다.

'너무 그렇게 서두르지 마십시오. 나머지 세 친구의 승낙도 받아내야 합니다. 이미 말씀드렸듯이 우리는 네 사람이 함께 행동하기로 약속했습니다.'

상대가 일에 덤벼들수록 나는 더욱 냉정하게 말했습니다.

'답답한 소리 말게! 검둥이 세 녀석이 우리 약속과 무슨 관계가 있단 말인가?'

소령이 거친 어조로 말했습니다.

'검든 파랗든 친구니까요. 무슨 일이든 우리는 함께합니다.'

내가 대답했습니다.

어쨌든 이 문제를 해결하기 위해서 모든 사람이 다시 한 번 모일 필요가 있었습니다. 즉 그 자리에는 마호메트 싱과 압둘라 칸, 도스트 아크바르도 있었습니다. 이렇게 두 번에 걸친 이야기 끝에 드디어 결론을 내릴 수 있었습니다. 우리는 우선 장교들에게 문제의 보물이 숨겨져 있는 벽의 위치에 표시를 해서 아그라 요새의 지도를 넘겨주기로 했습니다.

숄토 소령이 이야기의 진위를 살피기 위해서 인도로 가기로 했습니다. 상자를 확인하면 그것은 그대로 거기에 둔 채, 식량을 실은 소형 요트를 러틀랜드 섬 앞바다까지 가져오기로 했습니다. 우리가 어떻게 해서든 그 요트에 도착하면 소령은 다시 군무에 복귀하고, 이번에는 모스턴 대위가 휴가를 얻어 아그라에서 우리와 만나 보물을 나누기로 했습니다. 소령의 몫도 대위가 거기서 함께 받기로 했고요.

지금까지 어떤 인간도 생각해 낸 적이 없으며 입으로 말해 본 적이 없을 정도로 엄숙한 맹세를 하며 우리는 굳게 약속했습니다. 나는 밤새도록 펜을 들어 다음 날 아침까지 두 장의 지도를 준비해, 거기에 네 개의 서명 — 압둘라, 아크바르, 마호메트, 그리고 나 — 을 적어 넣었습니다.

얘기가 너무 길어져서 좀 지루하지 않습니까? 존스 씨는 나를 빨리 교도소에 처넣고 싶어서 아까부터 안절부절못한다는 걸 잘 알고 있습니다. 가능한 한 요약해서 이야기하도록 하겠습니다.

숄토, 그 악당은 인도로 떠난 뒤 두 번 다시 모습을 드러내지 않았습니다. 그로부터 얼마 후 모스턴 대위가 우편선 승객 명단에 녀석의 이름이 올라 있는 것을 보여 주었습니다. 삼촌이 돌아가시면서 상당한 재산을 물려주셨기에 군대를 떠났다는 얘기였습니다. 어쨌든 숄토는 우리 다섯 사람을 그런 식으로 배반하고도 아무렇지도 않은 사람이었습니다.

그 뒤 모스턴이 바로 아그라로 가 봤는데, 짐작대로 보물은 어디에도 없었습니다. 그 악당 녀석이 비밀스럽게 나눈 약속은 하나도 지키지 않은 채 보물을 통째로 가지고 달아난 것이었습니다.

그날 이후부터 나는 오직 복수만을 위해서 살아왔습니다.

낮에는 하루 종일 복수만을 생각했으며, 밤이면 그 일에 대한 꿈을 꿀 정도였습니다. 복수에 대한 생각이 깊어지면서 나는 점점 참을 수 없이 되어 버렸습니다. 법률 같은 건 아무래도 상관없었습니다. 교수대에 오른다 해도 그런 것쯤 조금도 무섭지 않았습니다. 탈출해서 숄토를 찾아내 목을 졸라 죽여 버리겠다는 생각밖에 없었습니다. 그때 내게는 아그라의 보물보다도 숄토를 죽이는 일이 더 중요한 것이었습니다.

지금까지 나는 마음먹은 일 중에서 해내지 못한 일이 하나도 없었습니다. 하지만 때가 오기를 기다리는 일이란 정말 길고 지루한 일이었습니다. 내가 의학에 관한 지식을 조금 가지고 있다는 사실을 조금 전에 말씀드렸지요? 어느 날 군의관인 소머튼이 열병으로 침상에 누워 있을 때 죄수들이 숲에서 발견했다며 조그만 앤다만 원주민을 데리고 왔습니다. 중병에 걸려 회복할 가능성이 없자 마을에서 떨어진 곳으로 혼자 죽으러 왔던 것이었습니다.

뱀처럼 독기를 품고 있는 젊은 녀석이었는데, 이삼 개월 정도 치료를 해 주었더니 병이 완전히 나아서 걸어 다닐 수 있게 되었습니다. 그런데 녀석은 내가 마음에 들었는지 숲으로 돌아갈 생각은 않고 언제나 내 오두막 주변을 맴돌기만 했습니다. 녀석들의 말을 조금 배웠더니 더욱 마음에 들어 하는 듯했습니다.

녀석의 이름은 통가였는데, 배를 아주 잘 다뤘으며 크고 널찍한 자신의 카누도 가지고 있었습니다. 통가가 나를 진심으로 존경하고 있으며 나를 위해서라면 무슨 일이든 할 것이라는 사실을 알게 된 나는, 드디어 탈출할 때가 왔다고 생각했습니다.

그래서 나는, 그 녀석과 탈출에 대한 이야기를 나눴습니다. 녀석이 밤에 보초가 없는 선착장으로 카누를 가지고 와 나를 태워 주겠다고 했습니다. 나는 물통 대여섯 개에 물을 담고, 감자, 코코넛 열매, 고구마 등도 가득 싣고 오라고 녀석에게 일러 두었습니다.

통가는 성실하고 믿을 만한 녀석이었습니다. 그 누구도 그처럼 충실한 친구를 둔 적이 없을 겁니다. 약속한 날 밤, 녀석이 카누를 저어 선착장으로 왔습니다. 그런데 재수 없게도 거기에 간수 하나가 있었습니다. 아프가니스탄 사람이었는데, 걸핏하면 나를 무시하고 때리던 사람이었습니다.

언젠가는 반드시 복수를 해 줄 생각이었는데, 드디어 기회를 잡게 된 셈이었습니다. 마치 운명의 여신이 내 앞에 그 녀석을 보내고는, 섬을 떠나기 전에 복수를 하라고 말하고 있는 듯했습니다. 녀석은 카빈총을 어깨에 메고 내게 등을 돌린 채 제방 위에 서 있었습니다. 머리통을 박살낼 생각으로 돌을 찾아보았지만, 돌은 하나도 보이지 않았습니다.

그 순간 정말 기발한 생각이 떠오르면서 아주 가까운 곳에 무기가 있다는 사실을 깨닫게 되었습니다. 나는 어둠 속에 앉아서 의족을 떼어 냈습니다. 그리고 한쪽 다리로 세 발 뛰어가서 녀석을 덮쳤습니다. 녀석이 카빈총으로 나를 겨누었지만,

나는 있는 힘껏 내리쳐 녀석의 이마를 깨뜨렸습니다. 보세요. 이 나무에 금간 흔적이 있죠? 여기로 녀석을 내리친 겁니다. 우리는 하나가 되어서 땅바닥에 나뒹굴었습니다. 몸의 균형을 잃었거든요. 하지만 일어나 보니, 녀석은 완전히 숨통이 끊긴 채 축 늘어져 있었습니다.

나는 배가 있는 곳으로 갔고, 한 시간쯤 후에는 해안에서 멀리 떨어진 바다로 나올 수 있었습니다. 통가는 무기에서부터 섬사람들이 섬기는 신의 상까지, 자신이 가지고 있던 물건을 전부 가지고 왔습니다. 그중에 기다란 죽창과 앤다만 섬사람들이 코코넛 껍질로 만든 돗자리가 있었는데, 나는 그것으로 돛을 만들었습니다.

열흘 동안이나 모든 것을 운에 맡긴 채 항해를 계속했고, 열하루째 되던 날 말레이의 순례자들을 싣고 싱가포르에서 지다로 가던 무역선에 의해 구출되었습니다. 순례자들이란 참으로 이상한 자들의 모임이었는데, 통가와 나는 곧 그들과도 그럭저럭 어울리게 되었습니다. 그 사람들에게도 딱 하나 좋은 점은 있었습니다. 그것은 남의 일에 참견을 하지 않으며, 쓸데없는 질문을 하지 않는다는 것이었습니다.

그 조그만 친구와 내가 겪었던 수많은 모험에 대해서 이야기를 해 봐야 당신들은 별로 즐거워하지 않겠죠? 그걸 다 얘기하면 날이 새어 버리고 말 테니까요. 끊임없이 문제가 생겨서 런던에 좀처럼 들어올 수가 없었습니다. 하지만 그동안에도 목적만큼은 절대로 잊지 않고 있었습니다. 밤마다 곧잘 숄토의 꿈을 꾸었습니다. 꿈속에서 녀석을 몇 백 번이나 죽였습니다.

그러다가 간신히 삼사 년 전에 영국으로 들어올 수 있었습니다. 숄토의 집을 찾는 일은 아주 간단했으며, 그 다음부터는 녀석이 보석을 돈으로 바꿨는지 아니면 그대로 가지고 있는지를 알아보기 시작했습니다. 도움이 될 만한 사람과 친분을 쌓은 뒤 — 이름은 밝히지 않겠습니다. 괜한 사람을 끌어들이고 싶지 않으니까요 — 얼마 지나지 않아서, 녀석이 아직도 보석을 그대로 가지고 있다는 사실을 알게 되었습니다. 이번에는 수단과 방법을 가리지 않고 녀석에게 다가가려고 노력했습니다. 하지만 도무지 빈틈이 없는 녀석이어서, 두 아들과 하인들 외에 권투 선수 둘을 고용하여 언제나 자신의 신변을 보호하고 있었습니다.

그러던 어느 날 녀석이 죽어 간다는 말을 듣게 되었습니다. 간신히 여기까지 쫓아와서 이제 거의 다 잡은 거나 다름없었는데 그렇게 허무하게 놓쳐야만 한다니 거의 미쳐 버릴 것만 같아서, 나는 바로 녀석의 정원으로 달려가 창 너머로 안을 들여다보았습니다. 녀석은 두 아들을 양쪽에 세워 놓고 침대에 누워 있었습니다. 죽을 각오를 하고 당장 안으로 달려 들어가 세 명을 상대로 한바탕 벌이려는 순간 녀석의 고개가 툭 떨어졌고, 나는 녀석이 죽었다는 사실을 알 수 있었습니다.

어쨌든 그날 밤 나는 녀석의 방으로 들어가, 보물을 숨겨 놓은 장소를 기록해 놓은 종이라도 없을까 해서 방 안을 뒤졌습니다. 하지만 어디에서도 그런 종이는 나오지 않았고, 나는 더할 나위 없는 비참함과 분노를 느끼며 그 방에서 나왔습니다. 나오기 전에 나는 문득, 언젠가 시크교도 친구들을 만났을 때 내가 우리의 원한의 표시를 남기고 왔다고 말하면 그들도 이해를 해 줄 거라는 생각이 들었습니다. 그래서 나는 지도에 적었던 것과 똑같이 우리 네 명의 이름을 적은 뒤에 그것을 녀석의 가슴에 핀으로 꽂아 놓았습니다. 속임수에 넘어가 보물을 빼앗겼으면서도 우리의 어떠한 증표도 없이 녀석을 무덤으로 보내야 한다니, 도저히 참을 수가 없었기 때문이었습니다.

그 무렵 나는 통가를 검둥이 식인종이라고 선전하고 다니며 사람들에게 구경을 시켜 두 사람이 먹고 살 돈을 마련했습니다. 통가는 사람들 앞에서 날고기를 뜯어먹었으며, 전장으로 나가는 용사들의 춤을 추었습니다. 그렇게 하루를 일하고 나면 언제나 모자 가득 동전이 모였습니다. 그러는 동안에도 변함없이 폰디체리 저택에 관한 세세한 정보가 들어왔는데, 몇 년 동안은 아들들이 보물을 찾고 있다는 것 외에는 별다른 정보가 들어오지 않았습니다.

그런데 드디어 기다리고 기다리던 일이 일어났습니다. 보물을 찾았다는 것이었습니다. 보물은 집의 꼭대기, 바솔로뮤 숄토 씨의 화학 실험실 천장 위에 있었습니다.

나는 당장 그곳으로 달려가 현장을 살펴보았는데, 의족을 한 내가 어떻게 거기까지 올라가야 할지 그저 막막하기만 했습니다. 그러던 중에 지붕에 들창이 있다는 사실과 숄토 씨가 저녁 식사를 하는 시간을 알아내게 되었습니다. 통가를 끌어들이면 일을 간단하게 마칠 수 있을 것이라는 생각이 들었습니다.

그래서 나는 통가의 허리에 긴 밧줄을 감아 데리고 갔습니다. 통가는 고양이처럼 날렵하게 지붕으로 올라가더니 바로 안으로 들어갔는데, 운이 나쁠 때는 어떻게 막아 볼 방법이 없는 법인지, 바솔로뮤 씨가 가엾게도 아직 그 방에 있었습니다. 통가는 그 사람을 죽이고 제 딴에는 영리한 짓을 했다고 생각했는지, 내가 밧줄을 타고 방으로 올라가 보니 공작처럼 득의양양해서 방 안을 돌아다니고 있었습니다. 내가 밧줄로 때리며 피에 굶주린 난쟁이 악마 녀석이라고 야단을 치자, 통가는 어쩔 줄 몰라 했습니다.

나는 보물 상자를 밖으로 내린 뒤 내려왔습니다. 물론 그 전에 테이블 위에 네 개의 서명을 남겨, 드디어 보물이 가장 정당한 권리를 가진 사람의 손에 돌아갔다는 사실을 알렸습니다. 그런 다음 통가가 밧줄을 끌어올리고 창문을 닫은 뒤, 들어갔던 것과 같은 방법으로 밖으로 나왔습니다.

그 다음부터는 더 이상 얘기할 필요가 없을 겁니다. 전에 어떤 배의 주인이 스미스의 오로라 호가 무척 빠르다고 말하는 것을 들은 적이 있었고, 그렇다면 도망칠 때 써야겠다고 생각했었습니다. 그래서 스미스를 만나 기선이 있는 곳까지 데려다 준다면 사례금을 후하게 주겠다고 약속했습니다. 물론 스미스도 뭔가 수상한 냄새가 난다고는 생각했겠지만, 우리의 비밀까지 전부 알고 있었던 것은 아니었습니다.

 이상이 사건의 진상입니다. 하지만 나는 당신들을 즐겁게 해 주기 위해서 이런 얘기를 한 게 아닙니다. 당신들 때문에 이렇게 됐는데 그럴 이유가 없지요. 다만 모든 일들을 숨김없이 이야기하여 숄토 소령이 내게 얼마나 몹쓸 짓을 했고, 또 내가 숄토 소령의 아들의 죽음에 대해서 얼마나 결백한지를 온 세상에 알리고 싶었습니다."

 "정말 놀라운 이야기였소. 실로 흥미로운 사건에 잘 어울리는 결말이기도 하고. 하지만 당신이 직접 밧줄을 가지고 갔다는 얘기만 빼면, 이야기의 후반부는 내게 조금도 새로울 것이 없는 얘기였소. 그런데 통가는 독침을 전부 잃어버린 줄 알았는데, 배에 타고 있을 때 우리에게 한 대 날리더군."

 셜록 홈즈가 말했다.

 "전부 잃어버리기는 했는데, 통 속에 하나가 남아 있었습니다."

 "그렇게 된 거군. 그건 생각지 못했네."

 홈즈가 말했다.

 "더 묻고 싶은 것이 있습니까?"

 죄수가 상냥하게 말했다.

 "아니, 이젠 없소. 고마웠소."

 홈즈가 대답했다.

 "그건 그렇고, 홈즈 씨, 당신은 이번 사건 해결에 공을 세운 사람이며, 범죄 감식의 대가라는 사실도 잘 알고 있습니다. 하지만 의무는 의무입니다. 그리고 두 분이 요구한 일은 이미 충분히 들어 드렸다고 생각합니다. 이 이야기꾼을 확실하게 감옥에 넣어야만 나는 마음을 놓을 수 있을 것 같습니다. 마차가 아직 기다리고 있고, 경찰 두 명이 아래서 우리를 기다리고 있습니다. 두 분 모두 협력해 주셔서 대단히 감사합니다. 물론 재판이 열리면 참석을 해 주셔야 할 겁니다. 나는 그만 가 봐야겠습니다. 안녕히 계십시오."

애셜니 존스가 말했다.

"두 분 모두 안녕히 계십시오."

조너선 스몰이 말했다.

"스몰, 네가 앞장서서 나가. 네가 앤다만에서 간수를 어떻게 처리했건 간에, 어쨌든 나는 그 의족에만은 맞지 않도록 주의해야지."

방에서 나갈 때 존스가 빈틈을 보이지 않으며 말했다.

한동안 우리 두 사람은 아무런 말도 하지 않은 채 담배만 피웠다. 그러다 내가 입을 열었다.

"아, 드디어 이 짧은 연극도 막을 내렸군. 이 사건을 마지막으로 나는 더 이상 자네의 수사 방법을 연구할 수 없을 것 같네. 모스턴 양이 내 청혼을 받아 주었거든."

홈즈는 아주 침통한 얼굴로 신음 소리를 올리더니 이렇게 말했다.

"그렇게 될 것 같다는 생각이 들었다네. 솔직히 말하자면 축하해 주고 싶은 마음은 별로 없군."

나는 마음이 조금 상했다.

"내가 선택한 사람에게 뭔가 불만이라도 있는 건가?"

내가 물었다.

"그럴 리가 있겠나? 그 아가씨는 내가 지금까지 보아 온 아가씨 중에서 가장 매력적인 아가씨였고, 이번 사건을 푸는 데도 상당한 도움을 주었다네. 틀림없이 이 방면에 재능을 가지고 있는 사람일세. 아버지의 서류 속에서 아그라의 지도를 찾아서 가지고 있었다는 사실만 봐도 알 수 있지. 하지만 사랑이라는 것은 감정적인 것이고, 감정적인 것은 전부 내가 무엇보다도 존중하고 있는 냉정하고 올바른 이성과 상반되는 것이라네. 나는 절대로 결혼하지 않을 걸세. 그 때문에 판단력이 흐려져서는 안 되니까."

내가 웃으며 말했다.

"걱정할 것 없네. 내 판단력은 그런 시련을 견뎌 낼 수 있을 걸세. 그건 그렇고, 자네 피곤해 보이는군."

"피곤하네. 벌써 반작용이 시작된 것 같아. 한 일주일 정도는 시체처럼 축 늘어져 있을 걸세."

"자네는 정말 알 수 없는 사람이야. 게으름뱅이라고밖에 보이지 않는 기간과 놀랄 정도의 정력과 활력이 폭발하는 기간이 번갈아 가면서 찾아오니 말일세."

내가 말하자 홈즈가 대답했다.

"옳은 말일세. 내 속에는 굉장히 게으른 성격과 굉장히 활동적으로 일하는 성격이 공존하고 있다네. 나는 곧잘 괴테의

시를 떠올린다네. '자연이 너를 오직 하나의 인간으로만 만든 것은 안타까운 일이다. 가치 있는 사람이 될 수도 있고, 최고의 악당이 될 수도 있는 바탕이 있으니.' 그건 그렇고, 다시 노우드 사건에 관한 얘기인데, 내가 짐작한 대로 저택 안에 공범자가 한 사람 있었지 않나? 그건 바로 집사인 랄 라오일 걸세. 그렇다면 커다란 그물을 쳐서 물고기를 한 마리 잡은 공로는 전부 존스가 차지하게 될 걸세."

"그건 불공평하군. 이번 사건은 전부 자네가 해결했는데, 이번 사건으로 나는 아내를 맞이하게 되었고, 존스는 명예를 획득했다네. 그렇다면 자네에게 남겨진 건 대체 뭔가?"

내가 말했다.

"내게는 이 코카인 병이 아직 남아 있지 않은가?"

셜록 홈즈는 이렇게 말하면서 그 길고 하얀 손가락으로 그것을 집으려 했다.

제3장
배스커빌 가의 개

배스커빌 가의 개

셜록 홈즈

 셜록 홈즈는 때때로 밤을 샐 때 이외에는 늦잠을 잤다. 그런 그가 테이블에 앉아 아침을 먹고 있었다. 나는 난로 앞 깔개가 있는 곳에서 어젯밤에 우리를 만나러 왔었던 손님이 놓고 간 지팡이를 집어 들었다. 페낭 로여라 불리는, 야자나무의 줄기로 만들어진 굵고 멋진 지팡이로 손잡이 부분이 둥근 공처럼 생겼다. 손잡이 바로 밑에 폭 일 인치 정도 되는 은테가 둘러져 있었다.

 '왕립 외과 의학회 회원 제임스 모티머 씨에게, C. C. H. 의 친구 일동이' 라는 문구가 은테에 새겨져 있었으며, 1884년의 연호도 함께 새겨져 있었다. 고리타분한 개업의가 들고 다니기에 아주 적합한 지팡이였다.

 "왓슨, 자네는 그 지팡이에 대해서 어떻게 생각하나?"

 홈즈는 내게 등을 돌리고 있었고, 나는 그에게 내가 무엇을 하고 있는지 눈치를 조금도 보이지 않았다.

"내가 뭘 하는지 어떻게 알아낸 거지? 자넨 뒤통수에 눈이라도 달렸나?"

"눈앞에 깨끗하게 닦아 놓은 은도금 커피포트가 있거든. 그보다 손님이 놓고 간 지팡이에 대해서 어떻게 생각하나? 마침 우리는 그 손님과 만나지 못했기 때문에 무슨 일로 찾아왔는지 용건을 모르지 않는가? 그래서 우연히 놓고 간 그 선물이 중요한 의미를 지니게 되는 걸세. 그 지팡이를 살펴보고 주인에 대해서 추리해 보지 않겠나?"

나는 홈즈가 쓰는 방법을 가능한 한 따라하면서 말했다.

"글쎄, 모티머 씨는 성공한 의사 같군. 꽤 나이가 들었고, 사람들에게 존경과 사랑을 받는 사람일 것 같아. 친구들로부터 이런 감사의 선물을 받은 걸 보면 말일세."

"훌륭해! 정말 대단하군."

"그리고 시골에 개인 병원을 가진 의사로, 왕진을 하러 많이 걸어다니는 듯하네."

"어째서지?"

"그건 말일세, 이 지팡이도 원래는 아주 멋진 것이었을 텐데 지금은 이렇게 홈집이 나 있지 않나. 도시 의사의 것이라면 이렇게는 되지 않네. 단단한 쇠로 된 끝 부분이 이렇게 닳은 걸로 보아, 틀림없이 아주 많이 걸어다니고 있을 걸세."

"굉장해!"

홈즈가 말했다.

"그리고 'C. C. H.의 친구 일동'이'라고 새겨져 있네. 이건 사냥 단체의 이름이라고 생각되네. 시골 사냥 단체의 회원들이 병을 고쳐 준 것에 대한 보답으로 그에게 조그만 선물을 보낸 게 아닐까?"

"왓슨, 정말 훌륭해."

이렇게 말하면서 홈즈는 자리에서 일어나 담배에 불을 붙였다.

"지금까지 자네는 나의 보잘것없는 활약상을 기록해 주었네. 늘 고맙게 생각하고 있지. 하지만 자네는 자신의 능력을 과소평가하고 있어. 자네 스스로는 빛을 발하지 못할지도 모르겠지만, 자네는 훌륭하게 빛을 전달하고 있다네. 하늘로부터 받은 재능은 없지만 천재를 자극하는 훌륭한 힘을 가진 사람들이 이 세상에는 있는 법이라네. 나 역시도 상당 부분 자네 덕을 보고 있다네."

홈즈가 이처럼 칭찬을 해 준 적이 없었기 때문에, 나는 가슴속에서 솟아오르는 기쁨을 억누를 길이 없었다. 지금까지 홈즈를 칭찬해 주고 그의 탐정법을 세상에 널리 알리려고 노력해 왔지만, 그가 늘 무관심했기 때문에 곧잘 화가 났기 때문이다. 그리고 그에게서 칭찬을 받을 정도로 홈즈 특유의 추리법을 익혀 적용하게 되었다고 생각하니 자랑스럽기까지 했다.

홈즈는 내가 들고 있던 지팡이를 가져가 눈으로 몇 분 동안 그것을 살펴보았다. 그는 곧 재미있다는 듯한 표정을 지었다. 그러더니 담배를 내려놓고 창가로 지팡이를 가져가 볼록렌즈로 다시 한 번 지팡이를 살펴봤다.

그는 자신이 아끼는 긴 의자 쪽으로 가면서 말했다.

"초보적인 얘기지만 재미있군. 이 지팡이를 통해서 한두 가지 사실을 확실하게 알 수 있네. 그리고 몇몇 추론도 가능할 듯해."

나는 자신만만하게 물었다.

"내가 뭐 놓친 거라도 있나? 중요한 점은 전부 지적한 것 같은데."

"왓슨, 미안하지만 자네의 결론은 대부분 잘못됐다네. 조금 전에 자네가 나를 자극한다고 말했었지? 사실은 자네가 틀린 부분을 조사해 보면 진실을 발견하게 되는 경우가 많다는 뜻이었다네. 하지만 이 지팡이의 경우, 자네는 그렇게 커다란 오류를 범하지는 않았네. 이 사람은 틀림없이 시골 개인 병원의 의사일세. 그리고 많이 걷기도 하지."

"그렇다면 틀린 게 없지 않은가?"

"맞은 부분은 여기까지라네."

"하지만 거기서 끝이 아니었나?"

"아니. 왓슨, 거기서 끝난 것이 아닐세. 결코 그렇지가 않아. 생각해 보게. 의사가 받은 선물이라면 사냥 단체보다는 병원에서 받았다고 보는 편이 훨씬 더 자연스럽지 않겠는가? 그렇다면 병원을 뜻하는 H라는 글자 앞에 있는 'C. C.'는 채링 크로스라고 생각하는 편이 자연스러울 듯하네."

"그럴지도 모르겠군."

"그렇게 생각하는 편이 더 정확할 걸세. 이 가설을 받아들인다면 문제의 인물에 대한 새로운 추리를 할 수 있는 근거를 갖게 되는 셈이지."

"그럼 C. C. H.가 채링 크로스 병원을 뜻하는 것이라고 하세. 거기서 어떤 추론을 이끌어 낼 수 있다는 거지?"

"생각나는 게 아무것도 없나? 자네는 내 추리 방법을 알고 있지? 그것을 응용해 보게나."

"지금 떠오른 건, 이 사람이 시골로 내려가기 전에 런던에서 일을 했을 거라는 사실 정도네만."

"좀 더 생각을 발전시켜 볼 수는 없겠나? 이런 식으로 생각해 보는 건 어떻겠나? 주로 어떤 경우에 이런 선물이 주어질까? 어떨 때 친구들이 모여서 호의를 표시할까? 틀림없이 모티머 박사가 병원을 그만두고 개인 병원을 개업할 때였을 거네. 이것으로 선물에 얽힌 내용을 알게 된 셈이지. 박사가 병원을 그만두고 시골로 내려가 개인 병원을 차린 건 틀림없는 사실일 걸세. 그렇다면 시골로 내려갈 때 선물을 준 것이라고 생각할 수 있지 않겠나?"

"그렇군. 그런 것 같네."

"그리고 모티머 박사는 병원의 간부가 아니었다는 사실도 알 수 있네. 보통 그런 지위에 오르는 건 런던에서 이름이 알려진 의사들뿐이며, 그런 인물이라면 시골로 내려갈 리가 없을 테니까. 그렇다면 그는 어떤 지위에 있었을까? 병원 의사이기는 하지만 간부가 아니라면, 병원 기숙사에서 묵으며 일을 하는 외과 의사나 내과 의사, 틀림없이 견습 의학생 신분에서 벗어난 지 얼마 되지 않은 의사였을 것이네. 병원을 떠난 건 오 년 전이었고. 지팡이에 새겨진 연호를 보면 알 수 있지. 그렇다면 자네가 말했던 풍채 좋은 중년 개업의의 모습은 완전히 사라져 버리고 마네, 왓슨. 그 대신 모습을 나타낸 건 사람은 좋지만 야심을 갖고 있지 않은 서른 살 미만의, 좀 덜렁대는 성격의 청년 의사라네. 그리고 개를 애지중지 키우고 있다네. 이건 대충 짐작될 뿐이지만, 개는 테리어보다는 크고 마스티프보다는 작을 걸세."

셜록 홈즈가 긴 의자에 기대고 앉아서 동그랗고 작은 연기를 천장을 향해 내뱉는 것을 보며, 나는 어이가 없어서 웃음밖에 나오지 않았다.

"개에 대해서는 확인할 길이 없지만, 적어도 이 사람의 나이나 경력에 관해서는 아주 간단하게 확인을 할 수 있지."

나는 의학서들이 나란히 꽂혀 있는 조그만 책꽂이에서 의사 명부를 꺼내 그의 이름을 찾아보았다. 모티머라는 성을 가진 의사가 몇 명 있었지만, 우리를 방문했을 거라고 생각되는 사람은 한 명밖에 없었다. 나는 그의 경력을 읽기 시작했다.

제임스 모티머. 1882년, 왕립 외과 의학회 회원. 데번 주 다트무어의 그림펜에 거주. 1882년에서 1884년까지 채링크로스 병원의 기숙 외과의로 근무. 「질병은 격세 유전하는가?」라는 논문으로 비교 병리학 부문에서 잭슨 상을 수상. 스웨덴 병리학회 외국 회원. 「격세 유전에 의한 기형의 예」(<

랜싯>지, 1882년), 「인류는 진보하는가?」(<심리학 저널>지, 1883년 3월호)등의 논문이 있음. 그림펜, 소슬리, 하이배로우 교구의 검시의.

 홈즈가 장난스레 웃으며 말했다.
 "시골 사냥 단체에 대한 말은 안 나왔군. 하지만 자네 추리대로 시골 의사임은 틀림없네. 내 추리도 상당히 정확한 듯하고. 덜렁대며 야심이 없는 사람 좋은 인물이라고 본 것은 말일세. 내 경험에 의하면 기념품을 받을 만한 사람이니 다른 사람들에게 호감을 주는 인물일 테고, 런던의 일자리를 버리고 시골로 내려간 걸 보면 야심이 있는 사람처럼은 보이지 않네. 그리고 남의 집에서 한 시간이나 기다렸으면서도 명함도 놓지 않고 지팡이도 잊은 채 갔다면, 틀림없이 덜렁대는 사람일 걸세."
 "개에 대한 건 어떻게 된 거지?"
 "이 지팡이를 물고 주인 뒤를 따라다니는 버릇이 있네. 이 무거운 지팡이의 한가운데를 꽉 물었기 때문에 이빨 자국이 확실하게 남아 있어. 이빨 자국의 간격으로 봐서 그 개의 턱은 테리어라고 보기에는 너무 넓고, 마스티프라고 보기에는 너무 좁아. 그렇군. 털이 곱슬곱슬한 스패니얼이군."
 이야기를 하며 자리에서 일어난 홈즈는 방 안을 서성이다 밖으로 난 창가에서 멈춰 섰다. 그가 너무 자신 있게 말했기에 나는 깜짝 놀라 얼굴을 들었다.

"아주 자신 있어 보이는데, 어째서지?"

"아주 간단한 일일세. 현관 앞 계단에 그 개가 있거든. 주인이 벨을 누르고 있네. 아, 거기 있어 주겠나? 손님은 자네와 마찬가지로 의사니, 자네가 있어 준다면 내게 도움이 될 걸세. 자, 드라마틱한 운명의 순간일세, 왓슨. 계단을 올라오는 발소리가 자네의 인생으로 들어오고 있네. 하지만 자네는 그것이 길조인지 흉조인지 모른다네. 제임스 모티머 박사는 범죄학자인 셜록 홈즈에게 무엇을 의뢰하려는 것일까?"

전형적인 시골 의사의 모습을 그려 보고 있던 나는 방문자의 모습을 보고 놀라지 않을 수 없었다. 그는 매우 키가 크고 마른 사람이었는데, 날카로운 회색 눈 사이로 솟아오른 긴 코는 마치 새의 부리와 같았고, 미간이 좁은 두 눈은 금테 안경 속에서 반짝반짝 빛나고 있었다.

의사다운 복장을 하고 있었지만, 옷에는 거의 신경을 쓰지 않는 듯했다. 프록코트는 더러웠으며, 바지는 해져 있었다. 그는 아직 젊은데도 긴 등을 구부정하게 굽히고 고개를 앞으로 내민 채 걸었는데, 다정한 느낌을 받을 수 있었다. 그는 방으로 들어서서 지팡이를 보고는 기쁜 듯 소리를 지르며 달려왔다.

"아, 다행이다. 지팡이를 두고 온 곳이 여기였는지 선박 회사였는지 생각이 나지 않았는데. 이 지팡이만은 절대로 잃어버려서는 안 되거든요."

"선물로 받으신 모양이군요."

홈즈가 말했다.
"네, 그렇습니다."
"채링 크로스 병원에서 받으신 거죠?"
"결혼식 선물로 친구들에게서 받은 겁니다."
"이런, 이런. 잘못 짚은 모양이군."
홈즈가 고개를 저으며 말했다.
모티머 박사는 무슨 소리인지 모르겠다는 듯 안경 너머의 눈을 깜박였다.
"뭘 잘못 짚었단 말씀이시죠?"
"선생님 말씀을 듣고, 우리의 추리가 잘못됐다는 걸 알았을 뿐입니다. 결혼 선물로 이걸 받으셨다고 하셨죠?"
"네, 결혼을 하면서 병원을 그만뒀습니다. 그러니까 진찰의(왕진과 조제는 하지 않는 진찰 전문의 — 역주)가 되겠다던 꿈도 그때 접은 셈이죠. 저도 가정을 가져야 했으니까요."
홈즈가 말했다.
"그렇다면 우리의 추리가 완전히 빗나간 건 아닌 듯싶군요. 그건 그렇고, 모티머 박사님……."
"전 박사가 아닙니다. 그냥 이름으로만 부르시면 됩니다. 그저 왕립 외과 의학회 회원에 지나지 않으니까요."
"논리적으로 사고를 하시는 분이기도 하시구요."
"과학을 배우기는 했지만, 그저 취미 정도로만 생각하고 있습니다. 미지의 바닷가에서 조개껍데기나 줍고 있는 꼴이죠. 그건 그렇고, 당신이 홈즈 씨 맞죠?"

"네, 그리고 여기는 친구인 왓슨 박사입니다."

"안녕하십니까? 선생님의 이름도 홈즈 씨의 이름과 함께 이미 들은 바 있습니다. 홈즈 씨, 당신은 매우 흥미로운 외모를 가지셨군요. 이렇게 두상이 길고 눈구멍이 발달한 분일 줄은 꿈에도 몰랐습니다. 죄송하지만 머리 위 관상 봉합 부분을 만져 봐도 괜찮겠습니까? 당신의 두개골이라면 어떤 인류학 박물관에서라도 소중하게 전시할 겁니다. 실물이라면 더 좋겠지만. 솔직히 말씀드리자면 당신의 두개골을 갖고 싶어졌습니다. 아니, 무슨 악의가 있어서 드리는 말씀은 아닙니다."

셜록 홈즈는 이 특이한 손님에게 의자를 권했다.

"저도 그렇지만, 당신도 상당히 연구에 몰두하는 성격이군요. 검지를 보아하니 손으로 말아 피우는 담배를 피우시는 것 같군요. 사양하지 말고 피우세요."

손님은 종이와 담배를 꺼내더니 멋진 손놀림으로 담배를 하나 말았다. 그의 길고 가느다랗게 떨리는 손가락은 곤충의 더듬이처럼 민첩하게 움직였다.

홈즈는 아무런 말도 하지 않았지만, 쏘아보는 듯한 시선을 보내는 것으로 보아 이 기묘한 사람에게 흥미를 느끼고 있는 듯했다.

"그건 그렇고, 제 두개골을 조사하기 위해서 어젯밤에 여기를 찾아오고 오늘 아침에 다시 찾아오신 건 아닐 텐데요."

잠시 시간이 흐른 뒤에 홈즈가 물었다.

"물론 그건 아닙니다. 그럼 제 얘기를 한 번 들어 보십시오.

홈즈 씨, 별로 활동적이지 못한 제가 이렇게 찾아뵙게 된 것은 제게 갑자기 중대한 문제가 발생했기 때문입니다. 그래서 유럽에서 둘째가는 전문가인 당신에게……."

"그렇습니까? 그렇다면 명예로운 첫째가는 전문가는 누구인지 좀 들려주시겠습니까?"

홈즈는 조금 화가 난 듯했다.

"논리적인 과학 정신에 있어서는 프랑스의 인류학자인 베르티용(범죄자 식별법으로써 베르티용식 인체 측정법을 제창했다 — 역주)의 업적을 높이 평가하고 있습니다."

"그렇다면 베르티용 씨에게 얘기를 해 보는 게 어떻겠습니까?"

"논리적인 과학 정신에 있어서는, 이라고 말씀드린 것 같은데요. 하지만 실제 문제에 관한 한 당신이 최고임을 모든 사람들이 인정하고 있습니다. 워낙 말을 잘하는 편이 아니라, 저도 모르게 그만……."

"아, 알겠습니다. 어쨌든 모티머 씨 쓸데없는 얘기는 그만두고 어떤 문제로 제 힘을 필요로 하는 건지 확실하게 말씀해 주세요."

배스커빌 가의 저주

"저는 단서가 될 만한 문서를 가져왔습니다."

제퍼슨 모티머 의사가 말했다.

"오셨을 때부터 이미 알고 있었습니다."

홈즈가 기다렸다는 듯이 말했다.

"아주 오래된 문서입니다."

"위조품이 아니라면 18세기 초에 만들어진 거군요."

"어떻게 아십니까?"

"일이 인치 정도 주머니 위로 줄곧 나와 있었습니다. 그래서 당신이 말씀하시는 동안에 감정을 좀 했습니다. 십년 전후의 오차 범위 내에서 문서의 작성 연대를 판정하지 못한다면 전문가라고 할 수 없겠죠. 알고 계실지 모르지만, 나는 고문서 감정에 대한 논문을 발표한 적이 있거든요. 제 눈에는 1730년대의 서류로 보이는데요."

"정확한 연대는 1742년입니다."

모티머 의사가 가슴에 달린 주머니에서 문서를 꺼내 보였다.

"이 문서는 배스커빌 가에 대대로 전해 내려오는 것인데, 찰스 배스커빌 경이 제게 맡겨 둔 것입니다. 배스커빌 경은 석 달 전에 갑자기 비극적인 죽음을 맞이했습니다. 경의 죽음 때문에 데번셔에 한바탕 소동이 벌어졌습니다. 저는 배스커빌 경의 주치의였을 뿐만 아니라 친한 친구 사이였습니다. 경은 의지가 강했으며, 머리가 좋고 경험이 풍부한 인물로, 저와 마찬가지로 미신 같은 건 믿지 않는 분이었습니다. 하지만 이 문서만큼은 예외로, 이를 아주 심각하게 받아들였습니다. 그와 같은 최후를 맞이하게 될 줄 미리 알고 있었을지도 모릅니다."

홈즈는 문서를 받아 무릎 위에 놓고 펼쳐 보았다.

"이것 좀 보게, 왓슨. 길고 짧은 S가 번갈아 가며 사용됐지? 이것도 연대를 식별하는 데 도움이 된다네."

나는 홈즈의 어깨 너머로 누런 종이에 적힌 빛바랜 글자들을 들여다보았다. 윗부분에 '배스커빌 저택'이라는 제목이 있었으며, 그 밑에 '1742년'이라고 커다랗게 흘려 쓴 글씨가 있었다.

"진술서 같군요."

"네. 배스커빌 가에 전해 내려오는 어떤 전설을 밝히려 했던 글입니다."

"하지만 좀 더 최근에 일어난 문제 때문에 여기를 찾아오신 것 같은데요?"

홈즈가 말했다.

"아주 최근의 일입니다. 그것도 앞으로 이십사 시간 안에 결정을 내려야 하는 긴박한 문제입니다. 이 문서는 그다지 길지 않을 뿐만 아니라 이번 문제와 깊은 관계가 있으니, 괜찮다면 제가 읽어 드리겠습니다."

홈즈는 의자에 몸을 기대고 양 손가락 끝을 붙이면서 하는 수 없다는 표정으로 눈을 감았다.

모티머는 문서를 밝은 쪽으로 돌리더니, 높은 목소리로 다음과 같은 기괴한 이야기를 줄줄 읽어 내려갔다.

배스커빌 가의 개의 유래에 대해서는 수많은 설들이 있다. 휴고 배스커빌의 직계 자손인 나는 대대로 전해 오는 이야기를 아버지에게서 들었다. 그 이야기를 진심으로 믿고 있는 나는 그것을 여기에 써서 남긴다. 나의 자손들이여, 죄를 벌하시는 정의의 신은 넓은 마음으로 죄를 용서하시기도 한다는 사실을 믿어라. 그 어떤 저주라도 기도와 회개로 풀 수 있다는 사실을 믿어라. 이 말을 교훈 삼아 쓸데없이 과거의 잘못으로 인한 결과를 두려워 말고 진심으로 앞날을 대비하라. 그렇게 하면 우리 집안을 고통으로 몰아넣는 무서운 재앙도 다시는 일어나지 않을 것이다.

커다란 반란(1642~60. 크롬웰이 왕을 쓰러뜨리고 공화제를 행하던 시대 — 역주)이 일어났을 때 — 이 사실에 대해서는 역사가 클래런던 백작의 『대반란사』(1702)를 읽어 볼 것을 적극 추천한다 — 이 배스커빌 장원은 휴고라는 사람의 소유지였다. 휴고는 신을 두려워하지 않았으며, 그의 더러운 야수와 같은 성격에 대해서 모르는 사람이 없었다.

성자들도 이 지방을 기피한다는 사실을 이곳 주민들도 잘 알고 있었다. 휴고가 방탕하고 잔인한 성격으로 서부 지방에서 악명을 떨치고 있었기 때문이었다. 그런 휴고가 배스커빌 저택 가까이에 살고 있는 한 농부의 딸을 사랑 — 그렇게 시키면 정욕을 아름다운 사랑이라고 부를 수 있다면 — 하게 되었다. 자부심이 강하고 조신한 그 젊은 아가씨는 휴고의 악명이 두려워 언제나 피하기만 했다. 그러던 어느 해 성 미카엘 축제가 열린 날, 휴고는 아가씨의 아버지와 남자 형제들이 집을 비웠다는 사실을 알고는, 바로 망나니 같은 친구 대여섯 명을 데리고 그녀의 집에 숨어들어 아가씨를 납치해 왔다. 저택으로 끌려온 아가씨는 이 층에 있는 한 방에 갇히게 되었다. 휴고는 친구들과 함께 매일 밤 하던 것처럼 술판을 벌였다. 가엾은 아가씨는 밑에서 들려오는 노랫소리, 고함 소리, 무시무시한 욕설에 치를 떨었다. 틀림없이 그랬을 것이다. 술에 취한 휴고 배스커빌이 내뱉은 말은, 그것을 흉내 낸 자조차도 지옥으로 떨어뜨린다고 전해 오고 있다. 더 이상 공포를 견딜 수 없었던 아가씨는 용맹스러운 사내조차도 망설이는 일을 해냈다. 남쪽 벽을 덮고 있던 담쟁이덩굴을 타고 건물 밑으로 내려와 자기 집 쪽으로 도망친 것이다. 그녀 아버지의 농장까지는 배스커빌 저택에서 삼 리그(일 리그는 약 4.8킬로미터 — 역주)나 떨어져 있었는데, 그 사이는 황야였다.

그로부터 얼마 지나지 않아서 휴고는 손님들을 남겨 둔 채 먹을 것을 들고 — 틀림없이 다른 마음도 품고 있었을 것이다 — 납치해 온 아가씨가 있는 위층으로 올라갔다가, 새는 날아가 버리고 새장은 텅 비었다는 사실을 알게 되었다. 휴고는 귀신 들린 사람처럼 날뛰며 밑으로 뛰어내려와 술판이 벌어진 테이블 위에 올라서더니, 와인 병과 접시 등을 발로 걷어차며 친구들 앞에서 큰 소리로 말했다. '그 여자를 데려올 수만 있다면 오늘 밤부터 나의 육체와 영혼을 악마에게 주어도 좋다'고. 먹고 마시며 떠들어 대던 무리들은 그가 미쳐 날뛰는 모습을 멍하니 바라보고 있었는데, 그중 마음이 사악한 자 — 혹은 지독하게 취한 자일지도 모르겠지만 — 가 개를 풀자고 외쳤다.

집 밖으로 달려나간 휴고는, 말에 안장을 얹고 우리에서 개들을 끌고 나와 아가씨의 손수건 냄새를 맡게 하라고 마부들에게 명령했다. 그는 개들을 달리게 하고 자신도 고함을 지르며 달빛이 쏟아지고 있는 황야를 향해 달렸다. 이 모든 일이 순식간에 일어났기 때문에 술을 마시던 친구들은 그저 멍하니 서 있기만 했다. 하지만 곧 정신을 차렸고, 황야에서 무슨 일이 일어날 것인가를 깨닫게 되었다. 바로 소동이 벌어졌다. 어떤 자는 권총을, 어떤 자는 말을, 어떤 자는 술을 소리 높여 찾았다.

그리고 광기가 사라진 그들 열세 명은 말에 올라 함께 추격에 나섰다. 달이 그들 머리 위에서 밝게 빛나고 있었다. 아버지의 집으로 달아난 아가씨가 지났을 길을 생각하면서 그들은 서둘러 말을 달렸다. 그들이 일이 마일쯤 달려갔을 때, 그들은 밤의 황야에서 양치기를 만났다. 그들은 여자를 추적하는 사람을 못 봤냐고 큰 소리로 물었다. 전하는 말에 의하면, 그 양치기는 겁에 질려서 한동안 입을 열지도 못했다고 한다. 간신히 정신을 차린 양치기는 개에게 쫓기는 가엾은 아가씨를 보았다고 말했다. 그리고 '더욱 무시무시한 것은, 검은 말을 타고 달리는 휴고 배스커빌 경의 뒤를, 생각하기만 해도 끔찍한 지옥의 사냥개가 소리도 없이 쫓아갔다는 사실입니다' 라고 말했다.

 술에 취한 무리들은 양치기에게 욕을 퍼붓고는 다시 서둘러 앞으로 나갔다. 곧 황야를 달리는 말 발굽 소리가 울려 퍼지더니, 사람을 태우지 않은 검은 말이 입에 하얀 거품을 물고 덧없이 고삐만 나부끼며 달려와 그들 곁을 스치고 지나갔다. 그들은 그 모습을 보고 비명을 질렀다. 말할 수 없는 공포에 사로잡힌 그들은 말 머리를 돌려 도망가고 싶었지만, 말의 간격을 좁혀 서로를 의지하며 황야를 향해서 더욱 앞으로 나갔다. 이렇게 두려움에 떨며 앞으로 나가다가 곧 사냥개 떼들을 만났다. 용맹스럽기로 유명한 개들이 계곡의 웅덩이에 한데 모여 낑낑거리고 있었는데, 어떤 녀석은 꼬리를 내리고 있었고, 어떤 녀석은 털을 곤두세우고 있었으며, 어떤 녀석은 눈알을 이리저리 굴리며 좁은 계곡을 살피고 있었다. 이제 취기가 완전히 가신 그들은 말을 멈췄다. 그러고는 더 이상 앞으로 나아가려고 하지 않았지만, 그중 용기 있는, 혹은 아직 술이 덜 깬 것일지도 모르는 세 사람이 계곡의 웅덩이 쪽으로 말을 몰아갔다. 웅덩이의 바닥이 보이기 시작했는데, 거기에는 거대한 바위 두 개만이 있을 뿐이었다. 지금도 볼 수 있는 그 바위들은 고대에 어떤 사람들이 옮겨다 놓은 것이라고 한다. 그림자도 없이 달빛이 쏟아지는 웅덩이의 한가운데에 공포와 피로에 숨이 끊어진 가련한 아가씨의 시체가 있었다.

 하지만 세 취한들이 머리카락이 곤두설 정도의 공포를 느낀 것은 아가씨의 시체나 그 부근에 쓰러져 있던 휴고 배스커빌의 시체를 보았기 때문이 아니었다. 모습은 개와 비슷하지만 그 어떤 개도 그에는 미치지 못할 만큼 무시무시하게 거대한 검은 짐승이 휴고의 시체 위에 버티고 서서 목을 물어뜯는 것을 보았기 때문이었다. 휴고의 목을 물어뜯던 악마 같은 개가 번뜩이는 눈과 피가 뚝뚝 떨어지는 이빨을 세 사람 쪽으로 돌리자, 그들은 숨이 넘어갈 듯 비명을 지르며 도망갔다. 그중 한 사람은 그날 밤에 숨을 거뒀고, 두 사람은 목숨은 건졌지만 미치광이가 되었다고 한다.

나의 자손들이여, 바로 이것이 후에 우리 가문의 저주가 되어 버린 개의 유래다. 내가 여기에 이 이야기를 적어 남기는 것은, 사건의 진상을 정확히 알고 있는 것이 암시나 추측에 의해 어렴풋이 알고 있는 것보다는 두려움이 적어질 것이라고 생각했기 때문이다. 우리 집안 사람들 중에는 의문의 죽음을 맞이한 사람들이 많다는 사실을 부인할 수 없다. 하지만 죄 없는 자에 대한 벌은 삼사 대를 넘지 않는다고 성경에 기록되어 있다. 우리 주의 깊은 자비에 의지하여 살아가라. 나의 자손들이여, 너희들의 마음을 주에게 맡겨라. 부디, 악령이 꿈틀대는 어두운 밤에는 황야를 지나지 않도록 주의하라.

'휴고 배스커빌로부터 유래한 이야기를 그의 아들 로저와 존에게 전하는 글. 너희들의 여동생 엘리자베스에게는 말하지 말 것.'

모티머 의사는 이 기괴한 이야기를 끝까지 다 읽은 다음, 안경을 이마 위로 밀어올리고 홈즈의 얼굴을 가만히 바라봤다. 홈즈는 하품을 하더니 담배꽁초를 난로 안으로 던져 넣었다.

"그래서요?"

홈즈가 말했다.

"흥미롭지 않나요?"

"동화를 수집하는 사람이라면 흥미를 가질 만하군요."

모티머 의사가 주머니 속에서 접혀진 신문을 꺼냈다.

"그렇다면 좀 더 최근의 것을 읽어 드리겠습니다. 이건 올 6월 14일자 <데번 카운티 크로니클>지입니다. 여기에는 며칠 전에 일어난 찰스 배스커빌 경의 죽음에 관한 짧은 기사가 실려 있습니다."

홈즈는 몸을 약간 앞으로 내밀었는데, 표정이 굳어져 있었다. 방문객은 안경을 고쳐 쓰고 읽기 시작했다.

다음 선거에서 자유당 후보로 데번 중부 지구에서 출마할 것으로 예상됐던 찰스 배스커빌 경의 갑작스런 죽음으로, 그 지역에 어두운 그림자가 드리워졌다. 찰스 경이 배스커빌 저택에서 생활한 기간은 짧았지만, 그는 온화한 인품과 관대한 마음 때문에 경을 알고 있는 사람들의 애정과 존경을 한몸에 받고 있었다. 벼락부자들이 판을 치고 있는 요즘, 몰락한 데번 주의 전통 있는 가문의 후예가 재산을 모아 가문을 다시 일으킨 일은 우리를 아주 기쁘게 해 주는 일이었다.

독자들도 알고 있는 바와 같이 찰스 경은 남아프리카에 투

자하여 막대한 부를 얻었다. 현명하게도 물러설 때를 알았던 경은, 번 돈에 만족하며 그것을 가지고 영국으로 돌아왔다. 배스커빌 저택에서 산 지는 겨우 이 년밖에 안 되었지만, 그의 죽음으로 말미암아 실현 불가능하게 되어 버린 부흥 계획이 얼마나 커다란 것이었는지는 모든 사람들이 잘 알고 있는 대로다. 대를 이을 자손이 없었던 찰스 경은 생전에, 재산의 일부를 우리 지역에 환원하겠다는 뜻을 밝혀 왔었다. 그 때문에 불의의 죽음을 진심으로 애도하는 자가 많다. 지금까지 경이 지방의 자선 사업에 막대한 기부를 해 왔다는 사실은 본지에서도 그때마다 보도한 바가 있다.

검시를 통해서 찰스 경의 죽음의 원인이 충분히 밝혀졌다고는 말할 수 없지만, 적어도 이 지방의 미신 때문이라는 풍문을 잠재우기에는 충분했다. 타살이라고 의심할 만한 점은 전혀 없었으며, 자연사 이외의 사인은 생각할 수도 없다. 찰스 경은 일찍 부인을 잃고 혼자 살고 있었으며, 사고방식도 남달랐다고 한다. 막대한 재산을 소유하고 있었음에도 검소한 생활을 했으며, 저택의 고용인도 배리모어 부부뿐이었다. 남편은 집사를, 아내는 가정부 일을 했다. 이 부부, 그리고 몇몇 친구들의 증언에 의하면, 찰스 경은 한동안 건강이 좋지 않았다고 한다. 특히 심장병 때문에 혈색이 좋지 않았고 호흡 곤란을 느끼기도 했으며, 신경 쇠약에 의한 발작 증세를 보일 때도 있었다고 한다. 고인의 친구이자 주치의인 제임스 모티머 박사도 같은 증언을 했다.

사건의 경위는 명백하다. 찰스 배스커빌 경에게는 매일 밤 잠들기 전에 배스커빌 저택의 유명한 주목(朱木) 오솔길을 산책하는 습관이 있었다. 배리모어 부부의 증언에 의해서도 그 사실은 확인되었다. 6월 4일, 경은 다음 날 런던으로 떠나겠다고 집사인 배리모어에게 말하고 채비할 것을 명했다. 그날 밤 그는 평소와 다름없이 담배를 물고 산책에 나섰다가 그대로 돌아오지 않았다. 밤 12시에 배리모어는 현관 문이 열려 있는 것을 보고 놀라 램프에 불을 붙여 들고 주인을 찾아 나섰다. 그날은 비가 내렸기 때문에 주목 오솔길에 난 찰스 경의 발자국을 따라가는 것은 그리 어려운 일이 아니었다. 오솔길 중간 지점쯤에 황야로 통하는 문이 있는데, 발자국으로 보아 찰스 경이 한동안 그곳에 머물렀었다는 사실을 알 수 있었다. 그런 다음 찰스 경은 다시 앞으로 나갔는데, 오솔길이 끝나는 부분에서 시체로 발견됐다.

　그런데 한 가지 이해하기 힘든 사실이 있다. 배리모어의 증언에 의하면, 황야로 통하는 문을 지난 지점에서부터 경의 발걸음이 바뀌었다고 한다. 거기서부터 발끝으로 걸어간 것처럼 보인다는 것이었다. 그날 밤 머피라는 말 장수 집시가 현장 가까이의 황야에 있었는데, 술에 매우 취해 있었다고 한다. 그는 비명 소리를 들었다고 강력하게 말했는데, 어느 방향인지는 대답하지 못했다.

　찰스 경의 시체에 폭행을 당한 흔적은 없었지만, 얼굴은 믿을 수 없을 정도로 일그러져 있었다고 의사는 증언했다. 친구이자 주치의인 모티머 박사조차도 찰스 경의 시체가 아니라고 부인할 정도로 흉측하게 일그러져 있었는데, 의사는 호흡 곤란이나 극도의 심장 마비에 의한 죽음의 경우에 흔히 볼 수 있는 증상이라고 했다. 검시 결과, 오랫동안 내장 질환을 앓고 있었다는 사실이 밝혀져 모든 일을 설명할 수 있게 되었다. 검시 배심원단도 의사의 증언에 의거하여 평결을 내렸다.

찰스 경의 후계자가 배스커빌 저택으로 들어와 중단되어 버린 의의 있는 사업을 계속해 줄 날이 기다려지는 지금, 검시 배심원단의 평결은 희소식이라 할 수 있을 것이다. 이 사건과 관련하여 떠도는 풍문이 검시관의 이성적인 판단에 의해서 일축되지 않았다면, 배스커빌 저택은 새로운 주인을 찾기 힘들었을지도 모른다.

고 찰스 배스커빌 경과 가장 가까운 혈육은 경의 동생의 아들인 헨리 배스커빌 씨인 것으로 알려졌다. 어딘지 확실하지는 않지만 미국에 있다고 알려져 있으며, 그에게 이 소식을 알리기 위해서 행방을 조사하고 있는 중이다.

모티머 의사는 신문을 접어서 주머니에 넣었다.

"이것이 찰스 배스커빌 경의 죽음에 대해서 발표된 사실들입니다, 홈즈 씨."

"구미가 당기는, 특징 있는 사건이군요. 당시 신문에서 읽은 기억은 있지만, 그때 저는 로마 교황청의 카메오 사건에 매달려 있었거든요. 교황님에게 심려를 끼쳐 드리고 싶지 않아서 국내의 재미있는 사건에 관여하지 못했습니다. 그 신문 기사에 실린 내용이 발표된 사실의 전부인가요?"

"그렇습니다."

"그럼 알려지지 않은 사실에 대해서 들려주세요."

홈즈는 양 손가락 끝을 붙이며 의자에 몸을 기댔다. 그는 마치 재판관과도 같은 냉정한 표정을 짓고 있었다.

모티머 의사가 결심한 듯한 얼굴로 말했다.

"알겠습니다. 지금부터 하는 얘기는 누구에게도 털어놓은 적이 없는 일입니다. 검시관이 물을 때도 말을 하지 않았던 것은, 과학자이기도 한 자가 세상의 미신을 믿고 있다는 소리를 들을까 봐 두려워서였습니다. 그리고 신문에서도 말한 것처럼 기분 나쁜 소문을 부채질하는 꼴이 되어 배스커빌 저택에서 살 사람이 없어질지도 모른다는 생각이 들었기 때문이었습니다. 이런 두 가지 이유에서, 알고 있어도 입을 다물고 있는 편이 낫겠다고 판단했습니다. 하지만 당신에게는 모든 것을 이야기하는 편이 좋겠습니다.

그 황야에는 살고 있는 사람이 아주 적기 때문에, 가까이에 살고 있는 사람들은 서로 친하게 지냅니다. 그런 이유로 저는 찰스 배스커빌 경과 많은 시간을 함께했습니다. 래프터 저택의 프랭클랜드 씨와 박물학자인 스태플턴 씨를 제외하면, 근처 수 마일 이내에는 정식 교육을 받은 사람이 없습니다. 찰스 경은 사람과 어울리기를 그다지 즐기지 않는 분이었지만, 그가 병에 걸린 뒤부터 서로 가까워졌습니다. 또 우리는 둘 다

과학에 관심이 있었기에 서로 얘기가 잘 통했습니다. 찰스 경은 남아프리카에서 수많은 과학적 자료를 가지고 돌아왔습니다. 우리는 부시맨 족과 호텐토트 족의 비교 해부학 등을 논하면서 멋진 밤을 보냈습니다.

최근 몇 개월간 찰스 경의 신경이 극도로 날카로워져서 위험한 상태에 있다는 사실을 아주 잘 알고 있었습니다. 조금 전에 읽어 드렸던 전설을 마음에 담고 있었던 것이었습니다. 저택 내에서의 산책을 그만두지는 않았지만, 너무 걱정한 나머지 밤에는 황야로 나가려 들지 않을 정도였습니다. 홈즈 씨에게는 믿기 힘든 일일지 모르겠지만, 찰스 경은 자기 집안에 무시무시한 운명이 덮치고 있다고 진심으로 믿고 있었습니다. 자손에게는 재앙이 미치지 않을 것이라는 선조의 기록이 있었음에도 불구하고 마음을 놓지 않았습니다. 그리고 언제나 소름 끼치는 무엇인가가 주위를 맴돌고 있다고 생각하고 있었는데, 밤에 왕진을 가 보면 이상한 짐승을 보지 못했는지, 개가 울부짖는 소리를 듣지 못했는지 몇 번이고 묻고는 했습니다. 개가 짖는 소리에 대해서 특히 많이 물어보았는데, 그럴 때마다 목소리는 흥분에 들떠 있었습니다.

비극이 일어나기 삼 주일 전쯤, 마차를 타고 배스커빌 저택까지 갔던 날 밤의 일을 잊을 수가 없습니다. 찰스 경은 그때 마침 현관에 서 있었습니다. 경이 지켜보는 가운데 마차에서 내렸는데, 경은 제 어깨 너머로 시선을 고정한 채 움직이지 않았습니다. 극도의 두려움에 사로잡힌 표정으로 가만히 응시하고 있었던 겁니다. 휙 뒤돌아보니, 마차가 드나드는 문 앞으로 송아지처럼 검고 커다란 짐승이 지나가는 것이 보였습니다. 찰스 경이 너무나도 두려워했기 때문에 짐승이 있었던 곳으로 가서 조사해 보지 않을 수 없었습니다. 짐승은 이미 사라져 버렸지만, 그 일 때문에 찰스 경은 신경이 매우 쇠약해져 있었습니다.

그날은 찰스 경 곁에서 밤을 보냈습니다. 경은 왜 그렇게 두려워 하는지를 이야기해 주고, 처음에 읽어 드렸던 그 문서를 보관해 달라고 제게 맡겼습니다. 이 일에 대해서 말씀드리는 건, 이 일이 그 뒤에 일어난 비극과 중대한 연관이 있을지도 모른다고 생각했기 때문입니다. 하지만 당시에는 저도 대수롭지 않게 생각하고 있었으며, 경이 쓸데없는 두려움에 떨고 있는 것이라고 생각했었습니다.

찰스 경이 런던으로 가겠다고 한 것은, 제가 그렇게 하기를 권했기 때문이었습니다. 심장이 좋지 않은데 망상에 사로잡혀서 쓸데없는 걱정을 하며 생활하는 것은 건강에 좋지 않은 영향을 줄 것이 확실했기 때문이었습니다. 두세 달쯤 도시에서 기분 전환을 하고 오면 마음이 한결 가벼워질 것이라고 저는 생각했었습니다. 경과 저의 친구인 스태플턴 씨도 그의 건강을 걱정했으며, 저와 같은 생각이었습니다. 파국이 찾아온 것은 출발 직전이었습니다.

찰스 경이 죽은 날 밤, 처음 시체를 발견한 배리모어 집사가 말을 타고 가서 내게 이 사실을 알리라고 마부인 퍼킨스에게

명했습니다. 그날은 늦게까지 잠을 자지 않고 있었기 때문에, 저는 사건이 일어난지 채 한 시간도 되지 않아서 배스커빌 저택에 도착할 수 있었습니다. 저는 심문할 때 진술한 모든 사실을 살펴보고 확인했습니다. 주목 오솔길을 그의 발자국을 따라서 걸어 보았으며, 황야로 통하는 문 앞에서는 찰스 경이 한동안 머물러 있었던 듯한 발자국을 발견했고, 그 지점에서부터 발자국이 바뀌었다는 사실도 확인했습니다. 또한 축축한 자갈길에 배리모어의 발자국 이외에는 다른 발자국이 없다는 사실도 확인했습니다.

마지막으로 저는 시체를 주의 깊게 살펴봤습니다. 제가 갈 때까지 아무도 손을 대지 않았었습니다. 찰스 경은 엎드린 채로 쓰러져 있었는데, 두 손을 위로 올린 채 손가락으로 땅바닥을 움켜쥐고 있었습니다. 얼굴은 알아볼 수 없을 정도로 어떤 격렬한 감정에 휩싸여 일그러져 있었습니다. 몸에 외상을 입은 듯한 흔적은 전혀 없었습니다.

그런데 심문 때 배리모어는 한 가지 잘못된 사실을 진술했습니다. 그는 시체 주위에 아무런 발자국도 없었다고 증언했습니다. 그는 몰랐던 것입니다. 하지만 나는 보았습니다. 조금 떨어진 장소에 선명한 자국이 있었습니다."

"발자국이었나요?"

"네, 발자국이었습니다."

"남자의 발자국? 아니면 여자의 발자국이었나요?"

그 순간 모티머 의사는 기묘한 표정을 지었다. 그는 아주 낮은 목소리로 대답했다.

"홈즈 씨, 어마어마하게 커다란 개의 발자국이었습니다!"

수수께끼

고백하겠다. 그 말을 듣는 순간 나는 몸이 떨려 왔다. 모티머 의사도 자신의 이야기에 커다란 두려움을 느끼고 있었는지 목소리까지 조금 떨리고 있었다.

홈즈는 흥분해서 몸을 앞으로 내밀었다. 강한 흥미를 느꼈을 때 보이는 날카로운 눈빛을 띠고 있었다.

"정말 보셨나요?"

"정말입니다. 잘못 봤을 리가 없습니다."

"누구에게도 말하지 않았나요?"

"얘기해 봤자 아무도 믿으려 들지 않았을 겁니다."

"다른 사람들은 왜 그걸 보지 못했을까요?"

"발자국이 시체에서 한 이십야드 정도 떨어진 곳에 있었기 때문에 누구도 그것에 신경 쓰지 않았으니까요. 나도 그 전설을 몰랐다면 대수롭지 않게 넘겼을 겁니다."

"황야에는 양치기 개들이 많지 않나요?"

"많습니다. 하지만 그것과는 천지 차이였습니다."

"커다란 발자국이라고 하셨죠?"

"어마어마하게 커다란 발자국이었습니다."

"그런데 그 개가 시체 쪽으로는 접근하지 않았단 말이죠?"

"그렇습니다."

"그날 밤 날씨는 어땠죠?"

"잔뜩 흐리고 습도가 높은 밤이었습니다."

"비는 내리지 않았고요?"

"네."

"오솔길은 어떻게 생겼죠?"

"양편에 크기 10피트 정도 되는 주목들이 산울타리처럼 자라 있습니다. 꽤 오래 전에 심어 놓아 매우 울창하기 때문에, 그 사이를 비집고 나갈 수는 없습니다. 길의 폭은 약 8피트 정도 됩니다."

"울타리와 길 사이에는 뭐가 있습니까?"

"길 양쪽에 폭 6피트 정도 되는 잔디밭이 있습니다."

"주목 울타리 밖으로 나갈 수 있는 건 문밖에 없다고 하셨죠?"

"그렇습니다. 황야로 통하는 문입니다."

"다른 출입구는 없습니까?"

"네, 없습니다."

"그렇다면 저택을 통해서나 황야로 난 길을 통하지 않으면 주목 오솔길로 들어설 수 없다는 말인가요?"

"오솔길 끝에 별채가 있는데, 거기에도 문이 있습니다."

"찰스 경이 거기까지 갔었나요?"

"아니요. 5피트 정도 앞에 쓰러져 있었습니다."

"모티머 씨, 한 가지 더 묻겠습니다. 이건 매우 중요한 일입니다. 당신이 발견한 발자국은 오솔길에 찍혀 있었던 것이죠? 잔디에 찍혀 있었던 것이 아니죠?"

"잔디밭에는 발자국이 남지 않으니까요."

"그 발자국은 황야로 통하는 문 쪽으로 나 있었습니까?"

"네. 그것도 잔디와 만나는 부분에 찍혀 있었습니다."

"점점 더 재미있어지는군요. 그럼 한 가지 더, 황야로 통하는 문은 닫혀 있었나요?"

"닫혀서 자물쇠로 채워져 있었습니다."

"문의 높이는 얼마나 되죠?"

"4피트 정도 됩니다."

"그럼 뛰어넘으려면 얼마든지 뛰어넘을 수 있겠군요."

"네."

"문 주위에 발자국 같은 건 없었나요?"

"특별히 눈에 띄는 건 없었습니다."

"이런! 조사한 사람이 없었습니까?"

"아니요. 제가 직접 살펴봤습니다."

"그런데 아무것도 없었다고요?"

"발자국이 어지러이 찍혀 있었습니다. 찰스 경은 틀림없이 거기서 오륙 분 정도 머물렀습니다."

"그 사실을 어떻게 알죠?"

"담뱃재가 두 군데 떨어져 있었으니까요."

"정말 대단해! 이분은 우리의 동지라고 하기에 손색이 없는 분일세, 왓슨. 그런데 발자국은?"

"자갈길의 일부에 찰스 경의 발자국이 여기저기 찍혀 있었습니다. 그 외의 발자국은 보이지 않았고요."

셜록 홈즈가 갑자기 무릎을 쳤다. 그러고는 커다란 소리로 말했다.

"나도 조사를 했으면 좋았을 것을. 아주 흥미로운 사건이라 과학적인 전문가라면 누구나 조사를 하고 싶어 할 걸세. 내가 조사를 했으면 그 자갈길에서 많은 것들을 알아낼 수 있었을 걸세. 지금은 이미 빗물에 씻기고, 호기심 많은 사람들의 신에 엉망이 되어 버렸을 거야. 모티머 씨, 왜 저를 부르지 않으셨습니까? 이건 전부 당신 책임입니다."

"부를 수가 없었습니다. 그렇게 하면 조금 전에 했던 얘기가 세상에 알려지게 됩니다. 그걸 피하고 싶었다고 조금 전에 말씀드리지 않았습니까? 게다가……."

"무슨 말이든 다 해 보세요."

"제아무리 경험이 풍부하고 실력이 좋은 탐정이라 할지라도 어떻게 해 볼 수 없는 영역이 있는 법입니다."

"초자연 현상에 대해서 말씀하시는 건가요?"

"꼭 그렇다는 것은 아닙니다."

"하지만 마음속으로는 그렇게 생각하고 계시죠?"

"그 비극이 일어난 뒤, 자연의 법칙으로는 설명할 수 없는 몇 가지 일들을 듣게 되었습니다, 홈즈 씨."

"예를 들자면?"

"그 소름 끼치는 사건이 일어나기 전의 일인데, 배스커빌가의 악령을 닮은 짐승의 모습을 황야에서 본 사람이 몇 명 있었습니다. 그것은 상식적으로는 상상할 수도 없는 동물이었습니다. 그들은 모두 그 개가 거대하고 빛을 내는 요괴와 같았다고 말했습니다. 나는 그들을 만나 여러 가지로 물어보았습니다. 한 명은 꼼꼼한 시골 사람, 한 명은 말의 편자를 만드는 사람, 또 다른 한 명은 황야의 농부였습니다. 모두 한결같이 무시무시한 괴물에 대한 얘기를 들려주었는데, 전설에 나오는 지옥의 마견(魔犬)과 똑같은 모습을 하고 있었습니다. 그 지방은 지금 공포에 휩싸여 있습니다. 밤에 황야로 나가는 사람은 두려움을 모르는 사내 정도일 겁니다."

"과학을 배운 당신조차도 초자연적인 것을 믿는다는 말인가요?"

"무엇을 믿어야 좋을지 모르겠습니다."

홈즈가 어깨를 한 번 들썩였다.

"지금까지 저는 인간에 대해서만 조사를 해 왔습니다. 이 세상의 악과 싸워 왔다고 생각하고 있습니다. 하지만 상대가 진짜 마왕이라면 싸워서 이길 수 있을 것 같지가 않군요. 발자국은 현실의 것이기는 하지만."

"전설 속의 개도 마계의 존재지만 실제로 사람의 목을 물어뜯었습니다."

"완전히 초자연주의자가 되어 버린 듯한 말투로군요. 그렇다면 좀 이상한데요, 모티머 씨. 초자연을 믿고 계신 거라면 왜 저를 찾아오신 거죠? 조사해 봐야 소용없다고 생각하시면서도 조사해 주길 바라고 계시는 건가요?"

"저는 조사해 달라고 말한 적 없습니다."

"그럼 제가 어떻게 해 주기를 바라시는 거죠?"

"헨리 배스커빌 경에게 어떻게 해야 할지를 가르쳐 주십시오."

모티머 의사는 이렇게 말하며 시계를 보고는 다시 말을 이었다.

"그는 앞으로 정확히 한 시간 십오 분이 지나면 워털루 역에 도착할 예정입니다."

"배스커빌 가의 상속인이죠?"

"그렇습니다. 찰스 경이 돌아가신 뒤 캐나다에서 농사를 짓고 있던 이 젊은 신사를 간신히 찾아낼 수 있었습니다. 제가 받은 보고서에 의하면, 흠잡을 데 없는 인물인 것 같습니다. 이건 의사로서가 아니라 찰스 경의 유언을 들은 자로서, 유언 집행자로서의 제 견해입니다."

"그 외에 상속권이 있는 사람은 없나요?"

"없습니다. 우리가 조사한 바에 의하면, 혈연이 있는 사람이라고는 로저 배스커빌이 있었을 뿐입니다. 이 사람은 배스커빌 삼 형제 중 막내입니다. 불행하게 돌아가신 찰스 배스커빌 경의 동생입니다. 그리고 젊은 나이에 돌아가신 차남이 헨리의 아버지입니다. 막내인 로저는 집안의 골칫거리였던 듯싶습니다. 배스커빌 가의 그 잔인한 사람의 피를 이어받은 듯,

아직도 남아 있는 휴고의 초상화를 꼭 닮았다고 합니다. 영국에서 도망가지 않을 수 없었기 때문에 중앙아메리카로 피신했다가 1876년에 황열병으로 세상을 떴습니다. 결국 배스커빌 가에 남은 사람이라고는 헨리 씨밖에 없습니다. 오늘 아침에 사우샘프턴 항구에 도착했다는 전보를 받았습니다. 얘기가 이렇게 된 겁니다, 홈즈 씨. 어떻게 했으면 좋겠습니까?"

"조상 대대로 내려온 집으로 데려가면 되지 않습니까?"

"당연히 그래야겠지요. 하지만 배스커빌 저택에서 살았던 사람들은 모두 비참한 최후를 맞았습니다. 만약 찰스 경이 돌아가시기 전에 저와 이야기를 나누었다면, 이렇게 충고해 주셨을 겁니다. 전통 있는 가문의 마지막 후손이며 막대한 부를 상속하게 될 사람을 죽음의 집으로 인도해서는 안 된다고. 하지만 그 가난하고 황량한 지방이 번성하느냐 마느냐 하는 문제가 그 사람 손에 달려 있습니다. 만약 배스커빌 저택에서 살 사람이 없어진다면, 찰스 경이 해 왔던 훌륭한 일들은 전부 헛수고가 되어 버리고 맙니다. 그 일만은 저 혼자만의 생각대로 처리해서는 안 될 것 같다는 생각이 들었습니다. 그래서 사정을 설명하고 의견을 구하러 온 것입니다."

홈즈는 한동안 생각에 잠겨 있었다.

"간단하게 말하자면 이런 말씀이군요. 악마가 있으니 배스커빌 가의 사람이 다트무어에서 사는 것은 위험하다."

"적어도 그럴 만한 증거가 있어서 이러는 것이라고 생각하셔도 무방합니다."

"그렇군요. 하지만 당신의 초자연설이 사실이라면, 그 청년은 런던에 있든 데번셔에 있든 저주를 받게 될 겁니다. 교구의 목사처럼 범위가 한정되어 있는 악마는 생각할 수도 없으니까요."

"홈즈 씨, 당신이 이 문제에 관여하게 된다면 그렇게 마음 편한 소리는 못하실 겁니다. 당신의 의견대로라면 이 청년은 데번셔에 있어도 런던에 있는 것만큼 안전하다는 말이 됩니다. 그는 앞으로 오십 분 정도 지나면 이곳에 도착합니다. 어떻게 하란 말씀이신가요?"

"당신의 스패니얼이 현관 문을 긁어 대고 있습니다. 마차를 불러다 개와 함께 워털루 역으로 가서 헨리 배스커빌 경을 맞이하세요."

"그 다음에는 어떻게 합니까?"

"그런 다음에 이 사건을 어떻게 다뤄야 할지 생각해 봅시다. 그러니까 그에게는 아무런 말도 하지 마세요."

"얼마나 기다리면 되겠습니까?"

"스물네 시간만 기다려 주세요. 모티머 씨, 아침 10시에 다시 한 번 와 주실 수 있겠습니까? 그때 헨리 배스커빌 경과 함께 오시면 계획을 세우는 데 도움이 될 겁니다."

"알겠습니다. 그렇게 하겠습니다."

모티머 의사는 셔츠의 소맷자락에 약속 내용을 적더니, 멍하니 생각에 잠긴 표정으로 발걸음을 재촉했다. 홈즈가 바로 뒤따라 나가 계단 위에서 그를 불러 세웠다.

"모티머 씨, 한 가지만 더 물어보겠습니다. 찰스 배스커빌 경이 돌아가시기 전에 몇몇 사람들이 황야에서 마견을 목격했다고 말씀하셨죠?"

"세 명입니다."

"그 후에도 목격한 사람이 있나요?"

"아니요. 없습니다."

"고맙습니다. 그럼, 내일 뵙겠습니다."

방 안으로 돌아와 자리에 앉은 홈즈의 얼굴에서 표정이 사라졌다. 마음에 드는 일을 만나게 되었다는 기쁜 마음을 나타내는 것이었다.

"이런, 어디 가려는 겐가, 왓슨?"

"내가 뭐 도와줄 거라도 있나?"

"아니, 지금은 아닐세. 자네의 도움이 필요한 건 조사가 시작된 후부터야. 어쨌든 이번 사건은 아주 독특하고 멋진 사건이야. 브래들리의 가게 앞을 지날 때 가장 독한 살담배를 일 파운드만 가져다 달라고 말해 줄 수 있겠나? 귀찮게 해서 미안하네. 그리고 정말 미안하지만, 저녁때까지 혼자 있었으면 좋겠네. 밤에 의뢰받은 이번 사건에 대해서 함께 얘기를 나눈다면 무척 즐거울 걸세."

홈즈가 정신을 집중할 때는 그를 혼자 내버려 두는 것이 가장 좋다는 사실을 나는 잘 알고 있었다. 그는 그동안에 온갖 증거들에 대해서 생각하고, 여러 가지 가설들을 세워서 비교하고 중요한 문제점을 발견해 내고는 했다. 그래서 나는 저녁 시간이 지날 때까지 베이커 가로 돌아가지 않고 클럽에서 시간을 보냈다. 그러다가 거의 9시가 다 되었을 때 집으로 돌아왔다.

문을 여는 순간 불이 난 줄 알았다. 테이블 위에 있는 램프의 불빛이 뿌옇게 보일 정도로 방 안에 연기가 가득했던 것이다. 안으로 들어서서야 마음을 놓을 수 있었는데, 목을 찌르는 듯 독하고 값싼 담배의 연기라는 사실을 알 수 있었기 때문이었다. 담배 연기 너머로 흐릿하게 홈즈의 모습이 보였다. 그는 가운을 입고 검은 도자기로 만든 파이프를 입에 문 채 안락의자에 앉아 있었다. 주위에는 둘둘 말아 놓은 종이가 여기저기 널려 있었다.

"왓슨, 자네 감기라도 걸린 건가?"

"아니. 이 독가스 때문이지."

"그러고 보니 연기가 좀 자욱하긴 하구먼."

"좀 자욱하다고? 질식해 죽을 것 같네."

"그럼 창문을 열게나. 자네는 하루 종일 클럽에 있었던 모양이군."

"홈즈!"

"내 말이 맞지?"

"맞았네. 그걸 어떻게 알았나?"

"늘 감탄을 해 주니 정말 기쁘네, 왓슨. 그럼 자네에 대한 나의 추리에 대해서 잠깐 해설을 해 보겠네. 비가 내려 길이 질퍽이는 날 신사가 외출을 했다네. 저녁이 지나 그가 돌아왔는데 모자와 부츠 모두가 번쩍번쩍, 조금도 더러워지지 않았다네. 즉 어디 한 군데서 하루 종일 자리를 옮기지 않고 있었단 얘기지. 그에게는 친구도 없네. 그렇다면 그가 어디에 있었겠는가? 어떤가? 아주 간단하지?"

"그렇군. 아주 간단하군."

"이 세상에는 너무나도 뻔한 일들만 일어나고 있는데도 아무도 그걸 눈치 채지 못한단 말이야. 내가 어디에 갔다 왔는지 알겠는가?"

"자네는 종일 집에 있었겠지."

"정반대일세. 데번서에 갔다 왔다네."

"영혼이 다녀온 거겠지?"

"그렇다네. 영혼이 자리를 비운 사이에 내 몸은 이 안락의자에 앉아 커다란 주전자로 두 주전자나 되는 커피를 마셨고, 믿을 수 없을 정도로 많은 담배를 피웠다네. 그러면 안 되는데. 자네가 나간 뒤에 스탬포드의 가게로 사람을 보내서 육지측량부의 지도를 사다 달라고 했네. 다트무어 부근의 황야가 실려 있는 지도를. 그리고 내 마음은 하루 종일 황야를 돌아다녔지. 어디든 자유로이 돌아다녔으니, 정말 굉장한 일 아니겠는가?"

"대축적 지도였겠지?"

"물론. 아주 큰 지도라네."

그는 지도의 한 부분을 펴서 무릎 위에 올려놓았다.

"여기가 우리와 관계 있는 지역이네. 가운데가 배스커빌 저택일세."

"숲으로 둘러싸여 있군."

"맞았네. 여기에 주목 오솔길까지는 나와 있지 않지만, 황야의 왼쪽 부분에 뻗어 있는 이 부분이 그 길인 것 같네. 이 조그만 부분이 그림펜 마을로, 우리 친구인 모티머 의사가 살고 있는 곳일세. 보는 바와 같이 반경 오 마일 이내에는 두세 채의 집이 있을 뿐이야. 이게 바로 모티머 의사가 이야기했던 래프터 저택이고, 이 집 표시는 박물학자인 스태플턴의 집일 걸세. 황야에 농가 두 채가 있는데, 하이 토어와 파울마이어의 집이라네. 여기서 십사 마일 떨어진 곳에 커다란 프린스타운 형무소가 있네. 이들 드문드문 떨어져 있는 집들 주위에는 사람의 그림자라고는 찾아볼 수 없는 황량한 황야가 펼쳐져 있다네. 즉 그 비극은 이런 무대에서 펼쳐진 것이며, 우리도 그 무대에서 한바탕 활약을 해야 할 것 같네."

"쓸쓸하기 짝이 없는 무대로군."

"그렇다네. 아주 어울리는 배경이지. 정말로 악마가 사람의 운명에 관여하고 싶어 했다면 말일세."

"그렇다면 자네마저도 초자연설을 믿게 되었다는 말인가?"

"악마의 수하가 인간의 모습으로 나타난 걸지도 모르지. 그리고 두 가지 문제를 생각해 봐야 하네. 우선, 이 비극이 범죄에 의한 사건인가 하는 점이지. 그 다음으로는, 범죄에 의한 사건이라면 그 목적과 범행 수법은 무엇일까 하는 점일세. 물론 모티머의 추측이 정확하다면 자연의 법칙으로는 설명할 수 없는 마력을 상대해야 한다네. 그렇다면 조사해 봐야 소용없는 일이지. 하지만 그 설을 받아들이기 전에 모든 가설을 철저하게 분석해 볼 필요가 있다네. 왓슨, 이제 그만 창을 닫으면 안 되겠는가? 조금 이상하게 들릴지도 모르겠지만, 고여 있는 공기가 사고의 집중력을 높여 주거든. 상자 속에 들어가서 생각을 한다는 건 좀 지나친 표현일지도 모르겠지만, 내 생각을 극단적인 데까지 몰고 간다면 그렇게 될지도 모르겠네. 자네는 이 사건에 대해서 생각 좀 해 봤는가?"

"그럼, 하루 종일 생각해 봤다네."

"그래 어떻게 생각하는가?"

"뭐가 뭔지 하나도 모르겠네."

"틀림없이 희한한 사건일세. 눈에 띄는 점이 몇 가지 있더군. 예를 들어서 발자국이 바뀌었다든가 하는 것 말일세. 거기에 대해 자네는 어떻게 생각하나?"

"모티머 씨는 그 사람이 발끝으로 걸어간 것 같다고 말했었지?"

"어떤 바보가 검시 때 한 얘기를 그대로 옮긴 것에 불과하다네. 오솔길을 발끝으로 걸어 다니는 사람이 어디 있겠나?"

"그럼 어떻게 된 건가?"

"달린 거라네, 왓슨. 이를 악물고 달린 거야. 목숨을 걸고 달리다가 심장 파열로 죽은 거라네."

"무엇을 피해 도망친 걸까?"

"바로 그 점이 수수께끼라네. 달리기 전부터 공포에 휩싸여 제정신이 아니었던 듯하네."

"왜 그렇게 생각하지?"

"겁을 주었던 무엇인가가 황야 쪽에서 다가오고 있었던 듯하네, 아마도. 아니, 그렇게밖에는 달리 생각할 길이 없네. 그런데 집과는 반대 방향으로 달리다니, 몹시 당황한 상태가 아니라면 그런 행동을 할 리가 없다네. 집시의 증언이 정확하다면, 찰스 경은 살려 달라고 외치면서 도움을 받을 길이 없는 방향으로 달린 셈이 되는 걸세. 그리고 그날 밤 누구를 기다렸던 건지, 그것 역시 수수께끼라네. 저택 안에서가 아니라 주목 오솔길에서 기다리고 있었으니."

"찰스 경이 누군가를 기다리고 있었다고 생각하는 건가?"

"찰스 경은 나이도 많고, 병든 상태였다네. 밤에 산책을 나간다는 건 얼마든지 있을 수 있는 일일세. 하지만 길은 젖어 있었고 비가 내릴 것 같은 밤이었다네. 그런 날 오륙 분씩이나 한 곳에 머물러 있었다는 건 좀 이상하지 않은가? 그곳에 머물러 있었던 시간은 모티머 의사가 떨어진 담뱃재를 보고 추정해 낸 것이었지. 눈썰미가 있는 사람처럼 보이지는 않았는데."

"그렇지만 매일 산책을 했다고 하지 않았는가?"

"매일 밤, 황야로 통하는 문 앞에 멈춰 섰다고는 보기 어렵네. 아니, 오히려 황야를 무서워했다고 하지 않았는가? 그날 밤 그는 거기서 누군가를 기다렸던 것일세. 런던으로 떠나기 전날 밤에 말일세. 이제 어떻게 된 건지 짐작이 가지 않는가,

왓슨? 서서히 윤곽이 잡혀 가기 시작하네. 바이올린을 좀 집어 주게나. 오늘은 이 정도로만 하고 내일 아침에 다시 생각해야겠네. 내일 아침이면 모티머와 헨리 배스커빌 경을 만날 수 있으니, 그때부터 생각해도 늦지 않을 걸세."

헨리 배스커빌 경

우리는 평소보다 조금 이른 시간에 아침 식사를 마쳤다. 평상복 차림의 홈즈는 약속 시간이 오기를 기다렸다. 의뢰인은 시간에 철저한 사람이었다. 모티머 의사는 시계가 10시를 알리는 것과 동시에 젊은 준남작(准男爵)을 데리고 모습을 드러냈다.

준남작은 서른 살 정도로 보였다. 날카롭고 검은 눈, 검고 짙은 눈썹, 키가 크지는 않았지만 체격이 매우 다부진 사람으로, 앞뒤 재지 않고 행동할 것 같은 느낌을 강하게 주는 얼굴이었다. 붉은 빛이 감도는 트위드로 만든 옷을 입고 있었는데, 지금까지 야외에서 활동한 시간이 많았던 듯 얼굴이 햇볕에 검게 그을려 있었다. 그럼에도 차분한 눈빛, 자신감에 넘치는 태도에서 그가 신사임을 알 수 있었다.

"이분이 헨리 배스커빌 경입니다."

모티머 의사가 소개를 했다.

"셜록 홈즈 씨, 이 친구로부터 당신을 찾아뵈라는 권고를 받았지만, 사실은 그러지 않아도 당신을 찾아뵐 생각이었습니다. 홈즈 씨, 당신은 수많은 수수께끼들을 푸셨다고 들었습니다. 그런데 오늘 아침 제게도 영문을 알 수 없는 일이 있어났습니다."

"자, 이쪽으로 앉으세요, 헨리 경. 그러니까 런던에 도착한 뒤로 경에게도 어떤 이상한 일이 일어났다는 말씀이죠?"

"그렇게 대단한 일은 아닙니다. 단순한 장난에 지나지 않을지도 모릅니다. 오늘 아침에, 이런 걸 편지라고 해야 할지, 이런 걸 받았습니다."

헨리 경이 테이블 위에 봉투 하나를 올려놓았다. 우리는 모두 그것을 들여다보았다. 아주 흔히 볼 수 있는 회색빛이 감도는 봉투에 '노섬버랜드 호텔, 헨리 배스커빌 경'이라고 받는 사람의 이름이 흘려 쓴 글씨로 적혀 있었다. 소인은 '채링 크로스 우체국', 소인이 찍힌 날짜는 어제 저녁이었다.

"노섬버랜드 호텔에 묵게 될 것이라는 사실을 누가 알고 있었죠?"

홈즈는 날카로운 시선으로 방문객을 바라보았다.

"아무도 모르고 있었습니다. 모티머 씨를 만난 다음에 결정한 일이니까요."

"모티머 씨는 그 호텔에서 묵었겠죠?"

"아니요. 저는 친구 집에서 신세를 좀 졌습니다. 그 호텔에서 묵게 될 줄은 아무도 몰랐을 겁니다."

"그렇군요. 당신들의 행동을 유심히 살피는 사람이 있는 것 같군요."
 홈즈가 봉투에서 편지를 꺼냈다. 종이는 두 번 접혀 있었다. 홈즈는 그것을 펼쳐 테이블 위에 올려놓았다. 종이의 한가운데 글이 한 줄 있었는데, 인쇄된 글자를 오려 붙인 것이었다.

 생명과 상식의 가치를 아는 자는 황야에서 멀어져라.

 그런데 '황야'라는 글자만이 잉크로 적혀 있었다. 헨리 배스커빌 경이 말했다.
 "홈즈 씨, 어떻습니까? 이게 무슨 의미인지, 그리고 이처럼 제게 흥미를 느끼고 있는 사람이 누군지 당신이라면 알아내실 수 있지 않겠습니까?"
 "모티머 씨, 당신은 어떻게 생각하시죠? 여기에는 초자연적인 것이 조금도 보이지 않는 것 같은데요."
 "그런 것 같습니다. 하지만 이 편지는 그 사건이 초자연적인 것이라고 믿는 사람이 보냈을 수도 있습니다."
 "사건이라니요?"
 헨리 경이 날카롭게 물었다.
 "여러분은 저와 관련된 일을 저보다도 훨씬 더 잘 알고 계신 듯하군요."
 "돌아가실 때쯤이면 많은 사실들을 알게 될 겁니다, 헨리 경. 괜찮으시다면 아주 흥미로운 이 편지를 잠깐 조사해 보고 싶은데요. 이건 어제 만들어 보낸 것이 틀림없습니다. 왓슨,

어제 <타임스>지 좀 있는가?"

"여기 구석에 있다네."

"미안하지만 좀 가져다 줄 수 있겠는가? 안쪽 페이지 중에서 사설이 실려 있는 면이라고 생각되는데."

홈즈가 재빨리 사설을 훑어보았다.

"이 자유 무역에 관한 연설일세. 잠깐 읽어 보겠네. '보호 관세를 적용하면 각 분야의 무역과 산업이 회복될 것이라고 생각하기 쉽지만, 그것은 커다란 착각이다. 그런 법령은 곧 우리나라를 부에서 멀어지게 하여 수입품의 가치를 감소시키고 이 나라의 생명력을 떨어트린다는 사실은 상식이라고 할 수 있을 것이다.' 어떤가 왓슨, 멋진 의견이라고 생각지 않는가?"

홈즈는 기쁘다는 듯이 두 손을 비비면서 큰 소리로 말했다.

모티머 의사는 직업적인 호기심을 느낀 듯 홈즈를 바라보았다. 헨리 배스커빌 경은 어찌 된 영문이냐는 듯 검은 눈으로 나를 바라봤다.

"저는 관세 같은 건 잘 모르지만, 문제의 편지와는 그다지 관계가 없는 거 같은데요."

"무슨 말씀을. 관계가 없는 게 아니라, 역시 생각했던 대로 군요, 헨리 경. 여기 있는 이 왓슨은 당신보다 내 추리 방식을 더 많이 알고 있을 겁니다. 하지만 그런 왓슨조차도 이 기사의 의미를 잘 모르는 듯하네요."

"맞아. 솔직히 말하자면 무슨 관계가 있는 건지 하나도 모르겠네."

"하지만 말일세, 이 두 가지는 아주 밀접한 관계를 가지고 있네. 편지는 이 기사를 오려서 만든 거야. '생명', '상식', '가치', '에서', '멀어' 등을 보게나. 이들 글자를 어디서 오렸는지 알겠지?"

"정말이군요. 말씀하신 대로입니다! 정말 대단하십니다!"

헨리 경이 큰 소리로 말했다.

"이 사실을 받아들이려 하지 않는 사람이라도, '에서' 와 '멀어' 라는 두 단어가 하나로 연결되어 있는 것을 본다면 곧 이해할 수 있을 겁니다."

"그렇군요! 말씀하신 대로 되어 있습니다!"

"정말 대단합니다, 홈즈 씨. 이렇게 훌륭한 분일 거라고는 꿈에도 생각지 못했습니다! 편지의 글자를 신문에서 오려냈다는 정도만 꿰뚫어 봤다면 저는 이렇게 놀라지 않았을 겁니다. 그런데 당신은 신문의 이름까지 알고 있었습니다. 게다가 사설에서 오려냈다는 사실까지 맞혔습니다. 그렇게 정확하게 추리를 해낼 줄이야. 대체 어떻게 알아낸 겁니까?"

모티머 의사가 정말 놀랐다는 표정으로 홈즈를 바라보았다.

"모티머 씨, 당신은 두개골만 보고도 흑인과 에스키모를 구별해 낼 수 있겠죠?"

"물론입니다."

"어떻게요?"

"그건 제 연구 분야입니다. 둘 사이에는 명백한 차이점이 있으니까요. 앞머리의 돌출 정도, 안면의 각도, 턱뼈의 곡선, 그리고……."

"바로 그겁니다. 이게 제 연구 분야니까요. 차이를 아주 명백하게 알 수 있죠. 흑인과 에스키모의 차이만큼, 제 눈에는 구 포인트 버조이스 활자로 찍은 <타임스>의 지면과 반 페니에 팔리는 석간의 조잡한 인쇄의 차이점이 명확하게 보입니다. 범죄 전문가에게 있어서 활자를 식별하는 능력은 아주 초보적인 지식 중 하나입니다. 하지만 사실은 저도 처음에는 <리드 머큐리>지와 <웨스턴 모닝 뉴스>지를 혼동한 적이 있습니다. 하지만 <타임스>의 사설은 매우 특징이 있기 때문에, 절대로 편지의 활자를 다른 신문에서 오려낸 것이라고는 생각할 수 없습니다. 이 편지는 어제 만들었어요. 그러니까 어제 <타임스>를 보면 편지의 글자들을 찾아낼 수 있는 가능성이 높을 거라고 생각한 거죠."

"말씀대로라면 누군가가 신문을 오려서 이 편지를……"
헨리 배스커빌 경이 말했다.

"손톱을 깎는 가위를 사용했어요. '멀어'를 오릴 때 가위질을 두 번 했어요. 그러니까 날이 아주 짧은 가위를 사용했다는 사실을 알 수 있는 거죠."

"정말이군요. 그렇게 되어 있습니다. 그렇다면 날이 짧은 가위로 글자를 오려서 풀로……"

"고무풀입니다."

홈즈가 말했다.

"고무풀로 종이에 붙였군요. 그런데 왜 '황야'라는 글자는 직접 썼을까요?"

"신문에서 찾을 수 없었을 테니까요. 다른 글자들은 흔히 사용되는 글자들이라 어느 신문에서나 볼 수 있을 겁니다. 하지만 '황야'라는 글자는 그리 자주 사용되는 글자가 아닙니다."

"아, 그렇군요. 듣고 나니 알 것 같습니다. 홈즈 씨, 그 외에 이 편지에서 알아낸 것은 없습니까?"

"한두 가지 알아낸 점은 있지만, 꼬리를 밟히지 않으려고 꽤 애를 쓴 듯합니다. 받는 사람의 이름을 아주 심하게 흘려 썼죠? 하지만 <타임스>는 높은 교육을 받은 사람들 외에는 읽지 않는 신문이라고 봐도 좋을 겁니다. 그렇다면 교육을 받은 사람이 그렇지 않은 사람처럼 보이려고 그렇게 썼다는 사실을 알 수 있습니다. 필적을 감추려고 했다는 사실은 당신이 알고 있는 사람이거나, 앞으로 만나게 될 사람이라는 점을 말해 줍니다. 그리고 글자를 똑바로 자르지 않았죠? 높이가 들쑥날쑥합니다. 예를 들어서 '생명'이라는 자는 기묘하게 위로 솟아 있잖아요? 이건 자를 때 주의를 기울이지 않았거나 너무 흥분한 나머지 서둘러 잘랐기 때문이겠죠. 제 생각에는 너무 흥분한 듯하지만요. 이렇게 중요한 편지를 만드는데 주의하지 않고 잘랐다고는 생각하기 힘드니까요. 만약 서둘러서 자른 거라면, 이번에는 왜 그랬을까 하는 흥미 있는 의문이 솟

아닙니다. 빨리 보내면 헨리 경이 호텔을 떠나기 전에 받아 볼 수 있을 거라고 생각했기 때문이겠죠. 그렇다면 편지를 보낸 사람은 방해받을까 봐 염려를 하고 있었다는 얘긴데, 과연 그 방해자는 누구였을까요?"

"우리는 이제 추리의 영역으로 들어서는군요."

모티머 의사가 말했다.

"아니요. 여러 가지 가능성을 생각하고 비교해 보아 그 중에서 가장 가능성이 높은 것을 추려 내는 영역이라고 해야겠지요. 상상력을 과학적으로 활용하는 겁니다. 그리고 제 추론은 언제나 물적 증거에 바탕을 두고 있습니다. 당신은 추측이라고 말할지 모르겠지만 ' 이 받는 사람의 이름을 쓴 것으로 보아 이 편지는 틀림없이 호텔에서 쓴 겁니다."

"그걸 어떻게 알 수 있습니까?"

"편지를 잘 보세요. 이걸 쓴 사람이 펜과 잉크 때문에 애를 먹었다는 사실을 잘 알 수 있을 겁니다. 한 글자를 쓰는 데 펜이 두 번이나 종이에 걸렸어요. 짧은 이름인데도 세 번이나 잉크가 떨어졌다는 건, 잉크병에 잉크가 거의 남아 있지 않았다는 사실을 말해 주는 겁니다. 잘 생각해 보세요. 자신의 펜과 잉크라면 그렇게 될 때까지 그냥 내버려 두지는 않을 겁니다. 그것도 양쪽 모두가 그런 상태에 있습니다. 그건 생각할 수도 없는 일입니다. 하지만 잘 아시는 바와 같이 호텔에서 비치해 놓은 펜과 잉크는 늘 그런 상태입니다. 그렇지 않은 것들을 찾아보기 힘들 정도죠. 만약 채링 크로스 가 부근에 있는 호텔들의 쓰레기통을 뒤져서 사설이 오려진 <타임스>지를 찾아내기만 한다면, 이 기묘한 편지를 보낸 사람을 간단하게 잡을 수 있을 겁니다. 앗! 이건 뭐지?"

홈즈가 글자를 붙여 놓은 종이를 눈앞으로 바싹 가져다 찬찬히 살펴보았다.

"왜 그러십니까?"

"아니, 아무것도 아니에요. 그냥 흰 종이였군요. 아무런 무늬도 들어 있지 않아요. 이 기묘한 편지로부터는 더 이상 알아낼 게 없을 듯하네요. 그리고 헨리 경, 런던에 오신 이후로 다른 이상한 일은 없었나요?"

홈즈가 편지를 내려놓으며 말했다.

"네, 없었습니다."

"누군가가 미행하거나 감시하고 있는 듯한 느낌을 받은 적도 없었나요?"

"마치 모험 소설의 세계 속으로 들어온 듯한 기분이 드는군요. 제가 무엇 때문에 미행을 당하거나 감시를 당하겠습니까?"

손님이 말했다.

"지금부터 그것을 조사하려고 하는 거죠. 그 전에 뭔가 들려주실 말씀은 없나요?"

"말할 만한 가치가 있을지는 모르겠지만 말입니다."

"평범한 일만 아니라면 무엇이든 상관없습니다."

헨리 경이 빙그레 웃으며 말했다.

"저는 지금까지 대부분을 미국과 캐나다에서 살아왔기 때문에, 영국의 생활에 대해서는 아는 게 거의 없습니다. 하지만 부츠 한 짝을 잃어버린 건 이 영국에서도 평범한 일은 아니겠지요?"

"부츠 한 짝을 잃어버리셨나요?"

"헨리 경, 어디다 잘못 놓은 거라니까요. 호텔에 가면 바로 찾을 수 있을 겁니다. 그런 하찮은 일은 홈즈 씨에게 말씀드려 봐야 별 도움이 안 될 겁니다."

모티머 의사가 참견을 했다.

"하지만 홈즈 씨께서 평범한 일이 아니라면 뭐든 말을 해 달라고 하시니까요."

"그렇습니다. 제아무리 하찮아 보이는 일이라도 상관없습니다. 부츠 한 짝이 없어졌다고요?"

"글쎄, 잘못 두기도 했지만요. 어젯밤에 방 밖에 나란히 내놓았는데, 오늘 아침에 보니까 한 짝밖에 없었습니다. 구두닦이에게도 물어보았지만, 잘 모르겠다는 겁니다. 어젯밤에 스트랜드 가에서 새로 산 부츠라 아직 한 번 신어 보지도 못했습니다. 정말 화가 납니다."

"한 번도 신지 않았는데, 왜 닦으려고 내놓은 거죠?"

"갈색 부츠였는데, 아직 광택을 내지 않았습니다. 그래서 닦아야겠다는 생각을 했습니다."

"그럼 어제 런던에 도착해서 호텔을 잡은 뒤 바로 외출해서 부츠를 사신 거로군요."

"여러 가지 물건들을 샀습니다. 모티머 선생께서 함께 가주셨습니다. 시골의 지주가 돼야 하는 거라면, 그에 어울리는 차림을 해야 하니까요. 캐나다에 있었을 때는 그런 것에 신경을 쓰지 않았으니까요. 어제 산 것 중에 하나가 갈색 부츠였습니다. 육 달러나 했습니다. 그런데 한 번 신어 보기도 전에 한 짝을 도둑맞은 거지요."

"어쨌든 조금 이상한 도둑이군요. 한 짝만 가져다 어디다 쓰려는 건지. 모티머 씨 말씀대로 곧 찾을 수 있을 것 같다고 밖에는 달리 드릴 말씀이 없네요."

홈즈가 말했다.

"여러분, 이제 제가 알고 있는 모든 것을 다 이야기했습니다. 약속한 대로 어떻게 된 일인지 들려주시기 바랍니다."

준남작이 야무진 목소리로 말했다.

"그래야겠지요. 모티머 씨, 우리에게 들려준 이야기를 다시 한 번 들려주시는 게 나을 것 같은데요."

홈즈가 권하자 모티머 의사는 주머니에서 문서를 꺼내며 어제 아침에 했던 이야기를 다시 한 번 하기 시작했다. 헨리 배스커빌 경은 가만히 귀 기울여 이야기를 듣다가 종종 놀랍다는 듯 소리를 질렀다.

긴 얘기가 끝나자 헨리 경이 말했다.

"그렇습니까? 그렇다면 저는 유산과 함께 저주도 상속하게 된 셈이군요. 그 개에 대한 얘기는 어렸을 때부터 들어 왔습니다. 우리 집안에서는 종종 들을 수 있는 얘기였으니까요. 하지만 저는 한 번도 심각하게 받아들인 적이 없었습니다. 어쨌든 백부님께서 돌아가셨다니…… 머릿속이 뒤죽박죽이 되어서 뭐가 뭔지 하나도 모르겠습니다. 여러분도 이 사건을 경찰에 이야기해야 할지, 목사에게 이야기해야 할지 결정을 내리지 못한 듯합니다만."

"그렇습니다."

"그런데 호텔에 묵고 있는 제게 편지가 온 거로군요. 이 일도 사건과 무슨 관계가 있는 것 같고요."

"황야에서 무슨 일이 있었는지 우리보다 더 자세히 알고 있는 사람이 있는 것 같습니다."

모티머 의사가 말했다.

"그 사람은, 경에게 위험을 알리려 했던 것이니 악의는 품고 있지 않을 겁니다."

홈즈가 말했다.

"음모에 방해가 되기 때문에 제게 겁을 주려 드는 걸지도 모릅니다."

"물론, 그렇게도 생각할 수 있겠죠. 모티머 씨, 여러 가지 재미있는 추론이 가능한 수수께끼를 들려주셔서 감사합니다. 이제 현실적인 문제를 생각해야 하는데, 헨리 경이 이대로 배스커빌 저택으로 들어가야 하느냐 마느냐 하는 겁니다."

"제가 배스커빌 저택으로 가면 안 될 이유라도 있습니까?"

"위험 요소가 있으니까요."

"배스커빌 가에 내린 악마가 위험한 겁니까, 아니면 베일

속의 인물이 위험한 겁니까?"

"지금부터 그걸 밝혀 내야겠지요."

"어느 쪽이든 제 대답은 분명합니다, 홈즈 씨. 악마 같은 게 이 세상에 있을 리 없지 않습니까? 그리고 제가 조상 대대로 살던 집에 가는 걸 그 누구도 막을 수는 없습니다. 이 마음은 절대로 변하지 않을 겁니다."

그렇게 말하면서 헨리 경은 검은 눈썹을 찌푸렸고, 얼굴이 벌겋게 달아올랐다. 누가 봐도 배스커빌 가의 뜨거운 피가 이 마지막 남은 사람에게도 전해졌음을 알 수 있었다.

"어쨌든 이야기를 듣고 생각해 볼 시간이 너무 짧았습니다. 누구도 이 자리에서 이해하고 판단할 수는 없을 겁니다. 아, 벌써 11시 반입니다. 홈즈 씨, 저는 이대로 호텔로 돌아가겠습니다. 친구인 왓슨 씨와 함께 2시까지 와 주실 수 있겠습니까? 점심 식사를 함께하고 싶습니다. 그때면 저도 마음을 확실하게 정할 수 있을 겁니다."

"왓슨, 자네 괜찮은가?"

"난 괜찮네."

"그럼 같이 가도록 하지요. 마차를 불러 드릴까요?"

"아닙니다. 걸어가겠습니다. 이번 일로 머리가 좀 멍해서요."

"그럼 저도 같이 걷겠습니다."

모티머 의사가 말했다.

"그럼 2시에 기다리고 있겠습니다. 안녕히 계십시오."

계단을 내려가는 두 사람의 발소리가 들려온 뒤, 곧 현관 문 닫히는 소리가 들려왔다. 그 순간 홈즈는 게으른 몽상가에서 활동가로 변신을 했다.

"왓슨, 모자를 쓰고 구두를 신게. 서둘러! 어서 서두르라고!"

그는 자신의 방으로 뛰어 들어가더니 순식간에 프록코트를 입고 다시 나왔다. 우리는 계단을 뛰어 내려가 거리로 나섰다. 이백 야드 정도 떨어진 곳에 모티머와 배스커빌의 모습이 보였다. 옥스퍼드 가를 향해 걸어가고 있었다.

"뛰어가서 불러 세울까?"

"그럼 안 되지. 자네만 괜찮다면 우리 둘이면 족하네. 저 두 사람은 아주 현명한 사람들이야. 산책하기에는 정말 좋은 날씨 아닌가?"

홈즈가 빠른 걸음으로 걷기 시작했다. 곧 거리는 백 야드 정도로 줄어들었다. 우리는 그대로 옥스퍼드 가에서 리젠트 가까지 뒤따라갔다. 그들이 잠깐 발걸음을 멈추고 가게의 진열대 안을 들여다보았다. 홈즈도 똑같은 행동을 했다. 그 직후, 홈즈는 조그맣게 환호성을 올렸다. 그의 시선을 따라가 보니, 영업용 이륜마차가 천천히 움직이기 시작하고 있었다. 길 건너편에 멈춰 있던 마차로, 남자 손님이 타고 있었다.

"왓슨, 저 사람일세! 이리 오게나. 지금은 어쩔 수 없으니, 얼굴이라도 확실하게 봐 두세."

그 순간이었다. 마차의 옆쪽 창을 통해서 검은 수염이 덥수

룩하게 자란 사내가 날카로운 눈빛으로 우리를 쳐다봤다. 사내는 곧 마부석과 통하는 곳에 드리워진 막을 걷어 올리더니, 마부에게 다그치듯 무엇인가를 명했다. 마차는 미친 듯이 달려 리젠트 가를 빠져나갔다.

영업용 마차를 찾아 주위를 둘러보았지만, 빈 마차는 한 대도 보이지 않았다. 그러자 홈즈는 사내가 탄 마차를 쫓아서, 갑자기 마차들이 오가고 있는 차도를 따라 맹렬한 속도로 달리기 시작했다. 하지만 마차는 이미 사라지고 없었다.

"이런, 운이 없기도 했지만 아무래도 바보 같은 짓을 한 것 같네. 자네가 정직한 사람이라면 이번 일도 기록해서 내 성공을 조금은 깎아내려야 할 걸세."

마차가 다니는 길에서 빠져나온 홈즈가 숨을 헐떡이며 내뱉듯 말했다. 그의 얼굴은 분해서 파랗게 변해 있었다.

"그 사람은 누굴까?"

"나도 전혀 모르겠네."

"염탐꾼일까?"

"글쎄, 아까 들은 얘기를 근거로 생각해 보면, 배스커빌이 런던에 왔을 때부터 누군가가 그는 미행했던 것만은 틀림없는 사실 같네. 그렇지 않고서야 배스커빌이 노섬버랜드 호텔에 묵는다는 사실을 어떻게 그렇게 빨리 알 수 있었겠는가? 첫째 날부터 미행을 했다면 틀림없이 둘째 날에도 미행을 할 거라고 생각했지. 자네도 눈치 챘겠지만, 모티머 의사가 그 전설을 읽을 때 나는 두 번이나 창가로 가 보았다네."

"그랬었지."

"거리를 서성이는 자를 찾아봤는데, 결국 발견하지 못했다네. 왓슨, 상대는 빈틈없는 녀석이야. 이 사건은 수수께끼투성이일세. 우리의 상대가 선의를 품고 있는지 악의를 품고 있는지는 모르겠지만, 머리가 좋은 계획적인 사내라는 점만은 확실하게 느낄 수 있다네. 두 사람이 우리 집에서 나간 뒤 바로 뒤를 밟은 것은, 그들을 미행하는 자를 알아낼 수 있을 거라는 생각에서였네. 그는 아주 교활한 사람이어서, 걸으면 불안하니까 마차를 이용해 두 사람이 눈치 채지 못하게 천천히 따라가기도 하고, 앞질러 가기도 했을 걸세. 그리고 마차를 이용하면 유리한 점이 하나 있지. 상대가 마차를 탄다 해도 결코 놓치지 않는다는 점이야. 하지만 한 가지 결점도 있기는 하네."

"마부에게 모든 걸 맡겨야 한다는 점이겠지."

"그렇다네."

"마차의 번호를 기억해 뒀으면 좋았을걸!"

"왓슨, 내가 아무리 멍청한 짓을 했다지만, 정말로 마차의 번호까지 잊었을 거라고 생각하는 건 아니겠지? 2704번이었어. 하지만 지금은 별 도움이 되지 않을 걸세."

"자네도 할 만큼은 했네."

"그 마차를 발견한 순간 바로 뒤로 돌아섰어야 하는 건데. 그런 다음 마차를 잡아타고 적당한 거리를 두고 뒤쫓거나, 노섬버랜드 호텔로 먼저 가서 기다렸어야 했어. 그 수수께끼의 인물이 배스커빌을 따라 호텔로 오면, 그때 반대로 우리가 그가 어디로 가는지 확인했어야 하는데. 그런데 너무 서두르는 바람에 눈 깜짝할 사이에 놓쳐 버리고 말았다네. 그 때문에 우리의 계획은 엉망이 됐고, 적을 놓쳐 버리고 말았어."

우리는 이런 얘기를 나누면서 리젠트 가를 천천히 걸었고, 어느 틈엔가 모티머 의사와 그 동행자의 모습은 시야에서 사라지고 없었다.

"이젠 그 두 사람을 따라가 봐야 별 수 없을 걸세. 미행자는 사라져 버렸고, 다시는 돌아오지 않을 테니까. 이제는 어떤 방법을 써야 할지 잘 생각해서 거기에 승부를 걸어야겠네. 마차에 타고 있던 사람의 얼굴을 봤는가?"

"얼굴을 온통 덮고 있는 수염만은 확실하게 봤다네."

"나도. 하지만 아무리 생각해 봐도 가짜 수염일 거라는 느낌이 드네. 그렇게 빈틈없는 사람이 미행을 하면서 눈에 띄는 수염을 그냥 뒀겠나? 얼굴을 가리기 위해서 붙인 거겠지. 왓슨, 여기에 잠깐 들렀다 가야겠네."

홈즈가 한 속달 우편 취급 회사의 지점으로 들어서며 말했다. 지배인이 아주 상냥하게 홈즈를 맞았다.

"아, 윌슨 씨. 전에 있었던 조그만 사건을 아직도 기억하고 계시는군요."

"잊을 리가 있겠습니까? 제 명예를 지켜 주신 걸요. 아니, 제 목숨을 구해 준 거나 다름없습니다."

"그건 좀 과장이에요. 그건 그렇고, 여기에 카트라이트라는 소년이 있었죠? 그 사건 때 상당히 큰 도움을 받았었잖아요."

"네, 아직 일하고 있습니다."

"미안하지만 좀 불러줘요. 그리고 이 오 파운드 지폐를 잔돈으로 바꿔 주시고요."

영리해 보이는 열네 살짜리 소년이 지배인의 부름을 받고 나왔다. 소년은 유명한 탐정의 얼굴을 존경심을 가지고 가만히 올려다 보았다.

"호텔 리스트 좀 보여 주세요. 고마워요. 자, 카트라이트, 여기에 스물세 군데 호텔들이 실려 있지? 전부 채링 크로스 부근에 있는 호텔들이란다."

"네."

"이 호텔들을 모두 방문하거라."

"네, 알겠습니다."

"우선 문지기들에게 일 실링씩 건네주거라. 자, 이게 거기에 쓸 이십삼 실링이다."

"네."

"그런 다음, 어제 나온 폐지를 보여 달라고 하거라. 글쎄, 중요한 전보를 잘못 배달했다고 하면 되겠지. 그래서 찾는 거라고. 알겠니?"

"네."

"하지만 네가 진짜로 찾아야 할 건 가위로 중간 부분을 몇 군데 오려낸 <타임스>란다. 이게 바로 <타임스>야. 이 페이지니까 잘 봐 둬. 너라면 금방 알 수 있을 거야? 알겠지?"

"알겠습니다."

"어느 호텔에서나 문지기는 포터를 부를 거야. 그 포터에게도 일 실링씩을 건네주거라. 이게 거기에 쓸 23실링이다. 23군데 호텔 중에서 20군데 정도는 어제 나온 폐지를 태워 버렸거나 처분했다고 할 거야. 그리고 나머지 3군데 정도에서는 산더미처럼 쌓인 종이들을 보여 줄 거고. 바로 거기서 <타임스>의 이 부분을 찾아내야 해. 발견할 확률은 아주 낮을 거야. 십 실링을 더 줄 테니까 만약의 경우에 쓰도록 해라. 저녁때까지는 전보로 그 결과를 베이커 가에 있는 우리 집으로 들려줬으면 한다. 자, 왓슨. 이제 전보로 2704번 마차의 마부 이름을 알아내는 일만 남았네. 그 일이 끝나면 본드 가에 있는 화랑이나 기웃거리며 시간을 보내다 호텔로 가자고."

끊어진 세 가닥 실

설록 홈즈는 자신의 감정을 아주 잘 조절하는 사람이었다. 두 시간 동안이나 우리가 몰입해 있던 사건을 완전히 잊어버린 듯, 그는 근대 벨기에 거장의 그림에 완전히 매료되어 있었다. 화랑에서 나와 노섬버랜드 호텔까지 가는 동안, 미술에 관해서는 거의 아는 것도 없으면서 그것에 대해서만 이야기했다.

"헨리 배스커빌 경이 위에서 기다리고 계십니다. 손님이 오시면 바로 안내하라고 이르셨습니다."

프론트 담당이 말했다.

"숙박부를 좀 볼 수 있을까요?"

홈즈가 물었다.

"여기 있습니다."

숙박부에는 배스커빌 밑으로 두 명의 이름이 올라 있었다. 하나는 뉴캐슬 시의 테오필루스 존슨과 그의 가족, 나머지 하나는 하이로지에서 온 올드모어 부인과 하녀였다.

"이건 내가 알고 있는 존슨일 거야. 변호사로, 백발이고 걸을 때 다리를 절지 않소?"

홈즈가 프론트 담당에게 물었다.

"아닙니다. 이 존슨 씨는 광산의 주인입니다. 아주 활달한 분으로, 나이도 선생님과 비슷할 겁니다."

"광산의 주인일 리가 없는데."

"아닙니다. 존슨 씨는 오랫동안 저희 호텔을 이용하셨기 때문에 잘 알고 있습니다."

"이, 올드모어라는 이름도 들어 본 적이 있는 거 같은데. 귀찮게 해서 미안하네만, 아는 사람을 만나러 왔다가 다른 아는 사람을 만나게 되는 경우가 종종 있거든."

"부인은 몸이 약하십니다. 남편 되시는 분이 글로스터 시장을 지내셨다는 얘기를 들었습니다. 런던에 오시면 언제나 우리 호텔에 묵으십니다."

"고마워요. 아무래도 내가 알고 있는 분이 아닌 듯하군. 왓슨, 그런 걸 물은 건 중요한 사실을 확인하기 위해서였다네."

계단을 오르며 홈즈가 가만히 털어놓았다.

"이것으로 우리 친구 배스커빌에게 묘한 관심을 보이고 있는 인물이 이 호텔에 묵고 있지 않다는 사실을 알게 되었네. 즉 감시를 하는 데도 아주 주의 깊게, 상대에게 자신의 모습이 보이지 않도록 한다는 뜻이지. 어떤가? 아주 의미심장한 일 아닌가?"

"뭐가 의미심장하다는 거지?"

"그건 말이지…… 이런, 무슨 일입니까?"

계단을 오르자마자 우리는 헨리 배스커빌 경을 만나게 되었다. 그는 화가 나서 얼굴이 시뻘겋게 달아올라 있었는데, 한쪽 손에 낡은 부츠를 하나 들고 있었다. 그는 너무 화가 나서 말도 제대로 할 수 없는 모양이었다. 간신히 말을 할 수 있게 되었을 때, 그의 입에서는 서부 지역의 사투리가 튀어나왔다. 오늘 아침과는 전혀 다른 말투였다.

"이 호텔에서는 나를 바보로 알고 있는 거야? 장난도 사람을 보아 가면서 치라고. 그러다 큰 코 다칠 줄 알아. 만약 구두를 찾아오지 못하면, 그땐 각오들 하고 있어. 홈즈 씨, 저도 가끔 장난을 칩니다. 하지만 이건 너무 도가 지나쳤습니다."

배스커빌 경이 고함을 질러 댔다.

"아직 부츠를 못 찾으셨나요?"

"네, 아직 못 찾았습니다. 무슨 수를 써서라도 찾아내고 말 겁니다."

"없어진 건 틀림없이 갈색 새 부츠라고 하지 않으셨나요?"

"네, 맞습니다. 그런데 이번에는 제가 신던 검은 부츠가 없어졌어요."

"뭐라고요? 설마?"

"그렇다니까요. 저는 구두를 세 켤레밖에 가지고 있지 않습니다. 어제 산 갈색 구두와 낡고 검은 것, 그리고 지금 신고 있는 이 에나멜 구두, 이렇게 세 켤레입니다. 어제는 갈색 구두를 도둑맞았고, 오늘은 검은색 구두를 도둑맞았다니까요. 이봐, 찾았나? 멍청하게 서 있지만 말고 뭐라고 말 좀 해 보라고!"

독일인 직원이 다가왔다. 겁을 먹은 듯한 표정이었다.

"죄송합니다. 호텔 안을 샅샅이 뒤져 봤지만 도저히 찾을 수가 없습니다."

"뭐라고? 저녁까지는 꼭 찾아내라고. 아니면 지배인을 불러다 이런 호텔은 필요 없다고 말해 줄 테니."

"반드시 찾아내겠습니다. 그때까지 조금만 더 기다려 주십시오."

"잘 들어 두게. 이제 이런 도둑놈 소굴에서 이 이상 도둑맞지는 않을 테니까. 홈즈 씨, 정말 죄송합니다. 이런 하찮은 일로 소란을 피워서······."

"아니요. 그러실 만도 하군요."

"네? 그렇게 중요한 일입니까?"

"당신은 어떻게 생각하십니까?"

"생각하고 싶지도 않습니다. 이처럼 어처구니없는 이상한 일은 처음 당해 봅니다."

"정말로 이상한 일이에요."

홈즈가 생각에 잠기며 말했다.

"홈즈 씨는 어떻게 생각하십니까?"

"사실은 저도 잘 모르겠어요. 헨리 경, 이번 사건은 정말 복잡해요. 백부님의 죽음과 연관 지어 생각해 볼 때, 제가 지금까지 다뤄 온 오백여 건의 사건 중에서 이처럼 알 수 없는 사건도 없었어요. 하지만 단서가 될 만한 실마리를 몇 가닥 쥐고 있어요. 그것들을 감아 나가면 진상을 알게 될 겁니다. 잘못된 단서를 따라가다 시간만 낭비하게 될지도 모르지만, 언젠가는 반드시 제대로 된 단서를 따라갈 수 있을 겁니다."

즐거운 점심 식사 시간이었는데, 우리는 그 자리에서 우리를 이렇게 만나게 해 준 사건에 대해서는 거의 이야기를 나누지 않았다. 식사를 마치고 응접실에서 편안한 시간을 보낼 때 비로소 홈즈가 배스커빌에게 어떻게 할 생각인지를 물었다.

"배스커빌 저택으로 갈 생각입니다"

"언제요?"

"이번 주말에 가겠습니다."

"잘 생각했어요. 당신은 지금 미행을 당하고 있어요. 확실한 증거도 있지만, 인구 수백만에 달하는 대도시에서 상대의 정체와 의도를 밝혀 내기란 그리 쉬운 일이 아닙니다. 어떤 음모를 가지고 당신을 해치려는 걸지도 모르죠. 하지만 우리는 그걸 막을 수 있다고 장담할 수가 없어요. 모티머 씨, 오늘 아침에 우리 집에서 나간 뒤부터 계속 미행을 당했다는 사실을 모르셨죠?"

모티머 의사가 놀라 당황하며 말했다.

"미행이라고요? 대체 누구였죠?"

"안타깝지만 나도 잘 모르겠어요. 다트무어의 아는 사람이나 부근에 사는 사람 중에 검은 턱수염을 기른 사람이 있나요?"

"아니요. 아, 잠깐만. 있습니다. 배리모어요. 찰스 배스커빌 경의 집사가 검은 턱수염을 기르고 있습니다."

"그렇군요. 그런데 배리모어는 어디에 있죠?"

"배스커빌 저택을 관리하고 있지요."

"그가 정말 거기에 있는지, 혹시 런던에 오지 않았는지 확인할 수 있는 좋은 방법이 있지요."

"어떤 방법입니까?"

"전보 용지 좀 주세요. '헨리 경을 맞을 준비는 되었는가?'라고 써서 보내면 되죠. 받는 사람은 배스커빌 저택의 배리모어로 하고요. 가장 가까이에 있는 전신국이 어디죠? 그림펜이오? 그럼 그림펜의 우체국장에게도 전보를 한 통 보냅시다. '배리모어 앞으로 보낸 전보는 본인에게 건네줄 것. 부재 시에는 노섬버랜드 호텔, 헨리 배스커빌 앞으로 반송 바람'이라고. 이렇게 하면 저녁까지는 배리모어가 데번셔의 저택에 있는지를 알 수 있을 겁니다."

"그렇군요. 그런데 모티머 씨, 배리모어는 어떤 사람이죠?"

"돌아가신 아버지도 관리인이었습니다. 사 대째 배스커빌 저택의 관리를 맡고 있습니다. 제가 알고 있기로는, 배리모어 부부는 그 부근에서 평판이 좋습니다."

"그리고 배스커빌 저택에 주인이 없으면 그 부부는 편안하게 생활을 할 수 있겠죠."

"그렇습니다."

"배리모어는 찰스 경의 유언으로 얼마를 받았죠?"

"부부가 각각 오백 파운드씩 받았습니다."

"그렇군요. 부부는 전부터 그 사실을 알고 있었나요?"

"네. 찰스 경은 유언장의 내용을 즐겨 말씀하시고는 했습니다."

"아주 재미있네요."

"찰스 경으로부터 유산을 받은 사람이라고 해서 의심의 눈초리로 보지 말았으면 합니다. 나도 천 파운드를 받았으니까요."

"아, 그래요? 그 외에 받은 사람이 또 있나요?"

"아주 적은 액수지만 많은 사람들이 받았습니다. 그리고 상당수의 자선 단체에서도 돈을 받았습니다. 나머지는 전부 헨리 경의 몫입니다."

"그 나머지라는 게 얼마 정도 되지요?"

"칠십사만 파운드입니다."

홈즈가 놀라 눈을 크게 떴다.

"그렇게 많을 줄은 몰랐어요."

"찰스 경이 재산가라는 얘기는 익히 들었지만, 그 액수는 증서와 증권 등을 조사해 보고 나서야 알게 되었습니다. 총액이 백만 파운드 가까이 됩니다."

"그랬군! 그 정도라면 목숨 걸고 뛰어들 인물이 나타난다 해도 조금도 이상할 게 없겠어. 모티머 씨, 한 가지만 더 물어 볼게요. 만약 여기에 계신 분에게 무슨 일이 일어난다면 ― 불길한 가정을 세워 정말 죄송합니다만 ― 재산은 누가 상속하게 되나요?"

"찰스 경의 동생인 로저 배스커빌 경은 결혼도 하지 않은 채 죽었으니, 데스몬드 가의 사람이 상속하게 됩니다. 먼 친척이긴 하지만 사촌 형제에 해당합니다. 제임스 데스몬드 씨는 웨스트모랜드 주에서 목사를 하고 계시는 꽤 나이 든 분입니다."

"고맙습니다. 아주 흥미로운 얘기네요. 제임스 데스몬드 씨를 만난 적이 있었나요?"

"네. 전에 찰스 경을 찾아온 적이 있었습니다. 청빈한 생활을 하고 있는 아주 훌륭한 목사였습니다. 찰스 경이 유산을 물려주겠다고 했지만, 좀처럼 받으려 들지 않아서 억지로 떠밀다시피 해서 유산을 물려줬습니다."

"그럼 그렇게 검소한 분이 찰스 경의 어마어마한 재산을 상속하게 된다는 말인가요?"

"한정 상속이기 때문에 부동산만 상속하게 됩니다. 동산도 상속할 수는 있지만, 그건 헨리 경이 유언으로 다른 사람을 지정하지 않았을 경우에만 가능한 일입니다."

"헨리 경, 당신도 유언장을 쓰셨나요?"

"아니요. 썼을 리가 없지 않습니까? 홈즈 씨, 사정이 어떻게 된 건지 겨우 어제 들었습니다. 그런 건 쓸 여유도 없었습니다. 어쨌든 저는 동산을 작위와 부동산과 분리시켜서는 안 된다고 생각합니다. 돌아가신 백부님도 그렇게 생각하고 계셨습니다. 토지와 저택을 유지해 나갈 수 있을 만큼의 돈이 없다면 배스커빌 가의 영광을 되찾을 수도 없을 겁니다. 저택, 토지, 돈은 함께 관리를 해야만 합니다."

"저도 그렇게 생각해요. 헨리 경, 서둘러 데번서로 가야겠다는 당신의 의견에는 저도 동의해요. 하지만 거기에는 한 가지 조건이 있어요. 혼자 가서는 안 된다는 겁니다."

"모티머 선생님께서 함께 가시지 않습니까?"

"하지만 모티머 씨께는 다른 일도 있고, 집도 배스커빌 저택에서 몇 마일이나 떨어져 있어요. 제아무리 신경을 쓴다 해도 무슨 일이 생겼을 때 제때 도착하지 못할 우려가 있어요. 헨리 경, 아무리 생각해 봐도 혼자 가는 건 위험해요. 언제나 당신 곁에 있을 수 있는 사람을 데려가야 합니다."

"홈즈 씨, 당신이 함께 가 주실 수는 없겠습니까?"

"위험한 일이 일어날 조짐이 보인다면 그때는 무슨 수를 써서라도 달려가지요. 하지만 이해해 주시기 바랍니다. 여러 가지 일들에 쫓기고 있으며, 의뢰인들도 헤아릴 수 없이 많아요. 오랫동안 런던을 떠나 있을 수 없는 상황이에요. 지금도 영국에서 가장 존경받고 있는 분이 협박 때문에 명예를 잃을 위기에 놓여 있어요. 비극적인 스캔들을 막을 수 있는 건 저밖에 없어요. 그래서 저는 다트무어에 갈 수가 없어요."

"그렇다면 다른 사람을 추천해 주십시오."

홈즈가 내 팔에 손을 얹으며 말했다.

"왓슨과 함께 가신다면 무슨 일이 일어나더라도 옆에서 커다란 힘이 되어 드릴 겁니다. 그건 제가 보장하지요."

갑작스런 이야기에 나는 깜짝 놀랐다. 그런데 대답을 하기도 전에 배스커빌이 내 손을 잡으며 말했다.

"왓슨 씨, 정말 기쁩니다. 당신은 저에 대해서도, 일의 사정에 대해서도 잘 알고 계십니다. 배스커빌 저택으로 오셔서 도움을 주신다면 그 은혜는 평생 잊지 못할 겁니다."

나는 모험의 냄새가 나면 그 유혹을 참을 수가 없었다. 그리고 홈즈의 말이 나의 마음을 흔들어 놓았으며, 준남작도 함께 가 주기를 열렬히 바라고 있었다.

"기꺼이 가겠습니다. 이보다 더 유익하게 시간을 보낼 수 있는 일도 없을 겁니다."

"모든 일에 대해서 상세히 알려 주기 바라네, 왓슨. 틀림없이 위험이 닥쳐올 걸세. 그럴 조짐이 보이면 내가 어떻게 해야 할지를 알려 주겠네. 토요일에 출발할 수 있겠지?"

홈즈가 말했다.

"어떻습니까, 왓슨 씨."

"갈 수 있습니다."

"그럼 특별한 일이 없는 한 토요일에 패딩턴 발 10시 반 기차에서 뵙도록 하겠습니다."

우리가 자리에서 일어났을 때, 배스커빌은 기쁘다는 듯 소리를 질렀다. 그는 방 한쪽 구석으로 달려가더니 장 밑에서 갈색 부츠를 꺼냈다.

"없어졌던 부츠다!"

그가 큰 소리로 말했다.

"이번 문제가 이렇게 간단히 풀렸으면 좋으련만."

셜록 홈즈가 말했다.

"하지만 정말 이상합니다. 식사 전에 제가 이 방을 전부 찾아봤거든요. 그때는 부츠가 없었습니다."

모티머 의사가 말했다.

"그럼 점심을 먹는 동안에 직원이 가져다 놓은 거겠죠."

독일인 직원을 불러다 물어봤지만, 그는 그저 모른다고만 대답할 뿐이었다. 그리고 무슨 말을 물어도 그는 시원스런 대답을 하지 않았다. 차례차례로 일어나는, 정체를 알 수 없는 조그만 괴사건이 다시 하나 더 늘어난 셈이었다. 찰스 경의 죽음을 둘러싼 괴상한 이야기는 그렇다 치더라도, 겨우 이틀 동안에 알 수 없는 사건들이 연속해서 일어났다. 인쇄된 글자로 만든 편지, 이륜 마차를 타고 있던 검은 턱수염의 사내, 새로 산 부츠의 분실, 낡은 검은 부츠의 분실, 그리고 방금 전에 되찾은 새로 산 부츠 등.

베이커 가로 돌아오는 마차 안에서 홈즈는 단 한 번도 입을 열지 않았다. 눈썹을 일그러트린 굳은 표정의 얼굴을 보고 나는 홈즈가 무엇을 생각하고 있는지 알 수 있었다. 연관성이 없어 보이는 일련의 기묘한 사건들이 완벽하게 들어맞는 음모를 찾고 있는 것이었다. 나도 그 음모를 찾으려 노력했다. 그날 오후부터 밤늦게까지 홈즈는 담배를 피우며 깊은 생각에 잠겨 있었다.

저녁을 먹기 직전에 전보 두 통이 날아왔다. 하나는 '배리모어는 저택에 있음. 배스커빌'이라는 내용이었고, 다른 하나는 '지시한 대로 스물세 군데 호텔을 뒤졌으나, 오려낸 <타임스>는 찾지 못했습니다. 카트라이트'라는 내용이었다.

"단서가 될 만한 실 두 가닥이 끊어져 버렸군. 이렇게 일이 안 풀릴 때일수록 더욱 투지가 불타오른단 말이야. 이젠 다른 단서를 따라가 봐야겠군."

"아직, 그 염탐꾼을 태웠던 마부가 남아 있단 말이지?"

"그렇다네. 이미 마차 등록소에 전보를 쳤다네. 마부의 이름과 주소를 알아내기 위해서. 아, 저건 답장이 온 걸까?"

현관의 벨을 울린 건 답장이 아니라 반갑게도 마부 자신이었다. 방문이 열리자 한눈에도 마부라는 사실을 알아볼 수 있게 생긴 사람이 굳은 표정으로 들어왔다.

"여기 사시는 분이 **2704**번에 대해서 물었다는 말을 사무소에서 듣고 왔습니다. 칠 년이나 마부를 해 왔지만, 단 한 번도 불평을 들은 적이 없었습니다. 무슨 일인지 직접 들어 보려고 차고지에서 바로 달려왔습니다."

"불만이 있어서 자네를 부른 게 아닐세. 불만은커녕 자네가 묻는 말에만 확실하게 대답을 해 준다면 반 파운드를 줄 생각이라네."

"야, 오늘은 정말 운수대통한 날이군요. 그래, 뭘 알고 싶은 겁니까?"

마부가 기쁜 듯 소리 내어 웃었다.

"우선, 자네의 이름과 주소를 알고 싶네. 나중에 다시 물어 볼 일이 생길지도 모르니까."

"존 클레이튼, 버로우 구 터페이 거리 3번지에서 살고 있습니다. 워털루 역 옆에 있는 시플레이 마차 사무소에 소속되어 있고요."

셜록 홈즈는 그것을 받아 적었다.

"클레이튼, 오늘 아침 10시에 우리 집을 엿보다가 그 후 리젠트 가까지 두 신사를 미행해 따라갔던 손님에 대해서 이야기를 해 주게."

마부의 얼굴에 놀라는 빛이 역력했다. 그리고 조금 난처한 듯한 기색을 보였다.

"당신은 모든 걸 알고 있으니 얘기해 봤자 별로 도움이 될 것 같지는 않습니다. 사실 그 신사가 자신은 탐정이니 누구에게도 이 사실을 말해서는 안 된다고 했기 때문에."

"이봐, 이건 아주 중요한 문제라고. 자네가 자꾸 숨기려 들면 아주 난처한 입장에 빠지게 될 거야. 그 손님이 탐정이라고 말했다고?"

"네."

"언제 그런 말을 했지?"

"내릴 때 했습니다."

"그 외에 다른 말은 하지 않았나?"

"자기 이름을 말했습니다."

홈즈는 이젠 됐다는 듯한 표정으로 나를 힐끗 쳐다보았다.

"그래? 이름을 말했나? 어리석은 짓을 했군. 이름을 뭐라고 하던가?"

"셜록 홈즈라고 했습니다."

마부가 말했다.

마부의 대답을 들었을 때 홈즈는 어처구니가 없다는 표정을 지었다. 한동안 눈을 껌뻑일 뿐이었다. 그러다 곧 웃음을 터트렸다.

"왓슨, 이거 완전히 당했는데. 한 방 먹었어. 솜씨가 나보다 뛰어났으면 뛰어났지 못하지는 않을 것 같네. 그런가? 이름이 홈즈라고 하던가?"

"그렇습니다. 그 신사가 그렇게 말했습니다."

"알았네. 어디서 태웠지? 그 후에 어떤 일이 있었는지도 전부 얘기해 주게."

"9시 반쯤 트라팔가 광장에서 태웠습니다. 자기는 탐정인데 오늘 하루 자기 말대로만 움직여 주면 이 기니를 주겠다고 말했습니다. 좀처럼 찾아오지 않는 기회였죠. 처음에는 노섬 버랜드 호텔로 갔습니다. 두 신사가 나타나 손님을 기다리고 있던 마차에 오를 때까지 기다렸습니다. 그 뒤를 따라서 이 부근까지 왔습니다."

"이 집 앞까지였겠지?"

홈즈가 말했다.

"글쎄, 그건 잘 기억이 나지 않습니다. 어쨌든 그 손님은 무슨 일이 일어날지 전부 알고 있는 듯했습니다. 여기로 통한 도로 중간에 마차를 세워 놓고 한 시간 반 정도 기다렸을 겁니다. 그런 다음 밖으로 나온 두 신사가 제 마차 옆으로 지나가자 베이커 가를 따라서……."

"그건 나도 알고 있네."

"리젠트 가를 사 분의 삼 정도 지났을 겁니다. 그때 손님이 갑자기 등 뒤의 막을 걷어 올리더니, 전속력으로 워털루 역으로 가자고 했습니다. 채찍으로 말을 두들겨 쏜살같이 달렸습니다. 십 분도 걸리지 않았으니까요. 역에 도착하자 약속한 대로 이 기니를 주고 역으로 들어갔습니다. 맞아요, 바로 그때 뒤돌아서더니 이렇게 말했습니다. '셜록 홈즈라는 손님이 탔었다는 걸 기억해 두면 재미있는 일이 일어날 걸세'라고. 그래서 이름을 알게 된 겁니다."

"그렇군. 그 뒤로는 그 사람을 보지 못했나?"

"역으로 들어가는 모습을 본 게 마지막이었습니다."

"그 셜록 홈즈 씨, 어떻게 생겼지?"

마부가 머리를 긁적였다.

"그렇게 큰 특징은 없는 손님이었기 때문에…… 나이는 마흔쯤 되어 보였습니다. 키는 중간 정도로, 당신보다는 이삼 인치 정도 작았을 겁니다. 상당한 멋쟁이였습니다. 검은 수염을 각이 지게 잘 다듬었고, 얼굴에서는 푸른빛이 돌았습니다. 제가 기억하고 있는 건 그 정도입니다."

"눈의 색깔은?"

"그건 잘 모르겠습니다."

"그 외에 생각나는 건 없나?"

"하나도 없습니다."

"알겠네. 자, 약속했던 반 파운드일세. 뭔가 다른 것을 생각해 낸다면 반 파운드를 더 주겠네. 이제 가 보게나."

존 클레이튼은 기쁨을 주체하지 못하며 밖으로 나갔다. 홈즈가 어깨를 들썩이더니 쓴웃음을 지어 보였다.

"세 번째 실도 끊어져 버렸군. 다시 원점으로 돌아오게 됐어. 정말 교활한 놈이야! 녀석은 우리 집 주소도, 헨리 배스커빌 경이 내게 자문을 구하리라는 사실도 전부 알고 있었어. 리젠트 가에서는 우리의 행동을 완전히 꿰뚫어 봤고, 내가 마차의 번호를 보고 마부를 부를 줄 알고 그런 건방진 인사를 남긴 걸세. 왓슨, 이번 상대는 무서운 놈일세. 런던에서는 내가 완전히 궁지에 몰려 버렸네. 데번셔로 가서 자네가 잘 처리해 주기를 바라네. 하지만 조금 불안하네."

"뭐가 불안하단 말인가?"

"자네를 보내는 게. 왓슨, 이건 아주 복잡한 일이야. 복잡하고 위험한 일이지. 영 마음에 들지 않는 일이야. 자네는 비웃을지도 모르겠지만, 자네가 무사히 베이커 가의 우리 집으로 돌아오기를 빌고 싶은 심정일세."

배스커빌 저택

헨리 배스커빌 경과 모티머 의사는 약속한 날까지 모든 준비를 마쳤고, 예정대로 우리는 데번셔를 향해서 출발했다. 셜록 홈즈가 마차로 역까지 데려다 주며 마지막으로 지시를 내리고 충고를 해 주었다.

"왓슨, 여기서 여러 가지 의견과 의혹들로 자네 마음의 눈을 흐리게 하고 싶지는 않네. 자네는 오직 사실들만을 가능한 한 자세하게 알려 주게나. 추리는 내게 맡겨 두고."

"어떤 사실을 말하는 거지?"

"이번 사건과 조금이라도 연관이 있는 것처럼 보이는 거라면 뭐든 상관없네. 특히 헨리 경과 부근 사람들과의 관계라든지, 찰스 경의 죽음에 대한 새로운 사실에 대해서는 신경을 좀 써 주게나. 그동안 나도 여러 가지로 조사를 해 봤지만, 뭐 신통한 건 알아내지 못했네. 단 한 가지 알아낸 게 있다면, 다음 상속인인 제임스 데스몬드 씨는 온후하기 이를 데 없는 신사로, 협박 편지와는 상관이 없을 것 같다는 점뿐이라네. 데스몬드 씨는 용의 선상에서 제외를 시켜도 좋을 거라고 나는 생각하고 있다네. 결국 남는 건 헨리 경을 둘러싸게 될 황야에서 살고 있는 사람들일세."

"우선 배리모어 부부를 저택에서 나가게 하는 건 어떻겠나?"

"그건 안 될 말일세. 절대로 그렇게 해서는 안 돼. 만약 부부에게 아무런 죄가 없다면 부부에게 못할 짓을 하게 되는 거고, 그건 정당한 방법이 아닐세. 그리고 부부가 실제로 나쁜 짓을 했다면 죄 값을 치를 기회를 우리 스스로가 빼앗는 꼴이 되어버리고 마네. 절대로 그렇게 되어서는 안 되네. 용의 선상에 올려놓고 말없이 지켜봐야 하네. 그리고 배스커빌 저택에는 마부가 있을 걸세. 황야에는 농부가 두 명이 있고, 우리 친구인 모티머 의사도 있네. 모티머 의사는 정말 정직한 사람이라고 생각하네. 하지만 그의 부인에 대해서는 아무것도 아는 게 없어. 그리고 박물학자인 스태플턴과 그의 누이동생이 있어. 매력적인 젊은 아가씨라고 하네. 래프터 저택의 프랭클랜드 씨에 대해서도 아는 게 없지. 그 외에도 한두 사람이 더 있는 듯하네. 이 사람들에 대해서는 특별히 관심을 가지고 조사할 필요가 있다네."

"최선을 다하겠네."

"무기는 가지고 가지?"

"물론이지. 그러는 편이 좋을 거 같아서."

"그래, 그러는 편이 나을 걸세. 밤이고 낮이고 늘 몸에 지니고 있어야 하네. 방심은 금물일세."

두 사람은 이미 일등 객차에 자리를 잡아 놓은 뒤 플랫폼에 서서 나를 기다리고 있었다.

"그 뒤로 무슨 소식이 없습니까?"

"아니요. 그 뒤로는 아무 일도 없었습니다."

모티머가 홈즈의 물음에 대답했다.

"그리고 지난 이틀 동안에는 미행한 자도 없었습니다. 외출할 때 충분히 주의를 기울였으니까 미행이 있었다면 못 봤을 리가 없습니다."

"두 분이 늘 함께 있었나요?"

"어제 오후에는 따로 있었습니다. 런던에 오면 늘 하루는 즐기기 위해서 보냅니다. 그래서 어제는 외과 대학 박물관에서 시간을 보냈습니다."

"저는 공원에 갔었습니다. 하지만 아무런 일도 없었습니다."

배스커빌이 말했다.

"너무 경솔한 행동을 하셨군요."

홈즈가 진지한 얼굴로 머리를 흔들며 말했다.

"헨리 경, 제발 혼자 다니지 말았으면 좋겠습니다. 어떤 위험이 도사리고 있을지 알 수 없습니다. 그건 그렇고 검은 구두는 찾으셨나요?"

"아니요. 그건 찾지 못했습니다."

"그렇군요. 정말 희한한 일이네요. 그럼, 조심해서 가세요."

기차가 움직이기 시작하자 홈즈가 헨리 경에게 말했다.

"헨리 경, 모티머 씨가 읽어 준 그 기묘한 전설의 한 구절을 절대 잊어서는 안 됩니다. '악령이 꿈틀대는 어두운 밤에는 황야를 지나지 않도록 주의하라' 는 말을."

멀어져 가는 플랫폼을 돌아다보니, 우리를 떠나보내는 홈즈의 커다란 몸은 언제까지고 움직일 줄을 몰랐다.

여행은 시간이 흐르는 것도 모를 정도로 즐거웠다. 나는 두 사람과 한층 더 친해졌으며, 모티머 의사의 스패니얼과도 장난을 쳤다.

런던을 떠난 지 몇 시간이 지나자 갈색 땅은 붉은 빛을 띠고 벽돌로 지은 집 대신 화강암으로 지은 집들이 보이기 시작했으며, 멋진 나무 울타리로 둘러싸인 목장에서는 붉은 소들이 풀을 뜯고 있었다. 싱싱한 풀, 울창한 나무들로 보아, 습기가 많기는 하지만 풍요로운 지방임을 알 수 있었다. 배스커빌은 줄곧 창 밖 풍경을 내다보다가, 데번셔의 그리운 풍경이 나타나자 환호성을 질렀다.

"왓슨 선생님, 저는 고향을 떠난 뒤로 많은 곳을 둘러봤습니다. 하지만 이곳처럼 멋진 곳은 보지 못했습니다."

그가 말했다.

"데번셔 사람들은 모두 이곳을 자랑스럽게 여기더군요."

"워낙 좋은 곳이기도 하지만 혈통과도 관계가 있을 겁니다. 이분의 머리를 보시면 금방 알 수 있을 겁니다. 켈트 족 특유의 둥근 머리를 하고 계시지 않습니까? 켈트 족의 정열과 애정이 잘 나타나 있습니다. 돌아가신 찰스 경의 두상은 아주 보기 드문 타입이었는데, 게일 족과 이베리아 족의 특징을 두루 갖추고 있었습니다. 그건 그렇고, 마지막으로 배스커빌 저택을 보신 건 아주 어렸을 때였지요?"

"배스커빌 저택은 본 적이 없습니다. 아버지가 돌아가셨을 때 저는 십대 소년이었고, 남부 해안의 조그만 집에서 살고 있었으니까요. 그 후에 바로 미국에 있는 친구에게 갔기 때문에 왓슨 선생님과 마찬가지로 전혀 낯선 곳이라, 황야가 보고 싶어서 견딜 수가 없습니다."

"그렇습니까? 하지만 그 소망은 아주 간단하게 이루어질 겁니다. 보세요, 황야가 마중을 나왔습니다."

모티머 의사가 창 밖을 손가락으로 가리키며 말했다.

사각형으로 구획된 푸른 밭과 부드러운 곡선을 그리고 있는 숲, 그 멀리 뒤편으로 험준한 정상이 보이는 음험한 잿빛 언덕이 희미하게 모습을 드러내고 있었다. 꿈에서나 볼 수 있는 환상적인 풍경을 생각나게 하는 곳이었다. 배스커빌은 오랫동안 그곳을 응시하며 꼼짝도 않고 앉아 있었다. 나는 그가 조상 대대로 지배해 오며 그 흔적을 남겨 왔던 땅을 처음으로 바라보며 격렬한 감정에 휩싸였다는 사실을 잘 알 수 있었다.

평범한 객차 안에 미국식 영어를 구사하는 청년이 트위드로 만든 옷을 입고 앉아 있었다. 하지만 햇볕에 그을린 감정이 풍부한 그의 얼굴을 가만히 바라보고 있자니, 이 사람이야말로 틀림없이 위세 좋은 귀족의 후손이라는 느낌을 받게 되었다. 짙은 눈썹, 풍부한 감성이 드러나 있는 코, 갈색의 커다란 눈에는 자부심과 용기, 힘이 넘쳐 나고 있었다. 비록 위험천만하고 곤란한 일이 저 황야에서 기다리고 있다 할지라도, 이 사람이라면 용감하게 그 위험을 함께해 줄 것이라는 생각을 갖게 하는 더할 나위 없이 믿음직스러운 인물이었다.

기차가 조그만 시골 역에 멈춰 섰고, 우리는 기차에서 내렸다. 낮고 흰 울타리 밖에서 지붕이 없는 쌍두마차가 기다리고 있었다. 우리의 도착은 커다란 사건이었다. 역장과 짐꾼들이 몰려와 짐을 들어 주었다.

아름답고 소박한 마을이었는데, 역을 막 나선 곳에 검은 제복을 입은 병사 두 명이 소총을 들고 서 있었기에 깜짝 놀라지 않을 수 없었다. 그들은 우리가 옆으로 지나칠 때 날카로운 시선으로 우리를 노려봤다. 몸집은 작지만 험상궂은 얼굴에 다부진 체격을 가진 마부가 헨리 배스커빌 경을 맞으러 왔다. 곧 우리는 하얀 빛이 도는 넓은 길을 달리기 시작했다.

기복이 심하지 않은 목초지를 올라가면서 울창한 나무들 사이로 박공을 댄 옛집들을 볼 수 있었다. 하지만 그 햇볕을 받고 있는 평화로운 전원 풍경 너머에는 음울한 황야가 펼쳐져 있었으며, 황야의 끝으로는 저녁 하늘을 머리에 인 음울한 언덕이 이어져 있었다. 마차가 옆길로 벗어나더니, 오랜 세월 동안 바퀴 자국에 움푹 패인 좁은 길을 따라 올라갔다. 양편의 높은 둑에는 이슬을 머금은 두툼한 이끼와 다육질 양치류가 빽빽하게 자라나 있었고, 청동색 고사리와 얼룩덜룩한 가시나무가 저녁 햇빛에 희미하게 빛나고 있었다. 천천히 언덕을 따라 올라가자 화강암으로 만들어진 좁다란 다리가 나왔다. 우리는 잿빛 바위 사이로 거품을 일으키며 소리 높여 흘러가는 냇물을 따라 갔다. 길도 냇물도 낮은 참나무와 전나무가 빽빽하게 자란 골짜기를 따라 구불구불 뻗어 있었다. 배스커빌은 길이 꺾일 때마다 탄성을 지르며 주위 풍경에 시선을 빼앗긴 채 끝도 없이 질문을 해 댔다. 그의 눈에는 모든 풍경이 아름답게 보였겠지만, 나는 늦가을임을 알리는 풍경 속에 침울한 빛이 감돌고 있음을 느낄 수 있었다.

낙엽이 길을 가득 메우고 있었으며, 지나가는 우리 머리 위로 떨어져 내렸다. 바닥에 나뒹굴며 썩어 가는 낙엽이 바퀴 소리마저 집어삼켰다. 돌아온 배스커빌 가의 주인을 맞기 위해서 자연은 참으로 쓸쓸한 선물을 준비했구나 하는 생각이 들었다.

"그런데 저건 뭐죠?"

모티머 의사가 큰 소리로 물었다.

황야에서 벗어난 곳에 히스가 무성한 기슭이 있었다. 그 꼭대기에, 기마병의 동상처럼 부동자세로 서서 총을 겨누어 들고 있는 군인이 말을 타고 있었다. 그는 우리가 가는 길을 지켜보고 있었다.

"퍼킨스, 무슨 일인가?"

모티머 의사가 마부에게 물었다.

마부가 약간 뒤를 돌아다보면서 말했다.

"프린스타운 형무소에서 죄수가 탈출했습니다. 벌써 사흘이나 되었죠. 간수들이 길과 역을 완전히 차단했습니다. 그런데 죄수는 온데간데없이 사라졌다고 합니다. 이 부근 사람들 모두가 두려움에 떨고 있습니다. 이래서야 어디 두 다리 쭉 뻗고 잠이나 잘 수 있겠습니까?"

"단서가 될 만한 사실을 신고하면 오 파운드를 받을 수 있지 않나?"

"네. 하지만 오 파운드 때문에 목이 떨어질지도 모르는 일을 누가 하겠습니까? 그놈은 보통 죄수가 아닙니다. 무슨 짓을 저지를지 모를 놈이랍니다."

"이름이 뭐지?"

"셀든입니다. 노팅 힐에서 살인을 저지른 놈입니다."

나는 그 사건을 잘 알고 있었다. 범죄 수법이 매우 특이하고 잔혹해서 홈즈가 흥미를 보였기 때문이었다. 셀든이 사형을 면한 것은 정신에 이상이 있을지도 모른다는 의문이 제기되었기 때문이었다.

마차가 언덕 위로 올라서자 끝없는 황야가 눈앞에 펼쳐졌다. 울퉁불퉁한 돌무덤과 바위산이 곳곳에서 눈에 띄었다. 황야를 건너가는 싸늘한 바람에 우리는 몸서리를 쳤다. 저 황량한 황야 어딘가에, 자신을 밖으로 내몬 세상에 대한 증오심에 넘쳐 있는 흉악범이 야수처럼 토굴 속에 몸을 숨기고 있는 것이다. 그런 생각이 들자 이 불모의 땅과 싸늘한 바람, 기울어

가는 저녁 하늘 등에서 섬뜩함마저 느껴지기 시작했다. 배스커빌조차도 입을 다문 채 외투 깃을 여미고 있었다.

풍요로운 땅은 이미 오래 전에 발밑으로 사라졌다. 뒤돌아보니 기울어 가는 저녁 해가 계곡을 황금빛 띠로 물들이고 있었으며, 쟁기로 갈아엎은 붉은 대지와 한데 어울려 넓게 펴져 있는 숲을 벌겋게 불태우고 있었다. 우리가 가는 길은 더욱 황량해져만 갔다. 길은, 거대한 바위가 흩어져 있는 검붉은 색과 올리브색 경사지를 향해서 길게 뻗어 있었다. 드문드문 눈에 띄는 황야의 농민의 집은 벽과 지붕이 그대로 그러난 석조 건물이었는데, 거칠게 다듬은 윤곽을 감추어 줄 담쟁이조차도 보이지 않았다.

갑자기 눈앞에 분지가 펼쳐졌다. 오랜 세월 동안 거친 바람에 시달려 비틀어진 참나무와 전나무가 여기저기 널려 있었다. 그런 나무들 사이로 얇고 기다란 탑 두 개가 솟아 있었다. 마부가 채찍으로 가리키며 말했다.

"저기가 배스커빌 저택입니다."

저택의 주인은 자리에서 일어나 상기된 얼굴로 그곳을 가만히 바라보았다. 그의 눈이 반짝이고 있었다.

몇 분 후, 마차는 문지기의 집이 딸린 문 앞에서 멈췄다. 환상적이며 정교하게 새겨진 무늬가 있는, 연철로 만들어진 문 양편으로 비바람에 시달리고 이끼로 뒤덮인 기둥이 있었다. 기둥의 윗부분에는 배스커빌 가의 상징인 멧돼지의 머리가 조각되어 있었다. 문지기의 집은 완전히 폐허가 되어 검은 화강암과 서까래만이 남아 있었다. 하지만 그 맞은편에 공사 중인 문지기의 새집이 있었는데, 찰스 경이 남아프리카에서 가져온 부를 가장 처음으로 보여 주는 상징물이었다.

문 안으로 들어서자 오솔길이 나타났다. 길을 가득 메운 낙엽 때문에 마차 바퀴 소리조차 들리지 않았고, 머리 위로 뻗은 고목들의 가지가 어두운 터널을 만들고 있었다. 배스커빌은 길게 뻗어 있는 어두운 오솔길 끝에 망령처럼 희미하게 서 있는 저택을 보는 순간 몸서리를 쳤다.

"바로 여깁니까?"

배스커빌이 낮은 목소리로 물었다.

"아니, 아닙니다. 주목 오솔길은 저쪽입니다."

젊은 상속인은 어두운 얼굴로 주위를 둘러보았다.

"이런 곳이었으니, 백부님이 불길한 예감에 휩싸일 만도 합니다. 누구나 두려움에 떨 겁니다. 육 개월 이내에 전등을 설치해야겠군요. 현관 앞에는 천 개의 촛불만큼 밝은 전등을 달겠습니다. 그렇게 하면 이런 느낌에서 벗어날 수 있을 겁니다."

오솔길에서 벗어나자 널따란 잔디밭과 저택이 눈에 들어왔다. 저물어 가는 희미한 빛 속에 튼튼해 보이는 건물이 서 있었으며, 그 중앙에 현관이 앞으로 돌출되어 있었다. 정면은 어두운 장막을 두른 것처럼 담쟁이로 덮여 있었지만, 창문과 가문의 상징이 있는 부분은 손질을 해서 밝게 드러나 있었다. 그 중앙부에 수많은 총구멍과 작은 창이 뚫린 낡은 탑이 쌍둥이처럼 솟아 있었다. 그리고 탑 좌우에는 탑보다 나중에 지어진, 검은색 화강암 건물이 펼쳐져 있었다. 세로로 창살이 들어간 튼튼해 보이는 창을 통해서 둔탁한 빛이 흘러나오고 있었으며, 경사가 급한 지붕 위로 솟아오른 굴뚝에서는 가느다란 검은 연기가 피어오르고 있었다.

"어서 오십시오. 배스커빌 저택에 잘 오셨습니다."

현관의 어두운 부분에서 키가 큰 남자가 나타나더니 마차의 문을 열었다. 홀의 노란 불빛을 등에 업고 여자가 그림자처럼 나타나더니, 밖으로 나와서 남자를 도와 우리의 짐을 내렸다.

"헨리 경, 저는 바로 집으로 가겠습니다. 아내가 기다리고 있어서요."

모티머 의사가 말했다.

"함께 식사라도 하고 가시죠?"

"아니, 이만 가 봐야겠습니다. 게다가 일도 밀려 있을 겁니다. 저택 내부도 안내해 드리고 싶지만, 그건 집사인 배리모어가 잘 알아서 해 드릴 겁니다. 제 힘이 필요하다면 한밤중이라도 상관없으니, 언제든지 사람을 보내십시오."

마차의 덜컹이는 소리가 길을 따라 멀어져 가고 헨리 경과 내가 저택 안으로 들어서자, 뒤쪽에서 쿵 하고 육중한 소리를 내며 문이 닫혔다. 거실은 천장이 높았는데, 올려다보니 참나무로 만든 두꺼운 서까래가 반들반들 윤이 나고 있었다. 훌륭한 거실이었다. 쇠로 만든 커다란 장작 받침 뒤로 고풍스럽지만 당당해 보이는 난로가 있었는데, 장작이 소리를 내며 맹렬하게 타고 있었다. 오랫동안 마차를 타고 와서 몸이 완전히 얼어 버린 헨리 경과 나는 바로 난로 쪽으로 손을 내밀었다. 주위를 둘러보니, 고풍스러운 스테인드글라스로 장식한 얇고 긴 창문과 참나무 판자로 만든 바닥, 수사슴 머리의 박제, 벽에 새겨진 가문의 문양 등이 거실 중앙에 있는 램프의 어두운 빛 속에서 희미하게 모습을 드러내고 있었다.

"상상하고 있던 그대로군요. 조상 대대로 내려온 유서 있는 집이라는 것이 그대로 느껴집니다. 여기서 우리 배스커빌 가 일족이 오백 년이나 살아왔다고 생각하니, 숙연해지는 듯한 기분입니다."

헨리 경이 말했다.

검게 그을린 얼굴로 빨려 들어갈 듯 주위를 둘러보는 그의 눈은, 마치 무엇인가에 열중하는 소년의 눈처럼 반짝반짝 빛나고 있었다. 빛을 받으며 서 있는 그의 뒤쪽으로 그림자가 벽과 천장을 따라 길게 드리워져 있었다. 우리 방으로 짐을 옮겨 놓고 배리모어가 돌아왔다. 그는 잘 훈련된 하인답게 얌전한 태도로 서 있었다. 잘생긴 얼굴에 키가 컸으며, 검은 턱수염을 각이 지게 다듬어 기르고 있었다. 그의 창백하고 특징 있는 얼굴은 사람의 눈길을 끄는 데가 있었다.

"바로 식사를 하시겠습니까?"

"준비가 되었나?"

"바로 준비할 수 있습니다. 방으로 더운 물을 가져다 놓았습니다. 새로 준비를 하실 때까지 저희 부부는 기꺼이 나리를 모시겠습니다. 상황이 달라졌으니, 앞으로는 상당히 많은 사람들이 필요할 것으로 생각됩니다."

"상황이 달라지다니, 무슨 소리지?"

"지금까지 찰스 나리는 오직 조용한 생활을 즐기셨기 때문에 저희 부부만으로도 충분히 모실 수 있었습니다. 그걸 말씀 드린 겁니다. 나리께서는 널리 교제를 하실 테니, 그렇게 되면 부리는 사람이 더 필요하게 될 겁니다."

"자네 부부는 그만 나가고 싶다는 말인가?"

"그렇습니다. 나리의 생활이 안정되면 천천히 물러나도록 하겠습니다."

"하지만 벌써 몇 대째 여기서 일을 해 주지 않았나? 그렇게 오래된 가족과도 같은 사람들과의 인연을 끊고 여기서 새로운 생활을 시작할 생각은 없네."

집사의 창백한 얼굴에 감정의 변화가 드러났다.

"저도 그렇게 생각하고 있고, 아내 역시도 같은 생각입니다. 하지만 솔직히 말씀드리자면, 저희는 찰스 나리를 잊을 수가 없습니다. 그분이 돌아가신 일로 상당한 충격을 받았습니다. 그래서 여기서 지내기가 매우 고통스럽습니다. 배스커빌 저택에 있는 한 마음 편하게 지낼 수 없을 것입니다."

"그럼 여길 나가서 어떻게 살 생각인가?"

"어디서 장사나 하며 살 생각입니다. 찰스 나리 덕분에 밑천을 장만할 수 있게 되었습니다. 그만 방으로 안내해 드리겠습니다."

이 고풍스러운 거실 위에 사방으로 난간이 딸린 회랑이 있었는데, 마주보는 두 개의 계단이 설치되어 있었다. 이 화랑의 중심점으로부터 두 개의 복도가 갈라져 길게 건물 전체에 걸쳐서 뻗어 있었고, 침실은 전부 복도에 면해 있었다.

내 침실은 배스커빌 경의 침실과 같은 복도로, 경의 방과 아주 가까운 곳에 위치해 있었다. 방은 두 개 모두 저택 중심부보다 훨씬 근대적이었으며 밝은 색 벽지와 수많은 촛불이 있었기 때문에, 저택에 도착한 순간 받은 어두운 인상을 어느 정도 지울 수 있었다. 하지만 거실과 연결된 식당은 아주 음울한 느낌을 주는 곳이었다. 그곳은 가족들이 앉는 상단과 하인들이 앉는 하단으로 나뉘어 있었고, 그 경계에 칸막이가 설치되어 있는 기다란 방이었다. 구석의 한 단 높은 곳에 있는 자리는 악사들의 자리였다. 머리 위에는 수많은 서까래가 있었고, 그 위는 검게 그을린 천장이었다.

활활 타오르는 횃불을 여기저기 밝히고 거칠지만 활달한 옛날의 주연을 베푼다면 그런 분위기도 조금은 누그러들지 몰랐다. 하지만 이렇게 검은 옷을 입은 두 신사가 갓을 씌운 램프의 희미한 불빛 속에 앉아 있자니, 자주 대화가 끊겼으며 우울한 기분이 들었다. 또한 엘리자베스 여왕 시대의 기사부터 섭정 시대의 멋쟁이 신사에 이르기까지 여러 가지 복장을 한 조상들의 초상화가 말없이 우리를 내려다보고 있다고 생각하니, 왠지 주눅도 들었다.

대화도 별로 나누지 않은 채 식사를 간신히 마치고 당구대가 있는 근대적인 방으로 들어가 담배에 불을 붙이자, 나는 그제서야 마음을 조금 놓을 수 있었다.

"그다지 기분 좋은 곳이라고는 말할 수 없네요. 곧 익숙해지겠지만, 한동안은 차분하게 지낼 수 있을 것 같지 않습니다. 이런 집에서 혼자 생활하셨기 때문에 백부님의 신경이 날카로워지셨던 것 같습니다. 그건 그렇고, 오늘은 일찍 주무십시오. 내일 아침이 되면 기분이 한결 나아지지 않겠습니까?"

잠자리에 들기 전에 나는 커튼을 열어 창밖을 내다보았다. 현관 앞에 펼쳐져 있는 잔디밭이 여기까지 이어져 있었다. 그 건너편으로 숲이 두 개쯤 있었는데, 이제 막 불기 시작한 바람에 흔들리며 아우성을 치고 있었다. 흘러가는 구름 사이로 반달이 얼굴을 내밀었고, 숲 너머로 울퉁불퉁한 바위산과 기복이 심하지 않은 음울한 황야가 차가운 달빛을 받고 있는 것이 보였다. 나는 커튼을 닫으며 역시 지금까지 받은 인상과 조금도 다를 바가 없다는 생각을 했다.

하지만 그것이 그날의 마지막이 아니었다. 피곤한데도 쉽게 잠들지 못했다. 나는 이리저리 뒤척이기만 했다. 어디선가 십오 분 간격으로 시계 종이 울렸다. 그 소리 외에 이 오래 된 저택은 죽음의 정적에 휩싸여 있었다. 그런 한밤중에 갑자기 선명한 소리가 내 귀를 파고들었다. 그것은 여자가 흐느껴 우는 소리였다. 억누를 길 없는 슬픔을 참지 못해 자신도 모르게 흘리는 신음 소리였던 것이다. 나는 침대에서 일어나 앉은 채 귀를 기울였다. 멀리서 들려오는 소리는 아니었다. 틀림없이 저택 안에서 들려오는 소리였다. 나는 삼십 분 정도 신경을 곤두세운 채 가만히 기다렸다. 하지만 시계 종소리, 벽에 들러붙은 담쟁이 잎이 떠는 소리 외에는 아무것도 들려오지 않았다.

메리핏 저택의 스태플턴 남매

다음 날 아침은 상쾌하고 기분이 좋았다. 배스커빌 가에서 받은 음울했던 첫인상도 조금은 누그러들었다. 헨리 경과 내가 아침을 먹고 있을 때, 세로로 창살이 들어간 창문으로 아침 햇살이 창의 문양을 통해 쏟아져 들어와 흔들리는 빛의 그림자를 만들었다. 검은 바닥조차 쏟아지는 금빛에 청동색으로 빛나고 있었다. 어젯밤에 그렇게 어두운 인상을 주던 방이라고는 생각되지 않았다.

"좋지 않았던 것은 우리였지 이 집이 아니었던 듯합니다. 여행에 지쳐서 피곤했었고, 지붕이 없는 마차를 타고 오느라 몸이 얼어 있었으니까요. 그래서 어두운 인상을 받았던 것 같습니다. 기운을 되찾고 보니 모든 것이 아주 좋아 보입니다."

준남작이 말했다.

"꼭 그렇지만도 않은 것 같습니다. 그 증거로 한밤중에 울음소리가 들려왔습니다. 여자의 울음소리 같았어요."

"이상하군요. 사실은 저도 비몽사몽간에 그런 소리를 들었습니다. 한동안 귀를 기울이고 있었지만, 잠깐 들려오고는 더 이상 들리지 않았습니다. 그래서 전 그게 꿈인 줄만 알았습니다."

"저는 확실하게 들었습니다. 틀림없이 여자가 흐느껴 우는 소리였습니다."

"바로 확인을 해 봐야겠습니다."

배스커빌이 종을 울려 배리모어를 불러다 뭔가 아는 것이 없냐고 물었다. 주인의 말을 들으며 집사의 창백한 얼굴이 더욱 창백해지는 듯했다.

"이 저택에 여자라고는 둘밖에 없습니다. 한 사람은 부엌일을 거드는 여자로, 잠은 다른 건물에서 잡니다. 다른 한 사람은 제 아내인데, 어젯밤에 울지 않았습니다."

하지만 그의 말은 거짓이었다. 아침 식사를 마친 뒤 긴 복도를 걷던 나는, 햇살 속에 서 있던 배리모어 부인과 마주쳤다. 그녀는 몸집이 크고 무표정한 여자였는데, 입모습이 엄격하고 단호해 보였다. 하지만 부어오른 눈언저리와 힐끗 나를 쳐다본 충혈된 눈이 모든 것을 말해 주고 있었다. 어젯밤에 운 것은 이 여자였다. 그렇다면 남편이 모를 리가 없었다. 그런데도 배리모어는 금방 들통이 나 버릴 거짓말을 했다. 왜 그런 거짓말을 한 것일까? 그리고 그녀는 왜 그렇게도 슬피 울었던 것일까?

검은 턱수염을 기른 창백한 얼굴의 미남 주위에는 벌써부터 알 수 없는 의문의 기운이 감돌기 시작했다. 찰스 경의 사체를 발견한 것도 그였다. 그리고 노인의 죽음에 대한 경위도 그의 입에서 나온 것이 전부였다. 리젠트 가에서 마차에 타고 있었던 사람이 바로 배리모어였을까? 턱수염을 기른 사내와 동일 인물일까? 마부의 말대로라면 손님은 그보다 좀 더 키가 작은 사람이겠지만, 그런 경우의 인상이란 그다지 믿을 만한 것이 못 된다.

어떻게 해야 이 의문을 풀 수 있을까? 우선 해야 할 일은, 그림펜 우체국장을 만나서 전에 홈즈가 보냈던 전보가 확실하게 배리모어 본인에게 전달되었는지 확인하는 일이었다. 그리고 그 답과는 상관없이 어쨌든 이 일은 셜록 홈즈에게 보고를 해야 할 것이었다.

아침 식사 후 헨리 경은 살펴봐야 할 서류가 많았기 때문에, 나는 가벼운 마음으로 외출을 할 수 있었다. 황야를 따라서 멋진 산책을 사 마일 정도 즐기자, 음험한 느낌을 주는 조그만 부락이 나타났다. 눈에 띄는 집은 여관과 모티머 의사의 집이었다. 식료품점도 함께 운영하고 있는 우체국장은 전보에 대해서 확실하게 기억하고 있었다.

"그 전보는 틀림없이 배리모어 씨에게 전달했습니다."

"누가 배달했습니까?"

"여기 있는 제 아들입니다. 제임스, 지난주에 왔던 전보를 배스커빌 저택의 배리모어 씨에게 전해 주었지?"

"네, 전했어요, 아빠."

"그분에게 직접 건넸니?"

"그때 배리모어 씨는 다락방에 있었어요. 그래서 직접 건네지는 못하고 배리모어 부인한테 건네줬어요. 하지만 바로 건네준다고 했어요."

"배리모어 씨를 봤니?"

"아니요, 다락방에 있는데 어떻게 봐요."

"보지 못했다면 다락방에 있는지 어떻게 알았지?"

"그거야 부인에게서 들었겠지요. 부인은 남편이 어디 있었는지 알고 있었을 테니까요. 배리모어 씨가 전보를 못 받았나요? 그런 거라면 배리모어 씨에게 직접 물어보셨으면 좋겠습니다."

우체국장이 화를 내며 말했다.

더 이상 물어봐야 소용없을 것 같았다. 홈즈의 책략에도 불구하고 우리는 배리모어가 런던에 오지 않았었다는 증거를 잡을 수가 없었다. 가령 배리모어가 런던에 있었다고 해 보자. 찰스 경을 마지막으로 본 사람과 영국으로 돌아온 상속인을 미행했던 인물이 동일 인물이라면, 그건 또 무얼 의미한단 말인가? 누구의 수하일까? 아니면 그 자신이 세운 계획일까? 배스커빌 집안 사람들에게 고통을 주는 것이 자기에게 무슨 득이 된단 말인가? 나는 <타임스>의 사설을 오려 만든 기묘한 경고문에 대해서 생각을 해 보았다. 그건 그가 만든 것일까? 아니면 그의 계획을 방해하려는 어떤 자가 한 짓일까?

생각할 수 있는 유일한 동기는, 헨리 경이 지적한 것처럼 배스커빌 가 사람이 두려워서 저택에서 살지 않으면 배리모어 부부는 영원히 편안하게 생활할 수 있다는 것이다. 하지만 이 정도의 설명으로 젊은 준남작 주위에 둘러쳐진 보이지 않는 그물과도 같이 교묘하고 속내를 알 수 없는 음모를 전부 갖다 맞출 수는 없는 일이었다. 홈즈는 오랫동안 이상한 사건들을 조사해 왔는데, 그런 그가 이처럼 복잡한 사건도 없었다고 말했다. 잿빛 황량한 길을 따라 저택으로 돌아가면서 나는 친구가 한시라도 빨리 일을 마무리 짓고 여기로 와서 내 어깨에 지워진 무거운 짐을 내려 주기를 바랐다.

그때 뒤쪽에서 누군가 달려오는 발소리와 함께 내 이름을 부르는 소리가 들려와 생각이 끊어지고 말았다. 모티머 의사일 것이라고 생각하며 뒤를 돌아보았는데, 낯선 사람이었기에 놀라지 않을 수 없었다. 그는 몸집이 작고 호리호리하며, 깨끗이 면도를 한 새침한 얼굴의 사내였다. 머리카락은 금발이고 턱이 뾰족하며, 나이는 삼십대로 보이고, 회색 옷에 밀짚모자를 쓰고 있었다. 그리고 그는 어깨에는 식물 채집용 양철통을 메고, 손에는 초록색 잠자리채를 들고 있었다.

내가 멈춰 서자, 그는 숨을 헐떡이며 달려와 물었다.

"실례하지만, 왓슨 씨이시죠? 이 황야에 살고 있는 사람들은 모두 마음을 터놓고 지내는 사람들뿐이기 때문에 형식적인 인사 같은 건 하지 않습니다. 제 이름은 우리의 친구인 모티머 씨로부터 들으셨을 줄 압니다만, 스태플턴이라고 합니다. 메리핏 저택에서 살고 있습니다."

"잠자리채와 식물 채집용 양철통을 보고 그럴 거라고 생각했습니다. 박물학자라고 들었습니다. 그런데 어떻게 저를 알아보셨죠?"

"모티머 씨를 찾아갔었습니다. 그런데 진찰실 창 너머로 당신이 지나가는 모습이 보였고, 모티머 씨가 가르쳐 주었습니다. 가는 방향이 같으니 뒤따라와서 인사라도 해야겠다고 생각했습니다. 헨리 경은 여행 때문에 너무 지치신 건 아니겠죠?"

"괜찮으십니다, 덕분에."

"찰스 경이 그처럼 애석한 죽음을 맞이했기 때문에 준남작이 여기서 살기를 꺼려 하지 않을까 우리 모두 걱정하고 있던 차였습니다. 재산가에게 여기서 평생을 보내 달라고 부탁하는 건 좀 억지 같은 이야기일지도 모르겠지만, 잘 아시는 바와 같이 이 마을 사람에게는 굉장히 큰 의미가 있거든요. 이번 일로 헨리 경이 미신을 두려워하는 일은 없겠지요?"

"아마 그러실 겁니다."

"배스커빌 가에 얽힌 마견에 대한 전설은 물론 알고 계시겠지요?"

"알고 있습니다."

"이 부근 사람들은 모두 미신을 믿고 있습니다. 황야에서 그런 짐승을 봤다며 고집을 부립니다."

스태플턴은 웃으며 말했지만, 눈빛을 통해서 그도 마음속으로 고민을 하고 있다는 사실을 알 수 있었다.

"찰스 경의 머릿속에는 언제나 전설이 맴돌고 있는 듯했습니다. 그래서 그런 최후를 맞이하게 된 걸 겁니다."

"그건 무슨 뜻입니까?"

"신경이 극도로 날카로워져 있었기 때문에, 전혀 상관없는 개의 모습을 보고 심장 마비를 일으켰을 가능성도 있습니다. 그날 밤, 주목 오솔길에서 정말로 개를 본 게 아닐까 생각됩니다. 저는 그 노인을 좋아했고 심장이 나쁘다는 사실도 알고 있었기 때문에, 뭔가 좋지 않은 일이 일어나는 게 아닐까 걱정을 하고 있었습니다."

"심장이 나쁘다는 걸 어떻게 아셨죠?"

"친구인 모티머 씨에게서 들었습니다."

"그럼 찰스 경이 개에게 쫓기다 너무나도 두려워서 죽은 것이라고 생각하고 계신단 말이죠?"

"그보다 나은 설명을 하실 수 있습니까?"

"저는 아직 결론에 이르지 못했습니다."

"셜록 홈즈 씨는 어떻게 생각하고 계십니까?"

이 말을 듣는 순간 나는 가슴이 덜컥 내려앉는 기분이었다. 하지만 스태플턴은 상당히 차분한 표정을 짓고 있었고, 그것으로 보아, 나를 놀라게 하려는 것은 아닌듯 싶었다.

"우리가 아무것도 모를 거라고 생각지는 않으셨겠죠, 왓슨 씨? 당신이 쓰신 사건 기록은 이 부근에서도 읽혀지고 있습니다. 선생님이 홈즈 씨를 칭찬하시면 당연히 당신의 이름도 알려지게 됩니다. 모티머 씨에게서 당신의 이름을 듣자마자 바로 알 수 있었습니다. 당신이 이곳에 오실 정도라면 셜록 홈즈 씨도 이번 사건에 관심을 갖고 있는 것이 되고, 그러니 홈즈 씨가 어떤 생각을 갖고 있는지 궁금해지는 것은 당연한 일이죠."

"그 점에 대해서는 대답을 해 드릴 수 없습니다."

"홈즈 씨도 여기로 오시겠지요?"

"지금은 런던을 떠날 수 없는 상황입니다. 다른 사건을 맡고 있어서요."

"안타깝군요. 홈즈 씨라면 수수께끼를 풀 수 있을 텐데. 어쨌든 왓슨 씨께서 조사를 하시는 일에 제가 도와드릴 것이 있다면 언제든지 도와드리도록 하겠습니다. 사건에 관해서 조사할 것이나 조사 방향 등에 대해서 들려주신다면, 지금 당장 도움을 드릴 수 있을지도 모릅니다."

"저는 친구인 헨리 경을 방문하러 왔을 뿐입니다. 그러니 도움을 얻을 일은 없을 겁니다."

"역시 대단하십니다. 언제나 주의를 기울여야 하겠지요. 죄송합니다. 쓸데없는 참견을 한 듯합니다. 더 이상 사건에 대해서는 이야기하지 않도록 하겠습니다."

우리는 큰길에서 풀이 자라나 있는 한 줄기 길이 갈라져 나가는 곳에까지 이르렀다. 이 조그만 길은 구불구불 뻗어 나가 황야로 이어져 있었다. 오른쪽으로 바위들이 나뒹굴고 있는 험준한 언덕이 보였다. 예전에 화강암을 캐냈던 채석장의 모습도 보였다. 언덕의 이쪽 편은 검은 절벽이었는데, 고사리와 얼룩덜룩한 가시나무가 빽빽하게 자라나 있었다. 그 너머 조금 높은 곳에서 잿빛 연기가 희미하게 피어오르고 있었다.

"이 황야 쪽으로 난 길을 따라 조금만 더 가면 제가 살고 있는 메리핏 저택이 나옵니다. 누이동생을 소개시켜 드리고 싶은데, 한 시간 정도만 시간을 내주실 수 있겠습니까?"

그 순간 머릿속에 떠오른 것은 헨리 경의 곁에 있어야 한다는 생각이었다. 하지만 그 후에 바로, 그의 서재 안 책상 위에 산더미처럼 쌓여 있던 서류와 청구서가 떠올랐다. 내가 곁에 있어봤자 아무런 도움도 되지 않을 터였다. 그리고 홈즈가 황야에 살고 있는 이웃 사람들을 조사해 달라고 거듭 부탁하던 일도 생각났다. 나는 스태플턴의 청에 응하기로 하고 황야 쪽으로 난 길을 따라 함께 걷기 시작했다.

"황야는 멋진 곳입니다."

스태플턴이 주위의 구릉 지대를 둘러보았다. 풀들이 푸른 파도가 되어 물결치고 있었으며, 여기저기 모습을 드러내고 있는 거친 화강암은 거품을 일으키며 스러져 가는 파도와도 같았다.

"황야는 아무리 봐도 싫증이 나지 않습니다. 얼마나 멋진 비밀을 간직하고 있는지 상상도 못하실 겁니다. 끝도 없이 펼쳐진 불모의 땅, 그러면서도 신비함을 간직하고 있습니다."

"그럼 황야에 대해서 아주 잘 알고 계시겠군요?"

"여기에 온 지 이제 겨우 이 년이 지났을 뿐입니다. 이곳 사람들은 저를 새로 이사 온 사람이라고 부른답니다. 찰스 경이 저택에 들어온 바로 직후의 일이었습니다. 하지만 취미 덕분에 이 부근을 샅샅이 뒤지고 다녀, 저보다 이곳을 더 잘 아는 사람은 거의 없을 겁니다."

"황야를 알기가 그렇게도 힘듭니까?"

"정말 힘듭니다. 예를 들자면 북쪽에 기묘한 형태를 한 언덕이 돌출되어 있는 넓은 초원이 있습니다. 어떻게 생각하십니까?"

"말을 타고 달리면 멋지겠군요."

"보통 그렇게 생각하실 겁니다. 하지만 그렇게 생각했기 때문에 지금까지 수많은 사람들이 목숨을 잃었습니다. 여기저기에 다른 곳보다 한층 더 짙은 초록빛을 띠고 있는 곳들이 있지 않습니까?"

"네, 다른 곳보다 토지가 비옥한 거겠죠."

스태플턴이 웃음을 터트렸다.

"저기가 바로 그림펜의 늪 지대입니다. 일단 저기에 빠져들면 사람이고 짐승이고 나올 수가 없습니다. 어제만 해도 황야에 있던 망아지가 빠진 걸 봤습니다. 끝내 나오지 못하더군요. 진흙 위로 오랜 시간 동안 목만을 내밀고 있었는데, 역시 빨려 들어가고 말았습니다. 비가 적은 계절에도 저길 건너는 건 위험한 일이니, 요즘과 같은 우기에는 그야말로 살인적인 장소라고 할 수 있을 겁니다. 하지만 저는 깊은 곳까지 들어갔다가 살아서 돌아올 수 있었습니다. 이런 가엾게도 또 망아지가!"

갈색의 무엇인가가 푸른 사초 속에서 필사적으로 몸부림치고 있었다. 기다란 목이 고통스러운 듯 하늘을 향해 몸부림치고 있었다. 귀를 막고 싶을 정도로 참혹한 비명이 황야에 울려 퍼졌다. 나도 모르게 등줄기에 식은땀이 흘렀지만, 스태플턴은 나보다 신경이 둔한 사람 같았다.

"아, 사라졌다! 늪이 집어삼키고 말았습니다. 이틀 만에 두 마리입니다. 아니, 더 많을지도 모르죠. 건기에는 저기까지 들어갈 수 있는데, 짐승들은 우기와의 차이점을 알지 못하기 때문에 늪의 제물이 되어 버리고 마는 겁니다. 이 그림펜 늪 지대는 정말 끔찍한 곳입니다."

"그런데 당신은 저기를 건널 수 있다는 말씀입니까?"

"네. 날랜 사람이 지날 수 있는 길이 한두 군데 있습니다. 제가 발견해 낸 거죠."

"저렇게 위험한 곳에 왜 들어가는 겁니까?"

"저쪽을 좀 보세요. 언덕이 있지 않습니까? 저곳은 늪지로 둘러싸여 있기 때문에 사람들이 접근을 할 수가 없습니다. 오랜 세월이 지나는 동안 고립되어 버린 거겠죠. 그런데 저기에는 희귀한 식물과 나비들이 살고 있습니다. 갈 수 있는 재주만 있으면 많은 걸 발견할 수 있습니다."

"나도 언젠가는 저기서 내 운을 시험해 봐야겠군요."

스태플턴이 놀란 표정으로 말했다.

"그런 쓸데없는 생각은 버리세요. 죽어서 내게 들러붙을 생각이십니까? 절대로 살아 돌아오지 못할 겁니다. 나도 나만이 알아볼 수 있는 표시를 따라가는 겁니다."

"어, 이건 뭐죠?"

나도 모르게 큰 소리를 질렀다.

말로 표현할 수 없을 정도로 낮고 슬픈 신음 소리가 황야에 울려 퍼졌다. 어디선가 솟아올라 흐르는 그 소리가 주위를 온통 뒤덮었다. 둔탁한 울부짖음에서 주위를 떨게 하는 포효로 바뀌더니, 다시 슬프게 떠는 울부짖음으로 잦아들었다.

스태플턴이 기묘한 눈빛으로 나를 바라봤다.

"황야는 정말 신비한 곳입니다."

"저게 무슨 소리죠?"

"이곳 사람들은 배스커빌 가의 마견이 먹이를 찾는 소리라고들 말하고 있습니다. 나도 전에 한두 번 정도 들어 본 적이 있었지만, 이렇게 가까이서 들어 본 건 처음입니다."

나는 섬뜩한 기분이 들어서 주위를 둘러보았다. 눈에 들어오는 것이라고는 여기저기 무성하게 골풀이 자라고 있는 넓은 들판뿐이었다. 이 끝없이 펼쳐진 황야에서 움직이는 것이라고는 뒤쪽 바위산에서 높은 소리로 울고 있는 까마귀 두 마리뿐이었다.

"당신은 교육을 받은 분입니다. 그런 허망한 소리를 믿지는 않으시겠죠? 저 이상한 소리의 정체가 뭐라고 생각하십니까?"

"늪지는 때때로 기묘한 소리를 냅니다. 진흙이 가라앉거나 물이 솟아오른다거나 할 때 나는 소리 말입니다."

"하지만 조금 전에 들려온 건 생물의 소리 아니었습니까?"

"그럴지도 모르겠습니다. 왓슨 씨는 알락해오라기의 울음 소리를 들어 보신 적이 있습니까?"

"아니요, 없습니다."

"아주 희귀한 새로, 영국에서는 멸종되었다고 봐도 좋을 겁니다. 하지만 이 황야에서는 무슨 일이든 있을 수 있습니다. 지금 들은 게 딱 한 마리 살아남은 알락해오라기의 울음소리였다고 해도 조금도 이상할 게 없는 곳입니다."

"저렇게 기분 나쁘고 이상한 소리는 지금까지 들어 본 적이 없습니다."

"정말 기분 나쁜 곳입니다. 저쪽 언덕의 경사진 곳을 보세요. 저게 뭔지 아시겠습니까?"

언덕의 경사가 가파른 곳에 잿빛 돌을 둥그렇게 쌓아 올린 것이 보였다. 적어도 스무 개 정도는 되는 듯했다.

"글쎄요. 양을 가둔 울타리인가요?"

"아니요, 자랑스러운 우리 조상들의 주거지입니다. 선사 시대에는 이 황야에도 상당히 많은 사람들이 살고 있었습니다. 그 후 사는 사람들이 별로 없었기 때문에 저 조그만 유적이 그대로 남아 있게 된 것입니다. 전부 지붕이 없어진 집터들입니다. 개중에는 돌로 만든 화로와 침대가 아직 남아 있는 곳도 있습니다."

"그야말로 부락을 이루던 곳이었군요. 어느 시대 유적입니까?"

"신석기 시대입니다. 연대는 알 수 없습니다만."

"어떤 생활을 했었을까요?"

"이곳 경사면에서 목축 생활을 했었던 듯합니다. 청동 검이 돌도끼를 대신하게 되면서부터 주석을 채굴하게 되었을 겁니다. 반대쪽 언덕에 커다란 웅덩이가 보이지 않습니까? 저게 바로 그것입니다. 황야에서는 아주 보기 드문 것들을 여러 가지로 찾아볼 수 있습니다. 아, 잠깐 실례하겠습니다! 저건 사이클로피데스입니다."

조그만 파리나 나방처럼 생긴 것이 하늘하늘 앞길을 가로질러 갔다. 순간 스태플턴은 맹렬한 속도로 달려가기 시작했다. 그 생물은 늪지 쪽으로 똑바로 날아갔다. 스태플턴은 나의 걱정 같은 것은 아랑곳하지 않고 아무런 망설임도 없이 초록색 잠자리채를 휘두르며 이쪽 수풀에서 저쪽 수풀로 뛰어다녔다. 회색 옷을 입고 이쪽저쪽 힘차게 뛰어다니는 모습이 마치 거대한 나방처럼 보였다.

나는 그 자리에 선 채로 놀랄 정도로 빠른 그의 동작을 바라보면서 위험한 늪으로는 들어가지 말았으면 좋겠다고 애를 태우고 있었다. 그때 발소리가 들려와 뒤돌아보니, 한 여성이 좁은 길을 따라 바로 옆까지 다가와 있었다. 희미한 연기가 피워 올리고 있는 메리핏 저택 방향에서 온 듯한데, 황야가 움푹 패여 있었기 때문에 바로 옆에 올 때까지도 전혀 기척을 느끼지 못하고 있었다.

말로만 듣던 스태플턴의 누이동생임에 틀림없었다. 황야에는 숙녀가 적은데다가, 그녀가 미인이라고 했던 것을 기억하고 있었기 때문이다.

내 가까이 다가온 여자는 확실히 미인이었다. 그것도 흔치 않은 미인이었다. 이렇게 대조되는 남매는 그들 말고는 없을 것 같았다. 스태플턴은 금발에 회색 눈동자, 피부도 흰빛을 띠고 있었지만, 동생은 지금까지 영국에서 본 그 어떤 여자보다도 피부가 까맸으며, 머리카락과 눈도 검은 빛을 띠고 있었다. 그리고 키가 컸으며 우아하고 아름다웠다. 섬세한 입술과 정열적이고 아름다운 검은 눈이 아니었다면, 기품이 넘치는 멋진 이목구비가 너무나도 가지런해서 차갑게 보였을 것이다. 훌륭한 몸매에 우아한 옷을 두른 그녀의 모습은 적막한 황야의 오솔길에 나타난 신비한 환영과도 같았다. 내가 뒤돌아보았을 때 그녀의 눈은 오빠의 모습을 뒤쫓고 있었는데, 그녀는 곧 재빠르게 내 옆으로 다가왔다.

내가 모자를 벗어 인사말을 건네려는 순간, 그녀가 뜻밖의 말을 했다.

"돌아가세요! 지금 당장 런던으로 돌아가세요!"

나는 어이가 없어서 그녀의 얼굴을 바라보고만 있었다. 그녀는 눈을 반짝이며 답답하다는 듯이 발을 굴렀다.

"왜 그런 말씀을 하시는 거죠?"

"이유는 말씀드릴 수 없어요. 하지만 제발 부탁이니, 제 말을 들으세요. 돌아가셔서 다시는 여기 오지 마세요."

그녀는 낮은 목소리로 진지하게 말했는데, 어딘지 묘하게 혀 짧은 소리를 내고 있었다.

"하지만 이제 막 온 걸요."

"잘 들으세요. 당신을 위해서 경고하고 있는 거예요. 런던으로 돌아가세요! 오늘 밤에라도 당장 떠나세요! 무슨 수를 써서라도 여기서 멀리 떠나세요! 쉿, 오빠가 와요! 지금 한 말 오빠에게는 비밀로 해 주세요. 죄송하지만, 저기 쇠뜨기말 사이에 핀 난을 좀 꺾어 주시겠어요? 이 부근에는 난이 아주 많아요. 하지만 한창 꽃이 필 때는 지났어요."

스태플턴이 쫓는 것을 그만두고 이쪽으로 돌아왔다. 이리저리 뛰어다닌 탓에 숨을 헐떡이고 있었으며, 얼굴은 붉게 물들어 있었다.

"야, 베릴!"

스태플턴은 기쁘다는 듯이 말을 걸었는데, 나는 그의 목소리에서 뭔지 모를 차가움을 느낄 수 있었다.

"어머, 오빠 많이 더운가 봐요?"

"응, 사이클로피데스를 쫓느라고. 아주 희귀한 나비라서, 이렇게 늦은 가을에는 거의 찾아볼 수가 없거든. 아깝게도 놓쳐 버렸어."

아주 평범하게 들리는 말투였지만, 잿빛 조그만 눈으로는 우리의 기색을 살피고 있었다.

"서로 인사는 한 것 같은데."

"네, 조금만 더 일찍 오셨더라면 황야의 참된 아름다움을 맛보실 수 있었을 텐데 너무 늦었다고 말씀드리던 참이었어요."

"응? 이분이 누군 줄 알고?"

"헨리 경이시잖아요."

"천만의 말씀. 나는 그저 평민에 불과합니다. 헨리 경의 친구인 의사 왓슨입니다."

표정이 풍부한 그녀의 얼굴이 부끄러움으로 발갛게 달아올랐다.

"그래서 그렇게 얘기가 엇나간 거로군요."

"그렇게 많은 얘기를 나누지도 않았을 텐데."

뭔가 탐색하는 듯한 눈으로 그녀의 오빠가 말했다.

"왓슨 씨를 손님이 아니라 여기에 살러 오신 분인 줄 알고 이야기를 했거든요. 난을 보기에는 너무 이르다는 둥 늦었다는 둥, 그다지 상관없는 얘기였군요. 어쨌든 여기까지 오셨으니, 저희 집에 들렀다 가세요."

메리핏 저택은 거기서 멀지 않은 곳에 있었다. 황야에 외로이 홀로 서 있었는데, 옛날 번영을 누리던 시절에는 목장 주인쯤 되는 사람이 살던 것을 현대식 주택으로 개조한 것이었다. 집 주위는 과수원을 이루고 있었는데, 그곳의 나무들도 황야의 다른 나무들과 마찬가지로 제대로 자라지 못했기 때문에 주위 전체가 어둡고 초라한 느낌을 주었다.

허름한 복장의 나이 든 하인이 우리를 맞았다. 그 모습이 이 집과 잘 어울린다는 느낌이었다. 하지만 안으로 들어가 보니, 세련된 가구들이 놓인 넓은 방이 여러 개 있었다. 나는 여자의 취향이 세련되었음을 느낄 수 있었다. 화강암이 여기저기 흩어져 있는 황야가 저 멀리 지평선까지 기복을 이루며 펼쳐져 있는 창 밖의 풍경을 바라보고 있자니, 이처럼 교양 있는 사내와 이처럼 아름다운 여자가 왜 이런 곳까지 와서 살게 되었는지 궁금해서 견딜 수가 없었다.

"참 묘한 곳에서 살고 있죠? 하지만 꽤 즐겁게 살아가고 있답니다. 안 그러니, 베릴?"

스태플턴이 내 마음을 읽기라도 했다는 듯 말했다.

"아주 즐거워요."

그녀의 대답에는 확신이 담겨 있지 않았다.

"저는 학교를 경영했었습니다. 북아일랜드 지방에서요. 단조롭고 지루한 일이었기 때문에 제 성격에는 맞지 않았지만, 젊은이들 사이에서 생활하며 그들이 성장할 수 있도록 도움을 주고, 그들의 인격과 이상을 심어 준다는 특권은 제게 아주 귀중한 것이었습니다. 하지만 불행하게도 교내에 지독한 전염병이 돌아서 학생이 세 명이나 죽었습니다. 그 쓰라린 충격에서 벗어날 수가 없었고, 그때까지 쌓아 놓은 자금도 전부 날리게 되었습니다. 하지만 학생들과 즐거운 시간을 보낼 수 없게 되었다는 슬픔만 아니었다면, 저는 오히려 그 불행을 기뻐했을지도 모릅니다. 워낙 동물학과 식물학을 좋아하는데, 이곳에는 연구 재료가 도처에 넘쳐 나고 있으니까요. 그리고 동생도 나와 마찬가지로 자연에 마음을 빼앗겼답니다. 왓슨 씨, 당신도 창밖의 황야를 바라보면서 같은 생각을 하시지 않으셨나요?"

"제가 생각한 것은, 살기에는 조금 외롭지 않을까 하는 점이었습니다. 당신은 모르겠지만 동생 분에게는요."

"아니에요. 조금도 외롭지 않아요."

스태플턴의 동생이 얼른 끼어들어 말했다.

"이곳에는 책이 있고, 연구 재료가 있으며, 재미있는 이웃들도 있습니다. 모티머 씨의 높은 학식에는 정말 감탄했습니다. 돌아가신 찰스 경도 훌륭한 얘기 상대였고요. 아주 잘 알고 지냈기 때문에 경에게 일어난 불행은 말로 표현할 수 없을 만큼 커다란 슬픔입니다. 오늘 오후에라도 헨리 경을 찾아뵙고 인사를 드리고 싶은데, 바쁘신가요?"

"틀림없이 기뻐할 겁니다."

"그럼 당신이 좀 전해 줄 수 있겠습니까? 헨리 경이 새로운 곳의 생활에 적응할 때까지 조금이라도 도움을 주고 싶습니다. 왓슨 씨, 이 층에 가보시지 않으시겠습니까? 나비 표본을 보여 드리고 싶습니다. 영국 남서부에서 이처럼 온갖 표본을 갖춘 곳도 없을 겁니다. 그것을 전부 보고 나면 점심 식사 준비가 거의 다 되어 있을 겁니다."

하지만 나는 헨리 경의 일이 마음에 걸렸다. 음울한 황야, 불행한 망아지의 죽음, 배스커빌 가의 끔찍한 전설을 떠오르게 하는 이상한 울음소리 등을 생각해 보니, 마음이 영 편하지가 않았다.

무엇보다도 스태플턴 양의 강력한 경고가 나의 무거운 마음을 더욱 무겁게 짓누르고 있었다. 단호한 말투로 보아 틀림없이 어떤 중요한 이유가 숨겨져 있는 듯했다. 점심을 먹고 가라고 강하게 권했지만, 나는 그것을 뿌리치고 조금 전에 왔던 좁은 길을 따라서 발걸음을 재촉했다. 그런데 거기에는 지름길이 있는 듯했다. 큰길로 나오기도 전에 스태플턴 양이 길가 바위에 앉아 있는 모습을 보고 깜짝 놀라지 않을 수 없었다. 서둘러 왔는지 그녀의 얼굴은 아름다운 홍조를 띠고 있었으며, 한 손으로 옆구리를 누르고 있었다.

"따라잡으려고 서둘러 왔더니 앞질러 버렸군요, 왓슨 씨. 모자를 쓸 틈도 없을 정도였으니까요. 시간이 없어요. 서두르지 않으면 오빠가 눈치를 챌 거예요. 사과를 드리고 싶어서 왔어요. 헨리 경인 줄 알고 어처구니없는 실수를 저질렀습니다. 아까의 일은 잊어 주셨으면 해요. 당신과는 상관없는 일이니까요."

"그건 어렵겠는데요, 스태플턴 양. 나는 헨리 경의 친구입니다. 그 사람에 관한 일을 말없이 지켜보고만 있을 수는 없습니다. 왜 그렇게 헨리 경이 런던으로 돌아가기를 바라는 건지 그 이유를 들려주십시오."

"여자의 변덕이었어요. 나 자신도 내가 무슨 말을 하는지 모를 때가 있으니, 당신이 모른다고 해도 조금도 이상할 건 없겠죠."

"아니, 그럴 리가 없습니다. 그때 당신의 목소리는 떨리고 있었습니다. 당신의 눈빛도 정확하게 기억하고 있습니다. 스태플턴 양, 제발 확실하게 말씀해 보세요. 여기에 온 이후로 계속해서 어두운 그림자가 나를 따라다니고 있다는 사실을 알고 있기 때문에 하는 말입니다. 이곳의 생활은, 푸른 풀숲이 펼쳐져 있는데도 언제 사람의 발목을 잡아당길지 모르는, 아무런 표시도 없는 그림펜 늪지를 걷고 있는 것과 마찬가지입니다. 그러니까 그 말이 무슨 의미였는지 말씀해 주세요. 그 경고는 반드시 헨리 경에게 전달하겠습니다."

한순간 그녀의 얼굴에 망설이는 기색이 스쳤다. 하지만 그녀는 곧 냉정함을 되찾았다.

"왓슨 씨, 너무 깊이 생각하지 마세요. 찰스 경이 돌아가신 일로 우리는 커다란 충격을 받았습니다. 황야로 산책을 나오시면 늘 우리 집에 들르고는 하셨거든요. 남의 일이라고는 생각되지 않았어요. 찰스 경은 집안에 내려오는 저주를 늘 마음에 두고 계셨었기 때문에, 이번 비극이 일어났을 때 저는 그분이 느꼈던 공포에는 분명히 어떤 근거가 있었던 것이 아닐까 하는 생각을 저도 모르게 했었어요. 그런데 다른 혈육이 와서 살게 될 것이라는 말이 들려왔고, 저는 불안감을 느꼈어요. 그래서 위험이 있다는 사실을 알려야겠다고 생각했습니다. 저는 그 사실을 알리고 싶었을 뿐입니다."

"그럼 어떤 위험을 말씀하시는 거죠?"

"개에 대한 전설을 알고 계시죠?"

"그건 그저 미신에 불과합니다."

"하지만 저는 믿습니다. 가능하다면 헨리 경을, 그분의 집안 사람이 불행한 사건을 당한 이 황야에서 데리고 나가세요. 세상은 넓잖아요. 굳이 이런 위험이 도사리고 있는 곳에서 살 필요는 없어요."

"아니요, 바로 위험이 도사리고 있기 때문에 살기로 결심한 겁니다. 헨리 경은 그런 사람입니다. 좀 더 확실한 이유를 말씀해 주시지 않으면 그를 데리고 떠날 수는 없을 겁니다."

"확실한 얘기는 드릴 수 없어요. 저도 아는 게 아무것도 없거든요."

"스태플턴 양, 한 가지만 더 물어보겠습니다. 처음 말씀을 하셨을 때, 왜 오빠에게는 비밀로 해 달라고 했습니까? 이 정도의 얘기라면 오빠도 크게 반대하지는 않을 텐데요."

"오빠는 배스커빌 저택에서 살 사람을 진심으로 기다리고 있었어요. 그래야 황야의 빈곤한 사람들에게 도움이 된다고 생각하고 있기 때문이지요. 내가 헨리 경에게 여기서 떠나라고 말했다는 사실을 알면, 굉장히 화를 낼 거예요. 저는 제가 할 수 있는 일은 다 한 셈이에요. 이젠 돌아가야 해요. 아니면 내가 없다는 사실을 눈치 채고 당신을 만나러 갔다고 의심을 할 거예요. 이만 실례하겠습니다."

그녀는 돌아섰다. 몇 분 후, 그녀의 모습이 흩어져 있는 바위 사이로 사라져 눈에 띄지 않게 되었다. 나는 말로 표현할 수 없는 불안감에 휩싸인 채, 배스커빌 저택을 향해 길을 걷기 시작했다.

왓슨 박사의 첫번째 보고서

지금부터는 셜록 홈즈에게 보낸 편지를 인용함으로써 사건의 흐름을 전달하겠다. 이 편지 한 장이 없어지기는 했지만, 그 외에는 보고서 그대로다. 커다란 비극이었기 때문에 아직도 선명하게 기억하고 있지만, 그래도 편지를 인용하는 것이 당시 나의 감정과 의혹을 보다 정확하게 전달할 수 있을 것이다.

10월 13일 배스커빌 저택에서

친애하는 홈즈

지금까지 보낸 편지와 전보를 통해서, 하나님에게 버림받은 이 벽지에서 일어난 사건의 흐름을 잘 알게 되었으리라 짐작하네. 여기서 머무는 시간이 길어지면서 끝없이 펼쳐진, 기분 나쁜 매력을 지닌 황야의 정령이 더욱 마음속으로 스며드는 것 같은 기분을 느끼게 되네. 일단 황야에 발을 들여놓은 자는 근대의 영국 같은 것은 완전히 잊고, 어디에 가나 있는 선사 시대 사람들의 유적과 유물에 눈을 빼앗기게 된다네.

한 걸음 밖으로 나와 주위를 둘러보면 잊혀진 사람들의 집들이며, 무덤과 사원이었을 것으로 생각되는 거대한 바위를 볼 수 있다네. 찢어진 듯한 자국이 있는 언덕의 경사면에 남아 있는 회색의 돌집들을 바라보면, 마음은 고대를 향해 날아간다네. 낮은 출입구에서 털옷을 입은 털투성이 사내가 기어 나와 돌로 만든 화살촉이 달린 화살을 활에 메긴다 해도 조금도 이상할 것 같지 않으며, 오히려 내가 시대착오적인 인물이라는 생각이 들 것만 같네. 예부터 불모지였던 이 땅에 많은 사람들이 살고 있었다는 게 좀 이상하지 않은가? 고고학에 대해서는 별로 아는 게 없지만, 전쟁을 싫어하는 종족이었기 때문에 다른 부족에서는 쳐다보지도 않는 이 땅에서 살게 된 것이 아닌가 하고 내 마음대로 상상해 보고는 한다네.

하지만 이런 것들은 파견을 나온 내 사명과는 아무런 관계도 없는 것이며, 언제나 일을 가장 중요하게 여기는 자네에게는 전혀 흥미 없는 이야기에 지나지 않을 걸세. 자네가 태양이 지구의 주위를 돌건 지구가 태양의 주위를 돌건 별 상관이 없다고 했던 것을 나는 기억하고 있네. 이제부터는 헨리 경에 관한 이야기들을 하도록 하겠네.

최근 이삼 일간 보고를 하지 않은 것은 특별히 알릴 만한 일이 없었기 때문이었네. 그런데 오늘 참으로 놀라운 일이 일어났다네. 그것에 대해서는 조금 더 뒤에 쓰겠네. 그 전에 자네가 사태에 대해서 미리 알아 두어야 할 필요가 있기 때문이라네.

우선, 지금까지 거의 얘기하지 않은 황야로 도망을 친 탈옥수에 관한 얘기를 하겠네. 지금은 벌써 다른 지방으로 도망갔다고 말할 수 있을 만한 이유가 생겼기 때문에, 외딴 집에서 살고 있는 이곳 사람들은 안심을 하고 있지. 탈옥한 지 이 주일이 지났는데도 전혀 행방을 찾을 수가 없다네. 그동안에 계속해서 황야에 숨어 있었을 리가 없네. 물론 몸을 숨길 만한 장소는 여기저기 널려 있지. 돌집은 몸을 숨기기에 아주 좋은 곳이니까. 하지만 먹을 것은 황야에 풀어 놓은 양을 잡아 죽이지 않는 한은 얻을 수가 없네. 그런 이유로 탈옥수는 이미 다른 지방으로 달아난 것이라고 생각할 수밖에 없기 때문에, 황야의 주민들은 모두 두 다리를 쭉 뻗고 잠자리에 들 수 있게 되었다네.

배스커빌 저택에는 건장한 사내 넷이 있으니 그다지 걱정될 게 없지만, 스태플턴 남매를 생각하면 불안감을 떨칠 수가 없다네. 누구에게 도움을 청하려 해도 워낙 멀리 떨어져 있으니 말일세. 가정부에 나이 든 하인과 오누이 이렇게 넷이서 생활하고 있는데, 오빠도 그렇게 믿음직한 사람이라고는 할 수가 없네. 만약 이 노팅 힐의 범죄자에게 습격을 받는다면, 아무런 손도 쓸 수 없을 걸세. 헨리 경과 나는 걱정이 되어서 마부 퍼킨스를 그 집에서 묵게 하려 했지만, 스태플턴이 이를 받아들이지 않았다네.

사실 우리의 친구인 준남작은 지금 아름다운 이웃에게 상당한 관심을 갖고 있다네. 시간마저도 멈춰 버린 듯한 이 쓸쓸한 지방에서는 넘쳐 나는 정열을 해소할 길이 없으며, 더구나 상대는 매력이 넘쳐 나는 아름다운 아가씨라네. 어찌 보면 당연한 얘기겠지. 스태플턴 양은 열정적이며 이국석인 분위기를 풍긴다네. 감정을 겉으로 드러내지 않는 냉정한 오빠와는 정말 신기할 정도로 대조적이라네. 오빠도 마음속으로는 불꽃을 태우고 있는 듯하지만. 그는 동생에게 놀랄 정도로 강력한 영향력을 행사하고 있다네. 이야기를 할 때 그녀가 언제나 오빠의 눈치를 살핀다는 사실을 나는 알고 있다네.

오빠는 틀림없이 동생에게 다정하다네. 하지만 그의 눈에는 차가운 빛이 있으며, 얇은 입술은 굳게 닫혀 있다네. 차갑고 의지가 강한 성격이라는 걸 금방 알 수 있지. 자네에게는 아주 좋은 연구 재료가 될 걸세. 이 스태플턴이라는 사람은 내가 그를 처음 만난 날 배스커빌 저택을 방문했고, 그 다음 날에는 우리 두 사람을 잔혹한 휴고의 전설의 발상지가 된 곳으로 안내해 주었다네. 그곳은 황야를 가로질러 몇 마일 떨어진 곳이었는데, 실로 기분 나쁜 곳이어서 전설과 아주 잘 어울리는 곳이라는 느낌을 받았다네.

울퉁불퉁한 바위산 사이에 조그만 계곡이 있고, 이 계곡은 하얀 황새풀이 드문드문 자라 있는 풀밭으로 통하고 있네. 그리고 그 풀밭 한가운데쯤에 커다란 돌 두 개가 서 있지. 침식에 의해 끝부분이 뾰족해졌기 때문에, 마치 짐승의 거대한 이빨이 풍화된 것처럼 보였다네. 비극적인 전설에 아주 어울리는 무대였다네. 헨리 경은 무척 마음에 걸렸는지 이 세상에 초자연 현상이 있다고 진심으로 믿느냐며 몇 번이고 스태플턴에게 물어봤다네. 대수롭지 않다는 투로 말하기는 했지만, 심각하게 생각하고 있다는 사실을 명확하게 알 수 있었다네. 스태플턴은 소극적으로만 대답했으며, 준남작의 기분을 생각해서였는지 그다지 많은 말을 하지는 않았다네. 그는 악마의 저주를 받은 다른 여러 집안의 이야기를 해 주었는데, 그 역시도 이번 사건에 대해서 세상 사람들이 이야기하고 있는 것을 믿고 있는 듯한 인상을 받았다네.

돌아오는 길에 우리는 메리핏 저택으로 가서 점심 대접을 받았다네. 거기서 헨리 경은 스태플턴 양을 알게 되었지. 처음 만난 순간부터 헨리 경은 그녀에게 강하게 끌린 듯했네. 그녀 역시 같은 마음이었던 듯하고. 돌아오는 길에 헨리 경은 스태플턴 양에 대한 이야기만 했고, 그날부터 거의 매일 스태플턴 남매와 오가는 사이가 됐다네. 오늘은 이곳으로 남매를 초대하여 함께 식사를 하기로 했고, 다음 주에는 우리가 찾아가기로 한 듯하네.

아주 잘 어울리는 두 사람이니 스태플턴도 진심으로 기뻐할 만한데, 헨리 경이 그녀에게 친절하게 대할 때 스태플턴이 불쾌한 표정을 짓는 것을 나는 몇 번이고 보았다네. 스태플턴이 동생을 끔찍이 사랑하고 있으며, 그녀가 없으면 쓸쓸한 생활을 해야 한다는 것은 틀림없는 사실이라네. 그렇다고 해서 더할 나위 없는 상대와의 결혼을 반대할 생각이라면, 그보다 더한 이기주의가 어디 있겠나?

스태플턴은 분명히 헨리 경과 동생이 친해져서 사랑하게 되지 않기를 바라고 있다네. 그들 둘이서만 이야기하는 것을 방해하려 드는 것을 몇 번이고 보았거든. 가뜩이나 지금 상황이 곤란한데 그들의 연애마저 보태진다면, 헨리 경을 절대로 혼자 내보내지 말라고 했던 자네의 지시는 더욱 지키기가 어려워질 것 같네. 편지의 지시를 충실하게 지키면 나는 곧 미움을 사게 될 테니까.

얼마 전에 — 정확하게 말하자면 목요일 — 모티머 의사와 함께 점심 식사를 했다네. 그는 롱다운 구릉지의 고분을 조사하던 중에 선사 시대 사람의 두개골을 발굴해 냈다며 아주 기뻐했다네. 그 사람만큼 한눈을 팔지 않고 한 가지 일에 열중하는 사람도 드물 걸세. 그 후에 스태플턴 남매가 찾아왔지. 헨리 경의 청을 받고 친절한 의사는 우리를 주목 오솔길로 데리고 가서 그 운명의 밤에 일어났던 일들을 자세하게 설명해 주었지.

거기는 길고 음침한 산책길이었다네. 길 양편으로 가지런하게 정돈된 주목이 울타리처럼 늘어서 있고, 울타리 밑에 폭은 넓지 않지만 잔디가 깔려 있다네. 산책길 끝에는 무너져 가는 별관이 있고, 산책길 중간쯤에 황야로 통하는 문이 있다네. 노신사가 담뱃재를 떨어트린 곳이라네. 그 문은 색을 칠하지 않은 나무로 만들었는데, 빗장이 달려 있다네. 그 너머로 황야가 펼쳐져 있지. 나는 자네의 추리를 되새기며 그날 밤에 있었던 일을 머릿속에 그려 보려 했다네. 거기에 노인이 서 있었다. 황야에서 무엇인가 달려오는 것이 보였다. 제정신을 차릴 수 없을 만큼 무시무시한 무엇인가가. 노인은 허겁지겁 도망을 쳤지만, 결국에는 공포와 피로 때문을 숨을 거뒀다. 길고 어두운 터널을 달려 도망치다가 말일세.

대체 무엇일까? 황야에 있던 양치기 개? 아니면 소리도 없이 달려든 마견이었을까? 이 사건은 인간의 음모일까? 창백한 얼굴을 한 주의 깊은 배리모어는 무엇을 감추고 있는 것일까?

아무것도 확실한 것은 없지만, 그 배후에는 틀림없이 범죄의 어두운 그림자가 어른거리고 있다네.

전에 편지를 쓴 이후로 또 다른 이웃 한 명을 만났다네. 래프터 저택에 살고 있는 프랭클랜드 씨로, 배스커빌 저택에서 남쪽으로 사 마일 떨어진 곳에 살고 있다네. 백발에 얼굴이 붉고 화를 잘 내는 노인인데, 법률에 깊은 관심을 갖고 있어 소송에 상당한 재산을 쏟아 부었다고 하네. 소송 그 자체가 삶의 보람인 듯 소송을 걸기도 좋아하고 당하는 것도 좋아한다고 하니, 자신의 즐거움을 위해서 돈을 쏟아 붓는다고 할 만하네. 자신의 사유지의 도로를 막아 놓고는 마을 사람들에게 통행권 침해로 고소해 보라고 했던 적도 있었다고 하네. 또 한 번은 남의 집 문을 부수고는, 여기는 옛날부터 도로가 있던 곳이라고 우기면서 가택 침입죄로 고소할 테면 해 보라고 시비를 걸었던 적도 있었다고 하네.

프랭클랜드 씨는 옛날부터 전해 내려오는 장원과 촌락의 권리에 대해서도 매우 잘 알고 있는데, 마을 사람들은 그 지식 때문에 때로는 도움을 얻기도 하고 때로는 어려움을 겪기도 한다네. 따라서 마을 사람들은 때로는 노인을 업고 마을을 돌아다니기도 하고, 때로는 노인의 모습을 본떠 만든 인형을 화형에 처하기도 한다더군.

프랭클랜드 씨는 지금 일곱 건의 소송을 끌어안고 있다고 하는데, 그것으로 재산이 완전히 없어질 테니 이제는 이빨 빠진 호랑이처럼 조용한 노인이 될 것이라는 소문일세. 법률에 관한 것만 빼면 프랭클랜드 씨는 친절하고 기품 있는 사람인 듯하네. 이 노인에 대해서는 보고를 하지 않으려 했지만, 주위 사람들에 대해서 적어 보내라고 자네가 특별히 부탁을 했기에 적어 보내는 것뿐일세. 아마추어 천문학자이기도 한 그는 지금 기묘한 일에 몰두하고 있다네. 탈옥수의 모습을 한 번이라고 보기 위해서 멋진 망원경을 가지고 자기 집 지붕으로 올라가 하루 종일 황야를 살펴보고 있지.

그저 그런 일에나 힘을 쏟으면 좋으련만, 소문에 의하면 모티머 의사를 고소할 예정이라고 하네. 모티머 의사가 롱다운 구릉지의 고분에서 신석기 시대인의 두개골을 발굴한 것을 보고는, 근친자의 승낙 없이 무덤을 파헤쳤다며 트집을 잡고 있다고 하네. 프랭클랜드 씨 덕분에 생활이 따분하지 않고 조그만 즐거움조차도 얻을 수 있으니, 참으로 고마운 분일세.

이것으로 탈옥수, 스태플턴 일가, 모티머 의사, 그리고 래프터 저택에 살고 있는 프랭클랜드 씨 등에 대한 최신 정보의 보고는 끝이네만, 마지막으로 중요한 사실을 알려 주겠네. 배리모어 부부에 관한 이야기인데, 어젯밤에 놀랄 만한 일이 있었다네.

우선, 자네가 런던에서 보냈던 전보에 관한 것부터 쓰겠네. 배리모어가 저택에 있는지를 확인하기 위해서 보낸 전보를 말하는 걸세. 우체국장의 증언에 의해 그 시도가 무위에 그쳤다는 사실은 전에도 설명한 바가 있었지? 그 일에 관해서 헨리 경에게 이야기를 했더니, 직선적인 성격을 가진 그는 바로 배리모어를 불러다 단도직입적으로 전보를 직접 받았는지 물었다네. 배리모어는 자신이 받았다고 대답했다네.

"심부름 온 아이가 자네에게 직접 건네줬는가?"

헨리 경이 되물었네.

배리모어는 놀란 듯했는데, 한동안 생각에 잠겨 있다가 이렇게 대답했다네.

"아니요, 그때는 다락방에 있었기 때문에 아내가 가져다 줬습니다."

"답장은 자네가 썼는가?"

"아닙니다. 아내에게 내용을 불러 주었고, 아내가 밑에서 받아 적었습니다."

저녁이 되자 배리모어가 다시 그 얘기를 꺼냈네.

"헨리 경, 오늘 아침에 물어보신 것에 대해서 말씀드리고 싶은데, 대체 왜 그런 걸 물어보시는 겁니까? 제가 믿지 못할 행동이라도 했다는 말씀이십니까?"

헨리 경은 그런 생각에서 물어본 것이 아니라고 말하며, 때마침 런던에서 도착한 입던 옷들을 여러 벌 주며 그를 달랬다네.

배리모어의 아내도 흥미로운 사람이라네. 다부진 몸매에 청교도처럼 체면을 중히 여기는데, 놀랄 정도로 감정을 드러내지 않는다네. 저택에 도착한 날 밤, 격렬하게 우는 소리를 들었다는 얘기는 전에 했었지? 그 후에도 울고 난 듯한 얼굴을 몇 번이고 보았다네. 말 못할 깊은 슬픔이 있어서 늘 괴로워하는 것이겠지. 지난날 저지른 죄 때문에 괴로워하는 걸지도 모른다는 생각, 혹은 배리모어가 폭력을 휘두르고 있는 걸지도 모른다는 생각 등 이런저런 생각들을 해 보았다네. 배리모어에게는 어딘지 미심쩍은 부분이 있다고 늘 생각하고 있었는데, 어젯밤에 일어난 기묘한 사건으로 그런 생각이 더욱 강해졌다네.

보기에 따라서는 사소한 사건으로 보일지도 모르겠네. 자네도 알다시피 나는 원래 깊이 잠들지 못하는 사람인데, 이 저택에는 호위를 위해서 온 것이라 더욱 잠을 깊이 자지 못하고 있다네.

새벽 2시쯤의 일이었다네. 누가 발소리를 죽이고 내 방 앞을 지나가는 소리에 눈을 떴다네. 문을 열고 내다보니, 복도에 검은 그림자가 길게 드리워져 있었다네. 한 손에 촛불을 들고 가만가만 복도를 걸어가는 남자의 그림자였네. 셔츠에 바지를 입고 있었는데, 발에는 아무것도 신고 있지 않았다네. 윤곽밖에는 보이지 않았지만, 뒷모습으로 보아 틀림없이 배리모어였다네. 그는 조심스럽게 살금살금 걷고 있었다네. 그 모습에서 뭐라 표현할 수 없는 미심쩍은 냄새가 났다네. 앞서 적어 보낸 것처럼 복도는 거실 위를 둘러싸고 있는 발코니에서 끊어지지만, 맞은편에도 복도가 있어서 그것은 다른 건물로 이어져 있다네. 배리모어의 모습이 사라진 순간 나는 그의 뒤를 밟았다네. 내가 발코니까지 갔을 때 배리모어는 맞은편 복도의 끝부분까지 가 있었다네. 열려 있는 문을 통해서 불빛이 새어 나오고 있었기 때문에 그가 방에 들어갔다는 사실을 알 수 있었지.

그런데 그쪽 방들은 사용하고 있지 않아 가구도 없이 비어 있으니, 배리모어의 행동을 더욱더 이해할 수 없었다네. 배리모어가 움직임을 멈췄는지 불빛도 흔들림을 멈췄다네. 나는 가능한 한 발소리를 죽인 채 다가가 문 뒤에 숨어서 안을 들여다보았지. 배리모어는 촛불로 창을 비춘 채 몸을 웅크리고 있었다네. 나는 옆모습밖에 보지 못했지만, 어두컴컴한 황야를 응시하고 있는 그의 얼굴은 무엇인가를 가만히 기다리고 있는 것처럼 보였다네. 그는 몇 분 동안 꼼짝도 하지 않았다네. 그러다 결국에는 깊은 신음 소리를 내더니 서둘러 촛불을 껐다네.

나는 바로 방으로 돌아왔는데, 잠시 후에 가만히 돌아오는 그의 발소리가 들려왔다네. 그로부터 꽤 시간이 흘러서 나도 깜빡 잠이 들었는데, 어디선가 열쇠 소리가 들려왔다네. 하지만 어디서 들려온 소린지는 모르겠네.

이 일들이 무엇을 뜻하는 것인지는 모르겠지만, 이 음울한 저택 안에서 무슨 일인가가 비밀스럽게 행해지고 있다는 것만은 확실하네. 머지않아 그 진상을 밝혀 낼 수 있겠지. 사실만을 적어서 보내라고 했으니, 나의 추리는 생략하도록 하겠네. 오늘 아침에 헨리 경과 오랫동안 얘기를 나누었고, 어제 목격한 일을 바탕으로 둘이서 작전을 짰다네. 다음 편지에 내용을 적을 테니, 다음 편지를 기다려 주기 바라네.

왓슨 박사의 두 번째 보고서 — 황야의 빛

10월 15일 배스커빌 저택에서

친애하는 홈즈

처음 이곳에 왔을 때는 이렇다 할 것들을 적어 보내지 못했지만, 이제는 제대로 된 보고를 할 수 있을 것 같네. 조그만 사건들이 하나하나 일어나기 시작했기 때문일세. 지난 편지는 창가에 서 있던 배리모어에 대한 이야기로 끝을 맺었었네. 오늘 나는, 내가 크게 잘못 알고 있는 것이 아니라면, 자네가 놀랄 만한 사실들을 보고할 수 있을 것 같네. 일은 생각지도 못했던 방향으로 움직이기 시작했다네. 지난 사십팔 시간 동안의 움직임으로 상당히 많은 것들을 알게 되었지만, 한편으로는 일이 더 복잡해졌다고 할 수도 있을 걸세. 모든 것들을 있는 그대로 적어 보낼 테니, 자네가 판단해 주기 바라네.

그 사건이 있었던 다음 날, 나는 아침 식사 전에 복도를 통해 밤에 배리모어가 서 있던 방으로 가서 그곳을 조사해 보았고. 그가 가만히 내다보았던 서쪽 창에 이 저택의 다른 창에서는 볼 수 없는 특징이 있다는 사실을 깨달았다네. 황야에서 가장 가까우며, 황야를 가장 잘 내려다볼 수 있다는 점이었지. 다른 창을 통해서는 먼 곳의 황야밖에 볼 수 없지만, 이 창을 통해서라면 두 그루 나무가 상당한 거리를 두고 서 있기 때문에 바로 밑까지도 볼 수가 있다네. 즉 배리모어는 그 창을 통해서 황야에 있는 사람, 혹은 무엇인가를 내다보고 있었다는 사실을 알게 된 것일세. 하지만 어젯밤은 매우 어두웠기 때문에 무엇인가를 보려고 했던 것 같지는 않아. 나는 그가 남몰래 사랑에 빠진 게 아닐까 하는 생각을 했다네. 그렇다면 그의 은밀한 행동, 그리고 그의 부인이 괴로워하고 있다는 사실, 이 모든 것을 그것으로 설명할 수가 있네. 빼어난 미남이니 시골 처녀들의 마음을 빼앗기란 시간 문제일 걸세. 이렇게 가설을 세운다면 상당히 많은 부분들을 이해할 수 있을 걸세. 그날 밤에 방으로 돌아와서 들었던 열쇠 소리는 그가 비밀스러운 만남을 위해서 밖으로 나가는 소리였을지도 모르고. 다음 날 아침, 나는 그런 식으로 추리를 해 봤는데, 사실은 그것이 터무니없는 상상에 불과한 것이었다네.

어쨌든 배리모어가 왜 그런 행동을 하는 건지는 알 수 없었지만 그 진상이 밝혀질 때까지 혼자 가슴속에만 묻고 있을 수가 없었다네. 아침 식사를 마친 뒤 나는 서재로 가서 준남작에게 내가 본 사실들을 얘기했다네. 그는 그렇게 놀라지 않았다네.

"배리모어가 밤중에 돌아다닌다는 사실은 저도 알고 있습니다. 안 그래도 당신에게 얘기하려던 참이었습니다. 당신이 말씀하신 시각에 복도를 왔다 갔다 하는 발소리를 두어 번 들은 적이 있습니다."

"그럼 매일 밤 그 창가로 가는 걸까요?"

"아마도 그런 것 같습니다. 만약 그렇다면 무엇 때문에 그러는 건지 뒤를 밟아 보면 알 수 있겠죠. 친구이신 홈즈 씨라면 어떻게 하셨을까요?"

"그라면 틀림없이 경이 제안한 그대로 했을 겁니다. 뒤를 밟아 배리모어의 행동을 끝까지 지켜볼 겁니다."

"그럼 밤에 둘이서 해 볼까요?"

"하지만 들킬지도 모르지 않습니까?"

"그 사람은 귀가 좀 먹었습니다. 어쨌든 들키지 않게 해 보는 수밖에 없지 않겠습니까? 오늘 밤에는 제 방에서 배리모어가 지나갈 때까지 자지 말고 기다리는 게 어떻겠습니까?"

이렇게 말하더니 헨리 경은 기쁘다는 듯 두 손을 비벼 대기 시작했지. 황야에서의 따분한 생활에서 벗어날 수 있다는 생각에서 이 모험을 즐기고 있다는 사실을 잘 알 수 있었다네. 돌아가신 찰스 경은 건축가에게 설계를 의뢰하기도 하고, 런던의 청부업자에게 견적을 부탁해 놓기도 했었다네. 준남작이 그들과 계속 교섭 중이니, 곧 대대적인 저택 개축 공사가 시작되겠지. 플리머스 시에서 실내 장식가와 가구상이 불려 오기도 했다네. 우리의 친구가 엄청난 일을 계획하고 있다는 것을 확실하게 알 수 있었다네. 즉 배스커빌 가의 부흥을 위해서라면 노력과 돈을 아끼지 않을 생각인 것 같네.

저택의 개축 공사가 끝나고 가구가 새로 들어오면, 그 다음에 남는 일은 아내를 맞아들이는 일뿐이겠지. 자네에게 말해 두겠네만, 상대만 승낙을 한다면 이 문제도 쉽게 실현될 것 같은 조짐이라네. 왜냐하면 지금까지 나는, 아름다운 이웃 스태플턴 양에 대한 경의 뜨거운 마음만큼 뜨거운 마음을 본 적이 없었으니까. 하지만 열렬한 사랑에는 언제나 방해자가 있게 마련일세. 예를 들어서 오늘 있었던 일만 해도 전혀 예상치도 못했던 파문이 일어 우리의 친구를 괴로움 속으로 밀어 넣었다네.

배리모어에 대한 이야기를 마친 뒤, 헨리 경은 모자를 쓰고 외출할 준비를 하지 않겠나? 그래서 나도 함께 나가려고 했지.

"왓슨 씨, 당신도 함께 가시게요?"

헨리 경이 이상한 눈빛으로 나를 바라보더군.

"황야로 나갈 생각이라면 저도 함께 가야죠."

"황야로 나갈 생각입니다만."

"그렇다면 제가 왜 여기로 왔는지는 알고 계시겠죠? 귀찮으시겠지만, 홈즈가 무슨 일이 있어도 혼자 계시게 해서는 안 된다고 했습니다. 특히 황야에는 혼자 가시지 말았으면 합니다."

헨리 경이 밝은 미소를 지으며 내 어깨에 손을 얹었다네.

"왓슨 씨, 홈즈 씨는 틀림없이 명석한 분이십니다. 하지만 이곳에 온 뒤로 제게 일어난 일을 전부 예측하지는 못했습니다. 그건 당신도 아시겠지요? 당신은 다른 사람의 즐거움을 방해하실 그런 분이 아닙니다. 제발 혼자 가게 내버려 두십시오."

참으로 난감했다네. 뭐라고 대답해야 좋을지, 어떻게 해야 좋을지 망설이고 있는 사이에 헨리 경은 지팡이를 들고 밖으

로 나가 버렸다네. 하지만 가만히 생각해 보니, 어떤 이유에서
든 그를 내가 볼 수 없는 곳으로 혼자 보낸 것은 내 실수였다
는 생각이 들었네. 런던으로 돌아가서 지시를 지키지 않았기
때문에 불행한 일이 일어나 버렸다고 자네에게 보고하게 된다
면 나는 어떤 기분일까를 생각해 보았다네. 그런 생각이 드는
순간, 나는 얼굴이 화끈 달아올랐지. 지금 바로 나간다면 그를
따라잡을 수 있다는 생각에 나는 앞뒤 가릴 것 없이 메리핏 저
택을 향해서 달리기 시작했다네.

 전속력으로 달렸지만, 헨리 경의 모습을 찾을 수 없었네.
어느 틈엔가 황야의 갈림길이더군. 길을 잘못 들었구나 싶어
서 주위를 한눈에 둘러볼 수 있는 언덕에 올라볼 생각을 했다
네. 검은 바위들이 드러나 있는 그 채석장이 있는 언덕이라네.
거기에 올라가 보니 바로 그의 모습이 보이더군. 황야의 오솔
길에, 약 사백 야드 떨어진 곳에 있었다네. 그의 곁에 여자가
보였어. 말할 필요도 없이 스태플턴 양이었다네. 틀림없이 서
로 만날 약속을 했던 것이겠지. 그들은 천천히 걸으면서 서로
이야기를 주고받았다네. 그녀는 자신의 말을 강조하듯이 자주
두 손을 움직이고 있었어. 헨리 경은 가만히 듣고 있었지만,
강하게 반대하듯 한두 번 고개를 흔들었다네.

 나는 바위 뒤에 숨어서 두 사람을 지켜보았는데, 어떻게 해
야 좋을지 몰랐다네. 따라가 두 사람만의 대화에 끼어드는 것
은 너무나도 거친 방법인 것 같았네. 하지만 헨리 경에게서 한
시라도 눈을 떼지 않는 것이 나의 역할이 아니었는가? 친구를

미행해야 하다니, 정말 싫은 일이었다네. 그래서 언덕에서 지켜보는 것 외에는 달리 방법이 없었다네. 나중에 그에게 모든 것을 밝히면 마음도 편해질 것이라고 생각했지. 만약 그의 신변에 위험이 닥친다면 너무 멀어서 도움을 주지 못할 것이 뻔했지만, 자네도 내가 난처한 입장에 있었고 달리 방법이 없었다는 것에 동의해 주리라 생각되네.

헨리 경과 스태플턴 양은 오솔길에 서서 이야기에 온 정신을 팔고 있었다네. 그런데 나는 나 외에도 두 사람을 감시하고 있는 사람이 있다는 사실을 깨닫고는 깜짝 놀랐다네. 초록색 무엇인가가 천천히 움직이고 있는 것이 눈에 들어왔다네. 자세히 살펴보니, 울퉁불퉁한 지면 위로 움직이고 있는 남자가 손에 쥐고 있는 막대기 끝에 달려 있는 것이었네. 초록색 물건은 잠자리채였고, 남자는 스태플턴이었다네. 스태플턴이 나보다 훨씬 더 가까운 곳에 있었지. 그리고 그는 두 사람에게 다가가고 있었다네. 그 순간이었다네. 갑자기 헨리 경이 그녀를 끌어안았지. 그녀는 얼굴을 돌리고 헨리 경의 품에서 벗어나려 하는 것 같았네. 가까이 다가오려는 얼굴을 손으로 막으려 하고 있었네. 다음 순간 두 사람은 얼른 서로에게서 떨어져 능을 놀렸다네.

원인은 스태플턴 때문이었다네. 그는 맹렬한 스피드로 달려들었는데, 잠자리채의 움직임이 좀 우스꽝스러웠다네. 두 사람 앞에서 그는 너무나도 흥분한 나머지 미쳐 날뛰는 사람처럼 보였다네. 어떻게 된 일인지 나는 영문을 알 수 없었지만, 그가 헨리 경에게 거친 말을 해 대는 것 같았어. 헨리 경이 사정을 설명했지만 그가 받아들여 주지 않자, 헨리 경도 매우 화가 난 듯했네. 스태플턴 양은 아무런 말도 하지 않은 채 다른 곳으로 고개를 돌리고 있었어. 곧 그가 헨리 경에게 등을 돌리더니 단호한 태도로 동생을 손짓해 불렀지. 그녀는 망설이듯 헨리 경을 보다가 오빠와 함께 길을 가기 시작했네. 행동으로 보건대 박물학자는 동생에게 화가 난 듯했어.

준남작은 그들의 뒷모습을 한동안 바라보다가 곧 풀이 죽은 모습으로 발걸음을 되돌렸다네. 의기소침한 그의 모습은 보기에도 안쓰러웠다네. 대체 왜일까? 나는 그 이유를 알 수 없었다네. 어쨌든 봐서는 안 될 장면을 본 것 같아 나 자신이 부끄러워졌다네. 그래서 언덕에서 내려와 준남작을 기다렸지. 그는 분노로 얼굴을 붉히고 눈썹을 꿈틀대며 어쩔 줄 몰라 했다네.

"아니, 왓슨 씨! 대체 어디서 나타나신 거죠? 설마 제 뒤를 밟으신 건 아니겠죠?"

나는 모든 사실을 설명했다네. 가만히 기다리고만 있을 수는 없었다는 사실, 뒤를 밟다가 모든 일을 보게 되었다는 사실을 이야기했다네. 그는 한순간 나를 노려봤지만, 내가 모든 것을 솔직하게 털어놓자 화가 풀렸는지 결국에는 어이없다는 표정으로 웃음을 터트렸다네.

"들판에서라면 아무도 모르게 만날 수 있을 거라고 생각했었는데. 하지만 모두가 구애의 장면을 보고 있었군요. 그것도 멋지게 차이는 장면을! 왓슨 씨는 어느 좌석에서 구경을 하셨나요?"

"저 언덕 위에서요."

"꽤 멀리 떨어진 자리로군요. 그녀의 오빠는 가장 앞자리에서 봤습니다. 달려오는 모습을 보셨죠?"

"네."

"그 사람 말인데, 광기를 띠고 있다고 생각하신 적은 없었습니까?"

"그렇게 보인 적은 없었습니다."

"저도 그렇습니다. 조금 전까지만 해도 괜찮은 사람이라고 생각하고 있었습니다. 하지만 아무리 생각해 봐도 그는 조금 미친 듯합니다. 아니면 제가 미쳐 버린 거겠죠. 아, 저는 어떻습니까? 왓슨 씨, 여기서 함께 생활한 지도 벌써 몇 주일이 지나지 않았습니까? 솔직하게 대답해 주십시오! 저는 사랑하는 여인과 결혼하고 싶습니다. 그게 뭐가 잘못됐다는 거죠?"

"어디 한 군데도 잘못된 점은 없습니다."

"저의 사회적 지위에 대해서는 그도 불만이 없을 겁니다. 그렇다면 틀림없이 저라는 사람 자체를 미워하는 것이겠죠. 하지만 왜죠? 지금까지 저는 한 번도 남에게 피해를 준 적이 없었습니다. 그런데도 그 사람은 동생에게 손가락 하나 대지 못하게 하겠다고까지 말했습니다."

"그런 말을 했나요?"

"네. 더 심한 말도 들었습니다. 왓슨 씨, 그 사람을 만난 지 이제 겨우 몇 주밖에 지나지 않았습니다. 하지만 처음 본 순간부터 이 사람밖에 없다는 걸 알 수 있었습니다. 그 사람도 마찬가지입니다. 그 사람도 틀림없이 저와 함께 있을 때 행복을 느꼈습니다. 여자의 눈동자는 그 어떤 말보다도 더 많은 걸 말해 줍니다. 하지만 그 사내는 우리가 둘만 있게 내버려 두지 않았습니다. 오늘 처음으로 단 둘이서 이야기를 나눌 수 있었습니다. 그녀는 저를 만나서 기쁜 듯했습니다. 하지만 사랑의 말을 속삭이려 들지는 않았습니다. 뿐만 아니라 저의 입까지 막으려 했습니다. 그녀는 '여기는 위험한 곳입니다. 당신이 이곳을 떠날 때까지 안심할 수 없습니다'라는 말만 되풀이했습니다. 저는 당신을 만났기 때문에 이곳을 떠날 생각이 없으며, 진심으로 떠나길 바란다면 함께 떠나자고 말했습니다. 즉 청혼을 한 겁니다. 그런데 그녀가 대답도 하기 전에 오빠가 미친 사람처럼 뛰어들었습니다. 얼굴이 완전히 새파랗게 질려서 화를 내고 있었습니다. 잿빛 눈동자가 불타오르는 듯했습니다. 제가 뭘 그렇게 잘못했다는 거죠? 싫다는 걸 억지로 설득하기라도 했단 말입니까? 제가 준남작이라는 지위를 멋대로 이용한 적이 한 번이라도 있었습니까? 하지만 저는 그가 그녀의 오빠만 아니었어도 제가 준남작이라는 사실을 깨닫게 해줄 뻔했습니다. 동생에 대한 저의 마음에는 한 점 부끄러움이 없으며, 가능하다면 아내로 맞이하고 싶다는 말 외에는 달리 할 말이 없었습니다. 그래도 그는 받아들일 수 없었던 듯했습니다. 결국에는 저도 화를 내고 말았습니다. 그녀의 앞이었으니 제가 지나쳤던 것일지도 모르겠습니다. 그 다음은 아시는 바와 같이 오빠가 동생을 데리고 떠나 버렸고, 참담한 기분에 빠진 저만이 홀로 남게 되었습니다. 왓슨 씨, 대체 뭐가 잘못된 겁니까? 가르쳐 주십시오. 그 은혜는 평생 잊지 않겠습니다."

한두 가지 생각나는 일들을 얘기하기는 했지만, 사실은 나도 왜 그러는 건지 도무지 이유를 알 수 없었다네. 헨리 경은 지위, 재산, 나이, 성격, 용모 등 무엇 하나 흠잡을 데가 없는 사람일세. 한 가지 마음에 걸리는 게 있다면, 집안에 내려오는 어두운 운명뿐이었지.

그런 그가 청혼을 했는데 동생의 마음은 확인하지도 않고 무례하기 짝이 없이 거절을 해 버렸다는 사실을, 게다가 그녀도 아무런 반대를 하지 않았다는 사실을, 나는 도무지 이해할 길이 없다네.

하지만 그날 오후 스태플턴이 직접 배스커빌 저택으로 찾아와서 그 의문을 풀어 주었다네. 그는 황야에서의 일을 사과하러 온 것이었네. 스태플턴과 헨리 경, 두 사람은 서재에서 오랫동안 이야기를 나눈 뒤 모든 일을 잊기로 했지. 그 표시로 다음 주 금요일에 모두가 메리핏 저택에 모여서 식사를 하기로 했다네.

"아직도 저 사람이 제정신이라고는 생각되지 않습니다. 오늘 아침에 황야에서 달려올 때의 눈빛을 아직도 간직하고 있습니다. 하지만 그의 사과하는 모습은 정말 멋졌습니다."

헨리 경은 이렇게 말했네.

"오늘 아침의 일에 대해서 뭐라고 하던가요?"

"동생이 자기 인생의 전부라고 하더군요. 당연한 일입니다. 저는 그가 동생의 가치를 알고 있다는 사실이 기쁩니다. 지금까지 늘 동생과 함께 생활해 왔고, 마땅히 이야기 상대도 없이 고독하게 살아온 사람이기 때문에 동생이 떠날지도 모른다고 생각하니 미쳐 버릴 것만 같았다고 말하더군요. 제가 그녀를 마음에 두고 있었을 줄은 꿈에도 몰랐다고 합니다. 그런데 실제로 동생을 빼앗길 것 같은 장면을 자기 눈으로 확인한 순간 너무 큰 충격을 받아서 한동안은 어떤 언동을 했는지조차도 기억할 수 없었다고 하더군요. 그는 자신이 한 행동을 진심으로 후회하고 있었으며, 동생처럼 아름다운 여자를 평생 붙잡아 둘 수 있을 거라고 생각한 건 자신의 이기적인 마음 때문이었다고 인정을 했습니다. 동생이 시집을 가게 된다면 다른 어떤 사람보다도 저와 같은 이웃이 좋을 거라고도 말했습니다. 하지만 자신에게도 마음의 준비를 할 시간이 필요하다고 합니다. 석 달 동안 이 문제를 거론하거나 구애하지 않고 그저 친구처럼 지내겠다고 약속을 한다면, 그도 절대 반대하지 않겠다고 말했습니다. 저는 약속을 했습니다. 그러니 이 문제는 당분간 없었던 일로 해야 할 것 같습니다."

이렇게 해서 조그만 의문이 풀린 셈일세. 우리는 진흙 속에서 몸부림을 치고 있었지만, 어쨌든 발이 바닥에 닿았으니 한숨을 돌릴 수 있게 된 것일세. 스태플턴이 동생에게 청혼한 사람에게 — 그것이 헨리 경처럼 흠잡을 데 없는 사람이라 할지라도 — 화를 낸 이유를 알게 되었다네. 자, 다음은 복잡하게 얽혀 있던 실타래 속에서 뽑아낸 또 한 가닥의 실에 관한 이야기를 해보겠네. 깊은 밤에 들려온 울음소리, 배리모어 부인의 얼굴에 남아 있던 눈물 자국, 남몰래 서쪽 창가를 오가는 집사, 이것들에 관한 수수께끼 말일세.

기뻐해 주게, 홈즈. 자네의 대역을 훌륭하게 소화해 냈다네. 나를 믿고 보내 준 자네에게 멋지게 보답할 수 있었다네. 하룻밤 사이에 모든 일을 해결했으니. '하룻밤'이라고 말했지만, 사실은 '이틀 밤'이라고 하는 게 더 정확할 것 같네. 첫날 밤에는 보기 좋게 헛수고를 했거든. 새벽 3시까지 헨리 경의 서재에서 버텨 보았지만, 들려오는 것은 계단 위에 있는 자명종 소리뿐, 다른 소리는 하나도 들려오지 않았다네. 몹시 우울한 불침번이었는데, 결국은 두 사람 모두 의자에 앉은 채로 잠이 들어 버리고 말았다네. 다시 마음을 다잡고 하룻밤 더 해보기로 했다네.

다음 날 밤에는 램프의 불을 한껏 죽이고 아무런 소리도 내지 않은 채 담배를 피우며 가만히 기다렸지. 시간은 믿을 수 없을 정도로 천천히 흘렀다네. 그래도 사냥감이 덫에 걸리기를 인내심 있게 기다리는 사냥꾼처럼 정신을 똑바로 차리고 있었다네. 시계가 1시를 알렸고, 2시를 알렸지. 오늘 밤에도 틀린 모양이라고 생각한 순간이었네. 두 사람 모두 깜짝 놀라 의자에 앉은 채 움직일 수가 없었지. 그리고 다시 온 신경을 집중했다네. 복도에서 삐걱거리는 발소리가 들려왔다네.

두 사람 모두 숨을 죽이고 발소리가 들리지 않을 때까지 기다렸지. 그리고 준남작이 가만히 문을 열어 추적을 시작했다네. 이미 회랑에 집사의 모습은 없었으며, 복도는 어두웠다네. 우리는 발소리를 죽여서 옆 건물까지 갔지. 그 순간 검은 수염을 기른 키 큰 사내가 몸을 웅크린 채 살금살금 걸어가고 있는 모습이 눈에 들어왔다네. 사내는 전과 같은 방으로 들어갔다네. 촛불이 문틈으로 새어 나와 한 줄기 노란빛이 어두운 복도에 드리워졌다네. 복도 바닥이 소리를 내지 않도록 한 걸음 한 걸음, 조심조심 다가갔지. 두 사람 모두 부츠를 신지는 않았지만, 그래도 바닥은 소리를 내고 말았다네. 우리의 발소리를 듣지 못하는 것이 신기할 정도였다네. 고맙게도 상대는 귀가 좀 먼데다, 자신이 하고 있는 일에 완전히 마음을 빼앗기고 있었던 듯하네.

드디어 문 앞까지 이르러 방 안을 들여다보니, 그는 한 손에 초를 든 채 창가에서 몸을 웅크리고 있었다네. 긴장으로 파랗게 질린 얼굴을 창 가까이 대고 있는 모습은 이틀 전 밤과 다를 바 없는 모습이었다네. 미리 작전을 세우지 않았어도, 거침없는 성격의 준남작은 갑자기 성큼성큼 방 안으로 들어갔다네. 그 순간 배리모어는 날카로운 비명을 지르며 창가에서 떨어져 하얗게 질린 얼굴로 벌벌 떨었다네. 우리를 본 배리모어의 얼굴은 하얀 가면을 쓴 사람처럼 변했으며, 그 검은 눈에는 놀라움과 두려움이 가득했고 몸을 움직이지 못했다네.

"배리모어, 여기서 뭘 하는 건가?"

"아무것도 아닙니다. 창 때문에. 밤마다 창문을 살피고 있습니다."

너무 당황한 나머지 그는 한동안 말도 제대로 못했다네. 손에 들고 있던 초가 떨려 사람의 그림자가 흔들렸지.

"이 층 창문을?"

"네, 모든 창문을 살피고 있습니다."

"배리모어, 우리는 자네에게 진실을 들으러 온 것일세. 알겠는가? 얼른 말하는 게 자네에게도 좋을 걸세. 자, 이제 거짓말은 그만두고 사실을 말해 보게! 창가에서 뭘 하고 있었던 거지?"

헨리 경의 말투가 엄하게 바뀌었다네.

배리모어는 절망적인 표정을 지으며, 공포와 슬픔으로 양손을 비틀어 대고 있었지.

"아무 짓도 하지 않았습니다. 그저 초를 들고 창가에 서 있었을 뿐입니다."

"왜 그런 짓을 한 거지?"

"나리, 제발 용서해 주십시오. 제발 묻지 말아 주십시오. 결코 제게 어떤 비밀이 있는 게 아닙니다. 그렇기 때문에 더욱 말씀드릴 수가 없습니다. 저만의 일이라면 무슨 일이든 나리에게 숨기거나 하지는 않을 것입니다."

문득 떠오른 생각이 있어서 나는 집사가 창틀에 올려놓은 초를 집어 들었지.

"틀림없이 이걸 들어서 신호를 보냈을 겁니다. 한 번 해 보죠. 저쪽에서 답이 올지도 모릅니다."

나는 배리모어처럼 초를 들고 밤의 어둠 속을 들여다보았지. 달이 구름 뒤로 숨어 버렸기 때문에 나무들의 어두운 그림자와 그보다는 조금 밝게 펼쳐진 황야를 간신히 구별할 수 있을 정도였다네. 나는 곧 환호성을 올렸다네. 갑자기 밤의 장막 속에서 바늘 끝만큼 조그맣고 노란 불빛이 반짝이더니, 어둡고 네모난 창의 중간쯤에서 빛을 발하기 시작했다네.

"저거다!"

나는 소리를 질렀다네.

"아닙니다. 아무것도 아닙니다. 저건 아무것도 아닙니다. 저건 절대로……."

집사가 허둥지둥 말을 자르더군.

"왓슨 씨, 초를 천천히 움직여 보십시오!"

준남작이 커다란 소리로 말했다네.

"보세요, 저쪽 불빛도 움직입니다! 어떤가? 자네 이래도 신호가 아니었다고 할 건가? 자, 어서 말을 해 보라고! 저쪽에 있는 녀석은 누구지? 무슨 음모를 꾸미고 있는 거지?"

배리모어 집사가 결심한 듯 말했다네.

"내버려 두십시오. 얘기할 생각이 없습니다."

"그래? 지금 당장 자네를 해고하겠네."

"알겠습니다. 그렇게 하겠습니다."

"이건 단순한 해고가 아니야. 부끄러운 줄 알라고! 자네 집

안은 배스커빌 가에서 백 년도 넘게 살아왔어. 그런데 이런 음모를 꾸밀 줄이야!"

"아닙니다! 그런 게 아닙니다. 그런 짓을 한 게 아닙니다!"

여자의 목소리가 들려왔다네. 배리모어의 아내가 남편보다도 더 새파랗게 질린 얼굴로 문가에 서 있었다네. 굳은 표정을 짓고 있지 않았다면, 커다란 여자가 숄을 걸치고 스커트를 입은 그 모습은 꽤 우습게 보였을 걸세.

"일라이자, 이 집에서 쫓겨났어. 이젠 모든 게 끝이야. 짐을 꾸려요."

집사가 말하더군.

"아, 존. 죄송해요. 저 때문에 일이 이렇게 되어 버렸군요. 나리, 저 때문입니다. 모두 제 잘못입니다. 제가 억지로 부탁했기 때문입니다."

"그럼 어디 한 번 말해 보게! 대체 어떻게 된 일이지?"

"가엾게도 제 동생이 황야에서 굶어 죽어 가고 있습니다. 제가 어찌 그냥 보고만 있을 수 있겠습니까? 촛불은 음식이 준비되었다는 신호고, 저쪽 불빛은 음식을 놓아야 할 곳을 알려 주는 신호입니다."

"그럼 네 동생이란……."

"탈옥했습니다. 죄수인 셀든입니다."

"모든 것이 사실입니다. 저만의 비밀이 아니었기에 말씀드릴 수가 없었습니다. 이걸로 음모가 나리에 대한 것이 아니라는 사실을 아셨을 겁니다."

배리모어가 말했다네.

이렇게 해서 심야의 은밀한 행동과 창가의 불빛에 대한 진상을 밝혀 낼 수 있었다네. 헨리 경과 나는 놀라서 여자를 바라봤지. 성실하기만 한 이 여자와 나라 안을 떠들썩하게 만들었던 악명 높은 범죄자가 남매였다니, 그런 일이 있을 수 있겠나?

"맞습니다, 나리. 제 옛날 성은 셀든이었고, 그는 제 동생입니다. 어렸을 때 애지중지 키우며 무슨 투정이든 다 받아 주었습니다. 결국 동생은 세상은 자신을 위해서 있는 것이며, 무엇이든 자기 맘대로 할 수 있다고 생각하게 되었습니다. 그렇게 성장하면서 좋지 않은 친구들을 사귀게 되었습니다. 악마가 씐 겁니다. 어머니를 비탄에 잠기게 했으며, 집안에 먹칠을 했습니다. 차례차례 악행을 저질렀고 끝도 없이 타락했지만, 신의 가호가 있어 간신히 사형만은 면하게 되었습니다. 하지만 나리, 제게는 언제까지나 같이 놀던 때의 귀여운 동생일 뿐입니다. 동생이 탈옥한 것도 제가 이 집에 있으니 자신을 죽게 내버려 두지는 않을 거라는 사실을 알았기 때문입니다. 어느 날 밤, 간수에게 쫓기던 동생이 굶주림과 피로에 지친 몸을 이끌고 이곳으로 찾아왔습니다. 우리는 도와줄 수밖에 없었습니다. 안으로 불러들여 먹을 것을 주고 보살펴 주었습니다.

그때 주인님이 오셨습니다. 동생은 추격이 끝날 때까지 황야에 숨어 있는 것이 가장 안전하다고 생각했습니다. 그래서 이틀에 한 번씩 창가에서 신호를 보내 아직 황야에 있다는 사실을 확인한 뒤에 남편이 빵과 고기를 가져다 준 것입니다. 어서 다른 곳으로 가 주었으면 좋겠다는 생각을 한시도 잊은 적이 없었습니다. 하지만 여기에 있는 동안은 돌보지 않을 수가 없었습니다. 저는 기독교인입니다. 이제 모든 걸 솔직히 말씀드렸습니다. 남편을 탓하지 말고 저를 탓해 주십시오. 남편은 저를 위해서 모든 일을 한 것일 뿐입니다."

그녀의 말은 열의에 넘쳐 있었으며, 설득력 있게 들렸다네.

"배리모어, 정말인가?"

"네, 한 치의 거짓도 없습니다."

"알겠네. 자신의 아내를 위해서 한 일이라니 탓할 수도 없겠군. 좀 전에 했던 말은 잊어 주기 바라네. 이제 두 사람 모두 방으로 돌아가게. 이 문제에 대해서는 내일 아침에 다시 이야기하도록 하세."

배리모어 부부가 방에서 나간 뒤 우리는 다시 한 번 창 밖을 내다보았지. 헨리 경이 창문을 열어젖히자 차가운 바람이 얼굴을 스쳤네. 멀리 어둠 속에서는 아직도 노란 불빛이 희미하게 빛나고 있었네.

"대단한 녀석이군."

헨리 경이 말했네.

"여기서만 볼 수 있는 장소겠지요?"

"틀림없이 그럴 겁니다. 저기까지 거리가 얼마나 될 것 같습니까?"

"바위산 부근 같은데요."

"기껏해야 일이 마일 정도 떨어진 곳이로군요."

"그렇게 멀지는 않은 것 같습니다."

"그렇군요. 배리모어가 먹을 것을 날랐다니 그렇게 멀지는 않겠네요. 탈옥수는 저 불빛 옆에서 기다리고 있을 겁니다. 저는 저 녀석을 잡으러 가겠습니다."

나도 같은 생각을 하고 있었다네. 배리모어 부부가 우리를 믿고 모든 사실을 털어놓은 것은 아닐 것이네. 더 이상 숨길 수 없어서 밝힌 거겠지. 셀든은 사회의 적으로, 동정할 가치도 사정을 봐줄 가치도 없는 사람이라네. 그러니 이렇게 좋은 기회를 통해 다시는 나쁜 짓을 하지 못할 곳으로 되돌려 보내는 게 우리의 의무라는 생각이 들었네. 잔인하고 난폭한 놈이니 그냥 내버려 두면 희생자가 나올지도 모르는 일이니까. 가령, 오늘밤에 이웃인 스태플턴 남매가 그의 습격을 받게 될지도 모르는 일 아닌가? 헨리 경이 녀석을 잡으러 나서겠다고 한 것도 그런 생각에서였을지도 모르지.

"저도 가겠습니다."

"그럼 권총을 몸에 지니십시오. 신은 부츠가 좋을 것 같습니다. 불을 끄고 도망갈지도 모르니 서둘러야 할 것 같습니다."

우리는 오 분 만에 저택에서 나와서 모험을 떠났다네. 쓸쓸한 가을 바람의 탄식, 마른 낙엽의 소리를 들으면서 어두운 관목 숲 속을 향해 발길을 서둘렀다네. 무겁게 내려앉은 밤공기는 썩은 듯한 냄새를 풍기고 있었네. 가끔 달이 얼굴을 내밀기도 했지만, 구름이 하늘을 온통 뒤덮은 채 흘러가고 있었다네. 황야로 나오자 가랑비가 내리기 시작했다네. 앞쪽의 불빛은 아직도 타고 있었지.

"경은 어떤 무기를 가져오셨죠?"

내가 물었네.

"사냥 때 쓰는 채찍을 가지고 왔습니다."

"녀석은 생명을 아주 우습게 아는 녀석이라고 하니, 기습을 할 수밖에 없습니다. 허를 찔러서 저항하지 못하도록 붙잡아야 합니다."

"왓슨 씨, 홈즈 씨라면 뭐라고 하실까요? 악마가 날뛰는 늦은 밤에 이렇게 모험을 나왔으니 말입니다."

헨리 경의 말에 답하듯 갑자기 끝없이 펼쳐진 황야의 어둠 속에서 이상한 소리가 들려오기 시작했다네. 전에 그림펜 늪지 부근에서 들었던 그 소리가 바람에 실려 밤의 정적을 뚫고 들려왔다네. 신음과도 같은 낮은 소리가 길게 이어지더니 곧 커다란 포효가 되어 천지에 울렸고, 다시 구슬픈 신음 소리가 되었다가 사라져 버렸네. 자꾸만 들려오는 그 소리에 밤의 공기가 겁을 먹어 부들부들 떨고 있는 듯한 느낌이었다네. 준남작이 내 소매를 쥐었다네. 어둠 속에서도 그의 얼굴이 하얗게 보이더군.

"왓슨 씨, 뭘까요?"

"모르겠습니다. 황야에서 나는 소리라고 합니다. 전에도 들은 적이 있었습니다."

그 소리가 끊기자 주위는 정적에 휩싸였다네. 가만히 귀를 기울여 봤지만, 아무런 소리도 들리지 않았다네.

"왓슨 씨, 이건 개가 울부짖는 소립니다."

헨리 경의 목소리가 변했다네. 갑자기 공포의 손아귀에 걸려든 것이었다네. 나도 온몸의 피가 식어 버린 듯한 느낌이었다네.

"저 소리에 대해서 뭐라고들 합니까?"

헨리 경이 묻더군.

"누가요?"

"이곳 사람들 말입니다."

"모두 무지한 사람들입니다. 그들이 뭐라 하든 상관없는 일입니다."

"가르쳐 주십시오, 왓슨 씨. 뭐라고들 합니까?"

나는 말문이 막혔다네. 하지만 답하지 않을 수도 없는 일이었지.

"배스커빌 가의 마견이 울부짖는 소리라고들 말하고 있습니다."

헨리 경은 신음 소리를 올리더니 한동안 입을 다물었네. 한참 뒤에 헨리 경이 말했네.

"틀림없이 개의 소리였습니다. 몇 마일 떨어진 곳에서 들려온 듯했습니다."

"어디서 들려온 건지 저로서는 알 수가 없습니다."

"바람에 실려 높아지기도 하고 낮아지기도 했었습니다. 그림펜 늪지에서 들려온 것 같지 않습니까?"

"그렇군요."

"틀림없이 거깁니다. 왓슨 씨, 당신도 개가 울부짖는 소리라고 생각하시죠? 나는 어린애가 아닙니다. 괜찮습니다. 생각한 대로 말씀해 주세요."

"저 소리를 처음 들었을 때 옆에 스태플턴 씨가 있었습니다. 그는 희귀한 새의 울음소리일지도 모른다고 말했습니다."

"아니요, 저건 개예요. 그 전설 속에 진실도 숨어 있었다는 얘기일까요? 그 불행한 사건 때문에 내게도 위험이 닥치게 되는 걸까요? 왓슨 씨, 당신은 그런 걸 믿지는 않으시겠죠?"

"안 믿습니다. 당연하죠."

"런던에서라면 웃음거리밖에 되지 않았을 얘기도, 막상 황야의 어둠 속에서 저런 소리를 듣고 나니 달리 생각되는군요. 게다가 백부님의 일도 있었고요. 쓰러져 있던 곳 옆에 개의 발자국이 있었다고 하지 않습니까? 얘기가 꼭 들어맞습니다. 나를 겁쟁이라고 생각하지는 않지만, 그 소리를 듣는 순간 온몸의 피가 식어 버리는 듯한 느낌이었습니다. 왓슨 씨, 이 손을 좀 보세요!"

헨리 경의 손은 대리석처럼 싸늘했다네.

"내일이면 괜찮아질 겁니다."

"그 소리만은 잊을 수 없을 겁니다. 그건 그렇고, 이제 어떻게 하실 겁니까?"

"돌아갈까요?"

"그럴 수는 없습니다. 죄수를 잡으러 온 거 아닙니까? 해치웁시다. 나는 탈옥수를 쫓고, 지옥의 개는 나를 쫓겠지요. 자, 갑시다. 황야의 악마가 날뛰고 있는지 확인을 해 봐야겠습니다."

우리는 여기저기 걸려 넘어지면서 어둠을 뚫고 앞으로 나갔다네. 주위에는 검고 거친 바위산들이 기분 나쁘게 솟아 있었다네. 앞에는 여전히 노란 불빛이 희미하게 타오르고 있었지. 어두운 밤에 보이는 불빛은 전혀 거리를 짐작할 수 없었다네. 지평선 너머에서 빛나고 있는 것처럼 보이기도 했고, 바로 몇 야드 앞에서 빛나고 있는 것처럼 보이기도 했다네.

하지만 마침내 우리는 불빛이 나오는 곳을 찾아낼 수가 있었다네. 불빛이 있는 곳 바로 앞까지 다다른 거지. 바람을 피하기 위해서 바위틈 사이에 세워 놓은 촛불이 촛농을 떨어트리며 타오르고 있었는데, 그건 배스커빌 저택 쪽에서만 볼 수 있도록 되어 있었다네. 들키지 않도록, 우리는 커다란 화강암을 따라서 다가가 바위 뒤에 숨어서 신호용 불빛을 바라보았네. 아무도 없는 황야 한가운데서 촛불 하나가 타오르고 있는 광경을 보니, 말로 표현할 수 없는 신비함이 느껴졌다네. 노란 불꽃은 흔들림 없이 타오르며 주위의 바위들을 환하게 비추고 있었다네.

"어떻게 할까요?"

헨리 경이 작은 소리로 말했다네.

"여기서 기다립시다. 녀석은 불빛 가까이에 있을 겁니다.

어떤 사람인지 꼭 보고 싶군요."

그 말이 채 끝나기도 전에 사내가 모습을 드러냈다네. 초가 타오르고 있는 바위 위로 난폭해 보이는 노란 얼굴을 가만히 내밀더군. 더러운 욕망을 그대로 드러내고 있는 짐승처럼 무시무시한 얼굴이었다네. 수염과 머리가 제멋대로 자라나 있었고, 진흙 범벅이 된 얼굴은 그 옛날 산등성이의 굴속에서 살았던 야만인의 모습 그대로였다네. 조그맣고 교활해 보이는 눈이 촛불을 받아 번뜩이고 있었다네. 그 눈은 사냥꾼의 발소리를 들은 영악하고 위험한 짐승처럼 주위의 어둠을 살피고 있었다네. 뭔가 좀 이상하다고 느낀 모양이었네. 배리모어만이 알고 있는 어떤 신호가 없었기 때문이었을까? 아니면 다른 이유로 이상하다고 생각했던 것일까? 그 흉측한 얼굴에 공포의 빛이 떠오르기 시작했지.

지금이라도 당장 촛불을 끄고 어둠 속으로 모습을 감추려는 기색이 보였다네. 나는 사내에게 뛰어들었다네. 뒤이어 헨리 경이 뛰어들었고. 그 순간 탈옥수는 욕설을 퍼부으며 돌을 던졌다네. 돌은 우리가 숨어 있던 화강암 바위에 부딪쳐 부서졌다네. 사내는 자리에서 일어나 도망치기 시작했어. 작고 땅딸막하지만 다부진 몸이 눈에 들어왔다네. 순간 다행스럽게도 구름 사이로 달이 얼굴을 내밀었다네. 우리는 언덕의 능선으로 뛰어올랐다네. 우리가 쫓고 있는 상대는 산양과도 같은 몸놀림으로 돌을 내딛으며 경사면을 맹렬한 속도로 뛰어 내려가고 있었다네. 좀 거리가 멀었지만 잘 겨누면 쏘아 맞힐 수도 있을 거라는 생각이 들었다네. 하지만 권총은 습격을 받았을 때를 대비해서 준비한 것이었지 무기도 없이 도망치는 상대를 쏘기 위해서 준비한 것이 아니었다네.

우리 둘 다 발이 빠르고 몸이 날랬지만, 얼마 지나지 않아서 도저히 따라잡을 수 없을 것이라는 사실을 깨달았지. 달빛 속으로 도망가는 사내의 모습이 오랫동안 눈에 들어왔다네. 그 모습은 점점 멀리 언덕의 바위 사이로 움직이는 조그만 점이 되어 갔다네. 우리도 숨이 턱에 차도록 뒤쫓아 보았지만 거리가 더욱 벌어질 뿐이었다네. 결국 우리는 추적을 포기하고 바위 위에 주저앉아서 멀리 사라져 가는 사내의 모습을 숨을 헐떡이며 바라볼 수밖에 없었다네.

그 순간, 전혀 뜻밖의 아주 이상한 광경을 목격하게 됐다네. 더 이상 쫓아 봐야 소용없을 것이라 생각하고 자리에서 일어나 집으로 돌아가려 했다네. 달은 오른쪽 하늘에 낮게 걸려 있었고 화강암 바위산의 꼭대기가 은빛의 둥근 달의 밑 부분을 찌르고 있었다네. 문득 바라보니, 거기에 밝은 달빛을 배경 삼아 흑단으로 만든 조각상처럼 검은 윤곽만 보이는 사람이 서 있는 게 아니겠는가? 환각이 아니었다네, 홈즈. 그처럼 뚜렷하게 보였으니 말일세. 키가 크고 마른 사람이었다네. 다리를 벌리고, 팔짱을 끼고 서서 밑을 내려다보는 모습은 눈앞에 펼쳐진 토탄과 화강암의 광활한 황야에 대해서 깊이 생각하고 있는 듯했네.

그건 무시무시한 황야의 정령이었을까? 탈옥수는 아니었다네. 그 녀석이 사라진 곳과는 상당히 거리가 있는 곳이었으니. 그리고 키도 훨씬 컸다네. 나도 모르게 소리를 질렀고, 준남작에게도 그 사실을 알리려고 뒤돌아서 그의 팔을 잡으려 했다네. 그런데 그 순간 그 사람의 모습이 사라졌다네. 화강암 바위산의 날카로운 끝 부분은 달의 아래쪽을 여전히 찌르고 있었지만, 그 조각상과 같던 검은 사람의 모습은 씻어 낸 듯 사라져 버렸다네. 그 바위산까지 가서 조사를 해 보고 싶었지만, 거리가 너무 멀었다네. 준남작은 그 울부짖는 소리를 들었기 때문에 집안에, 전해 오는 어두운 전설을 생각해 내고는 신경이 날카로워져서 더 이상 모험을 할 기분이 아니었던 듯했네.

그는 바위산 위에 서 있던 이상한 사람을 목격하지 못했기 때문에, 그의 신비한 출현과 위압적인 태도에서 받은 전율을 느낄 수는 없었다네.

"틀림없이 간수였을 겁니다. 녀석이 탈옥한 뒤로 황야에 수도 없이 깔렸으니까요."

헨리 경은 이렇게 말했다네.

틀림없이 그럴듯한 의견이었지만, 나는 좀 더 정확한 것을 알고 싶다네. 오늘 프린스타운 형무소에 연락해서 탈옥수에 대해서 말할 생각인데, 우리 손으로 잡아 넘기지 못한 것은 정말 안타까운 일이었다네.

이상이 어젯밤에 겪었던 모험인데, 이번 보고에 대해서는 내가 내 역할을 충분히 수행했다는 사실을 자네도 인정해 주게나, 홈즈. 내가 크게 잘못 생각하고 있는 부분이 있을지도 모르겠지만, 일단은 모든 사실을 보고하고 결론은 자네에게 맡기는 것이 가장 좋은 방법이라고 생각하고 있네.

   조사에 진전이 있었다는 사실만은 부인할 수 없을 것 같네. 배리모어 부부에 관한 한, 그 행동의 동기를 확실하게 밝혀 냈으며, 그 외의 이곳 상황도 상당 부분 확실하게 알게 되었으니 말일세. 하지만 황야에는 아직도 몇몇 비밀들이 숨겨져 있으며, 이해할 수 없는 사람들도 있기 때문에 골머리를 썩고 있다네. 다음 보고서를 보낼 때쯤이면 조그만 단서라도 잡을 수 있을 것 같네. 자네가 이곳으로 와 준다면 더할 나위 없이 좋겠지만 말일세. 어쨌든 이삼 일 후에는 다시 편지를 쓰겠네.

왓슨 박사의 일기 — 발췌

   지금까지는 내가 이곳에서 셜록 홈즈에게 보냈던 보고서를 인용해 왔다. 하지만 지금부터는 그런 방법이 아니라, 당시 내가 적었던 일기를 참고로 기억을 더듬어서 이야기를 해 나가야 할 것 같다. 일기의 두어 군데를 읽는 것만으로도 당시의 기억이 세세한 부분까지 생생하게 되살아나며, 당시의 광경이 뚜렷하게 떠오른다. 그럼 황야에서 탈옥수를 놓치고 그 외에도 신비한 경험을 한 날의 밤이 밝아 아침이 되었을 때의 일부터 이야기를 시작하도록 하겠다.

10월 16일. 안개가 꼈고, 가랑비.

배스커빌 저택은 피어오르는 짙은 안개에 뒤덮여 있었다. 때때로 안개가 걷힐 때면 음울한 황야의 기복, 구릉지의 경사면을 흐르는 은빛 물의 흐름, 내리쬐는 햇빛에 둔탁한 빛을 발하는 젖은 바위 등이 모습을 드러냈다. 저택의 안팎이 모두 어두웠다. 준남작은 어젯밤에 겪은 흥분의 여파로 입을 다문 채 아무런 말도 하지 않았다. 나도 마음이 매우 무거웠으며, 위험이 점점 다가오고 있는 것 같다는 느낌에 사로잡혀 있었다. 위험이 주위에 맴돌고 있다는 사실은 알고 있지만 그것이 무엇인지 정체를 알 수 없으면, 공포심은 더욱 커진다. 그런데 아무런 이유도 없이 이런 느낌을 갖게 된 것일까? 일련의 사건들을 생각해 보면 불길한 무엇인가가 우리를 천천히 죄어 오고 있다는 사실을 알 수 있다.

이 집안에 내려오는 전설의 내용 그대로 찰스 경은 죽음을 맞이했다. 그리고 농부들은 때때로 이 황야에 나타나는 기괴한 짐승을 보았다고 말하고 있다. 나도 개의 울부짖음 같은 소리를 두 번이나 직접 들었다. 하지만 그것이 초자연적인 것이라고는 도저히 믿어지지 않으며, 또한 그런 일은 있을 수도 없다. 개처럼 생긴 요괴가 실제로 발자국을 남기고, 울부짖는 소리로 공기를 떨게 만든다는 것은 있을 수도 없는 일이다.

스태플턴이나 모티머 의사라면 그런 미신을 믿어 버릴지도 모른다. 하지만 내게 딱 하나 장점이 있다면, 그것은 상식에 입각해서 사물을 판단한다는 점이다. 무슨 일이 있어도 미신 같은 건 믿을 수가 없다. 그것을 믿는다면 농부와 별반 다를 게 없지 않겠는가? 그들은 단순한 미친개가 아니라 귀와 입에서 불을 내뿜는 지옥의 사냥개로 말하지 않고는 견딜 수 없는 사람들이다. 홈즈라면 그런 공상에는 귀도 기울이지 않을 것이다. 나는 그런 홈즈의 대리인이 아닌가? 그렇다고 해서 사실을 바꿀 수 있는 건 아니다. 나는 황야에서 그 울부짖음을 두 번이나 들었다. 실제로 거대한 개가 황야를 어슬렁거리고 있는 것이라고 생각한다면, 모든 일들이 자연스럽게 설명될 수 있다.

그렇다면 그 개는 어디에 숨어 있는 것일까? 어디서 먹이를 구하고 있는 것일까? 어디서 왔을까? 왜 밤에만 나타나는 것일까? 상식적으로 생각해 봐도 초자연설과 마찬가지로 설명할 수 없는 부분들이 너무나도 많다. 개에 관한 것은 그렇다 치더라도, 런던에서 마차에 타고 있던 사내, 황야에 접근하지 말라고 헨리 경에게 경고를 했던 편지 등은 틀림없이 인간에 의해서 이루어진 일들이다. 적어도 그것들은 실제로 일어났던 일이다. 단지, 친구를 걱정하는 아군인지 적군인지를 판단할 수 없었을 뿐이다. 그 적군인지 아군인지 알 수 없었던 사내는 지금 어디에 있을까? 그 사내는 내가 바위산에서 본 그 이상한 사람과 같은 인물일까?

그 이상한 사람을 본 건 한순간에 지나지 않았지만, 확실하게 증언할 만한 사실들이 얼마든지 있다. 이 부근에서 살고 있는 사람들을 전부 만나 보았지만, 그런 사람을 만난 적은 한 번도 없었다. 스태플턴보다 훨씬 더 키가 컸으며, 프랭클랜드보다 훨씬 더 말랐다. 집사인 배리모어일지도 몰랐지만, 그는 당시 저택에 있었으며 확실히 우리 뒤를 밟지도 않았다. 그렇다면 런던에서 뒤를 밟았던 의문의 사내가 여기서도 우리의 뒤를 밟고 있는 것이라고 밖에는 달리 생각할 길이 없다. 벗어나지 못한 것이었다. 그 사내를 잡는다면 모든 문제가 단번에 해결될지도 모른다. 앞으로는 그 사내에게만 모든 힘을 기울여야 할 것이다.

처음에는 헨리 경에게 모든 계획을 밝혀야겠다고 생각했다. 하지만 가만히 생각해 보니, 다른 사람에게는 가능한 한 말하지 말고 혼자서 해결하는 게 좋을 것 같다는 생각이 들었다. 헨리 경은 아직도 말이 없으며, 계속 멍한 상태에 있다. 황야에서 들은 그 소리 때문에 정신을 차리지 못하고 있는 것이다. 더 이상 걱정을 하게 해서는 안 된다. 이번에는 내 힘만으로 목적을 달성하기 위해서 노력하겠다.

오늘 아침 식사 후, 조그만 사건이 하나 있었다. 배리모어가 헨리 경에게 하고 싶은 이야기가 있다고 했고, 서재로 들어간 두 사람은 한동안 나올 줄을 몰랐다. 당구대가 있는 방에 있던 나는 거친 말이 몇 번인가 오가는 것을 들었기 때문에, 무슨 얘기를 하고 있는지 정도는 눈치를 챌 수 있었다. 마침내 준남작이 문을 열더니 나를 불렀다.

"배리모어가 불만을 털어놓고 싶답니다. 스스로 비밀을 밝혔는데, 우리가 처남의 뒤를 쫓은 것은 비열한 행동이었다고 하는군요."

"제 말이 너무 지나쳤을지도 모르겠습니다. 만약 그랬다면 용서해 주십시오. 하지만 오늘 아침 두 분이 셀든을 추격하고 돌아왔다는 사실을 알고는 놀라지 않을 수 없었습니다. 가엾은 처남 주위에는 온통 적들뿐인데, 제가 그 적의 숫자를 더 늘린 꼴이 되어 버리고 말았습니다."

"자네가 스스로 그 비밀을 밝혔다면 얘기가 달라졌을 걸세. 하지만 궁지에 몰리게 되자 하는 수 없이 자네가, 아니 오히려 자네의 부인이 말을 한 것뿐이지 않은가?"

준남작이 말했다.

"그를 뒤쫓으리라고는 생각지도 못했습니다. 나리께서 설마 그런 일을 하실 거라고는 꿈에도 생각지 않았는데."

"그 사람은 사회의 적일세. 이 황야에는 외로이 떨어져 있는 집들뿐이야. 그리고 그는 아무렇지도 않게 살인을 저지른 자가 아닌가? 그의 얼굴을 보고 단번에 알 수 있었다네. 스태플턴 씨 집을 한 번 생각해 보게나. 맞설 만한 남자라고는 스태플턴 씨 한 사람뿐이지 않은가? 그 사람이 다시 형무소에 들어갈 때까지는 누구도 마음을 놓을 수가 없다네."

"그는 누구의 집에도 침입하지 않을 겁니다. 맹세할 수 있습니다. 그리고 이 나라에서는 두 번 다시 나쁜 짓을 저지르지 않을 것입니다. 나리, 앞으로 이삼 일만 더 있으면 모든 채비가 갖춰집니다. 그러면 남아메리카로 도망갈 수 있습니다. 부탁드리겠습니다, 나리. 처남이 황야에 숨어 있다는 사실을 경찰에게 알리지 말아 주십시오. 경찰도 황야를 수색하는 일은 이미 포기했습니다. 그러니 배에 오를 때까지는 조용히 숨어 있을 수 있습니다. 경찰에 알리시면, 경찰이 저와 아내도 그냥 두지는 않을 겁니다. 제발 참아 주십시오. 부탁드립니다."

"왓슨 씨, 어떻게 생각하십니까?"

나는 어깨를 들썩여 보였다.

"무사히 외국으로 도망가 주기만 한다면 납세자에게도 조금은 도움이 되는 것 아니겠습니까?"

"하지만 도망가기 전에 누군가가 피해를 입을지도 모르는 일 아닙니까?"

"그런 어리석은 짓은 하지 않을 겁니다. 필요한 것들은 전부 건네줬습니다. 다시 죄를 저지르면 자신이 있는 곳이 알려지게 됩니다."

"그도 그렇군, 배리모어 그렇다면······."

헨리 경이 말을 꺼내기도 전에 배리모어가 말했다.

"감사드립니다. 진심으로 감사의 말씀을 드립니다! 만약 이번에 처남이 다시 잡힌다면 아내가 죽을지도 모릅니다."

"우리가 중죄인을 도와야 할 것 같습니다, 왓슨 씨. 이런 얘기를 전부 들어 버렸으니 경찰에도 알릴 수 없겠습니다. 이번 사건은 이것으로 끝을 맺어야 할 것 같습니다. 알았네, 배리모어. 이제 그만 가 보게나."

집사는 몇 번이고 감사의 말을 한 뒤 방에서 나가려고 하다가, 결심한 듯 뒤돌아서더니 다가왔다.

"은혜를 베푸셨으니, 저도 도움을 드리고 싶습니다. 사실은 한 가지 사실을 저는 알고 있습니다. 좀 더 빨리 말씀을 드렸어야 했겠지만, 검시가 끝난 뒤 한참이 지나서야 알게 된 사실입니다. 이 일은 아무에게도 말하지 않았습니다. 그것은 찰스 경이 돌아가셨던 날의 일입니다."

준남작과 나는 자리에서 벌떡 일어났다.

"어떻게 돌아가셨는지 알고 있다는 말인가?"

"그건 아닙니다. 그건 저도 모릅니다."

"그럼 무슨 일을 말하는 거지?"

"그 시각에 황야로 통하는 문 앞으로 간 이유입니다. 어떤 여자를 만나기 위해서였습니다."

"여자를 만나기 위해서였다고? 백부님께서?"

"그렇습니다."

"그 사람의 이름이 뭔가?"

"이름은 알 수 없지만 머리글자는 알고 있습니다. L. L. 입니다."

"배리모어, 어떻게 그 사실을 알았지?"

"어느 날 아침 백부님 앞으로 편지 한 통이 왔습니다. 그분에게는 언제나 수많은 편지가 왔었습니다. 유명한 분이셨고, 마음이 따뜻한 분이라고 평판이 자자했기 때문에, 곤경에 처한 사람들이 늘 그분에게 도움을 청했습니다. 그런데 그때는 편지가 한 통밖에 없었습니다. 그래서 눈에 띄었습니다. 쿰 트레이시의 소인이 찍혀 있었고, 여자 분의 필적이었습니다."

"그런데?"

"그 뒤로 잊고 있었는데, 아내 덕분에 다시 떠올리게 되었습니다. 이삼 주일쯤 전에 아내는 찰스 경의 서재를 청소했습니다. 돌아가신 뒤로 한 번도 청소를 하지 않았었습니다. 청소를 하다가 난로 속에서 타다 남은 편지를 발견했습니다. 거의 까만 재가 되어 있었습니다. 하지만 끝 부분에 있는 글자가 회색으로 변해서 희미하게 드러나 있어 그것을 읽을 수 있었습니다. 편지 끝 부분에 덧붙인 추신 같았는데, '제발 부탁입니다. 이 편지를 태워 주십시오. 그럼 10시에 문이 있는 곳으로 와 주시기 바랍니다'라고 적혀 있었고, 그 밑에 L. L.이라는 머리글자의 서명이 있었습니다."

"그 편지를 가지고 있는가?"

"없습니다. 손으로 집으려는 순간 부서져 버렸습니다."

"같은 필적을 가진 사람이 보낸 다른 편지가 있는가?"

"편지에는 거의 신경을 쓴 적이 없었습니다. 그날은 편지가 한 통밖에 오지 않아서 우연히 기억을 하게 되었던 것뿐입니다."

"L. L.이 누구인지 짚이는 사람이 없는가?"

"없습니다. 그 점에 있어서는 나리께서 모르시는 것과 마찬가지로 저도 모릅니다. 하지만 그 여자가 누군지 알아낸다면 찰스 경의 마지막에 대해서 자세하게 알 수 있을 것이라고 생각합니다."

"배리모어, 그렇게 중요한 정보를 왜 이제야 말하는 거지?"

"네, 그 바로 뒤에 처남의 일이 터졌기 때문입니다. 또한 돌아가신 찰스 경께서 저희를 아주 잘 해 주셨기 때문에, 당연한 일입니다만, 저희는 진심으로 경을 존경하고 있었습니다. 일을 복잡하게 만드는 것은 경에게 아무런 도움이 되지 않는다고 생각했습니다. 게다가 여자가 관계된 일이었기 때문에, 아주 신중하게 처리할 수밖에 없었습니다. 아무리 훌륭한 분이라 할지라도……."

"명예를 훼손할 우려가 있다고 생각한 거겠지?"

"네, 밝혀서 좋을 게 없을 거라고 생각했습니다. 하지만 커다란 은혜를 베푸셨는데 모르는 척하고 있는 건 좋지 않다는 생각이 들어서."

"말해 줘서 고맙네, 배리모어. 이제 가 보게나."

집사가 나가자, 헨리 경은 내 쪽으로 돌아서며 말했다.

"어떻습니까? 새로운 단서에 대해서 어떻게 생각하십니까?"

"수수께끼가 전보다 더욱 어려워진 것 같군요."

"저도 그렇게 생각합니다. 하지만 L. L.이라는 인물을 밝혀 내기만 한다면, 모든 사실을 확실하게 알 수 있을 것 같습니다. 이것만 해도 큰 성과입니다. 문제의 여자를 찾아내기만 한다면, 사실을 알고 있는 인물을 알아낼 수 있을 겁니다. 하지만 어떻게 하면 좋겠습니까?"

"이 사실을 바로 홈즈에게 알려야겠습니다. 그가 찾고 있던 실마리가 되어 줄지도 모릅니다. 이 얘기를 듣고도 그가 오지 않는다면, 나는 그동안 그를 잘못 알고 있었던 것입니다."

나는 곧 방으로 가서 오늘 아침에 들은 이야기에 대한 보고서를 작성했다. 요즘 홈즈는 아주 바쁜 것 같았다. 왜냐하면 베이커 가에서는 거의 편지가 오지 않았으며, 와도 아주 짧은 데다가 내가 보낸 정보에 대해서는 아무런 의견도 달지 않고 내 임무에 대해서도 거의 언급이 없었기 때문이다. 공갈 사건에 온 신경을 집중시키고 있는 듯했다. 하지만 그도 이 새로운 사실에는 주목하지 않을 수 없을 것이며, 다시 한 번 흥미를 느끼게 될 것이다. 어떻게 해서든 그를 이쪽으로 불러들이고 싶다.

10월 17일. 하루 종일 비.

빗줄기가 담쟁이 잎 위로 떨어지는 소리가 들려왔으며, 처마 끝에서도 하루 종일 빗물이 떨어졌다. 마땅히 비를 피할 만한 곳도 없는 황량하고 쓸쓸한 황야에 있는 탈옥수 생각이 났다. 가엾은 사내! 어떤 죄를 저질렀든 그것을 보상할 만큼 충분히 괴로움을 당했다. 그리고 또 다른 사람 — 마차에 타고 있던 사람, 달 아래 서 있던 사람 — 에 대해 생각했다. 그도 이 굵은 빗줄기 속에 눈에 보이지 않는 감시자, 어둠속의 사람으로 서 있을까?

저녁에 나는 비옷을 입고 흥건히 젖은 황야까지 갔었다. 어두운 예감이 더욱 깊어만 갔다. 비가 얼굴을 때렸으며, 바람이 귀에 울렸다. 높은 지대마저 늪으로 변해 버렸다. 저 늪 지대에 빠져 든다면 신의 도움을 기다릴 수밖에는 없을 것이다. 그리고 그 외로운 감시자를 보았던 검은 바위산에 가 보았다. 나는 그 거친 정상 위에서 음울하고 황량한 평원을 둘러보았다. 세차게 쏟아지는 비가 적갈색 표면을 적시고 있었으며, 무거운 회색 구름이 낮게 드리워져 있었다. 구름은 신기루 같은 언덕의 경사면에서 회색 소용돌이를 일으키며 흘러갔다.

왼쪽 멀리로 분지가 있었으며, 안개에 휩싸인 배스커빌 저택의 탑 두 개가 나무들 사이에 서 있는 것이 보였다. 언덕의 경사면에 밀집해 있는 선사 시대의 돌집을 제외한다면, 인간의 생활을 느끼게 해 주는 것은 두 개의 탑밖에 없었다. 그리고 이틀 전 밤에 이 바위산에 서 있던 남자의 흔적은 어디에서도 찾아볼 수가 없었다.

집으로 돌아올 때 울퉁불퉁한 길에서 작은 마차가 내 뒤를 따라왔다. 모티머 의사였다. 황야의 외딴 곳에서 살고 있는 파울마이어라는 농부의 집에 왕진을 다녀오는 듯했다. 모티머 의사는 언제나 우리를 걱정하고 있었으며, 거의 매일 배스커빌 저택으로 와서 안부를 묻고는 했다. 그가 마차로 저택까지 데려다 주겠다고 했다. 그는 애견인 스패니얼이 없어져 걱정이 이만저만이 아니었다. 나도 나름대로 위로를 해 주기는 했지만, 내 머릿속에는 그림펜의 늪 지대에서 본 망아지의 모습이 떠올랐다. 그 개도 역시 다시는 돌아오지 않을 것이다.

"참, 모티머 씨, 마차로 이 일대를 돌아다니시니 이곳 사람들은 대부분 알고 계시겠네요."

울퉁불퉁한 길에 흔들리는 마차를 타고 가며 내가 물었다.

"그렇습니다. 대부분 거의 다 알고 있습니다."

"그럼 혹시 L. L.이라는 머리글자를 가진 여자가 있나요?"

모티머 의사가 몇 분 동안 생각을 해 보다가 대답했다.

"글쎄요, 모르겠는데요. 집시나 고용인 중에는 모르는 사람이 더러 있기는 하지만, 농부나 지주 중에 그런 머리글자를 가진 사람은 없습니다. 아니, 잠깐만요."

그는 잠시 생각에 잠겼다가 말했다.

"로라 라이언즈가 있었지! 머리글자가 L. L.입니다. 하지만 쿰 트레이시에 살고 있습니다."

"어떤 사람입니까?"

"프랭클랜드 씨의 딸입니다."

"네? 그 괴팍한 프랭클랜드 노인의?"

"그렇습니다. 황야에 그림을 그리러 왔던 라이언즈라는 화가와 결혼을 했죠. 하지만 그는 건달이었고, 그녀를 버렸습니다. 전적으로 남자가 잘못한 것도 아니라는 소문이었습니다만. 아버지는 자신의 동의 없이 결혼했다는 이유로 그녀를 자신의 집에 오지 못하게 했습니다. 그 외에도 이유는 있었겠지만요. 어쨌든 그녀는 괴팍한 아버지와 건달 남편 사이에서 상당한 괴로움을 겪고 있었습니다."

"지금은 어떻게 살아가고 있습니까?"

"프랭클랜드 노인이 돈을 조금씩 부쳐 주고 있는 듯합니다. 하지만 자신도 여러 가지 소송을 끌어안고 있기 때문에 많은 돈을 보내지는 못하겠지요. 자처한 일이기는 하지만, 그래도 딸이 밑바닥으로 떨어지는 걸 그냥 보고만 있을 수는 없었을 겁니다. 그녀의 이야기가 전해지자, 주위에서 생활을 할 수 있도록 도와주는 사람들이 나타나기 시작했습니다. 스태플턴과 찰스 경도 그녀를 도왔습니다. 저도 조그만 도움을 주었습니다. 그래서 그녀는 타자 치는 일을 시작할 수 있었죠."

모티머 의사는 내가 왜 그런 질문을 하는 건지 알고 싶어 했다. 하지만 조사하고 있는 일에 대해서는 입을 다물고 있는 것이 상책이기에, 나는 그의 궁금증을 다른 곳으로 돌리기 위해 애를 썼다. 내일 아침에는 쿰 트레이시에 가 봐야겠다. 이런저런 소문에 휩싸여 있는 로라 라이언즈 부인을 만나면, 일련의 수수께끼를 풀 수 있는 커다란 단서가 될 만한 것을 잡게 될지도 모를 일이었다. 나도 꽤 요령을 터득한 듯하다. 모티머 의사가 귀찮을 정도로 이것저것 묻기에 태연하게 프랭클랜드의 두개골에 관한 얘기를 꺼냈더니, 그는 저택에 도착할 때까지 골상학(骨相學)에 대해서 열변을 토했다. 셜록 홈즈와 지낸 몇 년이 헛된 것은 아니었나 보다.

비바람이 치는 이 음울한 날에 한 가지 사건이 더 일어났다. 조금 전에 배리모어와 나눴던 대화가 그것인데, 이는 언젠가 결정적인 단서가 될 만한 것이다.

모티머 의사는 우리와 함께 저녁 식사를 한 뒤, 준남작과 카드놀이를 즐겼다. 집사가 서재에 있던 내게 커피를 가져다 주었다. 나는 집사에게 두어 가지 질문을 던졌다.

"자네 처남은 황야를 떠났는가, 아니면 아직도 그곳에 숨어 있나?"

"저도 잘 모르겠습니다. 떠났으면 좋으련만. 누가 뭐래도 사고뭉치니까요. 얼마 전에 — 사흘 전의 일입니다만 — 먹을 것을 가져다 준 뒤로는 아직 소식이 없습니다."

"그때 그를 만났나?"

"아니요, 만나지는 않았습니다. 하지만 다음 날에 가 봤더니 먹을 것이 없었습니다."

"그럼 그때는 틀림없이 있었군."

"아마 그랬을 겁니다. 하지만 다른 사람이 먹을 것을 가져간 것일지도 모릅니다."

나는 커피 잔을 입으로 가져가려다 말고 그의 얼굴을 가만히 쳐다보았다.

"그렇다면 다른 사람이 있다는 말인가?"

"그렇습니다. 황야에는 한 사람이 더 있습니다."

"본 적 있는가?"

"아니요."

"그럼 어떻게 그 사실을 안 거지?"

"처남이 얘기해 줬습니다. 한 일주일쯤 됐을 겁니다. 그 사내도 숨어 지내고 있는데, 탈옥수는 아닌 것 같답니다. 이젠 지긋지긋합니다. 왓슨 선생님, 정말 지긋지긋합니다."

자신도 모르게 힘이 들어간 듯한 말투였다.

"배리모어, 잘 들어 보게나. 나는 자네 주인에 관한 일에만 신경을 쓰고 있네. 여기에 온 것도 그저 준남작에게 도움을 주기 위해서라네. 솔직하게 얘기해 주지 않겠나? 지긋지긋하다니, 그건 또 무슨 얘기지?"

배리모어가 잠시 망설였다. 쓸데없는 소리를 했다고 후회를 하고 있는 건지, 자신의 감정을 제대로 표현할 수 없어서 그랬던 건지는 모르겠지만. 잠시 후, 비 내리는 황야가 펼쳐진 창 밖을 가리키며 그가 커다란 소리로 말했다.

"요즘에는 지긋지긋한 일들만 일어나고 있습니다. 저기서 어떤 음모가 꾸며지고 있습니다. 틀림없습니다! 헨리 경이 런던으로 돌아가신다면 그보다 기쁜 일도 없을 겁니다."

"뭐가 그렇게 마음에 걸리지?"

"찰스 경의 최후에 대해서 어떻게 생각하십니까? 검시관이 뭐라고 했건 간에, 그건 끔찍한 일이었습니다. 밤이면 황야에 울려 퍼지는 소리에 대해서는 어떻게 생각하십니까? 해가 지고 나면 돈을 준다고 해도 황야로 나가는 사람이 아무도 없지 않습니까? 그곳에 숨어 있는 의문의 사내만 해도 그렇습니다. 그는 무엇인가를 기다리고 있습니다. 그렇다면 무엇을 기다리고 있는 걸까요? 왜 그런 짓을 하는 걸까요? 틀림없이 배스커빌 가의 사람에게 어떤 좋지 않은 일이 일어날 겁니다. 그러니 헨리 경을 모실 새로운 사람이 들어오면 그에게 모든 일을 넘겨주고 저는 그날로 당장 이 저택에서 떠나고 싶은 심정입니다."

"그 의문의 사내에 대해서 셀든은 뭐라고 하던가? 사내가 어디에 숨어 있는지, 무엇을 하고 있는지."

"한두 번 만난 적이 있다고 합니다. 정말 정체를 알 수 없는 사람이라고 했습니다. 처음에는 경찰인 줄 알았다고 합니다. 그러다가 어떤 음모를 꾸미고 있다는 느낌을 받게 되었다고 합니다. 겉모습은 신사처럼 보였지만, 무슨 일을 하는 건지는 전혀 짐작도 못하겠더랍니다."

"어디에 살고 있다고 했지?"

"언덕의 경사면에 있는 옛집이라고 했습니다. 옛날 사람들이 살았던 돌집 말입니다."

"먹을 것은 어디서 구하는 걸까?"

"그 사람은 심부름꾼 소년을 데리고 있는데, 필요한 건 전부 그 소년이 날라다 준다고 합니다. 이건 처남이 한 얘기입니다. 쿰 트레이시로 필요한 것을 구하러 가겠지요."

"잘 알았네, 배리모어. 다음에 더 얘기를 나누세."

집사가 방에서 나간 뒤, 나는 어두운 창가로 가서 뿌연 유리창 너머로 격렬하게 움직이고 있는 구름과 바람에 흔들려 아우성치고 있는 나무들을 바라보았다. 방 안에서도 음산한 저녁임을 느낄 수 있었다. 그러니 황야의 돌집은 또 어떻겠는가? 어떤 증오심을 품고 있기에 이런 밤에 그와 같은 장소에 숨어 있는 것일까? 그 어떤 음모를 꾸미고 있기에 그와 같은 시련을 견디고 있는 것일까?

나를 괴롭혀 왔던 문제의 핵심이 황야의 그 돌집에 있는 것 같다는 생각이 들었다. 내일이라도 당장 전력을 기울여서 수수께끼의 중심을 살펴봐야겠다.

바위산 위의 사내

앞 장에서 10월 18일까지의 내 일기에서 내용을 발췌하여 사건을 설명했다. 그런데 그날 이후부터 이상한 일들이 연속해서 일어나 사건은 끔찍한 결말을 향해서 치닫기 시작했다. 그 후 며칠 사이에 일어난 일들은 아직도 내 머릿속에 선명하게 각인되어 있기 때문에, 당시의 메모를 보지 않고서도 충분히 이야기를 할 수 있을 정도다.

우선 매우 중요한 두 가지 사실을 알게 된 그날의 일에서부터 이야기를 풀어 나가야 할 것 같다. 두 가지 사실 중 하나는 쿰 트레이시에 살고 있는 로라 라이언즈 부인이 찰스 경에게 편지를 보내 그가 마지막을 맞이한 그 장소에서 그 시각에 만날 약속을 했었다는 것이고, 또 하나는 황야의 수상한 사내가 언덕의 경사면에 있는 돌집 중 어느 하나에 숨어 있다는 것이다. 이 두 가지 사실을 알았으니 지혜와 용기를 발휘하여 사건에 접근해 간다면, 틀림없이 어둠 속에 도사리고 있는 수수께끼에 빛을 비출 수 있을 것이다.

지난밤에는 준남작에게 라이언즈 부인에 대해서 새로 알게 된 사실을 이야기할 기회가 없었다. 그가 모티머와 함께 밤이 깊도록 카드놀이를 즐겼기 때문이었다. 아침 식사를 할 때에야 비로소 그 사실을 이야기해 주면서, 함께 쿰 트레이시에 가지 않겠냐고 물었다. 그는 기꺼이 같이 가겠다고 말했지만, 시간이 흐름에 따라서 나 혼자 가는 편이 나을 것 같다는 생각을 하게 되었다. 격식을 차린 방문인 경우 얻는 것이 적을지도 모르기 때문이었다. 그래서 좀 미안하기는 했지만, 헨리 경을 저택에 남겨 둔 채 혼자 새로운 조사를 위해서 떠나기로 했다.

쿰 트레이시에 도착한 나는 마부 퍼킨스에게 말을 쉬게 하라고 명하고 나서 찾아온 여자의 집을 찾기 시작했다. 그녀의 집은 바로 알아낼 수 있었다. 깔끔한 집으로, 마을의 중심부에 있었다. 상냥한 하녀의 안내를 받아 거실로 들어가니, 레밍턴 타자기를 치고 있던 여자가 다정하게 미소를 지으며 자리에서 얼른 일어났다. 그러다 내 얼굴을 보고 처음 보는 사람이라는 걸 알게 된 순간 얼굴에서 웃음이 사라지더니, 다시 자리에 앉아 '무슨 일이죠?'라고 물었다.

굉장한 미인이라는 것이 내가 받은 첫 인상이었다. 눈과 머리카락은 밝은 갈색을 띠고 있었으며, 뺨은 주근깨가 좀 많기는 했지만 우아한 분홍빛으로 빛나고 있었다. 다시 한 번 말하지만, 첫눈에 반해 버릴 정도의 미인이라는 것이 내가 받은 첫 인상이었다. 하지만 다시 한 번 바라보니 결점도 있었다. 얼굴에 어딘가 부자연스러운 면이 있었다. 표정도 어딘지 천박함을 느끼게 했다. 아마도 눈 때문에 차가운 느낌을 주고 있는 듯했으며, 조금 벌어진 입술도 옥의 티라고 할 수 있었다.

하지만 이런 사실들은 시간이 흐른 뒤에야 알게 된 것들이었다. 당시에는 내가 지금 굉장한 미인 앞에 있으며, 그 미인이 내게 용건을 물었다는 사실밖에는 깨닫지 못하고 있었다. 그리고 내가 하려는 일이 얼마나 조심스러운 것인가를 비로소 느낄 수 있었다.

"저는 당신의 아버님을 알고 있습니다."

내가 생각해도 참으로 한심한 인사였다. 그녀는 노골적으로 불쾌하다는 표정을 지어 보였다.

"아버지와 저 사이에는 아무런 관계가 없습니다. 저는 아버지의 도움을 받고 있지 않으며, 아버지 친구가 제 친구는 아닙니다. 돌아가신 찰스 경과 그 외의 친절한 분들이 안 계셨다면, 저는 굶어 죽었을지도 모릅니다."

"오늘 이렇게 찾아뵌 것은 바로 찰스 경에 관한 일 때문입니다."

그녀 얼굴의 주근깨가 더욱 도드라져 보이는 듯했다.

"무엇에 대해서 알고 싶으신 거죠?"

그녀의 손가락이 신경질적으로 타자기 위에서 움직이기 시작했다.

"그분을 알고 계셨죠?"

"제게 큰 친절을 베푸셨다고 말씀드렸을 텐데요? 이렇게 살아갈 수 있는 것도 전부 그분께서 불행에 빠진 제게 신경을 써 주셨기 때문이에요."

"편지를 주고받은 적이 있었습니까?"

부인의 밝은 갈색을 띤 눈에 노여워하는 빛이 어려 있었다.

"무슨 일로 그런 걸 물으시는 거죠?"

"추문이 퍼지는 걸 막기 위해서입니다. 지금 여기서 확실하게 말씀해 주시지 않으면, 우리가 손쓸 수 없게 되어 버릴지도 모릅니다."

그녀는 입을 다물어 버렸다. 얼굴이 창백해졌다. 잠시 후 얼굴을 들었을 때는 뭔가 결심한 듯한 표정이었다.

"그럼 대답하겠습니다. 어떤 질문이지요?"

"찰스 경과 편지를 주고받으셨나요?"

"한두 번 편지를 올린 적은 있었습니다. 베푸신 친절에 감사를 드린다는 내용의 편지였습니다."

"언제 쓰셨는지 기억하고 계십니까?"

"날짜까지는 기억하지 못합니다."

"만나신 적은?"

"네, 쿰 트레이시에 몇 번 오신 적이 있었는데, 그때 한두 번 뵌 적이 있었습니다. 사람들과 거의 만나지 않는 분으로, 선행도 남몰래 하고 계셨습니다."

"거의 만난 적도 없고, 편지를 주고받은 것도 아니라면 어떻게 당신에 대해서 알고 도움을 주셨습니까? 말씀을 들어 보니 그런 것 같은데."

이렇게 의표를 찌르듯 질문을 해 보았지만, 그녀는 조금도 주저하지 않고 대답했다.

"몇몇 분들께서 저의 딱한 처지를 알고 도움의 손길을 내밀어 주셨습니다. 스태플턴 씨도 그 중 한 분인데, 찰스 경의 이

웃이자 친한 친구이셨습니다. 아주 친절한 분으로, 찰스 경은 그분에게서 제 얘기를 들었습니다."

찰스 배스커빌 경이 스태플턴을 통해서 몇 번인가 원조금을 냈었다는 사실을 알고 있었기에, 여자가 진실을 말하는 것이라는 인상을 받았다.

"찰스 경에게 만나고 싶다는 내용의 편지를 보내신 적은 없었습니까?"

내가 계속해서 물었다.

라이언즈 부인의 얼굴이 다시 노여움으로 벌겋게 물들었다.

"아주 무례한 질문을 하시는군요."

"죄송합니다. 하지만 꼭 대답을 듣고 싶습니다."

"그렇다면 대답을 하겠습니다. 한 번도 없었습니다."

"찰스 경이 돌아가신 날에도 말입니까?"

그 순간 벌겋게 물들었던 얼굴이 죽은 자의 얼굴처럼 창백하게 변했다. '네'라고 대답하는 것도 목소리가 아닌 그 마른 입술의 움직임을 통해서 알 수 있었을 뿐이었다.

"착각을 하고 계신 것 아닙니까? 그 편지의 한 구절을 인용할 수도 있는데요. '제발 부탁입니다. 이 편지를 태워 주십시오. 그럼 10시에 문이 있는 곳으로 와 주시기 바랍니다'라고 적혀 있었죠."

나는 그녀가 기절을 하는 게 아닌가 걱정했다. 하지만 그녀는 있는 힘을 다해 침착함을 되찾았다.

"그분을 신사라고 생각했었는데."

그녀는 숨을 몰아 쉬었다.

"오해하지는 마십시오. 찰스 경은 틀림없이 편지를 태웠습니다. 하지만 타 버리고 난 편지를 읽을 수 있는 경우도 있습니다. 그럼 그 편지는 역시 부인이 쓰신 거죠?"

"네, 썼습니다."

이렇게 대답하더니, 가슴속에 숨겨 왔던 일들을 하나하나 이야기하기 시작했다.

"틀림없이 제가 썼어요. 아무것도 숨길 게 없습니다. 부끄러운 일도 하지 않았습니다. 도움을 얻고 싶었을 뿐이었어요. 직접 만나면 도움을 얻을 수 있을 것이라고 생각했죠. 그래서 만나 달라고 부탁을 했던 겁니다."

"그렇다면 왜 그런 시간에?"

"다음 날 런던으로 가셔서 몇 개월 동안은 돌아오지 않으실지도 모른다는 사실을 뒤늦게 알았기 때문이었죠. 그리고 그보다 이른 시간에는 제가 갈 수 없었으니까요."

"저택이 아닌 정원에서 만나자고 했던 이유는 무엇이었습니까?"

"그런 시각에 혼자 살고 있는 분의 집에 여자 혼자서 방문할 수 있을 거라고 생각하시나요?"

"그도 그렇군요. 거기에 가셨을 때 뭔가 이상한 점은 없었습니까?"

"저는 그날 가지 않았어요."

"뭐라고요?"

"정말이에요. 거짓말이 아니에요. 맹세할 수 있어요. 저는 거기에 가지 않았어요. 그럴 만한 사정이 생겨서."

"그건 어떤 사정이었습니까?"

"개인적인 일이기 때문에 대답할 수 없습니다."

"그럼 이렇게 됐다는 말씀이신가요? 찰스 경이 돌아가신 그 장소에서 그 시각에 만날 약속은 했지만, 그 약속을 지키지는 못했다. 맞습니까?"

"예, 말씀하신 대로예요."

나는 몇 번이고 물었지만, 그녀는 결코 대답을 하려 들지 않았다.

오랜 시간에 걸쳐 이야기를 나누었지만 만족할 만한 성과를 올리지 못한 이번 방문을 마칠 생각으로 자리에서 일어난 나는, 라이언즈 부인에게 말했다.

"알고 계신 일들을 전부 말씀해 주시지 않는다면, 당신은 중대한 책임을 지게 될지도 모릅니다. 그리고 당신의 명예에 오점을 남기게 될지도 모릅니다. 내가 경찰의 힘을 빌릴 수밖에 없게 되어 버리면, 그때 당신은 대단히 위태로운 지경에 놓이게 되는 겁니다. 아시겠습니까? 마음에 걸리는 게 없었다면, 처음에 어째서 그 편지를 보냈다는 사실을 부인하셨던 겁니까?"

"오해를 받게 될까 봐 두려워서 그랬어요. 이상한 소문이 돌게 될지도 모르니까요."

"편지를 태워 달라고 그토록 찰스 경에게 부탁했던 이유는요?"

"편지를 읽으셨다면 그 이유도 이미 알고 계실 텐데요."

"전부 읽었다고는 말씀드리지 않았습니다."

"하지만 인용까지 하셨잖아요?"

"그건 추신에 적은 내용이었습니다. 편지를 태웠다고 말씀드렸었죠? 그래서 전부 읽을 수는 없었습니다. 다시 한 번 묻겠습니다. 찰스 경이 돌아가시던 날 받은 편지를 왜 그토록 태워 달라고 부탁했습니까?"

"그건 어디까지나 개인적인 문제예요."

"경찰의 조사를 받고 싶지 않으시다면 얘기를 하셔야 할 겁니다."

"그렇다면 얘기를 해야겠군요. 저의 불행에 대해서 들으셨다면, 앞뒤 가리지 않고 청혼을 받아들였다가 뒤에 후회를 하게 되었다는 사실도 알고 계실 겁니다."

"그 얘기는 들은 적이 있습니다."

"그 몹쓸 남편은 매일 나를 괴롭혔어요. 그런데 법이 남편에게 유리하게 되어 있기 때문에, 지금이라도 당장 함께 살자며 데려가지나 않을까 매일 가슴을 졸이며 살아야 했죠. 찰스 경에게 편지를 보낸 것은 어느 정도의 비용만 있으면 자유의 몸이 될 수 있다는 사실을 알게 되었기 때문이에요. 마음 편한 시간, 행복, 인간으로서의 자부심. 내게는 그것만 있으면 더 이상 바랄 게 없었어요. 찰스 경은 정이 많으신 분이었어요.

내가 직접 부탁을 드리면 틀림없이 도와주실 거라고 생각했죠."

"그런데 왜 약속을 어기신 겁니까?"

"편지를 보낸 뒤에 다른 분께서 도와주셨기 때문이에요."

"그렇다면 왜 편지로 그 사실을 알리지 않았습니까?"

"이튿날 아침 신문을 보고 그분이 돌아가셨다는 사실을 알게 되었어요. 그래서 편지를 보내지 않은 거였죠."

그녀의 대답은 일관성이 있었고, 아무리 질문을 해 봐도 빈틈을 찾을 수가 없었다. 그 다음부터는 찰스 경이 죽은 전후로 해서 남편에 대한 이혼 소송을 일으켰는지 확인해 보는 정도의 일밖에는 할 수가 없었다. 실제로 배스커빌 저택까지 갔으면서 가지 않았다고 우기는 것이라고는 보기 힘들었다. 쿰 트레이시에서 그곳에 가려면 마차가 필요했을 것이고, 또 아무리 서두르더라도 쿰 트레이시로 돌아오면 이른 아침이 되어 버린다. 그런 조그만 여행을 남모르게 할 수는 없는 일이다. 그녀는 역시 진실을 이야기한 것이다. 적어도 어느 정도는 진실을 이야기한 것이라고 생각되었다.

나는 기세가 꺾여서 힘없이 그녀의 집에서 물러났다. 다시 두꺼운 벽에 부딪친 느낌이었다. 내가 조사를 하려고 나설 때마다 그 벽은 내 앞을 가로막았다. 어쨌든 그녀의 표정과 태도를 생각하면 생각할수록 뭔가를 감추고 있다는 느낌이 강해졌다. 왜 그렇게 창백하게 변해 버린 것일까? 왜 그렇게 더 이상 숨길 수 없게 될 때까지 부인을 했던 것일까? 그 비극이 일어났을 때, 왜 입을 다물고 있었던 것일까? 어쨌든 그녀는 자신의 행동을 해명하기 위해서 입을 열기는 했지만, 사건과 무관한 것처럼 보이지는 않았다.

결국 더 이상 그녀에게서 얻어 낼 것이 없었기 때문에 또 하나의 단서, 즉 황야의 돌집으로 시선을 돌릴 수밖에 없었다. 하지만 돌집을 수사한다는 것도 크게 기대를 걸 만한 일은 아니었다. 마차를 타고 돌아오면서 고대인의 유적이 보이는 언덕이 차례차례로 나타났다가 사라지는 풍경을 바라보며 그 사실을 통감할 수 있었다.

배리모어가 제공한 정보는 그 이상한 사람이 폐허가 된 집 중 어느 한 곳에 숨어 있다는 것뿐이었다. 그런데 수백 개가 넘는 돌집은 끝없이 펼쳐진 황야 여기저기에 흩어져 있었다. 하지만 아주 막막하기만 한 것은 아니었다. 그 사람이 검은 바위산 위에 서 있는 것을 보았기 때문이다. 그러니 그 부근부터 조사를 해 나가면 될 것이다. 그 부근에 있는 돌집부터 샅샅이 뒤져 나가면 내가 원하는 것을 발견할 수 있을 것이다.

만약 사내를 찾아낸다면, 경우에 따라서는 권총을 들이대고서라도 그자의 정체와 왜 뒤를 밟았는지를 밝혀 내야만 한다. 리젠트 가에서는 인파를 헤집고 도망갈 수 있었겠지만, 이 황야에서는 마음먹은 대로 되지 않을 것이다. 하지만 돌집을 찾아냈는 데 사내가 없을 경우에는 제아무리 시간이 걸려도 그가 돌아올 때까지 기다려야 한다. 홈즈는 런던에서 그 자를 놓쳤었다. 스승의 적을 제자가 잡는다면, 그 얼마나 자랑스러운 일이 되겠는가?

이번 조사에서는 정말 운이 따라주지 않았지만, 드디어 내게도 운이 따르기 시작했다. 그 행복의 사자는 바로 프랭클랜드 씨였다. 잿빛 구레나룻, 발그스레한 얼굴의 그 노인은 길쪽으로 나 있는 정원의 문 앞에 서 있었다. 그때 쿰 트레이시에서 돌아오던 내가 그 앞을 지나치려 했던 것이다.

"안녕하십니까, 왓슨 씨!"

그는 평소와는 달리 밝은 목소리로 인사를 했다.

"자, 말들도 좀 쉬게 해 줄 겸, 안으로 들어가서 날 위해 축하 와인을 들고 가지 않겠습니까?"

그가 딸에게 어떻게 대했는지를 알았기 때문에 노인에 대한 호의는 완전히 사라져 버렸지만, 퍼킨스와 마차를 빨리 저택으로 보내고 싶었기 때문에 나는 그의 청을 받아들였다.

나는 마차에서 내리면서 저녁 식사 전까지 걸어서 돌아가겠다고 헨리 경에게 전해 달라고 퍼킨스에게 부탁했다. 그리고 프랭클랜드 씨의 안내를 받아 식당으로 들어갔다.

그가 껄껄 웃으며 말했다.

"오늘은 정말 멋진 날입니다. 내 평생의 기념비적인 날이 될 겁니다. 두 건의 재판에서 모두 멋진 승리를 거두었습니다. 즉 이 부근의 사람들에게 법이 엄격하다는 사실과, 소송 같은 걸 조금도 두려워하지 않는 사람도 있다는 사실을 알려 준 것입니다. 미들턴 영감의 집 한가운데, 그것도 현관에서 백 야드도 떨어지지 않은 곳의 통행권을 따냈습니다. 어떻습니까? 이것으로 우리 모두의 토지에 대한 권리를 함부로 짓밟을 수 없다는 사실을 잘난 척하는 사람들도 알게 되었을 겁니다! 그리고 펀위시 사람들이 소풍을 오는 숲을 출입 금지 지역으로 만들어 버렸습니다. 그 혐오스러운 사람들은 토지 소유권에 대해서는 조금도 생각지 않는다니까요. 제멋대로 들어와서는 종이와 병들을 함부로 버리고 갑니다. 판결이 났습니다, 왓슨 씨. 두 건 모두 내가 소송에서 이겼습니다. 존 멀랜드 경이 자신의 토끼 사육장에서 총을 쏘아 대는 건 주위 사람들에게 피해를 주는 짓이라고 소송을 건 적이 있었는데, 그때 이후 오늘처럼 기쁜 날은 처음입니다."

"대체 어떻게 된 일입니까?"

"이 서류를 보세요. 읽어 볼 만한 가치가 있습니다. 멀랜드 소송에 관한 내용입니다. 이백 파운드가 들기는 했지만 승리를 거뒀습니다."

"그래서 얻은 게 뭡니까?"

"아무것도 없습니다. 내 이익을 위해서 소송을 건 적은 한 번도 없었습니다. 어디까지나 시민으로서의 의무감에서 하는 일들입니다. 오늘 밤쯤 펀위시 사람들은 내 인형의 화형식을 거행할 겁니다. 전에 한 번은 그런 부끄러운 짓을 못하게 해 달라고 경찰에 부탁한 적이 있었습니다. 하지만 주 경찰 녀석들, 건방지게도 내 권리를 지켜 주려 들지 않았습니다. 그 건으로 소송을 걸어 놓았으니, 이제 어떻게 될지 녀석들도 알게 될 겁니다. 나를 이렇게 대접하면 나중에 후회하게 될 거라고 말해 주었었는데, 이제 곧 그렇게 될 겁니다."

"어떻게 말입니까?"

내가 물었다.

그는 거만한 표정을 지으며 말했다.

"나는 녀석들이 알고 싶어 하는 것을 알고 있습니다. 하지만 나는 죽어도 그 악당들을 돕지 않을 겁니다."

처음에는 이런 쓸데없는 이야기에서 벗어날 방법이 없을까 생각을 했었지만, 여기까지 오자 더 듣고 싶은 마음이 생겼다. 이 노인은 성격이 괴팍하기 때문에 내가 조금이라도 흥미를 나타내면 아무런 말도 하지 않을 것이다.

"밀엽이라도 한 거겠죠."

나는 가볍게 받아넘기는 시늉을 해 보였다.

"후, 후, 후. 좀 더 중대한 일입니다! 황야로 도망간 죄수의 얘기는 들으셨겠죠?"

"설마 어디에 있는지 아는 건 아니겠지요?"

나는 깜짝 놀라지 않을 수 없었다.

"확실하게 어디에 숨어 있는지는 알 수 없지만, 경찰이 체포할 수 있도록 도울 수는 있습니다. 그 탈옥수를 잡기 위해서는 먹을 것을 어떻게 해결하고 있는지를 밝혀 내면 된다고 생각해 보지는 않았죠?"

큰일이었다. 그는 사실을 어느 정도 알고 있는 듯했다.

"과연 그렇군요. 하지만 탈옥수가 황야의 어느 부근에 있는지 어떻게 알아냈습니까?"

"내 눈으로 음식을 나르는 것을 봤습니다."

나는 배리모어가 걱정되었다. 집념이 강하고 남의 일에 참견하기 좋아하는 이 노인이 일의 전말을 알게 되었으니, 그냥 넘어가지는 않을 것이다. 하지만 노인의 다음 말을 듣고는 마음을 놓을 수 있었다.

"놀라지 마십시오. 음식을 나르는 건 소년입니다. 지붕 위 망원경으로 매일 보고 있습니다. 녀석은 매일 같은 시간에 같은 길을 지납니다. 틀림없이 탈옥수가 있는 곳으로 가는 겁니다."

정말 다행이었다! 하지만 나는 별로 흥미를 느끼지 못한 척 관심을 보이지 않았다. 소년이라! 배리모어도 그 이상한 사람에게 물건을 전달하는 것은 소년이라고 말했었다. 프랭클랜드가 우연히 발견한 것은 이상한 사람에 관한 단서지 탈옥수에 관한 단서가 아니었던 것이다. 노인의 입을 열 수만 있다면 고생을 하지 않아도 될지 모른다. 하지만 지금은 별로 관심도 없으며 믿을 수도 없다는 듯 보이는 것이 가장 좋을 것이었다.

"양치기의 아들이 황야에 있는 아버지에게 식사를 가져다주는 걸지도 모르지 않습니까?"

아주 사소한 이견을 제시했을 뿐이었는데도 이 늙은 독재자는 벌컥 화를 냈다. 그는 잿빛 수염을 성난 고양이처럼 곤두세우며 나를 노려보았다.

"아니, 왓슨 씨! 잘 보세요. 저쪽에 검은 바위산이 보이지 않습니까? 그리고 그 건너편에 가시나무가 무성한 낮은 언덕이 있죠? 저 부근은 황야에서도 가장 바위가 많은 곳입니다. 양치기가 저런 곳에 양을 풀어 놓을 리 없습니다. 당신의 말은 정말 우습지도 않은 말입니다."

나는 잘 알지도 못하면서 쓸데없는 말을 해서 죄송하다고 사과했다. 그는 내가 순순히 사과를 하자 기분이 좋아졌는지 다음과 같은 정보를 스스로 들려줬다.

"한번 들어 보세요. 내가 그렇게 생각한 데는 다 그럴 만한 확실한 증거가 있기 때문입니다. 짐을 짊어지고 가는 소년의 모습을 본 게 한두 번이 아닙니다. 하루에 한 번, 때로는 두 번 보일 적도 있었는데…… 앗, 잠깐만 기다리세요, 왓슨 씨. 내가 잘못 본 걸까요? 저 언덕의 경사면에 지금 뭔가가 움직이고 있는 것 같은데."

몇 마일이나 떨어진 곳이기는 했지만, 흐릿한 녹색과 회색 풍경 속에 조그만 검은 점이 있는 것이 확실하게 보였다.

프랭클랜드가 계단 쪽으로 달려가며 말했다.

"이쪽으로 와 보세요! 왓슨 씨 눈으로 직접 확인해 보시라고요!"

함석을 깔아 놓은 평평한 지붕 위에, 삼발이 위에 올려진 성능 좋아 보이는 기계가 놓여 있었다. 망원경이었다. 망원경을 들여다보던 그는 환호성을 올렸다.

"자, 얼른요, 왓슨 씨. 서두르지 않으면 언덕 너머로 사라집니다!"

틀림없이 보였다. 조그만 짐을 어깨에 짊어진 소년이 천천히 언덕 위로 올라가고 있었다. 정상에 올라서자 누더기를 걸친 소년의 모습이 푸른 하늘을 배경으로 뚜렷하게 도드라져 보였다. 소년은 사람들의 시선을 살피듯 가만히 주위를 둘러보고 있었다. 마치 쫓기고 있는 사람처럼 보였는데, 곧 언덕 너머로 사라져 버렸다.

"어떻습니까? 내가 말한 그대로죠?"

"그렇군요. 남몰래 심부름을 하고 있는 것 같군요."

"시골 순경이라도 누구의 심부름꾼인지 금방 알 수 있을 겁니다. 하지만 나는 녀석들에게 절대로 가르쳐 주지 않을 겁니다. 왓슨 씨, 당신도 말씀하셔서는 안 됩니다. 한마디도 해서는 안 됩니다! 아셨죠?"

"잘 알겠습니다."

"녀석들은 나를 무시했습니다. 무시를 당했단 말입니다. 이번 소송에서 사실이 밝혀지면 나라 전체에서 들고 일어날 겁니다. 어쨌든 경찰에게는 절대로 도움을 주지 않을 겁니다. 마을의 멍청이들이 내 인형이 아니라 나를 화형에 처한다 해도 눈 하나 꿈쩍하지 않을 놈들이 바로 경찰입니다. 이런, 벌써 돌아가시게요? 이 굉장한 승리를 축하하며 술병이 빌 때까지 마시다 가세요!"

나는 그의 청을 뿌리치고 집까지 바래다 주겠다는 것을 말리느라 애를 먹었다. 나는 그가 지켜보는 동안에는 큰길을 걷다가 옆길로 빠져나와, 황야를 가로질러 그 소년이 사라진 돌투성이 언덕으로 향했다. 제아무리 피곤하다 할지라도 행운의 여신이 가져다 준 이 기회를 놓치고 싶지는 않았다. 언덕 정상에 올랐을 때는 이미 태양이 저물기 시작할 무렵이었다. 눈앞에 펼쳐진 경사면의 한쪽은 금빛이 도는 푸른색으로 반짝이고 있었고, 다른 한 쪽은 잿빛 그림자에 덮여 있었다. 저멀리 지평선 위에 안개가 낮게 끼어 있었고, 그 위로 벨리버 바위산과 빅슨 바위산이 마치 신기루처럼 우뚝 솟아 있었다. 끝없이 펼쳐진 황야에 움직이는 것이라고는 하나도 보이지 않았으며, 아무런 소리도 들려오지 않았다. 갈매기인지 마도요인지 잿빛 커다란 새가 한 마리 푸른 하늘 위로 날아가는 것이 보였다. 넓디넓은 푸른 하늘과 그 밑의 불모지 사이에 살아 있는 것이라고는 나와 그 새밖에 없는 것 같다는 느낌이 들었다. 황량한 경치, 커다란 외로움, 그리고 내가 맡고 있는 수수께끼와 긴박감, 이 모든 것이 내 마음을 얼어붙게 했다.

소년의 모습은 어디에서도 찾아볼 수 없었다. 단지 발 아래 언덕의 경사면에 고대 돌집들이 둥그런 원을 그리며 늘어서 있는 것이 보일 뿐이었다. 그중에 비바람을 피할 수 있을 만큼의 지붕이 아직도 남아 있는 집이 있었다. 그것을 본 순간 가슴이 설레기 시작했다. 틀림없이 바로 저기가 의문의 사내가 숨어 있는 곳일 것이다. 드디어 은신처를 찾아냈다. 사내의 비밀을 손에 넣은 것이었다.

나는 가만히 그 돌집 가까이 다가갔다. 앉아 있는 나비를 향해서 스태플턴이 잠자리채를 들고 접근하듯이. 역시 사람이 살고 있는 듯한 느낌을 주었다. 바위 사이로 희미하게 오솔길이 집이 무너져 구멍이 뚫린 곳까지 이어져 있었는데, 그것이 문인 듯했다. 안은 쥐 죽은 듯 조용했다. 그 의문의 사내는 여기 숨어 있든가, 아니면 황야를 어슬렁거리고 있을 것이다. 모험을 하기에 앞서서 나는 마음을 다잡았다. 담배를 내던지고 권총을 손에 든 나는 재빠르게 다가가 안을 들여다보았다. 아무도 없었다.

하지만 뒤를 잘못 쫓고 있는 것이 아니라는 증거가 여기저기 널려 있었다. 여기에는 틀림없이 그 사내가 살고 있다. 지난날, 신석기 시대 사람이 침상으로 사용했을 돌바닥 위에는 방수용 봉투에 담긴 담요 몇 장이 놓여 있었다. 조그만 화덕에는 불을 피웠던 흔적인 재가 수북이 쌓여 있었다. 그 옆에 요리에 쓰는 도구와 물이 반쯤 담긴 양동이가 있었다. 빈 깡통들이 흩어져 있는 것으로 보아, 여기에 살기 시작한 지 꽤 시간이 흐른 듯했다.

바위틈으로 새어 들어오는 빛에 익숙해지자, 돌집의 구석에 조그만 접시와 술이 아직도 반쯤 남아 있는 병이 놓여 있는 게 보였다. 돌집 중앙에는 식탁으로 쓰고 있는 것으로 보이는 평평한 돌이 있었고, 그 위에 조그만 꾸러미가 있었다. 망원경으로 봤을 때 소년이 어깨에 짊어지고 있던 꾸러미일 것이다. 헝겊으로 싼 꾸러미 안에는 빵, 소 혓바닥 통조림 한 개, 복숭아 통조림 두 개가 들어 있었다. 조사를 해 본 뒤에 다시 싸려고 하다가, 무엇인가 적혀 있는 종이쪽지가 꾸러미 밑에 깔려 있는 것이 보여 순간 움찔했다. 나는 그것을 집어 들었다. 거기에는 연필로 아무렇게나 갈겨 쓴 다음과 같은 글이 있었다.

왓슨 선생님은 쿰 트레시에 갔음.

한동안 종이쪽지를 손에 쥔 채 이 짧은 글에 대해서 생각을 해 보았다. 그렇다면 이 정체불명의 사내가 감시를 하고 있던 것은 헨리 경이 아니라 바로 나였단 말인가? 그 사내는 부하를 써서 — 그 소년일지도 모른다 — 내 뒤를 밟게 했다. 그리고 이것이 그에 대한 보고다. 이 황야에 온 이후부터 나의 일거수일투족은 하나하나 감시의 대상이 되었고, 보고의 대상이 되었던 것일지도 모른다. 언제나 눈에 보이지 않는 무엇인가를 느낄 수 있었다. 즉 정교한 그물이 우리 주위에 쳐져 있다는 사실을 느끼고는 있었지만, 그 그물이 느슨하게 쳐져 있었기 때문에 마지막 순간까지 그물에 걸렸다는 사실을 알지 못했던 것이다.

이외에도 보고서가 있을지도 모른다고 생각한 나는 돌집 안을 뒤지기 시작했다. 하지만 그런 것은 어디에서도 보이지 않았으며, 이런 기묘한 곳에서 살고 있는 사내의 성격이나 목적을 보여 줄 만한 물건도 전혀 발견되지 않았다. 단지 알 수 있었던 것은, 이 사내가 스파르타식 습관을 가지고 있으며 쾌적한 생활 같은 것은 전혀 생각지도 않는 사람이라는 사실이었다. 그날의 격렬했던 비를 생각하고, 이 구멍이 숭숭 뚫린 지붕을 보니, 비는 물론 이슬도 제대로 피할 수 없는 돌집에 살고 있는 사내의 의지가 얼마나 강한 것인지 잘 알 수 있었다.

그는 흉악한 적일까, 아니면 우리의 수호천사일까? 그것을 밝혀 내기 전까지는 이 돌집을 떠나지 않겠다고 결심했다. 태양은 낮게 기울었으며, 서쪽 하늘은 주황색과 금색으로 불타오르고 있었다. 그것이 멀리 그림펜 늪 지대에 산재해 있는 조그만 늪을 붉게 물들이고 있었다. 배스커빌 저택의 탑 두 개도 보였다. 멀리서 희미하게 흐르고 있는 연기는 그림펜 마을에서 피어오른 것이었다. 언덕에 가려 보이지는 않았지만, 그 중간쯤에 스태플턴의 집이 있었다.

금빛 저녁 햇살을 받아 모든 것들이 아름답고 조용한 풍경을 이루고 있었다. 하지만 그런 광경에 빠져 있을 수가 없었다. 나는 지금 당장 나타날지도 모를 상대와의 만남을 생각하며 불안과 공포로 떨고 있었다. 극도의 긴장감을 느끼고는 있었지만, 나는 반드시 해내고야 말겠다고 스스로 다짐하면서 돌집의 어두운 구석에 앉아 주인이 돌아오기를 가만히 기다리고 있었다.

드디어 소리가 들려오기 시작했다. 부츠로 돌을 밟는 날카로운 소리였는데, 한 걸음 한 걸음 다가오고 있었다. 나는 어두운 구석으로 몸을 숨긴 뒤, 주머니 속에 있는 권총의 공이치기를 뒤로 당겼다. 의문의 사내가 모습을 드러내면 그때 밖으로 뛰어나갈 생각이었다. 발소리가 멈췄다. 사내가 한 곳에 가만히 머물러 있는 듯했다. 곧 다시 발소리가 들리더니, 오두막 입구에 그림자가 어른거렸다.

"왓슨, 저녁노을이 정말 아름답다네. 그 안에 있는 것보다는 여기로 나오는 게 훨씬 더 기분이 좋을 거야."

그것은 아주 귀에 익은 목소리였다.

황야에서의 죽음

얼마 동안 나는 내 귀를 의심하며 숨죽인 채 앉아 있었다. 간신히 제정신을 차리고 드디어 말을 할 수 있게 되었다. 그 순간 마음속을 무겁게 짓누르고 있던 책임감이 어디론가 깨끗하게 날아가 버린 듯한 느낌이었다. 저렇게 냉정하고 비웃는 듯한 목소리를 가진 사람은 이 세상에 단 한 사람밖에 없었다.

"홈즈! 홈즈지?"

내가 외쳤다.

"이리 나오게."

그가 말했다.

"권총 조심하고."

몸을 웅크려 조그만 입구를 통해 밖으로 나와 보니, 홈즈는 바위 위에 걸터앉아 있었다. 나의 놀란 얼굴을 바라보는 그의 잿빛 눈동자에는 즐거운 빛이 가득 넘쳐 나고 있었다. 그는 좀 여위기는 했지만, 안색은 밝아 보였다. 그리고 갈색으로 그을린 그의 얼굴은 여전히 날카로워 보였다. 트위드로 만든 옷에 헝겊으로 만든 모자를 쓰고 있는 그의 모습은 영락없이 황야를 여행하는 사람의 모습이었지만, 고양이만큼 깨끗한 것을 좋아하는 그는 베이커 가에 있을 때처럼 깨끗하게 면도를 하고 있었으며, 입고 있는 셔츠도 깔끔하기 그지없었다.

"자네를 만나다니, 이보다 더 기쁜 일도 없을 걸세."

나는 홈즈의 손을 꼭 쥐었다.

"이렇게 놀랐던 적도 없을 걸세, 가 아니었나?"

"뭐, 그도 그렇기는 하지만."

"놀라기는 나도 마찬가지였다네. 자네가 이 임시 은신처를 찾아낼 줄은 꿈에도 생각지 못했으니까. 그리고 입구에서 스무 걸음 정도 떨어진 곳에 올 때까지만 해도 자네가 안에 있다는 사실을 전혀 알지 못했네."

"발자국을 보고 알았겠지?"

"그건 아닐세, 왓슨. 세상의 수많은 발자국 중에서 자네의 발자국을 찾아낼 자신은 없으니까. 자네가 나를 정말 속이고 싶다면, 우선은 담배부터 바꾸는 게 좋을 걸세. 옥스퍼드 가에 있는 브래들리 마크가 찍혀 있는 담배꽁초를 보고 내 친구인 왓슨이 가까이에 있다는 사실을 알 수 있었으니까. 보게, 저쪽 길 옆에 버려져 있지 않은가? 이 텅 빈 돌집 안으로 뛰어들기 직전에 버렸겠지."

"자네가 말한 대로일세."

"역시 그렇군. 나는 자네가 인내심이 강한 사람이라는 걸 잘 알고 있기 때문에, 안에서 총을 손에 쥐고 주인이 돌아올 때까지 기다리고 있을 거라는 사실도 알 수 있었지. 그런데 자네는 내가 정말 범죄자인 줄 알았나?"

"아니, 누군지는 몰랐네. 하지만 꼭 밝혀 내고야 말겠다고 생각하고 있었지."

"과연 자네답군, 왓슨! 그런데 여길 어떻게 찾아낸 거지? 탈옥수를 쫓던 날 밤에 봤나? 그때는 내 뒤에 달이 있다는 사실을 깜빡하고 있었으니까."

"맞아, 그때 자네를 봤네."

"그래서 돌집들을 샅샅이 뒤졌고, 결국 여기까지 오게 된 건가?"

"아니 심부름꾼 아이가 감시를 받고 있었네. 그래서 대략 어디쯤인지를 알게 되었지."

"그 망원경 노인이로군. 처음에는 반짝이는 게 렌즈일 줄은 생각지도 못했네."

홈즈가 일어나 집 안을 들여다보았다.

"이런, 카트라이트가 먹을 것을 가져다 놓았군. 이 쪽지는 뭐지? 그렇군. 자네, 쿰 트레이시에 다녀왔나?"

"그렇다네."

"로라 라이언즈 부인을 만나고 왔겠지?"

"맞아."

"정말 잘했네! 우리의 수사는 지금까지 평행선을 달리고 있었네. 그러니까 두 사람이 조사한 걸 종합해 보면, 사건에 대해서 상당히 확실한 것들을 알아낼 수 있을 거야."

"자네가 와 주어서 정말 기쁘네. 책임은 무겁고 수수께끼는 풀리지 않고, 어떻게 해야 좋을지 몰랐으니까. 그런데 대체 어떻게 여기에 온 건가? 그리고 왜 이런 데 있는 거지? 나는 자네가 베이커 가에서 공갈 사건에 몰두하고 있을 거라고 생각했네."

"그렇게 생각해 주길 바랐었지."

"그럼 내게 일을 부탁해 놓고도 나를 믿지 못했던 게로군. 나는 그래도 내가 자네에게 대접받을 만하다고 생각하고 있었다네, 홈즈."

나는 화가 났다.

"너무 화내지 말게. 자네는 이번 일도 아주 잘 처리해 주었어. 전에 있었던 다른 사건들과 마찬가지로. 자네를 속인 거라고 생각했다면, 정말 미안하네. 내가 사과하겠네. 사실 이렇게 행동한 건 자네를 걱정해서기도 하네. 여기 와서 내가 직접 사건을 조사하기 시작한 건 자네가 위험하다고 판단했기 때문이야. 내가 헨리 경과 자네와 함께 있었다면, 나도 자네와 같은 견해를 갖게 되었을 걸세. 그리고 내가 있다는 것이 알려지면, 만만치 않은 우리의 적도 더욱 경계를 늦추지 않았을 걸세. 덕분에 나는 자유롭게 움직일 수 있었다네. 하지만 내가 저택에 있었다면 그렇게 하지는 못했을 걸세. 이 사건에서 나는 숨겨진 존재기 때문에 만일의 경우에는 전력을 다 쏟아 부을 수가 있네."

"그래도 왜 나에게까지 숨겼던 거지?"

"밝힌다고 해 봐야 별로 달라질 것도 없었고, 내가 들킬 염려도 있었으니까. 자네는 나와 이야기를 나누고 싶어 할 거고, 또 정이 많은 사람이니 이것저것 내게 건네주고 싶어 했을 걸세. 그렇게 되면 일부러 위험을 자초한 결과가 되었을 거야. 카트라이트를 이리로 데리고 왔네. 그 왜, 속달 우편 취급 회사에 있던 아이 말일세. 카트라이트가 빵이나 옷가지 등 최소한도로 필요한 물품들을 날라다 주고 있네. 이 정도면 충분하지 않겠나? 그 아이는 나의 눈과 발이 되어 주고 있어. 그 아이는 다리가 아주 튼튼하거든. 상당한 도움이 되고 있네."

"그렇다면 내 보고는 아무런 도움도 되지 않았겠군!"

보고서를 쓸 때의 고통과 완성했을 때의 벅찬 마음이 생각나 목소리가 떨리고 있었다.

홈즈는 주머니에서 편지 뭉치를 꺼냈다.

"여기에 있지 않은가? 보게, 손때가 묻을 정도로 몇 번이고 되풀이해서 읽었네. 이래저래 손을 써 놓았기 때문에, 하루 정도 늦기는 하지만 제대로 받아 볼 수 있었지. 이런 어려운 사건을 여기까지 잘도 조사했다고 감탄하고 있던 차였다네."

홈즈의 행동을 생각하면 좀처럼 화가 가라앉지 않았지만, 따뜻한 말로 칭찬하는 것을 들으니 나도 모르게 마음이 차분하게 가라앉기 시작했다. 그의 모든 말이 옳은 것처럼 여겨지기도 했다. 그리고 황야에 와 있다는 사실을 모르고 있었던 것이 오히려 잘된 일이었다고 진심으로 생각하게 되었다.

밝아진 내 얼굴을 보면서 홈즈가 말했다.

"기분이 나아졌군. 자, 그럼 로라 라이언즈 부인을 만난 결과를 들려주겠나? 자네가 그녀를 만나기 위해서 그리로 갔다는 사실은 바로 알 수 있었네. 쿰 트레이시에 사는 사람 가운데 이번 사건에 도움을 줄 만한 사람은 그녀밖에 없다는 사실 정도는 진작부터 알고 있었으니까. 오늘 자네가 다녀오지 않았다면, 내일이라도 내가 만나러 갔을 걸세."

태양은 이미 저물었고, 황야는 어둠에 잠기기 시작했다. 날이 추워졌기에 우리는 돌집 안으로 들어가서 불을 피웠다. 희미한 어둠 속에 함께 앉아서 나는 부인과의 대화를 홈즈에게 들려주었다. 홈즈는 커다란 흥미를 느낀 듯했다. 두 번이나 이야기를 해서 간신히 납득시킨 부분도 한두 군데가 아니었다.

"아주 중대한 일일세. 이것으로 복잡하기 짝이 없었던 사건 중에서 메워지지 않았던 부분을 메울 수 있게 되었다네. 자네도 눈치 챘겠지만, 라이언즈 부인과 스태플턴이라는 사람은 아주 친밀한 관계에 있지."

"그건 몰랐었네."

"의심의 여지가 없네. 만나서 이야기를 하기도 하고 편지를 주고받기도 하고, 두 사람은 확실히 의기투합했다네. 좋았어, 이걸로 강력한 무기를 손에 넣은 셈일세. 이걸 이용해서 그 남자의 아내를 떼어 놓는다면……."

"아내라니?"

"자네가 여러 가지 정보를 제공했으니, 나도 정보를 하나 알려 주겠네. 스태플턴의 동생으로 알려진 여자는 사실 그의 아내일세."

"뭐라고? 그게 사실인가? 그렇다면 왜 헨리 경이 그녀에게 사랑을 품고 있는데도 말없이 지켜보고만 있는 거지?"

"그 일로 해서 상처받는 건 헨리 경밖에 없으니까. 헨리 경이 그녀에게 접근하지 못하도록 그가 감시의 눈길을 보내고 있다는 사실은 자네도 알고 있겠지? 다시 한 번 말하지만, 그 여자는 아내지 동생이 아닐세."

"하지만 왜 그런 귀찮은 속임수를 쓰는 걸까?"

"독신이라고 하는 편이 훨씬 더 쓸모가 있을 거라고 생각한 거겠지."

지금까지 본능적으로 느끼고 있었던 박물학자에 대한 의문들이 한꺼번에 떠올랐다. 밀짚모자를 쓰고 잠자리채를 손에 든 평범하기 짝이 없는 남자 속에 있는 무시무시한 것이 보이기 시작했다. 그는 웃는 얼굴 속에 살의를 숨기고 있으며, 보기 드문 인내력과 교활함을 갖추고 있는 사람이었다.

"그렇다면 적은 그 사람이란 말인가? 런던에서 미행했던 것도 그 사람이었단 말인가?"

"나는 그렇게 생각하고 있네."

"그렇다면 경고의 편지를 보낸 것은 그녀의 아내였다는 말이 되지 않는가?"

"바로 그렇다네."

오랫동안 나를 둘러싸고 있던 어둠 속으로 무시무시한 범죄의 모습이 희미하게 떠오르기 시작했다.

"정말 확실한 건가, 홈즈? 어떻게 아내라는 사실을 알았지?"

"그 사람, 자네를 처음 만났을 때 자신도 깜빡하고 진짜 경력을 잠깐 얘기하지 않았나? 틀림없이 후에 굉장히 후회했을걸세. 그 사람은 잉글랜드 북부에서 학교 교장을 지낸 적이 있네. 그런데 교장처럼 조사하기 쉬운 직업도 없다네. 교사 소개소라는 곳이 여기저기 널려 있어서 한 번이라도 교직에 있었던 사람의 신원은 쉽게 알아낼 수가 있지. 한 학교가 입에 담기도 싫은 사정으로 문을 닫았다네. 그 경영자는 — 이름은 달랐지만 — 아내와 함께 행방을 감추어 버렸지. 생김새가 똑같았다네. 이 정도는 잠깐의 조사만으로도 알아낼 수가 있었지. 더구나 행방을 감춘 사람이 곤충학에 심취해 있다는 사실을 알게 되었다면, 그게 누군지는 금방 알 수 있는 일이지."

어둠의 장막이 서서히 걷히려 하고 있었지만, 그래도 여전히 어두운 부분이 많았다.

"가령 그 여자가 진짜 부인이라고 치더라도, 그게 로라 라이언즈 부인과 무슨 상관이란 말이지?"

"그걸 알게 된 건 자네의 조사 덕분일세. 자네가 라이언즈 부인과 만남으로써 어떻게 된 일인지 확실하게 보이기 시작했어. 나는 라이언즈 부부의 이혼에 관한 얘기는 전혀 모르고 있었거든. 그녀는 스태플턴이 독신인 줄 알고 그의 아내가 되려고 하는 것임에 틀림없네."

"그럼 그녀가 속은 걸 알게 되면 어떻게 될까?"

"바로 그걸세. 그걸 알게 되면 그녀는 우리 편이 되어 줄지도 모르지. 내일 찾아가 봐야지. 우리 둘이서. 그런데 왓슨, 자네의 임무를 너무 소홀히 하고 있는 것 아닌가? 배스커빌 저택으로 돌아가는 게 좋을 것 같은데."

이미 서쪽 하늘에도 저녁노을의 빛은 사라지고 없었다. 황야는 완전히 저물어 있었다. 자줏빛 하늘에 별이 희미하게 반짝이기 시작했다.

나는 자리에서 일어나면서 홈즈에게 물었다.

"마지막으로 하나만 물어보겠네, 홈즈. 이젠 더 이상 내게 숨기지 않아도 되겠지? 스태플턴은 대체 무엇을 바라고 이런 짓을 벌인 거지?"

홈즈가 어두운 목소리로 대답했다.

"살인일세, 왓슨. 아주 교묘하게 계획된 냉혹한 살인일세. 자세한 얘기는 아직 묻지 말아 주게나. 스태플턴은 헨리 경에게 쳐 놓은 그물을 잡아당기려 하고 있네만, 나도 스태플턴에게 그물을 쳐 놓았다네. 자네가 도와준 덕분에 그는 더 이상 움직일 수 없이 되어 버렸지. 단, 한 가지 위험이 아직도 남았다네. 우리의 준비가 끝나기 전에 스태플턴이 행동을 개시할지도 모른다는 거네. 하지만 하루, 길어야 이틀 정도면 마무리 지을 수 있네. 그러니 그때까지는 병에 걸린 아이를 돌보는 엄마처럼 헨리 경을 확실하게 보호해 주기 바라네. 오늘 자네의 행동은 옳았다고 할 수 있지만, 그래도 나는 자네가 헨리 경 곁에 있어 주기를 바랐다네. 앗, 이게 무슨 소리지?"

끔찍한 비명 소리가 들려왔다. 공포와 고통으로 가득 찬 외침이 정적에 잠긴 황야에 오래도록 울려 퍼졌다. 그 무시무시한 외침에 온몸의 피가 얼어붙는 듯했다.

"하나님 맙소사! 뭘까? 무슨 일이 있었던 걸까?"

홈즈는 자리에서 벌떡 일어났다. 나는 어느새 문 앞에 나가 있는 그의 검은 윤곽을 보았다. 그는 상체를 구부리고 얼굴을 내밀어 어둠 속을 가만히 응시하고 있었다.

"쉿, 조용히!"

끔찍한 그 비명은 멀리 어두운 황야의 어딘가에서 들려온 듯했다. 다시 비명 소리가 들려왔다. 이번에는 전보다 훨씬 더 가까이서, 절박하게 들려왔다.

"어디지? 어느 쪽 같나, 왓슨?"

홈즈가 속삭이듯 말했다. 그의 목소리가 떨리고 있었다. 강철처럼 강인한 사내조차도 두려움을 느끼고 있는 것이다.

"저쪽 아닌가?"

나는 어둠 속을 손가락으로 가리켰다.

"아니, 저쪽이야."

더욱 고통에 넘친 외침이 밤의 침묵을 찢어 놓았다. 그 외침은 점점 가까워지고 있었으며, 점점 커지고 있었다. 그 외침을 다른 소리가 뒤덮어 버렸다. 목 깊은 곳에서 짜내는 듯한 신음 소리 같기도 하고 울부짖음 같기도 한 소리, 피마저 얼어 버릴 듯한 그 소리는 바다의 물결소리처럼 높아졌다 낮아졌다를 반복하며 울려 퍼졌다.

"사냥개다! 가세, 왓슨! 이미 늦은 걸까?"

홈즈는 맹렬한 기세로 황야를 달리기 시작했다. 나도 그 뒤를 따라갔다. 그런데 바로 우리 앞에 있는 울퉁불퉁한 땅바닥 어딘가에서 단말마의 절규가 들리더니, 뒤이어 무거운 것이 떨어지는 소리가 들려왔다. 우리는 멈춰 서서 귀를 기울였다. 바람 한 점 불지 않는 밤의 침묵을 깨는 소리는 더 이상 들려오지 않았다.

"당했네, 왓슨. 이젠 모든 것이 끝이야."

"그럴 리가 없네!"

"어리석었어. 일을 너무 신중하게 처리했네. 왓슨, 자네도 마찬가지야. 임무 수행 장소에서 벗어나 있었기 때문에 이런 일이 벌어진 걸세. 그렇지만 최악의 사태가 벌어진 거라면 반드시 복수를 하고야 말겠네!"

우리는 어둠 속에서 길을 막고 있는 바위를 돌아서, 금작화 덩굴을 헤치고, 숨이 끊어져라 언덕의 경사면을 오르락내리락하면서 무시무시한 소리가 들려온 방향을 향해 달려갔다. 높은 곳에 올라설 때마다 홈즈는 주위를 둘러보았지만, 황야에는 어둠만이 깔려 있을 뿐 움직이는 것이라고는 무엇 하나 보이지 않았다.

"보이는 게 있는가?"

"아니."

"잠깐, 이건 뭐지?"

낮은 신음 소리가 들려왔다. 이번에는 왼쪽이었다. 그쪽은 바위가 그대로 드러나 있었는데, 능선이 끊어져 절벽을 이루고 있었다. 그리고 그 깎아지른 듯한 절벽의 경사면은 온통 바위투성이였다. 그 경사면에 날개를 펼친 채 축 늘어진 듯한 모습의 검은 물체가 쓰러져 있었다. 서둘러 내려가 보니, 물체가 확실하게 눈에 들어왔다. 남자가 고꾸라져 쓰러져 있었다. 고개가 상상할 수 없을 정도의 각도로 안쪽으로 꺾여 있었으며, 공중제비를 돌듯 어깨와 몸이 둥글게 굽어져 있었다. 너무나도 괴상한 모습이었기 때문에, 그 순간 나는 조금 전에 들려온 소리가 마지막 신음 소리였다는 사실조차도 깨닫지 못했다.

그 옆에 웅크리고 앉아 찬찬히 들여다보니, 그 시커먼 물체는 손가락 하나 꿈쩍하지 않았으며 더 이상 신음 소리도 올리지 않았다. 홈즈는 사내를 안아 일으키려다 비명을 지르며 손을 떼었다. 그가 켠 성냥 불빛이 그의 피 묻은 손가락과, 시체의 부서진 머리에서 천천히 흘러내린 핏물이 웅덩이를 이루고 있는 모습을 비쳤다.

성냥불에 모습을 드러낸 시체를 바라보던 우리는 심장이 멎어 버린 듯한 느낌이 들었다. 헨리 배스커빌 경이었다! 붉은빛이 감도는 트위드로 만든 옷을 우리가 잊을 리가 없었다. 베이커 가에서 처음 만났던 날 아침에 그가 입고 있던 옷이었다. 우리가 그것을 본 순간, 마치 희망의 불빛이 꺼지듯 성냥불이 흔들리면서 꺼졌다. 홈즈가 신음 소리를 냈다. 그의 얼굴은 어둠 속에서도 창백하게 보였다.

"이런, 제기랄! 이게 어떻게 된 일이란 말인가? 아, 홈즈. 헨리 경을 이렇게 되도록 내버려 둔 나는 이제 어쩌면 좋단 말인가?"

내가 주먹을 쥐며 소리쳤다.

"아니, 모든 잘못은 내게 있네, 왓슨. 사건을 완벽하게 처리할 욕심에 의뢰인의 목숨을 잃고 말았어. 탐정 일을 시작한 이래 가장 큰 실수를 저지르고 말았네. 하지만 알 수 없군. 그토록 경고를 했음에도 불구하고 왜 황야에 혼자 나온 것일까?"

"헨리 경의 비명 소리를 들었는데…… 아, 그 비명! 왜 그를 돕지 못했을까? 그를 뒤쫓아 죽게 만든 악마와도 같은 개는 어디에 있는 거지? 아직 이 부근의 바위 사이에 숨어 있을지 모르네. 그리고 스태플턴은 어디에 있는 거지? 내 꼭 대가를 치르도록 하겠네."

"물론이지. 반드시 그렇게 될 걸세. 백부와 조카, 두 사람이 살해당했어. 백부는 그 짐승을 보고 마견이라고 착각하여 심장마비를 일으켰다네. 조카는 그것에 쫓겨 어둠 속으로 도망쳐 숨으려다 죽었다네. 하지만 나는 그 사내와 개와의 관계를 입증해야만 하네. 우리는 개의 소리밖에는 듣지 못했어. 정말 있다는 사실조차도 증언할 수 없는 상태야. 헨리 경의 사인이 추락에 있다는 사실만은 확실하네. 정말 교활하기 짝이 없는 놈일세. 하지만 내일은 내 꼭 놈을 잡고 말겠어!"

우리가 오랫동안 해 온 고생은 돌이킬 수 없는 참극이라는 형태로 막을 내리고 말았다. 시체를 앞에 두고 우리는 의기소침해져서 멍하니 서 있을 수밖에 없었다.

곧 달이 오르기 시작했다. 우리는 가엾은 친구가 굴러떨어진 절벽 위로 기어 올라갔다. 반쯤은 은빛에 물든, 반쯤은 어둠에 잠긴 황야가 펼쳐져 있었다. 몇 마일이나 떨어진 곳에 있는 그림펜 쪽에서 노란 불빛 하나가 반짝이고 있었다. 스태플턴의 집에서 새어 나오는 불빛이었다. 나는 그 불빛을 바라보며 주먹을 쥐고 외쳤다.

"왜 지금 당장 잡지 않는 거지?"

"아직 부족한 부분이 있다네. 그자는 영악하기 짝이 없어서 쉽게 모습을 드러내지 않는다네. 녀석이 범인이라는 사실은 알고 있지만, 증거를 잡지 않으면 안 되네. 섣불리 움직였다가는 녀석을 놓칠 우려가 있어."

"이제 우리는 어쩌면 좋겠는가?"

"내일은 해야 할 일이 많네. 오늘 밤에는 저 가엾은 친구의 죽음을 애도하는 일밖에는 달리 할 수 있는 일이 없어."

우리는 절벽 밑으로 내려갔다. 달빛을 받아 은빛으로 빛나는 바위 사이에 시커먼 시체가 누워 있었다. 고통에 뒤틀린 손발을 보자 내 가슴은 아픔으로 떨려 왔으며, 눈에는 눈물이 고였다.

"누군가를 불러야겠네, 홈즈. 우리 둘이서는 저택까지 도저히 옮길 수가 없을 것 같네. 이봐, 자네 미쳤나?"

홈즈가 뭐라고 소리를 지르며 시체 위로 몸을 웅크렸다가 갑자기 벌떡 일어나 큰 소리로 웃으며 내 손을 쥐었다. 이게 자제심이 뛰어난 내 친구란 말인가? 숨어 있던 광기가 드디어 모습을 드러낸 것이다!

"수염이 있어! 턱수염이! 이 사람은 턱수염을 길렀네."

"턱수염이라고?"

"이건 준남작이 아닐세. 맞아, 내 황야의 이웃이었군. 탈옥수였어."

서둘러 시체를 똑바로 눕히고 보니, 차가운 달빛을 받아 피로 범벅이 된 수염이 보였다. 튀어나온 이마와 짐승처럼 움푹 패인 눈, 그가 틀림없었다. 바위 틈에 켜 놓은 촛불 속에서 나를 노려보던 사내, 틀림없이 탈옥수 셀든이었다. 그 순간 모든 사실을 알 수 있었다. 집사인 배리모어에게 자신이 입던 옷을 주었다던 준남작의 말이 떠올랐던 것이다. 부츠며 모자며 전부 헨리 경의 것이었다.

끔찍한 참극이기는 했지만, 어쨌든 사형을 받는다 해도 조금도 이상할 것이 없을 그런 사내였다. 홈즈에게 사정을 설명하는 나의 가슴이 감사와 기쁨으로 부풀어 올랐다.

"그럼 이 사람은 이 옷 때문에 죽은 거로군. 틀림없이 그 개에게 헨리 경이 가지고 있던 물건의 냄새를 맡게 했던 것일세. 호텔에서 사라진 부츠겠지. 그것 외에는 달리 생각할 길이 없어. 그래서 사냥개가 이자를 뒤쫓았던 거지. 하지만 이상한 점이 한 가지 있는데. 셀든은 어둠 속에서 사냥개가 쫓고 있다는 사실을 어떻게 알았던 걸까?"

"소리를 듣고 알았겠지."

"황야에서 사냥개의 소리를 들었다고 해서 이 냉혹한 탈옥수가 그처럼 공포에 사로잡혔을까? 잡힐지도 모르는데 살려 달라고 비명을 지르지 않았나? 조금 전에 들려온 비명 소리로 보아서는 사냥개가 온다는 걸 깨닫고 상당한 거리를 뛰어서 도망쳤다네. 어떻게 알 수 있었을까?"

"자네의 추측이 옳은 가설이라 치더라도, 나는 도무지 이해할 수가 없네. 왜 그 사냥개가……."

"가설이 아닐세."

"그렇다면 왜 하필 오늘 밤에 사냥개를 풀어 놓은 걸까? 언제나 황야에 풀어 놓는 것 같지는 않던데. 헨리 경이 황야에 있다고 생각하지 않았다면, 스태플턴은 사냥개를 풀어 놓았을 리가 없어."

"자네의 의문이라면 당장 설명을 할 수 있지만, 내 의문은 상당히 복잡한 것일세. 영원히 풀리지 않을지도 모르지. 어쨌든 지금 우리에게 닥친 문제는 이 불쌍한 사내의 시체를 어떻게 해야 할까 하는 점이라네. 이대로 놓아두면 여우와 까마귀에게 뜯기고 말 걸세."

"어디 돌집으로 옮긴 다음에 경찰에 연락하는 건 어떻겠나?"

"그렇게 하는 게 좋겠군. 거기까지라면 둘이서도 옮길 수 있을 테니. 앗, 왓슨. 이럴 수가. 당사자께서 직접 행차하셨다네. 정말 대담하기 짝이 없는 자로군. 의심을 받을 만한 말은 한마디도 해서는 안 되네. 절대로. 아니면 내 계획이 물거품이 되고 마네."

이쪽을 향해서 황야의 어둠 속을 걸어오고 있는 사람의 모습이 보였다. 그리고 빨간 담배 불빛이 희미하게 보였다. 달빛에 조그만 키와 거만스러운 걸음걸이를 확실하게 볼 수 있었는데, 그는 박물학자였다. 우리를 알아본 그는 잠시 멈춰 섰다가 바로 우리 곁으로 다가왔다.

"아니, 왓슨 씨 아니십니까? 이런 밤중에 그것도 황야에서 뵙게 될 줄은 몰랐습니다. 무슨 일이 있었습니까? 누가 사고라도 당했나요? 설마 헨리 경은 아니겠지요?"

스태플턴이 내 옆을 스쳐 지나가더니, 시체 위로 몸을 구부렸다. 숨을 들이마시는 소리가 들렸고, 담배가 그의 손가락에서 떨어졌다.

"누, 누구죠? 이게 누굽니까?"

그가 더듬거리며 물었다.

"셀든입니다. 프린스타운 형무소에서 탈옥한 자죠."

스태플턴은 창백한 얼굴로 우리를 바라보았는데, 실망과 놀라움을 간신히 감추고 있다는 사실을 쉽게 알 수 있었다. 그는 홈즈와 내게 날카로운 시선을 던졌다.

"이 무슨 끔찍한 일입니까? 어떻게 죽은 거죠?"

"이 절벽 위에서 떨어져 목이 부러진 듯합니다. 우리는 황야를 돌아다니다 비명 소리를 들었습니다."

"저도 비명을 들었습니다. 그래서 와 본 건데. 헨리 경의 일이 걱정되어서요."

"왜 헨리 경의 일을 걱정하시는 거죠?"

나도 모르게 이런 질문을 해 버렸다.

"오늘 밤에 우리 집으로 초대를 했습니다. 그런데 영 오시지를 않아서 좀 이상하다고 생각하고 있었죠. 그래서 비명 소리를 듣는 순간 헨리 경일지도 모른다는 생각을 하게 된 겁니다. 그런데 그 비명 소리 외에 다른 소리는 듣지 못했습니까?"

스태플턴이 다시 홈즈 쪽을 바라보며 물었다.

"네. 당신은?"

홈즈가 되물었다.

"저도 못 들었습니다."

"그럼 왜 그런 질문을 하시는 거죠?"

"이 부근에 살고 있는 농부들 사이에서 떠돌고 있는 유령 개에 대한 얘기는 알고 계시지요? 밤이면 황야에서 울부짖는다고 합니다. 오늘도 그 소리가 들렸나 해서요."

"그런 소리는 들리지 않았습니다."

내가 대답했다.

"그렇다면 이 사내는 왜 죽은 걸까요?"

"쫓기고 있다는 불안감과 초조함 때문에 미쳐 버린 거겠지요. 미친 듯이 황야를 달리다 가엾게도 여기서 떨어져 목이 부러진 것 같습니다."

"그렇게 보는 게 가장 합당할 것 같군요. 당신은 어떻게 생각하십니까, 셜록 홈즈 씨?"

이렇게 말한 스태플턴은 한숨을 내쉬었는데, 내게는 그것이 안도의 한숨으로 들렸다.

"저를 잘도 알아보시는군요."

홈즈가 말했다.

"왓슨 씨가 오신 이후부터 우리는 당신이 오시기만을 기다리고 있었습니다. 그런데 오시자마자 이런 비극을 보게 되셨군요."

"그러게 말입니다. 나도 왓슨의 말이 사건의 진상일 것이라고 생각합니다. 내일 런던으로 돌아가는데, 영 뒤끝이 좋지 않군요."

"이런, 내일 돌아가십니까?"

"네, 그럴 생각입니다."

"홈즈 씨는 우리가 골머리를 썩고 있는 일련의 사건에 대해서 뭔가 아시는 게 있겠죠?"

홈즈가 어깨를 들썩였다.

"누구든 언제나 성공만 하라는 법은 없어요. 조사에 필요한 건 확실한 사실이지 전설이나 소문이 아니에요. 그런 점에서 이번 사건은 정말 불만투성이입니다."

홈즈는 이번 사건에 전혀 관심이 없다는 투로 말했다. 스태플턴은 그런 홈즈에게서 시선을 떼지 않았다. 잠시 후, 스태플턴이 나를 바라보며 말했다.

"이 사람을 우리 집으로 옮겨 가고 싶지만, 그러면 동생이 두려움에 떨지도 모르겠습니다. 그렇게 할 수는 없을 것 같네요. 얼굴을 덮어 두면 아침까지는 괜찮을 겁니다."

그렇게 하기로 했다. 스태플턴이 자기 집에 들렀다 가라고 말했지만, 홈즈와 나는 그의 청을 거절하고 그와 헤어진 뒤 배스커빌 저택으로 향했다. 뒤돌아보니, 넓은 황야를 천천히 걸어가는 스태플턴의 모습이 보였다. 은빛으로 빛나는 비탈 위로 그가 남기고 가는 검은 그림자는, 끔찍한 종말을 향해 가고 있는 스태플턴이 누울 곳을 알려 주고 있었다.

"일촉즉발의 위험한 상황이었어. 정말 대담하기 짝이 없는 사람이로군. 다른 사람이 덫에 걸렸다는 사실을 알게 되면 보통은 정신을 못 차릴 텐데, 아주 태연하게 처신을 했으니 말이야. 왓슨, 런던에서도 말한 적이 있지만, 정말 대단한 적을 만났네."

"자네가 와 있다는 사실이 밝혀졌으니, 큰일 아닌가?"

"처음에는 나도 그렇게 생각했지만, 내게서 아무것도 알아낸 게 없으니 상관없겠지."

"자네가 왔다는 사실을 알았으니, 그가 계획을 변경할까?"

"경계를 하든지, 혹은 앞뒤 가리지 않고 바로 행동으로 옮기든지 하겠지. 머리가 좋은 범죄자들은 자신의 꾀에 빠지기 십상일세. 그도 자기 꾀를 너무 믿는 나머지 우리를 멋지게 속였다고 생각하고 있을지도 모르지."

"왜 지금 당장 그를 잡아들이면 안 되는가?"

"왓슨, 자네는 타고난 행동가로군. 언제나 무엇인가를 하고 있지 않으면 마음이 놓이지가 않지? 하지만 잘 들어 보게. 오늘밤 그를 체포했다고 치세. 그게 우리에게 무슨 득이 된단 말이지? 아무런 증거도 없지 않은가? 바로 그 점이 그의 영악한 점이라는 걸세! 그가 사람을 부리고 있었다면 한두 개쯤은 증거를 잡을 수도 있었을 걸세. 하지만 우리가 거대한 사냥개를 잡아들인다 해도, 그것은 주인의 목을 조를 끈이 되어 주지는 않는다네."

"하지만 실제로 범죄가 행해지지 않았는가?"

"아니, 범죄의 냄새조차도 나지 않는다네. 있는 거라고는 추측과 억측뿐이지. 이 정도의 이야기와 증거를 법정에서 제시한다면, 우리는 그저 웃음거리만 되고 말 걸세."

"찰스 경이 죽지 않았나?"

"어디에도 외상은 없었다네. 자네와 나는 찰스 경이 두려움 때문에 죽었다는 사실을 알고 있네. 그리고 두려움의 원인도 알고 있어. 하지만 멍청한 배심원 열두 명에게 어떻게 그걸 납득시킬 수 있겠는가? 사냥개가 있었다는 증거는? 이빨 자국이라도 나 있었나? 물론 우리는 사냥개가 시체에는 덤벼들지 않는다는 것과, 찰스 경은 사냥개가 달려들기 전에 죽었다는 사실을 알고 있네. 하지만 우리는 그 모든 사실들을 입증해 내지 않으면 안 되네. 지금으로서는 불가능한 얘기지 않나?"

"그렇군. 그렇다면 오늘 밤 일은 어떤가?"

"오늘 밤 일도 마찬가지일세. 탈옥수는 죽었지만, 사냥개가 죽였다고는 확실하게 말할 수 없다네. 무엇보다도 개를 보지 못하지 않았나? 그저 울음소리만 들었을 뿐이라네. 사냥개가 사내를 뒤쫓았다는 사실을 증명할 방법이 없지. 동기도 전혀 알 수가 없다네. 현재로써는 범죄가 일어났다는 사실조차도 입증할 수가 없네. 그것을 입증하기 위해서는 그 어떤 위험도 감수할 각오를 하고 있어야만 할 걸세."

"그래, 어떻게 할 생각인가?"

"로라 라이언즈에게 사정을 잘 설명하면 우리에게 도움을 줄지도 모르지. 거기에 기대를 걸고 있다네. 내게도 작전이 있네. 내일 일은 내일 걱정하세. 어쨌든 내일이 가기 전에 모든 일을 해결하고 싶으니까."

홈즈는 그 이상 아무런 말도 하지 않았다. 그는 배스커빌 저택의 문 앞에 이를 때까지 가만히 생각에 잠긴 채 발걸음을 옮겼다.

"같이 들어갈 거지?"

"응, 더 이상 숨어 있을 필요도 없으니까. 한 가지만 부탁하겠네, 왓슨. 헨리 경에게 사냥개에 대한 얘기는 하지 말게나. 셀든의 죽음에 대해서는 자네가 스태플턴에게 얘기했던 대로만 얘기해 두기로 하세. 그러면 내일 시련에 부딪친다 하더라도 잘 빠져나올 수 있을 테니까. 자네 보고를 내가 잘못 기억하는 것이 아니라면, 헨리 경은 내일 스태플턴의 집에서 저녁 식사를 하기로 되어 있더군."

"맞아. 나도 초대를 받았다네."

"그럼 구실을 만들어서 헨리 경을 혼자 가도록 해 주게. 그 정도는 쉽게 할 수 있겠지? 저녁 식사 시간은 이미 지나 버렸지만, 지금이라면 야식 정도는 먹을 수 있겠지?"

그물을 치다

헨리 경은 셜록 홈즈의 얼굴을 보고 놀라기보다는 기뻐하는 듯했다. 왜냐하면 요 며칠 동안 여러 가지 사건들이 계속해서 일어났기 때문에, 그가 런던에서 와 주기를 진심으로 기다리고 있었기 때문이었다. 하지만 내 친구가 짐도 가지고 오지 않고 또 그 이유도 설명하지 않자, 그는 놀라는 눈치였다. 헨리 경과 나는 바로 그에게 필요한 것들을 챙겨 주었다. 늦은 저녁을 먹으며 우리는 오늘 있었던 일 중에서 준남작이 알아야 할 것들만 이야기를 해 주었다.

나는 그 전에 배리모어 부부에게 셀든의 죽음을 알리는 괴로운 일을 해야만 했다. 배리모어는 마음을 놓는 듯했지만, 일라이자는 앞치마로 얼굴을 가리고 격렬한 울음을 터트렸다. 세상 사람들은 그를 짐승이나 악마처럼 난폭한 자라고 했지만, 그녀에게만은 변함없이 귀여운 말썽꾸러기이자 자신을 따르던 동생이었던 것이다. 슬퍼해 줄 여자가 한 사람도 없는 남자란 악마밖에 없는 법이다.

"오늘 아침에 왓슨 씨께서 외출하신 뒤로는 계속 집에서 멍하게 보냈습니다. 약속을 지켰으니, 조금은 칭찬을 해 주십시오. 혼자 외출하지 않겠다고 약속한 덕분에 즐거운 저녁 시간을 놓치고 말았습니다. 스태플턴 씨가 놀러 오라고 심부름꾼을 보냈었거든요."

준남작이 말했다.

"틀림없이 즐거운 저녁이 되었겠죠. 하지만 목이 부러진 당신 옆에서 슬퍼하는 우리 모습이 그리 마음에 들지는 않았을 겁니다."

홈즈가 차갑게 말했다.

헨리 경이 놀라 눈을 둥그렇게 떴다.

"그게 무슨 말씀이십니까?"

"가엾은 그 사내가 당신의 옷을 입고 있었거든요. 그 옷을 건네준 집사가 경찰로 끌려가 조사를 받게 될지도 모르겠어요."

"그럴 리는 없을 겁니다. 아마 제 것이라는 표시는 어디에도 없을 겁니다."

"다행이군요. 집사뿐만이 아닙니다. 당신도 아주 운이 좋았어요. 이번 사건에서는 당신들이 법을 어긴 셈이니까요. 제가 양심적인 탐정이라면, 맨 먼저 이 저택에 있는 사람들을 체포해야 할 것입니다. 왓슨의 보고서가 유죄를 입증하는 결정적인 단서가 될 거고요."

"그건 그렇고, 사건 쪽은 어떻게 되어 가고 있습니까? 이 복잡한 사건을 풀 만한 단서를 잡으셨습니까? 왓슨 씨나 저는 여기에 온 뒤로 여전히 아는 게 없습니다."

"곧 사정을 자세히 설명드릴 수 있을 것 같아요. 조사하는 데 상당히 애를 먹었습니다. 아직 확실하지 않은 점도 몇 가지 남아 있습니다. 하지만 곧 모든 문제가 해결될 겁니다."

"이미 왓슨 선생님께 들으셨겠지만, 저희는 기묘한 일을 겪었습니다. 황야에서 사냥개의 소리를 들었습니다. 그러니 모든 게 신빙성 없는 미신이라고만은 할 수 없을 겁니다. 미국 서부에 있을 때 개를 키워 보았기 때문에 그게 개의 소리라는 걸 금방 알 수 있었습니다. 만약 당신이 그 개를 사슬로 묶고 재갈을 물릴 수만 있다면, 저는 당신이 역사상 최고의 탐정이라고 단언하겠습니다."

"제게 힘을 빌려 주신다면 틀림없이 사슬로 묶고 재갈을 물릴 수 있을 거예요."

"뭐든 말씀만 하십시오."

"고맙군요. 한 가지 부탁이 있는데, 이유는 묻지 말고 그저 제 말대로만 해 주셨으면 합니다."

"알겠습니다."

"그렇게만 해 주신다면 문제는 곧 풀릴 겁니다. 저는 틀림없이……."

갑자기 말을 멈춘 홈즈는 내 머리 위쪽을 가만히 둘러보았다. 램프의 불빛이 홈즈의 얼굴을 비추고 있었다. 너무 열중한 탓에 딱딱하게 굳어 버린 그의 얼굴은 윤곽이 뚜렷한 조각상 같았다.

"왜 그러나?"

"왜 그러십니까?"

나와 헨리 경이 동시에 물었다.

홈즈가 시선을 떨어뜨렸을 때, 그가 격렬한 흥분을 억누르고 있다는 사실을 잘 알 수 있었다. 냉정한 표정을 보이고는 있었지만, 그의 눈에는 환희의 빛이 가득했다.

홈즈가 정면의 벽에 나란히 걸려 있는 초상화를 가리키며 말했다.

"죄송합니다. 저도 모르게 그림에 빠져 버렸군요. 왓슨은 제게 그림을 모른다고 말하지만, 그건 질투에 불과합니다. 관점에 차이가 있을 뿐이죠. 정말 훌륭한 초상화들이군요."

헨리 경이 놀란 표정으로 친구를 바라봤다.

"그렇게 말씀해 주시니 정말 기쁩니다. 하지만 솔직히 말씀드리면 저는 잘 모릅니다. 말이나 소라면 좀 볼 줄 압니다만. 홈즈 씨가 이런 것에 관심이 있는 줄은 몰랐습니다."

"뛰어난 작품은 알아볼 수 있죠. 멋진 작품입니다. 저쪽에 푸른 비단옷을 입은 부인은 틀림없이 넬러가 그린 걸 겁니다. 그리고 가발을 쓴 뚱뚱한 신사는 레이놀즈의 솜씨로군요. 전부 집안사람들의 초상화겠죠?"

"네, 전부 집안사람들입니다."

"이름을 알고 있나요?"

"배리모어가 가르쳐 주어서 대부분은 알고 있습니다."

"손에 망원경을 들고 있는 사람은?"

"배스커빌 해군 소장입니다. 서인도 제도에서 로드니 제독의 부하로 있었습니다. 파란 옷에 두루마리를 손에 들고 있는 분은 윌리엄 배스커빌 경입니다. 피트 수상 아래서 하원 의장을 지내셨습니다."

"제 바로 정면에 보이는 기사는요? 레이스가 달린 검은 벨

베으로 만든 옷을 입고 있는 사람이오."

"저 사람이야말로 당신이 알 권리가 있는 사람입니다. 재앙의 원흉이 된 휴고로, 배스커빌 가의 전설은 저 사람에서부터 시작됩니다. 잊으려 해도 잊을 수가 없습니다."

나는 놀라움과 흥미가 섞인 눈빛으로 그 초상화를 바라봤다.

"그렇군요! 조용하고 온순한 사람처럼 보이는데요. 하지만 눈에 악마가 서려 있군요. 좀 더 건장하고 그냥 보기에도 악한처럼 생긴 그런 사람일 거라 생각했었습니다."

"틀림없이 휴고의 초상화입니다. 이름과 1674년이라는 연도가 그림 뒤에 적혀 있습니다."

그 뒤부터 홈즈는 별로 말을 하지 않았는데, 악행을 저지른 인물의 초상화에 매료되었는지 식사를 하는 동안 줄곧 그림을 쳐다보았다. 헨리 경이 자기 방으로 가자, 홈즈는 그제야 처음으로 무슨 생각을 했는지 내게 밝혔다. 홈즈는 침실에서 초를 가져오더니, 나를 연회장으로 데리고 가서 세월의 흐름을 떠안고 있는 벽에 걸린 초상화를 촛불로 비추었다.

"뭔가 생각나는 게 없나?"

나는 깃털 장식이 달린 챙이 넓은 모자, 어깨까지 늘어뜨린 곱슬머리, 하얀 레이스가 달린 목깃에 둘러싸여 엄숙한 표정을 짓고 있는 얼굴을 들여다보았다. 냉혹한 얼굴은 아니었다. 하지만 굳게 닫힌 얇은 입술, 차갑고 고집이 있어 보이는 눈에 사람이 쉽게 접근할 수 없는 험악함이 드러나 있었다.

"누구와 닮지 않았나?"

"턱 부분이 헨리 경과 비슷한 거 같은데."

"말을 듣고 보니 그렇군. 그럼 이렇게 하면 어떤가?"

의자 위로 올라간 홈즈는 왼손에 든 초로 그림을 비추며 오른손을 들어 커다란 모자와 긴 곱슬머리 부근을 가려 보였다.

"이건!"

나는 놀라 소리를 질렀다. 그림 속에서 갑자기 스태플턴의 얼굴이 떠올랐기 때문이었다.

"이제 눈치 챈 모양이군. 나는 장식물에 현혹되지 않고 얼굴만을 보는 훈련을 쌓았다네. 변장한 사람을 꿰뚫어 보는 능력은 범죄 수사에 종사하는 사람이 가장 먼저 갖춰야 할 자질이거든."

"정말 놀랍군. 스태플턴의 초상화라고 해도 믿을 수 있을 정도야."

"그래, 심신 양면에 나타나는 격세유전의 전형이라고 해도 좋을 걸세. 가문의 초상화를 조사해 보면 환생을 정말로 믿고 싶어질 정도라니까. 그자는 배스커빌 가 사람일세. 틀림없어."

"그래서 재산 상속을 노리고 음모를 꾸민 걸까?"

"바로 그렇다네. 우연히 이 그림을 보게 된 덕분에 부족했던 부분 중에서 가장 중요한 부분을 채울 수 있게 되었네. 드디어 꼬리를 잡았네, 왓슨. 내일 저녁이면 그자는 우리 그물에 걸려 자기가 잡은 나비들처럼 날개를 덧없이 팔락이고 있을 걸세. 핀으로 코르크에 고정시키고 그 밑에 카드를 작성해서 베이커 가에 있는 우리의 표본에 추가해 주겠네!"

그 그림 앞에서 물러나면서 홈즈는 갑자기 폭소를 터트렸다. 나는 그가 큰 소리로 웃는 것을 많이 보지 못했는데, 그의 그런 웃음은 누군가에게는 반드시 나쁜 징조가 되고는 했다.

이튿날 아침 나는 일찍 일어났다. 하지만 홈즈는 나보다 더 일찍 일어나 있었다. 옷을 갈아입고 있는데, 마차가 다니는 길을 통해 집으로 들어오고 있는 홈즈의 모습이 보였다.

"오늘은 좀 바쁠 것 같네. 이미 그물은 다 쳤네. 이제 끌어올리기만 하면 돼. 오늘이 지나기 전에 날카로운 이빨을 가진 커다란 꼬치고기가 걸릴지, 아니면 그물을 뚫고 도망갈지 알 수 있을 걸세."

이렇게 말하면서 홈즈는 기쁘다는 듯이 손을 비벼 댔다.

"벌써 황야까지 다녀온 건가?"

"그림펜에 가서 프린스타운 형무소에 셀든의 죽음을 알리고 왔다네. 이제 그 일로 자네들을 귀찮게 하지는 않을 걸세. 나의 충실한 부하인 카트라이트에게도 연락을 했네. 무사하다는 사실을 알려 안심시켜 놓지 않으면, 주인의 무덤 곁에서 떠나지 않는 충실한 개처럼 그 돌집에서 한 발짝도 움직이지 않을지도 모르니까."

"다음은 뭘 해야 하지?"

"헨리 경을 만나야지. 아, 오고 있군!"

"홈즈 씨, 안녕하십니까? 참모와 함께 전투 계획을 세우고 있는 장군 같은 얼굴입니다."

준남작이 말했다.

"바로 그런 상황입니다. 지금 왓슨은 명령을 기다리고 있던 차였습니다."

"그렇다면 제게도 명령을 내려 주십시오."

"그렇게 하죠. 오늘 저녁에 우리 친구인 스태플턴과 저녁 약속을 하셨죠?"

"홈즈 씨도 함께 가시는 게 어떻겠습니까? 스태플턴 씨 집 사람들은 손님 맞기를 좋아하니, 함께 가시면 아주 좋아할 겁니다."

"왓슨과 저는 아무래도 런던으로 돌아가야 할 것 같아요."

"런던으로요?"

"네. 지금 같아서는 런던에서 조사를 하는 편이 나을 것 같아요."

준남작이 풀이 죽은 듯한 표정을 지었다.

"사건이 해결될 때까지 여기에 계실 줄 알았습니다. 저 혼자 지내기에는 이 저택도 황야도 너무 기분 나쁜 곳입니다."

"너무 걱정하지 마세요. 끝까지 저를 믿고 제가 말한 대로 하세요. 스태플턴 남매에게는, 함께 오고 싶었지만 급한 일이 생겨서 런던으로 가게 되었다고 전해 주세요. 우리는 곧바로 데번셔로 돌아올 겁니다. 잊지 않고 제 말을 전해 주세요."

"그렇게 하라시니 그렇게 해야죠."

"어쩔 수가 없어요."

준남작의 얼굴이 어두워졌다. 우리에게 버림을 받았다는 생각에 기분이 상한 듯했다.

"언제 출발하실 겁니까?"

헨리 경이 차가운 목소리로 물었다.

"아침 식사를 마치면 바로 마차를 타고 쿰 트레이시까지 갈 생각이에요. 돌아오겠다는 표시로 왓슨의 짐을 여기에 남겨 두고 가겠습니다. 왓슨, 스태플턴 씨에게 찾아뵙지 못해서 죄송하다는 편지를 써서 경에게 전해 달라고 하면 어떻겠나?"

"저도 함께 런던으로 가고 싶습니다. 왜 저만 여기에 남아 있어야 하는 겁니까?"

준남작이 말했다.

"여기가 당신이 있어야 할 곳이기 때문이에요. 제 명령대로 하겠다고 약속하시지 않았습니까? 그러니 여기 있으세요. 부탁이니까."

"알겠습니다. 그럼 여기에 있겠습니다."

"한 가지 더. 메리핏 저택까지는 마차로 가세요. 단, 마차는 바로 돌려보내세요. 그럼 돌아올 때는 걸어야 한다는 사실을 스태플턴 남매가 알게 될 테니까요."

"황야를 걸어서 돌아오란 말씀이십니까?"

"네."

"하지만 그것만은 절대로 해서는 안 된다고 엄중하게 주의를 주시지 않았습니까?"

"오늘 밤만은 걸어서 돌아오셔도 안전합니다. 당신이 용기 있는 분이라는 걸 알기 때문에 드리는 부탁이에요. 그리고 꼭 그렇게 해 주시길 바라고 있고요."

"알겠습니다. 그렇게 하겠습니다."

"메리핏 저택에서 돌아오실 때는, 그림펜 도로로 통하는 늘 다니시는 길로 돌아와 주세요. 절대로 황야에서 다른 길로 가셔서는 안 됩니다."

"말씀하신 대로 하겠습니다."

"오후까지는 런던으로 가야 하니, 아침을 먹은 뒤 바로 출발하겠습니다."

어젯밤에 홈즈가 내일이라도 그물을 끌어올릴 것이라고 한 말을 기억하고는 있었지만, 이 계획에는 놀라지 않을 수가 없었다. 함께 돌아가게 되리라고는 전혀 생각지도 못했으며, 자기 스스로 드디어 결정적인 순간이 왔다고 말해 놓고 그런 때 우리 두 사람이 모두 여기서 떠나 버려도 괜찮은 건지 도무지 이해할 수가 없었다. 그래도 말없이 그를 따를 수밖에 없었다. 원망스럽다는 듯한 표정을 짓고 있는 친구에게 작별을 고하고, 두 시간 후 쿰 트레이시 역에 도착한 우리는 마차를 돌려보냈다. 조그만 소년이 플랫폼에서 우리를 기다리고 있었다.

"뭐 시키실 일은 없습니까?"

"카트라이트, 너는 이 기차를 타고 런던으로 돌아가거라. 도착하거든 바로 내 이름으로 헨리 배스커빌 경에게 전보를 쳐 주렴. '수첩을 놓고 왔으니 찾는 대로 베이커 가로 보내 주기 바람'이라고."

"네 알겠습니다."

"그리고 역 사무실에 가서 내 앞으로 온 전보가 없는지 좀 물어봐 주겠니?"

소년이 전보 한 통을 가지고 돌아왔다. 홈즈가 그것을 내게 건네줬다. 전문은 다음과 같았다.

전보 받았음. 서명(署名)이 없는 영장을 가지고 5시 40분 도착 예정. ― 레스트레이드

"오늘 아침에 보낸 전보의 답장일세. 레스트레이드 형사는 유능한 형사니, 그의 도움이 필요할 걸세. 그건 그렇고, 왓슨, 어제 자네가 알게 된 로라 라이언즈 부인을 찾아가 봐야 할 것 같네."

드디어 홈즈의 작전을 알아챌 수 있었다. 스태플턴 남매에게 우리가 런던으로 간 것처럼 보이기 위해서 준남작을 이용한 것이었다. 그리고 결정적인 순간에 우리는 그곳으로 돌아가 있을 것이었다. 그리고 헨리 경이 런던에서 온 전보에 관한 이야기를 스태플턴 남매에게 하면, 그들은 우리가 런던으로 돌아갔다는 사실을 조금도 의심하지 않을 것이다. 나는 날카로운 이빨을 가진 꼬치고기 주위에 있는 그물이 조여지는 모습이 눈에 보이는 듯했다.

로라 라이언즈 부인은 작업장에 있었다. 셜록 홈즈는 단도직입적으로 이야기를 꺼내 그녀를 당황하게 만들었다.

"저는 돌아가신 찰스 배스커빌 경의 죽음에 대해서 조사하고 있습니다. 여기 있는 제 친구 왓슨 박사를 통해서 이 건에 대해서 말씀해 주신 내용, 또 숨기는 것이 있다는 말을 들었습니다."

"제가 무엇을 숨기고 있다는 말이지요?"

그녀가 따지듯이 물었다.

"10시에 문이 있는 곳까지 와 달라고 부탁했다는 사실은 인정하셨죠? 그 시각에 찰스 경은 거기서 돌아가셨습니다. 당신은 그 둘 사이의 관계를 숨긴 채 얘기를 끝맺으셨더군요."

"아무런 관계도 없어요."

"그렇다면 틀림없이 놀라운 우연의 일치였겠군요. 그래도 역시 관계가 있었다는 사실을 증명해 보일 수 있을 듯합니다. 라이언즈 부인, 당신에게 솔직하게 말씀드리죠. 저는 이번 일을 살인 사건이라고 보고 있어요. 그 증거를 따라가 보니 당신의 친구인 스태플턴 씨는 물론 그의 아내도 사건에 관여하고 있는 것 같더군요."

라이언즈 부인이 자리에서 벌떡 일어났다.

"그 사람에게 부인이 있다고요?"

"그 사실도 알게 되었죠. 그의 동생이라고 알려진 사람이 사실은 아내였더군요."

그녀는 다시 자리에 앉았다. 양손으로 의자의 팔걸이를 움켜쥐고 있었다. 힘껏 잡았기 때문에 분홍색 손톱이 하얗게 변했다.

"그 사람에게 아내가! 그분은 결혼하지 않았어요."

셜록 홈즈가 어깨를 들썩여 보였다.

"증거가 있나요? 증거가? 있다면 보여 주세요."

당장이라도 덤벼들 듯한 그녀의 눈이 그 어떤 말보다도 그녀의 진심을 잘 보여 주고 있었다.

홈즈가 주머니 속에서 서류 몇 장을 꺼내면서 말했다.

"저도 그럴 생각이었어요. 이 사진은 사 년 전 요크셔에서 찍은 겁니다. 뒤에 '밴델레르 부부'라고 적혀 있지만, 남자가 누군지는 바로 알아보실 수 있을 겁니다. 만약 당신이 그 여자도 본 적이 있다면 누군지 아실 겁니다. 이 세 장의 서류는 당시 세인트 올리버 사립 학교를 경영하고 있던 밴델레르에 부부에 대한, 믿을 만한 사람들의 증언입니다. 읽어 보시면 이 두 사람이 누구인지에 대한 모든 의문이 말끔히 풀릴 겁니다."

라이언즈 부인은 서류를 대충 훑어보았다. 그리고 눈을 들어 우리를 보았을 때는 절망감 때문에 얼굴이 굳어 있었다.

"홈즈 씨, 그 사람은 제가 남편과 이혼하면 결혼을 하자고 말했습니다. 그 사람 같지도 않은 자가 거짓말을 늘어놓아 저를 속인 겁니다. 제게 한 말 중에 진실이라고는 눈곱만큼도 없었군요. 왜 그랬을까요? 저는 지금까지 전부 저를 위해서 한 일이라고 생각했었는데. 하지만 이제 알았어요. 저는 한낱 도구에 지나지 않았던 거예요. 제게 성실하게 대하지 않은 사람에게 제가 성실하게 대할 필요는 없겠죠. 나쁜 짓을 하고서 벌을 받는 그를 막아 줄 필요도 없고요. 자, 이제 뭐든지 물어보세요. 더 이상 숨길 필요가 없습니다. 단, 한 가지만은 믿어 주세요. 그 편지를 쓸 당시에 저는 제게 친절을 베풀어 주신 찰스 경에게 위험이 닥칠 거라고는 꿈에도 생각지 못했어요."

"그 기분 저도 잘 압니다. 부인이 그 일에 대해서 말씀하시는 건 괴로운 일이 되겠군요. 그러니 제가 대신해서 이야기를 하는 편이 좋을지도 모르겠습니다. 잘못된 부분이 있으면 바로잡아 주세요. 편지를 쓰라고 한 건 스태플턴이죠?"

"그 사람이 불러 주는 대로 썼어요."

"편지를 쓴 건, 이혼 비용이라면 찰스 경이 대 줄 거라고 말했기 때문이었죠?"

"맞아요."

"편지를 보낸 뒤에 약속 장소에 가지 말라고 스태플턴이 말했겠죠?"

"그 사람은 이렇게 말했어요. 다른 사람이 이혼 비용을 내는 것은 자존심이 허락하지 않는다면서, 자신은 비록 가난하지만 우리 사이를 가로막는 장애물을 제거하기 위해서라면 전 재산을 털어서라도 직접 마련하겠다고요."

"정말 앞뒤가 꼭 들어맞는 얘기군요. 사망 기사를 읽기 전까지 그에게서 아무런 연락도 없었습니까?"

"네."

"그리고 찰스 경과의 약속에 대해서는 아무에게도 말하지 말라고 했겠죠?"

"네. 죽음에 의심스러운 점들이 있기 때문에, 편지에 관한 내용이 밝혀지면 제가 의심을 받게 될 거라고 말했어요. 입 다물고 있으라고 협박을 한 셈이죠."

"그렇군요. 하지만 당신도 이상하다고는 생각하셨겠죠?"

라이언즈 부인이 머뭇거리며 고개를 숙였다.

"저는 그 사람이 어떤 사람인가를 알고 있었어요. 하지만 그 사람이 제게 성실하게 대해 준다면, 저도 언제까지나 그 사람에게 성실하게 대해 줄 생각이었어요."

"이제 와서 생각해 보면, 당신은 정말 운 좋게 살아남았습니다. 당신은 그 사람의 비밀을 쥐고 있어요. 그 사람도 그 사실을 잘 알고 있죠. 그런데도 이렇게 살아 있으니 말이에요. 요 몇 개월간 당신은 벼랑 끝을 걸어온 거나 마찬가지예요. 이제 그만 가 봐야 할 것 같네요. 머지않아 다시 연락을 드려야 할 것 같군요."

런던에서 출발한 급행열차를 기다리며 홈즈는 이런 말을 했다.

"사건이 막바지로 치달으면서 어려운 문제들이 하나하나 풀리기 시작하는군. 최근의 사건 중에서 가장 기괴하고 충격적인 범죄 사건이 이제 곧 막을 내리게 될 걸세. 범죄학 연구가라면 1866년에 소러시아에서 일어난 사건과 비슷하다고 말할지도 모르지. 물론 노스캐롤라이나 주에서 일어났던 앤더슨 살인 사건과도 비슷한 점이 있다네. 하지만 이번 사건은 다른 사건들이 가지고 있지 않은 몇몇 특징들을 가지고 있다네.

아직까지도 그 교활한 사내의 범행이라는 증거가 없으니까 말일세. 하지만 오늘 밤 침대에 들기 전까지는 틀림없이 끝장을 내고 말겠네."

런던에서 출발한 급행열차가 우렁찬 소리와 함께 역 안으로 들어왔다. 불독을 연상시키는 조그맣고 다부진 체격의 사내가 일등 객차에서 뛰어내렸다. 우리는 악수로 그를 맞았다. 홈즈를 바라보는 레스트레이드 형사의 눈에는 존경의 빛이 어려 있었다. 처음 홈즈와 함께 일을 한 이후 그는 홈즈로부터 많은 점들을 배워 왔던 것이다. 나는 노련한 실무자를 자극하려고 이론가가 사용한 그 논리적인 빈정거림을 아직도 잘 기억하고 있다.

"재미있는 사건이라도 있습니까?"

그가 물었다.

"몇 년 만에 이렇게 큰 사건이 터졌는지 모르겠네요. 출발하기 전까지 아직 두 시간 정도 시간이 남았어요. 우선 저녁을 먹어야겠네요. 그런 다음에 당신의 목구멍에 들러붙은 런던의 안개를 닦아 낼 다트무어의 맑은 밤공기를 마시게 해 드리죠. 레스트레이드 씨, 여기는 처음 오시는 건가요? 그렇다면 잊을 수 없는 추억이 될 겁니다."

배스커빌 가의 개

셜록 홈즈의 결점 중 하나는 — 만약 이것을 결점이라고 할 수 있다면 — 마지막 순간까지 계획을 다른 사람에게 밝히기를 아주 꺼려 한다는 점이다. 말하지 않고 있다가 주위 사람들이 놀라는 표정을 보기 좋아하는 그의 성격 때문에 그러는 것이라는 점은 틀림없는 사실이었다. 그리고 위험을 초래하게 될 짓은 절대 하지 않겠다는 직업상의 신중함 때문이기도 했다. 하지만 그것은, 그의 대리나 조수로 움직이는 사람들에게는 아주 괴로운 일이었다.

나는 그런 고통을 몇 번이고 경험했지만, 그날 밤의 긴 시간 동안 마차를 타고 달려가던 때보다 고통스러웠던 적은 없었다. 눈앞에서 커다란 시련이 우리를 기다리고 있었다. 드디어 마지막 승부를 걸 때가 찾아온 것이다. 그런데도 홈즈는 입을 열지 않았다. 나는 그저 홈즈가 다음에 어떻게 할지를 추측해 볼 뿐이었다.

차가운 바람이 얼굴에 부딪치고 좁은 길 양 옆으로 어두운 공간이 펼쳐지기 시작했다. 드디어 황야로 돌아왔다는 사실을 알게 된 순간, 내 마음은 기대감으로 떨려 왔다. 말이 한 걸음을 내딛을 때마다, 마차 바퀴가 한 바퀴 돌 때마다 우리는 마지막 모험에 점점 가까워져 가고 있었다. 임대 마차의 마부가 있었기 때문에 중요한 이야기는 할 수 없었으며, 기대와 흥분에 휩싸여서 신경만이 점점 더 날카로워져 갈 뿐이었다. 그런

팽팽한 긴장 상태가 계속되는 속에서 드디어 프랭클랜드 씨의 집 앞을 지나 활약의 무대가 된 배스커빌 저택에 가까이 다가가자 오히려 마음이 놓이는 듯한 기분이었다. 우리는 마차로 현관까지 가지 않고 오솔길 입구에서 내렸다. 요금을 지불하고 마차를 그대로 쿰 트레이시로 돌려보낸 뒤, 메리핏 저택을 향해서 걷기 시작했다.

"레스트레이드 씨, 무기는?"

작은 체구의 형사가 빙그레 웃으며 말했다.

"바지를 입으면 뒷주머니가 있고, 뒷주머니가 있으면 거기에는 늘 무엇인가가 있습니다."

"좋아요. 우리도 만약의 경우에 대비해서 준비를 해 왔죠."

"홈즈 씨, 끝까지 비밀로 할 생각입니까? 대체 뭘 하려는 거죠?"

"매복이에요."

레스트레이드 형사가 언덕의 어두운 경사면과 그림펜 늪 지대 부근을 덮고 있는 안개의 바다를 바라보며 몸서리를 쳤다.

"여긴 썩 기분 좋은 곳은 아니군요. 저기 인가의 불빛이 보입니다."

"저기가 바로 메리핏 저택, 즉 목적지예요. 걸을 때 발소리를 내지 마세요. 말을 할 때도 작은 소리로."

우리는 조심스럽게 똑바로 앞을 향해서 나갔는데, 저택에서 이백 야드쯤 떨어진 곳에 도착했을 때 홈즈가 멈추라는 신호를 보냈다.

"여기가 좋겠군. 오른쪽에 있는 바위에 몸을 숨기면 꼭 알맞겠어."

"여기서 기다립니까?"

"그래요. 매복을 하는 겁니다. 레스트레이드 씨, 당신은 저쪽 움푹 파인 곳에 몸을 숨기세요. 왓슨, 자네 저 집에 들어가 본 적이 있지? 방들의 위치를 설명해 줄 수 있겠나? 이쪽 끝에 창살이 달린 창은 어디의 창이지?"

"틀림없이 부엌의 창일 걸세."

"저 불이 켜져 있는 방은?"

"식당일 거야."

"덧문이 열려 있군. 자네가 이곳 지형을 알고 있으니, 가만히 다가가서 안의 상황을 살피고 와 주겠나? 그리고 제발 들키지 않도록 해 주게."

나는 살금살금 오솔길을 따라 걸어가서 키 작은 나무들이 있는 과수원을 둘러싸고 있는 울타리 밑에 몸을 숨겼다. 그 울타리를 따라서, 커튼이 열려 있는 창을 통해서 안을 잘 들여다볼 수 있는 위치까지 이동했다. 방 안에는 헨리 경과 스태플턴의 모습밖에 보이지 않았다. 그들은 내 위치에서 옆 모습이 보이도록 둥근 테이블에 마주앉아 있었다. 커피와 와인을 앞에 두고 두 사람 모두 담배를 피우고 있었다. 스태플턴은 신나는 듯이 이야기를 하고 있었지만, 준남작은 창백한 얼굴로 멍하니 앉아 있었다. 저주받은 황야를 홀로 걸어서 돌아가야 한다는 사실 때문에 기분이 우울한 모양이었다.

잠시 후 스태플턴이 자리에서 일어나 방 밖으로 나갔다. 헨리 경은 다시 잔에 와인을 따르고는 의자에 몸을 기댄 채 담배를 피웠다. 나는 문이 열리는 소리와 부츠를 신고 자갈 위를 걸어가는 발소리를 들었다. 발소리는 내가 몸을 숨기고 있는 울타리 맞은편으로 난 좁은 길을 따라 가고 있었다. 울타리에 숨어 바라보니, 박물학자가 과수원 한쪽 구석에 있는 창고 앞에 멈춰 서 있었다. 그는 빗장을 풀고는 안으로 사라졌다. 싸움이 벌어진 듯 기묘한 소리가 창고 안에서 들려왔다. 다시 한 번 빗장을 거는 소리가 들려왔고, 스태플턴은 내 옆을 지나서 집 안으로 들어갔다. 그가 손님이 기다리고 있는 방으로 들어가는 모습을 본 뒤, 나는 친구들이 기다리고 있는 곳으로 가만히 다가가서 목격한 내용들을 보고했다.

"여자의 모습이 보이지 않았다고?"

내가 보고를 마치자 홈즈가 물었다.

"그렇다네."

"방 외에 불이 켜진 곳은 부엌밖에 없는데, 그렇다면 여자는 어디에 있는 걸까?"

"글쎄, 어디에 있는 걸까?"

앞서 얘기했지만, 그림펜 늪 지대에는 하얀 안개가 깔려 있었다. 그 안개가 천천히 이쪽으로 흘러오더니, 늪과 우리 사이에서 낮고 두꺼운 벽처럼 피어오르기 시작했다. 달빛을 받은 안개의 벽이 거대한 빙원처럼 빛을 발했으며, 멀리에 있는 바위산은 빙원의 바위처럼 보였다. 천천히 움직이고 있는 안개를 바라보며 홈즈가 초초하다는 듯이 중얼거렸다.

"이쪽으로 오고 있네, 왓슨"

"방해가 될 것 같나?"

"이보다 더한 방해도 없을 걸세. 내 계획이 실패한다면 그건 안개 때문이야. 헨리 경은 이제 곧 집으로 돌아갈 걸세. 벌써 10시가 다 되어 가니까. 저 안개가 길을 덮기 전에 나오지 않으면, 계획은 고사하고 헨리 경의 목숨마저 위태로워질 거야."

밤하늘은 한없이 맑았고 별들이 밝게 빛나고 있었으며, 반달이 주위 풍경을 부드러운 빛으로 감싸고 있었다. 은가루를 뿌려 놓은 듯한 밤하늘을 배경으로 메리핏 저택이 시커멓게 서 있었는데, 톱니처럼 생긴 지붕과 우뚝 솟은 굴뚝이 뚜렷하게 도드라져 보였다. 아랫쪽 창문들에서 흘러나오는 황금색 빛줄기들이 과수원을 지나 황야로까지 뻗어 있었다. 그런데 갑자기 한 줄기 빛이 사라졌다. 하인들이 부엌에서 나온 것이었다. 이제 남은 건 식당에 켜 놓은 램프의 불빛뿐이었다. 거기서 살의를 감춘 주인과 아무것도 모르는 손님이 담배를 피우며 이야기를 나누고 있었다.

황야를 반쯤 뒤덮은 하얀 양모 같은 안개가 시시각각 집 쪽으로 다가오고 있었다. 안개는 이미 빛이 새어 나오고 있는 네모난 창 부근에서 희미하게 소용돌이치고 있었다. 과수원의 맞은편 쪽 벽이 안개에 가려 보이지 않았다. 나무들은 하얀 증기의 소용돌이에 감긴 채 서 있었다. 안개는 순식간에 메리핏 저택을 양쪽에서부터 감싸고 천천히 소용돌이치면서 두꺼운 벽으로 변해 가고 있었다. 이 층과 지붕은 안개의 바다 위에 떠 있는 유령선처럼 보였다. 홈즈는 눈앞에 있는 바위를 손으로 세게 치기도 하고, 답답하다는 듯이 땅을 발로 차기도 했다.

"십오 분 안에 나오지 않으면 길을 알아볼 수 없을 거야. 앞으로 삼십 분만 더 있으면 눈앞에 있는 손도 보이지 않을 거라고."

"좀 더 높은 곳까지 물러나는 건 어떻겠나?"

"그래, 그러는 편이 낫겠어."

다가오는 안개에 밀려 후퇴하던 우리는 메리핏 저택에서 반 마일이나 떨어진 곳까지 물러나고 말았다. 여전히 하얀 안개의 바다는 달빛에 반짝이며 천천히 자꾸만 밀려들었다.

"너무 멀리 왔어. 우리가 있는 곳에 이르기 전에 습격을 당하면 큰일 일세. 이제 더 이상은 뒤로 물러날 수 없네."

홈즈가 무릎을 꿇더니 땅바닥에 귀를 갖다 댔다.

"다행이야. 헨리 경의 발소리 같군."

황야의 정적을 깨고 서둘러 걷는 구둣발 소리가 들려왔다. 우리는 바위틈에 몸을 웅크린 채 은빛에 둘러싸인 안개의 벽을 뚫어져라 응시했다. 구둣발 소리가 점점 가까워져 오더니, 커튼을 젖히고 나오듯 안개 속에서 기다리고 기다리던 사람이 모습을 드러냈다. 갑자기 짙은 안개에서 벗어나 맑은 밤하늘 밑으로 나온 그는 놀랐다는 듯 주위를 둘러보았다. 그러고는 종종걸음으로 좁은 길을 따라서 우리가 숨어 있는 앞을 지나 긴 언덕길을 올라가기 시작했다. 그는 끊임없이 뒤를 돌아보았는데, 그것은 불안한 마음 때문이었을 것이다.

"쉿! 조심하게! 드디어 오고 있어!"

홈즈가 말했다. 권총의 공이치기를 뒤로 당기는 날카로운 소리가 들려왔다.

천천히 밀려오는 짙은 안개 속에서 희미하기는 하지만 서둘러 다가오는 발소리가 들려오기 시작했다. 안개는 우리가 숨어 있는 곳에서 오십 야드도 떨어지지 않은 곳까지 밀려들었다. 우리 세 사람은 그 안개 속에서 어떤 끔찍한 것이 튀어나올지 불안감에 휩싸인 채 가만히 바라보고 있었다. 나는 바로 옆에 있는 홈즈의 얼굴을 바라보았다. 창백해지기는 했지만 그의 얼굴은 생기를 띠고 있었으며, 눈은 달빛을 받아 반짝이고 있었다. 그런데 갑자기 그 눈이 둥그레지며 앞을 노려보더니, 놀라움에 입이 벌어졌다.

그 순간 레스트레이드가 공포에 질린 듯한 비명을 지르더니 땅바닥에 찰싹 몸을 붙였다. 나는 벌떡 일어나 권총을 쥐었지만, 안개 속에서 튀어나온 무시무시한 것을 본 순간 몸이 얼어붙고 말았다. 개였다. 석탄처럼 까맣고 커다란 개였는데, 그런 개는 지금까지 본 적이 없었다. 벌어진 입으로 불을 토해 내고 있었으며, 눈은 번쩍번쩍 벌겋게 빛나고 있었고, 콧잔등에서 목 줄기까지 활활 불꽃이 타오르고 있었다. 안개 속에서 튀어나온 검고 흉포한 얼굴을 한 이 개만큼 끔찍하고 두려운 지옥의 짐승은 결코 꿈속에서도 볼 수 없을 것이다.

그 거대하고 검은 짐승은 몸을 들썩이며 헨리 경의 뒤를 쫓고 있었다. 요괴의 출현에 넋을 놓고 있던 우리가 제정신을 차렸을 때는 이미 그 개가 우리 앞을 지나쳐 버린 뒤였다. 홈즈와 나는 동시에 권총을 발사했다. 끔찍한 울부짖음이 들려왔다. 적어도 한 발은 맞은 듯했다. 그런데 꿈쩍도 하지 않고 그 개는 계속 달렸다. 길을 따라 저 멀리까지 갔던 헨리 경이 뒤를 돌아보았다. 쫓아오는 괴물을 본 그는 겁에 질린 나머지 두 손을 치켜든 채 멍하니 멈춰 서고 말았다. 달빛을 받은 그의 얼굴이 하얗게 질려 있었다.

하지만 개가 올린 비명 소리에 우리는 두려움을 완전히 떨쳐 낼 수 있었다. 상처를 입은 것이라면 틀림없이 짐승이었다. 상처를 입혔다면 죽일 수도 있을 것이다. 홈즈의 발이 그렇게 빠르리라고는 상상도 못했다. 나도 발이 빠르다는 소리는 꽤 들었었는데, 나와 작은 체구의 형사 사이에 벌어진 거리만큼 홈즈와 나 사이의 거리가 벌어져 있었다.

앞쪽에서 헨리 경이 지르는 비명 소리가 거듭 들려왔고, 개가 울부짖는 소리가 그 소리를 뒤덮었다. 짐승이 사냥감을 향해 뛰어들어 땅바닥에 쓰러트린 뒤, 목을 물어뜯으려는 것이었다. 그 순간 홈즈가 괴물의 옆구리에 연속해서 다섯 발의 총알을 쏘았다. 단말마와도 같은 비명이 들리더니, 거대한 사냥개가 허공을 한 번 물어뜯고는 그대로 쓰러져 다리를 격렬하게 떨다가 힘없이 축 늘어졌다. 나는 숨을 헐떡이며 몸을 굽혀 섬뜩한 빛을 발하고 있는 머리에 총구를 댔다. 하지만 방아쇠를 당길 필요는 없었다. 거대한 사냥개의 숨통은 이미 끊어져 있었다.

헨리 경은 쓰러진 채로 기절을 했다. 옷을 찢어 살펴봤지만, 상처는 하나도 없었다. 자신의 구조가 늦지 않았음을 안 홈즈의 입에서 감사의 기도가 새어 나왔다. 눈꺼풀이 움직이더니 친구가 가만히 몸을 움직이려고 했다. 레스트레이드 형사가 브랜디 병을 경의 입으로 가져갔다. 두려움에 가득한 눈이 우리를 올려다보았다.

"아, 그게 뭐였죠? 대체 뭐였습니까?"

"그게 뭐든 이미 죽었습니다. 배스커빌 가의 유령을 깨끗하게 해치운 거죠."

눈앞에 뻗어 있는 짐승은 그 크기나 힘만으로도 그야말로 무시무시한 짐승이었다. 순종 블러드하운드도 마스티프도 아니었다. 아무래도 잡종 같았다. 몸매는 날씬했지만 험상궂게 생겼고, 조그만 암사자만큼 컸다. 죽어서 움직일 수 없게 된 지금까지도 거대한 턱에서 푸른 불꽃이 피어오르고 있는 것처럼 보였다. 잔인해 보이는 움푹 들어간 눈 주위에서도 불꽃이 피어오르고 있었다. 빛을 발하고 있는 콧잔등에 손을 댔다가 떼어 보니, 손가락이 어둠 속에서 희미하게 빛을 발했다.

"인(燐)이야."

내가 말했다.

"정말 치밀한 녀석이군."

홈즈가 죽은 개의 냄새를 맡아 보더니 이렇게 말했다.

"냄새를 맡는 데 방해가 될 만한 것들은 전부 지워 버렸어. 헨리 경, 이렇게 끔찍한 일을 당하게 해서 정말 죄송합니다. 사냥개라는 사실은 알고 있었지만, 이렇게 끔찍한 녀석일 줄은 상상도 못했거든요. 거기다 안개가 껴서 달려오는 녀석을 쏠 시간이 거의 없었어요."

"당신 덕분에 목숨을 건졌습니다."

"내가 경을 위험에 빠트렸어요. 이젠 일어나실 수 있겠어요?"

"브랜디를 한 모금만 더 주십시오. 그럼 기운을 되찾을 수 있을 것 같습니다. 자! 저 좀 일으켜 세워 주십시오. 이제 어떻게 하실 겁니까?"

"당신은 여기서 기다리고 계세요. 오늘은 더 이상 모험을 해서는 안 될 것 같네요. 조금만 기다려 주시면 우리 중 한 사람이 저택까지 모셔다 드리겠습니다."

헨리 경은 자리에서 일어서려다 중심을 잃었다. 아직도 얼굴은 하얗게 질려 있었으며, 손발을 떨고 있었다. 바위가 있는 곳까지 데려가 앉히자, 그는 두 손으로 얼굴을 감싸 쥐었다.

"우리는 나머지 일을 처리해야 해요. 한순간도 지체할 수 없어요. 혐의를 잡았으니, 이제 범인을 붙잡기만 하면 모든 일이 끝납니다."

빠른 걸음으로 좁은 길을 걸어가며 홈즈가 말했다.

"저 집에 있을 가능성은 거의 없네. 총소리를 듣고 실패했다는 사실을 깨달았을 테니 말이야."

"거리도 꽤 멀고, 이 안개 때문에 총성이 들리지 않았을 수도 있지 않겠나?"

"녀석은 개를 따라 나섰을 거야. 다시 데려가야 하니까. 틀림없이 그랬을 거야. 벌써 도망갔을 걸세. 하지만 집을 뒤져서 확인해 보는 것도 괜찮겠지."

현관 문이 열려 있었기 때문에 우리는 일제히 뛰어들어 차례차례로 방을 뒤지며 돌아다녔다. 복도에서 마주친 나이 든 하인은 완전히 넋이 나가 있었다. 식당에만 불이 켜져 있었기 때문에 홈즈가 램프에 불을 붙여서 구석구석 집 안을 뒤지며 돌아다녔다. 하지만 우리가 찾는 남자의 그림자도 보이지 않았다. 그런데 이 층에 있는 한 방의 문이 잠겨 있었다.

"누군가 안에 있습니다! 움직이는 소리가 들립니다. 문을 열어야겠어요!"

레스트레이드 형사가 외쳤다.

희미한 신음 소리와 옷깃이 스치는 소리가 들려왔다. 홈즈가 구둣발로 자물쇠를 차자 문이 열렸다. 세 명은 권총을 손에 들고 방 안으로 쏟아져 들어갔다. 하지만 방 안에도 우리가 찾고 있는 대담무쌍한 악당의 모습은 없었다. 우리의 눈에 들어온 것은 전혀 예상치 못했던 인물이었다. 너무 놀라 우리는 한동안 멍하니 서 있었다.

방 안은 조그만 박물관처럼 만들어져 있었다. 벽에는 나비와 나방의 표본이 가득 담긴, 유리 뚜껑이 달린 상자가 나란히 늘어서 있었다. 광기 어린 위험한 사내가 자신의 즐거움을 위해서 만들어 놓은 것이다. 방 한가운데 기둥이 있었는데, 낡고 벌레 먹은 대들보를 지탱하기 위해서 세운 것이었다. 그 기둥에 사람이 묶여 있었다. 시트로 둘둘 감아 놓았기 때문에 처음에는 남자인지 여자인지도 알 수가 없었다. 목에 수건을 걸어 기둥 뒤에서 묶어 놓았고, 또 다른 수건 한 장으로 얼굴을 반쯤 가려 놓았다. 그 위로 검은 눈이 — 슬픔과 부끄러움이 묻어 있는, 그리고 의문으로 가득 한 눈이 — 우리를 바라보고 있었다.

서둘러 입을 막고 있던 수건을 풀고 시트를 풀었다. 바닥으로 힘없이 쓰러진 것은 스태플턴 부인이었다. 그녀가 힘없이 아름다운 얼굴을 밑으로 숙이자, 목에 채찍으로 맞아 벌겋게 부어오른 자국이 보였다.

홈즈가 외쳤다.

"짐승 같은 놈! 레스트레이드 씨, 브랜디 좀 주세요! 의자에 앉히세. 기절했어. 끔찍한 일을 당해 완전히 지쳐 있네."

그녀는 눈을 떴다.

"그 사람은 무사한가요? 잘 빠져나갔나요?"

"우리 손에서 벗어날 수는 없어요, 부인."

"아니, 아니요. 남편의 일을 묻고 있는 게 아니에요. 헨리 경은요? 무사하신가요?"

"네, 무사해요."

"그럼 개는?"

"죽었어요."

그녀는 마음이 놓인다는 듯 커다랗게 한숨을 쉬었다.

"하나님 감사합니다! 그런 악한도 없을 거예요. 그가 무슨 짓을 했는지 보세요."

그녀가 옷소매를 걷어 올렸다. 팔 전체에 상처가 가득해서 보기만 해도 소름이 돋았다.

"하지만 이런 건 아무것도 아니에요. 아무것도 아니죠! 그 사람은 제 마음, 제 영혼을 짓밟고 상처를 주었어요. 사랑받고 있는 거라고 생각하는 동안에는 제아무리 괴롭힘을 당해도, 속아도, 무관심해도 견딜 수 있었습니다. 하지만 깨닫게 되었죠. 속았다는 걸, 도구로 이용당하고 있었다는 걸."

이렇게 말하며 그녀는 애달프게 흐느끼기 시작했다.

"이제 더 이상 그를 감싸지는 않으시겠죠? 그렇다면 어디로 도망갔는지 가르쳐 주십시오. 그 사람의 악행을 도와 오셨다면, 그에 대한 보상으로 우리를 좀 도와주십시오."

"도망갈 곳은 거기밖에 없어요. 늪의 한가운데 있는 섬인데, 예전에 주석을 캐던 폐광이 있어요. 거기서 개를 길렀고, 몸을 숨길 만한 곳도 준비를 해 놓았어요. 도망을 갔다면 거기로 갔을 거예요."

하얀 양털과도 같은 안개의 벽이 창을 감싸고 있었다. 홈즈가 램프로 창을 비추었다.

"보세요. 이런 안개 속에서 그림펜 늪 지대로 가는 길을 찾을 수는 없을 거예요."

그녀가 손뼉을 치며 웃기 시작했다. 그녀의 눈과 이에 이상한 빛이 감돌았다.

"만약 들어갔다 하더라도 돌아오지는 못할 거예요. 이런 밤에 표시로 박아 놓은 얇은 막대기를 어떻게 찾아낼 수 있겠어요? 그 사람과 저는 늪을 빠져나갈 수 있도록 막대기를 박아 놓았거든요. 오늘 그것을 전부 뽑아 버렸더라면! 그랬다면 더이상 어디로도 도망가지 못했을 텐데!"

안개가 걷힐 때까지 추격을 포기할 수밖에 없었다. 그래서 메리핏 저택은 레스트레이드 형사에게 맡긴 뒤, 홈즈와 나는 준남작을 데리고 배스커빌 저택으로 돌아왔다. 더 이상 스태플턴 가의 진실을 숨길 수 없었기 때문에 준남작에게 모든 사실을 이야기했는데, 그는 사랑하는 여인의 정체를 알았으면서도 태연하게 그 고통을 견뎌 냈다. 하지만 그날 밤의 사건에서 받은 충격으로 극도로 신경이 쇠약해져서 날이 밝기 전에 쓰러지고 말았다. 모티머 의사가 고열과 신음에 시달리는 헨리 경을 간호해 주었다. 그 후 헨리 경은 저주받은 저택의 주인이 되기 전처럼 다시 건강한 몸을 되찾기 위해서 모티머 의사와 함께 세계 일주 여행을 떠났다.

이제 나는 이 기괴한 이야기를 서둘러 마치려 한다. 나는 오랫동안 우리를 시커멓게 둘러싸고 있다가 비극적으로 끝난 공포와 억측들을 독자들에게 들려주고자 했다.

그 사냥개를 잡은 다음 날 아침, 안개는 걷혔고 우리는 스태플턴 부인의 안내로 늪지를 빠져나갈 수 있다고 하는 지점까지 갔다. 남편이 도망간 길을 서둘러 가르쳐 주는 그녀를 보고 있자니, 그동안 얼마나 공포에 떨며 살았었는지를 잘 알 수 있었다.

넓게 펼쳐진 늪에 토탄질의 단단한 흙이 가늘게 뻗어 있었다. 그곳에 그녀를 남겨 두고 우리는 앞으로 전진했다. 가늘게 뻗은 길이 끝나는 곳에서부터 얇은 나무를 박아 놓은 이정표가 시작되었다. 녹색 부평초로 뒤덮인, 깊이를 알 수 없는 작은 연못과 사람이 접근할 수 없을 정도로 악취를 풍기고 있는 늪 사이로 등심초가 군락을 이루고 있었으며, 그 군락을 따라서 좁다란 길이 지그재그로 이어지고 있었다. 무성하게 자란 갈대, 미끈미끈한 파란 물풀들에서 피어오르는 썩은 냄새와 지독한 장기가 얼굴을 뒤덮었다. 우리는 몇 번이고 발을 헛디뎌서 검은 늪에 허벅지까지 빠져들고는 했다. 그럴 때마다 주위 몇 야드에 걸친 늪지가 부드럽게 흔들렸다.

걸음을 뗄 때마다 구두의 굽에 끈적끈적한 진흙이 들러붙었는데, 발을 잘못 내딛으면 악의를 감추고 있던 손이 무시무시한 수렁 속으로 끌고 들어갈 듯한 느낌으로 끈질기게 우리를 따라오고 있었다. 이렇게 위험하기 짝이 없는 길을 누군가가 지나간 듯한 흔적이 하나 발견되었다. 진흙 가운데 무성하게 자라나 있는 황새풀 사이에 시커먼 물체가 하나 튀어나와 있었던 것이다. 그것을 잡으려던 홈즈가 발을 헛디뎌 허리까지 빠져들고 말았다. 우리가 그를 끌어내 주지 않았다면, 그는 두 번 다시 딱딱한 땅을 밟지 못했을 것이다.

그는 검은 부츠 한쪽을 치켜들어 보였다. '메이어스 구두점, 토론토 시'라는 상표가 안쪽 가죽에 찍혀 있었다.

"진흙으로 목욕을 한 보람이 있었군. 헨리 경이 잃어버린 구두일세."

홈즈가 말했다.

"스테플턴이 도망가다가 버린 거겠지."

"그럴 거야. 개에게 냄새를 맡게 한 뒤에도 계속 가지고 있었군. 실패했다는 사실을 깨닫고 도망칠 때도 손에 쥐고 있었고. 즉 그 사람은 여기까지 무사히 왔다는 얘기가 되네."

하지만 그 후의 일에 대해서는 얼마든지 추측은 가능했지만 확실한 것을 알 수는 없었다. 늪에서는 발자국을 찾아낼 수가 없었다. 왜냐하면 발자국이 나도 곧 진흙이 솟아올라 발자국을 지워 버리기 때문이었다. 드디어 늪에서 벗어나 좀 더 딱딱한 땅 위로 올라선 다음부터는 주의 깊게 주위를 살폈다. 하지만 도움이 될 만한 조그만 흔적조차도 발견할 수 없었다.

만약 땅이 거짓말을 하는 것이 아니라면, 스테플턴은 밤안개 속으로 간신히 도망치기는 했지만 은신처인 섬까지는 이르지 못했음이 분명했다. 냉혹하고 잔인한 사내는 그림펜 늪의 어딘가로 빨려 들어가 영원히 잠든 것이다.

스테플턴이 그 괴물 같은 사냥개를 남몰래 기르고 있던 늪 한가운데의 섬에는 그의 흔적이 많이 남아 있었다. 우리는 커다란 바퀴와 폐기 처분한 광물들로 반쯤 차 있는 수직갱도를 보고 폐광의 위치를 찾아낼 수 있었다. 폐광 주위에는 광부들이 살았던 무너져 가고 있는 오두막이 여기저기 널려 있었다. 그들은 틀림없이 늪지의 악취를 견딜 수가 없어서 이곳을 떠났을 것이다. 오두막 중 한 곳에 갈고리가 달린 쇠사슬과 먹다 남은 뼈다귀들이 여기저기 널려 있었다. 거기서 개를 기른 듯했다. 갈색 털이 들러붙어 있는 두개골이 뼈다귀들 속에서 나뒹굴고 있었다.

"개로군. 털이 곱슬곱슬한 스패니얼이야. 모티머 의사에게는 안 된 일이지만, 이젠 더 이상 그 개를 볼 수 없겠군. 여기에 우리가 풀지 못한 수수께끼는 없을 걸세. 스태플턴은 여기에 개를 숨겨 둘 수 있었지만, 개의 울부짖는 소리까지는 숨길 수가 없었네. 그래서 평소에 그 기분 나쁜 소리가 들려왔던 걸세. 꼭 필요할 때는 메리핏 저택의 창고에 숨겨 두곤 했겠지만, 그건 언제 사람들의 눈에 띨지 알 수 없기 때문에 위험했지. 그래서 일을 마지막으로 완성시킬 때만 여기서 데리고 나간 거야. 이 깡통 속에 들어 있는 풀 같은 건 개에게 바른 발광제일 걸세. 이건 배스커빌 가의 지옥의 개에 대한 전설을 이용하여 찰스 경을 공포에 휩싸이게 해서 심장 발작으로 살해하려는 계획에서 생각해 낸 걸 거야. 황야의 어둠 속에서 그런 괴물에게 쫓긴다면, 누구라도 죽은 탈옥수처럼 비명을 지르며 필사적으로 도망칠 거야. 헨리 경도 그랬고, 우리도 다를 바 없었으니까. 정말로 교활한 계략이었네. 자신이 노리는 상대를 죽음으로 내몰 수 있을 뿐만 아니라, 만약 농부들이 황야에서 그 개를 봤다 하더라도 — 실제로 많은 사람들이 봤지만 — 정체를 밝혀 내고 싶은 마음은 들지 않을 테니까. 왓슨, 런던에서도 얘기했지만 다시 한 번 말하겠네. 이 늪에 잠긴 사내만큼 위험한 녀석을 추적해 본 적은 없었네."

이렇게 말한 홈즈는 여기저기 파란 부평초가 널려 있는 거대한 늪을 가리켰다. 그 너머에 늪으로 쏟아져 들 것만 같은 적갈색 황야가 있었다.

사건에 대한 회상

차가운 밤안개가 낀 11월 말, 홈즈와 나는 활활 타오르는 난로를 사이에 두고 앉아 있었다. 데번셔에서의 사건이 비극적인 결말을 맺은 뒤, 홈즈는 매우 중대한 사건을 두 건 의뢰받았었다. 그중 하나는 넌파레일 클럽의 카드 사기 사건과 관련된 업우드 대령의 비열한 범죄를 밝혀 내는 일이었고, 또 하나는 수양딸인 카레르 양을 살해했다는 혐의를 받고 있던 몽광시에 부인의 무죄를 증명하는 일이었다. 그런데 육 개월 후, 그 딸은 결혼을 해서 뉴욕에 있다는 사실이 밝혀졌다. 이 일에 관해서는 아직도 기억하고 있는 분이 계실 것이다.

복잡하고 중요한 사건을 연속해서 해결했기 때문에 홈즈는 기분이 매우 좋은 상태였다. 그래서 나는 배스커빌 사건에 대한 자세한 이야기를 들을 수 있었다. 사실 나는 늘 적당한 때가 오기를 기다리고 있었다. 왜냐하면 그는 한 번에 한 가지 사건밖에 취급하지 않는다는 사실, 그리고 명석하고 논리적인 두뇌는 조사 중인 사건 외에는 다른 것을 생각하지 않으며 지난 일을 떠올리고 싶어 하지 않는다는 사실을 잘 알고 있었기 때문이었다.

그러던 중에 신경 쇠약에는 여행이 좋다는 권고를 받아들인 헨리 경이 모티머 의사와 함께 런던에 들렀다. 그리고 그날 오후에 두 사람이 홈즈를 찾아왔고, 나는 자연스럽게 바스커빌 사건에 대한 얘기를 꺼낼 수 있었다.

"그 사건은 말일세, 스태플턴이라는 가명을 썼던 사내의 입장에서 생각해 보면 모든 것들이 간단명료하게 풀린다네. 하지만 처음에 우리는 동기를 밝혀 낼 만한 단서를 잡지 못했고, 단편적인 사실들밖에 알지 못했네. 그래서 더할 나위 없이 복잡한 사건으로 보였던 거지. 그 후에 스태플턴 부인과 두 번 정도 이야기를 나눴기 때문에, 이제 그 사건에 대해서는 모르는 게 하나도 없다네. 사건 색인 목록 B항을 찾아보면 메모가 몇 장 있을 거야."

"그보다는 자네가 직접 이 사건의 경위에 대해서 얘기를 해주지 않겠나?"

"좋고말고. 하지만 나도 사실을 전부 기억하고 있다고는 장담할 수가 없네. 정신을 집중한 뒤에는 묘하게도 지나가 버린 일들의 기억이 사라져 버리거든. 사건을 의뢰받아서 어떤 분야에 대해 전문가에게도 뒤지지 않을 만큼 조사를 한 법정 변호사라 해도, 다른 사건으로 한두 주 정도 법정에 나가면 전에 조사했던 것들을 깨끗하게 잊어버리고는 하는 것과 마찬가지라네.

나도 예외는 아니어서, 카레르 양 사건 때문에 배스커빌 저택에 관한 기억이 희미해졌네. 내일 내 관심을 끌 만한 사건이 일어나면, 이번에는 그 아름다운 프랑스 인 부인과 악명 높은 업우드 대령에 관한 기억이 희미해질 걸세. 어쨌든 그 사냥개 사건에 대해서는 가능한 한 순서에 따라서 얘기를 해 보겠네. 내가 빠뜨린 게 있으면 자네가 지적을 좀 해 주게나.

조사를 해 보니, 역시 그 초상화를 보고 했던 내 짐작이 옳았다네. 그 사내는 바로 배스커빌 가의 직계 후손이었어. 로저 배스커빌의 아들이었지. 찰스 경의 동생인 로저는 좋지 않은 평판 때문에 남아메리카로 도망을 갔고, 거기서 독신으로 살다 죽은 것으로 알려져 있었지. 하지만 사실 로저는 결혼을 했었고, 아들이 하나 있었다네. 그게 바로 스태플턴으로, 이름도 아버지와 같았다네. 그는 코스타리카 제일의 미녀인 베릴 가르시아와 결혼을 했고, 거액의 공금을 횡령했네. 그러고는 밴델레르라고 이름까지 바꾼 뒤, 영국으로 도망을 와서 요크서 주의 동부에다 학교를 설립했지.

왜 그런 특수한 분야에 종사하게 됐는가 하면 말일세, 귀국하는 배에서 우연히 폐병을 앓고 있는 교사를 알게 되었기 때문일세. 그 교사의 재능을 이용하면 학원을 성공적으로 경영할 수 있을 거라고 생각한 거지. 처음에는 순탄하게 일이 풀렸지만 그 프레이저라는 교사가 죽고 난 뒤부터는 평판이 나빠졌고, 결국에는 추문마저 나돌게 되었다네. 밴델레르 부부는 재산을 정리하고 이름을 스태플턴이라고 바꿨어. 곤충학에 취미가 있었던 그는 앞으로의 계획을 가슴에 품은 채 영국 남부로 왔지. 대영 박물관에서 조사한 바에 의하면, 그는 그 분야의 권위자로 인정받고 있더군. 그리고 그가 요크셔에 있을 때 발견한 한 나방에는 밴델레르라는 학명이 붙여졌다고 하네.

지금부터 우리의 흥미를 끄는 시기로 접어든다네. 그는 여러 가지로 조사를 한 끝에 거액의 재산을 손에 넣기 위해서 단 두 사람만 제거하면 된다는 사실을 알게 되네. 데번서에 살기 시작할 무렵에는 아직 계획이 세워지지 않았을 것으로 생각되네. 하지만 아내를 동생이라고 속이고 데리고 간 걸 보면, 처음부터 무슨 일을 꾸미려고 했던 것만은 틀림없는 사실일 걸세. 계획은 세워지지 않았지만, 그녀를 미끼로 삼을 생각이었겠지. 마지막에는 재산을 손에 넣을 생각으로, 그것을 위해서라면 그 어떤 수단이라도 동원을 하고, 그 어떤 위험이라도 감수하겠다고 각오를 했을 걸세. 처음으로 취한 행동은 조상 대대로 내려온 저택에서 가능한 한 가까운 곳에 집을 장만하는 일이었고, 다음으로 취한 행동은 찰스 배스커빌 경뿐 아니라 주위 사람들과도 친구가 되는 일이었다네.

집안에 내려오는 개에 대한 전설을 얘기한 것은 찰스 경이었고, 결국은 자신의 죽음을 자초한 결과가 되어 버리고 만 거지. 스태플턴은 — 앞으로는 이렇게 부르도록 하겠네 — 노인의 심장이 약해서 충격을 받으면 죽을 거라는 사실을 알고 있었지. 그 얘기는 모티머 의사에게서 들었을 거야. 그리고 찰스 경이 그 기분 나쁜 전설을 진심으로 믿고 있다는 사실도 알게 되었네. 머리가 좋은 스태플턴은 찰스 경을 죽이고 자신은 그 혐의에서 벗어날 수 있는 방법을 바로 생각해 냈다네.

그는 그 생각을 교묘하게 실행에 옮겼지. 보통 사람 같으면 그저 사나운 개를 사용하는 정도에 그쳤을 걸세. 그러니 악마의 개처럼 보이기 위해 궁리한 부분에서 그의 천재성을 엿볼 수 있네. 그 개는 런던의 풀햄 가에 있는 로스 앤 맹글스라는 상점에서 샀더군. 그 상점에 있는 개 중에서 가장 사납고 거친 개를 고른 거지. 그는 북데번 선 열차로 개를 옮겨 간 뒤, 사람들의 눈을 피하기 위해 광활한 황야를 걸어서 집으로 돌아갔네. 곤충 채집 때문에 그림펜의 늪 지대에 들어간 적이 있었던 스태플턴은 개를 남몰래 키울 장소도 이미 찾아 놓았었지. 거기에 숨겨 놓고 기회를 엿보고 있었다네.

하지만 기회는 좀처럼 찾아오지 않았네. 밤에 노인을 저택 밖으로 끌어낼 재간이 없었던 걸세. 개를 데리고 노인을 기다린 적도 있었지만, 전부 무위로 끝나고 말았네. 그러는 동안에 그의 개가 농부들의 눈에 띄게 되었고, 그래서 다시 악마의 개에 대한 전설이 부활했다네.

스태플턴은 그의 아내가 찰스 경을 유혹해서 파멸의 길로 몰고 가기를 바랐지만, 그의 아내는 남편의 말을 들어주지 않았네. 노신사를 사랑의 덫으로 유인해 꼼짝 못하게 만든 다음 요리를 하겠다는 생각을 그녀는 도저히 받아들일 수 없었던 거지. 을러 보기도 하고 달래 보기도 하고 심지어는 폭력을 휘두르기도 했지만, 그녀는 말을 듣지 않았다고 하네. 그건 죽어도 싫다고 하는 바람에 스태플턴은 한동안 방법을 찾아낼 수가 없었다네.

그러던 그가 드디어 방법을 찾아냈지. 그를 친구라고 착각하고 있던 찰스 경은, 불운한 로라 라이언즈 부인을 도울 때, 스태플턴을 대리인으로 내세웠다네. 그는 독신인 척하며 그녀의 마음을 사로잡았지. 이혼이 성립되면 결혼을 할 생각을 갖고 있는 것처럼 행동했다네. 그런데 찰스 경이 모티머 의사의 의견에 따라 배스커빌 저택을 떠나려 한다는 사실을 알고 계획이 물거품으로 돌아가게 될지도 모른다는 생각을 하게 되었지. 겉으로는 자신도 모티머 의사와 같은 생각인 척했지만.

바로 실행에 옮기지 않으면 상대는 손이 닿지 않는 곳으로 떠나 버리게 될 거라는 생각을 한 스태플턴은, 라이언즈 부인의 마음을 움직여 런던으로 떠나기 전날 밤에 만나 달라는 내용의 편지를 쓰도록 했지. 그런 다음에 그럴듯한 이유를 붙여서 그녀에게 약속을 지키지 못하도록 했다네. 이렇게 해서 기다리고 기다리던 기회를 얻게 된 걸세. 저녁에 마차로 쿰 트레이시에서 돌아온 스태플턴은 개를 지옥의 개로 분장시킨 뒤 찰스 경이 기다리고 있을 문까지 서둘러 갔다네. 주인의 명령이 떨어지자 개는 나무 문을 넘어서 찰스 경을 쫓았고, 찰스 경은 비명을 지르며 주목 오솔길을 따라 뛰었지.

거기는 나무가 무성하게 자라나 어두운 터널처럼 생긴 길이 아니었나? 그런 곳에서 거대한 검은 괴물이 입에서 퍼런 불을 내뿜고, 눈에 불꽃을 튀며 뒤쫓아 온다고 생각해 보게. 온몸의 털이 곤두설 정도의 공포를 느꼈을 걸세. 결국 찰스 경은 길이 끝나는 곳까지 와서 공포와 심장 발작 때문에 쓰러져 죽었다네. 찰스 경은 오솔길로 도망갔지만, 개는 길 옆에 있는 잔디를 밟으며 달렸지. 그래서 그의 발자국밖에 보이지 않았던 거야. 쓰러져 움직이지 않는 찰스 경을 본 개는 가까이 다가가서 냄새만 맡고 그대로 돌아가 버렸을 거야. 모티머 의사가 봤다고 했던 개의 발자국은 그때 찍힌 거고. 개의 주인은 자신에게로 돌아온 개를 데리고 그대로 그림펜 늪 지대로 갔다네. 경찰은 사건의 수수께끼를 풀 수 없었다네. 그곳 사람들은 공포에 빠지게 되었고, 결국은 우리가 조사를 하게 된 거지.

찰스 경의 죽음에 대한 얘기는 이 정도로 해 두겠네. 정말 교활하기 짝이 없는 범행이었다네. 범죄라는 사실을 입증하고 진범을 잡아 고발하기가 거의 불가능했을 정도였으니까. 유일한 공범자는 절대로 배신하지 않을 것이며, 쉽게 생각해 낼 수 없는 기발한 수법을 썼기 때문에 그 효과를 톡톡히 본 셈이지. 이 사건에 관계된 두 여자, 스태플턴 부인과 로라 라이언즈 부인은 스태플턴이 범인일지도 모른다고 의심을 했다네. 스태플턴 부인은 남편이 찰스 경에 대해서 음모를 꾸미고 있으며 개가 있다는 사실도 알고 있었지. 라이언즈 부인은 그런 사실들은 알지 못했지만, 약속 시간에 찰스 경이 죽었다는 사실, 그 약속을 알고 있던 것은 스태플턴밖에 없다는 사실 때문에 일의 중대성을 깨닫게 됐지. 하지만 스태플턴은 이 두 여자들을 손아귀에 쥐고 있었네. 그래서 완전히 마음을 놓을 수가 있었지. 이렇게 해서 목적의 반은 달성했지만, 나머지 반이 그리 만만치가 않았다네.

스태플턴은 캐나다에 상속인이 있다는 사실을 모르고 있었을지도 모르네. 어쨌든 친구인 모티머 의사에게서 그 이야기를 들었고, 헨리 배스커빌이 올 거라는 얘기도 자세하게 들었다네. 처음에는 캐나다에서 온 청년을 런던에서 죽일 수 있을 거라고 생각하고 있었다네. 그는 노인을 덫으로 유인하기를 거부한 아내를 믿을 수가 없었지. 그리고 그는 아내가 자신의 눈에서 벗어나 있는 것을 염려했기 때문에, 아내를 혼자 남겨 둘 수가 없었네. 자신의 영향력 밖에서 무슨 일이 벌어질지 모르니까. 그래서 아내를 데리고 런던으로 왔던 걸세. 두 사람이 머문 곳은 크레이븐 가에 있는 맥스버러 호텔이었다네. 카트라이트가 증거를 찾기 위해서 돌아다녔던 호텔 중 하나였네.

스태플턴은 아내를 호텔 방에 가두어 놓고 턱수염으로 변장을 한 뒤에 모티머 의사를 미행해서 베이커 가까지 따라왔다네. 그 다음에 노섬버랜드 호텔까지 미행을 한 거지. 스탬플턴의 아내는 계획을 어렴풋이 눈치 채고 있었다네. 하지만 남편이 너무나도 두려웠기 때문에 — 지독한 학대를 받고 있었으니까 — 목표가 된 사람에게 편지 쓸 용기를 내지 못했지. 만약 편지가 남편의 손에 들어가기라도 하는 날에는 생명까지도 보장을 할 수 없는 상황이었으니까. 그러다 드디어 글자를 오려 내서 문장을 만들어 보내야겠다는 생각을 하게 되었고, 받는 사람의 이름을 쓸 때는 필적을 바꿨다네. 그건 자네도 잘 알고 있을 걸세. 그것이 최초의 경고로 헨리 경에게 배달된 것일세.

개를 사용하려면 확실하게 뒤를 쫓게 해야만 했지. 그래서 스태플턴에게는 헨리 경이 몸에 지니고 있던 물건이 필요했던 거야. 타고난 민첩성과 대담함을 발휘해서 스태플턴은 바로 일에 착수했다네. 틀림없이 호텔의 구두닦이나 하녀를 돈으로 매수해서 부츠를 훔쳐 오도록 했을 걸세. 그런데 처음 훔쳐 온 부츠는 새로 산 것이었기 때문에 아무런 도움도 되지 않았지. 그래서 그것을 다시 가져다 놓고 다른 부츠를 가져간 것이라네. 참으로 많은 것을 암시해 주는 일이었다네. 그때 나는 진짜 개가 연관된 사건이라는 사실을 알 수 있었지. 새로 산 부츠는 필요 없고, 어떻게 해서든 낡은 부츠를 손에 넣으려 했다네. 그것도 한쪽으로 충분한 듯했으니 말이야. 개가 연관되어 있을 거라고밖에는 달리 생각할 길이 없지 않겠는가? 일이 이상하고 기괴하게 보일수록 더욱 확실하게 조사를 해 볼 필요가 있다네. 사건을 복잡하게 만들고 있는 점을 과학적으로 잘 생각해 보면, 대부분은 확실하게 설명을 할 수 있지.

그 일이 일어난 다음 날 아침에 헨리 경과 모티머 의사가 이곳을 찾아왔을 때도 스태플턴은 마차로 둘을 미행했다네. 이 방과 나의 얼굴을 알고 있었다는 점, 그리고 그 외의 행동들로 보아 스태플턴은 배스커빌 사건 이외의 범죄도 일으켰을 거라고 생각되네. 지난 삼 년간 서부 지방에서 커다란 도난 사건이 네 건 있었는데, 네 건 모두 범인을 잡지 못했다는 것은 뭔가 생각하게 하는 일일세. 이 네 건 중 마지막 사건은 올 5월 포크스톤에서 일어났다네. 복면을 한 도둑이 자신을 본 급사를 단번에 쏴 죽였다는 점이 좀 특이한 점이었지. 자금을 모으기 위해서 스태플턴이 저지른 범행임에 틀림없네. 그는 요 몇 년간 난폭하고 위험한 사람이었을 걸세.

그날 아침 우리를 따돌리고 도망을 친 것이나 마부를 통해서 내 이름을 내가 듣게 한 대담성은, 그가 놀라운 기지를 가졌다는 것을 알게 해 준 좋은 예였네. 그때 그는 내가 사건에 관여하기 시작했다는 사실을 알고는 런던에서 헨리 경을 해치우기 어렵다는 사실을 깨달았지. 그래서 다트무어로 돌아가 준남작을 기다리기로 했던 거고."

"잠깐! 사건의 경과는 틀림없이 자네가 말한 대로라고 생각하네만, 한 가지 빠진 게 있네. 스태플턴이 런던에 있는 동안 그 개는 어떻게 한 거지?"

"그 점에 대해서도 생각해 봤다네. 그것도 틀림없이 중요한 문제니까. 스태플턴에게는 동료가 있었을 것으로 생각되네. 그렇다고 해서 계획을 완전히 밝혀서 약점을 드러내는 짓은 하지 않았을 걸세. 메리핏 저택에 안소니라는 나이 든 하인이 있었네. 안소니와 스태플턴 부부와의 관계는 몇 년 전, 그러니까 학교를 운영하고 있던 때까지로 거슬러 올라가네. 그렇다면 스태플턴 남매가 실은 부부였다는 사실도 알고 있었다는 얘기가 되지. 이 사람은 벌써 외국으로 도망갔다네. 영국에는 안소니라는 이름을 가진 사람이 그다지 많지 않지만, 스페인이나 스페인 어를 사용하고 있는 중남미에 가면 아주 흔히 볼 수 있다네. 어때, 재미있지 않나? 스태플턴 부인도 마찬가지로, 그 사람도 영어를 아주 잘했다네. 하지만 약간 혀 짧은 소리를 내지.

그림펜 늪 지대에서 이 노인을 본 적이 있었는데, 스태플턴이 표시해 놓은 막대기를 따라서 걸어가고 있었다네. 그러니 주인이 없는 동안 개를 돌본 사람은 틀림없이 그일 걸세. 하지만 그는 무슨 목적으로 개를 기르는지는 몰랐을 걸세.

스태플턴 부부가 데번셔로 돌아갔고, 그 바로 뒤를 따라서 헨리 경과 자네가 그곳으로 간 거야. 그동안에 내가 무슨 일을 했는지 잠깐 얘기해 볼까? 활자를 오려 붙인 편지를 조사할 때 어떤 무늬가 들어 있나 면밀하게 검사한 적이 있었지? 바로 눈 앞으로 편지를 가져왔을 때 화이트 재스민 향수 냄새가 희미하게 났다네. 범죄 수사 전문가라면 향수 중 칠십오 종 정도는 구분을 할 줄 알아야 한다네.

냄새를 맡음으로써 사건에 여자가 관계되어 있음을 알게 되었지. 그래서 처음부터 스태플턴 남매를 주의 깊게 살폈다네. 이런 점들을 통해서 서부로 가기 전부터 개에 관한 사실과 범인에 대해서 어느 정도 감을 잡을 수 있었지. 나는 스태플턴을 감시하기로 했다네. 하지만 자네들과 함께 있으면 그는 틀림없이 경계를 할 걸세. 그래서 하는 수 없이 자네를 포함한 모든 사람들을 속여 마치 런던에 있는 것처럼 해 놓고 조용히 무대 위로 뛰어든 걸세.

자네가 생각하고 있는 것만큼 고생하지는 않았네. 수사를 위해서 신변의 사소한 고통 정도는 감수해야 하는 것도 사실이지만. 꼭 필요할 때만 사건의 무대 가까이에 있는 황야의 돌집에서 머물렀고, 대부분은 쿰 트레이시에서 보냈다네. 카트라이트를 데려갔는데, 시골 소년으로 변장하고 정말 열심히 일해 주었다네. 카트라이트가 음식과 깨끗한 옷가지 등을 날라다 주었지. 내가 스태플턴을 감시할 때는 카트라이트가 자네의 움직임을 감시해 주었다네. 그래서 모든 움직임을 알 수 있었던 거지.

자네가 보낸 보고서는 일단 베이커 가로 오면 바로 쿰 트레이시로 보내지도록 손을 써 놓았었다네. 이건 전에도 얘기했었지? 자네의 보고서는 정말 큰 도움이 되었네. 특히 스태플턴이 별 생각 없이 말했던 자신의 경력은 결정적이었다고 할 수도 있지. 덕분에 스태플턴 일가에 대해서 확실하게 알 수 있었고, 상황도 확실하게 파악할 수가 있었으니까. 이 사건에 탈옥수 소동과 배리모어 부부가 얽혀 들어 일이 아주 복잡해지기 시작했다네. 그 건도 자네가 아주 잘 해결을 해 줬어. 나도 나름대로 조사를 해서 같은 결론을 내리기는 했지만.

자네가 황야에서 나를 발견했을 때는 이미 사건의 전모를 확실하게 파악하고 있었다네. 하지만 고소를 할 수 있을 만한 확실한 증거는 없었지. 그날 밤에 스태플턴은 헨리 경을 살해하려다 결국 탈옥수를 살해하고 말았지만, 그것도 그를 살인범이라고 할 만한 결정적인 단서는 되지 못했다네. 결국 현행범으로 잡아들일 수밖에 없다고 생각했지. 그렇게 하기 위해서는 헨리 경을 미끼로 쓸 수밖에 없었고. 지키는 사람 없이 혼자 있는 것처럼 보이게 했어야 했네. 간신히 사건을 해결하고 스태플턴을 파멸로 몰고 가기는 했지만, 의뢰인은 상당한 충격을 받게 되었지.

헨리 경을 그런 지경에 빠트린 것은, 솔직히 말하자면 내 수사가 완벽하지 못했기 때문이네. 하지만 설마 개가 그토록 무시무시한 모습을 하고 있을 줄은 꿈에도 생각지 못했다네. 그리고 안개 속에서 그 개가 튀어나올 때까지 전혀 보이지 않을 정도로 짙은 안개가 낄 줄 역시 꿈에도 생각지 못했다네. 수사에 성공하기는 했지만, 희생을 치른 셈일세. 전문의와 모티머 의사가 일시적인 것이라고 말하기는 했지만 말일세. 오래 여행을 하는 동안 신경 쇠약도 좋아질 거고, 마음의 상처도 아물겠지. 헨리 경은 진심으로 그 여자를 사랑하고 있었으니, 이 음산한 사건 중에서 그에게 가장 커다란 상처를 준 것은 그녀에게 속았다는 사실일 걸세.

이제 이번 사건에서 그녀가 어떤 역할을 했었는지에 대해서만 이야기하면 모든 게 끝나게 되네. 스태플턴이 그녀에게 영향력을 행사한 것은 사실이지만, 그게 사랑 때문이었는지 두려움 때문이었는지는 확실하지 않다네. 나는 양쪽 다였을 거라고 생각하네만. 사랑하면서도 두려워한다는 건 결코 모순된 감정이 아니라네. 어쨌든 그것 때문에 그녀는 그의 말대로 움직였지. 하지만 그녀는 동생으로 행동하라는 명령에는 따랐지만, 살인을 도우라는 명령에는 따르지 않았다네. 스태플턴은 자신의 힘에 한계가 있다는 사실을 깨닫게 되었지. 그녀는 남편의 이름이 밝혀지지 않도록 하면서 몇 번이고 헨리 경에게 적극적으로 경고를 하려 했다네.

스태플턴에게도 질투라는 마음이 있었던 듯하네. 준남작이 그녀에게 다가가려 하자, 자신이 세웠던 계획이었음에도 불구하고 자신도 모르게 화가 나서 둘 사이를 방해하고 말았다네. 그때까지만 해도 자신의 난폭한 성격을 조용한 태도로 잘 감추고 있었는데 말일세. 어쨌든 두 사람을 친하게 만들었고, 헨리 경을 종종 메리핏 저택으로 찾아오도록 만들었다네. 그러다 보면 기회를 잡을 수 있을 거라고 생각했던 거지. 그런데 결정적인 순간에 그녀가 갑자기 반항을 했다네. 탈옥수의 죽음에 관해서 뭔가 들은 얘기가 있었고, 헨리 경이 식사를 하러 갔던 날 저녁에 개가 창고에 있다는 사실을 알게 되었기 때문이었지. 그녀는 남편이 계획하고 있는 살인에 대해서 따지듯 덤벼들고, 결국은 큰 싸움이 벌어지게 됐지. 스태플턴은 그때 처음으로 다른 여자가 있다는 사실을 얘기했다네.

그 순간 그녀의 사랑이 증오로 변했다는 사실을 깨달은 스태플턴은 그녀가 틀림없이 배신할 거라고 생각했다네. 그래서 그녀가 헨리 경에게 경고를 하지 못하도록 하기 위해서 그녀를 묶어 두었던 거지. 그 지역 사람들이 헨리 경의 죽음 역시 배스커빌 가에 내려오는 저주 때문이었다고 믿게 된다면 — 아마 그렇게 되었을 테지만 — 이미 끝나 버린 일이니 아내의 입을 충분히 막을 수 있을 거라고 생각했던 게지. 하지만 그건 스태플턴의 오산이 아니었을까? 우리가 사건 현장에 없었다 하더라도 그의 운명은 거의 결정된 거나 마찬가지였을 걸세. 그 정도의 일을 당하면 스페인 계 여자들은 쉽게 상대를 용서하지 않는다네. 왓슨, 이제 메모가 없으면 이 기괴한 사건을 자세히 설명할 수 없을 것 같네. 뭔가 중요한 걸 놓치지는 않았나?"

"나이 든 찰스 경은 악마의 개로 위협해서 죽일 수 있었겠지만, 헨리 경은 겁을 줘서 죽일 수 있을 거라고는 생각되지 않는데."

"그 개는 매우 난폭하고 먹이도 거의 주지 않았다네. 모습을 보고 그 충격 때문에 죽는 일은 없을지 몰라도, 습격을 받는다면 틀림없이 싸울 기력을 완전히 잃고 말 걸세."

"그도 그렇군. 한 가지 더 이해되지 않는 부분이 있다네. 만약 스태플턴이 재산을 상속받게 되었다면, 상속인임에도 불구하고 자신의 이름을 숨기고 가명으로 저택 가까이에서 살았었다는 사실을 어떻게 설명할 생각이었을까? 상속권을 주장한다면 세상 사람들로부터 의심을 받아 조사를 받게 될 것이 아닌가?"

"꽤 어려운 질문이로군. 그것까지 대답을 해 달라는 건 자네 욕심일지도 모르겠네. 나는 과거와 현재만을 조사하니까. 미래에 관한 일은 그 누구도 대답할 수 없을 걸세. 스태플턴 부인은 남편이 그 문제에 대해서 이야기하는 것을 몇 번 들은 적이 있었다고 했네. 세 가지 방법을 생각해 두었다더군. 우선, 남아메리카에서 재산권을 청구하고, 그곳의 영국 기관으로부터 신원을 확인받아 재산을 입수하는 방법이 있네. 그렇게 하면 영국에 발을 들여놓지 않아도 일을 처리할 수가 있네. 그리고 한동안 런던에 살면서 감쪽같이 변장을 하는 방법도 생각을 했었다고 하네. 마지막으로, 공범자를 끌어들여서 증명서와 그 외의 서류를 만들어 그를 상속인으로 내세운 다음 자기 몫을 요구하는 방법도 있고. 그는 머리가 좋은 사람일세. 틀림없이 어떤 타개책을 발견했을 거네. 그건 그렇고, 왓슨, 우리는 지난 몇 주일 동안 계속해서 복잡한 사건들을 다루었네. 오늘 하룻밤만이라도 머리를 즐거운 일에 써 보고 싶은데, 어때 괜찮은 생각 아닌가? 가극 '레 위그노'의 특석 티켓을 구했다네. 드 레슈케의 노래를 들어 본 적 있는가? 그럼 삼십 분 후에 나갈 수 있도록 준비를 해 주게. 도중에 마르치니에 들러서 식사를 하는 건 어떻겠나?"

■ 코난 도일 연보

1859년 스코틀랜드 에든버러 시의 피커디 플레이스에서 왕립 건설원 관리인이던 아버지 찰스와 어머니 메어리 사이에서 넷째로 태어남.
1871년 스토니 허스트에 있는 예수회 칼리지의 예비 학교인 호더 학원에서 삼 년간 수학한 뒤, 그 해에 칼리지에 입학.
1875년 가을에 스토니 허스트 학교 교장의 권유로 오스트리아의 페르트키르히 학교로 유학.
1876년 뛰어난 성적으로 페르트키르히를 졸업한 후 에든버러 대학 의과에 입학. 가계를 돕기 위해 의사의 조수로 일함. 은사였던 조셉 벨 교수는 독특한 유머와 날카로운 관찰력을 지닌 사람으로, 후에 홈즈의 모델이 됨.
1881년 대학을 졸업. 의사 자격증을 획득한 뒤 아프리카 서해안을 항해하는 화물선의 선의(船醫)로 승선.
1882년 포츠머스 시 교외에 위치한 사우스 시에서 병원을 개업.
1885년 의학 박사 학위를 획득. 8월 6일에 루이즈 호키스와 결혼.
1886년 전부터 동경해 오던 포와 가보리오의 영향으로 탐정 소설을 쓰기로 결심. 홈즈 시리즈 중 최초의 작품인 『진홍빛에 관한 연구』(장편)를 완성하지만, 출판사에서 출간을 원하지 않아 이듬해에 발표됨.

1889년 역사소설인 『마이커 클라크』가 출간되어 인기를 얻는다.
1891년 런던에서 안과 전문의로 개업했지만 뜻대로 되지 않자, 의사 생활을 접고 작가로 살아갈 것을 결심. 사우스 노드로 거주를 옮김. 『스트랜드』지에 홈즈 시리즈의 단편을 차례로 발표.
1892년 『스트랜드』지에 발표되었던 열두 개의 단편을 모아 『셜록 홈즈의 모험』이라는 단편집을 출간.
1893년 『스트랜드』지 12월호에 발표했던 「마지막 사건」을 끝으로 홈즈 시리즈를 마무리 지음.
1894년 두 번째 단편집인 『셜록 홈즈의 추억』을 출간.
1899년 보어 전쟁이 일어나자 군의관으로 남아프리카 전선에 종군.
1900년 애국적인 작품 『대 보어 전쟁』을 출간.
1902년 보어 전쟁이 끝남. 나이트 작위를 받음.
1903년 독자들의 요청으로 다시 홈즈 시리즈를 집필.
1905년 세 번째 단편집인 『셜록 홈즈의 귀환』을 출간.
1906년 아내인 루이즈가 사망함.
1907년 9월 18일에 제인 레키와 재혼. 서식스 주로 이주.
1912년 SF 소설 『잃어버린 세계』를 출간.
1917년 『스트랜드』지에 단문 『셜록 홈즈 씨의 성격에 대한 소고』를 발표. 네 번째 단편집인 『셜록 홈즈의 마지막 인사』를 출간함.
1927년 다섯 번째 단편집인 『셜록 홈즈의 사건집』을 출간.
1930년 7월 7일, 윈돌 섬의 자택에서 사망함.

■ 셜록 홈즈 작품 연표

1874년 · 글로리아 스콧

1879년 · 머스그레브 가의 의식

1881년 · 진홍빛에 관한 연구

1883년 · 얼룩 끈

1886년 · 입원 환자

1886년 · 독신 귀족

1886년 · 제2의 얼룩

1887년 · 라이게이트의 지주들

1887년 · 보헤미아의 스캔들

1887년 · 입술이 비뚤어진 남자

1887년 · 다섯 개의 오렌지 씨

1887년 · 신랑의 정체

1887년 · 빨강 머리 연맹

1887년 · 죽어 가는 탐정

1887년 · 블루 카번클

1888년 · 공포의 계곡

1888년 · 누런 얼굴

1888년 · 그리스 어 통역

1888년 · 네 개의 서명

1888년 · 배스커빌 가의 개

1889년 · 너도밤나무 숲

1889년 · 보스콤 계곡 미스터리

1889년 · 주식 중개인

1889년 · 해군 조약

1889년 · 종이 상자

1889년 · 기사의 엄지손가락

1889년 · 등이 굽은 남자

1890년 · 위스테리아 저택

1890년 · 실버 블레이즈

1890년 · 버릴 코로넷

1891년 · 마지막 사건

1894년 · 빈집

1894년 · 금테 안경

1895년 · 세 학생

1895년 · 외로운 사이클리스트

1895년 · 블랙 피터

1895년 · 노우드의 건축업자

1895년 · 브루스 파팅튼 설계도

1896년 · 수수께끼의 하숙인

1896년 · 서식스의 흡혈귀

1896년 · 스리 쿼터의 실종

1897년 · 애비 농장

1897년 · 악마의 발

1898년 · 춤추는 인형

1898년 · 퇴직한 물감 장수

1899년 · 찰스 오거스터스 밀버튼

1900년 · 여섯 개의 나폴레옹

1900년 · 소어 다리

1901년 · 프라이어리 스쿨
1902년 · 쇼스콤 올드 플레이스
1902년 · 세 명의 가리데브
1902년 · 레이디 프랜시스 커팩스의 실종
1902년 · 유명한 의뢰인
1902년 · 레드 서클
1903년 · 창백한 군인
1903년 · 세 박공의 집
1903년 · 마자린의 보석
1903년 · 기어 다니는 남자
1909년 · 사자 갈기
1914년 · 마지막 인사

옮긴이 박현석
목원대학교 국어국문학과 졸업 후, 에이전트 및 전문 번역가로 활동 중이다.
역서로는 『어리석은 자의 철학』, 『오만과 편견』, 『월든』, 『톨스토이의 위대한 인생』 등 다수가 있다.

셜록 홈즈 장편 베스트 걸작선

2005년　8월 10일 1판　1쇄 인쇄
2012년 10월　5일 1판 10쇄 펴냄

지은이 | 아서 코난 도일
옮긴이 | 박현석
기　획 | 김정재
디자인 | 하명호
마케팅 | 홍의식
발행인 | 하중해

펴낸곳 | 동해출판
등록 | 제 302-2006-48호
주소 | 경기도 고양시 일산동구 장항1동 621-32(410-380)
전화 | (031)906-3426
팩스 | (031)906-3427
이메일 | dhbooks96@hanmail.net

ISBN 978-89-7080-131-6　03840

값 | 12,000원

*잘못 만들어진 책은 구입하신 서점에서 교환해 드립니다.